滿文原檔
《滿文原檔》選讀譯注

太祖朝（八）

莊 吉 發譯注

滿 語 叢 刊
文史哲出版社印行

國家圖書館出版品預行編目資料

滿文原檔《滿文原檔》選讀譯注：太祖朝. 八
/ 莊吉發譯注. -- 初版. -- 臺北市：文史哲出版社, 民 111.05
面：公分 --（滿語叢刊；47）
ISBN 978-986-314-598-1（平裝）

1.CST:滿語 2.CST:讀本

802.918 11105445

滿語叢刊 47

滿文原檔《滿文原檔》選讀譯注

太祖朝（八）

譯注者：莊吉發
出版者：文史哲出版社
http:// www.lapen.com.tw
e-mail:lapen@ms74.hinet.net
登記證字號：行政院新聞局版臺業字五三三七號
發行人：彭正雄
發行所：文史哲出版社
印刷者：文史哲出版社
臺北市羅斯福路一段七十二巷四號
郵政劃撥帳號：一六一八〇一七五
電話886-2-23511028・傳真886-2-23965656

實價新臺幣七四〇元

二〇二二年（民一一一）五月初版

ISBN 978-986-314-598-1 65147

滿文原檔

《滿文原檔》選讀譯注

太祖朝(八)

目　　次

《滿文原檔》選讀譯注
導 讀

內閣大庫檔案是近世以來所發現的重要史料之一，其中又以清太祖、清太宗兩朝的《滿文原檔》以及重抄本《滿文老檔》最為珍貴。明神宗萬曆二十七年（1599）二月，清太祖努爾哈齊為了文移往來及記注政事的需要，即命巴克什額爾德尼等人以老蒙文字母為基礎，拼寫女真語音，創造了拼音系統的無圈點老滿文。清太宗天聰六年（1632）三月，巴克什達海奉命將無圈點老滿文在字旁加置圈點，形成了加圈點新滿文。清朝入關後，這些檔案由盛京移存北京內閣大庫。乾隆六年（1741），清高宗鑒於內閣大庫所貯無圈點檔冊，所載字畫，與乾隆年間通行的新滿文不相同，諭令大學士鄂爾泰等人按照通行的新滿文，編纂《無圈點字書》，書首附有鄂爾泰等人奏摺[1]。因無圈點檔年久劃舊，所以鄂爾泰等人奏請逐頁托裱裝訂。鄂爾泰等人遵旨編纂的無圈點十二字頭，就是所謂的《無圈點字書》，但以字

1 張玉全撰，〈述滿文老檔〉，《文獻論叢》（臺北，臺聯國風出版社，民國五十六年十月），論述二，頁 207。

頭鼇正字蹟，未免逐卷翻閱，且無圈點老檔僅止一分，日久或致擦損，乾隆四十年（1775）二月，軍機大臣奏准依照通行新滿文另行音出一分，同原本貯藏[2]。乾隆四十三年（1778）十月，完成繕寫的工作，貯藏於北京大內，即所謂內閣大庫藏本《滿文老檔》。乾隆四十五年（1780），又按無圈點老滿文及加圈點新滿文各抄一分，齎送盛京崇謨閣貯藏[3]。自從乾隆年間整理無圈點老檔，托裱裝訂，重抄貯藏後，《滿文原檔》便始終貯藏於內閣大庫。

近世以來首先發現的是盛京崇謨閣藏本，清德宗光緒三十一年（1905），日本學者內藤虎次郎訪問瀋陽時，見到崇謨閣貯藏的無圈點老檔和加圈點老檔重抄本。宣統三年（1911），內藤虎次郎用曬藍的方法，將崇謨閣老檔複印一套，稱這批檔冊為《滿文老檔》。民國七年（1918），金梁節譯崇謨閣老檔部分史事，刊印《滿洲老檔祕錄》，簡稱《滿洲祕檔》。民國二十年（1931）三月以後，北平故宮博物院文獻館整理內閣大庫，先後發現老檔三十七冊，原按千字文編號。民國二十四年（1935），又發現三冊，均未裝裱，當為乾隆年間托裱時所未見者。文獻館前後所發現的四十冊老檔，於文物南遷時，俱疏遷於後方，臺北國立故宮博物院現藏者，即此四十冊老檔。昭和三十

2 《清高宗純皇帝實錄》，卷 976，頁 28。乾隆四十年二月庚寅，據軍機大臣奏。

3 《軍機處檔・月摺包》（臺北，國立故宮博物院），第 2705 箱，118 包，26512 號，乾隆四十五年二月初十日，福康安奏摺錄副。

三年（1958）、三十八年（1963），日本東洋文庫譯注出版清太祖、太宗兩朝老檔，題為《滿文老檔》，共七冊。民國五十八年（1969），國立故宮博物院影印出版老檔，精裝十冊，題為《舊滿洲檔》。民國五十九年（1970）三月，廣祿、李學智譯注出版老檔，題為《清太祖老滿文原檔》。昭和四十七年（1972），東洋文庫清史研究室譯注出版天聰九年分原檔，題為《舊滿洲檔》，共二冊。一九七四年至一九七七年間，遼寧大學歷史系李林教授利用一九五九年中央民族大學王鍾翰教授羅馬字母轉寫的崇謨閣藏本《加圈點老檔》，參考金梁漢譯本、日譯本《滿文老檔》，繙譯太祖朝部分，冠以《重譯滿文老檔》，分訂三冊，由遼寧大學歷史系相繼刊印。一九七九年十二月，遼寧大學歷史系李林教授據日譯本《舊滿洲檔》天聰九年分二冊，譯出漢文，題為《滿文舊檔》。關嘉祿、佟永功、關照宏三位先生根據東洋文庫刊印天聰九年分《舊滿洲檔》的羅馬字母轉寫譯漢，於一九八七年由天津古籍出版社出版，題為《天聰九年檔》。一九八八年十月，中央民族大學季永海教授譯注出版崇德三年（1638）分老檔，題為《崇德三年檔》。一九九〇年三月，北京中華書局出版老檔譯漢本，題為《滿文老檔》，共二冊。民國九十五年（2006）一月，國立故宮博物院為彌補《舊滿洲檔》製作出版過程中出現的失真問題，重新出版原檔，分訂十巨冊，印刷精緻，裝幀典雅，為凸顯檔冊的原始性，反映初創滿文字體的特色，並避免與《滿文老檔》重抄本的混淆，正名為《滿文原檔》。

二〇〇九年十二月，北京中國第一歷史檔案館整理編譯《內閣藏本滿文老檔》，由瀋陽遼寧民族出版社出版。吳元豐先生於「前言」中指出，此次編譯出版的版本，是選用北京中國第一歷史檔案館保存的乾隆年間重抄並藏於內閣的《加圈點檔》，共計二十六函一八〇冊。採用滿文原文、羅馬字母轉寫及漢文譯文合集的編輯體例，在保持原分編函冊的特點和聯繫的前提下，按一定厚度重新分冊，以滿文原文、羅馬字母轉寫、漢文譯文為序排列，合編成二十冊，其中第一冊至第十六冊為滿文原文、第十七冊至十八冊為羅馬字母轉寫，第十九冊至二十冊為漢文譯文。為了存真起見，滿文原文部分逐頁掃描，仿真製版，按原本顏色，以紅黃黑三色套印，也最大限度保持原版特徵。據統計，內閣所藏《加圈點老檔》簽注共有 410 條，其中太祖朝 236 條，太宗朝 174 條，俱逐條繙譯出版。為體現選用版本的庋藏處所，即內閣大庫；為考慮選用漢文譯文先前出版所取之名，即《滿文老檔》；為考慮到清代公文檔案中比較專門使用之名，即老檔；為體現書寫之文字，即滿文，最終取漢文名為《內閣藏本滿文老檔》，滿文名為“dorgi yamun asaraha manju hergen i fe dangse”。《內閣藏本滿文老檔》雖非最原始的檔案，但與清代官修史籍相比，也屬第一手資料，具有十分珍貴的歷史研究價值。

同時，《內閣藏本滿文老檔》作為乾隆年間《滿文老檔》諸多抄本內首部內府精寫本，而且有其他抄本沒有的簽注。《內閣藏本滿文老檔》首次以滿文、羅馬字母轉寫和漢文譯文合集方式出版，確實對清朝開國史、民族史、東北地方史、滿學、八旗制度、滿文古籍版本等領域的研究，提供比較原始的、系統的、基礎的第一手資料，其次也有助於準確解讀用老滿文書寫《滿文老檔》原本，以及深入系統地研究滿文的創制與改革、滿語的發展變化[4]。

臺北國立故宮博物院重新出版的《滿文原檔》是《內閣藏本滿文老檔》的原本，海峽兩岸將原本及其抄本整理出版，確實是史學界的盛事，《滿文原檔》與《內閣藏本滿文老檔》是同源史料，有其共同性，亦有其差異性，都是探討清朝前史的珍貴史料。為詮釋《滿文原檔》文字，可將《滿文原檔》與《內閣藏本滿文老檔》全文併列，無圈點滿文與加圈點滿文合璧整理出版，對辨識費解舊體滿文，頗有裨益，也是推動滿學研究不可忽視的基礎工作。

以上節錄：滿文原檔：《滿文原檔》選讀譯注導讀 — 太祖朝（一）全文 3-38 頁。

4 《內閣藏本滿文老檔》（瀋陽，遼寧民族出版社，2009 年 12 月），第一冊，前言，頁 10。

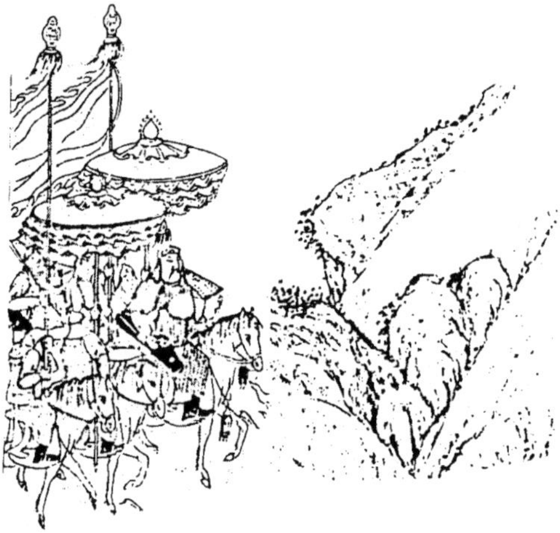

一、暗渡遼河

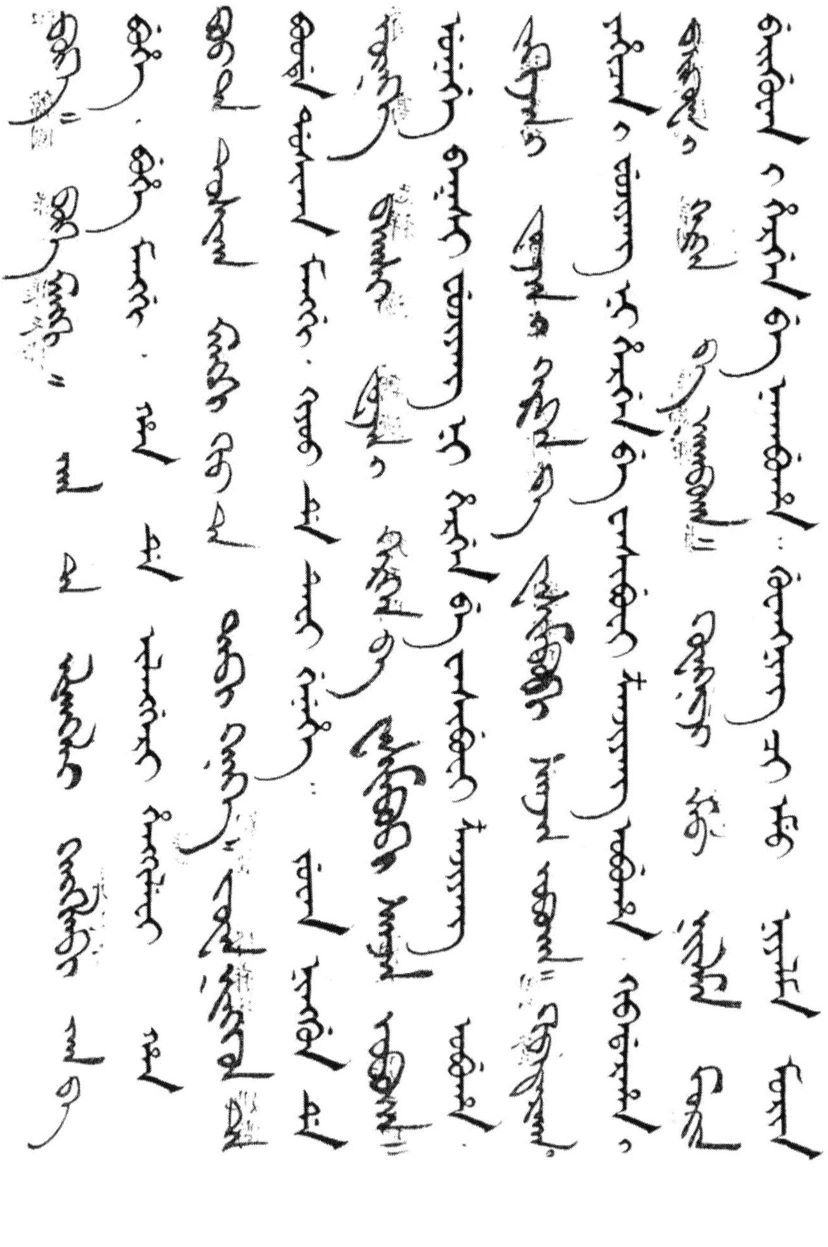

buhe, buhe manggi, han de ilanggeri hengkilefi han be boode dosika manggi, kiyoo de tefi genehe. juwan ninggun de unege baksi, fujiyang ni hergen be wasibufi ts'anjiyang obuha. yahican i fujiyang ni hergen be wasibufi ts'anjiyang obuha. kibadarhan i beiguwan i hergen be nakabuha. guwangning ci emu niyalma morin

---

賞賜畢，二人向汗三次叩首謝恩，俟汗入室後，乘轎而去。十六日，降烏訥格巴克什副將之職為參將，降雅禪副將之職為參將。革齊巴達爾漢備禦官之職。有一人乘馬自廣寧逃來。

赏赐毕，二人向汗三次叩首谢恩，俟汗入室后，乘轿而去。十六日，降乌讷格巴克什副将之职为参将，降雅禪副将之职为参将。革齐巴达尔汉备御官之职。有一人乘马自广宁逃来。

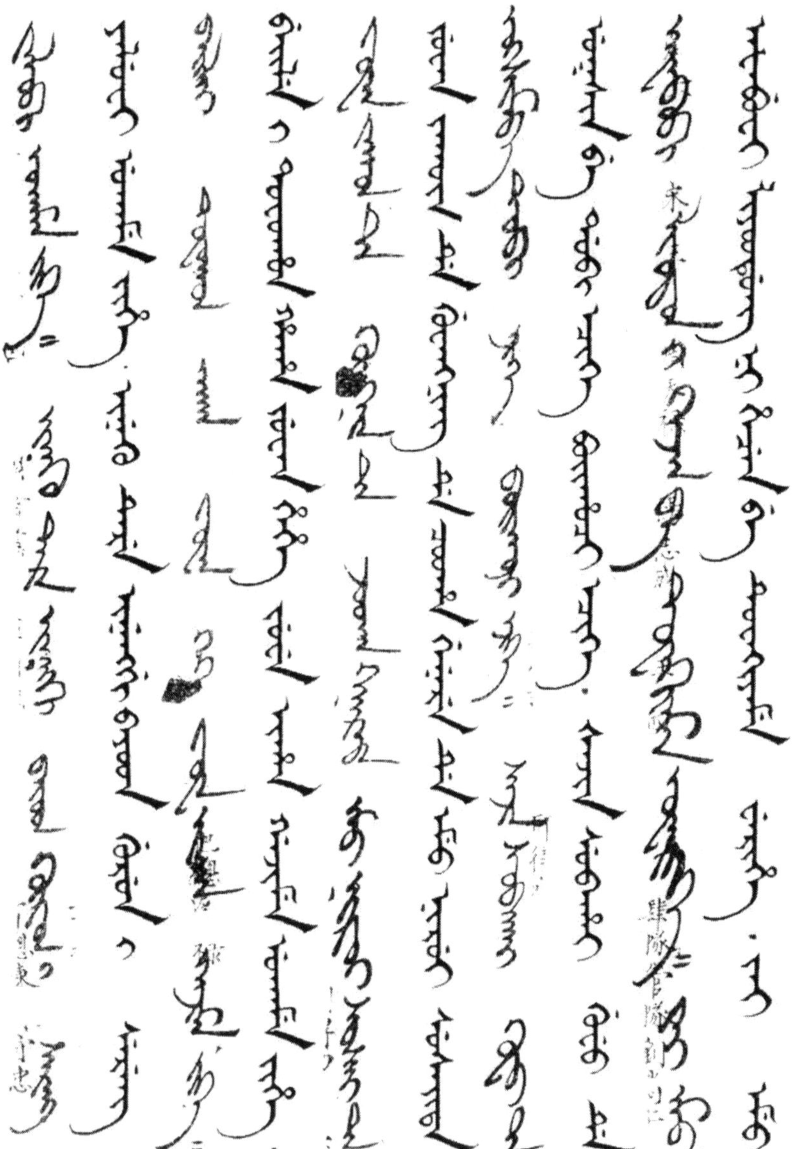

yalufi ukame jihe. ineku tere inenggi bayot gurun i sereng beile i tofohon haha, juwan hehe, juwe ihan gajime ukame jihe. juwan jakūn de, guwangning de cooha genere de emu nirui susaita uksin be, dobi ecike, boihoci ecike, šajin subahai gufu de afabufi, liyoodung ni hecen be tuwakiyame werihe. jai emu

---

是日，巴岳特部色楞貝勒屬下男十五人、女十人，攜牛二頭逃來。十八日，出兵廣寧，以每牛彔披甲各五十人，交由鐸壁叔父、貝和齊叔父、沙津、蘇巴海姑父帶領，留守遼東城。

是日，巴岳特部色楞贝勒属下男十五人、女十人，携牛二头逃来。十八日，出兵广宁，以每牛彔披甲各五十人，交由铎壁叔父、贝和齐叔父、沙津、苏巴海姑父带领，留守辽东城。

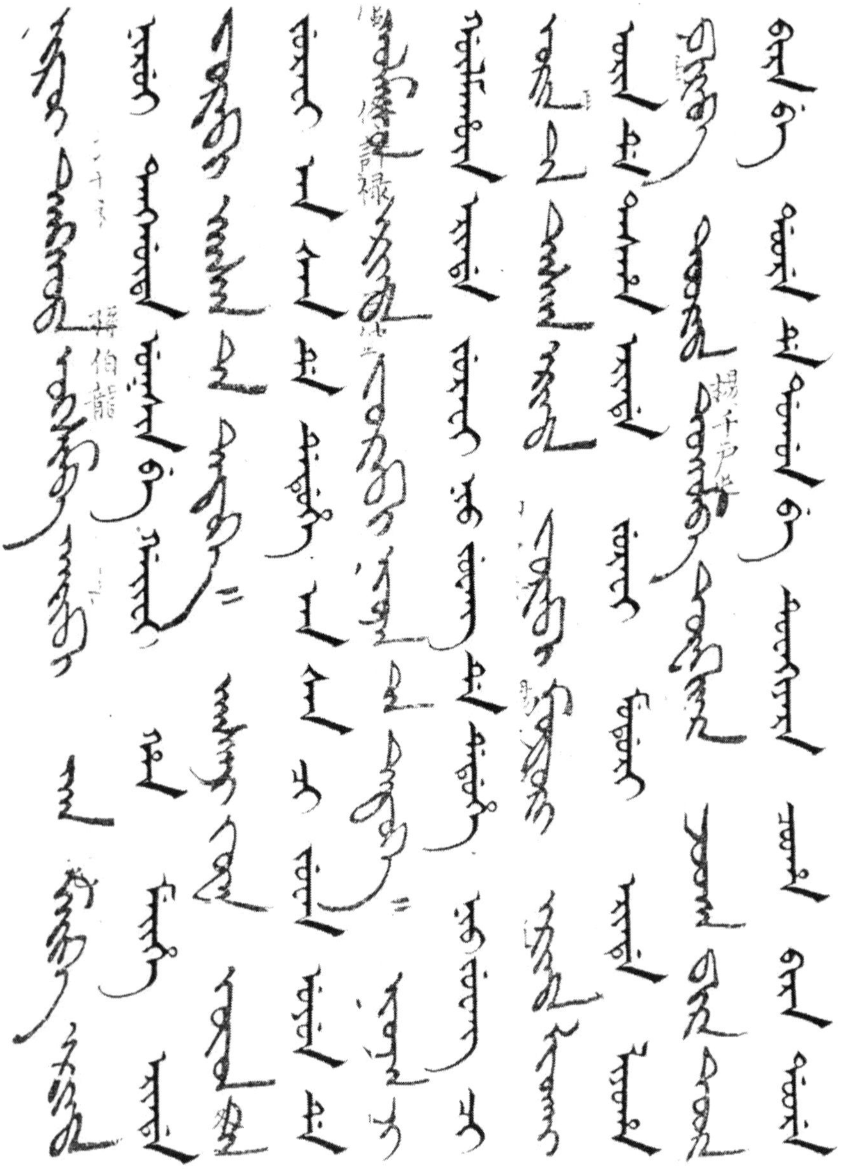

nirui tanggūta uksin be gaifi han, meihe erinde jurafi, an šan de deduhe. an šan ci juwan uyun de gūlmahūn erinde jurafi, nio juwang de deduhe. nio juwang ci orin de tasha erinde jurafi, muduri erinde liyoha bira be doore de dogon be tuwakiyara cooha, bira doore

---

汗率每牛彔披甲各百人，於巳時啟行，駐蹕鞍山。十九日卯時，自鞍山啟行，駐蹕牛莊。二十日寅時，自牛莊啟行，辰時渡遼河，守渡口之明兵

汗率每牛彔披甲各百人，于巳时启行，驻跸鞍山。十九日卯时，自鞍山启行，驻跸牛庄。二十日寅时，自牛庄启行，辰时渡辽河，守渡口之明兵

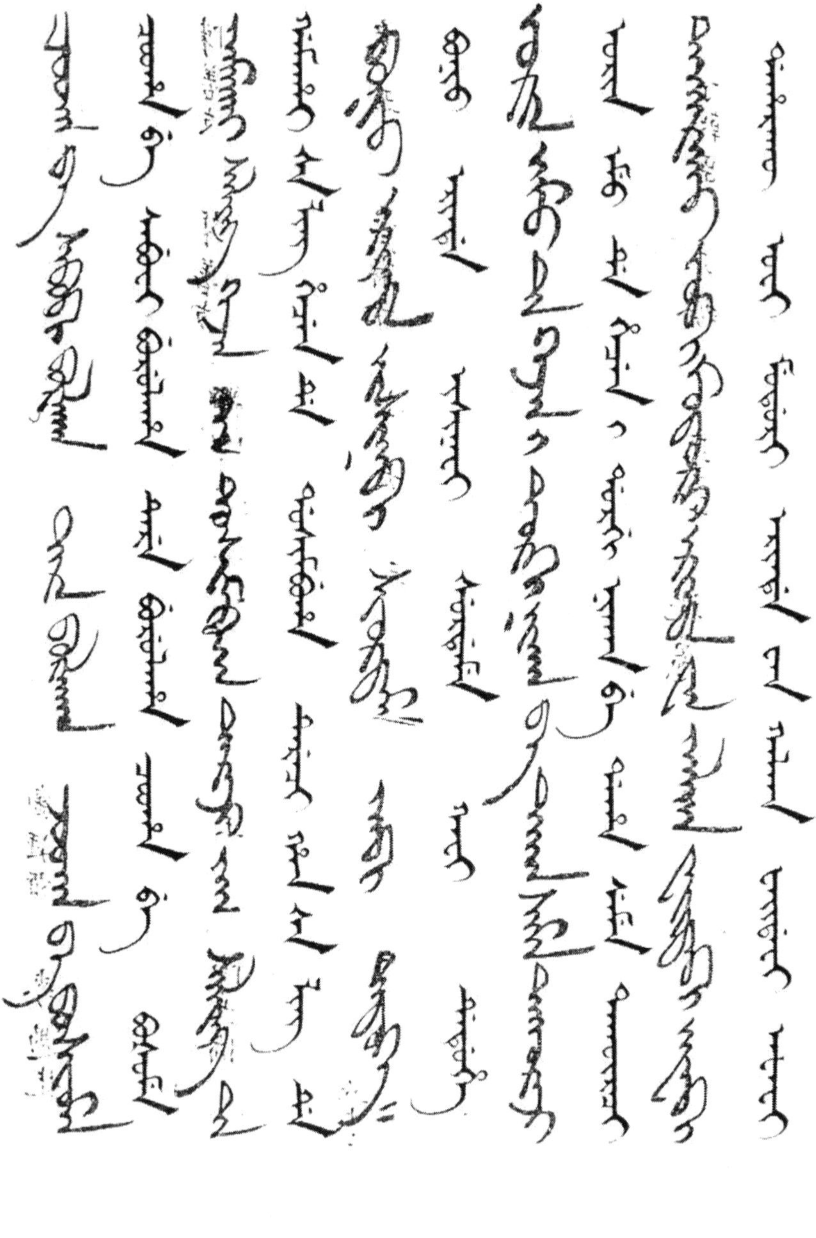

cooha be sabufi burulaha. tere burulaha cooha be bošome gamahai ša ling hecen de dosimbuha. tereci han, ša ling de bonio erinde isinafi šurdeme kafi deduhe. orin emu de hecen i dorgi nikan be daha seme takūraci, daharakū ofi muduri erinde wan kalka faidafi afafi

---

見我渡河之兵後即遁逃，我軍追趕遁逃之兵，其兵進入沙嶺城。汗於申時抵沙嶺，圍城駐蹕。二十一日，遣人招降城內漢人，因其不降，遂於辰時排列梯、盾攻城，

见我渡河之兵后即遁逃，我军追赶遁逃之兵，其兵进入沙岭城。汗于申时抵沙岭，围城驻跸。二十一日，遣人招降城内汉人，因其不降，遂于辰时排列梯、盾攻城，

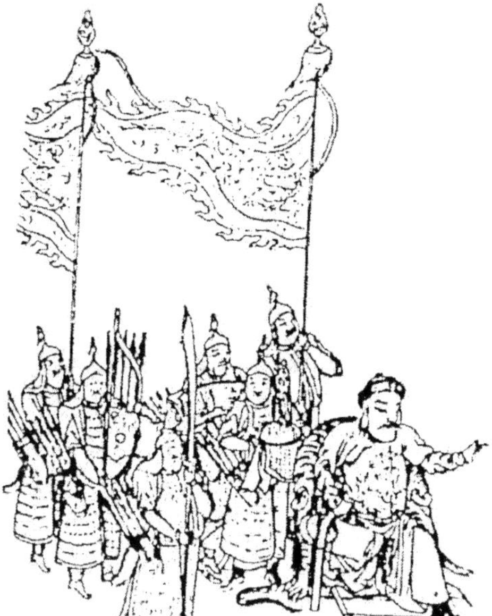

二、宰牛祭纛

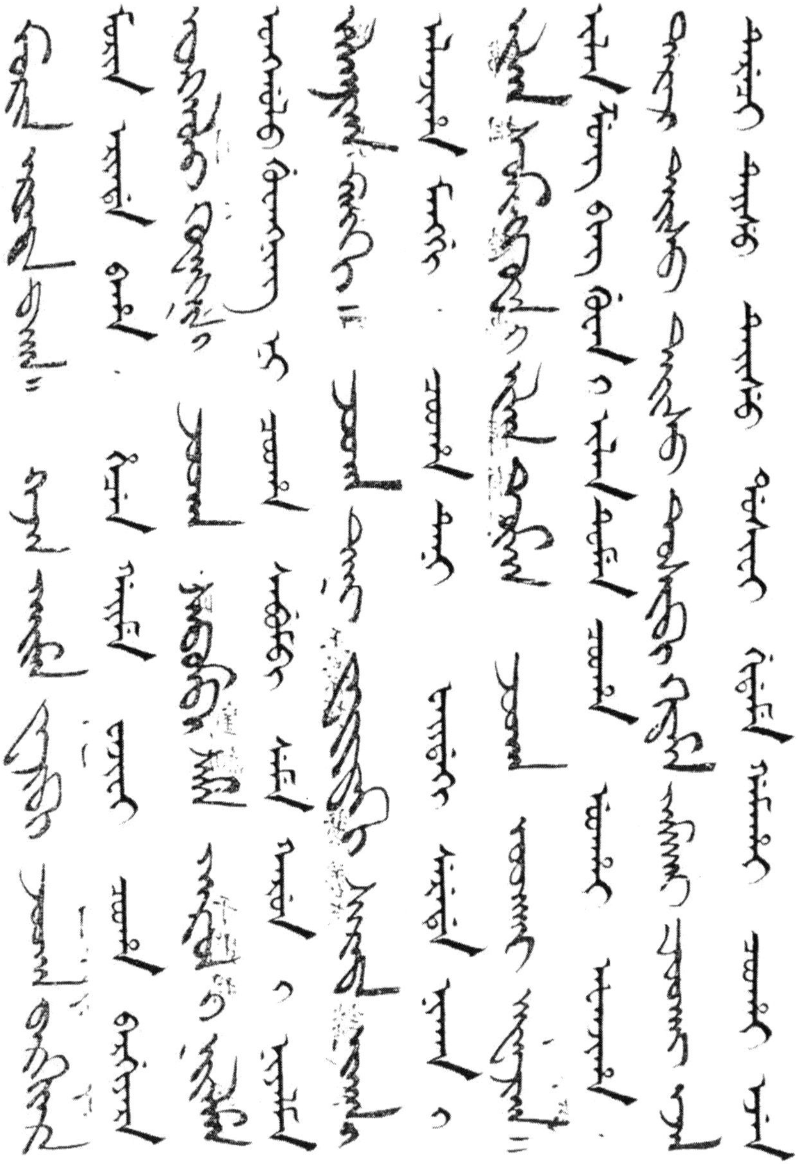

morin erinde baha. hecen gaime wajifi, cooha bargiyara onggolo, guwangning ni cooha sabumbi seme karun i niyalma alanjiha manggi, cooha teni faidaki serede nikan i ilan dzung bing guwan i ilan tumen cooha uthai afanjiha. tereci teisu teisu dosifi gidame gamahai coohai ejen

---

午時攻取。克城完後，在收兵之前，哨卡之人來告看見廣寧兵後，我軍方欲列陣，明三總兵官之兵三萬人即來戰。我遂分兵衝入，擊敗領兵主將

午时攻取。克城完后，在收兵之前，哨卡之人来告看见广宁兵后，我军方欲列阵，明三总兵官之兵三万人即来战。我遂分兵冲入，击败领兵主将

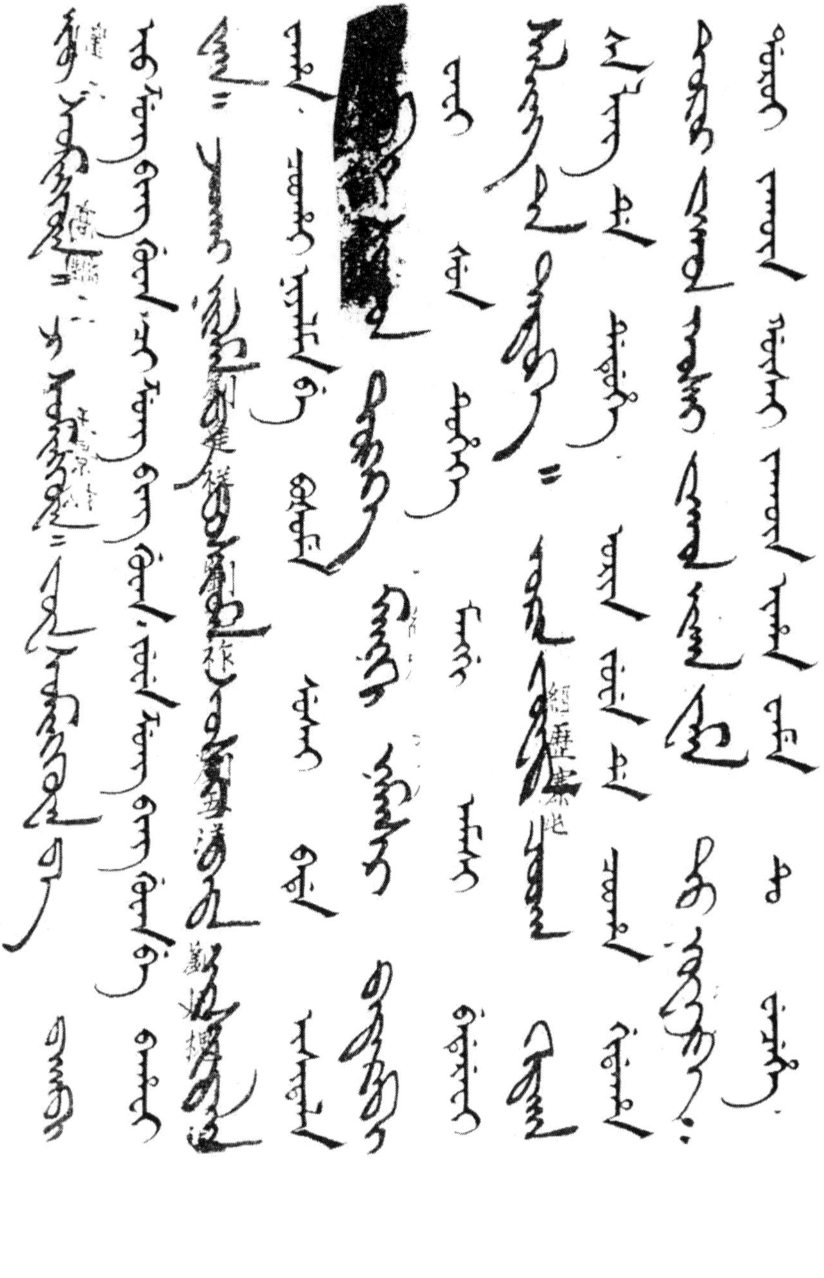

io dzung bing guwan, ci dzung bing guwan, juwe dzung bing guwan be bahafi waha. coohai niyalma be bošome susai bade isitala wafi, šun tuheke manggi, amasi bederefi ša ling de deduhe. orin juwe de, cooha gidaha doroi jakūn gūsai jakūn ihan wame tu wecehe.

尤總兵官、祁總兵官二總兵官擒殺之。追殺兵丁至五十里，日暮後，乃返回駐沙嶺。二十二日，以擊敗明兵，八旗舉行宰八牛祭纛之禮。

尤总兵官、祁总兵官二总兵官擒杀之。追杀兵丁至五十里，日暮后，乃返回驻沙岭。二十二日，以击败明兵，八旗举行宰八牛祭纛之礼。

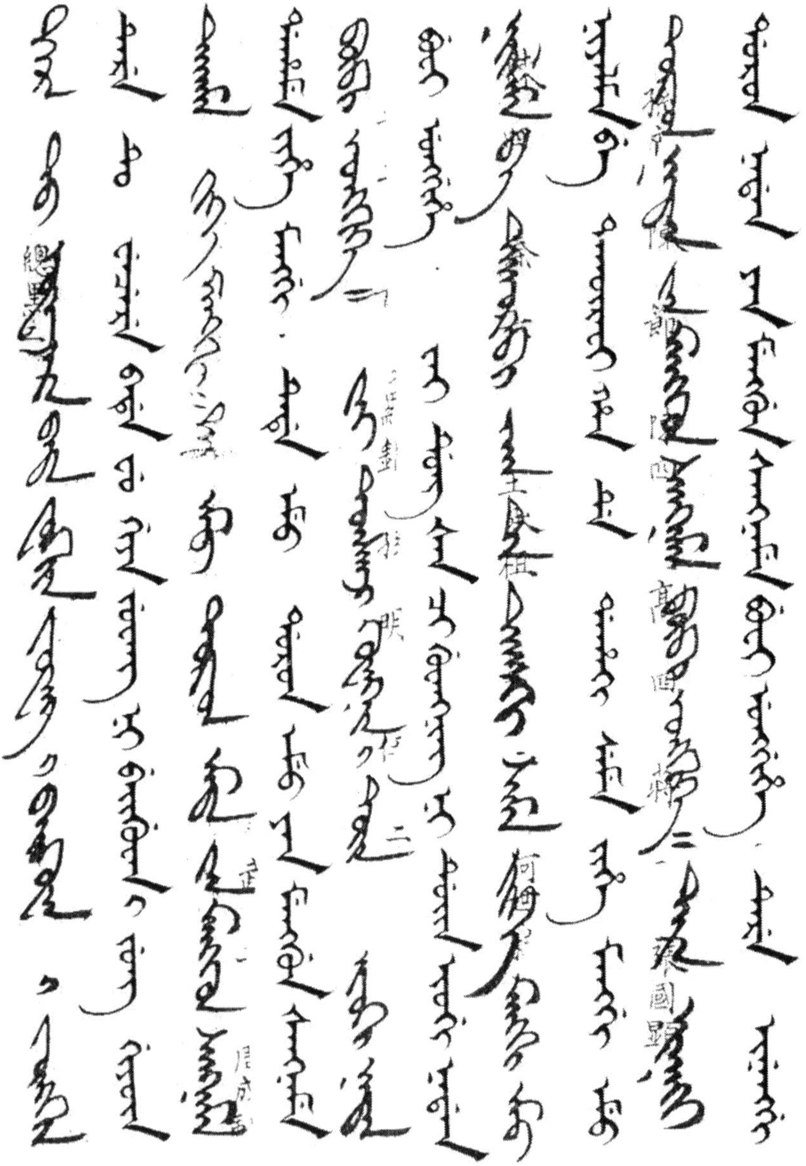

tere tu wecere bade, fu giya juwang ni beiguwan i jung giyūn dahame jihe manggi, tede emu doron, emu yan menggun šangname bufi unggihe. jai dung šan ci guwangning ni duin iogi, nadan niyalma be takūrafi han de dahaki seme jihe manggi, emu doron, nadan yan menggun šangname bufi unggihe. tere inenggi

---

於祭纛處，有富家莊備禦官屬下之中軍來降，賞賜印一枚、銀一兩，遣還。又廣寧之四遊擊自東山遣七人前來請降於汗，賞賜印一枚、銀七兩，遣還。是日，

于祭纛处，有富家庄备御官属下之中军来降，赏赐印一枚、银一两，遣还。又广宁之四游击自东山遣七人前来请降于汗，赏赐印一枚、银七两，遣还。是日，

ᠪᡝᠶᡝ ᡝᡵᡝᠨ ᡳᠯᡳᠶᠠᠪᡠᡥᠠ ::

ᠮᡠᠰᡝᡳ ᠵᡠᠰᡝᠨ ᠰᡳᠨᡩᠠᡥᠠ :: ᠮᡝᠰᡝ ᠪᡝ ᡨᡝ ᡨᡠᠮᡝᠨ

ᠠᠨᠠᠨ ᠪᡳ ᠠᠨᠠᡴᡳᠶᠠᠮᡝ ᠪᡠᡥᡝ ᡨᡝ ᡨᡠᠮᡝᠨ ᠠᠨᠠᠨ

ᠪᠣᡨᠣᠨ ᡤᡝᠨᡤᡳᠶᡝᠨᠪᡠᡥᡝ ᡨᡝ ᡤᡝᠨᡝ ᠪᡳ ᠵᡳᡥᡝ ᡤᡝᠨᡝ ᠪᠣ

ᠮᡠᠰᡝᡳ ᡳ ᡤᡠᠨᡳᠨ ᡳ ᡨᡝ ᡤᡝᠨᡝ ᠪᡠ ᡳ ᠵᡠᠪᡠ ᠪᡠ ᡨᡝ

ᡨᡠᠮᡝᠨ ᠠᠨᠠᠨ ᠪᡝ ᠪᡠᡥᡝ ᡳ ᠪᡠᡥᡝ ᠪᡳ ᡤᡝᠨᡝᡥᡝ ᡤᡝᠨᡳ

olji dendeme wajiha. orin de, lii dzung ciyan be ciyandzung obuha. lii dzung ciyan bithe wesimbume, ša ling be gaime genere de, liyoha i dalin i si ning pu i šeo pu lii dzung ciyan, bi hoton i duka be feksifi, mini

---

所獲俘虜分完。二十日，授李宗乾為千總。先是李宗乾上書曰：「前往攻取沙嶺時，獨有遼河岸之西寧堡守堡李宗乾我跑出城門，

所获俘虏分完。二十日，授李宗乾为千总。先是李宗乾上书曰：「前往攻取沙岭时，独有辽河岸之西宁堡守堡李宗乾我跑出城门，

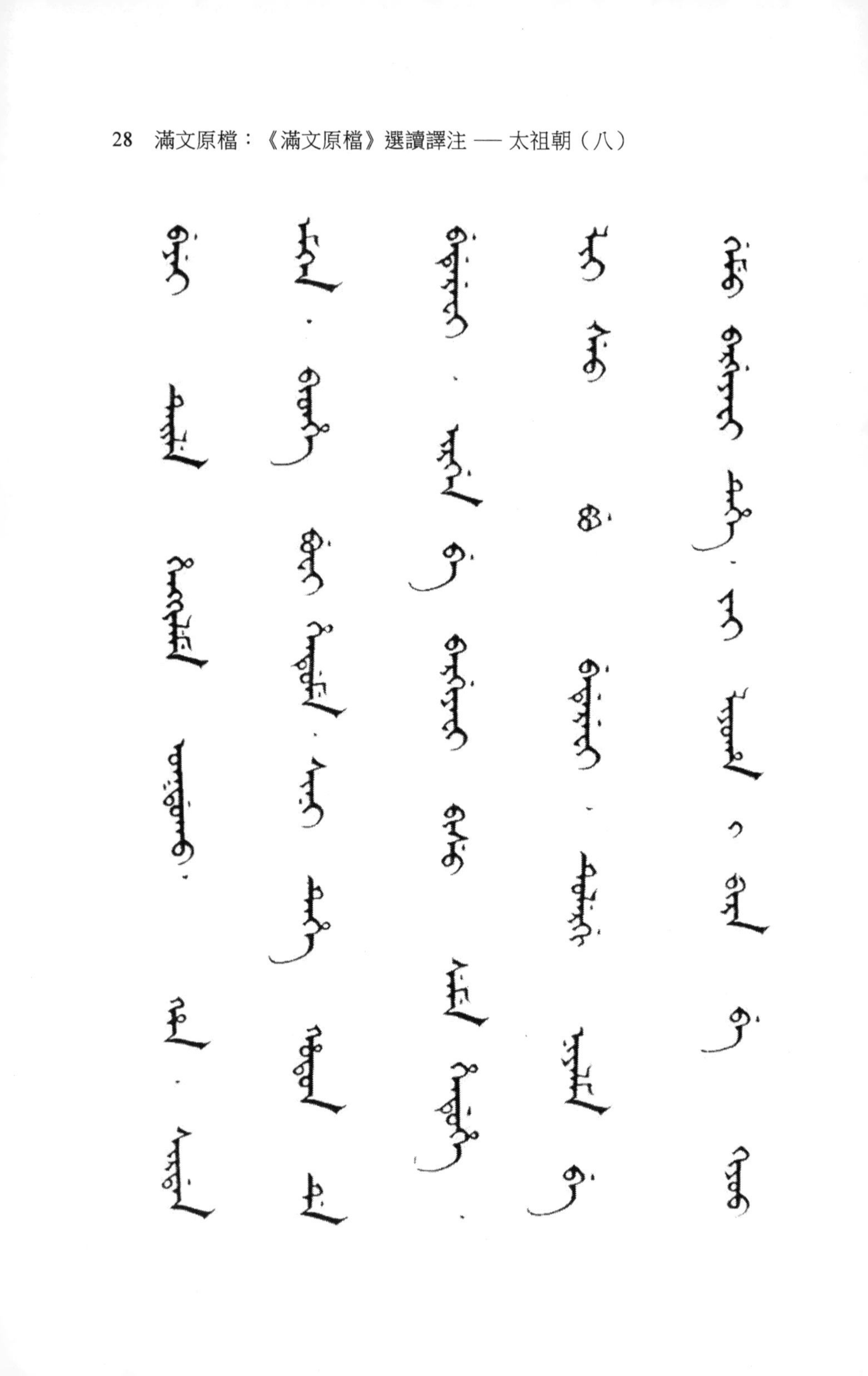

[illegible]

[illegible]

[illegible]

[illegible]

[illegible]

beyei teile hengkileme okdoko. han, sirdan emken, bithe bufi hendume, sini tehe hoton de bederefi, irgen be bargiyafi bisu seme henduhe. lii šeo pu bederefi, tulergi niyalma be gemu bargiyafi tehe. jai liyoha i bira be kiyoo

---

叩迎。」汗賜令箭一支，並諭曰：「著歸爾所駐之城，收爾屬民而居之。」諭畢，李守堡歸後，將城外之人俱收入城內居住。再者，於遼河架橋時，

叩迎。」汗赐令箭一支，并谕曰：「着归尔所驻之城，收尔属民而居之。」谕毕，李守堡归后，将城外之人俱收入城内居住。再者，于辽河架桥时，

ᠠᠮᠪᠠᠨ ᡩᡝ ᠰᠠᡳᠨ᠈ ᡤᡳᠰᡠᠨ ᠪᡳᡥᡝ ᠠᠮᠪᠠ᠉ ᠨᡳᠶᠠᠯᠮᠠ

ᠠᠮᠪᠠᠨ ᡩᡝ ᡤᡳᠰᡠᠨ ᠠᠮᠪᠠ᠉ ᡥᡡᠰᡠᠨ ᠪᡝ ᡥᡡᠰᡠᠯᡝᠮᡝ

ᡥᡡᠸᠠᠩᡩᡳ ᠪᡝ ᡥᡡᠸᠠᡩᡳ ᡥᡝᡵᡤᡝᠨ ᡤᡳᠰᡠᡵᡝ ᠪᡝᠰᡝ᠉ ᠠᠨᡳ

ᡩᡝ ᡤᡡᠩ ᠪᡝ᠉ ᡥᡠᠯᡥᠠ ᠠᠮᠪᠠ ᡳᠨᡳ ᠪᡝᡳ ᠠᠨᡳᠶᠠ

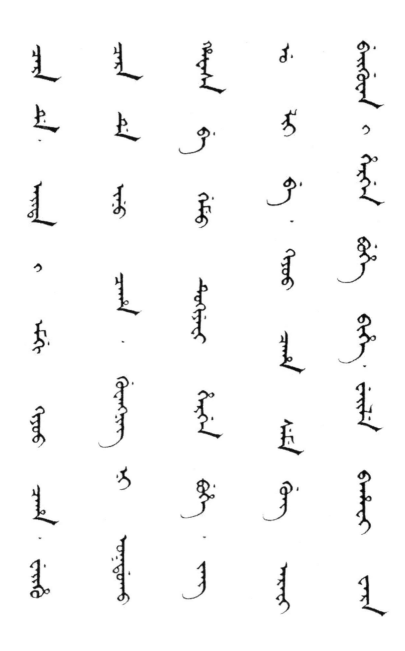

ᠪᡝᠨᠵᡳᠪᡠᡥᡝ᠈ ᡤᡳᠰᡠᡵᡝᡥᡝ ᠪᡝᡳᡩᡝ ᠪᡳᡵᡝ᠉ ᠰᡳᠨᡩᡝᠮᡝ ᠪᠠᡳᡨᠠ ᠰᡝᡥᡝ

cara de, aita i emgi kiyoo caha, weihu cara de inu caha. guwangning ni okdoko hafasa be gemu tukiyefi hergen buhe. jang u lii be, kiyoo caha seme gung arafi, beiguwan i hergen buhe bihe, weile bahafi wara

---

又與愛塔一同架橋，架舟時亦一同架設。廣寧出迎之官，皆擢用授官職。張悟理架橋有功，曾賜備禦官之職，後獲罪當死，

又与爱塔一同架桥，架舟时亦一同架设。广宁出迎之官，皆擢用授官职。张悟理架桥有功，曾赐备御官之职，后获罪当死，

[illegible]

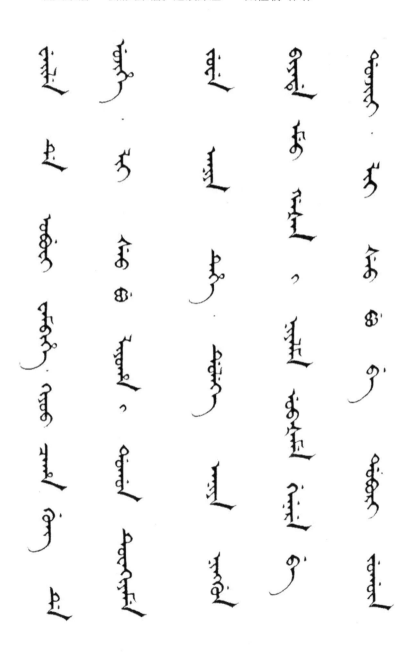

weile de obufi wambihe, kiyoo caha gung de ujihe. lii šeo pu liyoha i dogon tuwakiyame juwe aniya tehe, duleke aniya ninggun biyade, emu gašan i niyalma ubašame genere be donjifi, lii šeo pu be dobori jugūn

---

因其架橋之功赦而養之。李守堡駐守遼河渡口業已二年，去年六月聞一莊屯之人叛逃，李守堡連夜

因其架桥之功赦而养之。李守堡驻守辽河渡口业已二年，去年六月闻一庄屯之人叛逃，李守堡连夜

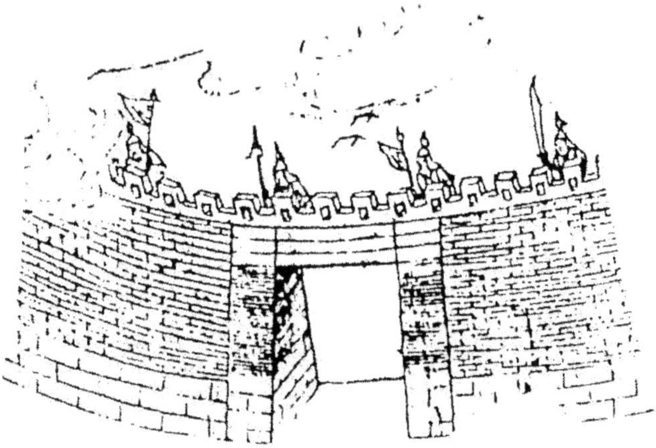

三、八旗入城

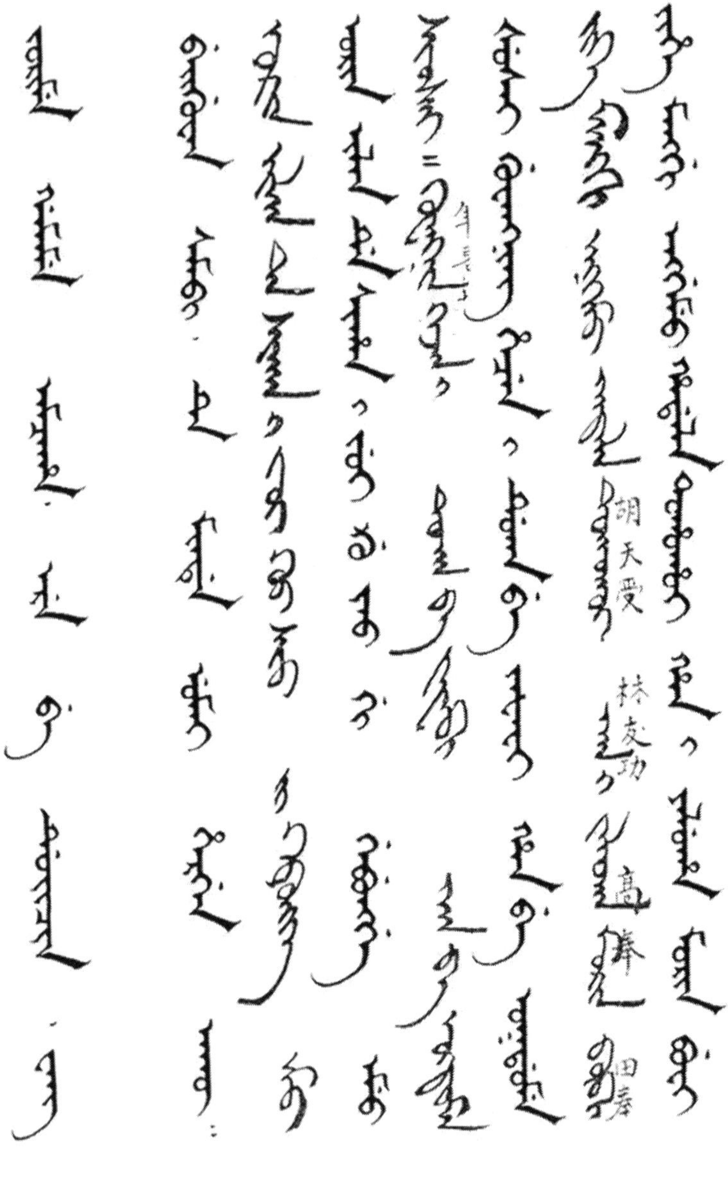
胡天愛
林友功

jorime gamame amcaha, ere be duicin, wang beiguwan sambi, te minde umai hergen akū. orin ilan de, sihan i jui, g'o jao gi gebungge emu šusai, guwangning hecen i duka be jafafi han be okdome jihe manggi, enggemu hadala tohohoi han i yaluha morin bufi

---

為追趕者指路，此事對勤、王備禦官知悉，至今我尚無職銜。二十三日，錫翰之子一生員名郭肇基掌管廣寧城門，前來迎汗後，賜以汗所乘套鞍轡之馬

为追赶者指路，此事对勤、王备御官知悉，至今我尚无职衔。二十三日，锡翰之子一生员名郭肇基掌管广宁城门，前来迎汗后，赐以汗所乘套鞍辔之马

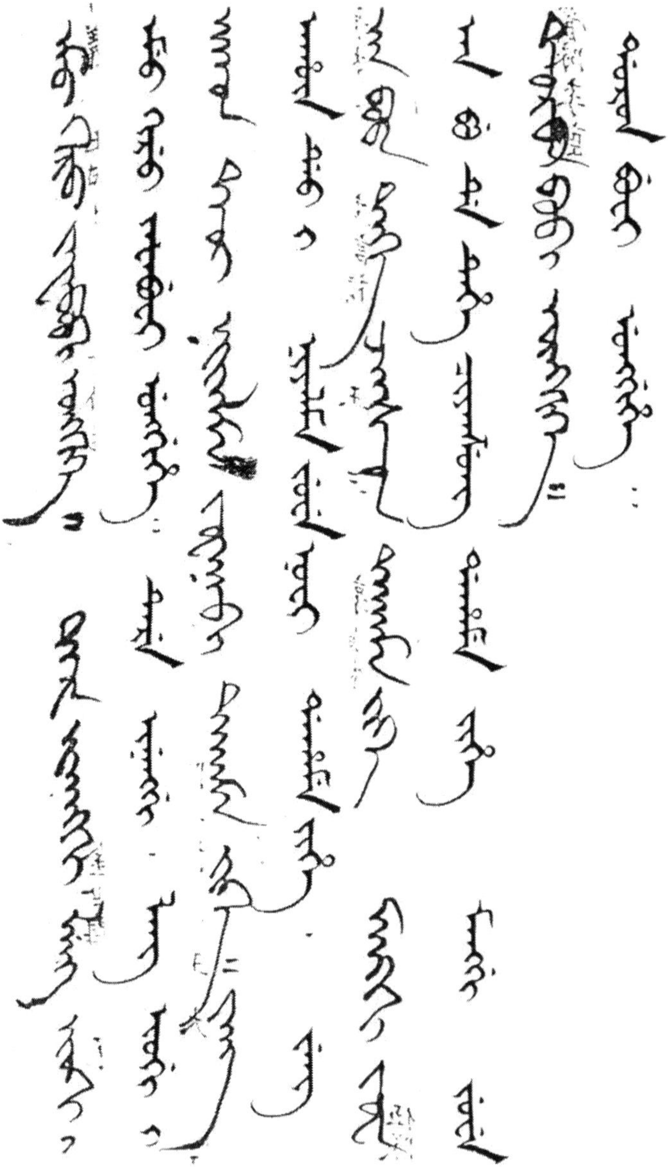

emu kiru jafabufi unggihe. tere inenggi, lang iogi i ahūn deo i niyalma juwe nofi dahame jihe, jeng an pu de tehe ciyandzung dahame jihe manggi, juwe doron bufi unggihe.

及一小旗後遣還。是日，郎遊擊兄弟二人來降，駐鎮安堡千總來降，賜印二枚後遣還。

及一小旗后遣还。是日，郎游击兄弟二人来降，驻镇安堡千总来降，赐印二枚后遣还。

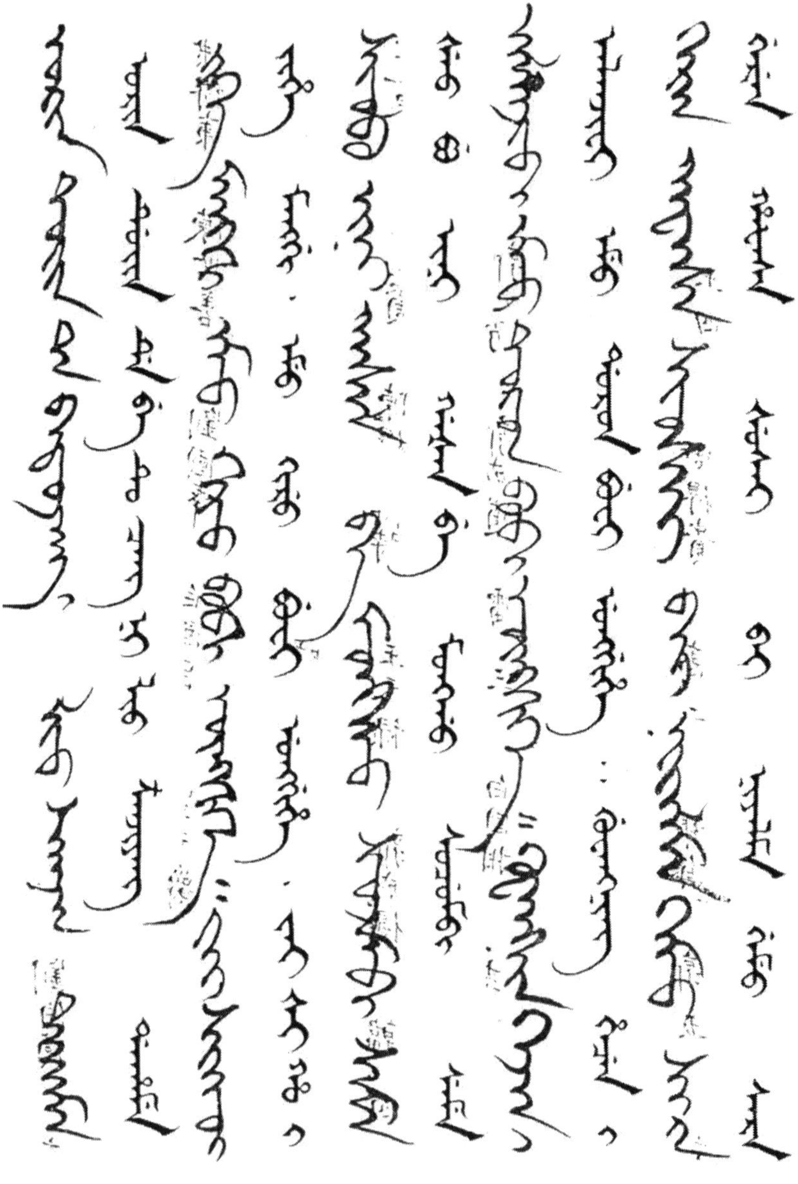

orin duin de, be tu cang ni lio ts'anjiyang dahame jihe manggi, emu kiru bufi unggihe. jai ši ho i šeo pu ini gašan be monggo sucumbi seme alanjifi, emu doron bufi unggihe. guwangning hecen i geren hafasa, šusai, bai niyalma gemu sara

---

二十四日，白土場劉参將來降後，賜旗一杆後遣還。又石河守堡來告其村被蒙古襲擊，賜印一枚後遣還。廣寧城衆官、生員、庶民皆張蓋

二十四日，白土场刘参将来降后，赐旗一杆后遣还。又石河守堡来告其村被蒙古袭击，赐印一枚后遣还。广宁城众官、生员、庶民皆张盖

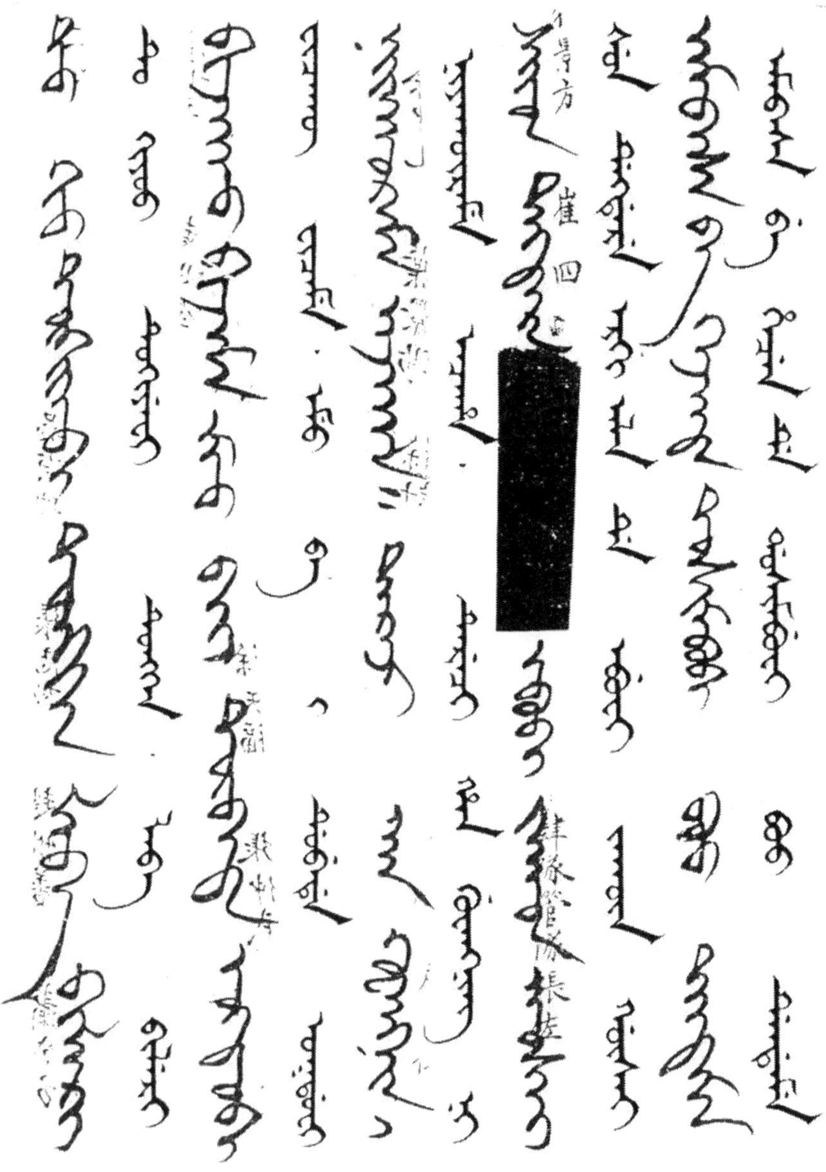

tu kiyoo tukiyefi, tungken, laba, bileri, ficakū ficame, emu ba i dubede okdofi niyakūrame acaha, tereci han guwangning ni šun dekdere ergi ala de ebufi, jakūn gūsai ambasa be hecen de dosimbufi, boo dendeme

---

執旗擡轎，擊鼓、吹喇叭、嗩吶、簫，迎至一里外，俯伏謁見。汗於廣寧城東山崗下馬，命八旗大臣入城分屋已畢，

执旗抬轿，击鼓、吹喇叭、唢呐、箫，迎至一里外，俯伏谒见。汗于广宁城东山岗下马，命八旗大臣入城分屋已毕，

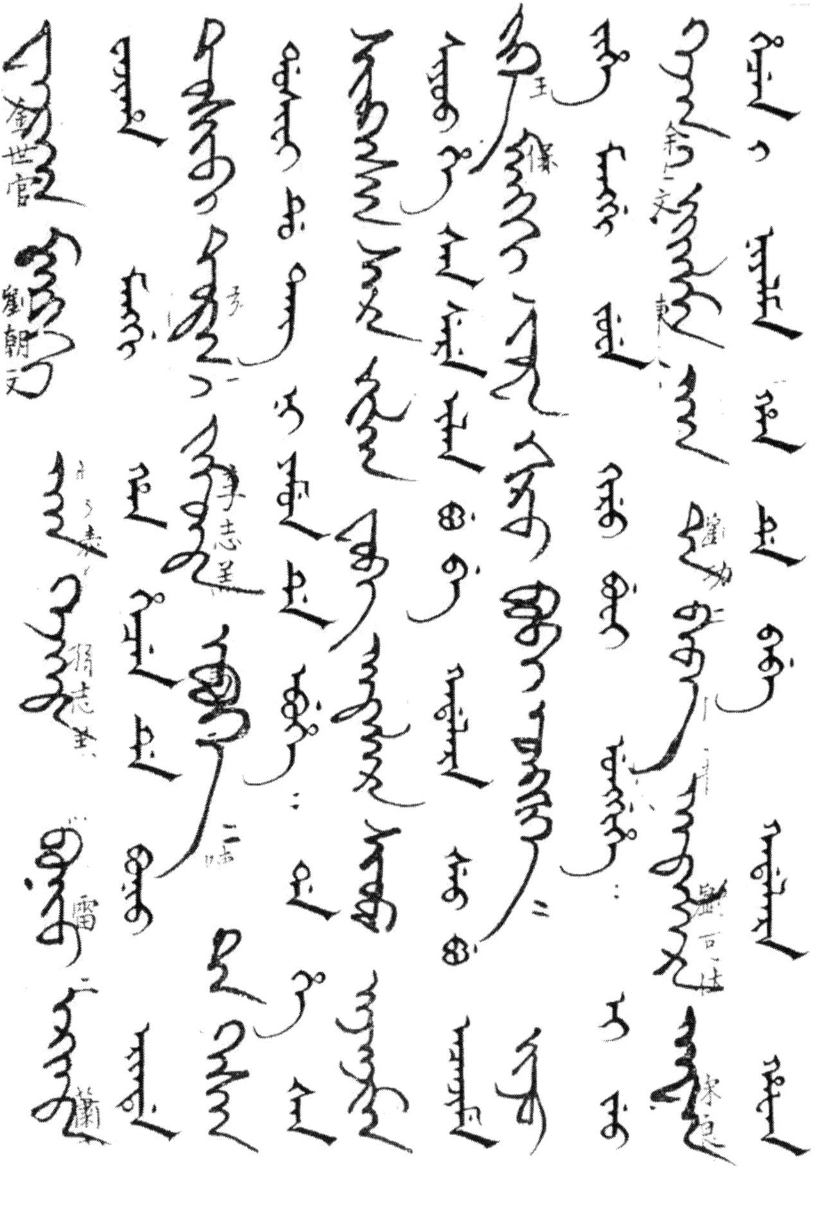

wajiha manggi han, hecen de bonio erinde dosifi, du tang ni yamun de ebuhe. da he šan, siyoo he šan sere ilan pu be kadalara šeo pu acanjime jihe manggi, juwe kiru bufi unggihe. i jeo hecen i niyalma han de babe kadalara hafan

---

汗於申時入城，駐蹕都堂衙門。管轄大黑山、小黑山等三堡之守堡前來謁見，賜旗二杆後遣還。義州城之人前來請汗設置管轄地方之官員，

汗于申时入城，驻跸都堂衙门。管辖大黑山、小黑山等三堡之守堡前来谒见，赐旗二杆后遣还。义州城之人前来请汗设置管辖地方之官员，

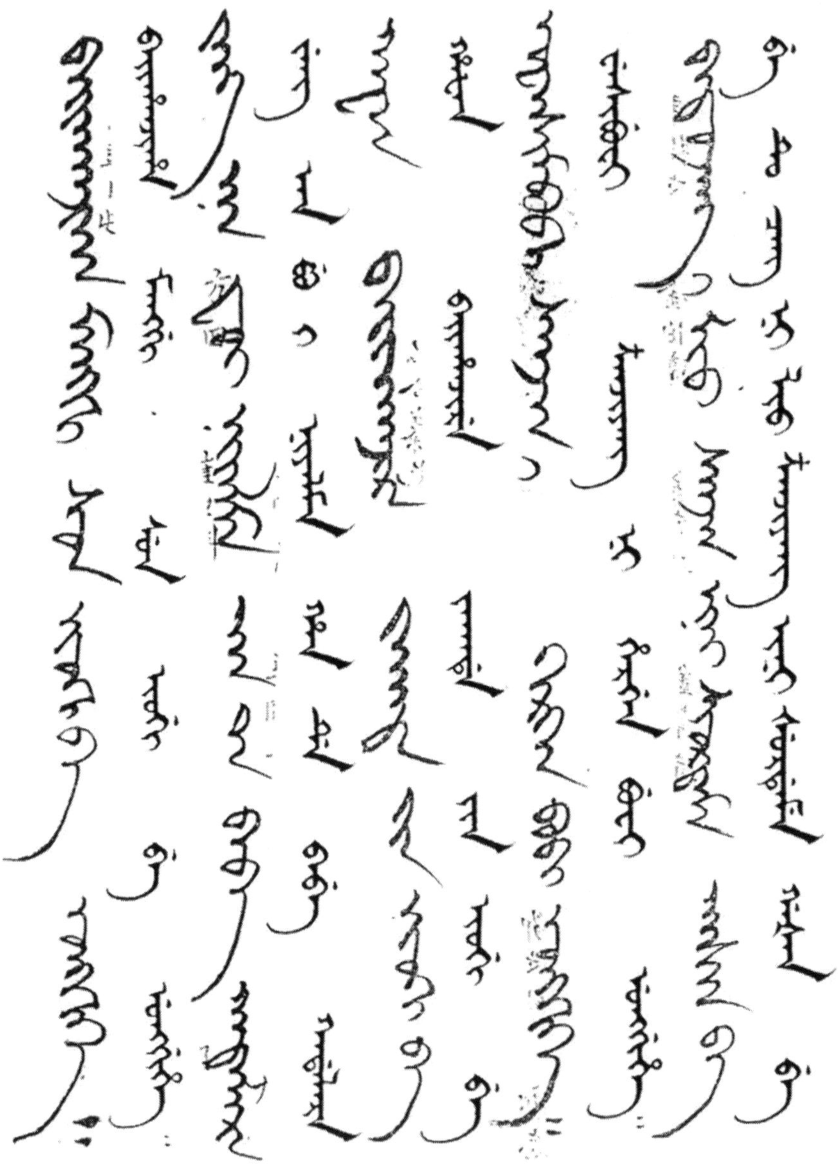

baihanjiha manggi, sun iogi be unggihe. jeng an pu i niyalma han de babe kadalara hafan baihanjire jakade, jin iogi be wesibufi ts'anjiyang ni hergen bufi unggihe. be tu cang ni lio ts'anjiyang, ini šurdeme gašan be

---

遂遣孫遊擊前往。因鎮安堡之人前來請汗設立管轄地方之官員，遂陞金遊擊，賜參將之職後遣往。白土場劉參將盡收其周圍各村，

遂遣孙游击前往。因镇安堡之人前来请汗设立管辖地方之官员，遂升金游击，赐参将之职后遣往。白土场刘参将尽收其周围各村，

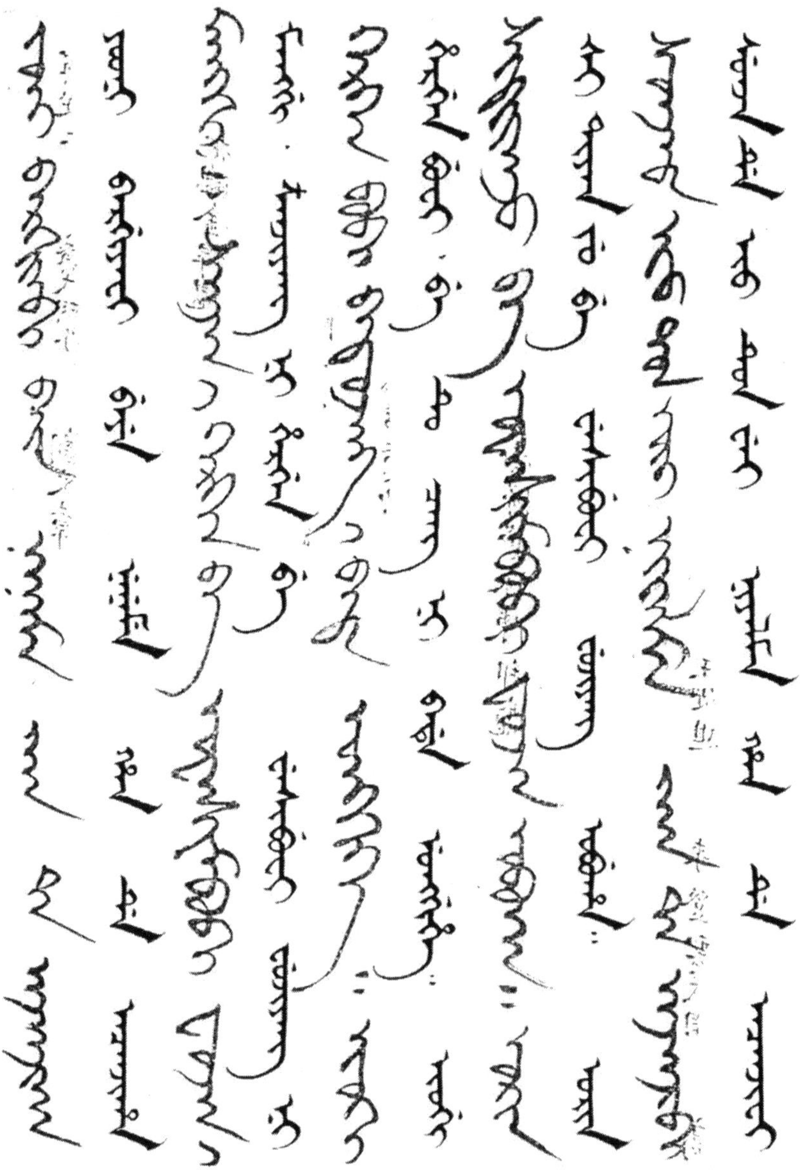

yooni bargiyafi, beye neneme han de acanjiha manggi, ts'anjiyang ni hergen be wesibufi fujiyang ni hergen bufi be tu cang ni bade unggihe. iogi ši tiyan ju be wesibufi fujiyang obuha. orin sunja de, io tun wei niyalma han de acanjifi

---

率先親自前來謁汗，遂陞參將之職，賜副將之職，遣歸白土場地方。陞遊擊石天柱為副將。二十五日，右屯衛之人前來謁汗，

率先亲自前来谒汗，遂升参将之职，赐副将之职，遣归白土场地方。升游击石天柱为副将。二十五日，右屯卫之人前来谒汗，

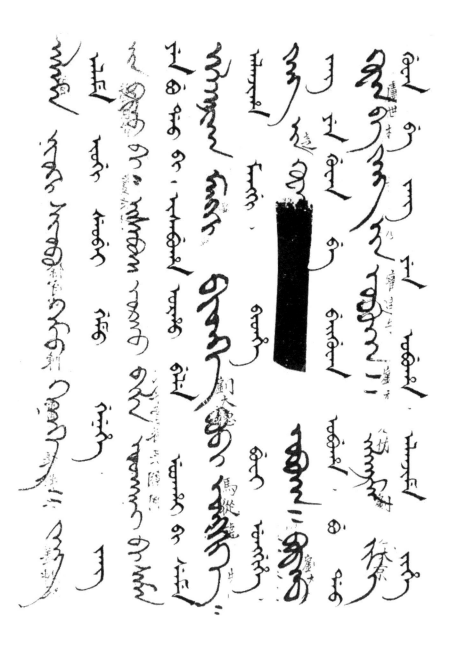

alame, iogi, šeobei gemu genehe, jang yen, bu dao bi, isabuha orho bele uthai bi seme alanjiha manggi, bithe bufi unggihe, jang yen guwan be beiguwan obuha. bu dao guwan be jang yen obuha. alanjime jihe

---

並前來稟告：「遊擊、守備皆已逃走，惟掌印官、捕盜官留守，所積糧草俱在。」遂賜敕書遣之，命掌印官為備禦官，捕盜官為掌印，前來稟告之人

并前来禀告：「游击、守备皆已逃走，惟掌印官、捕盗官留守，所积粮草俱在。」遂赐敕书遣之，命掌印官为备御官，捕盗官为掌印，前来禀告之人

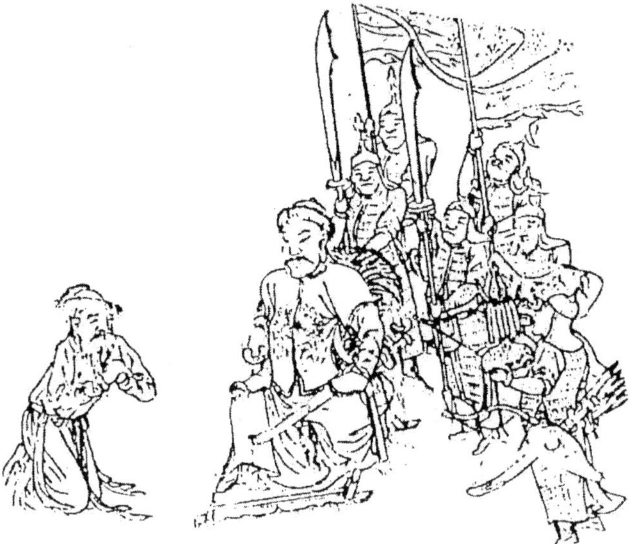

四、秉公聽斷

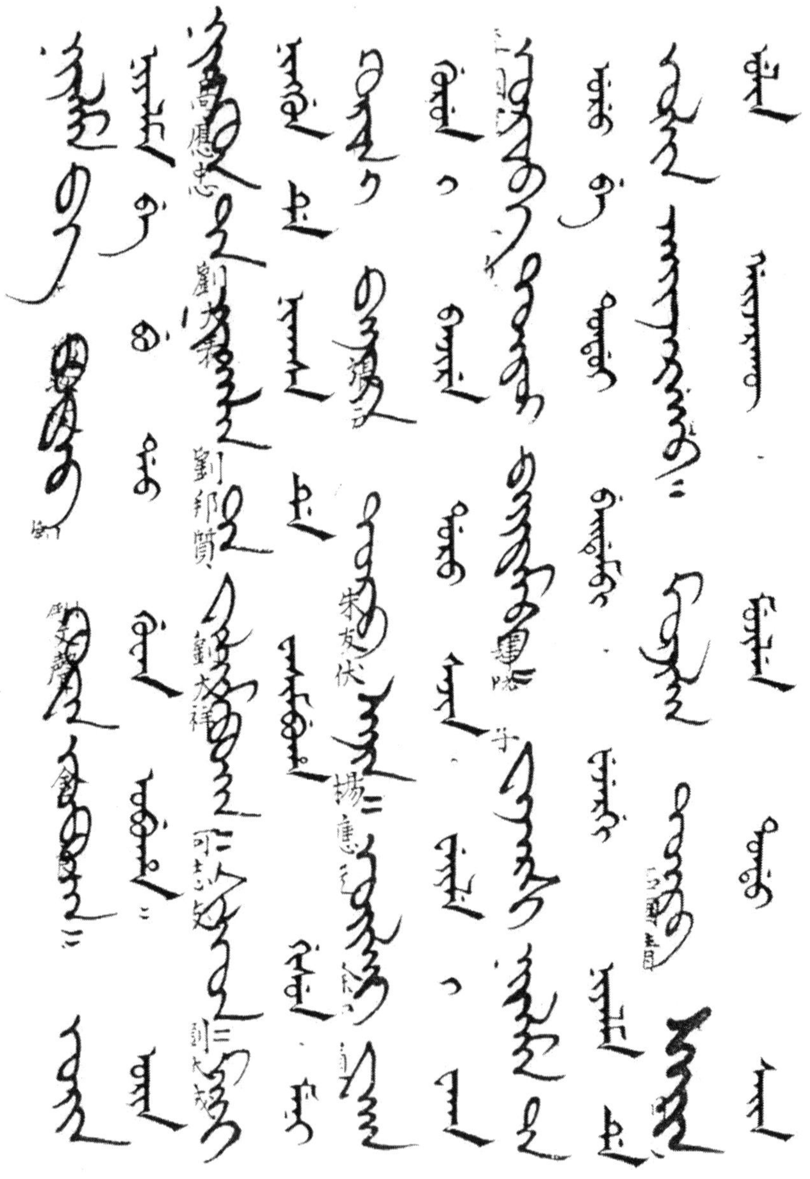
高應忠
劉大霖
劉邦賢
劉大祥
朱友伏

niyalma be bu dao guwan obuha. orin ninggun de, nikasa de wasimbuha gisun, meni gurun i banjire doro šajin, weile i waka uru be tondoi beidembi, fejergi niyalma de ulin gaijarakū, mujilen tondo sain

---

為捕盜官。二十六日，諭衆漢人曰：「我國生計之法，乃依事之是非，秉公聽斷。凡不受賄於下人，心存正直善良之人，

为捕盗官。二十六日，谕众汉人曰：「我国生计之法，乃依事之是非，秉公听断。凡不受贿于下人，心存正直善良之人，

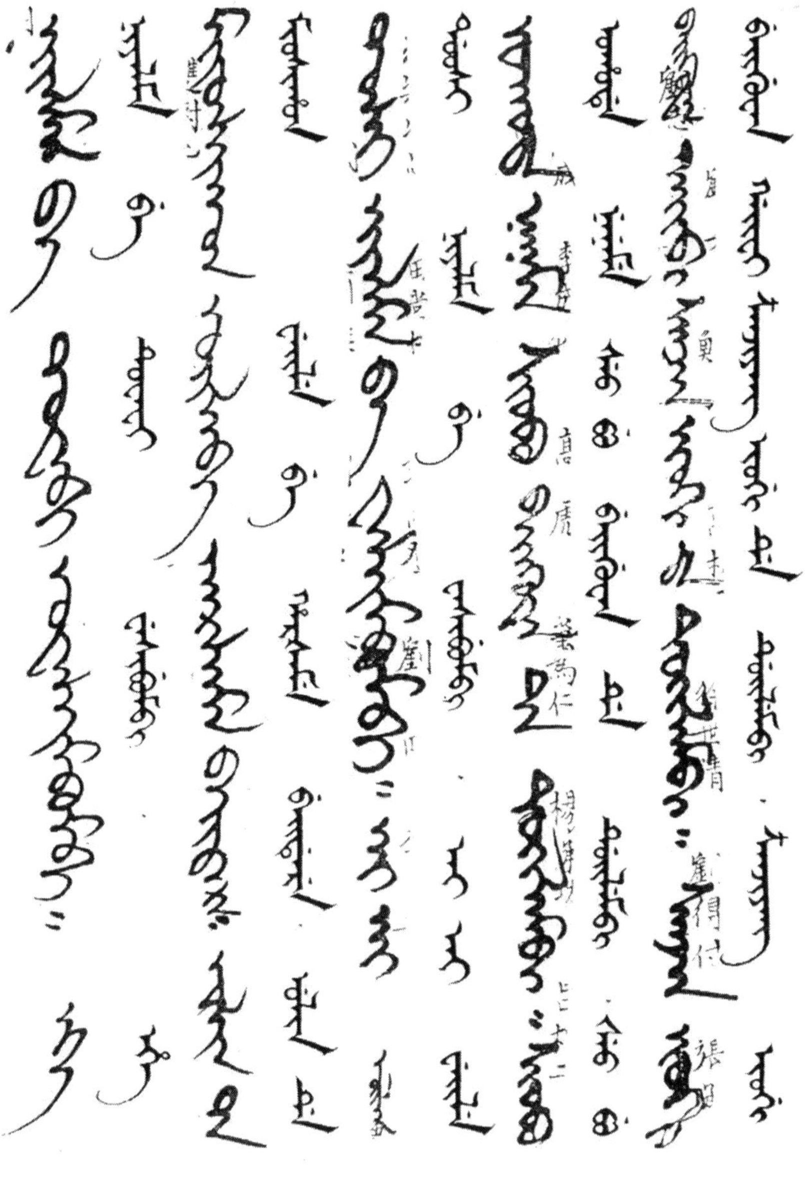

niyalma be tuwafi wesibumbi. ehe miosihon weile be haršame beidere, ulin de doosi niyalma be wasibumbi. ai ai weile ohode, neneme šeo pu beiguwan de duilembi, šeo pu beiguwan gaifi, ts'anjiyang, iogi de duilembi, ts'anjiyang iogi

---

酌情晉陞。凡庇護邪惡聽斷、貪贓受賄之人，予以降職。諸凡案件，先交守堡、備禦官勘斷。守堡、備禦官接受後，交參將、遊擊勘斷。

酌情晋升。凡庇护邪恶听断、贪赃受贿之人，予以降职。诸凡案件，先交守堡、备御官勘断。守堡、备御官接受后，交参将、游击勘断。

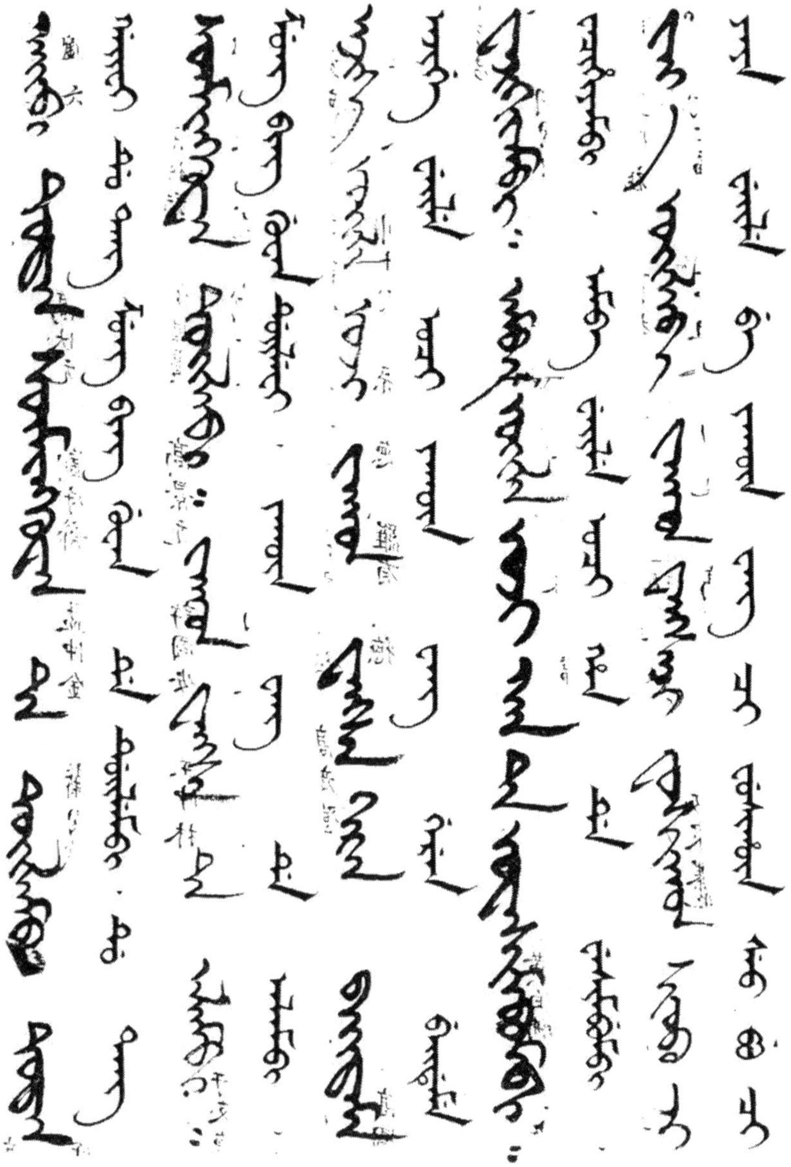

gaifi, du tang, dzung bing guwan de duilembi. du tang, dzung bing guwan duilefi, jakūn wang de alambi. ajige weile oci jakūn wang geren beideme wacihiyambi. amba weile oci han de wesimbumbi. yaya weile be jakūn wang ci fusihūn šeo pu ci

---

參將、遊擊接受後，交都堂、總兵官勘斷。都堂、總兵官勘斷後，稟告八王。若是小事，由八王衆人審訊結案，若是大事，則奏聞於汗。八王以下，守堡以上各官，

参将、游击接受后，交都堂、总兵官勘断。都堂、总兵官勘断后，禀告八王。若是小事，由八王众人审讯结案，若是大事，则奏闻于汗。八王以下，守堡以上各官，

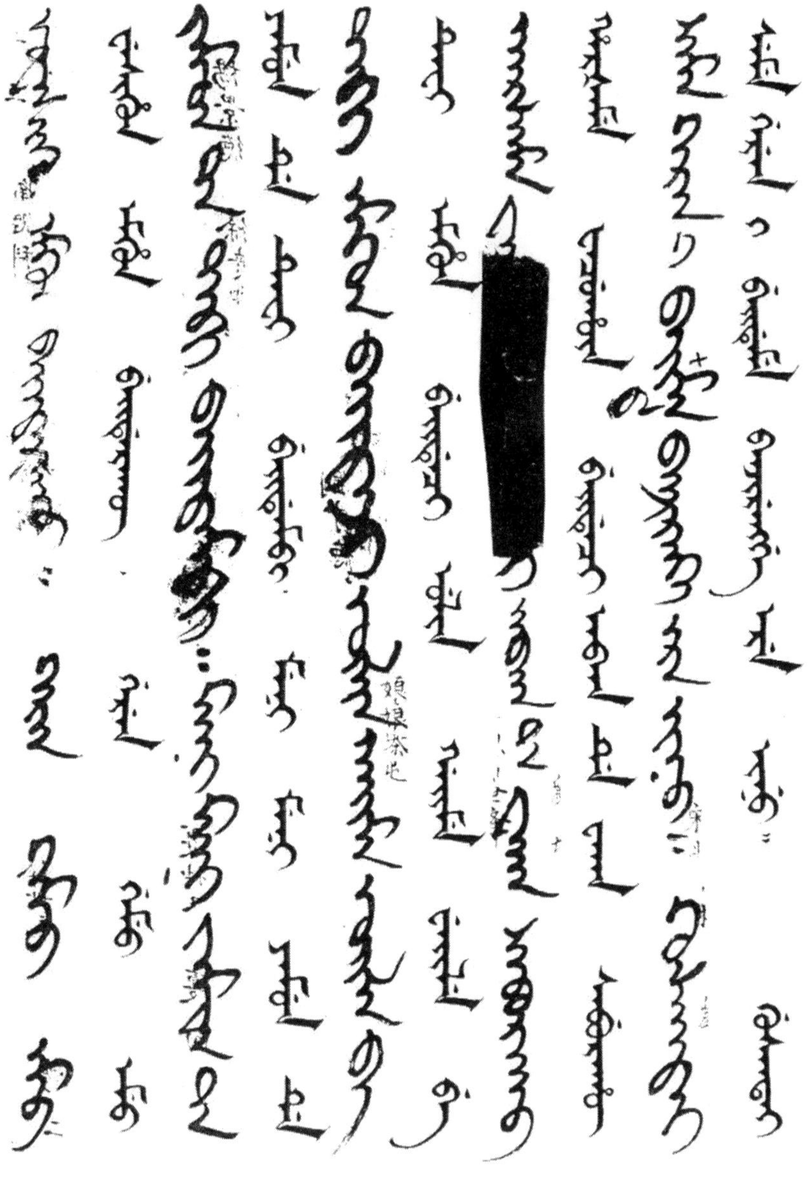

wesihun, emhun beiderakū. geren gemu emu yamun de tefi beidembi, meni meni yamun de tefi emhun beideci ulin gaime weile be haršame facuhūn beideci abka de waka saburahū seme geren i beideme banjirengge ere inu. gusantai

---

凡事不可獨斷。衆人坐於一衙門審理，恐坐於各衙門獨自審理，受賄徇庇，妄加審理，獲罪於天，所謂衆人聽斷而生者，即此也。」

凡事不可独断。众人坐于一衙门审理，恐坐于各衙门独自审理，受贿徇庇，妄加审理，获罪于天，所谓众人听断而生者，即此也。」

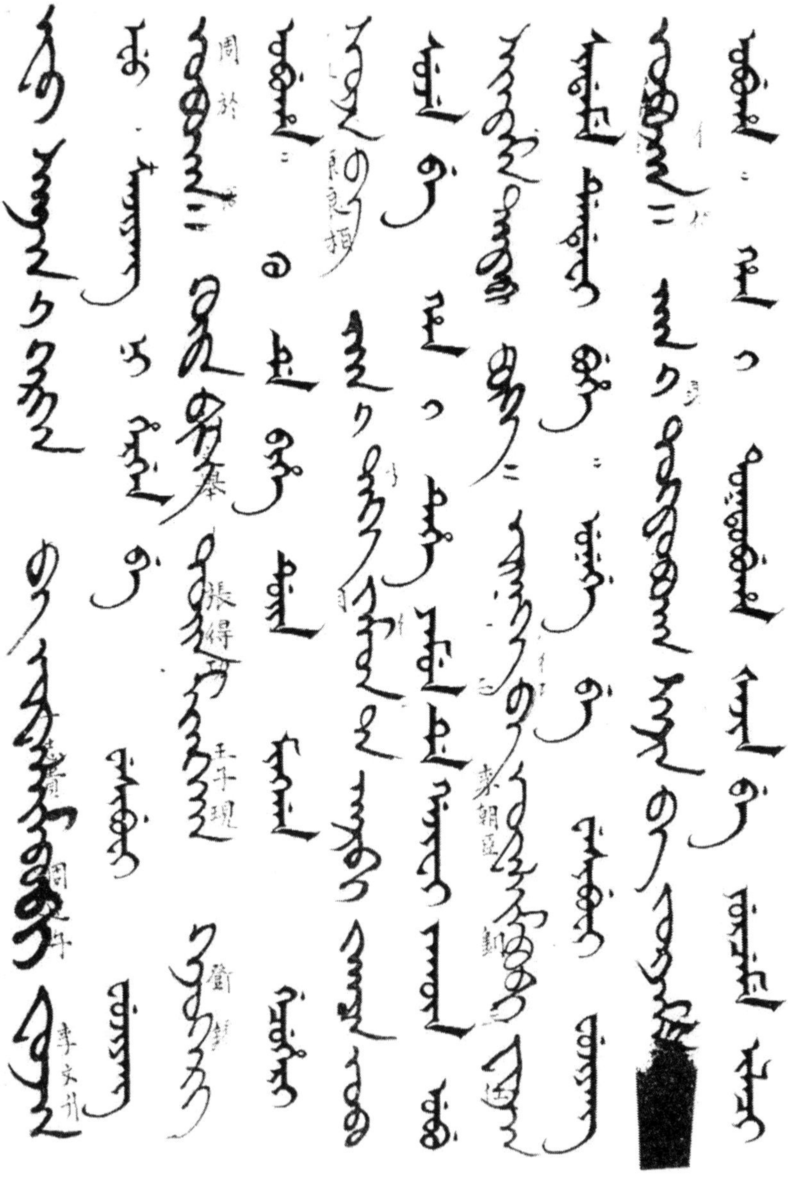

efu ts'anjiyang ni hergen be wesibufi fujiyang obuha. ku de bihe duin minggan gecuheri, suje be han i tehe yamun de gajifi, jakūn ubu sindame dendefi buhe. unege be wesibufi fujiyang obuha. han i toktobuha šajin be jurceme, ilaci

---

陞顧三泰額駙參將之職為副將。取庫貯蟒緞、綢緞四千疋送至汗所御衙門，分放八份，賞賜之。陞烏訥格為副將。

升顾三泰额驸参将之职为副将。取库贮蟒缎、绸缎四千疋送至汗所御衙门，分放八份，赏赐之。升乌讷格为副将。

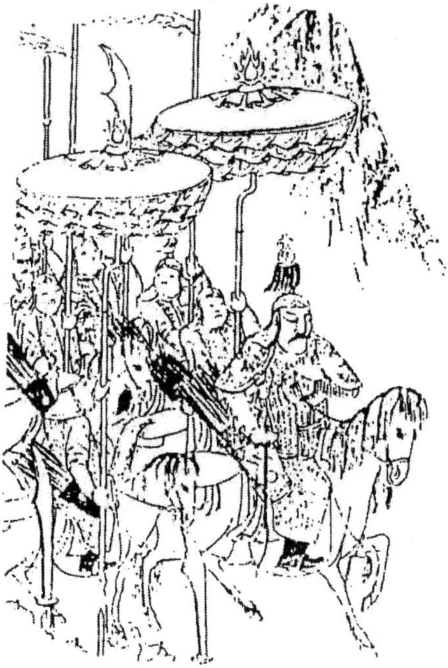

五、重修舊好

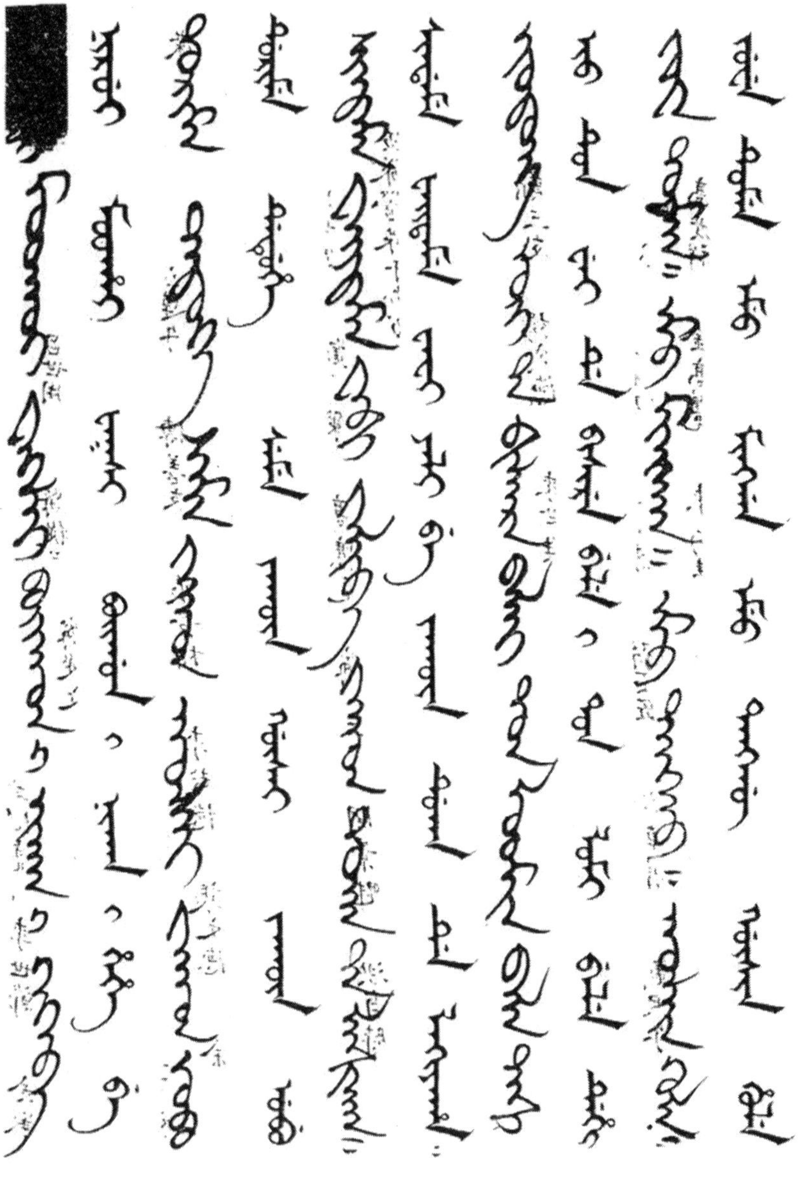

nirui moohai faksi, boigon i nikan i hehe be durime deduhe seme, jakūn gūsai jakūn ubu sindame faitame wafi yali be jakūn duka de lakiyaha. io tun wei de bisire bele i ton, lomi bele dehi juwe tumen emu minggan emu tanggū gūsin hule

---

第三牛彔工匠茂海違反汗所定之法，強姦戶下漢人之婦，誅戮後按八旗分尸八分，將其肉懸於八門示衆。右屯衛存米之數：老米[5]計四十二萬一千一百三十石

第三牛录工匠茂海违反汗所定之法，强奸户下汉人之妇，诛戮后按八旗分尸八分，将其肉悬于八门示众。右屯卫存米之数：老米计四十二万一千一百三十石

---

[5] 老米，《滿文原檔》讀作“loomin bele”，《滿文老檔》讀作“lomi bele”；規範滿文讀作“hukšeri bele”。

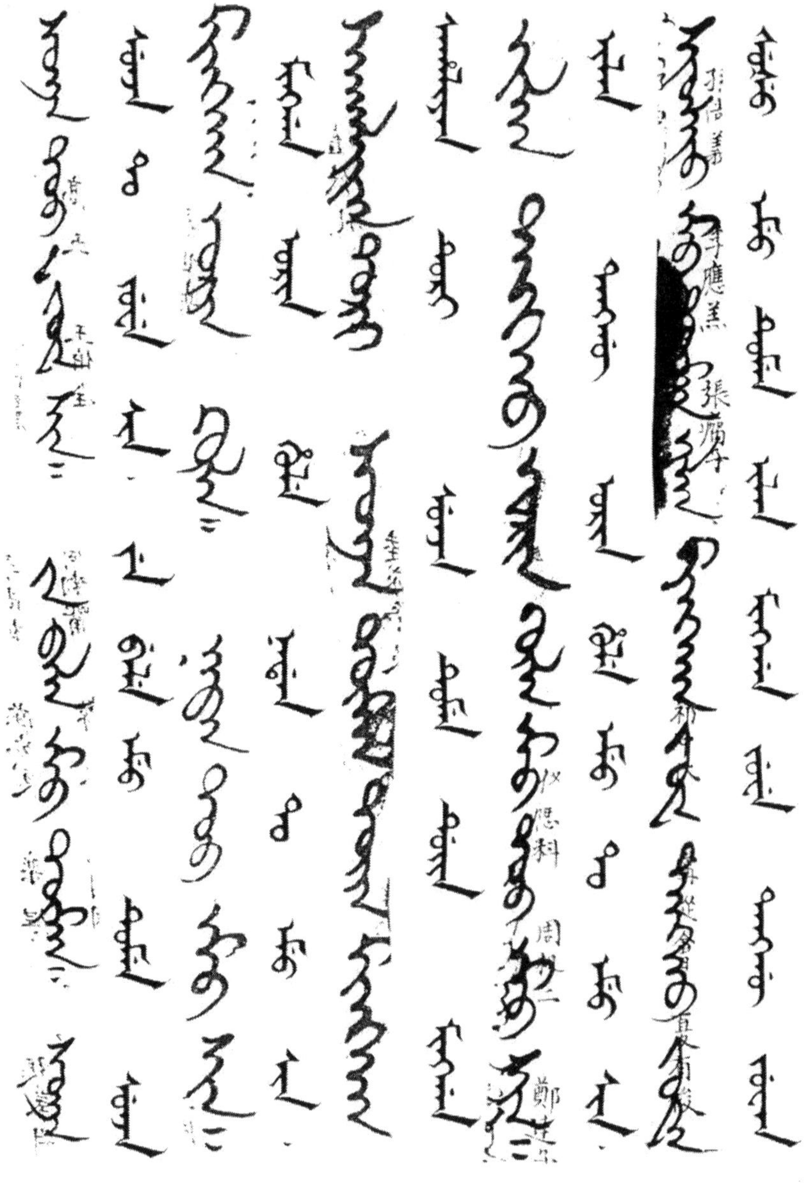

sunja to juwe sin, je bele emu tumen sunja minggan orin hule nadan to emu sin, sahaliyan turi sunja tumen duin minggan ilan tanggū orin hule emu to emu sin, šušu emu tumen ilan minggan juwe tanggū juwan

---

五斗二升，小米計一萬五千零二十石七斗一升，黑豆計五萬四千三百二十石一斗一升，高粱計一萬三千二百一十石

五斗二升，小米计一万五千零二十石七斗一升，黑豆计五万四千三百二十石一斗一升，高粱计一万三千二百一十石

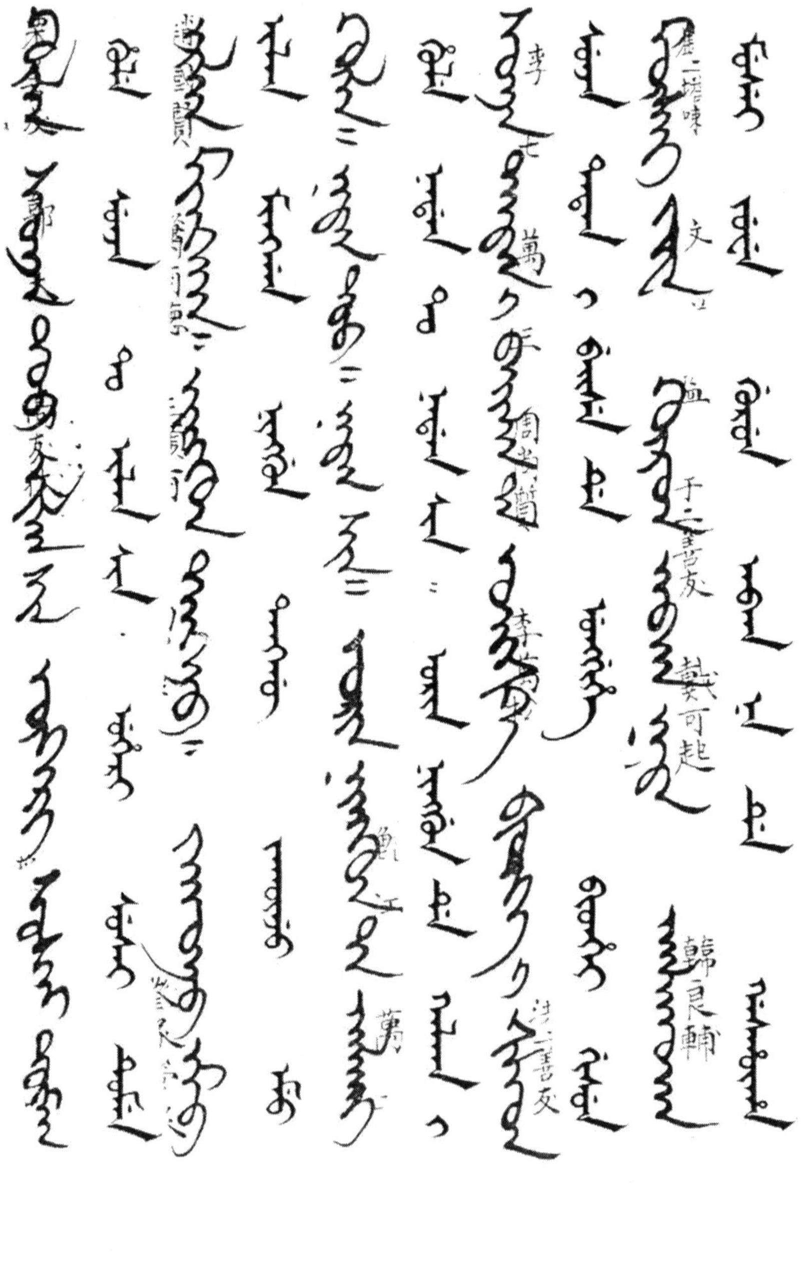

hule sunja to ilan sin, uheri susai tumen ilan minggan ninggun tanggū jakūnju emu hule nadan to nadan sin. orin ninggun de, kalka i sunja tatan i beise de unggihe bithei gisun, musei juwe gurun abka na de gashūha

---

五斗三升，共五十萬三千六百八十一石七斗七升。二十六日，致喀爾喀五部貝勒書曰：「爾等毀我兩國天地之盟誓，

五斗三升，共五十万三千六百八十一石七斗七升。二十六日，致喀尔喀五部贝勒书曰：「尔等毁我两国天地之盟誓，

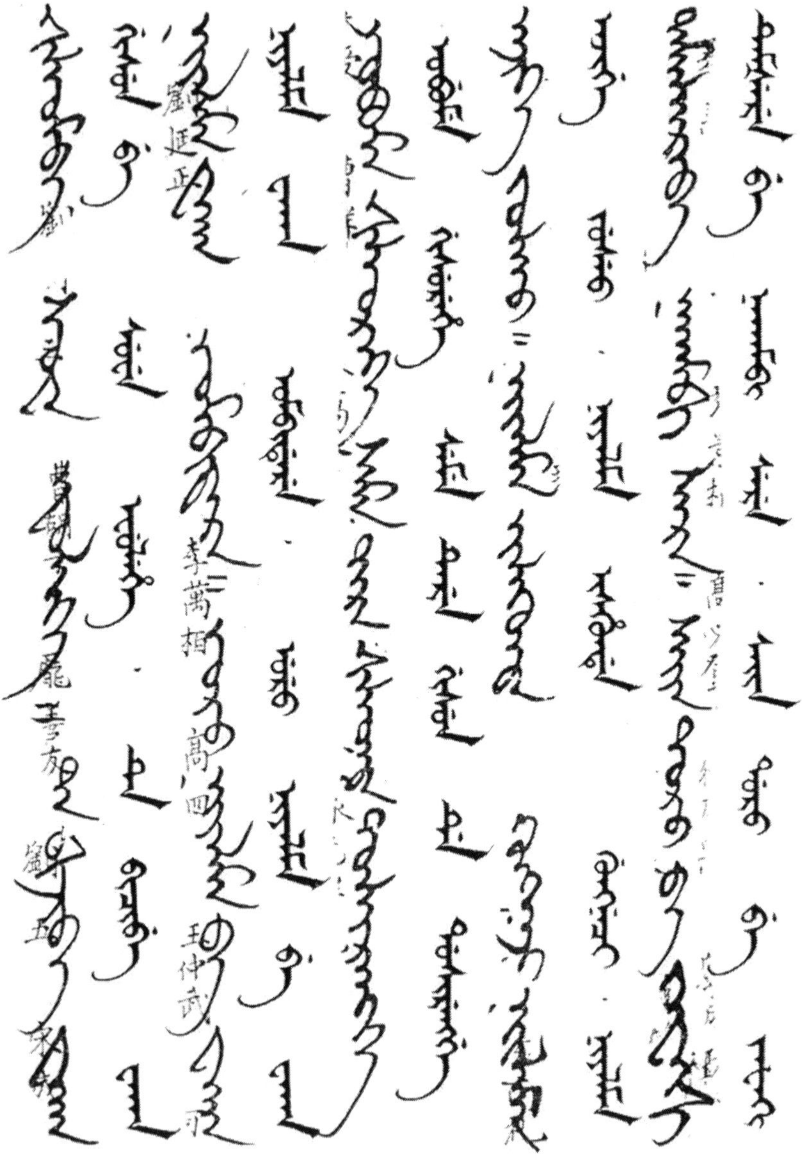

gisun be suwe efulehe, te bicibe waka niyalma waka ombidere, uru niyalma be waka obume gisurehe seme tere gisun de dosirengge ajige juseo. niyalma ishunde gungneci, niyalma temšere be nakambi sere, sain doro be jafaki

---

如今竟有非者雖然為非、是者亦為非之說，輕信其言，豈非幼稚乎？人若相互恭敬，人之爭端自息也。若欲修好，

如今竟有非者虽然为非、是者亦为非之说，轻信其言，岂非幼稚乎？人若相互恭敬，人之争端自息也。若欲修好，

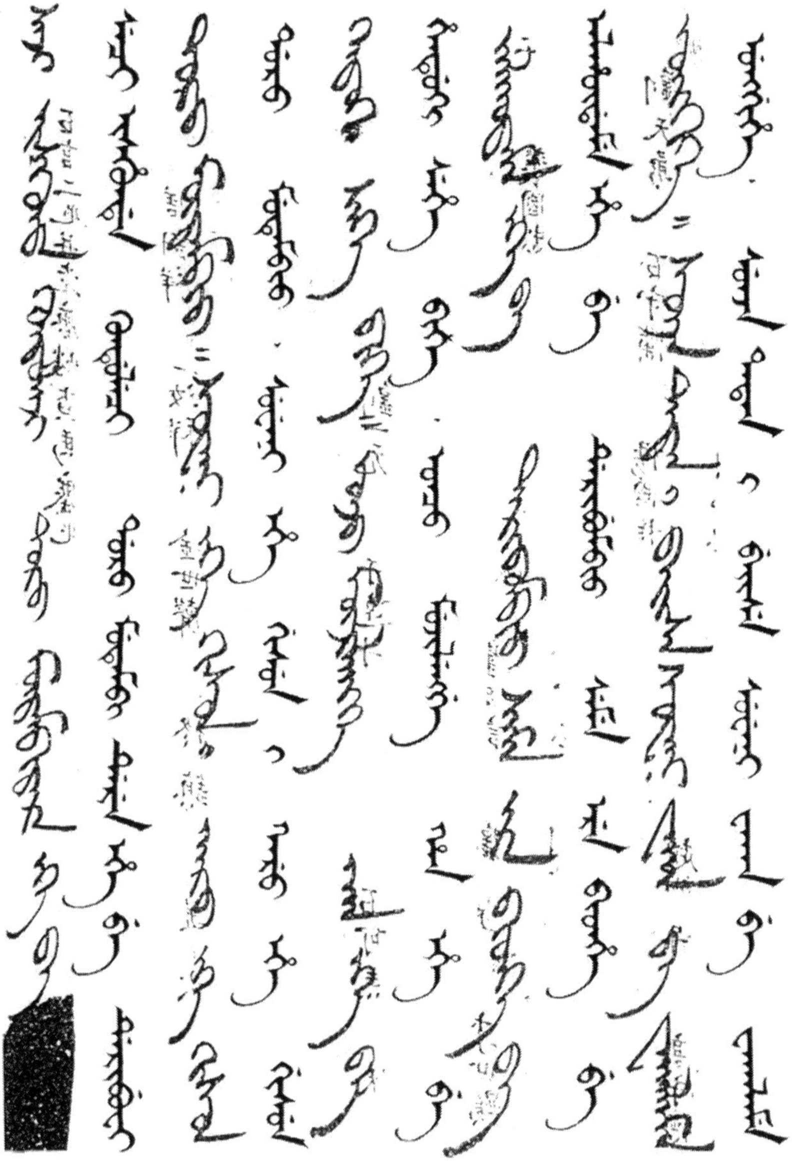

seci, ishunde kunduleci doro mutembi dere. ehe be deribufi doro mutembio. suweni ehe gisun i karu ehe gisun henduki sehe bihe, onco mujilengge han ehe be alhūdame ehe be deribumbio seme, ere bithe be unggihe. sunja tatan i beise suweni waka be wakalame

---

相互恭敬，則和好之道可成也。若尋釁滋事，和好之道可成乎？爾等出惡言，我亦曾欲報以惡言。然汗以寬大為懷，豈可效惡滋事耶？故致此書。五部諸貝勒，爾等設若自譴其咎，

相互恭敬，则和好之道可成也。若寻衅滋事，和好之道可成乎？尔等出恶言，我亦曾欲报以恶言。然汗以宽大为怀，岂可效恶滋事耶？故致此书。五部诸贝勒，尔等设若自谴其咎，

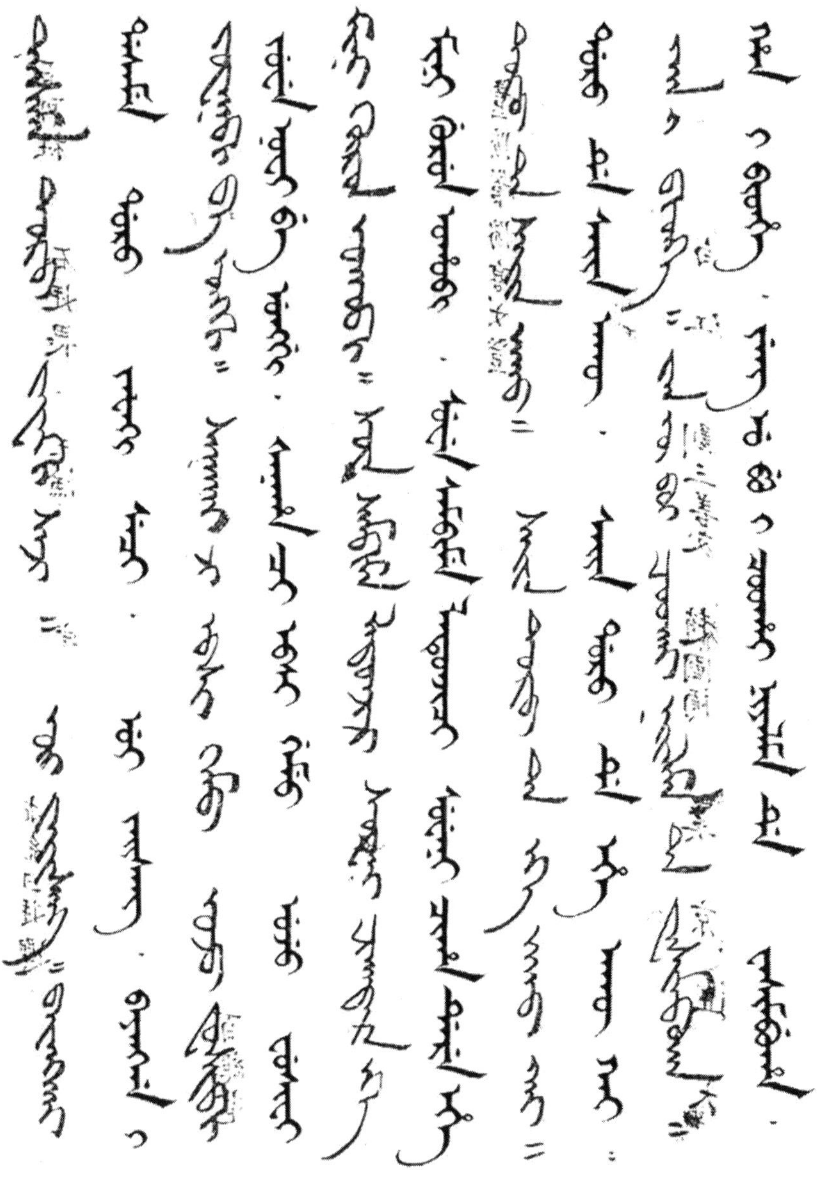

dasame doro jafaki seci, ui jaisang, bayangga i juwe nofi be unggi, šanaha ci ebsi gemu uju fusifi mini gurun ohobi, suwe sambime latunjici, suweni ciha dere. ehe doro de sain akū, sain doro de ehe akū kai. han i bithe, jeng u pu i coohai niyalma de wasimbuha,

---

欲重修和好之道，則遣衛寨桑、巴揚阿兩人前來。自山海關以東皆已薙髮歸降我國，爾等若明知而來犯，則聽爾自便。蓋背盟者必無善果，踐盟者必無惡報也。」汗頒書諭鎮武堡兵丁曰：

欲重修和好之道，则遣卫寨桑、巴扬阿两人前来。自山海關以东皆已薙发归降我国，尔等若明知而来犯，则听尔自便。盖背盟者必无善果，践盟者必无恶报也。」汗颁书谕镇武堡兵丁曰：

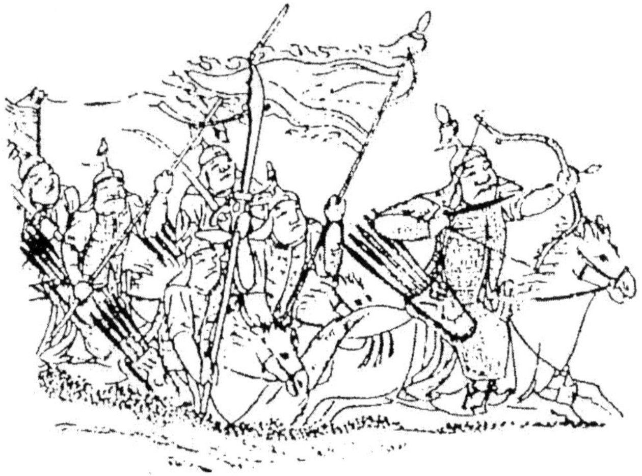

六、大軍西征

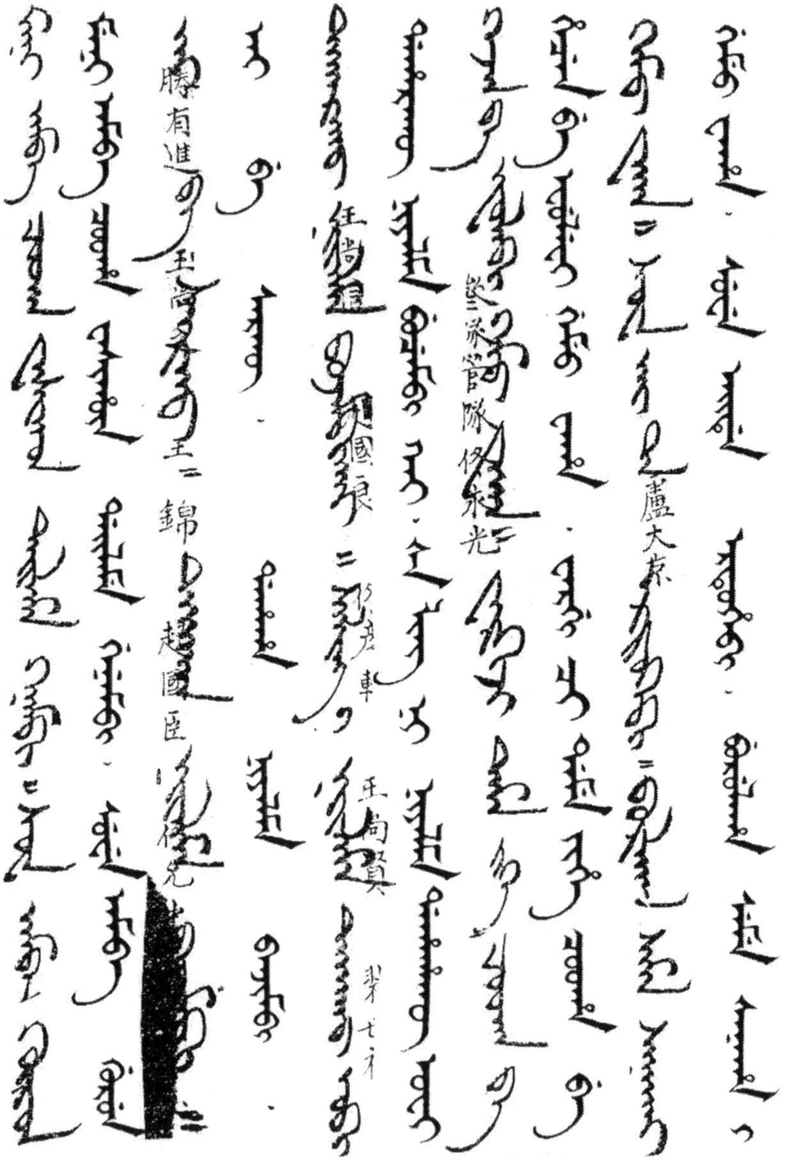

meni amba cooha wasihūn dailame genembi, suwe amba gurun ai be sarkū, dahaha niyalma banjimbi, daharakū niyalma bucembi kai. ša ling ni niyalma dahahakū ofi, hecen be efulefi gemu waha, wargi ci dame jihe cooha be gemu waha. suwe aide ertuhebi, burulaha seme šanaha i

---

「我大軍行將西征，爾大國豈有不知，順者生，逆者亡也。沙嶺之人因不歸降，遂毀其城盡殺其人，西來援兵，俱被殲滅。爾等已無所恃，即便敗走，仍在山海關[6]內，

「我大军行将西征，尔大国岂有不知，顺者生，逆者亡也。沙岭之人因不归降，遂毁其城尽杀其人，西来援兵，俱被歼灭。尔等已无所恃，即便败走，仍在山海关内，

---

[6] 山海關，《滿文原檔》寫作"sanaka"，《滿文老檔》讀作"šanaha"。 按此為無圈點滿文"sa" 與"ša"、"ka"與"ha"之混用現象。又，滿文本《大清太祖武皇帝實錄》卷四，作"san hai guwan"，滿蒙漢三體《滿洲實錄》卷七，滿文作"šan hai guwan"。規範滿文讀作"šanaha furdan"。

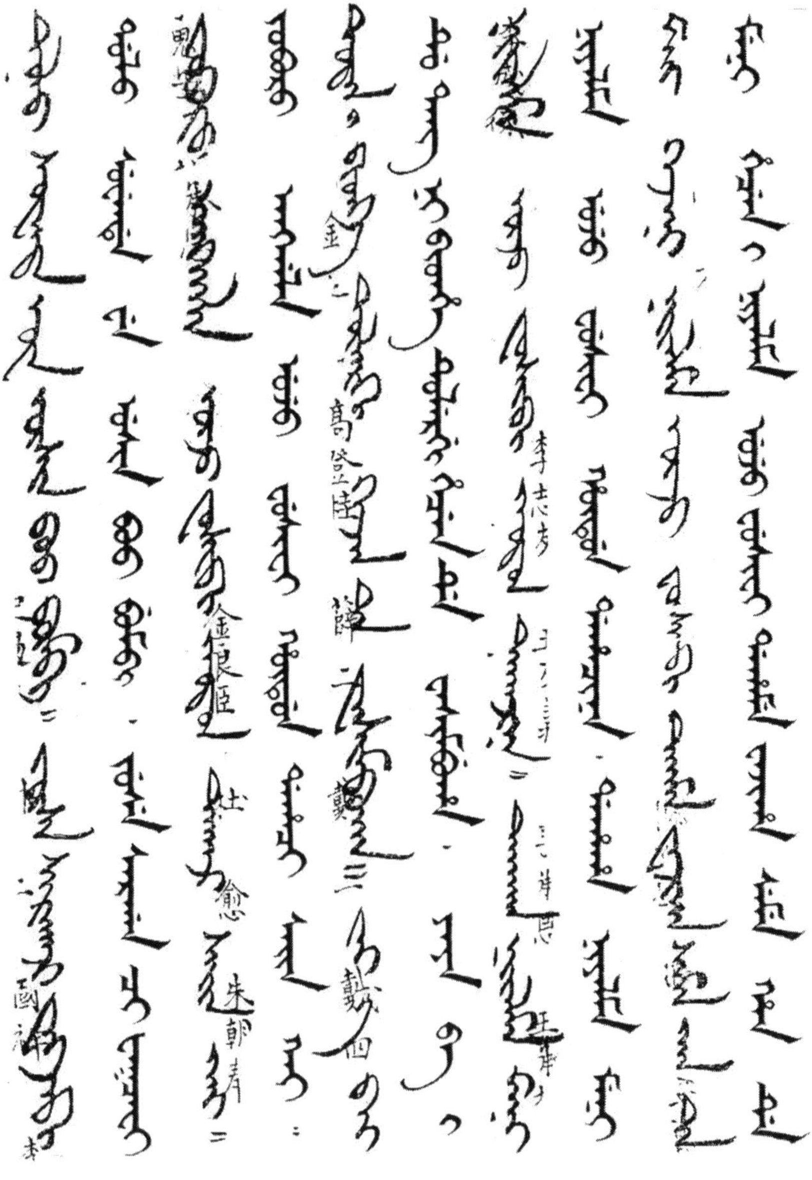

dolo, suwende we usin boo bumbi. juse sargan ci fakcafi joboro anggala, uju fusifi hūdun dahaci sain kai. du tang ni bithe tulergi hecen de wasimbuha, yaya ba i niyalma uju fusifi hūdun dahacina, dahaha niyalma, meni meni hecen i niyalma uju fusifi dahame wajiha seme han de

---

誰能給爾等田地房屋耶？與其備受妻離子散之苦，何如薙髮速降之善也？」都堂頒外城之文曰：「凡地方之人，速行薙髮歸降。各城之人薙髮歸降以後，

谁能给尔等田地房屋耶？与其备受妻离子散之苦，何如薙发速降之善也？」都堂颁外城之文曰：「凡地方之人，速行薙发归降。各城之人薙发归降以后，

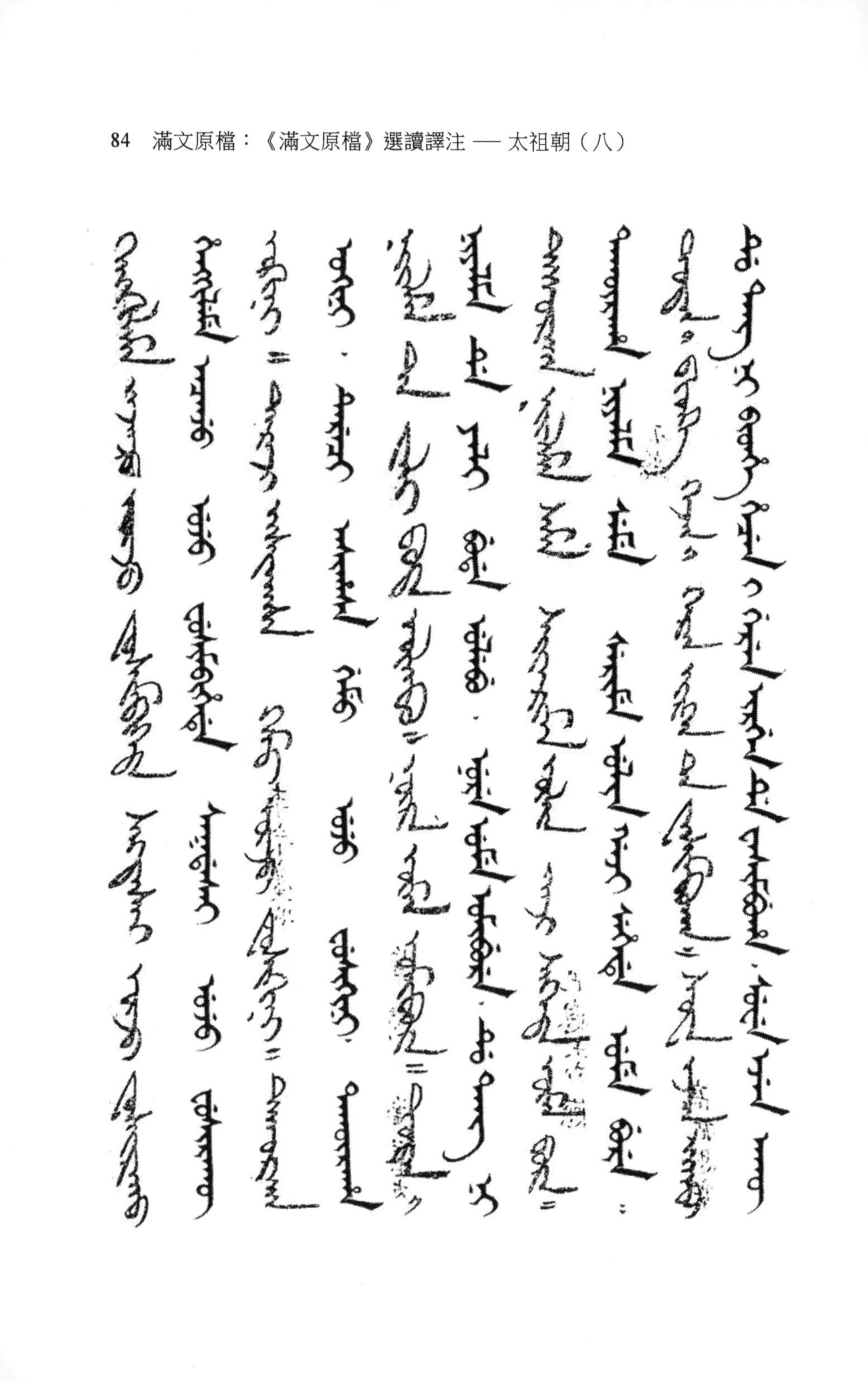

[illegible]

hengkileme acanju, uju fusimbihede, sakdasai uju fusirakū okini, tereci asihasa gemu uju fusikini. takūraha niyalma de yali buda ulebu, nure ume omibure. du tang ni takūraha niyalma seme šerime ulin gaji sehede, ume bure. du tang ni bithe hecen i geren irgen de wasimbuha, suwe ejen akū

應前來叩見汗。薙髮時，老年人可以不薙髮，至於年少者皆令薙髮。所差遣之人，供給肉飯，勿令飲酒。即使是都堂所遣之人挾逼索財，亦勿給之。」都堂頒給城內衆民之文曰：

应前来叩见汗。薙发时，老年人可以不薙发，至于年少者皆令薙发。所差遣之人，供给肉饭，勿令饮酒。即使是都堂所遣之人挟逼索财，亦勿给之。」都堂颁给城内众民之文曰：

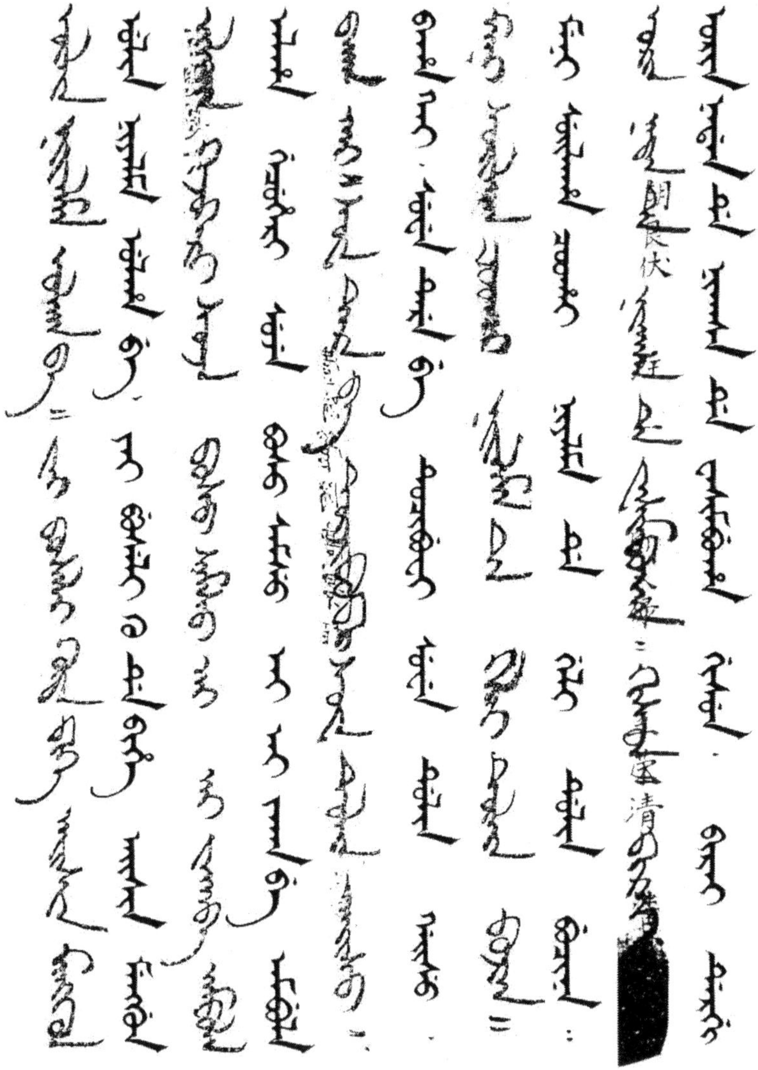

ulin, niyalma, ulha be, jai puseli, ku de bihe aisin menggun, alha, gecuheri, suje, boso samsu ai ai jaka be ambula baha kai. suwe tere be tucibufi, suwe dulin gaisu, meni suilaha coohai niyalma de geli dulin bucina. orin nadan de, nikasa de wasimbuha gisun, birai dergi

---

「爾等所獲無主財貨、人口、牲畜及店鋪、庫存金銀、閃緞、蟒緞、綢緞、布帛等各式各樣物品甚多也，爾等將其拿出，爾等自取其半，另一半給我辛勞兵丁。」二十七日，諭衆漢人曰：

「尔等所获无主财货、人口、牲畜及店铺、库存金银、闪缎、蟒缎、绸缎、布帛等各式各样物品甚多也，尔等将其拿出，尔等自取其半，另一半给我辛劳兵丁。」二十七日，谕众汉人曰：

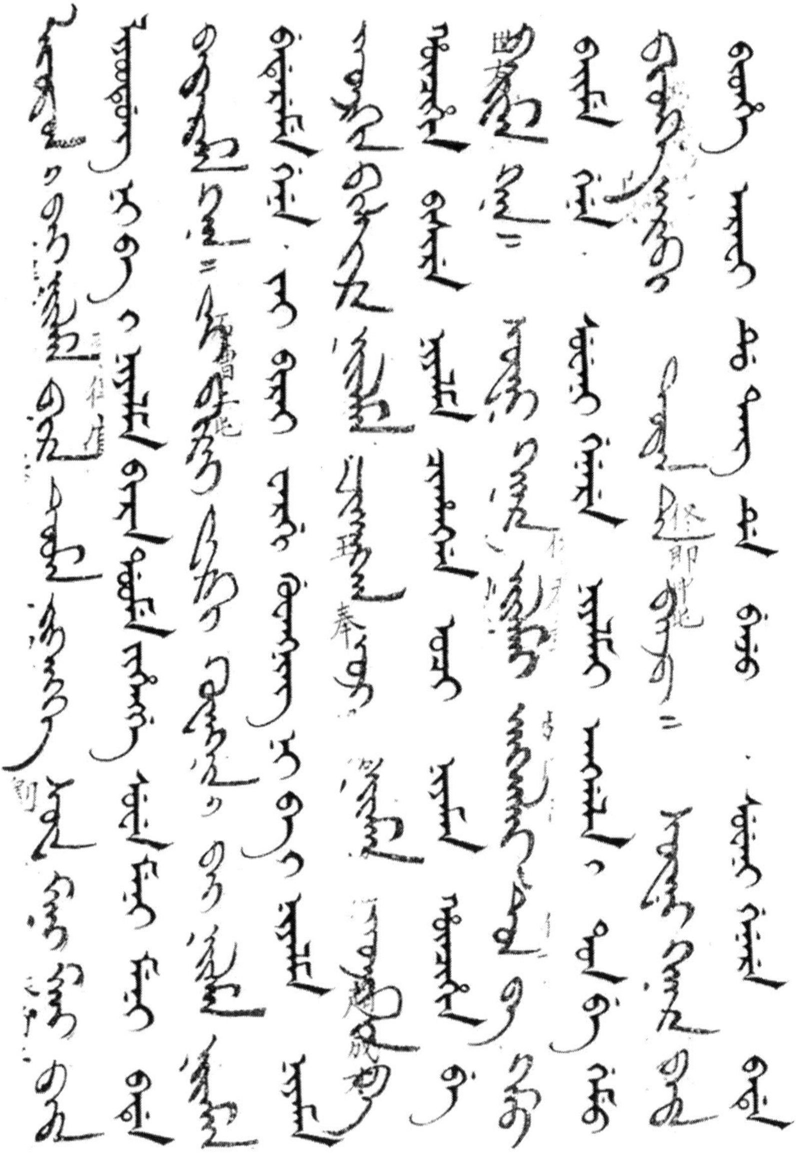

liyoodung ni ba i niyalma bira doome jihengge, suwe meni meni bade bedereme gene. jai birai wargi guwangning ni ba i niyalma, niyaman hūncihin bisire niyalma cihangga oci, niyaman hūncihin be baime gene. suweni genere niyalmai anggala i ton be, gemu bithe arafi du tang de benju, suweni genere bade

---

「河東遼東地方之人渡河而來者，爾等各歸各處。再河西廣寧地方之人，有願投親戚者，准其往投。著將爾等前往人口數目，皆造册送交都堂，以便爾等所往之地方

「河东辽东地方之人渡河而来者，尔等各归各处。再河西广宁地方之人，有愿投亲戚者，准其往投。着将尔等前往人口数目，皆造册送交都堂，以便尔等所往之地方

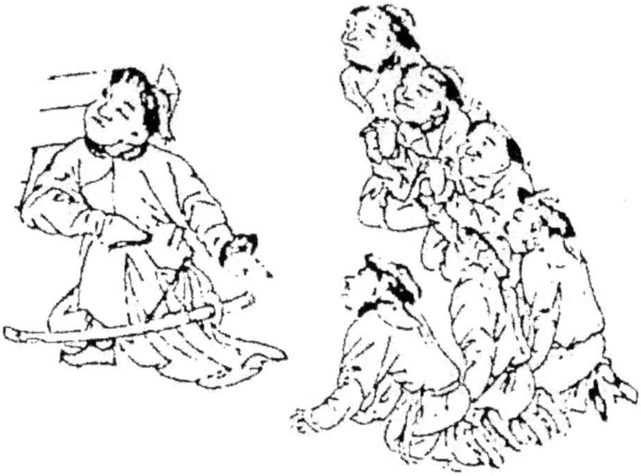

七、頻頻來歸

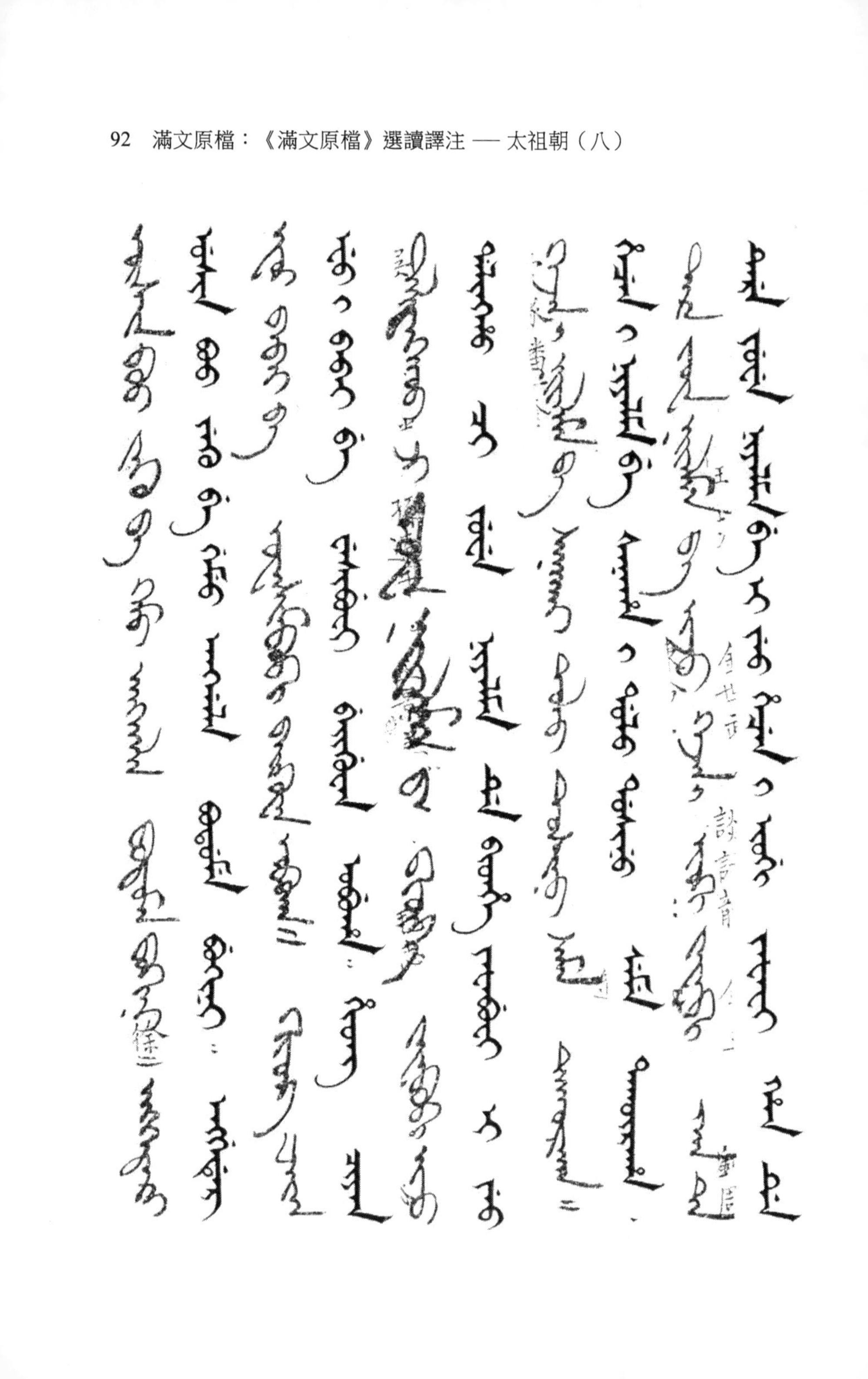

usin boo jeku be, gemu anggala bodome bukini. enggeder efu i babai be wesibufi beiguwan obuha. hiong ciyan dalingho ci juwe niyalma de bithe jafabufi i jeo hecen i niyalma be šanaha i dolo dosinu seme takūraha, tere juwe niyalma be i jeo hecen i iogi jafafi han de

---

皆計口撥給田地房屋糧米。」陞恩格德爾額駙屬下巴拜為備禦官。熊乾自大凌河遣二人持書，令義州城之人進入山海關之內。義州城遊擊將此二人執獻於汗。

皆计口拨给田地房屋粮米。」升恩格德尔额驸属下巴拜为备御官。熊乾自大凌河遣二人持书，令义州城之人进入山海关之内。义州城游击将此二人执献于汗。

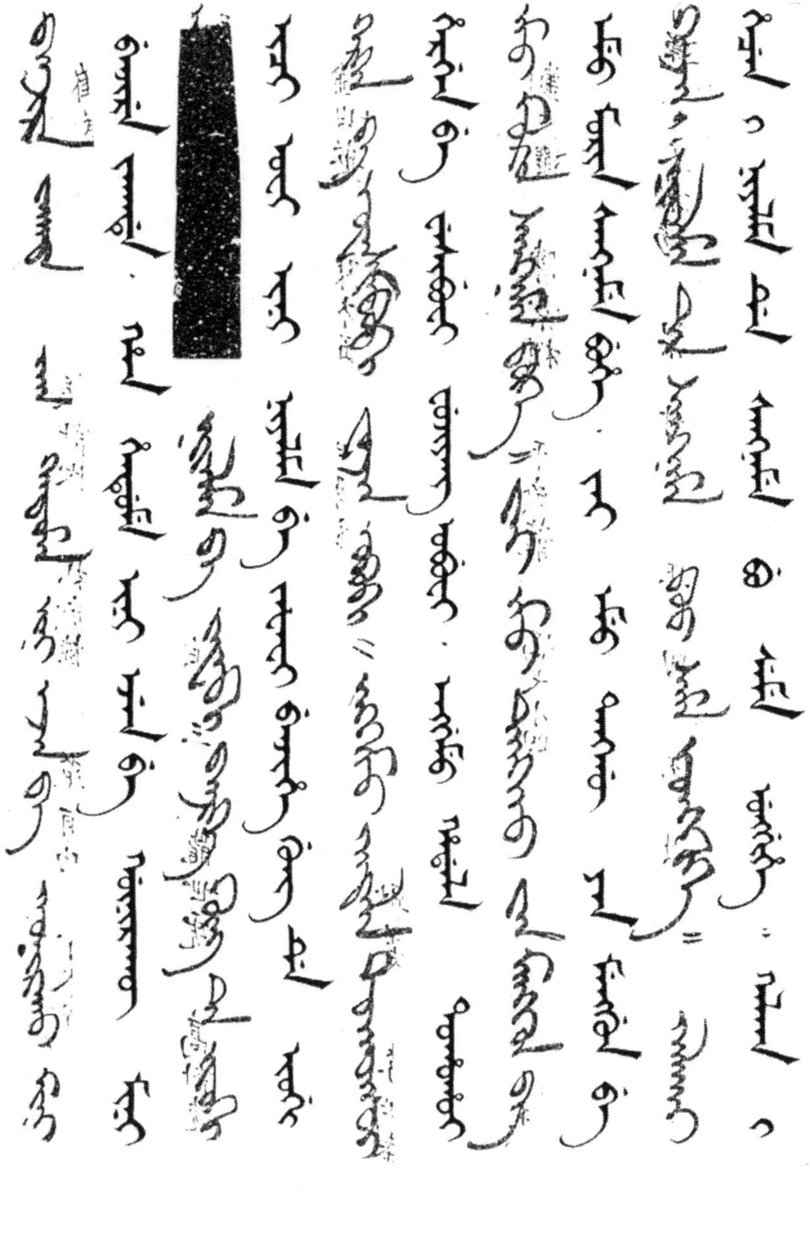

benjire jakade, han hendume, ini ejen be gūnirakū, mini ici ofi, ini niyalma be jafafi benjihe gung de iogi hergen be wesibufi fujiyang obufi, enggemu hadala tohohoi emu morin šangname buhe. jai emu tanggū yan menggun be, hecen i niyalma de šangname bu seme unggihe. kalka i

---

汗曰：「不念其主而向我，執獻其人有功，著陞遊擊為副將，賞賜鞍轡馬一匹。再以銀百兩賞賜城内之人。」諭畢遣之。

汗曰：「不念其主而向我，执献其人有功，着升游击为副将，赏赐鞍辔马一匹。再以银百两赏赐城内之人。」谕毕遣之。

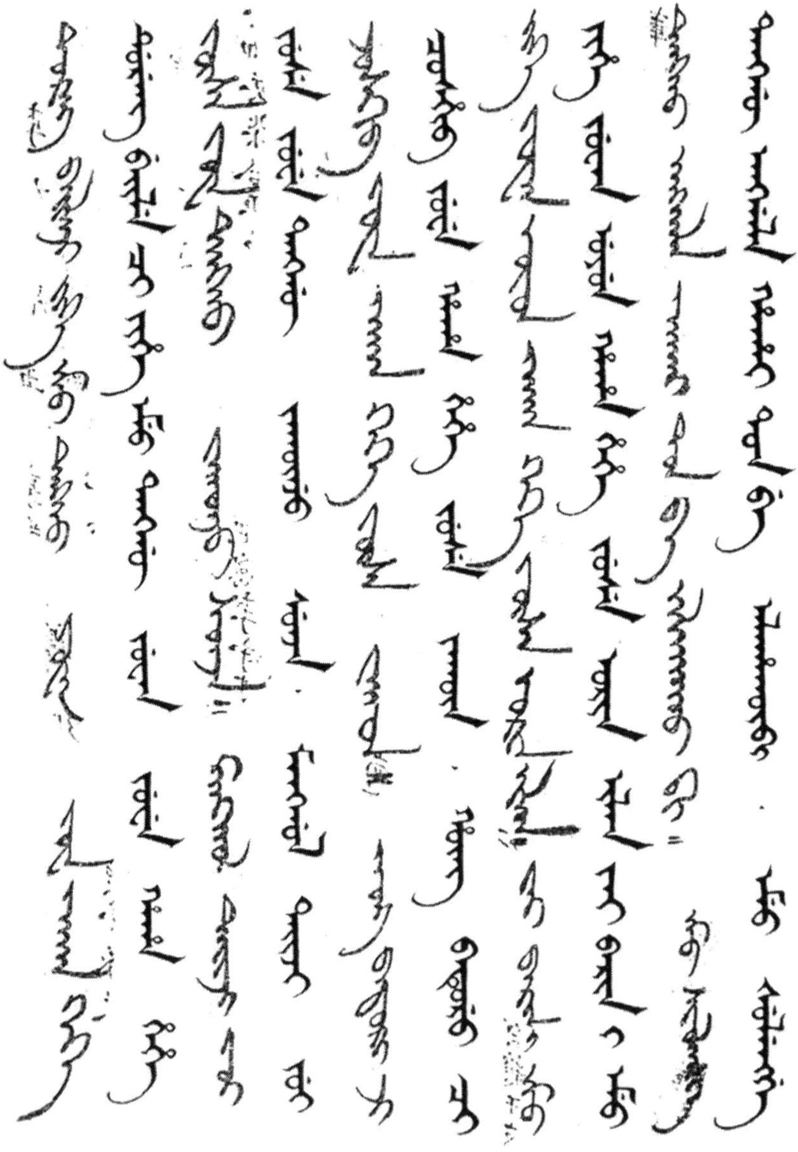

dureng beile ci jihe emu tanggū juwan juwe haha, hehe juse juwe tanggū jakūnju sunja. manggol taiji jui coshib juwe haha, hehe juse jakūn. hūng baturu ci jihe juwan uyun haha, hehe juse orin ilan. jai barin i emu tanggū anggala, hahai ton be alahakūbi, emu šulengge

---

自喀爾喀杜楞貝勒處前來男丁一百一十二人、婦孺二百八十五人；自莽古勒台吉之子綽斯希布處前來男丁二人、婦孺八人；自洪巴圖魯處前來男丁十九人、婦孺二十三人。又巴林處之一百口，未報男丁數目，

自喀尔喀杜楞贝勒处前来男丁一百一十二人、妇孺二百八十五人；自莽古勒台吉之子绰斯希布处前来男丁二人、妇孺八人；自洪巴图鲁处前来男丁十九人、妇孺二十三人。又巴林处之一百口，未报男丁数目，

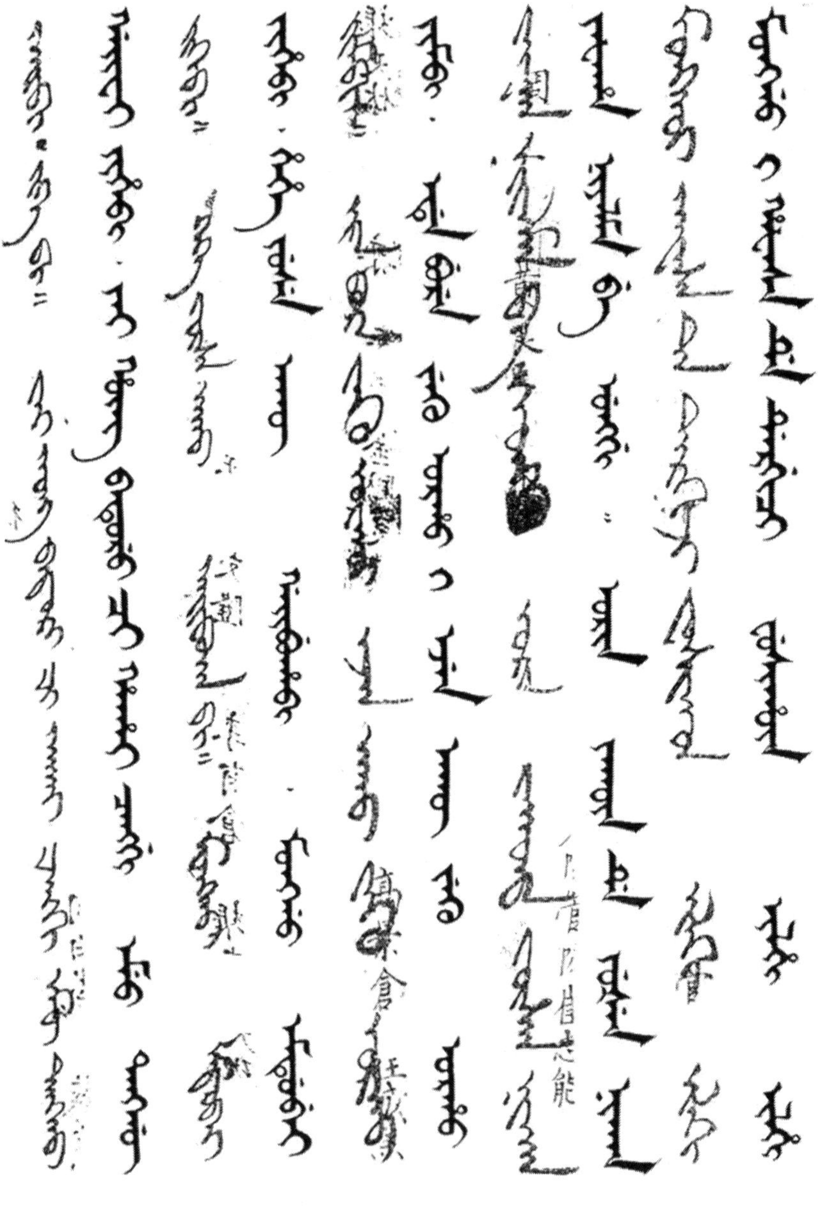

gaifi jihebi, jai hūng baturu ci hahai canggi emu tanggū jihebi, hehe juse akū gaibuhabi. monggo emdubei jimbi, ede bure jeku orho i ejen akū jeku orho jafaha niyalma be unggi. orin jakūn de, jušen, nikan, monggo i hafasa de dergici fusihūn, ilhi ilhi

---

由一舒楞額攜之前來；又自洪巴圖魯處前來全是男丁一百人，並無婦孺，俱已收留。蒙古頻頻來歸，供應彼等之糧草，無人主管，可遣掌管糧草之人前來。二十八日，諸申、漢人、蒙古眾官員自上至下挨次

由一舒楞额携之前来；又自洪巴图鲁处前来全是男丁一百人，并无妇孺，俱已收留。蒙古频频来归，供应彼等之粮草，无人主管，可遣掌管粮草之人前来。二十八日，诸申、汉人、蒙古众官员自上至下挨次

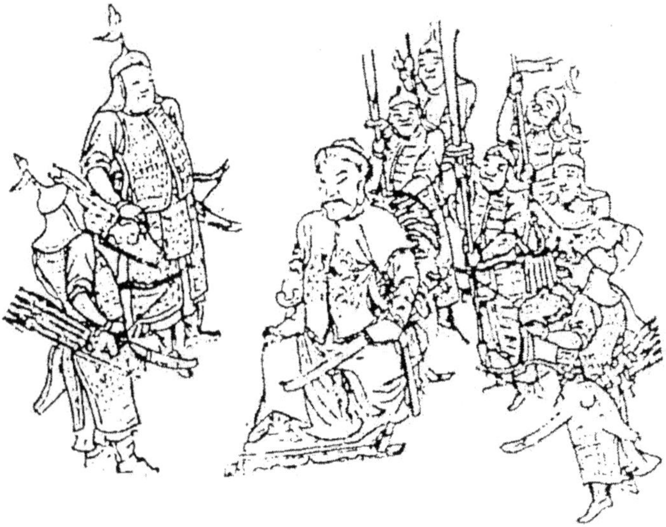

八、文武重賞

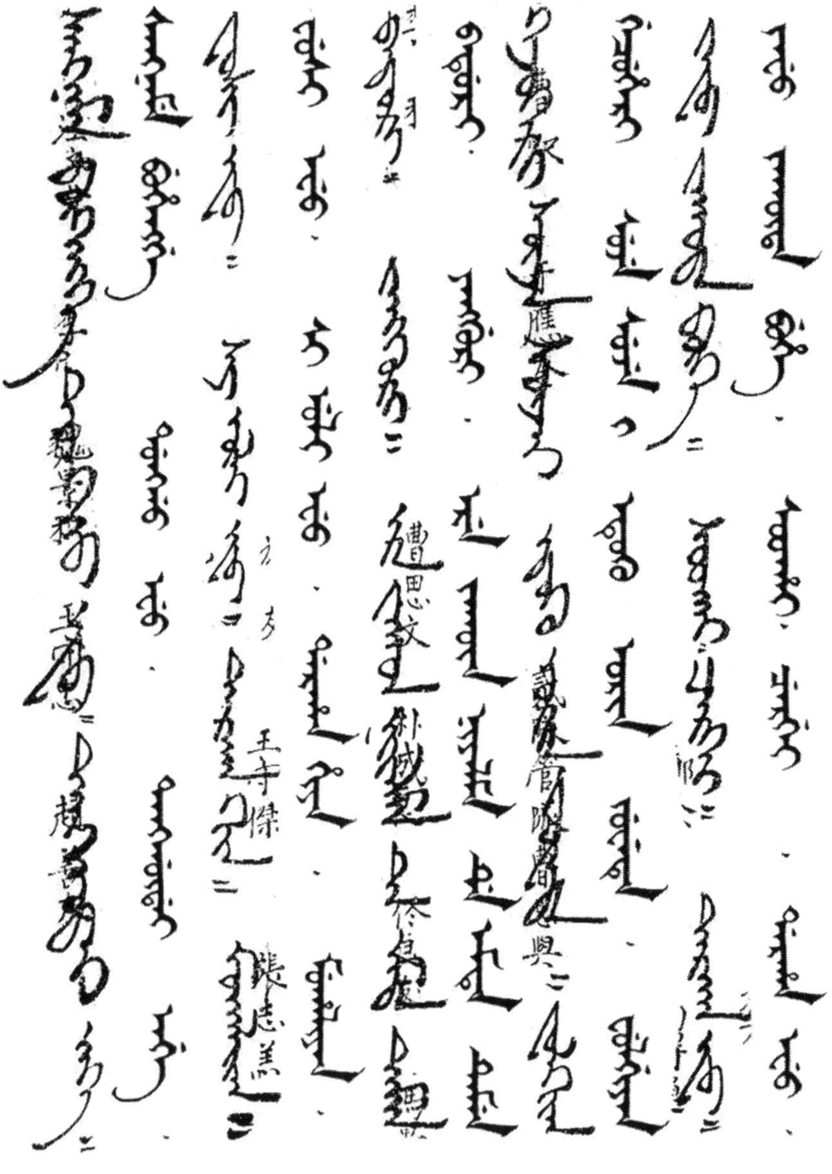

šangname buhengge, donggo efu, tanggūdai age, fusi efu, si uli efu, darhan hiya, muhaliyan, baduri, yangguri, ere jakūn niyalma de emte temen, gecuheri suje suje i etuku orin juwete, fulgiyan jafu jakūta buhe. soohai, cergei, darhan efu,

---

賞賜者：棟鄂額駙、湯古岱阿哥、撫順額駙、西烏里額駙、達爾漢侍衛、穆哈連、巴都里、揚古利，此八人賜駝各一隻，蟒緞、綢緞衣各二十二件，紅氈各八塊；索海、車爾格依、達爾漢額駙、

赏赐者：栋鄂额驸、汤古岱阿哥、抚顺额驸、西乌里额驸、达尔汉侍卫、穆哈连、巴都里、扬古利，此八人赐驼各一只，蟒缎、绸缎衣各二十二件，红毡各八块；索海、车尔格依、达尔汉额驸、

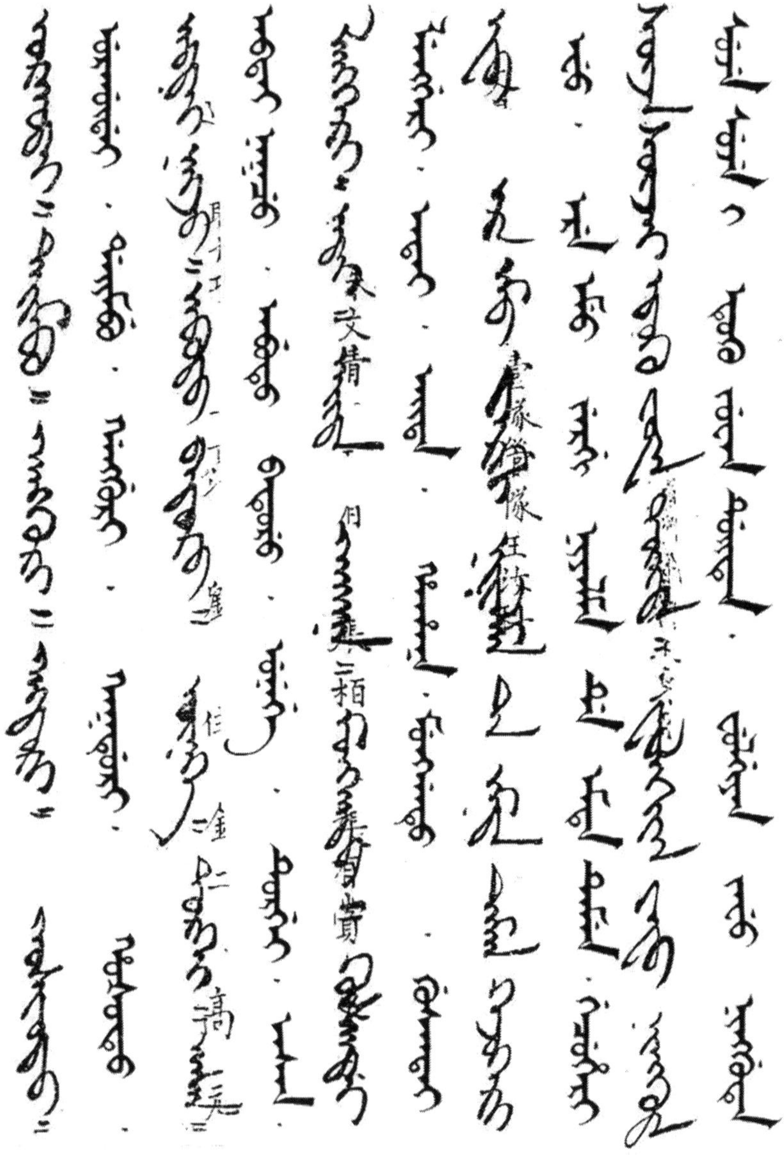

urgūdai, daimbu, gangguri, kakduri, hošotu, abtai nakcu, abutu baturu, unege, turgei, asan, lenggeri, atai, aita, hahana, munggatu, gusantai efu, ere emu jergi niyalma de emte temen, gecuheri suje, suje i etuku juwan duite, fulgiyan jafu ninggute

---

烏爾古岱、戴木布、剛古里、喀克都里、和碩圖、阿布泰舅舅、阿布圖巴圖魯、烏訥格、圖爾格依、阿三、冷格裏、阿泰、愛塔、哈哈納、蒙噶圖、顧三泰額駙，此一品之人，賜駝各一隻，蟒緞、綢緞衣各十四件，紅氈各六塊；

乌尔古岱、戴木布、刚古里、喀克都里、和硕图、阿布泰舅舅、阿布图巴图鲁、乌讷格、图尔格依、阿三、冷格里、阿泰、爱塔、哈哈纳、蒙噶图、顾三泰额驸，此一品之人，赐驼各一只，蟒缎、绸缎衣各十四件，红毡各六块；

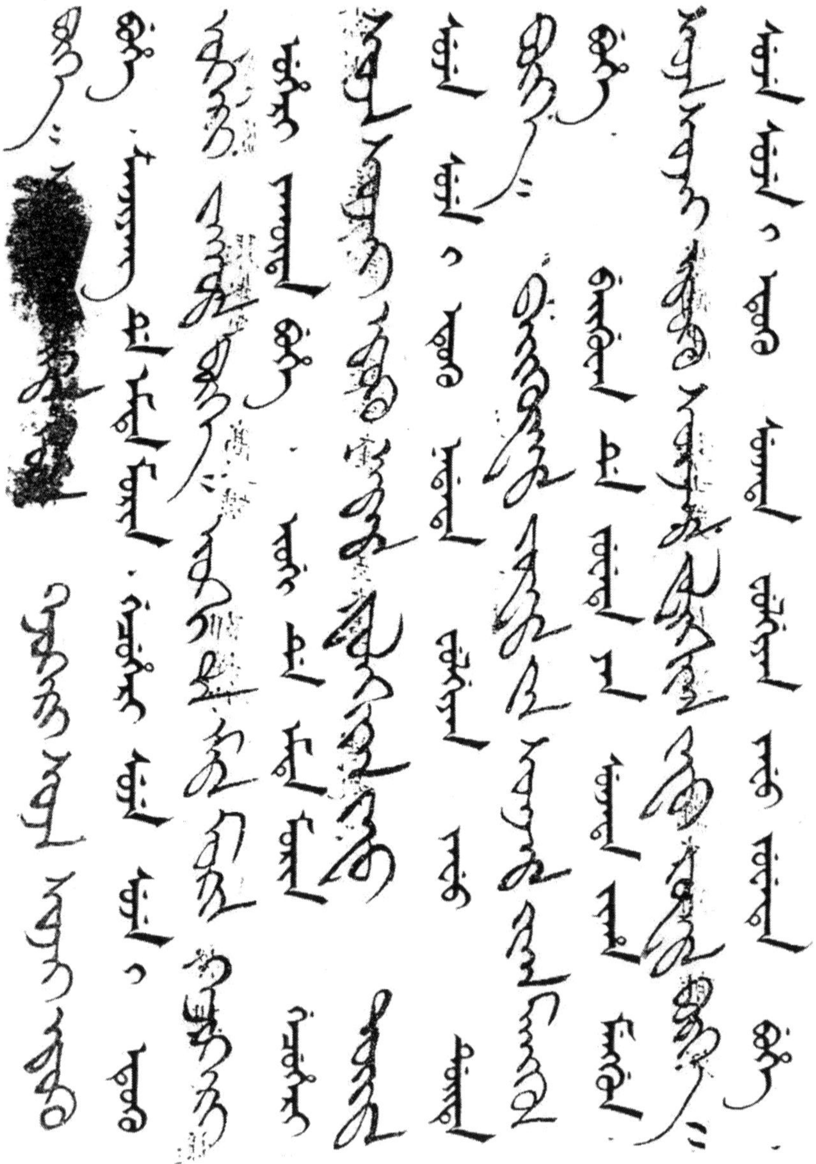

buhe. ts'anjiyang de emte morin, gecuheri suje, suje i etuku uheri jakūta buhe. iogi de emte morin, gecuheri suje, suje i etuku nadata, fulgiyan jafu duite buhe. beiguwan de juwete yan sunjata jiha menggun, suje suje i etuku sunjata, fulgiyan jafu juwete buhe.

參將賜馬各一匹，蟒緞、綢緞衣共各八件；遊擊賜馬各一匹，蟒緞衣各七件，紅氈各四塊；備禦官賜銀各二兩五錢、綢緞衣各五件、紅氈各二塊；

参将赐马各一匹，蟒缎、绸缎衣共各八件；游击赐马各一匹，蟒缎衣各七件，红毡各四块；备御官赐银各二两五钱、绸缎衣各五件、红毡各二块；

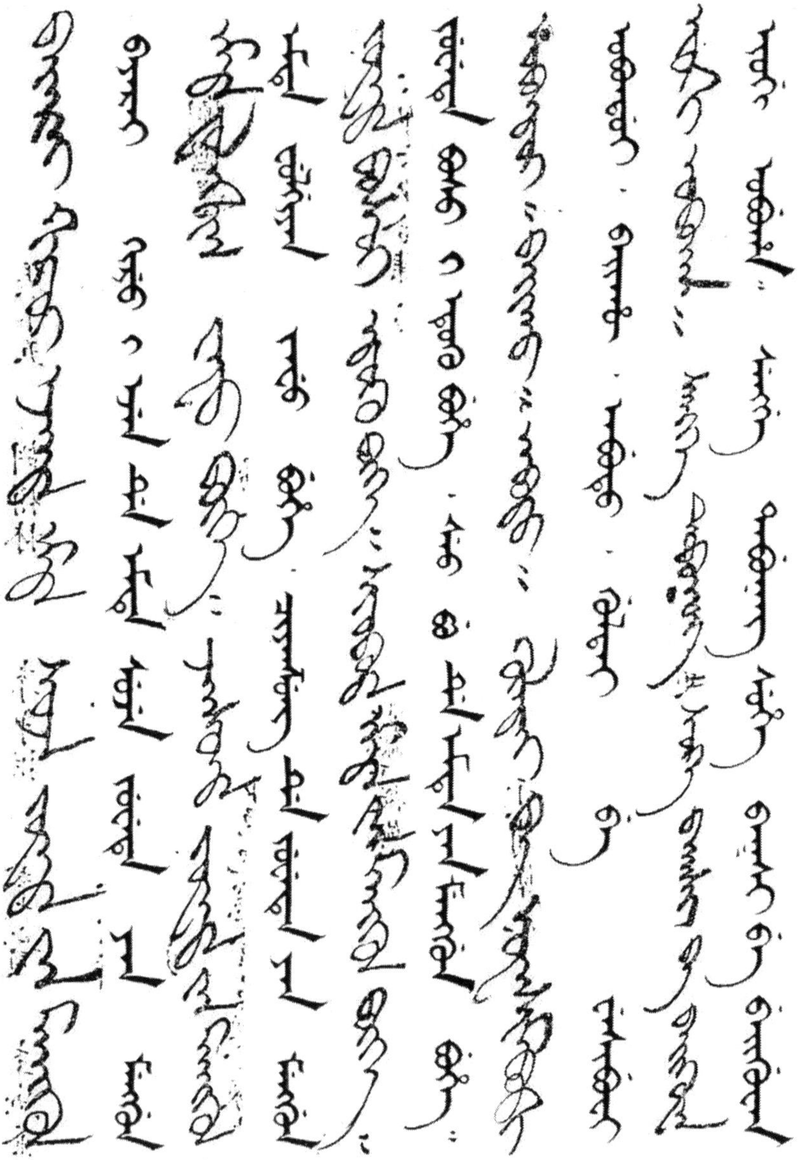

bayarai kiru i ejen de emte suje, juwete yan menggun, emte fulgiyan jafu buhe. ciyandzung de juwete yan menggun, juwete boso i etuku buhe. šeo pu de emte yan menggun buhe. obondoi, baihū, abutu, gultai be wesibufi iogi obuha. sengge tabunang, suhe baksi be beiguwan

---

巴雅喇旗主賜綢緞各一疋、銀各二兩、紅氈各一塊；千總賜銀各二兩、布衣各二件；守堡賜銀各一兩。升鄂本堆、拜虎、阿布圖、古爾泰為遊擊。升僧格塔布囊[7]、蘇赫巴克什為備禦官。

巴雅喇旗主赐绸缎各一疋、银各二两、红毡各一块；千总赐银各二两、布衣各二件；守堡赐银各一两。升鄂本堆、拜虎、阿布图、古尔泰为游击。升僧格塔布囊、苏赫巴克什为备御官。

---

[7] 塔布囊，《滿文原檔》寫作“tabonong”，《滿文老檔》讀作“tabunang”。按滿文“tabunang”係蒙文“tabunang” 借詞，意即「駙馬」，與滿文“efu” 係同義詞。

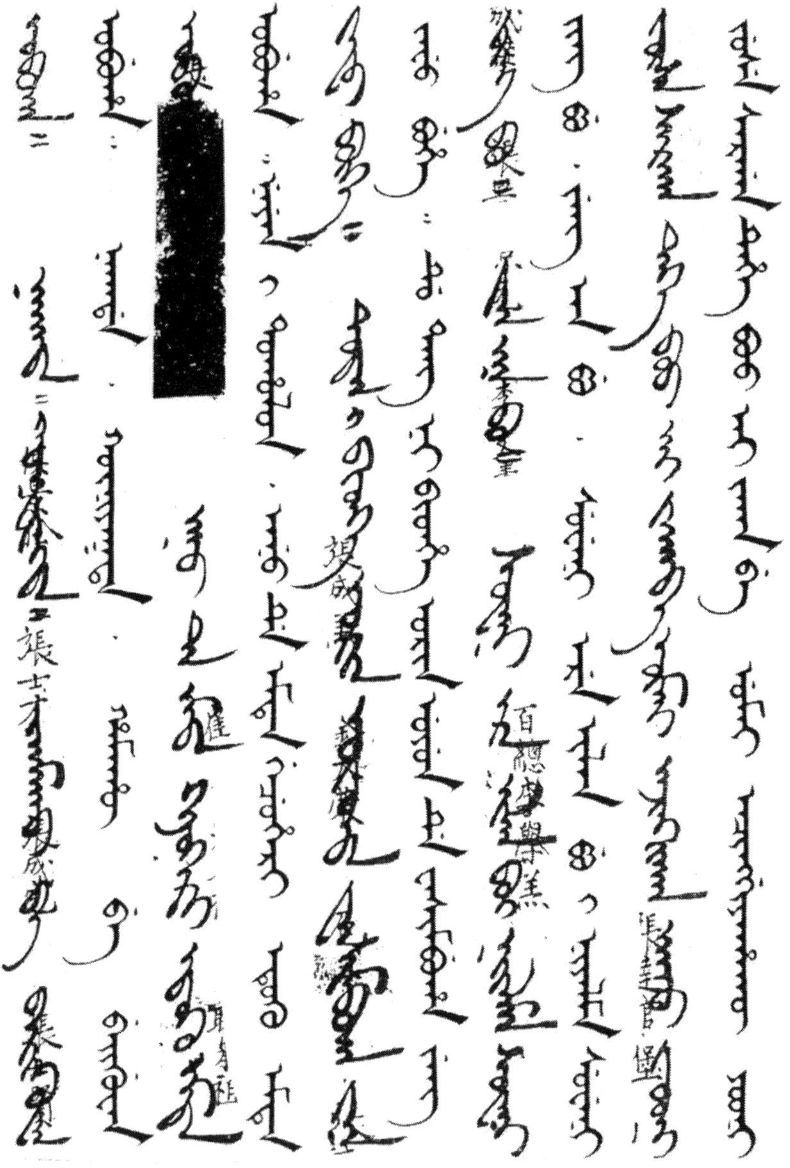

obuha. nakada, kūniyakta, hamahū be beiguwan obuha. neyen i toholon, anu de emte gecuheri etuku, emte jafu buhe. du tang ni bithe orin uyun de wasimbuha, jeng jing pu, jeng an pu, suweni ere ilan pu i niyalma, suweni juse sargan tehe boo ai jaka be umai acinggiyahakū yooni

---

升納喀達、庫尼雅克塔、哈瑪虎為備禦官。賜訥殷之托霍倫、阿努蟒緞衣各一件、氈各一塊。二十九日，都堂頒書面諭旨曰：「鎮靜堡、鎮安堡及爾等此三堡之人，爾等妻孥及所住房屋等一應物品並未動用[8]，一應俱全。

升纳喀达、库尼雅克塔、哈玛虎为备御官。赐讷殷之托霍伦、阿努蟒缎衣各一件、毡各一块。二十九日，都堂颁书面谕旨曰：「镇静堡、镇安堡及尔等此三堡之人，尔等妻孥及所住房屋等一应物品并未动用，一应俱全。

---

[8] 未動用，《滿文原檔》寫作"ajinkijaka〔ajingkijaka〕ako"，《滿文老檔》讀作"acinggiyahakū"。按此為無圈點滿文"ji" 與"ci"、"ki" 與"gi"、"ja"與"ya"、"ka"與"ha"、"ko"與"kū"之混用現象。

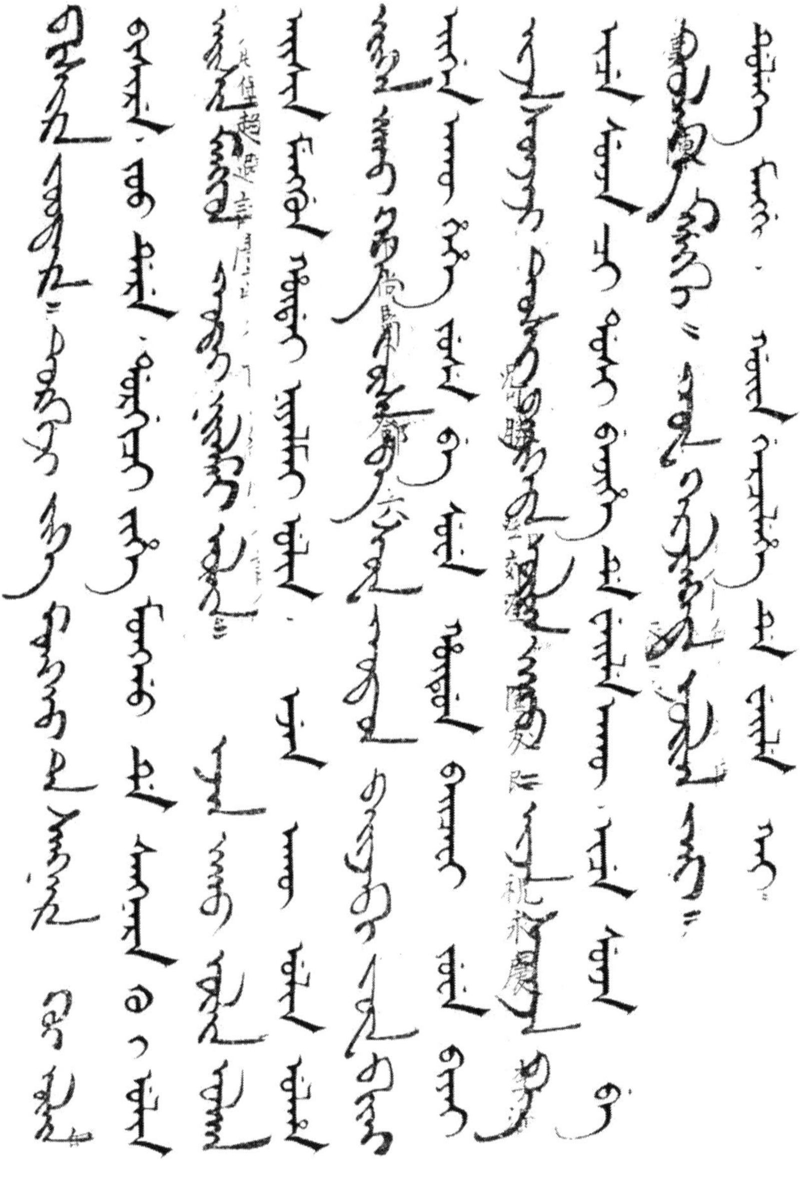

bisire, joo dere, dorgici jihe monggo de šangnara ku i ulin aisin menggun, hūdai niyalmai ulin, ejen akū ulin, ulha, eigen akū hehe, juse be, suwe hūdun baicafi, juwe biyai ice sunja ci dosi benjihe de weile akū, ice sunja be duleke manggi, gūwa gercilehe de weile kai.

其賞給自內地來歸蒙古之庫存財貨、金銀，商人財貨，無主之財貨、牲畜，以及無夫之婦孺等，爾等速行查明，二月初五日送來者無罪，逾二月初五日後為他人首告時治罪也。」

其赏给自内地来归蒙古之库存财货、金银，商人财货，无主之财货、牲畜，以及无夫之妇孺等，尔等速行查明，二月初五日送来者无罪，逾二月初五日后为他人首告时治罪也。」

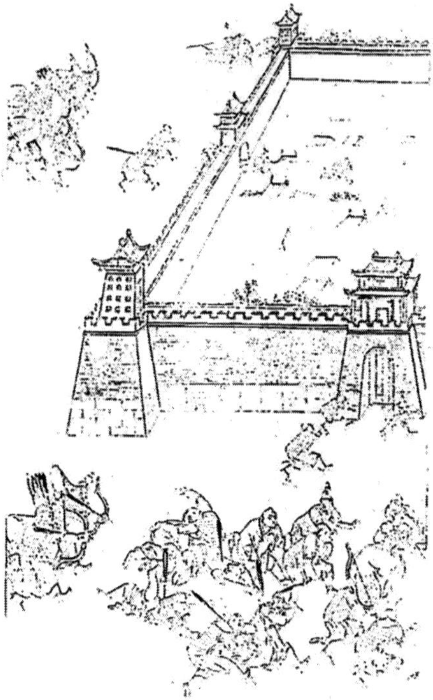

九、巡視廣寧

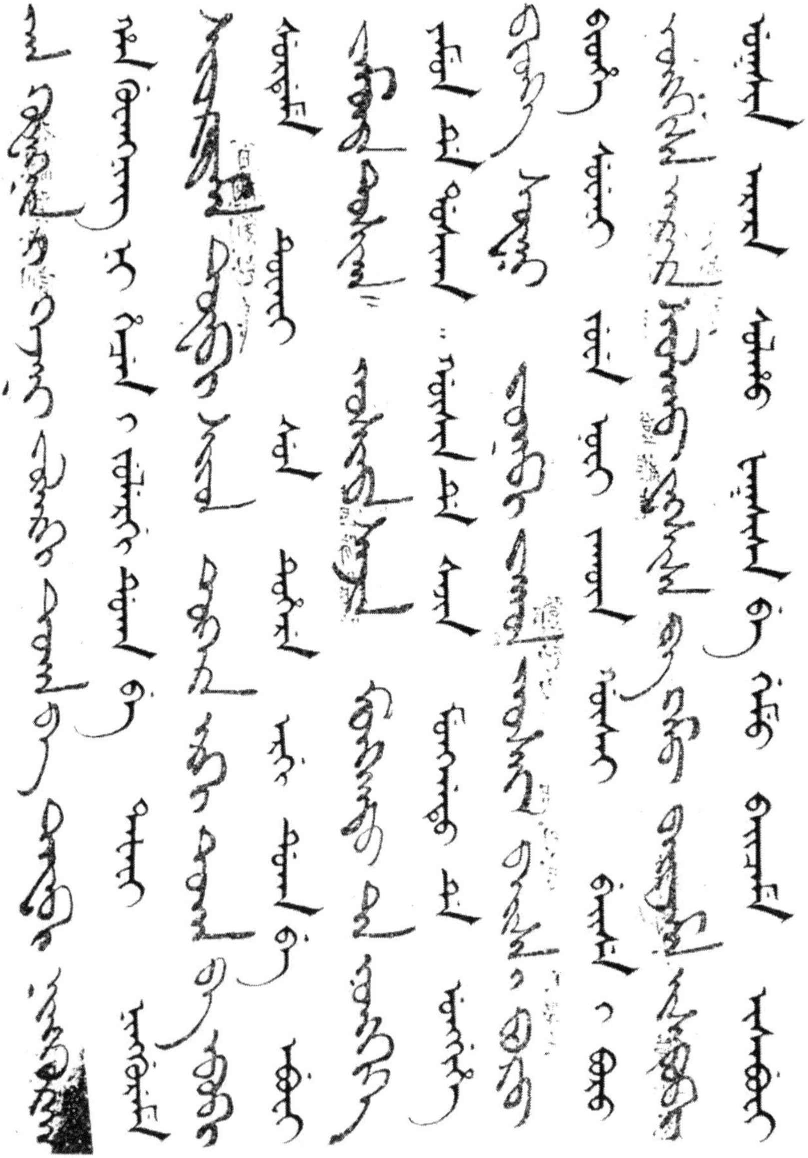

han guwangning ni hecen i julergi duka be tafafi ninggureme šurdeme tuwafi, šun tuhere ergi duka be ebufi yamun de dosika. gūsin de, šajin, munggatu de unggihe bithe, suweni juwe nofi, jakūn gūsai beise i boro, uksin arara solho faksisa be gemu baicame isabufi

---

汗登廣寧城南門，在城上周圍巡視畢，由西門下進入衙門。三十日，致書沙津、蒙噶圖諭曰：「著爾等二人將製造八旗貝勒涼帽、甲冑之朝鮮匠人，皆查出召集；

汗登广宁城南门，在城上周围巡视毕，由西门下进入衙门。三十日，致书沙津、蒙噶图谕曰：「着尔等二人将制造八旗贝勒凉帽、甲胄之朝鲜匠人，皆查出召集；

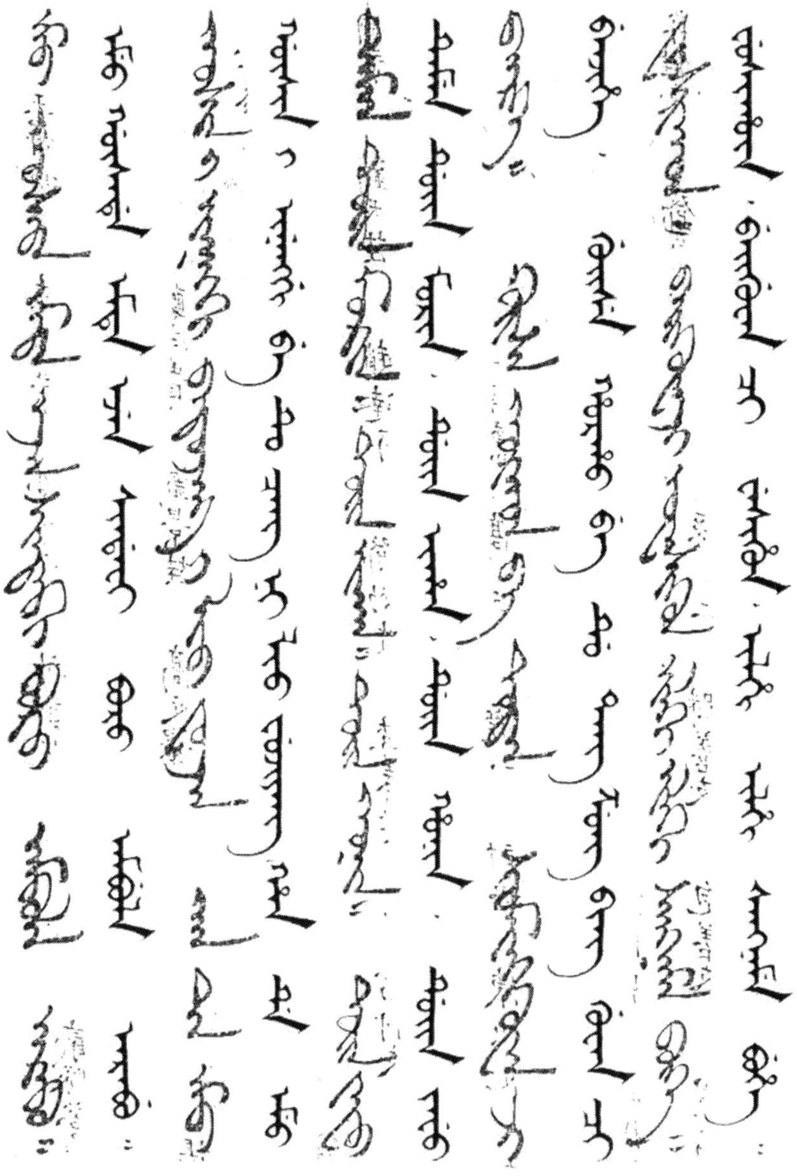

emu gūsade emte ejen sindafi, boro ambula arabu. gūsin i inenggi, be tu cang ni lio fujiyang han de emu temen, duin morin, duin ihan, duin honin, duin jafu benjihe. guise, horho be du tang, dzung bing guwan ci fusihūn, beiguwan ci wesihun, ilhi ilhi šangname buhe.

每旗設主管各一人，多造涼帽。」三十日，白土場劉副將獻汗駝一隻、馬四匹、牛四頭、羊四隻、氈四塊。將臥櫃、立櫃[9]依次賞賜都堂、總兵官以下，備禦官以上各官。

每旗设主管各一人，多造凉帽。」三十日，白土场刘副将献汗驼一只、马四匹、牛四头、羊四只、毡四块。将卧柜、立柜依次赏赐都堂、总兵官以下，备御官以上各官。

---

9 立櫃，《滿文原檔》寫作"korkon"，《滿文老檔》讀作"horho"。按滿文"horho"係蒙文"qorɣo(n)"借詞，意即「橱、立櫃」。

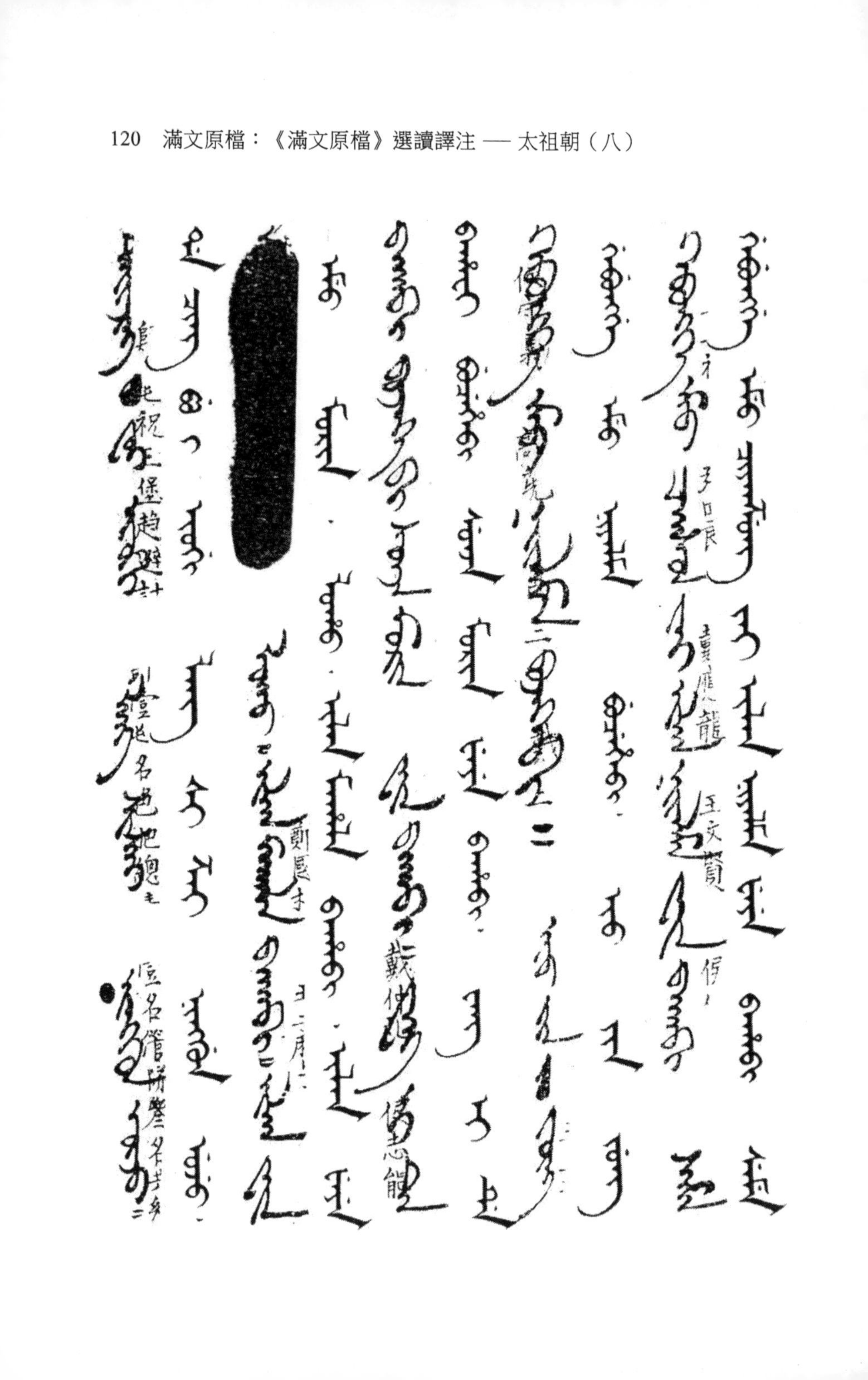

da cing pu i iogi lang ši dzai, ninggun uju, emu morin, loho, ilan mahala bahabi. ilan feye bahafi bucehebi. sunja morin feye bahabi. wang i de gebungge emu niyalma bucehebi. io jin jung gebungge emu ciyandzung, jai ilan niyalma feye bahabi seme

---

大清堡遊擊郎世載來告：「獲首級六顆、馬一匹、腰刀一把、帽三頂。傷亡三人，受傷馬五匹。名叫王義德者一人死亡，一名叫尤金忠之千總及三人受傷。」

大清堡游击郎世载来告：「获首级六颗、马一匹、腰刀一把、帽三顶。伤亡三人，受伤马五匹。名叫王义德者一人死亡，一名叫尤金忠之千总及三人受伤。」

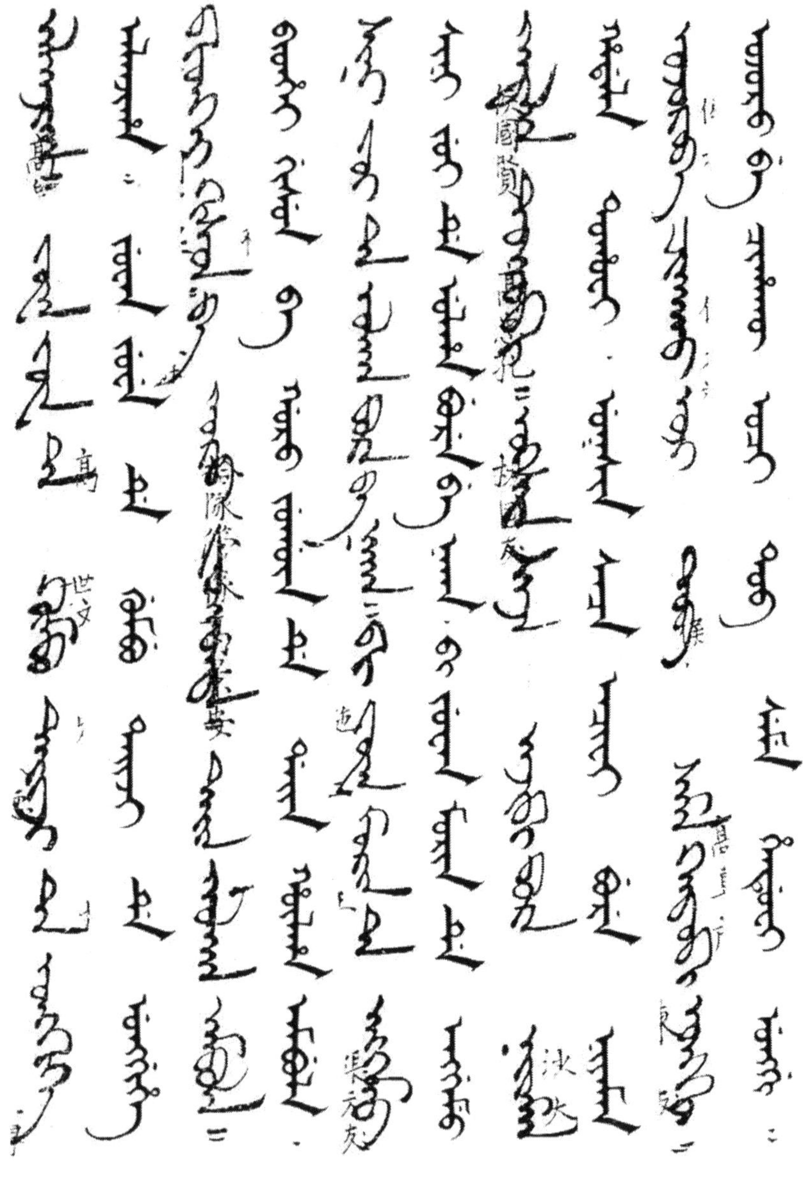

alanjiha. juwan juwe de, gumbu taiji de unggihe bithei gisun, ba goro, jugūn de dain hūlha ambula, sini jui de ulha bure be naka. bi juwan morin de enggemu hadala tohofi, uksin saca acifi bure. niyaman ojoro be cihakū oci tob seme hendufi unggi.

十二日，致書古木布台吉諭曰：「地方遙遠，途中戰爭[10]、盜賊甚多，牲畜不必給與爾子。我套備鞍馬十匹，馱載盔甲給之。若不願結親，務必如實直告[11]。」

十二日，致书古木布台吉谕曰：「地方遥远，途中战争、盗贼甚多，牲畜不必给与尔子。我套备鞍马十匹，驮载盔甲给之。若不愿结亲，务必如实直告。」

---

[10] 戰爭，《滿文原檔》寫作"tain"，《滿文老檔》讀作"dain"。係蒙文"dain" 借詞。

[11] 直告，句中「直」，《滿文原檔》、《滿文老檔》俱讀作"tob seme"；句中"tob"，係蒙文"töb"借詞，意即「中心的，正直的」。

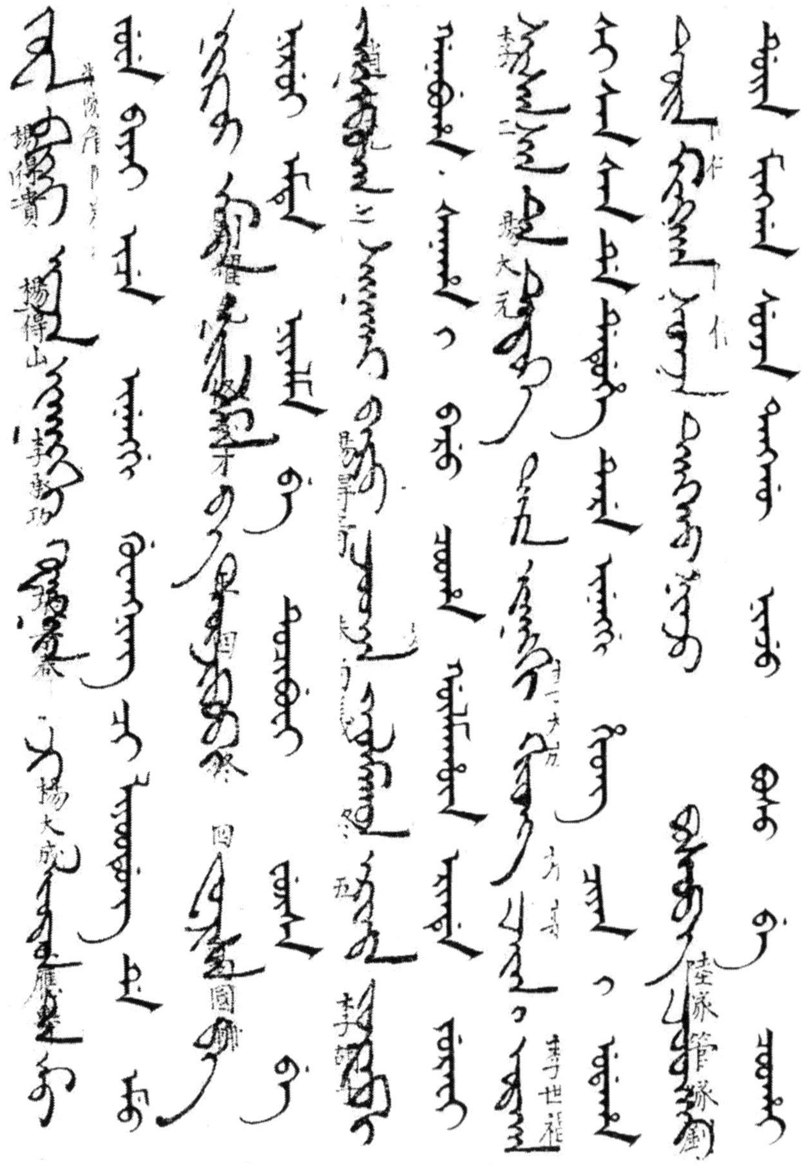

juwe biyai ice inenggi guwangning ci liyoodung de emu nirui emte niyalma be tucibufi fujisa be ganabuha. šanaha i baru cooha gūlmahūn erinde jurafi ši san šan de deduhe. tere inenggi, hiong ciyan i udaha duin minggan sunja tanggū ninju boso be, coohai

---

二月初一日，每牛彔各出一人，自廣寧前往遼東接取福晉們。進兵山海關，于卯時啟程，宿於十三山。是日，將熊乾所購之布四千五百六十疋，

二月初一日，每牛彔各出一人，自广宁前往辽东接取福晋们。进兵山海关，于卯时启程，宿于十三山。是日，将熊乾所购之布四千五百六十疋，

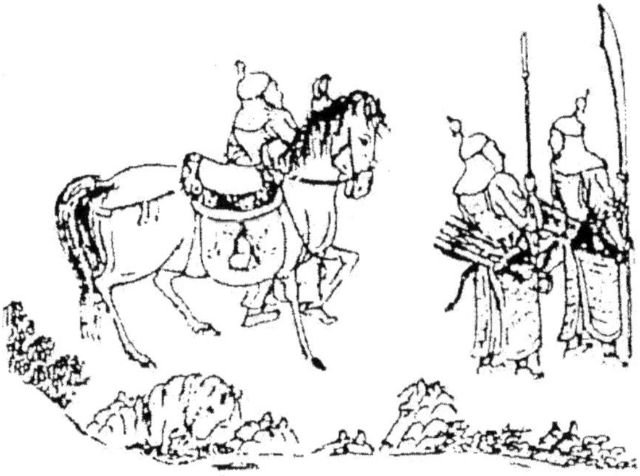

十、設哨巡邊

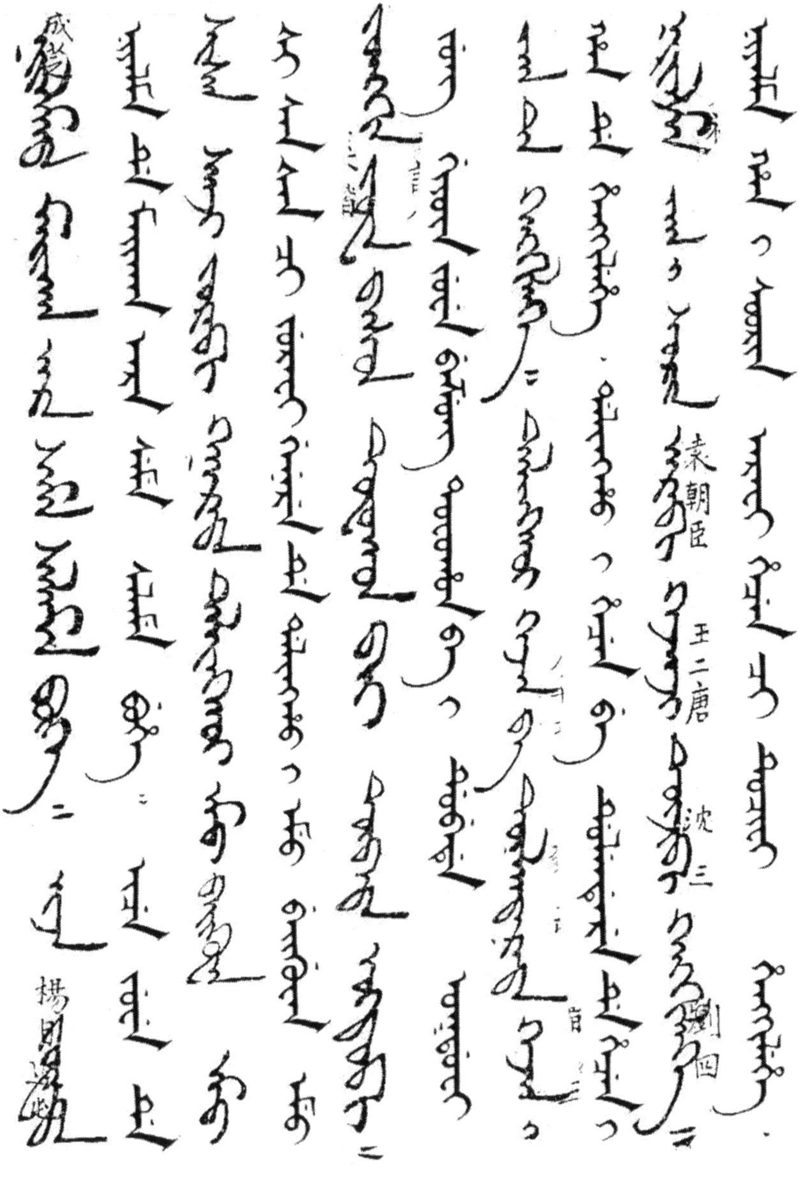
袁朝臣
王二唐
沈三
劉四
言
旨
成
揚

niyalma de maikan ara seme salame buhe. ice juwe de, ši san šan ci jurafi genere de dalingho i emu beiguwan emu jung giyūn juwe bedzung, tofohon ba i dubede okdofi han de hengkilehe. dalingho i hecen be dulendere de hecen i niyalma han i soorin arafi hecen ci tucifi hengkilehe.

散給兵丁做帳房[12]。初二日，自十三山啟行。途中有大淩河備禦官一人、中軍一人、把總二人迎於十五里外叩謁汗。過大淩河時，城內之人製汗御座[13]出城叩謁。

散给兵丁做账房。初二日，自十三山启行。途中有大凌河备御官一人、中军一人、把总二人迎于十五里外叩谒汗。过大凌河时，城内之人制汗御座出城叩谒。

---

[12] 帳房，《滿文原檔》、《滿文老檔》俱讀作“maikan”，係蒙文“maiqan”借詞，意即「帳篷、大帳幕」。

[13] 御座，句中「座」，《滿文原檔》寫作“sorin”，《滿文老檔》讀作“soorin”，係蒙文“saɣuri(n)”借詞。

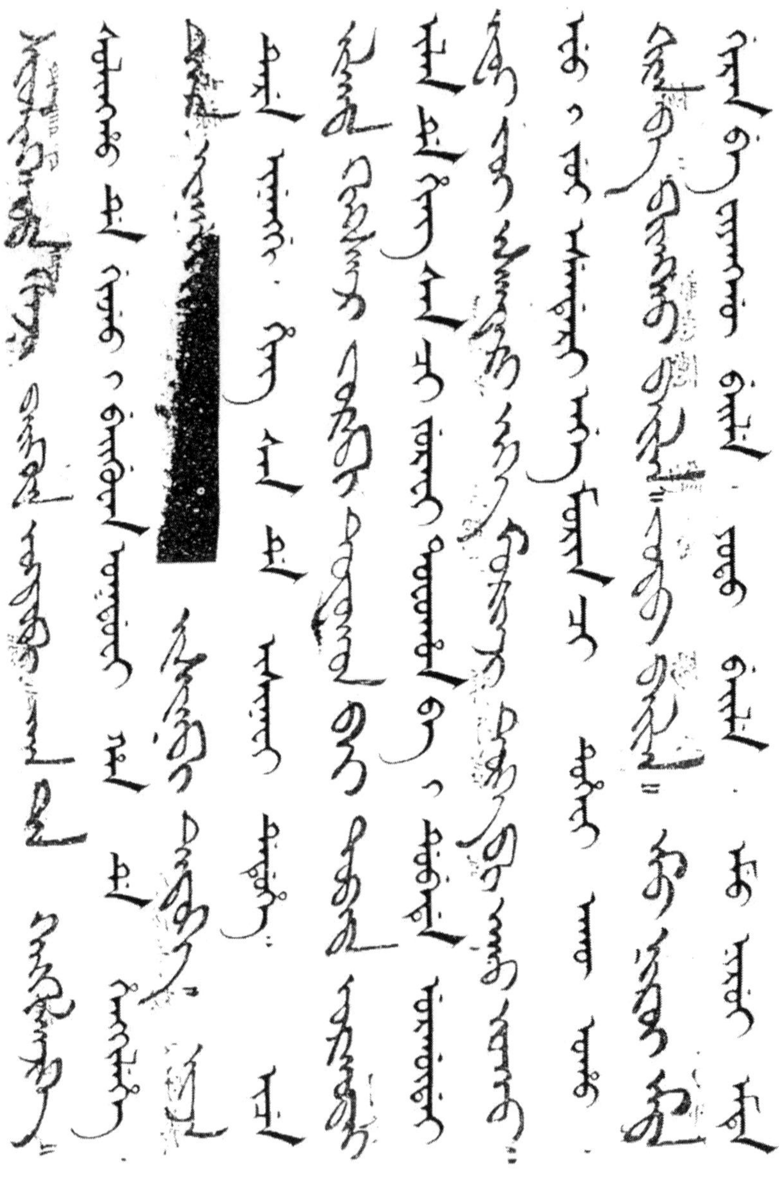

šolingho de ginjeo i beiguwan okdofi han de hengkilehe. tere inenggi, hing šan de isinafi deduhe. ice ilan de hing šan ci jurafi, tofohon ba i dubede urgūdai efu i jui esenderi age, morin ci tuhefi akū oho, giran be fiyanggū beile, yoto beile, emu nirui emte

---

錦州備禦官迎至小凌河叩謁汗。是日，至杏山駐蹕。初三日，自杏山啟行。至十五里外，烏爾古岱額駙之子額森德里阿哥墜馬身亡，令每牛彔派一人，由費揚古貝勒、岳托貝勒率領，

锦州备御官迎至小凌河叩谒汗。是日，至杏山驻跸。初三日，自杏山启行。至十五里外，乌尔古岱额驸之子额森德里阿哥坠马身亡，令每牛彔派一人，由费扬古贝勒、岳托贝勒率领，

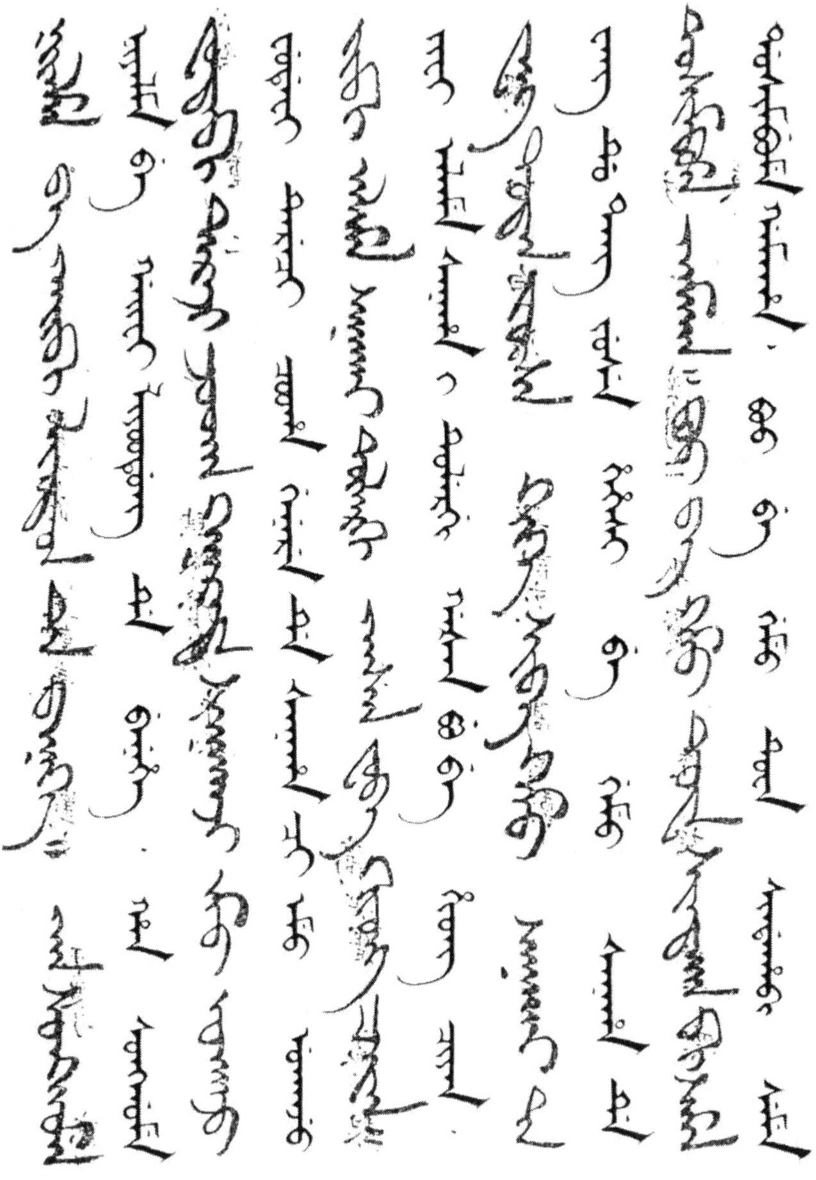

niyalma be gaifi liyoodung de benehe, han songgome fudefi, tereci cooha genere de šanaha ci emu ukanju jifi alame, šanaha i tulergi gašan pu be, hiong ciyan, wang du tang juse hehesi be, gemu šanaha de dosimbume gamaha, boo be gemu tuwa sindahabi seme

---

將其屍體送往遼東，汗哭送。軍士前行時，有一逃人自山海關前來告稱：「熊乾、王都堂已將山海關外村堡居民婦孺皆遷入山海關內，房屋皆已放火焚燒。」

将其尸体送往辽东，汗哭送。军士前行时，有一逃人自山海关前来告称：「熊乾、王都堂已将山海关外村堡居民妇孺皆迁入山海关内，房屋皆已放火焚烧。」

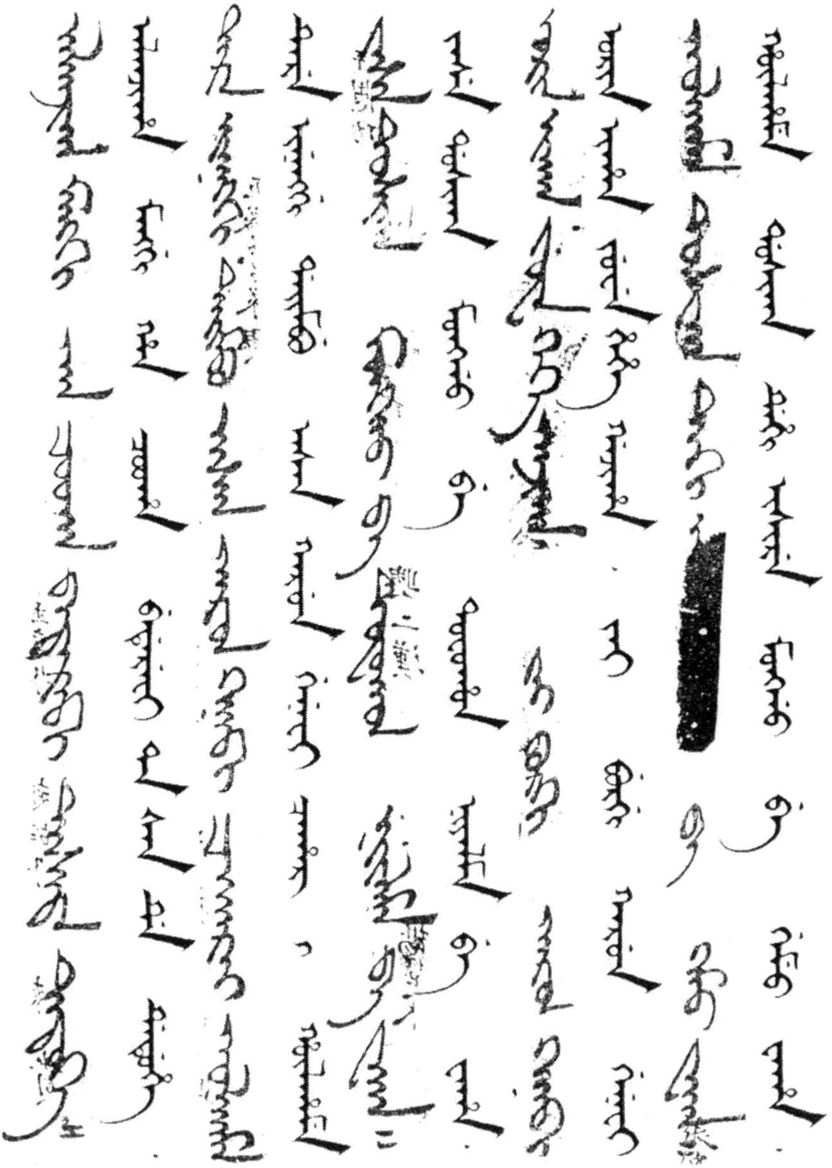

alanjiha manggi han cooha bederefi, ta šan de deduhe. tere inenggi, daimbu, asan, karun genefi, cahar i hūlhame jase dosika monggo be, tofohon niyalma be waha, orin ihan, juwe hehe gajiha. jai burgi karun genefi hūlhame dosika dehi isire monggo be gemu waha.

汗還兵，駐蹕塔山。是日，著戴木布、阿三前往哨所巡邊，遇潛入邊內之察哈爾蒙古，殺其十五人，攜牛二十頭、女二人而還。再布爾吉前往哨所巡邊，將潛入邊內之蒙古近四十人皆殺之。

汗还兵，驻跸塔山。是日，着戴木布、阿三前往哨所巡边，遇潜入边内之察哈尔蒙古，杀其十五人，携牛二十头、女二人而还。再布尔吉前往哨所巡边，将潜入边内之蒙古近四十人皆杀之。

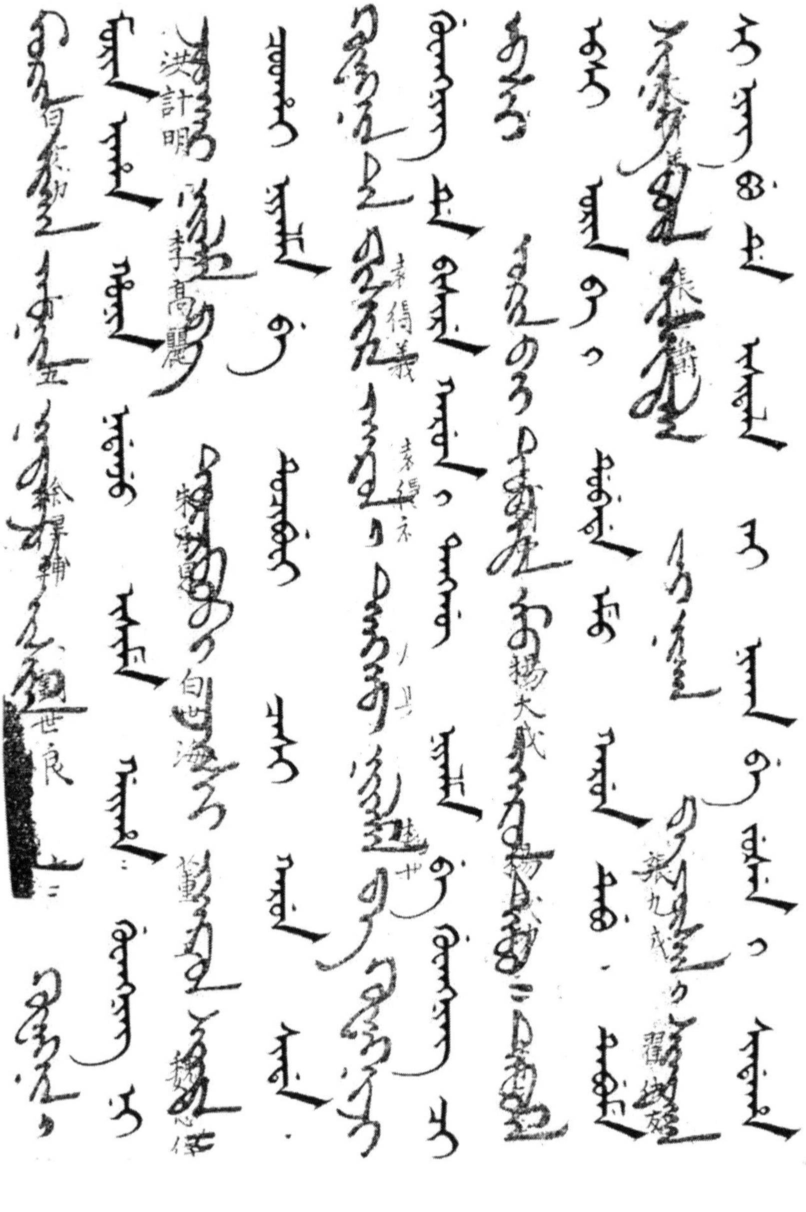

morin, ihan, honin nadanju isime gaiha. guwangning ni coohai niyalma be tucibufi casi karun sinda, guwangning de bisire karun i tanggū niyalma be, guwangning ci ebsi orin ba i dubede emu karun tebu, tebume si ning pu de isitala jai nikan be jušen i sindaha

---

獲馬、牛、羊近七十。派出廣寧兵丁至廣寧以外設立哨所。將廣寧所有哨所之一百人，自廣寧以內直至西寧堡，每二十里設一哨所。再將漢人於諸申所設

获马、牛、羊近七十。派出广宁兵丁至广宁以外设立哨所。将广宁所有哨所之一百人，自广宁以内直至西宁堡，每二十里设一哨所。再将汉人于诸申所设

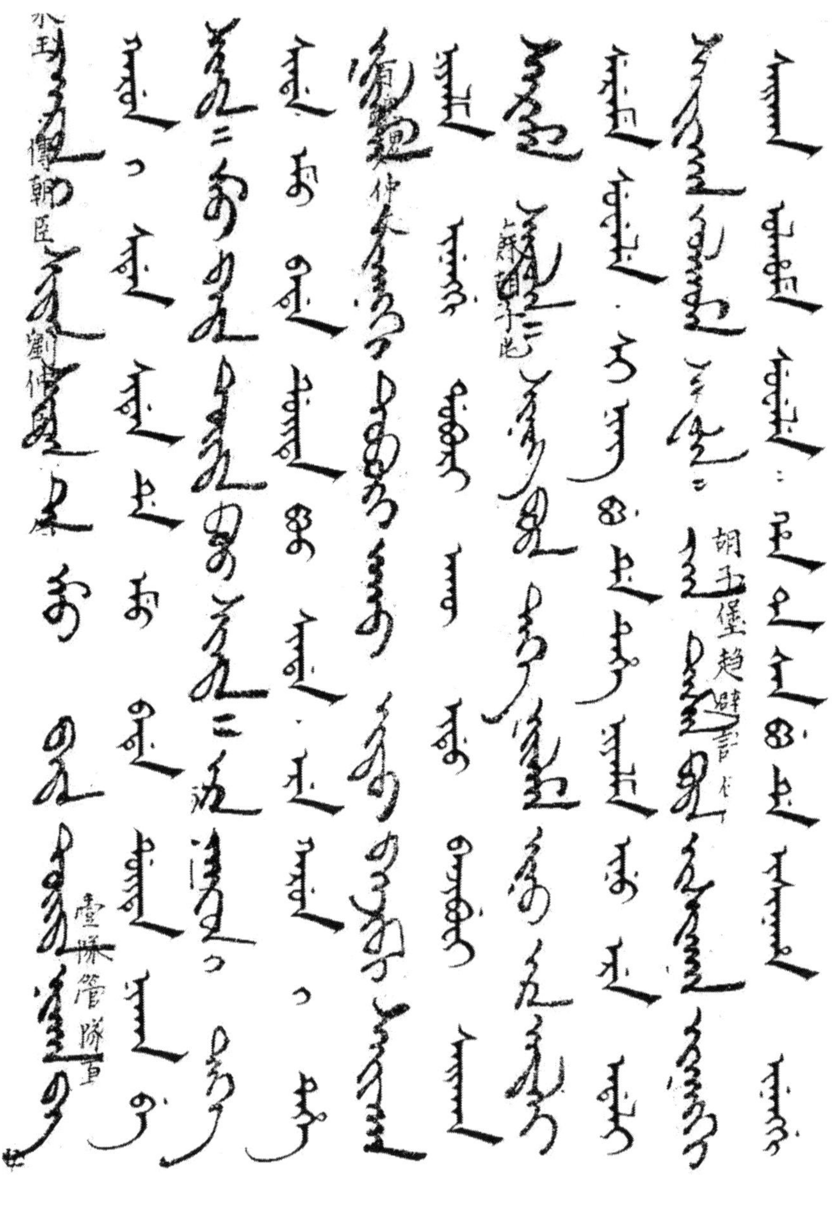
壹隊管隊

karun i siden siden de, emu bade duite nikan be sinda, emu bade duite poo sinda. ere karun i tehe niyalma inenggi dobori akū idu banjibufi saikan sereme suwele. si ning pu de tehe niyalma inu ere adali saikan olhome suwele. han ta šan pu de isinaha inenggi

---

哨所之間，每處設漢人各四名，每處置礮各四門。駐哨所之人，不分晝夜編定班次，妥為巡察[14]。駐西寧堡之人亦須照此妥慎巡察。汗至塔山堡之日，

哨所之间，每处设汉人各四名，每处置炮各四门。驻哨所之人，不分昼夜编定班次，妥为巡察。驻西宁堡之人亦须照此妥慎巡察。汗至塔山堡之日，

---

[14] 巡察，《滿文原檔》寫作“sarama safola”，讀作“sereme sefule”，《滿文老檔》讀作“sereme suwele” 意即「發覺、搜查」。

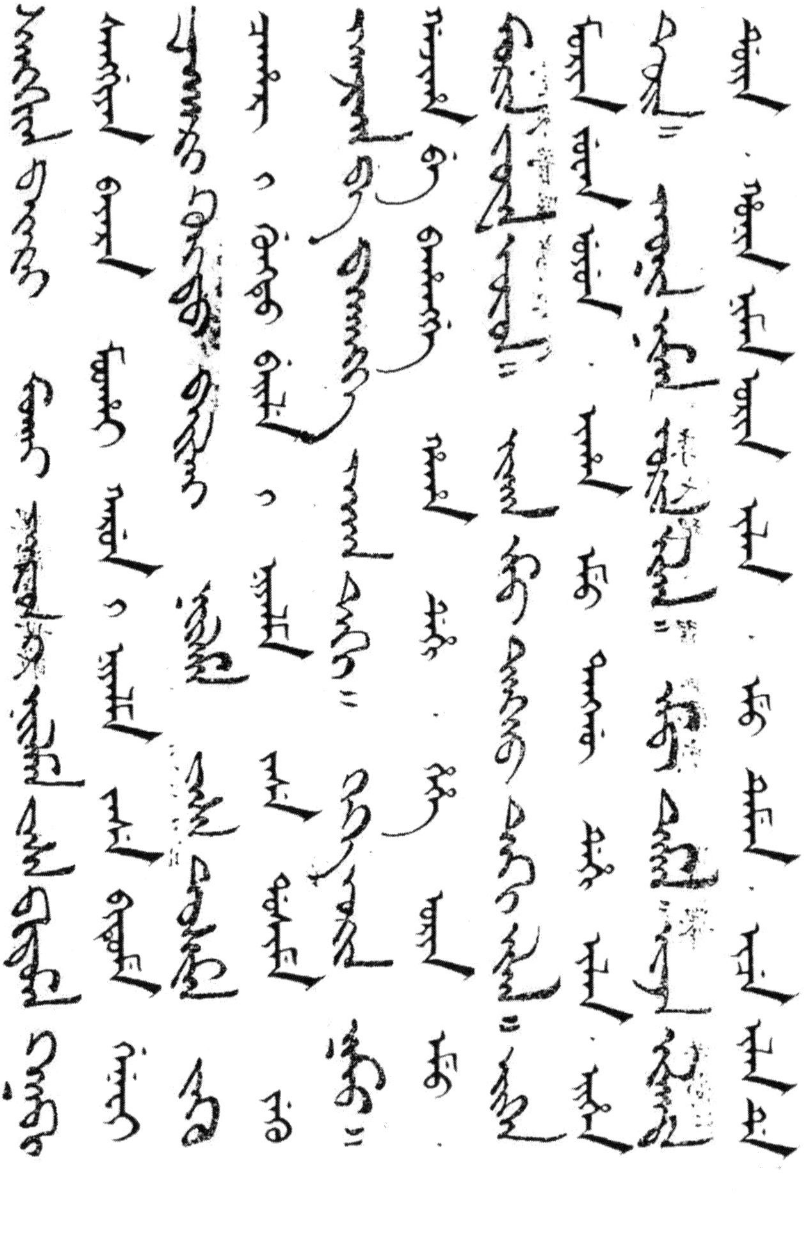

šanggiyan bayara moohai karun i niyalma jase bitume genefi, cahar i gungtu beile i niyalma jase dosime jeku gajiha be bahangge, haha dehi, hehe orin emu, morin juwan uyun, ihan emu tanggū dehi ilan, eihen duin, honin, niman orin ilan, emu temen. ice ilan de

---

白旗巴牙喇茂海哨所之人前往沿邊巡察，獲入境奪糧之察哈爾恭圖貝勒屬下之人，男四十人、女二十一人[15]，馬十九匹、牛一百四十三頭、驢四隻、綿羊山羊二十三隻、駝一隻。初三日，

白旗巴牙喇茂海哨所之人前往沿边巡察，获入境夺粮之察哈尔恭图贝勒属下之人，男四十人、女二十一人，马十九匹、牛一百四十三头、驴四只、绵羊山羊二十三只、驼一只。初三日，

---

15 二十一人，句中「一」，《滿文原檔》寫作“namo”，《滿文老檔》讀作“emu”。按《滿文原檔》間或將“emu”寫作“namo”，疑即某種方言記錄。

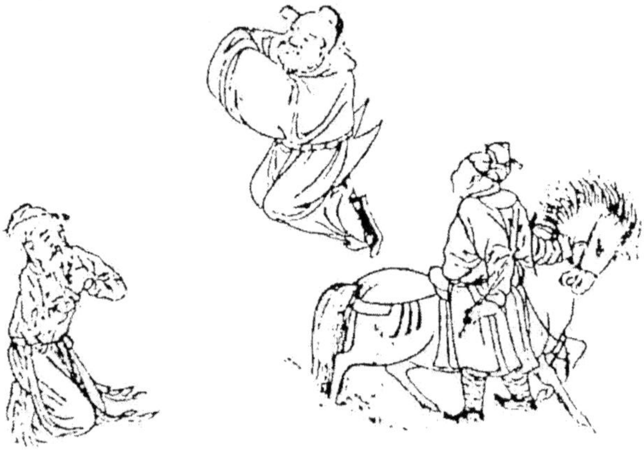

十一、遷移戶口

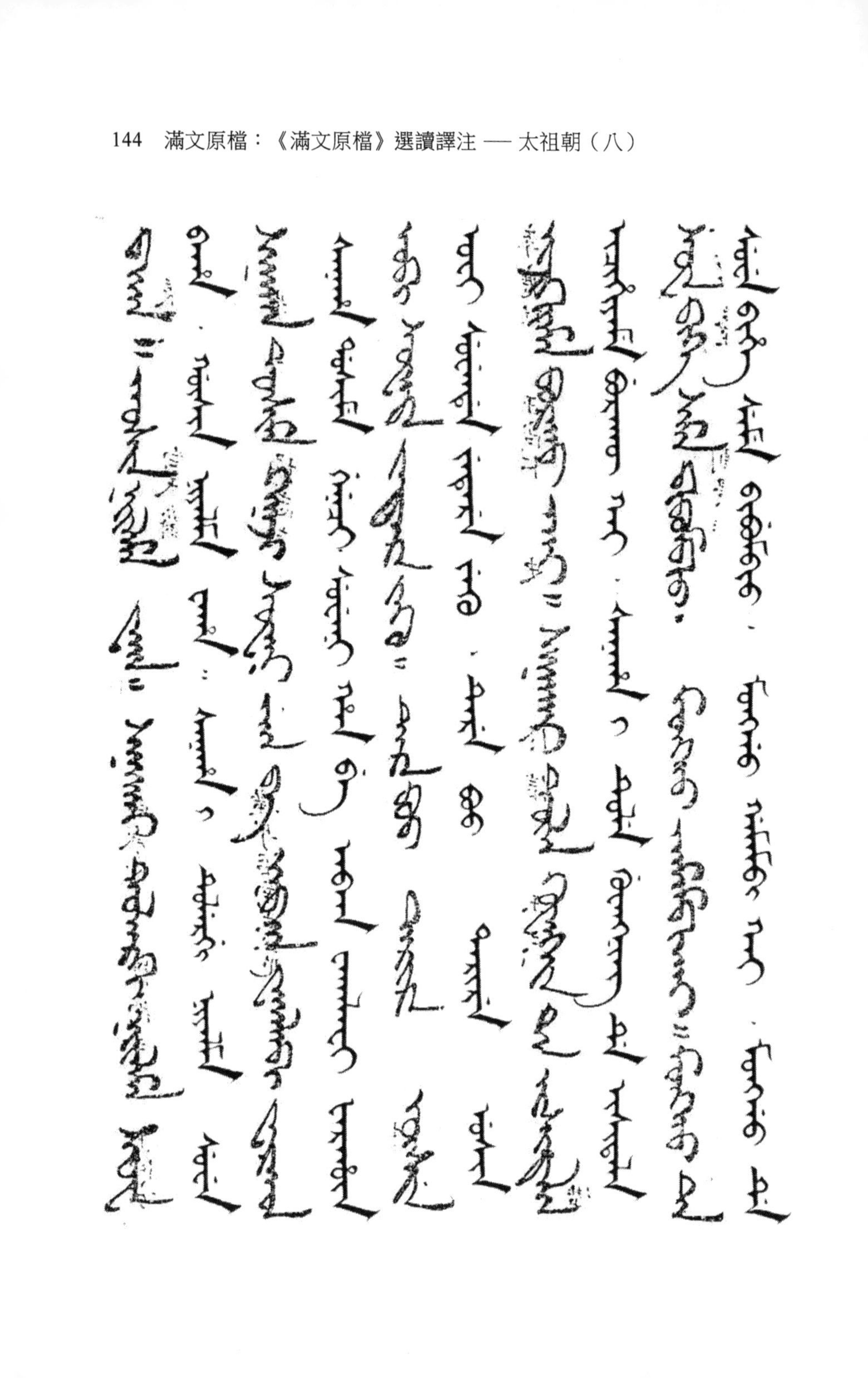

[illegible]

baha gūsin niyalma waha. šanaha i tulergi niyalma, suwe šanaha dosime geneci, suweni han be abka wakalafi farhūn ofi, suwende jetere jeku, tere boo, tarire usin icihiyame burakū kai. šanaha i tule guwangning de isitala, suwe bihe seme bibumbio. monggo gamambi kai. monggo de

---

殺俘獲之三十人。山海關外之人，爾等若進入山海關內，爾等皇帝因昏庸遭受天譴，定不供給爾等衣食、住屋、耕種之田地也。山海關外至廣寧一帶，爾等又豈能安居？必為蒙古所掠去也。

杀俘获之三十人。山海关外之人，尔等若进入山海关内，尔等皇帝因昏庸遭受天谴，定不供给尔等衣食、住屋、耕种之田地也。山海关外至广宁一带，尔等又岂能安居？必为蒙古所掠去也。

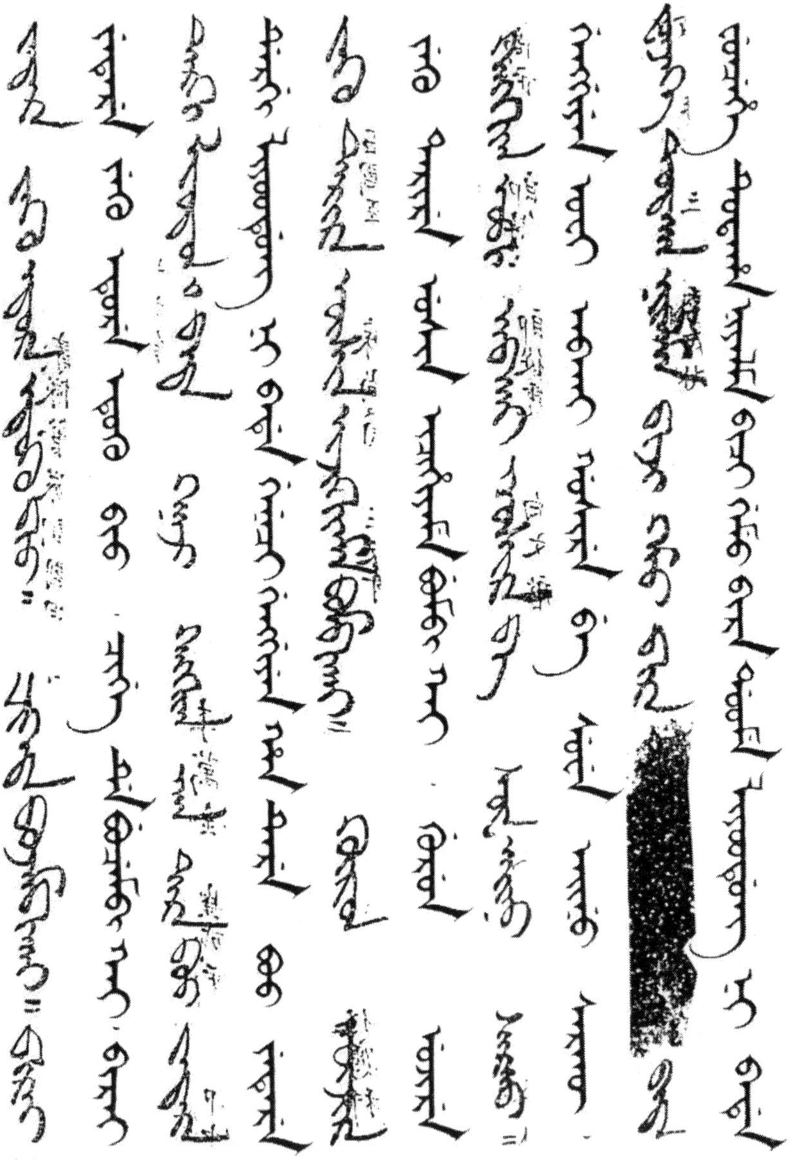

jetere jeku, eture etuku bio. cige de bucembi kai. birai dergi liyoodung ni bade geneci genggiyen han tere boo, jetere jeku, tarire usin icihiyame bumbi kai. gurun ujire genggiyen ofi abkai gosire be suwe ainu sarkū. funcehe tutaha niyalma bici, gemu bira doome liyoodung ni bade

---

蒙古有食糧、穿著之衣服乎？必死於虱蟲[16]也。若往河東遼東地方，則英明汗必撥給住屋、食糧、耕地也。以英明豢養國人，蒙天眷佑，爾等為何不知？倘有剩餘落後之人，皆可渡河到遼東地方來。

蒙古有食粮、穿着之衣服乎？必死于虱虫也。若往河东辽东地方，则英明汗必拨给住屋、食粮、耕地也。以英明豢养国人，蒙天眷佑，尔等为何不知？倘有剩余落后之人，皆可渡河到辽东地方来。

---

[16] 虱蟲，《滿文原檔》寫作“cike”，《滿文老檔》讀作“cige”。規範滿文讀作“cihe”，意即「虱子」。

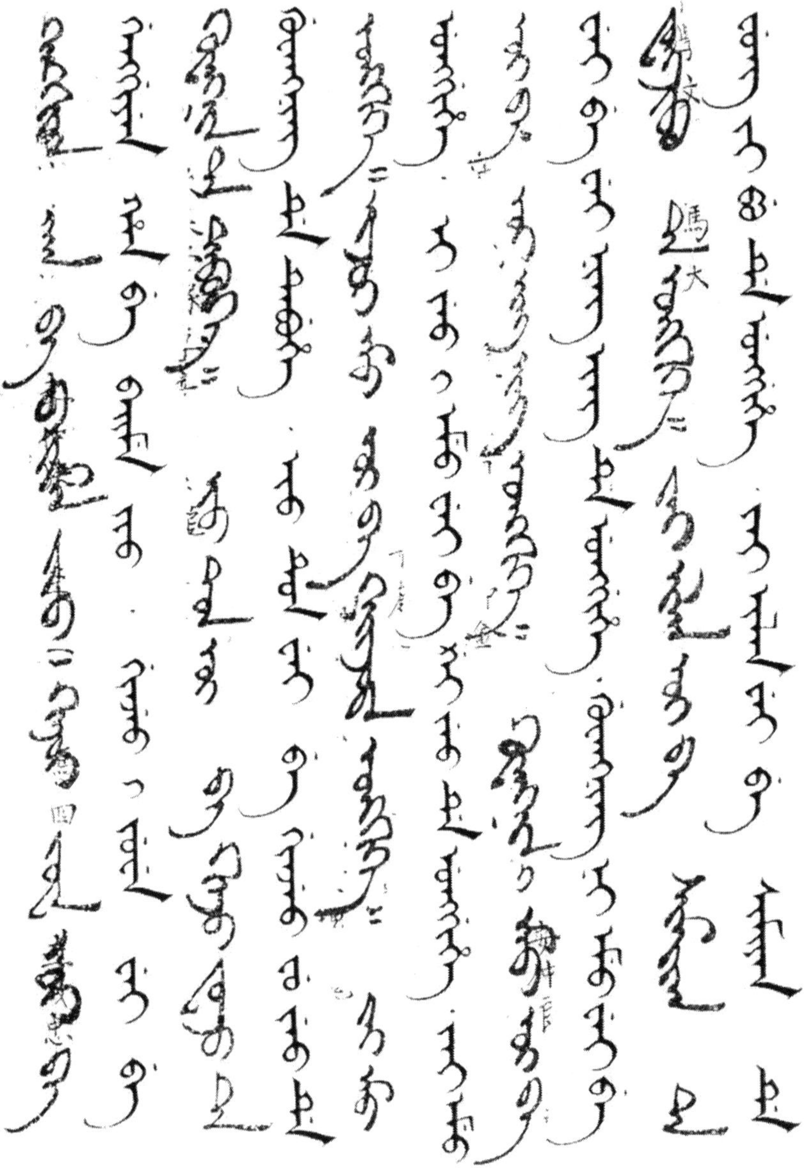

genggiyen han be baime jio. ginjeo i juwe wei be guwangning de tebuhe, io tun wei be ginjeo, fu jeo de unggihe. i jeo i emu wei be g'ai jeo de unggihe, jai emu wei be wei ning ing de unggihe. guwangning ni emu wei be, fung ji pu de unggihe, jai ilan wei be simiyan de

歸附英明汗。令錦州二衛駐於廣寧，右屯衛遷往金州、復州。義州一衛遷往蓋州，另一衛遷往威寧營。廣寧一衛遷往奉集堡，另三衛遷往瀋陽。

归附英明汗。令锦州二卫驻于广宁，右屯卫迁往金州、复州。义州一卫迁往盖州，另一卫迁往威宁营。广宁一卫迁往奉集堡，另三卫迁往沈阳。

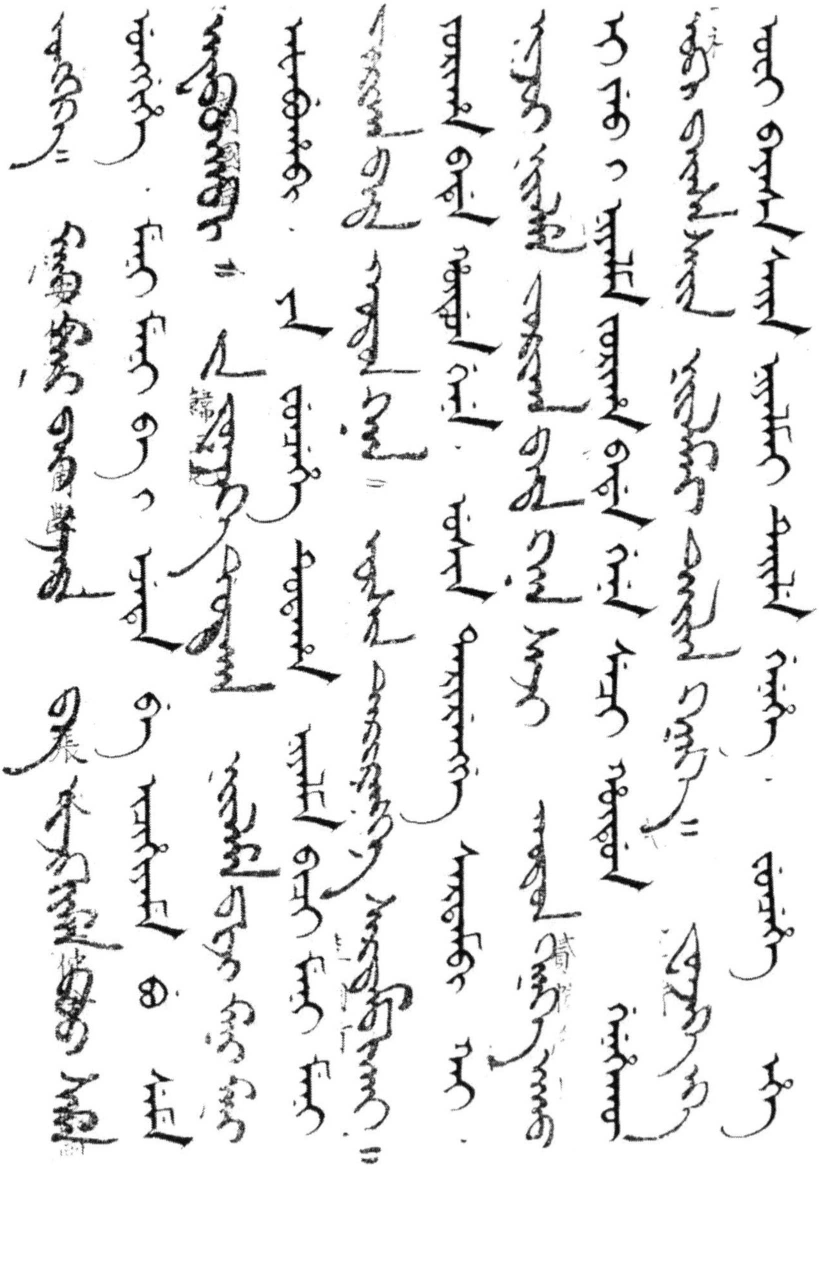

unggihe, meni meni ba i ejete be icihiyame bu seme afabuhabi. ya funcehe tutaha niyalma bici, meni meni joriha bade hūdun gene, usin tarirengge sartambi kai. i jeo i niyalma joriha bade gene seci, hūdun genehekū ofi, bayasa sain niyalmai teile genehe, funcehe ehe

---

已交付各該主管官員處理。凡剩餘落後之人，速往所指地方，否則恐誤種田農時也。義州之人未從速移往所指地方，僅有富裕善良之人遷往，

已交付各该主管官员处理。凡剩余落后之人，速往所指地方，否则恐误种田农时也。义州之人未从速移往所指地方，仅有富裕善良之人迁往，

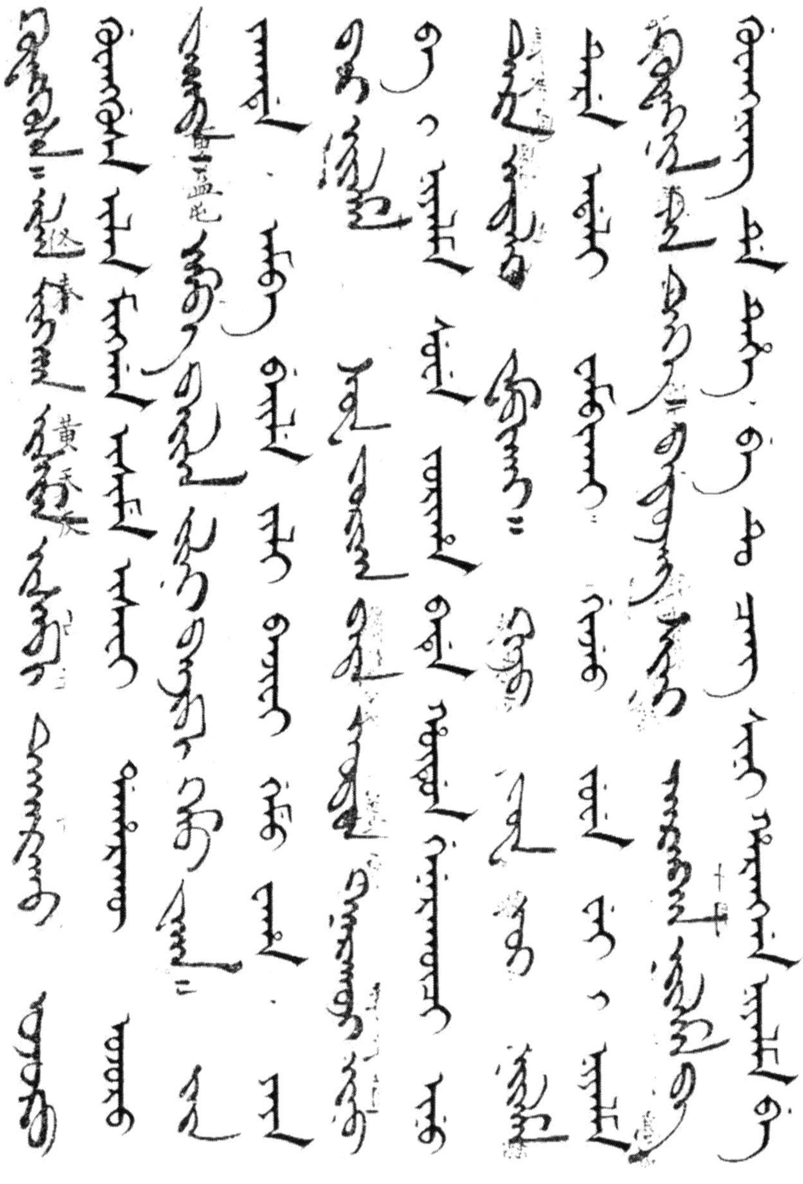

guwanggusa ilan minggan isime isafi daharakū ojoro jakade, amba beile jili banjifi gemu waha. yaya ba i niyalma, suwe joriha bade hūdun generakūci, inu tere adali wambikai. ginjeo juwe wei i niyalma guwangning de tehe, be tu cang sini harangga niyalma be

---

其餘惡棍[17]近三千人聚集拒不順從，大貝勒動怒，皆殺之。凡各處之人，爾等若不從速遷往所指地方，亦照此誅之也。錦州二衛之人已住廣寧，著白土場率爾所屬之人，

其余恶棍近三千人聚集拒不顺从，大贝勒动怒，皆杀之。凡各处之人，尔等若不从速迁往所指地方，亦照此诛之也。锦州二卫之人已住广宁，着白土场率尔所属之人，

---

[17] 惡棍，《滿文原檔》寫作"eke kuwangkusa"，《滿文老檔》讀作"ehe guwanggusa"。按滿文 guwanggun"係漢文「光棍」音譯詞，規範滿文讀作"laihūn"，意即「無賴之徒」。

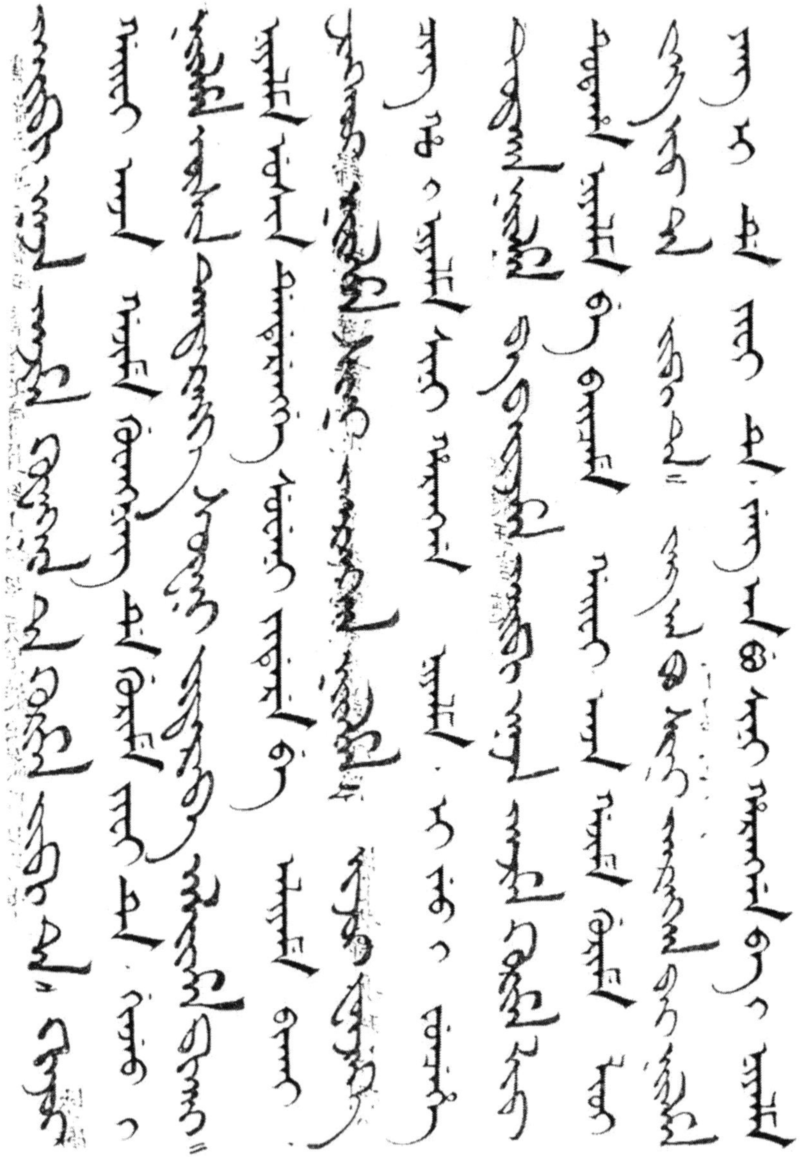

gaifi anja gajime guwangning de gurime jifi te. ginjeo i niyalma usin denderengge, suweni jidere be aliyame bikai. cing ho i niyalma, sini harangga niyalma, i jeo i funcehe tutaha niyalma be baicame gaifi, anja gajime gurime, lioi yang i de jifi te. jeng an pu sini harangga ba i niyalma,

---

攜犁遷居廣寧。錦州之人正在等候爾等前來，以便分配田地。著清河之人，查出爾所屬之人及義州所剩餘落後之人，並率領攜犁遷來閭陽驛居住。著鎮安堡爾所屬地方之人，

携犁迁居广宁。锦州之人正在等候尔等前来，以便分配田地。着清河之人，查出尔所属之人及义州所剩余落后之人，并率领携犁迁来闾阳驿居住。着镇安堡尔所属地方之人，

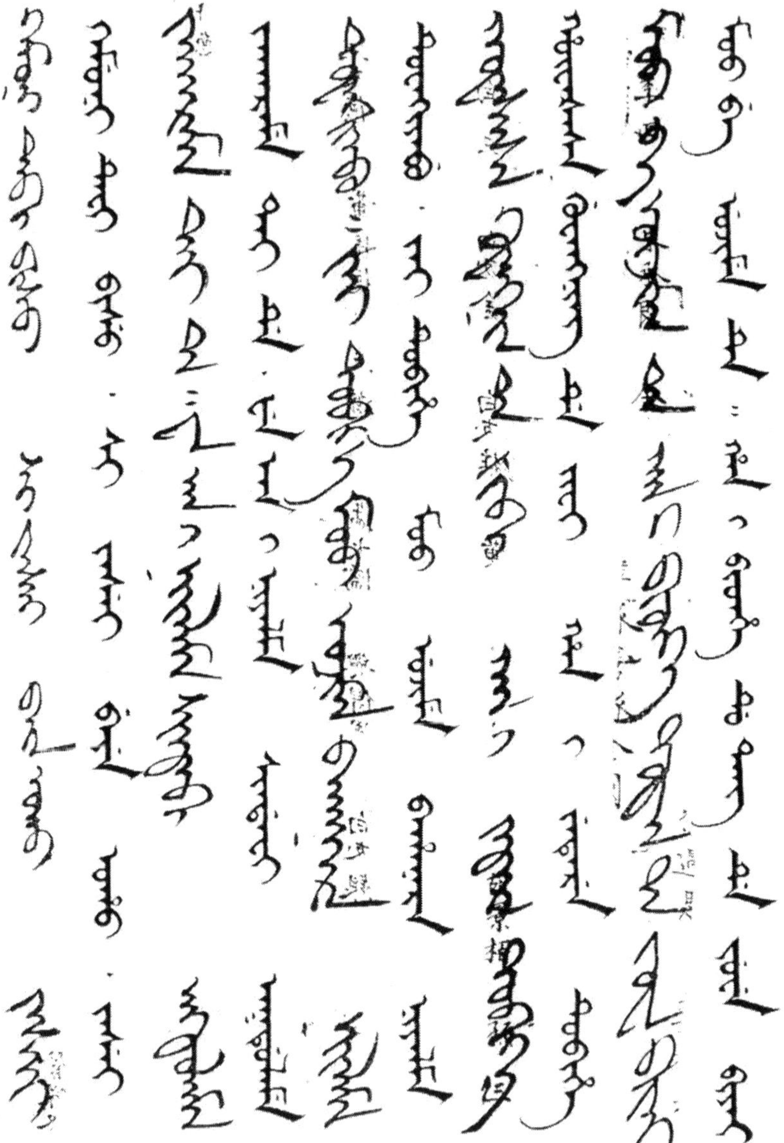

kemuni tefi bisu. si jasei beye oho, jasei jakarame tai de fe an i niyalma sindafi akdulame tuwakiyabu. jai tubihe moo ujime bahanara niyalma, hūwašasa guwangning de jifi han i jetere tubihe moo be ujime te. han i bithe, du tang de juwe biyai

---

仍居原處。爾身任邊務，沿邊各臺仍照舊例設人固守。另遣善培育果樹之人及僧人等遷居廣寧，以培育汗所食用之果樹。二月初四日，汗頒書諭都堂曰：

仍居原处。尔身任边务，沿边各台仍照旧例设人固守。另遣善培育果树之人及僧人等迁居广宁，以培育汗所食用之果树。二月初四日，汗颁书谕都堂曰：

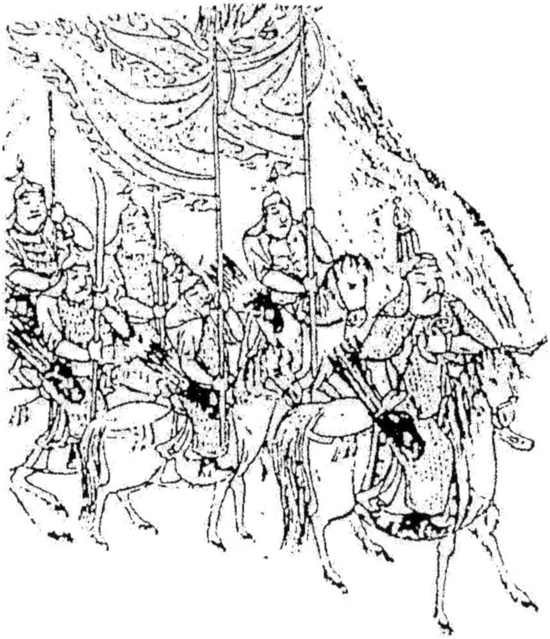

十二、山海關外

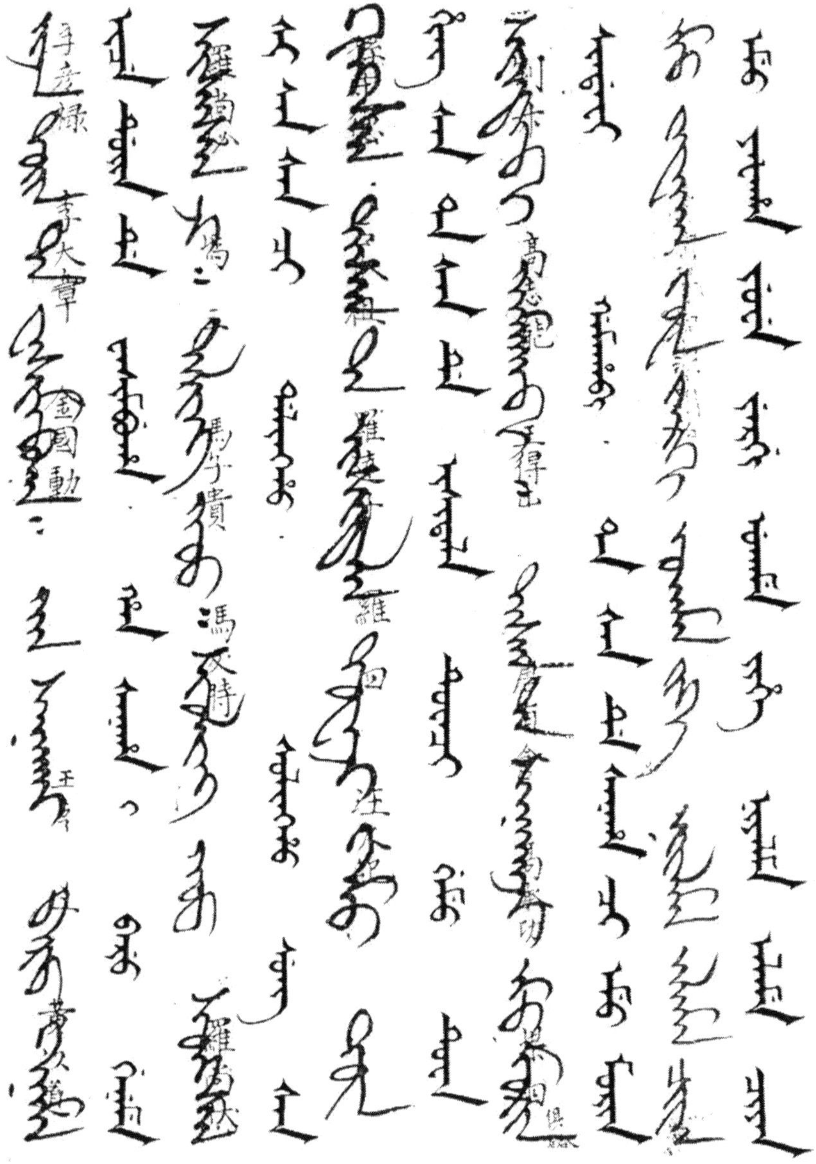

ice duin de wasimbuha, han, šanaha i baru geneme, ši san šan ci dalingho, šolingho, sung šan, hing šan, ta šan de isitala tuwaci, gemu tuwa sindafi gamahabi. ta šan de, šanaha ci emu morin, emu yafahan juwe jergi ukame jihe niyalma alame, ciyan

---

「汗往山海關，由十三山至大凌河、小凌河、松山、杏山、塔山看得，皆被放火焚燒掠奪。至塔山時，有一騎馬人、一步行者先後兩次自山海關逃來之人告稱，

「汗往山海关，由十三山至大凌河、小凌河、松山、杏山、塔山看得，皆被放火焚烧掠夺。至塔山时，有一骑马人、一步行者先后两次自山海关逃来之人告称，

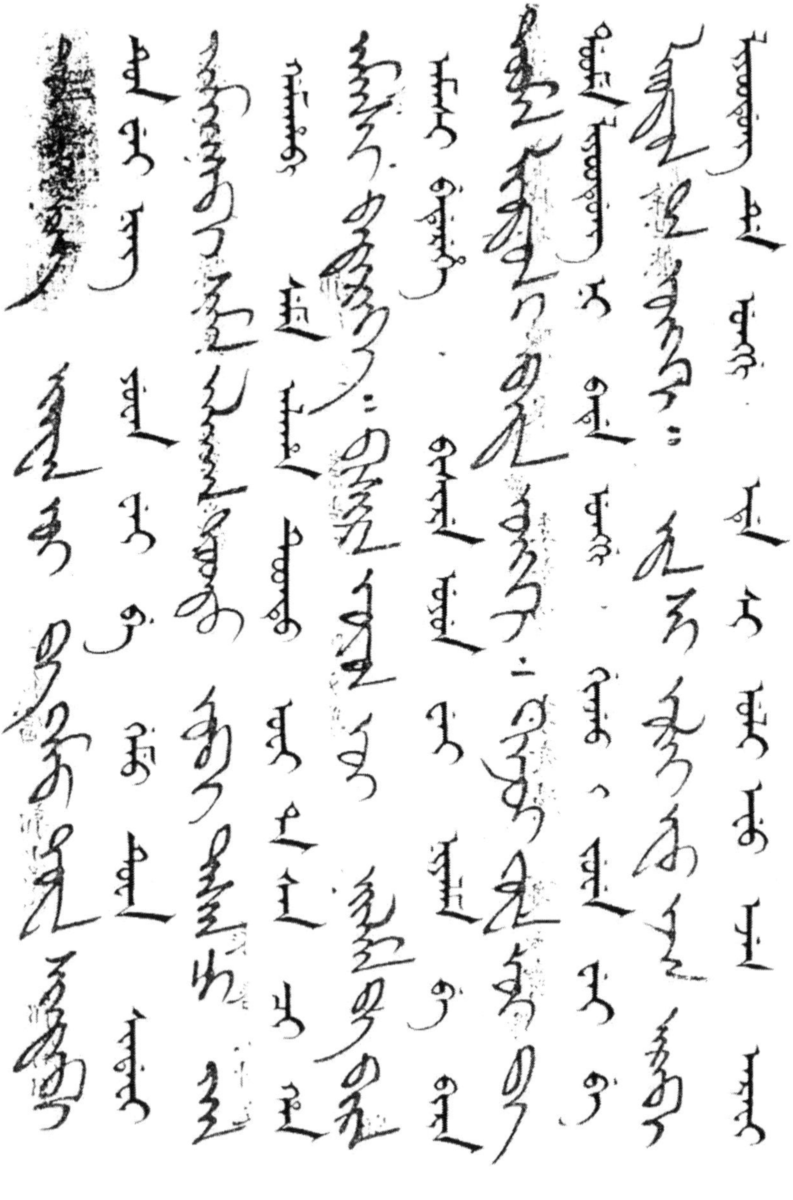

tun wei, ning yuwan wei be gemu tuwa sindafi gamahabi seme alaha. tuttu ofi, ta šan ci han amasi bederehe. bisire uyun wei niyalma be bira doome liyoodung ni bade unggi. ginjeo i juwe wei be liyoodung de unggi. ede si uli efu ejen arafi

---

前屯衛、寧遠衛皆被放火焚燒掠奪等語。因此，汗由塔山返回。所有九衛之人，悉令渡河遷往遼東地方。錦州二衛亦令遷往遼東。為此以西烏里額駙為主，

前屯卫、宁远卫皆被放火焚烧掠夺等语。因此，汗由塔山返回。所有九卫之人，悉令渡河迁往辽东地方。锦州二卫亦令迁往辽东。为此以西乌里额驸为主，

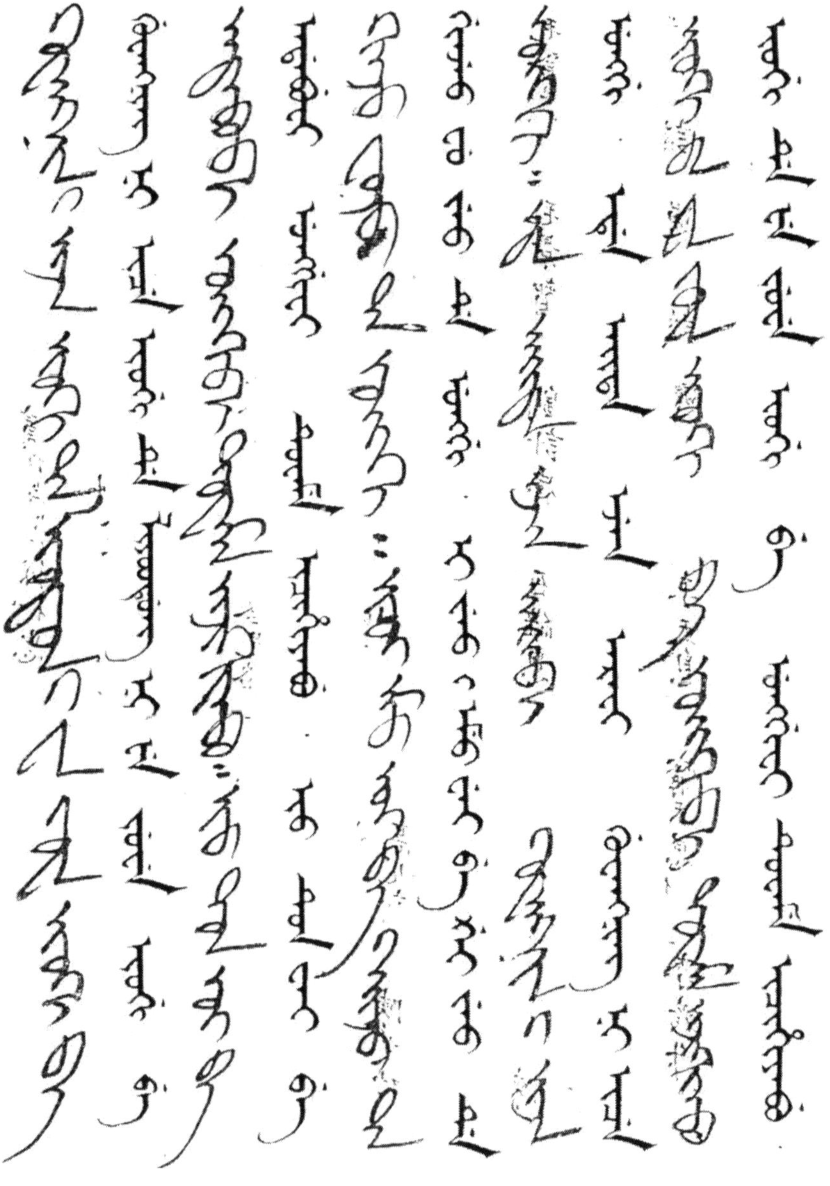

guwangning ni ice iogi de, liyoodung ni fe juwe iogi be adabufi unggifi tuwame icihiyabu. io tun wei be ginjeo, fu jeo de unggi, i jeo i emu wei be g'ai jeo de unggi. ede aita ejen arafi, guwangning ni ice iogi de, fe juwe iogi be unggifi tuwame icihiyabu.

並遣遼東舊遊擊二人協同廣寧新遊擊督辦。令右屯衛遷往金州、復州，令義州一衛遷往蓋州。為此以爱塔為主，並遣廣寧舊遊擊二人協同新遊擊督辦。

并遣辽东旧游击二人协同广宁新游击督办。令右屯卫迁往金州、复州，令义州一卫迁往盖州。为此以爱塔为主，并遣广宁旧游击二人协同新游击督办。

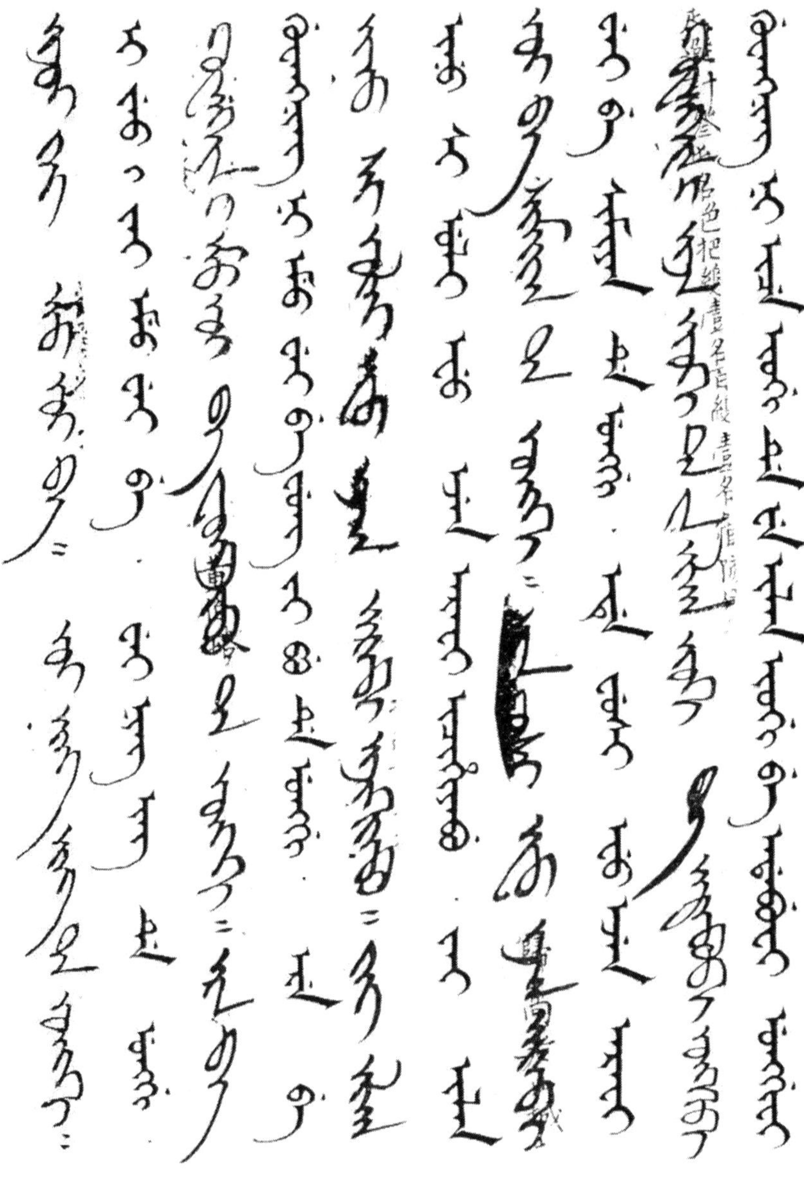

i jeo i jai emu wei be, wei ning ing de unggi, guwangning ni emu wei be, fung ji pu de unggi, ere be inu si uli efu ejen arafi icihiyabu. jai ilan wei be simiyan de unggi, ede fusi efu ejen arafi, guwangning ni ice iogi de, fe ilan iogi be adabufi unggifi

---

令義州另一衛遷往威寧營，令廣寧一衛遷往奉集堡，此亦以西烏里額駙為主辦理。再令三衛遷往瀋陽，為此以撫順額駙為主，遣廣寧舊遊擊三人協同新遊擊督辦。

令义州另一卫迁往威宁营，令广宁一卫迁往奉集堡，此亦以西乌里额驸为主办理。再令三卫迁往沈阳，为此以抚顺额驸为主，遣广宁旧游击三人协同新游击督办。

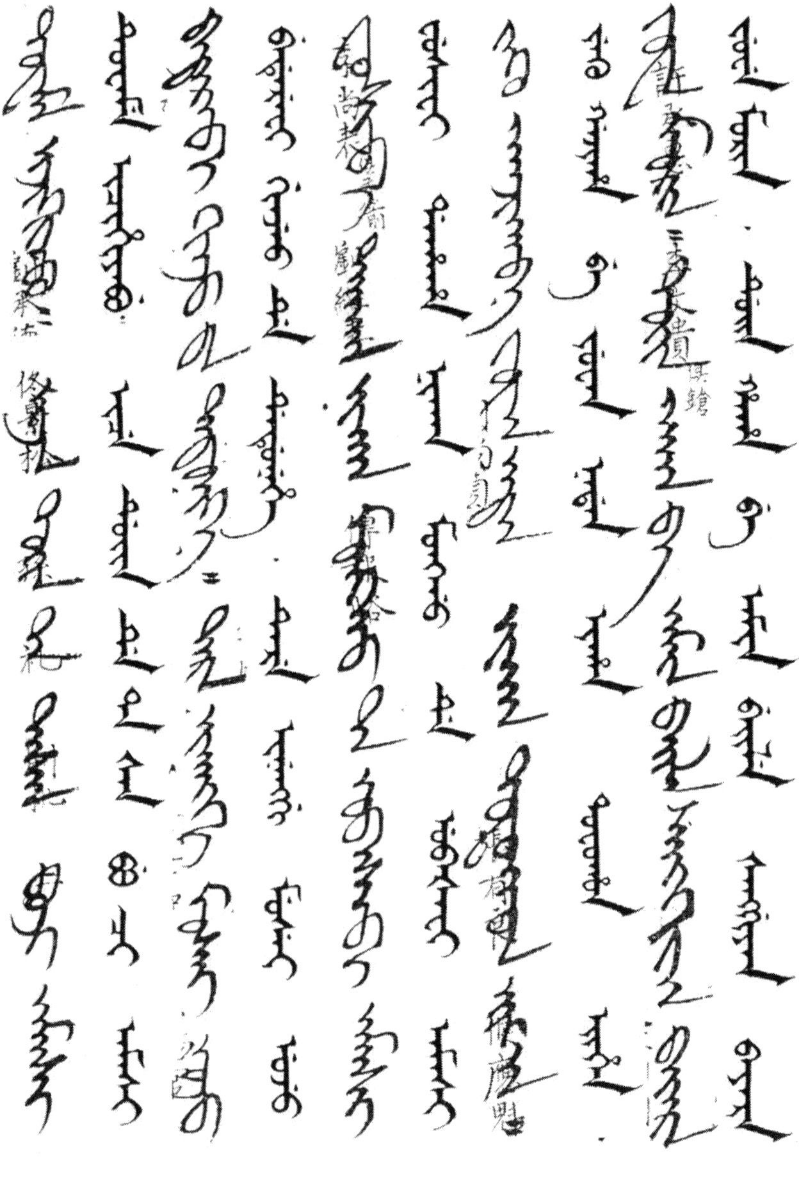

tuwame icihiyabu. ice duin de, ta šan pu ci amasi bederefi ginjeo de dedunehe. tere inenggi, musei uju fusifi dahaha nikan, monggo de ubašafi, amasi jeku gajiha be, juwan nadan ihan, tofohon eihen, juwe morin, duin haha be, amin beile šanggiyan bayara

---

初四日，汗自塔山堡返回，駐蹕錦州。是日，薙髮歸順之漢人叛投蒙古，又回來奪糧；阿敏貝勒率白旗巴牙喇前往，獲牛十七頭、驢十五隻、馬二匹、男丁四人。

初四日，汗自塔山堡返回，驻跸锦州。是日，薙发归顺之汉人叛投蒙古，又回来夺粮；阿敏贝勒率白旗巴牙喇前往，获牛十七头、驴十五只、马二匹、男丁四人。

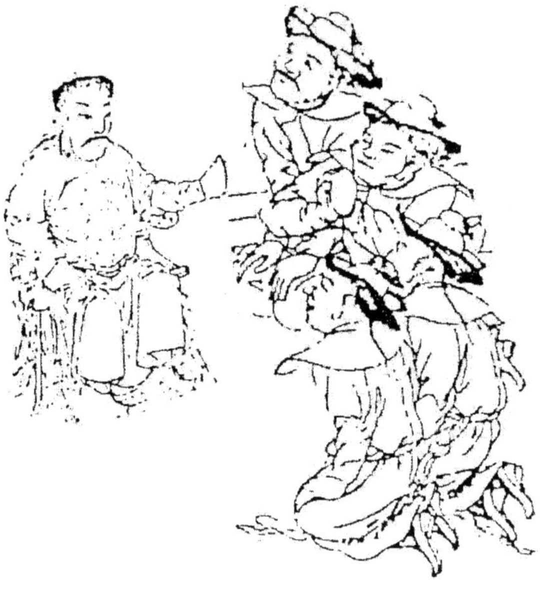

十三、蒙古奪糧

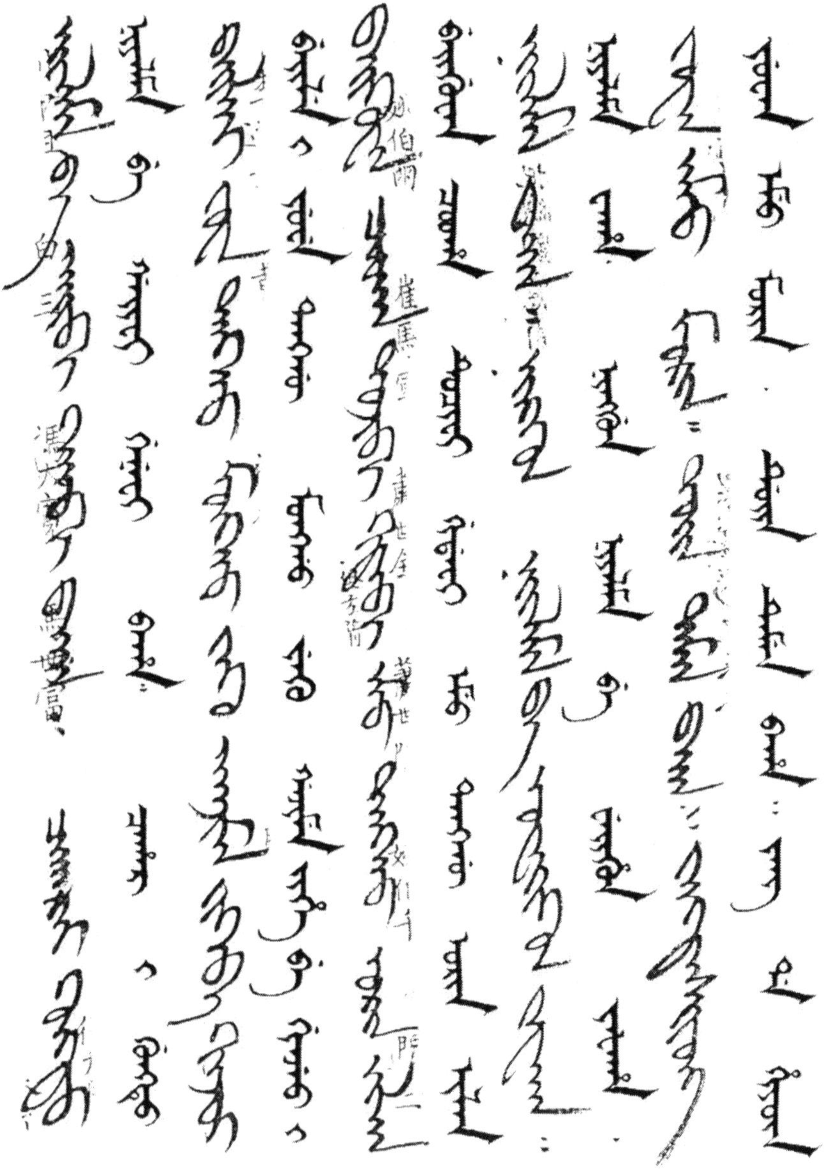

niyalma be gaifi genefi baha. cahar i gungtu beile i juwe tanggū monggo jeku gajime jihe be, ginjeo i beiguwan cooha tucifi gidafi, emu tanggū orin ilan niyalma waha, ninggun niyalma be weihun jafaha, juwan emu morin, duin temen baha. jang da hiyūn

---

察哈爾恭圖貝勒屬下之蒙古二百人前來奪糧，錦州備禦官出兵擊之，殺一百二十三人，生擒六人，獲馬十一匹、駝四隻。千總張達勛

察哈尔恭图贝勒属下之蒙古二百人前来夺粮，锦州备御官出兵击之，杀一百二十三人，生擒六人，获马十一匹、驼四只。千总张达勋

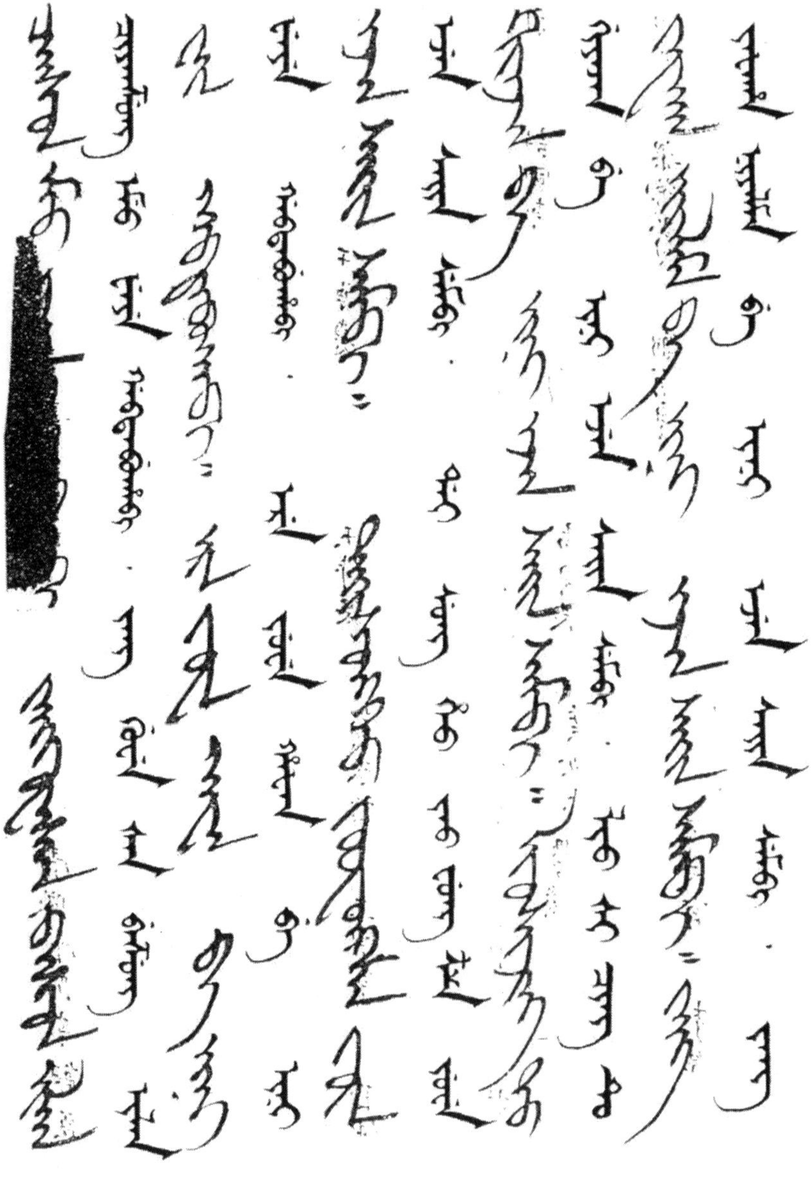

ciyandzung emu feye gabtabuhabi, jang guwe šan bedzung ilan feye gabtabuhabi, ere juwe hafan be ini ejen sain sembi. dai sung heo, jao fung tsi, juwe giyajan be ini ejen sain sembi. lio ši cing tu jafaha niyalma be ini ejen sain sembi. jang

---

受箭傷一處，把總張國善受箭傷三處。此二官皆蒙其主嘉許。戴松侯、趙鳳慈二隨侍，亦蒙其主嘉許。執纛之人劉世清，亦蒙其主嘉許。

受箭伤一处，把总张国善受箭伤三处。此二官皆蒙其主嘉许。戴松侯、赵凤慈二随侍，亦蒙其主嘉许。执纛之人刘世清，亦蒙其主嘉许。

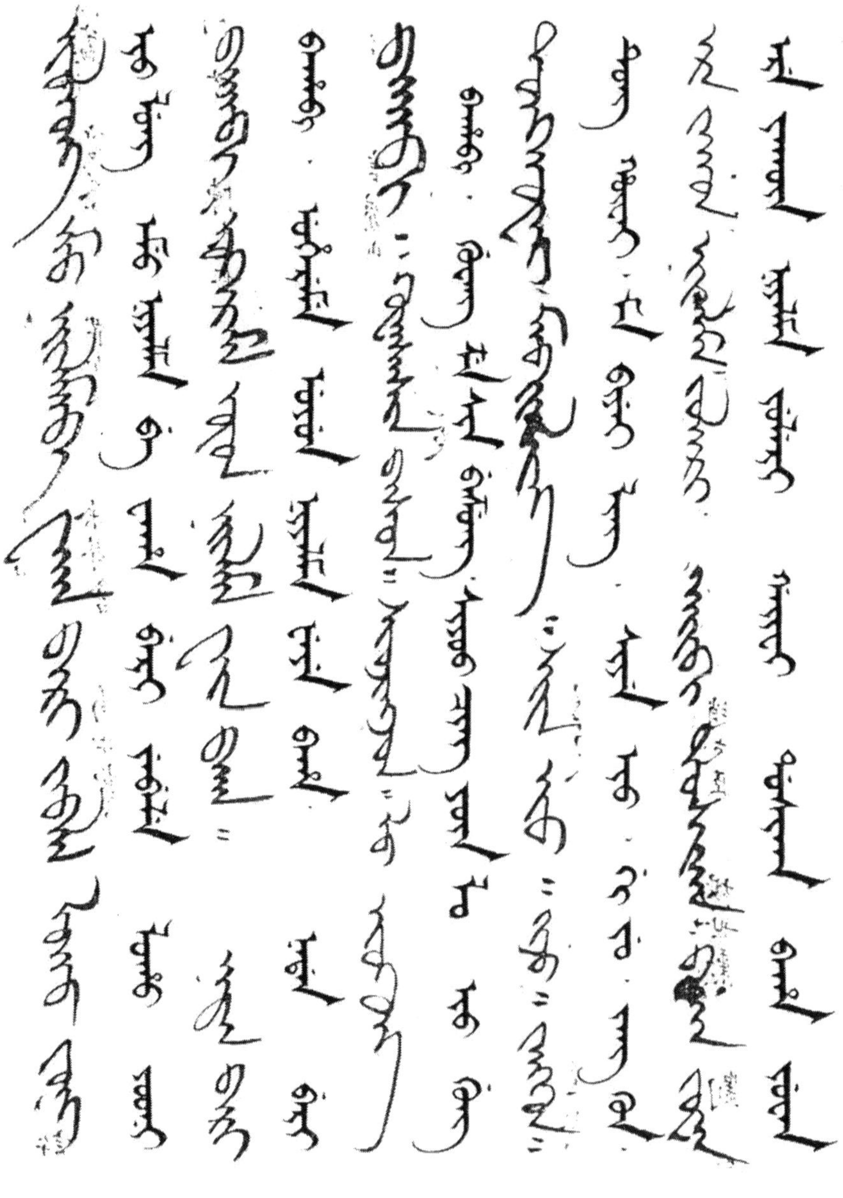

io lung emu niyalma be waha, beri, jebele, loho yooni bahabi, uhereme uyun niyalma feye baha, nadan beri bahabi. guwang ts'e sin bedzung, siyoo cing yūn, lo io gung, tung hūwai, ma biyei ling, siye io, gi ju, jang kun, ere jakūn niyalma juleri gaifi dosika. baha juwan

---

張友龍殺敵一人，俱獲其弓、撒袋、腰刀，共殺敵九人，受傷，獲弓七張。把總廣策新及蕭慶雲、羅友恭、佟槐、馬別陵、謝友、紀珠、張坤等八人率先領兵衝入敵陣。

张友龙杀敌一人，俱获其弓、撒袋、腰刀，共杀敌九人，受伤，获弓七张。把总广策新及萧庆云、罗友恭、佟槐、马别陵、谢友、纪珠、张坤等八人率先领兵冲入敌阵。

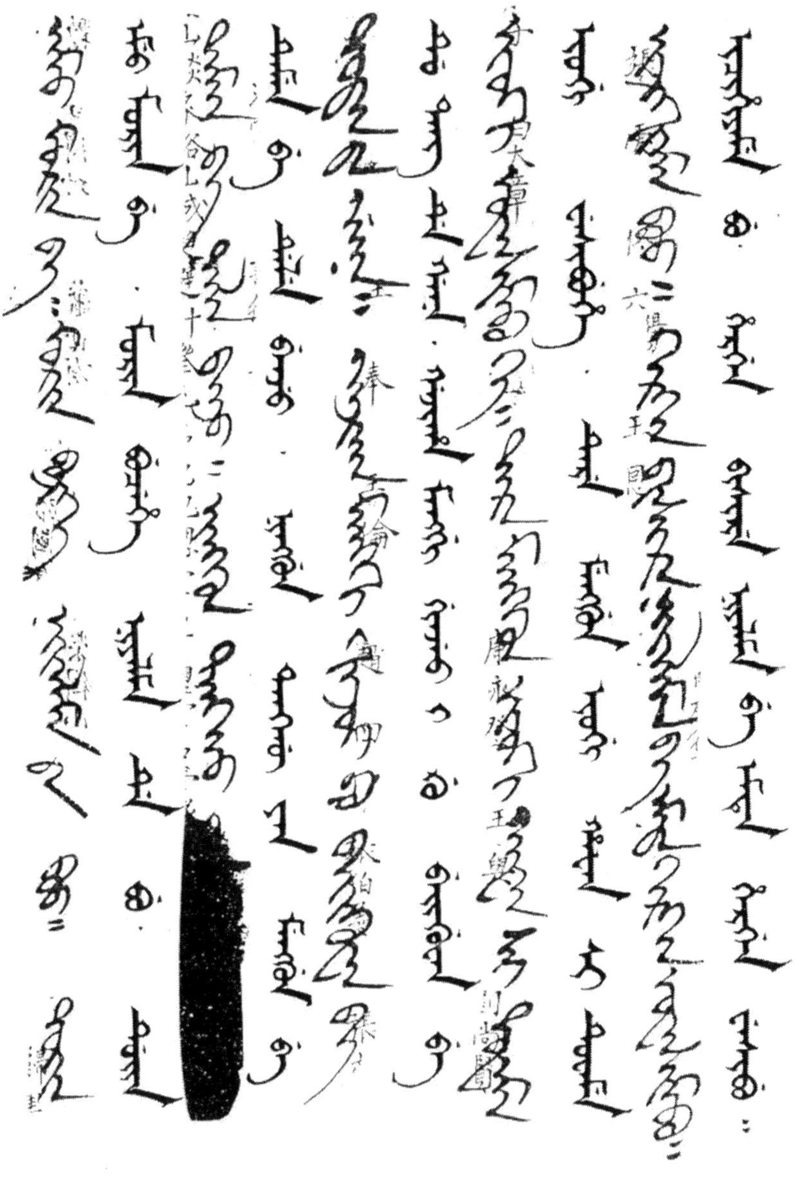

emu morin be, morin bucehe niyalma de bu, duin temen be dele benju. ninggun tanggū yan menggun be du tang de gana, gajiha manggi ginjeo i g'o beiguwan be iogi wesibuhe. tere menggun, iogi hafan si tuwame icihiyame bu. hergen bisire niyalma be emte hergen wesibu.

命將所獲馬十一匹給與馬匹倒斃之人，所獲駝四隻則獻於上。錦州郭備禦官已陞為遊擊，其由都堂處所領銀六百兩，該項銀兩可給與遊擊官爾酌情處理。有職之人，各陞一級。

命将所获马十一匹给与马匹倒毙之人，所获驼四只则献于上。锦州郭备御官已升为游击，其由都堂处所领银六百两，该项银两可给与游击官尔酌情处理。有职之人，各升一级。

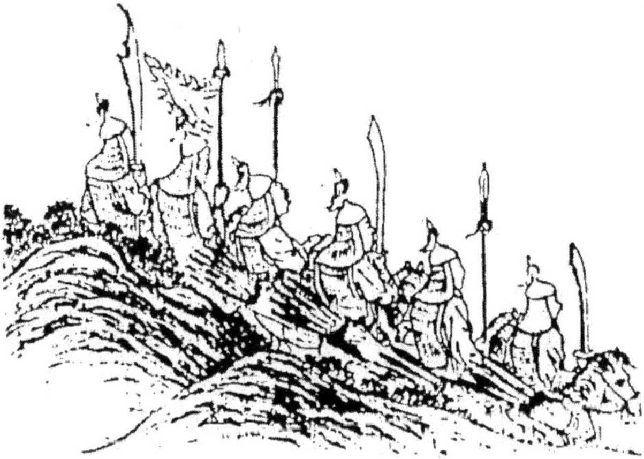

十四、八旗駐地

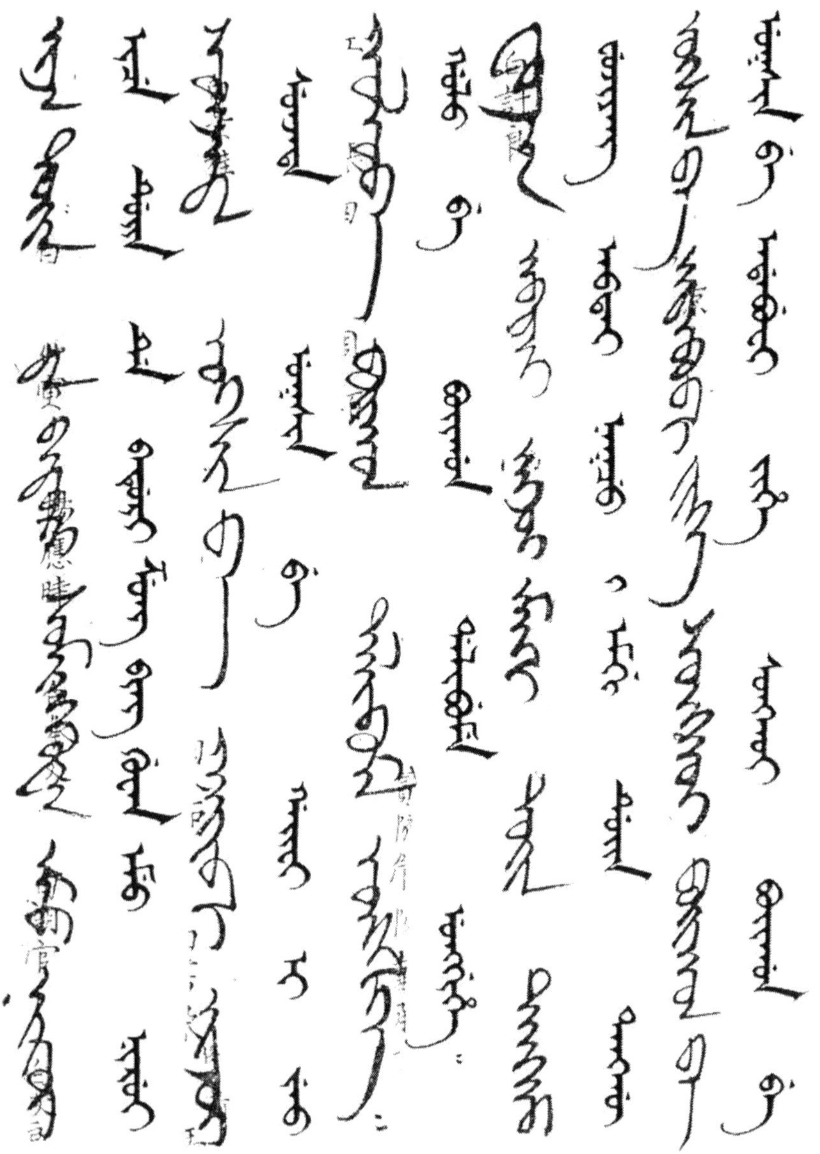

ice duin de, baduri dzung bing guwan, emu nirui sunjata uksin be gaifi, i jeo golo be boigon dalibume unggihe. fujiyang abtai nakcu i emgi duin tanggū uksin be adabufi jihe songkoi boigon be

---

初四日，命總兵官巴都里率每旗各五披甲，前往趕收義州路戶口，隨同副將阿布泰舅舅率四百披甲照來路趕收戶口。

初四日，命总兵官巴都里率每旗各五披甲，前往赶收义州路户口，随同副将阿布泰舅舅率四百披甲照来路赶收户口。

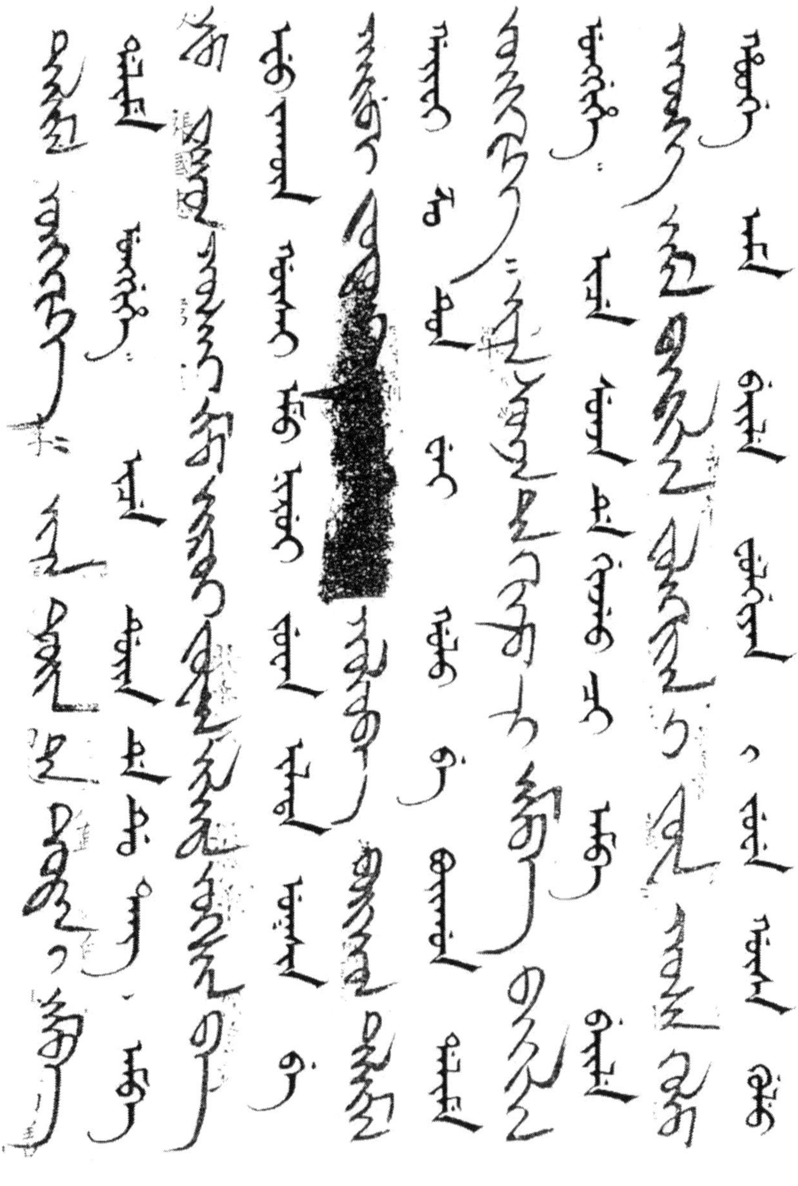

dalime unggihe. ice duin de, du tang, amba efu jakūn gūsai emu nirui juwan ilata uksin be gaifi, dzo tun wei golo be boigon dalime unggihe. ice sunja de, ginjeo ci amba beile hooge ama beile, fulgiyan i juwe gūsa, gulu

---

初四日，命都堂、大額駙率八旗每牛彔各十三披甲，趕收左屯衛路戶口。初五日，大貝勒、豪格父貝勒自錦州率紅二旗、

初四日，命都堂、大额驸率八旗每牛录各十三披甲，赶收左屯卫路户口。初五日，大贝勒、豪格父贝勒自锦州率红二旗、

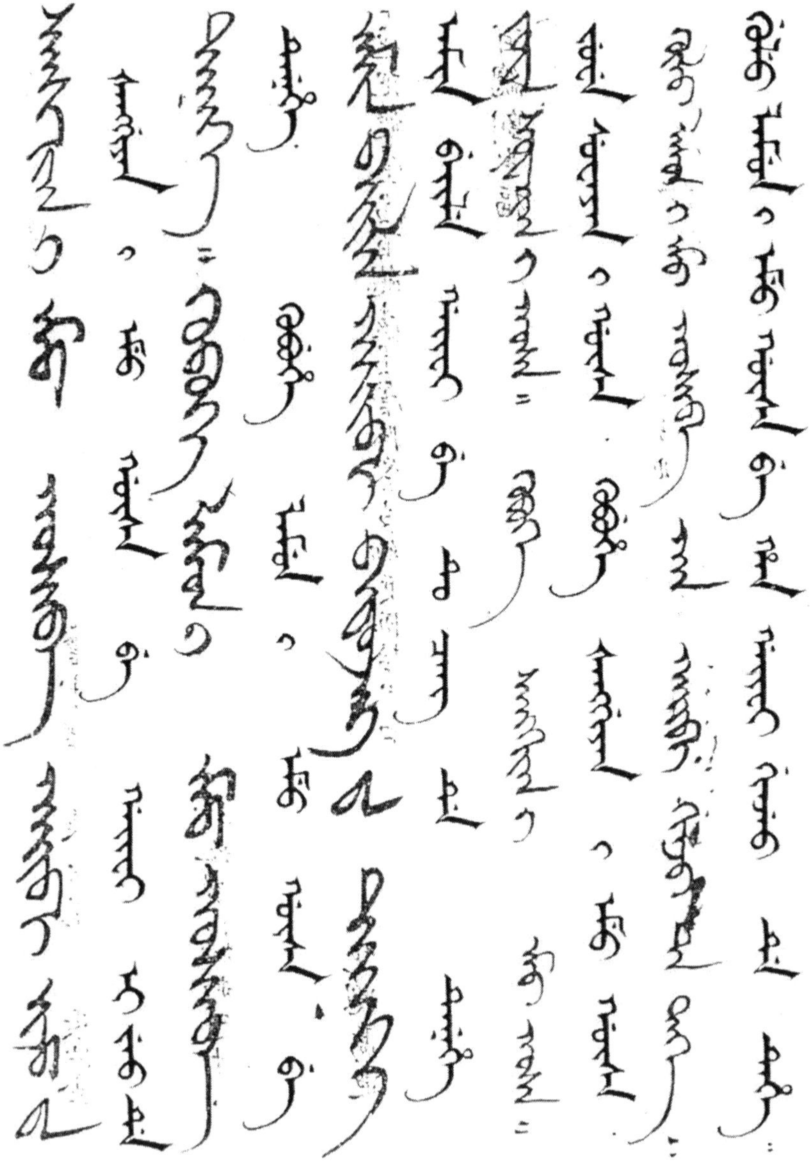

šanggiyan i emu gūsa be gaifi, i jeo de tenehe. kubuhe lamun i emu gūsa be amin beile gaifi, be tu cang de tenehe. juwe suwayan i gūsa, kubuhe šanggiyan i emu gūsa, gulu lamun i emu gūsa be han gaifi, ginjeo de tehe.

正白一旗往駐義州。阿敏貝勒率鑲藍一旗，往駐白土場。汗率二黃旗、鑲白一旗、正藍一旗駐錦州。

正白一旗往驻义州。阿敏贝勒率镶蓝一旗，往驻白土场。汗率二黄旗、镶白一旗、正蓝一旗驻锦州。

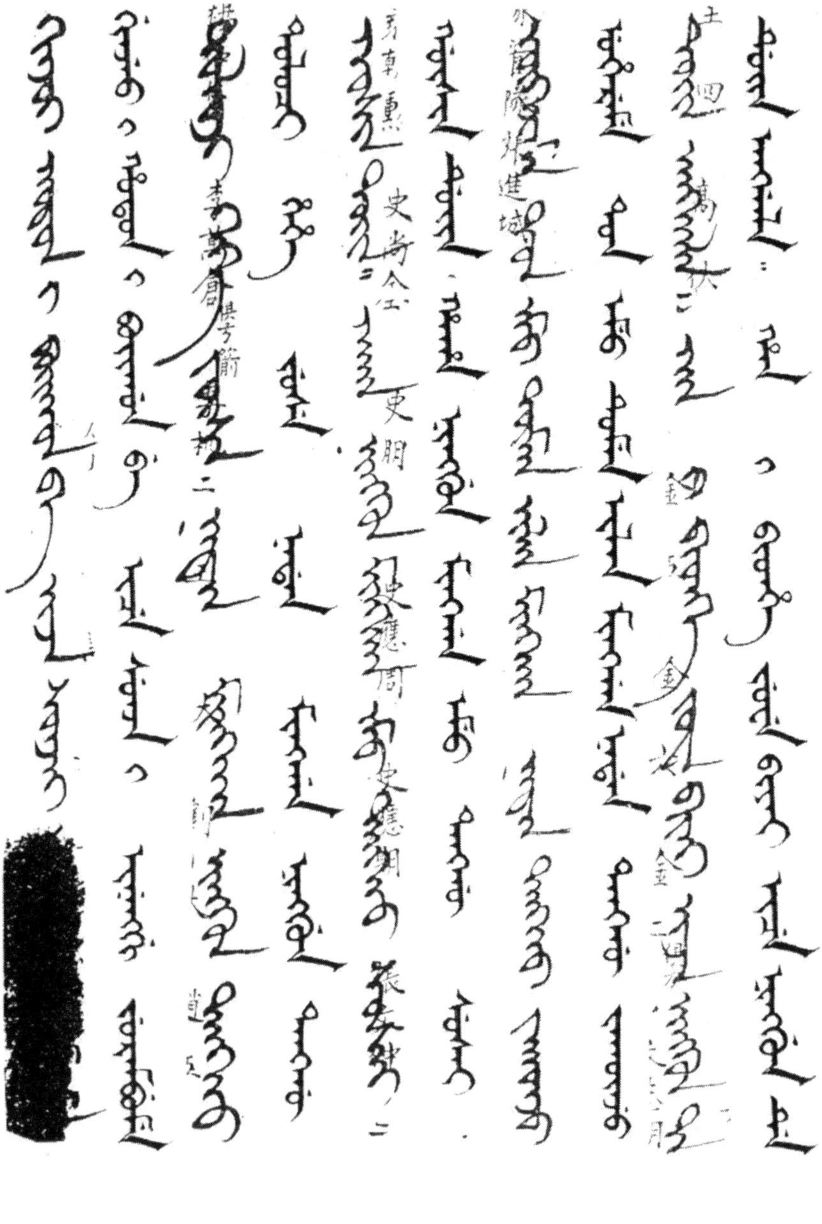

ginjeo i hoton i boigon be, ice sunja i inenggi jurambume toloci, hehe juse nadan minggan ninggun tanggū gūsin duin, haha ninggun minggan emu tanggū susai, uhereme ton emu tumen ilan minggan nadan tanggū jakūnju duin anggala. han i bithe, juwe biyai ice ninggun de,

---

命錦州城之戶口於初五日啟程,經查點有婦孺七千六百三十四人、男丁六千一百五十人,總數共一萬三千七百八十四口。二月初六日,汗頒書

命锦州城之户口于初五日启程,经查点有妇孺七千六百三十四人、男丁六千一百五十人,总数共一万三千七百八十四口。二月初六日,汗颁书

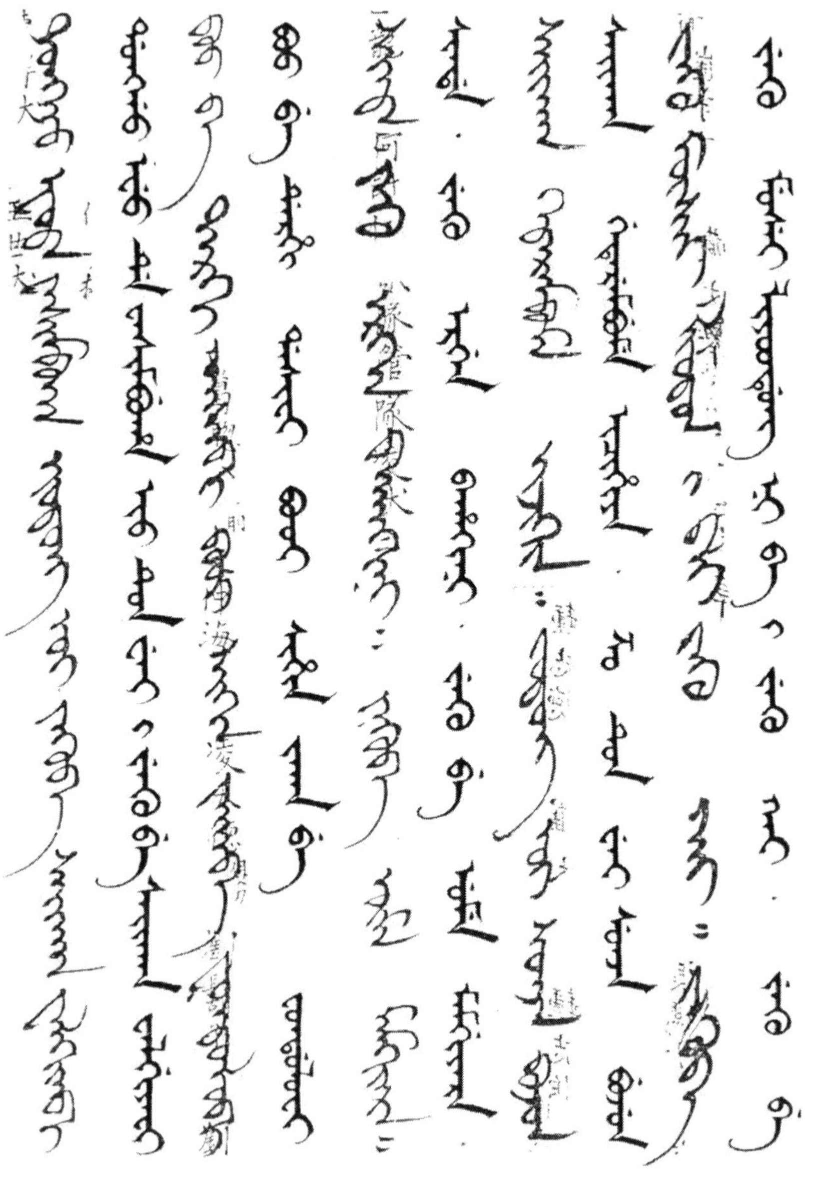

donggo efu de wasimbuha, io tun wei i jeku be saikan walgiyafi boo be derhi dasifi, booi sihin jaka be fondolofi sinda, jeku ergen bahakini. jeku be ume mamgiyara saikan geterembume icihiya. dzo tun wei sunja bujun jeku musei liyoodung ni ba i jeku kai jeku be.

諭棟鄂額駙曰：「右屯衛之糧穀當妥為晾曬，屋頂用席遮蓋，屋簷穿透縫隙，使糧穀得以通氣[18]。勿奢費糧穀，務盡心妥善管理之。左屯衛存糧五十萬[19]，乃我遼東地方之糧穀也。

谕栋鄂额驸曰：「右屯卫之粮谷当妥为晾晒，屋顶用席遮盖，屋檐穿透缝隙，使粮谷得以通气。勿奢费粮谷，务尽心妥善管理之。左屯卫存粮五十万，乃我辽东地方之粮谷也。

---

18 通氣，《滿文原檔》、《滿文老檔》俱讀作"ergen bahakini"，意即「得到氣息」。

19 五十萬，《滿文原檔》、《滿文老檔》俱讀作"sunja bujun"，句中"bujun"，古數詞作「億」，意同"bunai"，作「十萬」解。

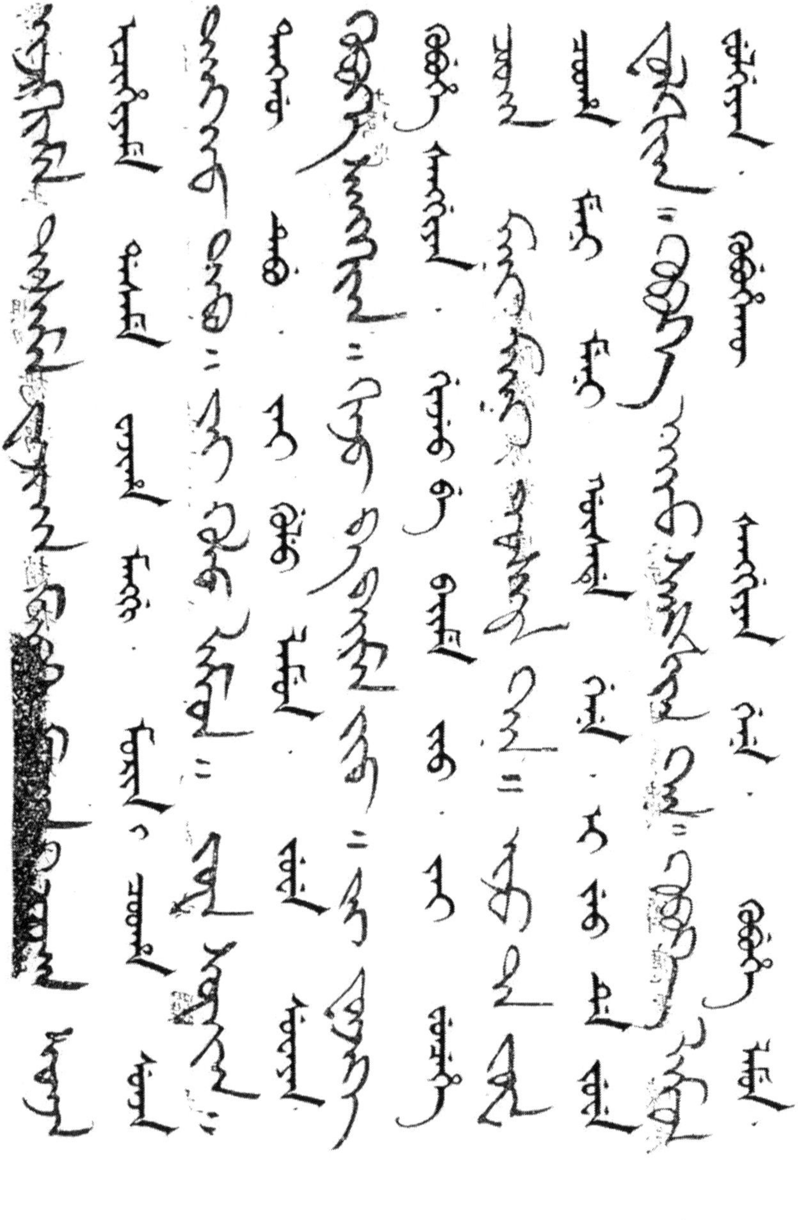

icihiyame dasame wajiha manggi, morin i cooha sunja tanggū tebu. jai gulu lamun, juwe suwayan, kubuhe šanggiyan, ginjeo be baime jio. jai funcehe cooha meni meni gūsade gene. i jeo de juwe fulgiyan, kubuhekū šanggiyan gene. kubuhe lamun,

---

整理糧穀既畢，著駐騎兵五百名。再正藍旗、二黃旗、鑲白旗前來錦州。再剩餘之兵，前往各自之旗。二紅旗、未鑲白旗前往義州。鑲藍旗

整理粮谷既毕，着驻骑兵五百名。再正蓝旗、二黄旗、镶白旗前来锦州。再剩余之兵，前往各自之旗。二红旗、未镶白旗前往义州。镶蓝旗

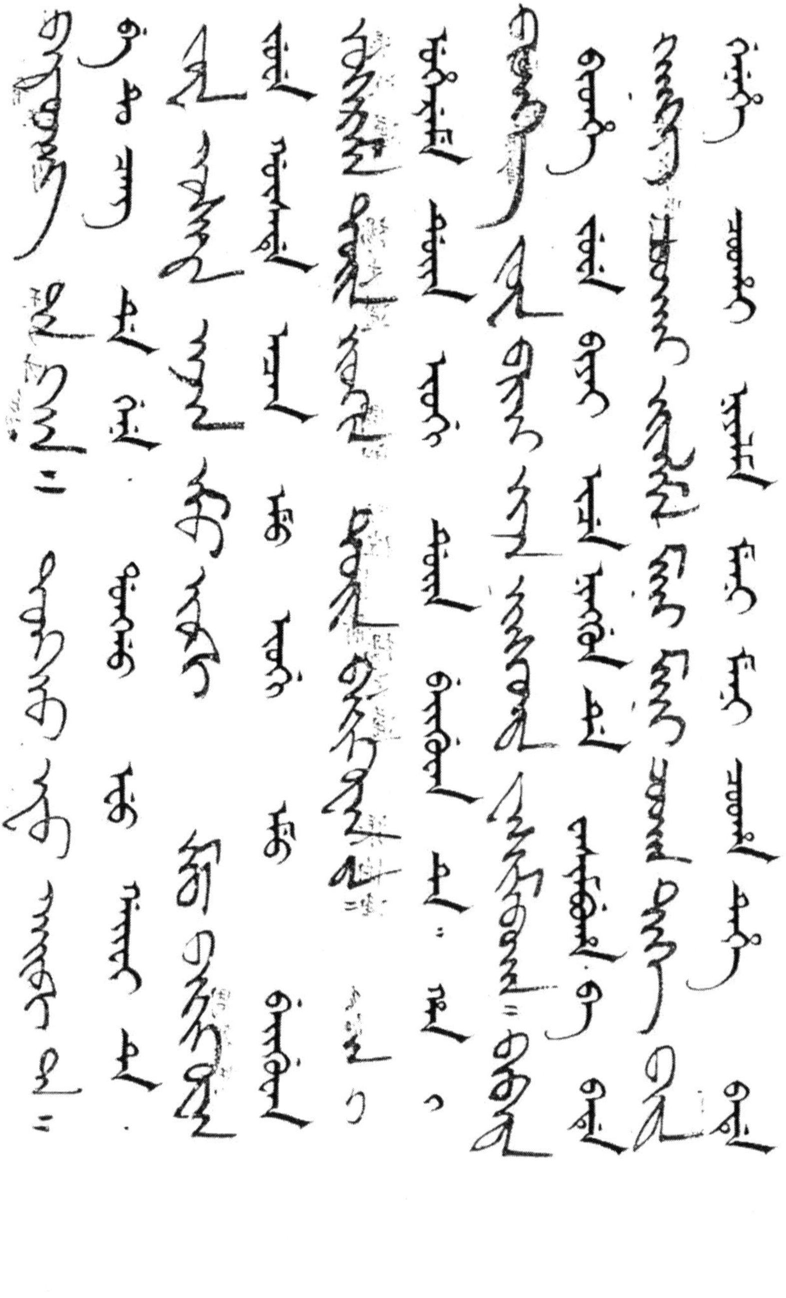

be tu cang de gene, donggo efu gaifi te. juwe gūsade acan emu iogi, emu beiguwan, uhereme duin iogi, duin beiguwan te. han i bithe, juwe biyai ice ninggun de wasimbuha, ba bade genehe coohai niyalma, meni meni cooha tehe bade

前往白土場，由棟鄂額駙率領駐守。二旗合派遊擊一員、備禦官一員，共遊擊四員、備禦官四員。」二月初六日，汗頒書曰：「命前往各處之兵丁，會集於各軍駐地，

前往白土场，由栋鄂额驸率领驻守。二旗合派游击一员、备御官一员，共游击四员、备御官四员。」二月初六日，汗颁书曰：「命前往各处之兵丁，会集于各军驻地，

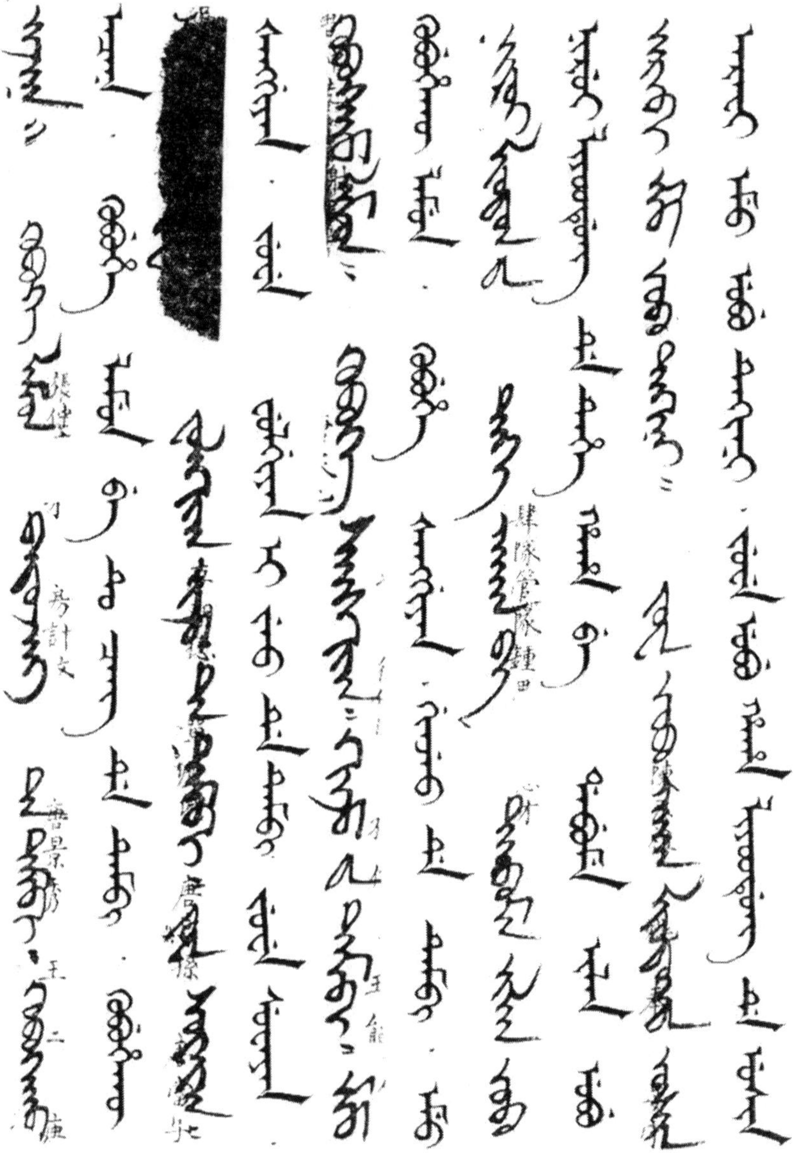

acana, kubuhe lamun, be tu cang de tembi, kubuhekū šanggiyan, juwe fulgiyan, i jeo de tembi, juwe suwayan, kubuhekū lamun, kubuhe šanggiyan, ginjeo de tembi. emu nirui liyoodung de tehe haha be dabume, ilan ubu arafi emu ubu tekini, juwe ubu haha liyoodung de usin.

鑲藍旗駐白土場，未鑲白旗、二紅旗駐義州，二黃旗、未鑲藍旗、鑲白旗駐錦州。每牛彔駐遼東將男丁計算在內，分為三份：令一份駐紮；二份男丁在遼東耕田。

镶蓝旗驻白土场，未镶白旗、二红旗驻义州，二黄旗、未镶蓝旗、镶白旗驻锦州。每牛彔驻辽东将男丁计算在内，分为三份：令一份驻札；二份男丁在辽东耕田。

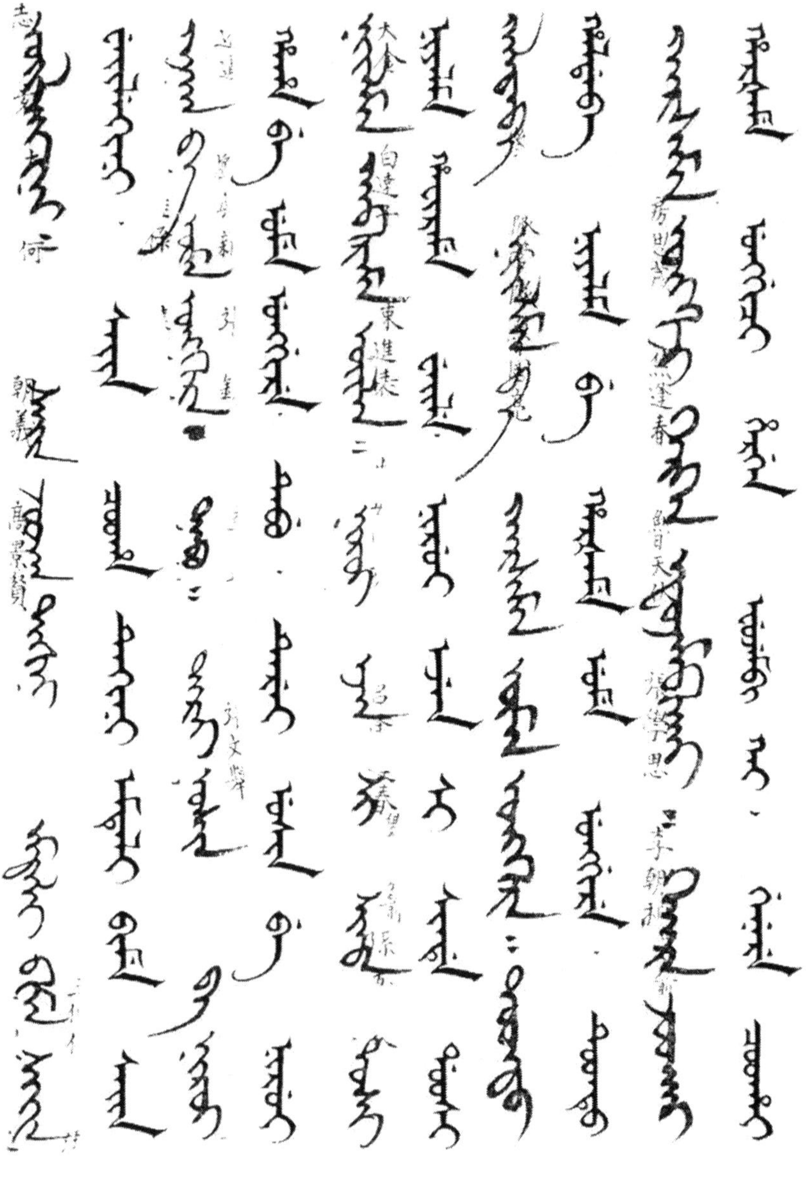

weilekini. sain cooha tekini, emteli bime sain haha be ume unggire, tebu, terei usin be nirui niyalma hafirame weile, nirui ejen si, sinde doosi haldaba niyalma be haršame ume unggire, tuttu haršame unggici, hergen efujembi kai. genere coohai

---

派精兵駐紮，獨身壯丁，勿派遣，亦令其駐紮，其田地令牛彔之人兼耕。爾牛彔額真勿庇護差遣貪諂於爾之人，若庇護差遣，則革職也。

派精兵驻扎，独身壮丁，勿派遣，亦令其驻扎，其田地令牛彔之人兼耕。尔牛彔额真勿庇护差遣贪谄于尔之人，若庇护差遣，则革职也。

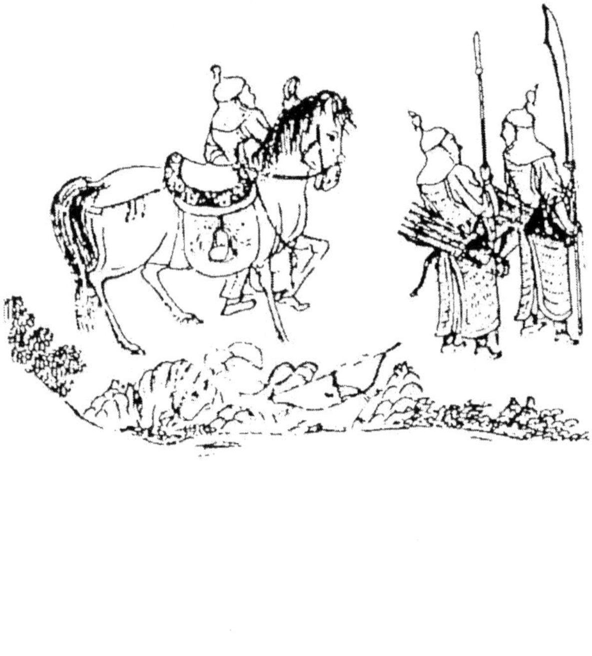

十五、履勘田地

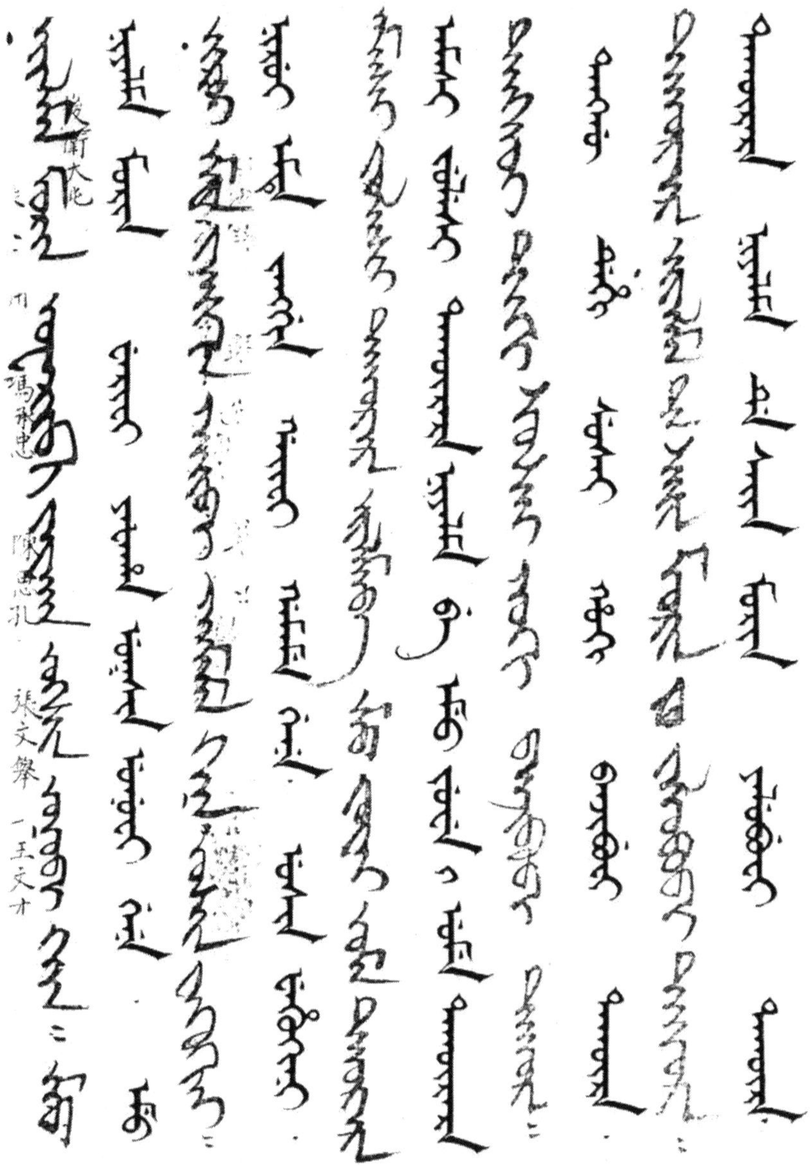
後衛大砲
張文傑
王文才

niyalma morin werifi, yafahan uksin unufi gene, emu nirui emte janggin gaifi gamame gene, usin fehukini, amasi julesi takūrara niyalma be, emu juwe i ume takūrara, tanggū dehi susai hoki banjibufi takūra, takūrara niyalma de sain morin yalubufi takūra.

前往之兵丁，留下馬匹，徒步負甲前往，每牛彔派章京一人率領前往履勘田地；往遣之人，勿遣一、二人，令百四十、五十人結隊而行。差遣之人，令騎良馬而行。

前往之兵丁，留下马匹，徒步负甲前往，每牛彔派章京一人率领前往履勘田地；往遣之人，勿遣一、二人，令百四十、五十人结队而行。差遣之人，令骑良马而行。

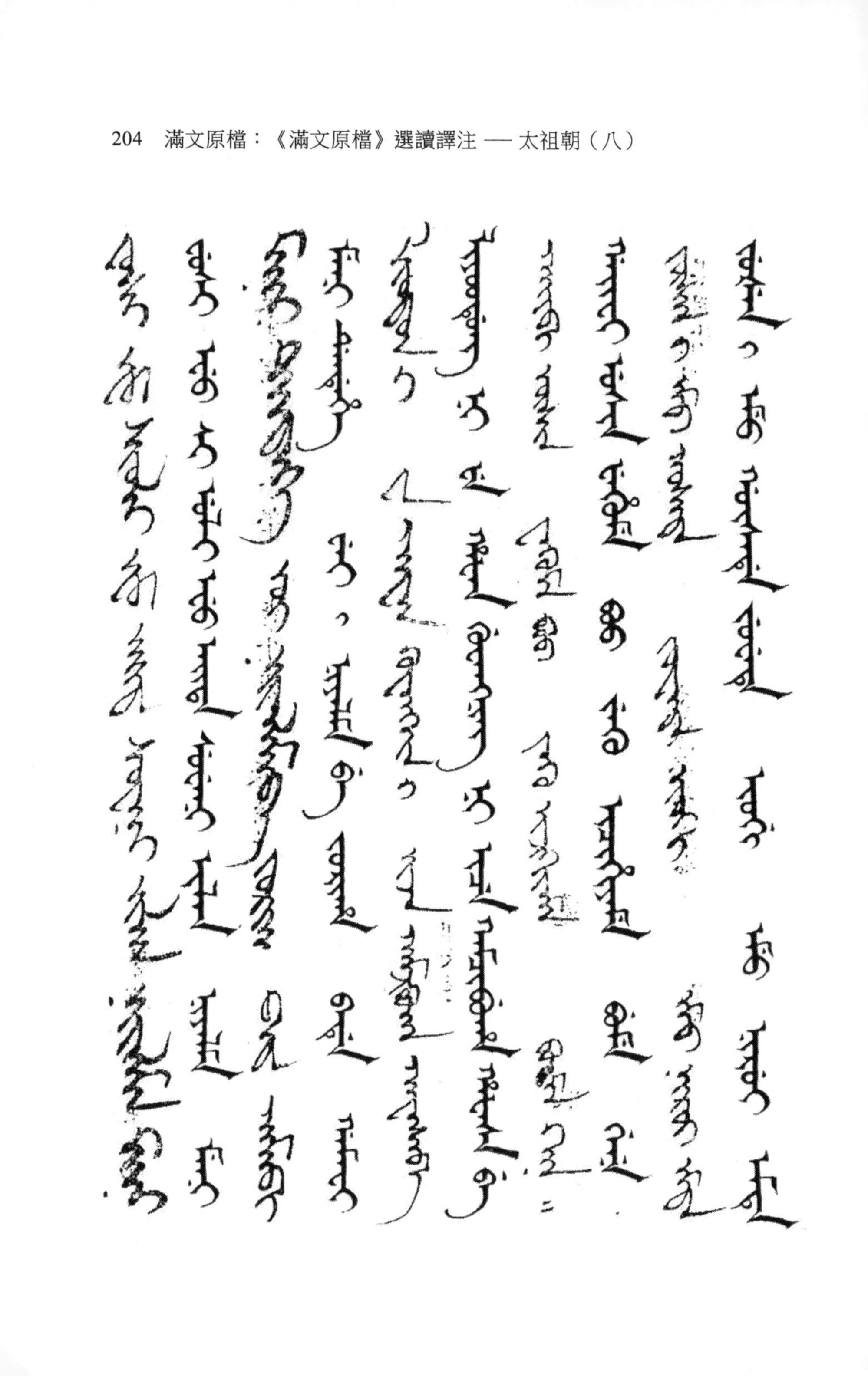

[illegible]

fusi efu, si uli efu, aita, suweni ilan niyalma, meni meni dendehe wei i niyalma be joriha bade gamafi, liyoodung ni fe hafan, guwangning ni ice kamcibuha hafasa be gaifi usin fehume boo jeku icihiyame bume gene. jušen i emu gūsade juwete iogi, emu nirui emte

---

撫順額駙、西烏里額駙、爱塔，爾等三人各自率領所分本衛之人前往所指定地方，並攜遼東舊員、廣寧新兼官員前往履勘田地，備辦房屋、糧食。諸申每旗派遊擊各二人，

抚顺额驸、西乌里额驸、爱塔，尔等三人各自率领所分本卫之人前往所指定地方，并携辽东旧员、广宁新兼官员前往履勘田地，备办房屋、粮食。诸申每旗派游击各二人，

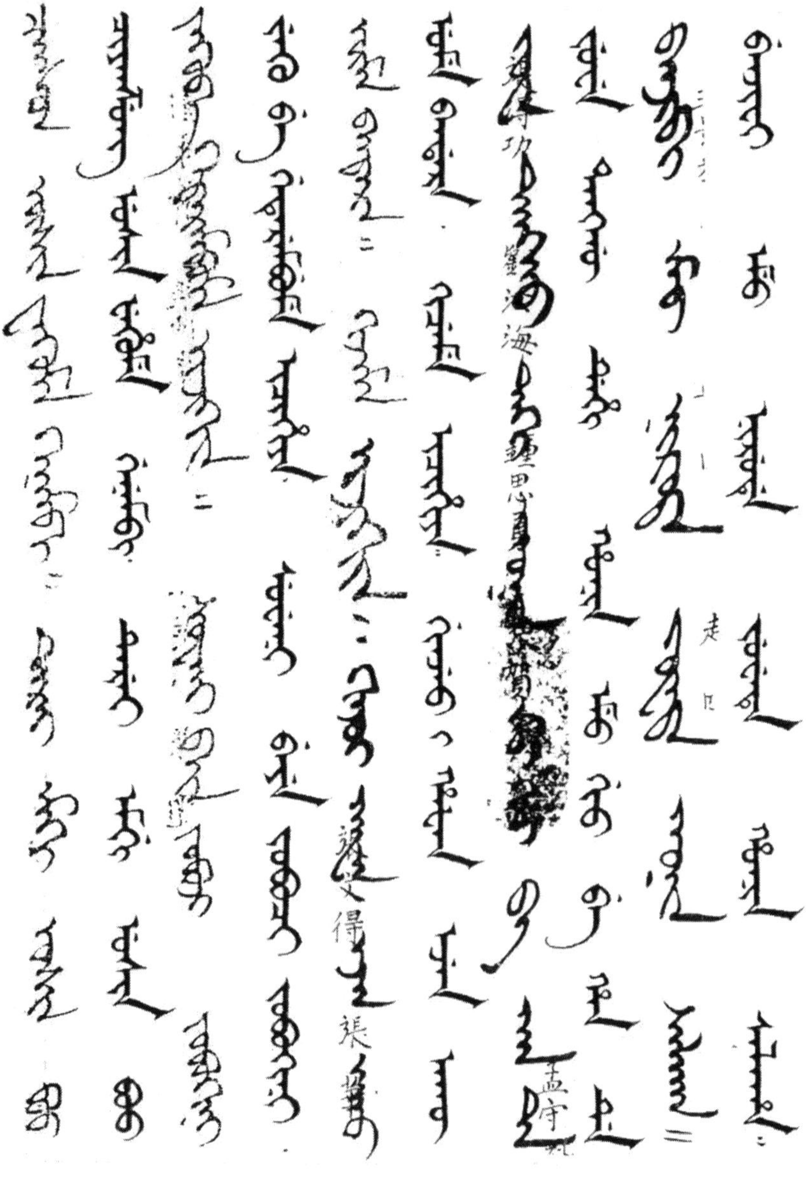

ciyandzung usin fehume genembi, terei emgi usin boo jeku be geterembume icihiya. suweni beye joboci jobokini, ume bandara, kiceme icihiya. ginjeo i hafan, ejen akū juwe tanggū dehi honin, emu gio be han de benjifi, emu nirude juwete honin salaha.

每牛彔派千總各一人前往履勘田地，令其一同清理田地、房屋、糧穀事宜。爾等當身任其勞，勿得倦怠，勤勉辦理。」錦州官員以無主之羊二百四十隻、麅子一隻獻於汗，命每牛彔散給羊各二隻。

每牛彔派千总各一人前往履勘田地，令其一同清理田地、房屋、粮谷事宜。尔等当身任其劳，勿得倦怠，勤勉办理。」锦州官员以无主之羊二百四十只、狍子一只献于汗，命每牛彔散给羊各二只。

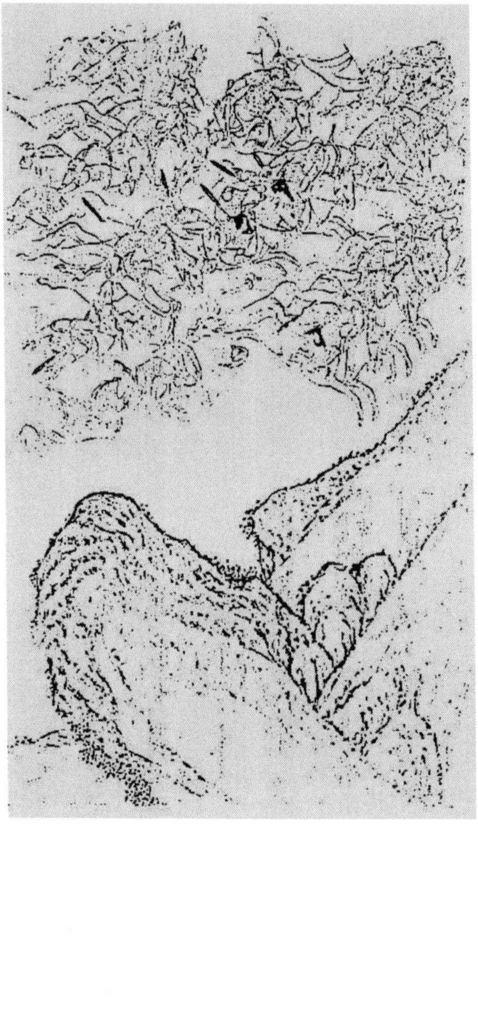

十六、操舟運糧

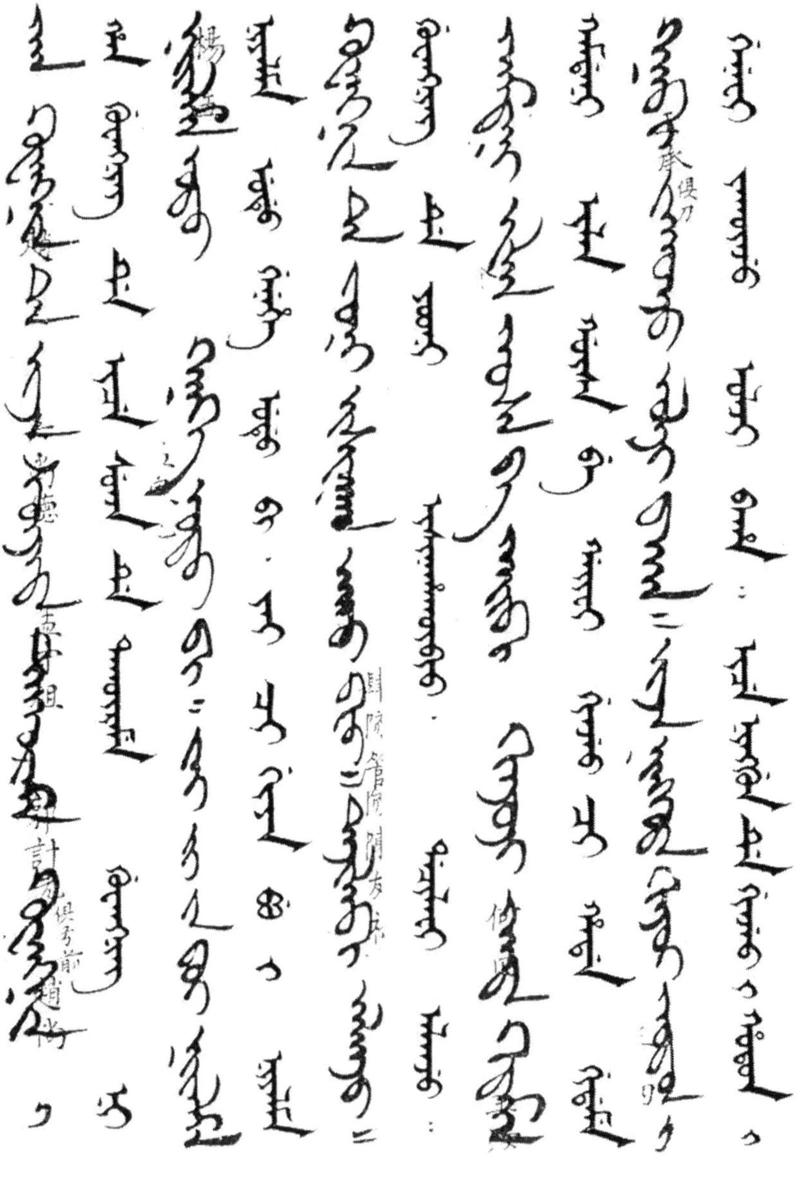

han guwangning de, ice sunja de takūrame, guwangning ni niyalma udu genehe. udu bi. jai ci giya pu i niyalma guwangning de yooni isinahakūbio. dacilafi alanju. kamdani ilan gūsa be gaifi, ginjeo ci hada gidame genefi, jakūnju olji baha. ice ninggun de, ginjeo i hoton i

---

初五日，汗遣人至廣寧曰：「廣寧之人已去者有幾？留者有幾？再者，齊家堡之人俱至廣寧乎？著探明來告。」喀木達尼率三旗自錦州往攻山巔，俘獲八十人。初六日，

初五日，汗遣人至广宁曰：「广宁之人已去者有几？留者有几？再者，齐家堡之人俱至广宁乎？着探明来告。」喀木达尼率三旗自锦州往攻山巅，俘获八十人。初六日，

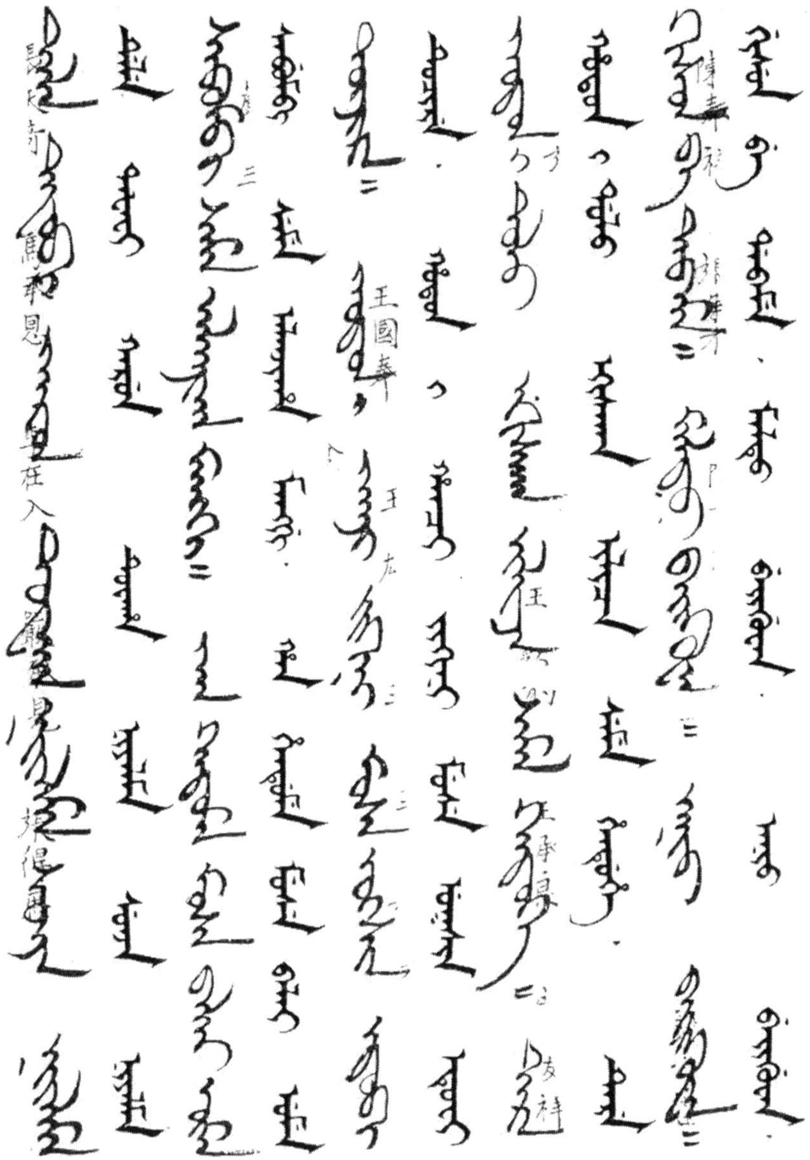

dele tafafi, karun tuwaha niyalma sunja niyalma sabumbi seme alanjiha manggi, han hendume, muse balai ume tucire, hoton i hanci jikini, muse uksin etufi, hoton i dolo ekisaka ilica seme henduhe, tere gisun be dabame, maltu beiguwan, anio beiguwan,

---

我哨所偵卒登錦州城上，見有五人，前來稟告。汗曰：「我軍勿得胡亂出去，俟其近城，令我軍披甲，於城內靜候。」時有馬勒圖備禦官、阿鈕備禦官、

我哨所侦卒登锦州城上，见有五人，前来禀告。汗曰：「我军勿得胡乱出去，俟其近城，令我军披甲，于城内静候。」时有马勒图备御官、阿钮备御官、

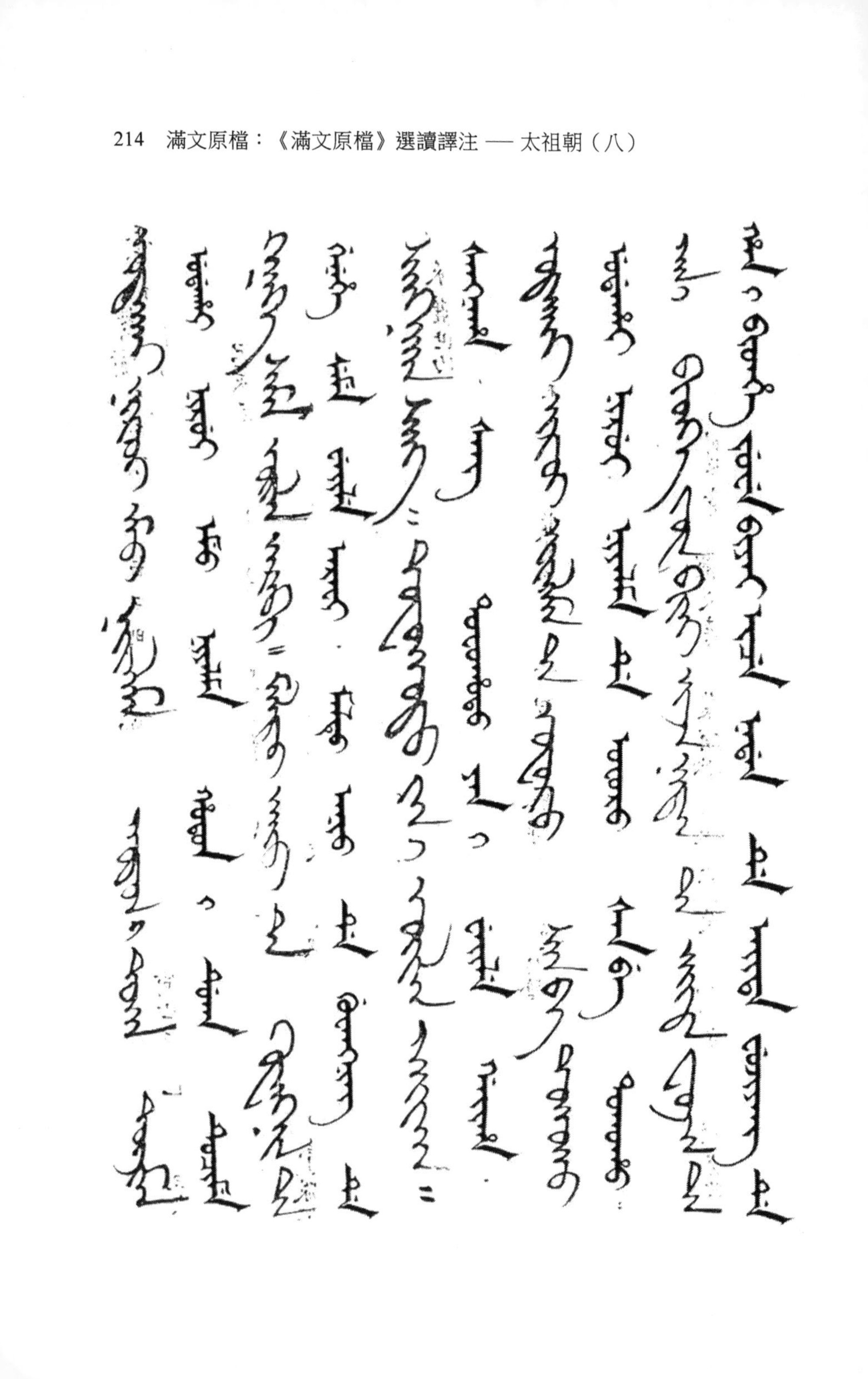

udahai nirui emu niyalma, hoton i duka tucime genehe seme weile arafi, maltu, anio de guwangning de šangnaha šang tofohoto yan i weile gaiha, udahai nirui niyalma de oforo šan be tokoho. han i bithe, juwe biyai ice nadan de aita fujiyang de

---

烏達海牛彔一人，違令出城而去，遂治其罪；罰馬勒圖、阿鈕於廣寧所得賞銀十五兩之罪，烏達海牛彔之人，刺其耳鼻。二月初七日，汗頒書諭愛塔副將曰：

乌达海牛录一人，违令出城而去，遂治其罪；罚马勒图、阿钮于广宁所得赏银十五两之罪，乌达海牛录之人，刺其耳鼻。二月初七日，汗颁书谕爱塔副将曰：

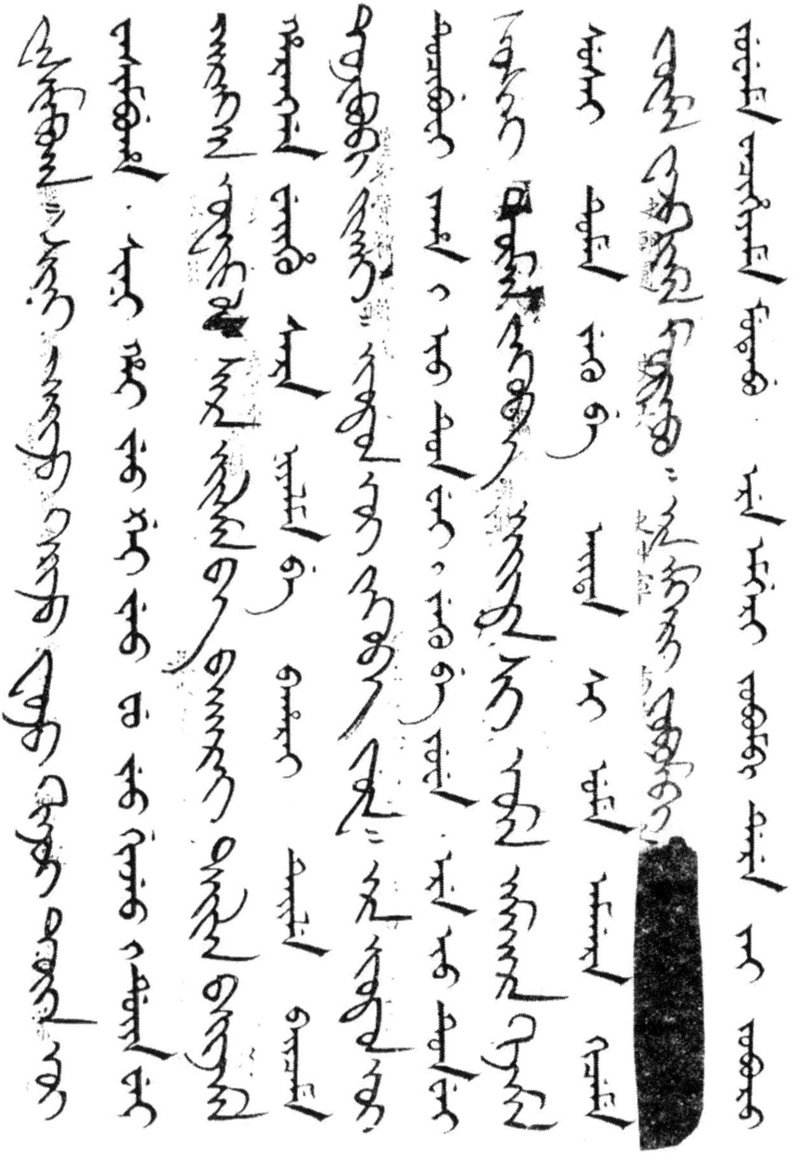

wasimbuha, sini hai jeo, g'ai jeo, fu jeo, ginjeo i duin wei harangga weihu sara niyalma be baharai teile baicame tucibufi jaha i io tun wei i jeku be juwe. ere io tun wei susai tumen jeku be aita si ume amgara kiceme juweme wacihiyame mutebu. ere emgeri jobombi dere, jai joboro

---

「著盡數查出爾屬海州、蓋州、復州、金州四衛善於操舟之人，以船運送[20]右屯衛之糧穀。此右屯衛五十萬糧穀，愛塔爾勿得遲延[21]，應盡其所能奮力運送完畢。勞苦一次而已，

「着尽数查出尔属海州、盖州、复州、金州四卫善于操舟之人，以船运送右屯卫之粮谷。此右屯卫五十万粮谷，爱塔尔勿得迟延，应尽其所能奋力运送完毕。劳苦一次而已，

---

[20] 運送，《滿文原檔》寫作"jowa"，《滿文老檔》讀作"juwe"，係動詞"juwembi"之命令式。按滿文"juwembi"係蒙文"jögegekü"借詞（根詞"juwe-"與"jögege-"元音和諧），意即「搬運、運輸」。

[21] 勿得遲延，《滿文原檔》寫作"üme amkara"，《滿文老檔》讀作"ume amgara"。按〈簽注〉:「蓋勿得落後之意。」茲參照迻譯之。

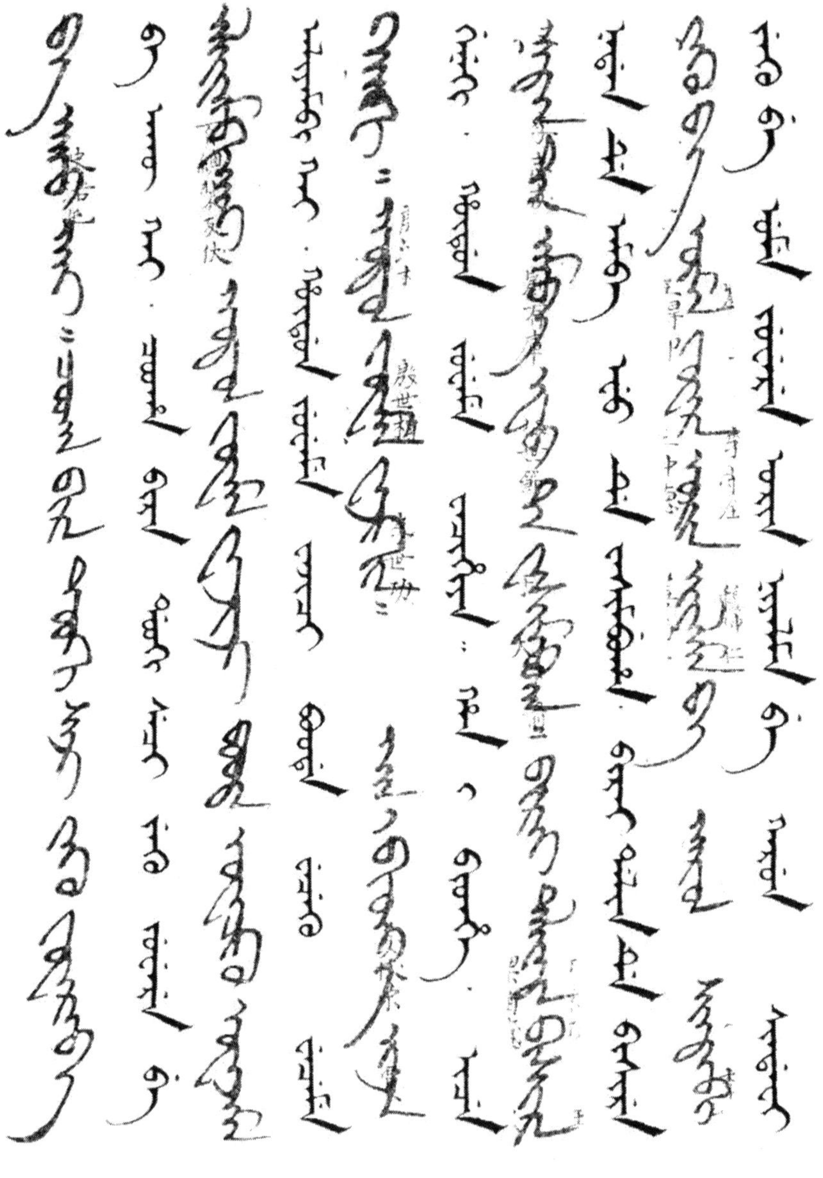

ba akū kai. cooha bira dooki seci, jeku juwere be aliyambi kai. hūdun juweme wajici, boode weceku weceme geneki, hūdun juweme wacihiya. han i bithe, ice nadan de amba efu de wasimbuha, birai dalin de bisire jeku be ume juwere, orin niyalma be karun sindafi

---

再無勞苦之處也。軍士欲渡河，正待運送糧穀也。從速運完，則可歸家祭祀神主，着從速運完。」初七日，汗諭大額駙曰：「河岸所有之糧穀，勿得運送，將二十人設哨所，

再无劳苦之处也。军士欲渡河，正待运送粮谷也。从速运完，则可归家祭祀神主，着从速运完。」初七日，汗谕大额驸曰：「河岸所有之粮谷，勿得运送，将二十人设哨所，

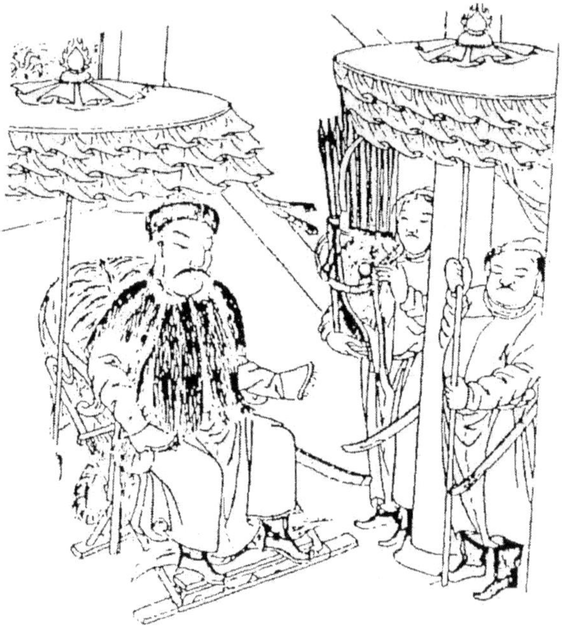

十七、駐蹕錦州

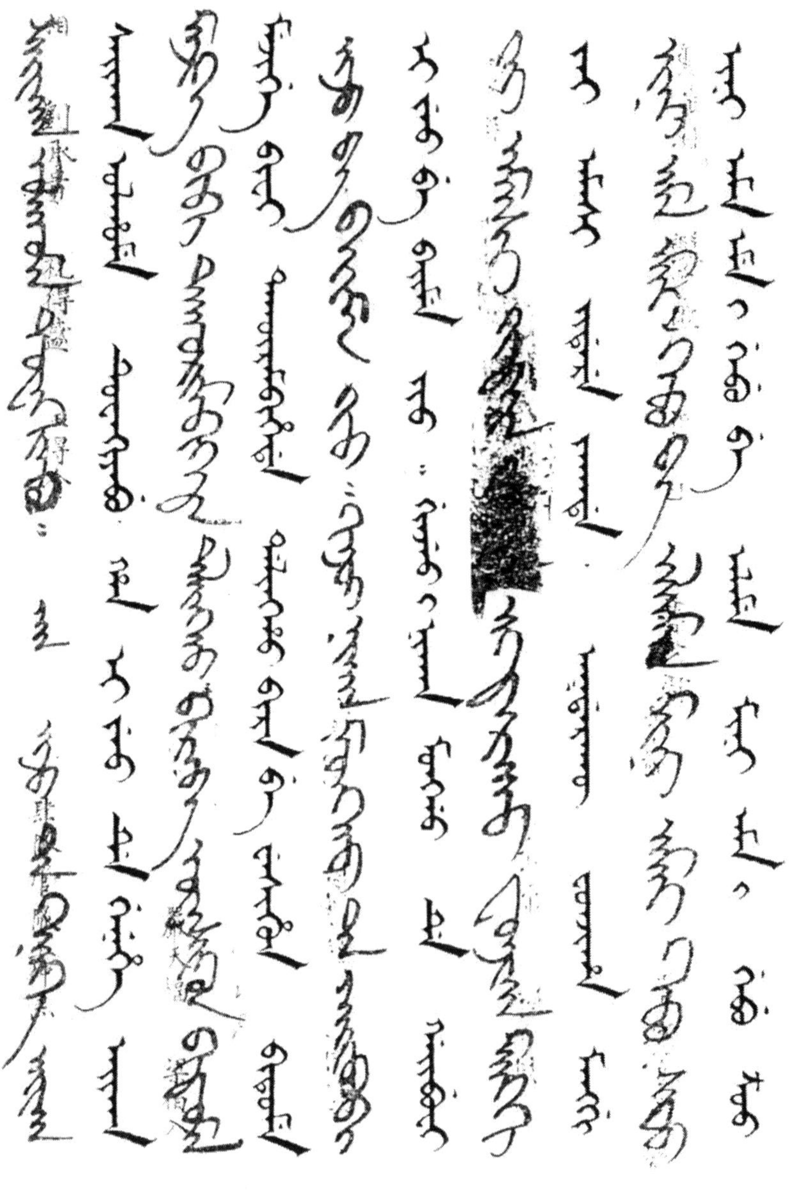

saikan olhome tuwakiyabu, han, i jeo de genehe, aika mejige bifi takūrambihede, dalingho bira be wesihun bitume i jeo be baime jio. ginjeo i nikan, monggo de gaibufi jai amasi jidere jakade, akdarakū fonjiha manggi, ini ama eme i gebu be alame, mini ama i gebu ts'oo

---

妥慎看守。汗往義州，若有信息，遣人來告，沿大凌河而上投義州而來可也。」錦州漢人為蒙古所獲，復又逃歸，疑而訊之，命其告訴父母之名。對曰：「我父之名

妥慎看守。汗往义州，若有信息，遣人来告，沿大凌河而上投义州而来可也。」锦州汉人为蒙古所获，复又逃归，疑而讯之，命其告诉父母之名。对曰：「我父之名

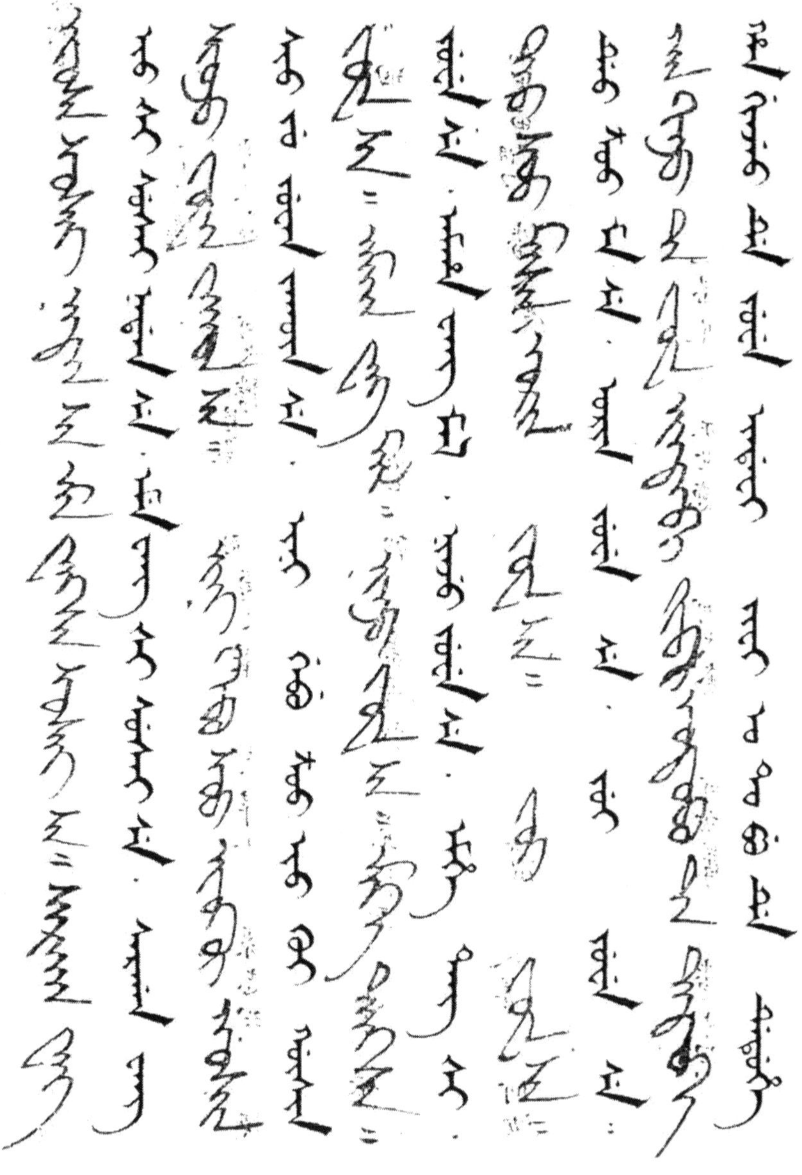

io ši, susai nadan se, eme wang ši susai se, sargan wang sio ju, juwan jakūn se, ini gebu ts'oo io kui, gūsin juwe se, amha wang mal, ninju juwe se, emhe tang ši, deo ts'oo ma se, orin juwe se, jui juwe se. han, ginjeo de juwe indefi jifi, o to pu de deduhe,

---

曹有實，五十七歲；母王氏，五十歲；妻王秀珠，十八歲；我名曹友奎，三十二歲；岳丈王馬兒，六十二歲；岳母唐氏；弟曹瑪色，二十二歲，子二歲。」汗於錦州駐蹕二宿，至鄂陀堡駐蹕，

曹有实，五十七岁；母王氏，五十岁；妻王秀珠，十八岁；其名曹友奎，三十二岁；岳丈王马儿，六十二岁；岳母唐氏；弟曹玛色，二十二岁，子二岁。」汗于锦州驻跸二宿，至鄂陀堡驻跸，

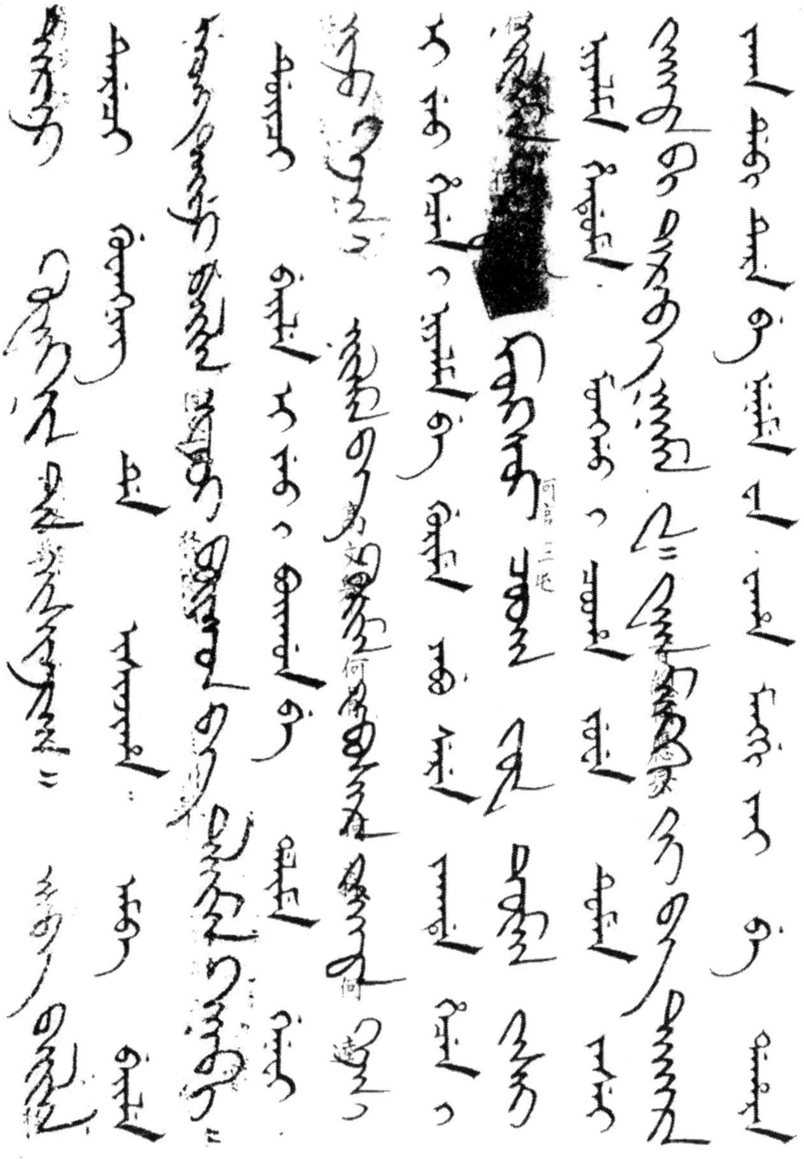

tereci guwangning de isinjiha. amba beile, hong taiji beile, i jeo i boigon be dalime genefi, i jeo hecen i niyalma be gurime yabu sere jakade, hecen i niyalma hendume, monggo i cooha juwe tumen, jasei jaka debi, tere be neneme wa, waha manggi, jai be dahara

---

由此至廣寧。大貝勒、洪太吉貝勒前往趕收義州戶口，令義州城之人遷移，城中人曰：「蒙古於邊界屯兵二萬，爾等先殺其兵，殺後我等再歸降。」

由此至广宁。大贝勒、洪太吉贝勒前往赶收义州户口，令义州城之人迁移，城中人曰：「蒙古于边界屯兵二万，尔等先杀其兵，杀后我等再归降。」

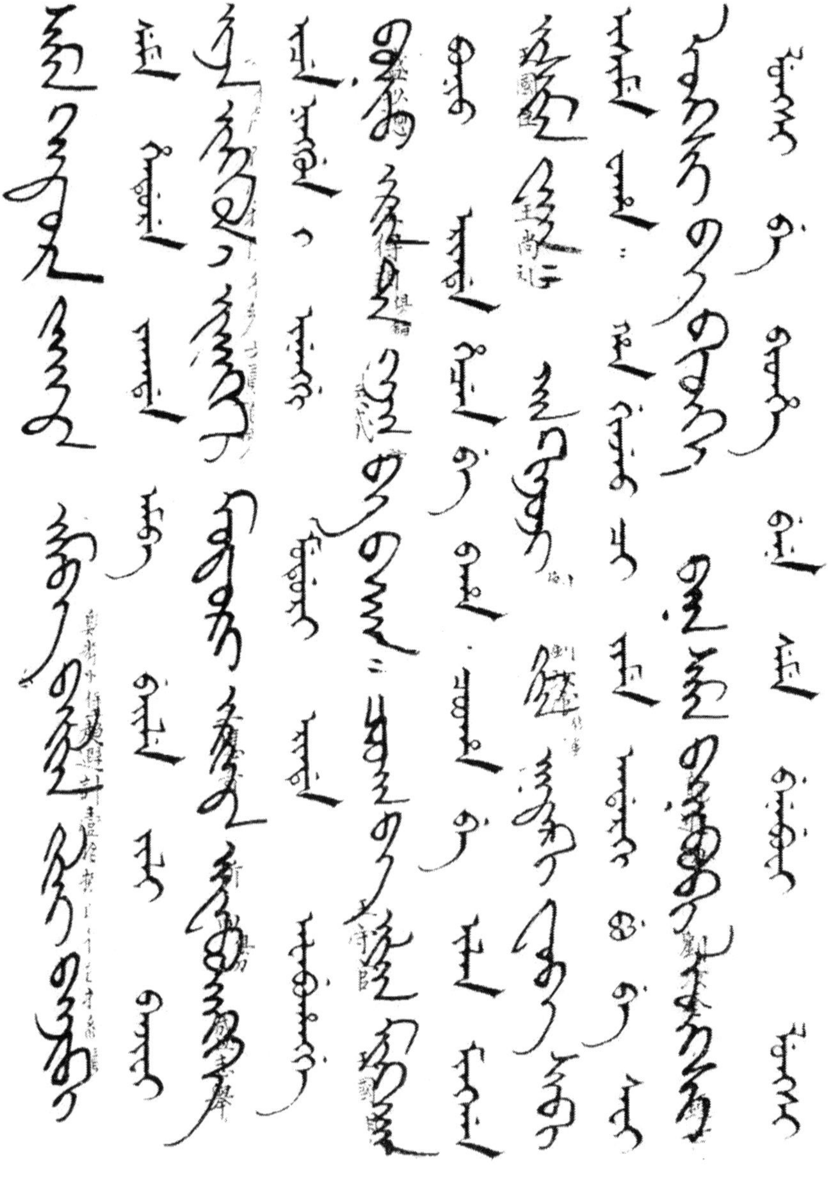

seme hendure jakade, amba beile jili banjifi, ice ninggun i ineenggi muduri erinde afabuhangge, bonio erinde hecen be baha, cooha be ilan minggan isime waha. han, ginjeo ci jime andarki pu be safi lungsi be bithe bene seme benebufi, lungsi,

---

大貝勒動怒，初六日辰時進攻，申時克其城，殺其兵近三千名。汗自錦州前來，見安達爾齊堡，遣龍什齎書招降。

大贝勒动怒，初六日辰时进攻，申时克其城，杀其兵近三千名。汗自锦州前来，见安达尔齐堡，遣龙什赍书招降。

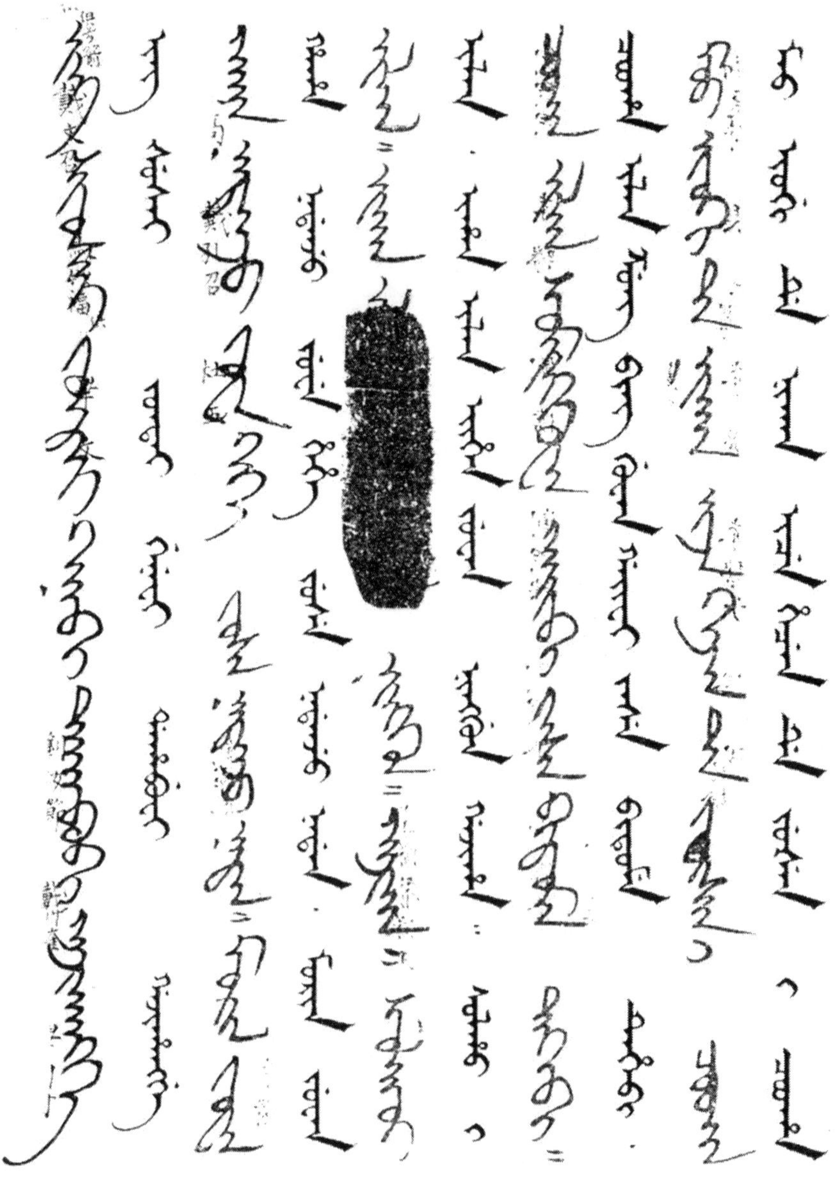

ing šusai, jontai genefi, dahabufi gajihangge haha nadanju juwe, hehe juse nadanju nadan, morin juwan ilan, ihan ilan, eihen juwan ninggun gajiha. solho i cooha, ilan dzung bing guwan gaifi jase bitume tehebi, mao iogi de, nikan, ice hecen de jušen i cooha

---

龍什遂與應生員、準泰前往，招撫男丁七十二人、婦孺七十七人，獲馬十三匹、牛三頭、驢十六隻而還。朝鮮三總兵官率兵沿邊駐紮。因明人往告毛遊擊，諸申之兵已進駐新城，

龙什遂与应生员、准泰前往，招抚男丁七十二人、妇孺七十七人，获马十三匹、牛三头、驴十六只而还。朝鲜三总兵官率兵沿边驻扎。因明人往告毛游击，诸申之兵已进驻新城，

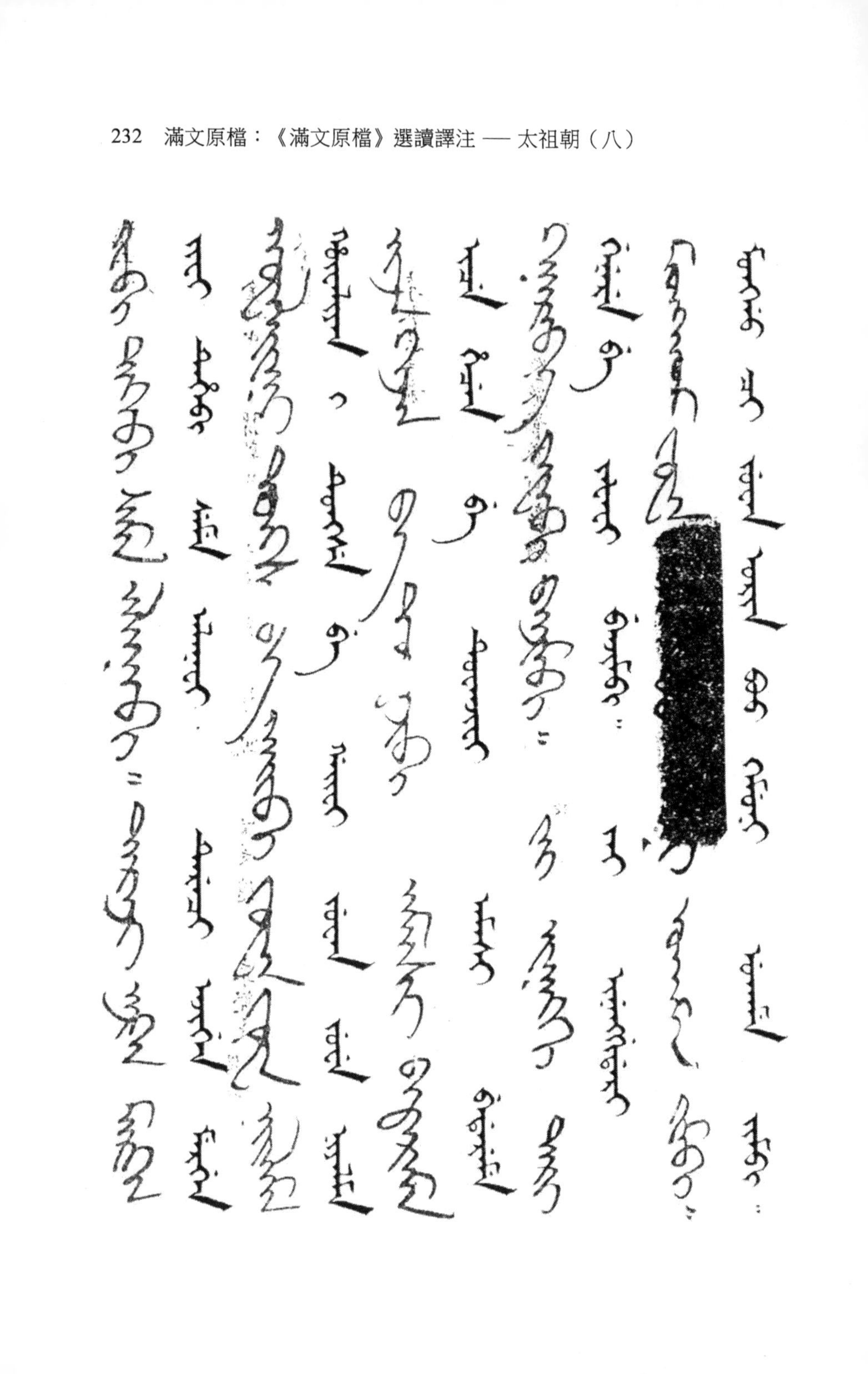

jifi tehebi seme alanafi, tereci ajigen mergen, hūwaliyan i tungse be gaifi, juwan juwe niyalma, ice hecen be tuwanjifi amasi bedereme genere be jafafi benjimbi. jai inenggidari monggo ci juwan, orin boo kemuni ukame jimbi.

故派阿濟根莫爾根[22]率華連通事等十二人至新城察看，返回時被我軍擒獲解來。再者，每日常有十、二十戶自蒙古逃來。

故派阿济根莫尔根率华连通事等十二人至新城察看，返回时被我军擒获解来。再者，每日常有十、二十户自蒙古逃来。

---

22 阿濟根莫爾根，《滿文原檔》、《滿文老檔》讀作“ajigen mergen”；按《朝鮮王朝實錄》仁祖 3 年 (1625) 2 月 27 日、9 月 24 日條，時任朝鮮譯官（通事）秦智男，奉命出使明將毛文龍與後金努爾哈齊處，韓文讀作“jin ji nam”；滿文“ajigen mergen” 係其漢文名字意譯。

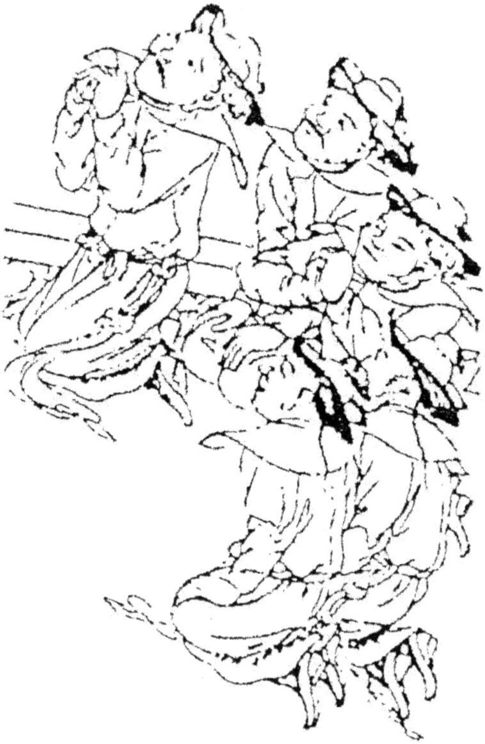

十八、收回戶口

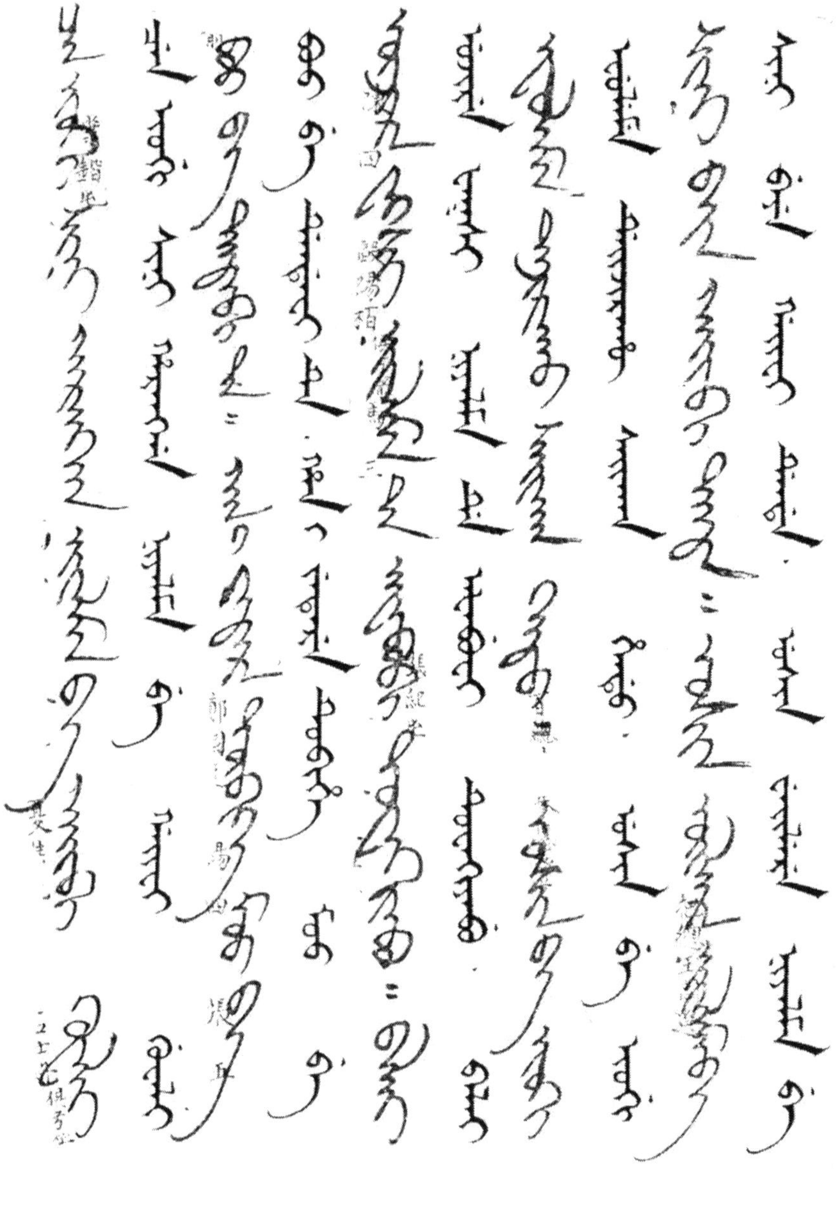

cen iogi sini harangga niyalma be gaifi guwali boo be dendefi te, han i jetere tubihe moo be, ujire faksi niyalma de afabufi tuwakiyabu, balai efuleme deijirahū, saikan hendu, usin be, iogi sini beye gaifi dende, usin weilere niyalma be

「陳遊擊，著爾率所屬之人分配關廂房屋駐紮。汗食用之果樹當妥善囑咐園丁栽培看護，恐被妄行破壞焚燬。遊擊爾須親自率人分配田地，從速遣人耕種田地，

「陈游击，着尔率所属之人分配关厢房屋驻扎。汗食用之果树当妥善嘱咐园丁栽培看护，恐被妄行破坏焚毁。游击尔须亲自率人分配田地，从速遣人耕种田地，

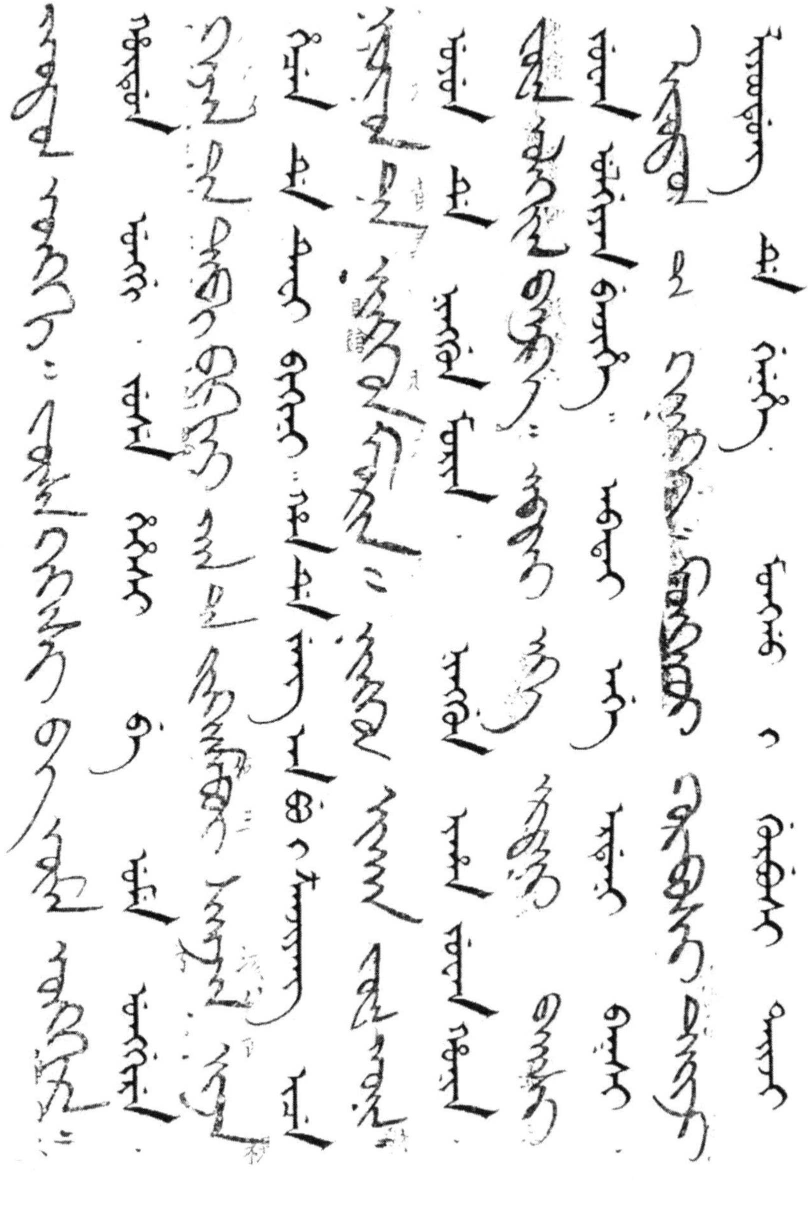

hūdun unggi, juse hehesi be ume unggire, hecen de tefi bikini. han de, jeng an pu i ts'anjiyang, ice uyun de ninggun morin, ninggun ihan, juwan honin, juwan ulgiyan benjihe. abtai age, erdeni baksi, liyoodung de genehe, monggo i gurbusi taiji

---

勿遣婦孺，令其住城內。」初九日，鎮安堡參將以馬六匹、牛六頭、羊十隻、豬十口獻汗。阿布泰阿哥、額爾德尼巴克什已前往遼東，

勿遣妇孺，令其住城内。」初九日，镇安堡参将以马六匹、牛六头、羊十只、猪十口献汗。阿布泰阿哥、额尔德尼巴克什已前往辽东，

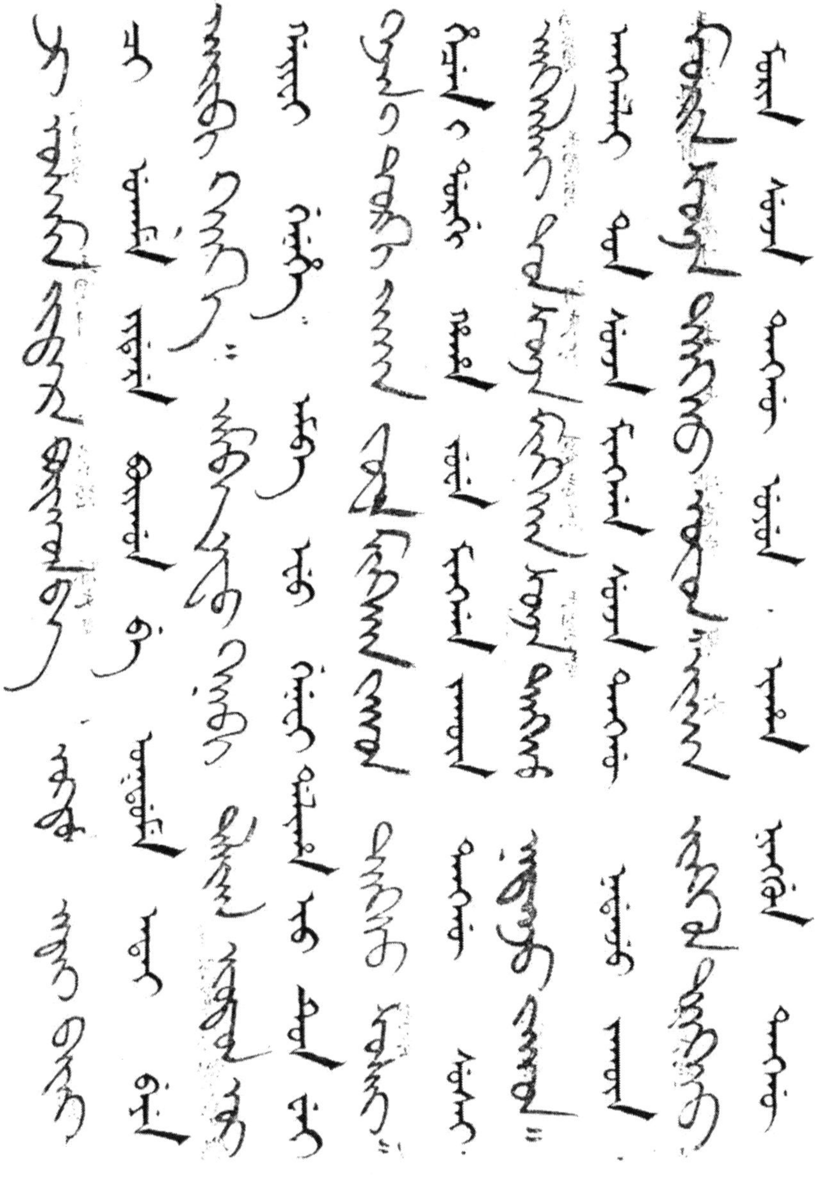

ci ukame jidere boigon be okdome, atai beyei gaifi genehe. amba efu genefi daliha io tun wei hecen i dorgi, haha juwe minggan jakūn tanggū susai, anggalai ton sunja minggan sunja tanggū nadanju jakūn, morin sunja tanggū uyun, ihan ninggun tanggū

阿泰親自率人往迎自蒙古固爾布什台吉處逃來之人戶。大額駙前往右屯衛趕回城內男丁二千八百五十人，家口數五千五百七十八人，馬五百零九匹，

阿泰亲自率人往迎自蒙古固尔布什台吉处逃来之人户。大额驸前往右屯卫赶回城内男丁二千八百五十人，家口数五千五百七十八人，马五百零九匹，

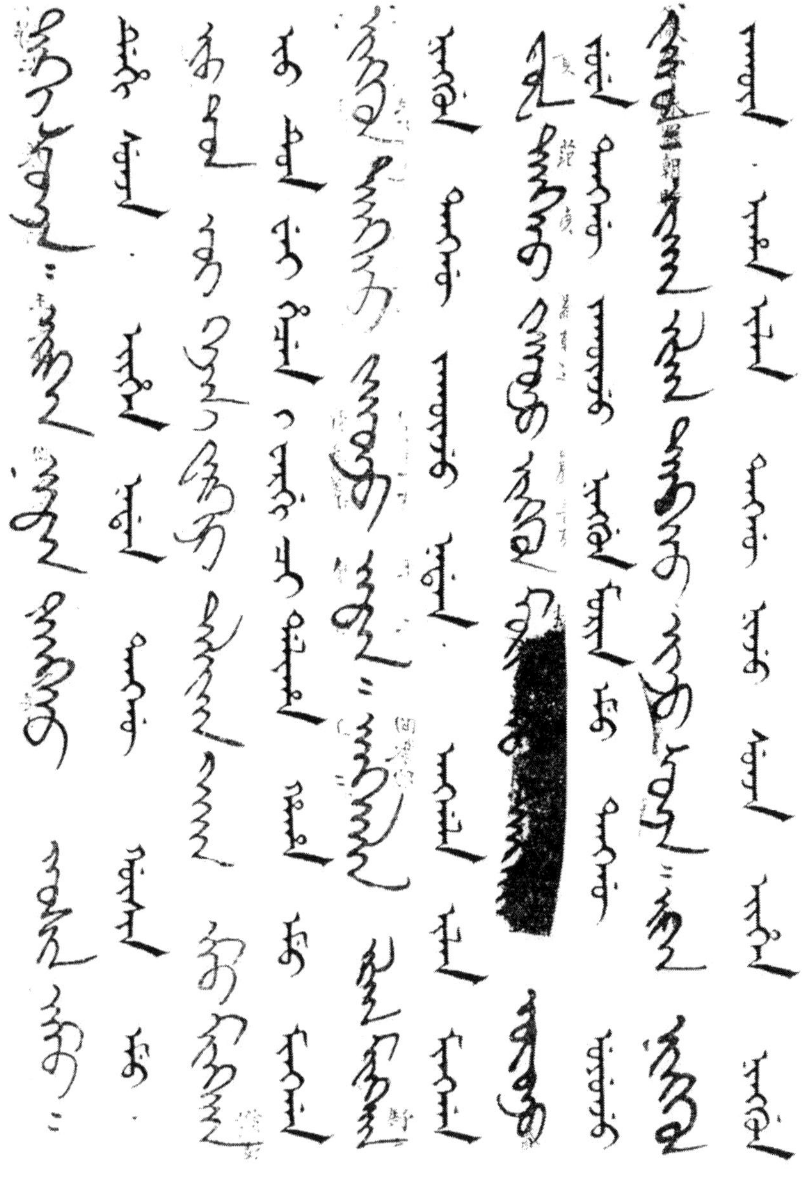

dehi sunja, eihen nadan tanggū gūsin emu. io tun wei hecen i wargi ci daliha haha emu minggan ninggun tanggū jakūnju nadan, anggala ilan minggan juwe tanggū jakūnju ninggun, morin emu tanggū uyunju jakūn, ihan ilan tanggū ninju sunja, eihen ninggun

---

牛六百四十五頭、驢七百三十一隻。自右屯衛城西趕回男丁一千六百八十七人，家口三千二百八十六人，馬一百九十八匹、牛三百六十五頭、

牛六百四十五头、驴七百三十一只。自右屯卫城西赶回男丁一千六百八十七人，家口三千二百八十六人，马一百九十八匹、牛三百六十五头、

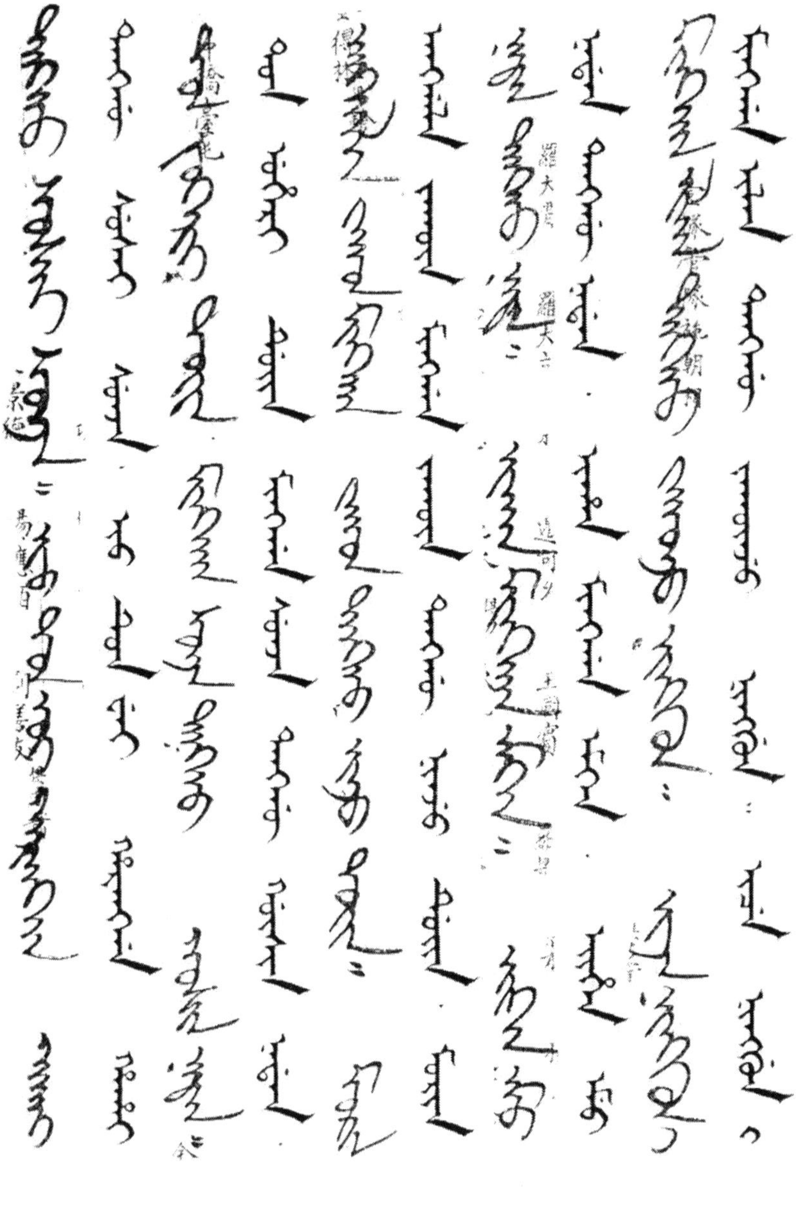

tanggū susai sunja, io tun wei harangga hahai ton uheri duin minggan sunja tanggū gūsin nadan, anggala jakūn minggan jakūn tanggū ninju duin. morn nadan tanggū nadan, ihan minggan emken, eihen emu minggan ilan tanggū jakūnju ninggun ice ninggun i

---

驢六百五十五隻，右屯衛所屬男丁共四千五百三十七人，家口八千八百六十四人，馬七百零七匹，牛一千零一頭、驢一千三百八十六頭。

驴六百五十五只，右屯卫所属男丁共四千五百三十七人，家口八千八百六十四人，马七百零七匹，牛一千零一头、驴一千三百八十六头。

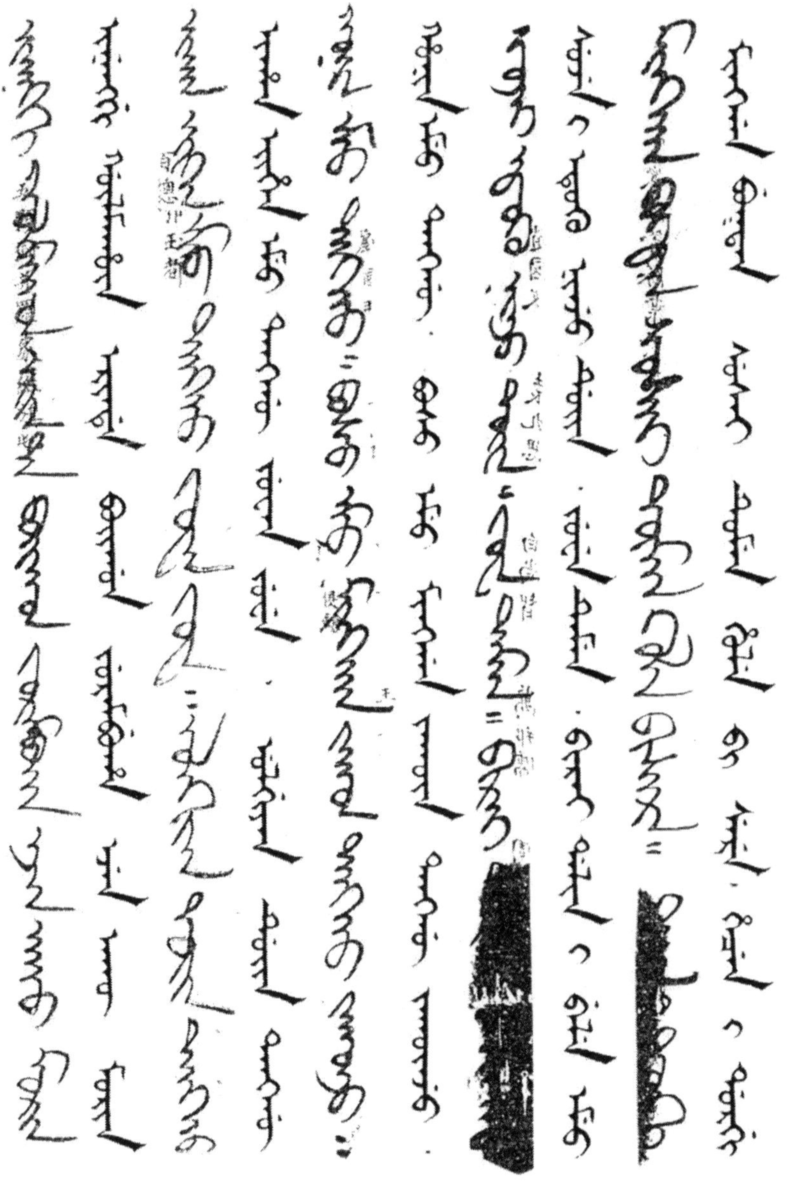

inenggi gūlmahūn erinde boigon jurambuha. ejen akū morin, ihan, eihen, emu tanggū juwan juwe, ulgiyan duin tanggū, honin emu tanggū, boso emu minggan jakūn tanggū jakūnju, suje i etuku ninju duin, juwe temen. birai dalin i bele emu minggan buktan, susai tumen hule bi sere, hecen i dorgi

---

初六日卯時，率戶口人衆啟行。又繕文奏稱：「有無主馬、牛驢一百一十二隻，豬四百隻、羊一百隻、布一千八百八十疋、緞衣六十四件，駝二隻。河岸之米一千囤，約有五十萬石，

初六日卯时，率户口人众启行。又缮文奏称：「有无主马、牛驴一百一十二只，猪四百只、羊一百只、布一千八百八十疋、缎衣六十四件，驼二只。河岸之米一千囤，约有五十万石，

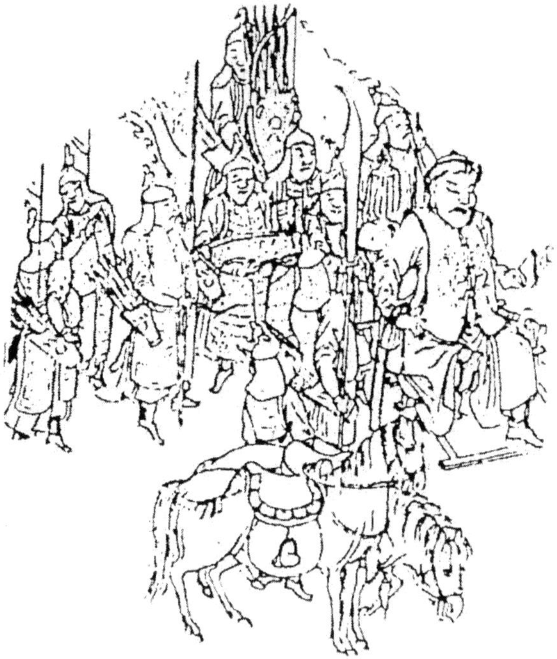

十九、為國辛勞

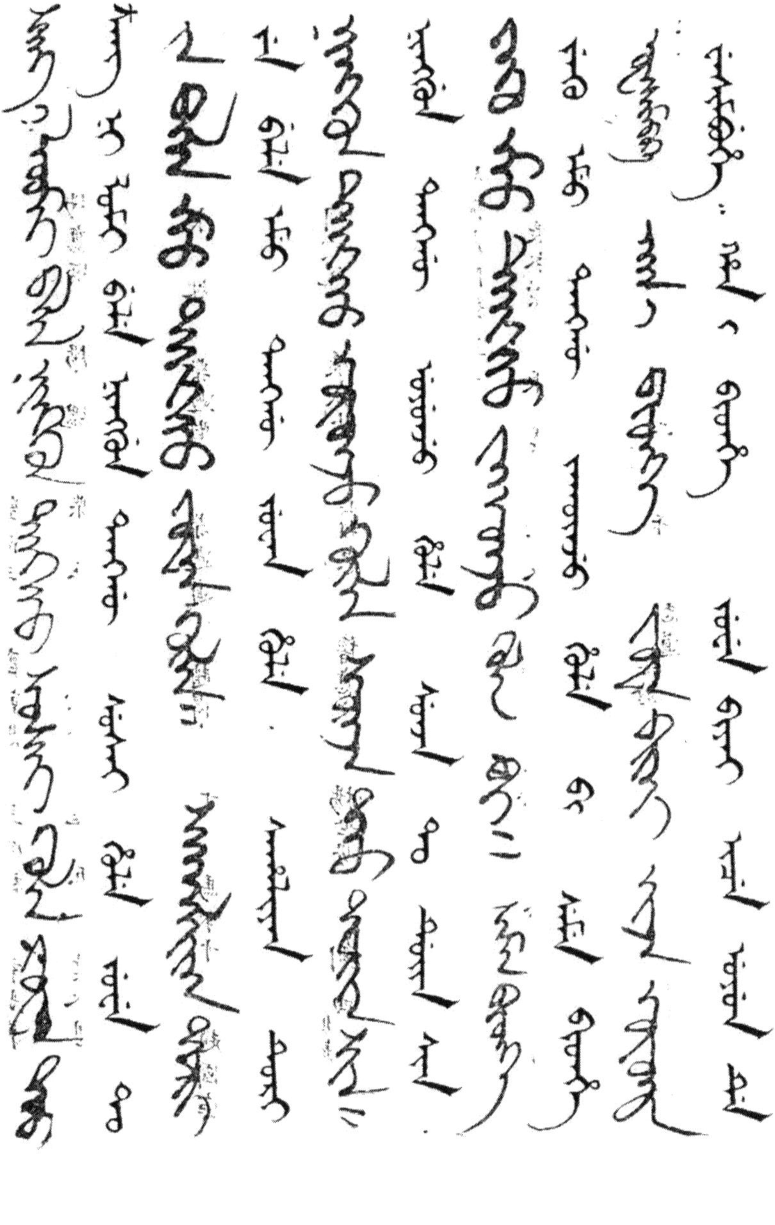

ts'ang ni lomi bele ninggun tanggū susai hule juwe to, je bele emu tanggū juwan hule, sahaliyan turi ninggun tanggū uyunju hule sunja to duin sin, jeku emu tanggū jakūnju hule bi seme bithe wesimbuhe. han i bithe, juwe biyai ice uyun de

---

城內倉中老米六百五十石二斗，小米一百一十石，黑豆六百九十石五斗四升，粟一百八十石。」二月初九日，汗頒書諭曰：

城内仓中老米六百五十石二斗，小米一百一十石，黑豆六百九十石五斗四升，粟一百八十石。」二月初九日，汗颁书谕曰：

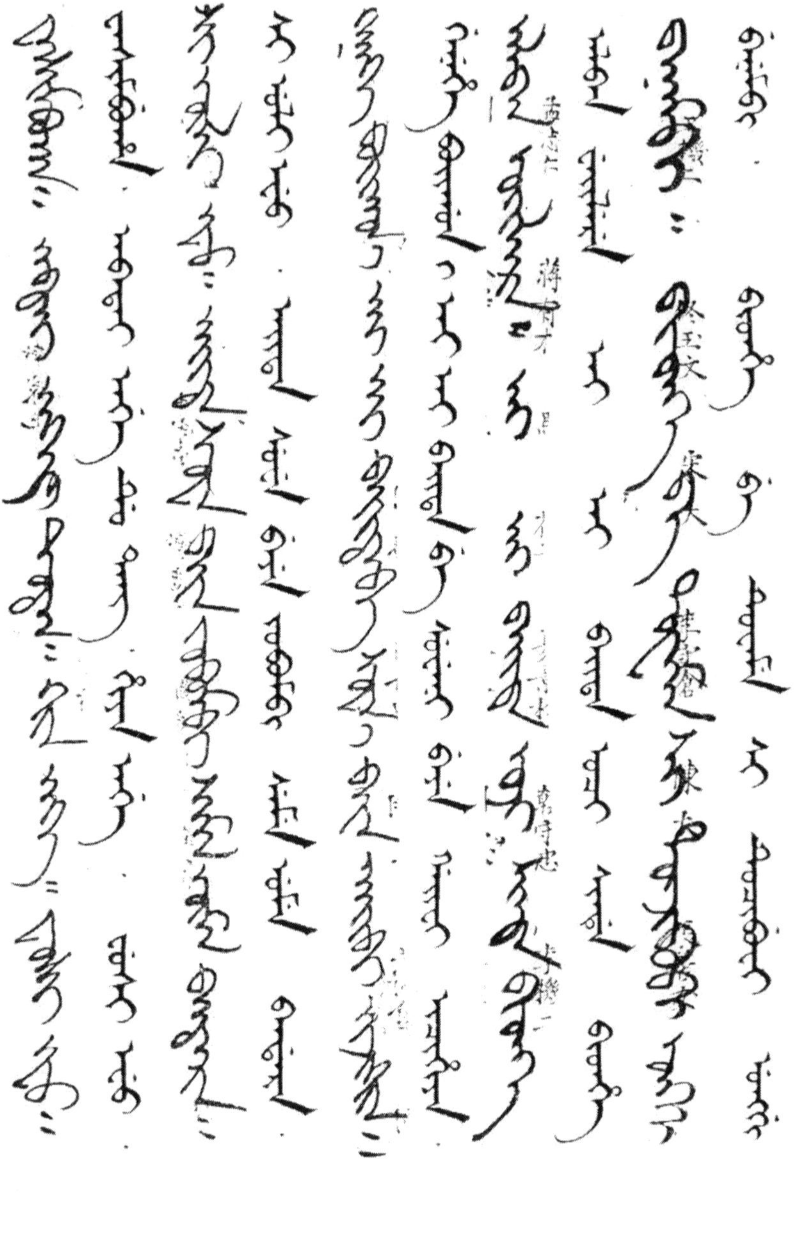

wasimbuha, abtai age, du tang, hiya age, fusi efu, si uli efu, aita, suwe beye jobombi seme ume bandara. genehe boigon i ai ai baita be suweni beye gaifi icihiya. alban weilere ai ai baita oci, sinde bithe benembi, bithe be tuwame si tucibufi unggi,

---

「阿布泰阿哥、都堂、侍衛阿哥、撫順額駙、西烏里額駙、愛塔，爾等勿因身受勞苦而倦怠。遷移戶口諸事，爾等當親自辦理。若有差役諸事，將賫書與爾，見書即遣爾前往。

「阿布泰阿哥、都堂、侍卫阿哥、抚顺额驸、西乌里额驸、爱塔，尔等勿因身受劳苦而倦怠。迁移户口诸事，尔等当亲自办理。若有差役诸事，将赍书与尔，见书即遣尔前往。

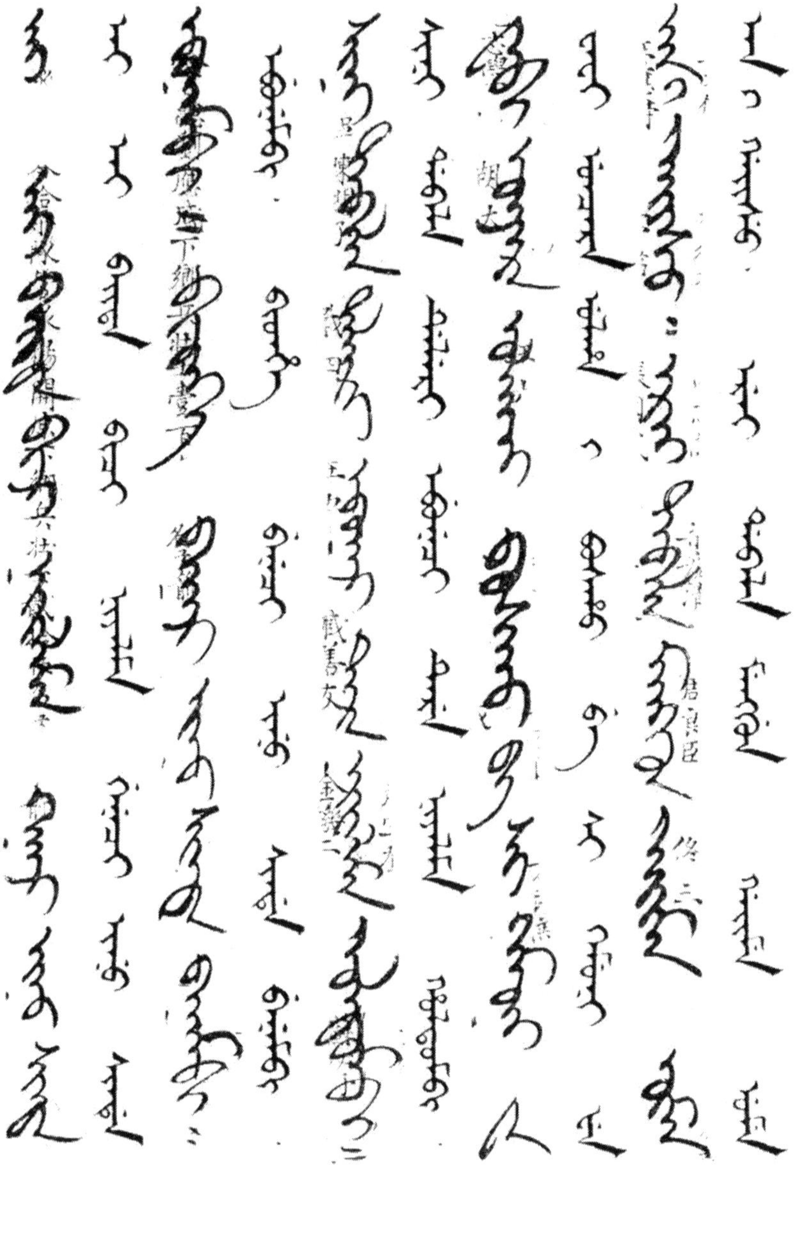

ai ai baita bici, niyalma geneci, inu sinde ebunembi. bithe beneci, inu sinde benembi. sini dabala deleri ebuneci, tere niyalma holtombi, wafi uncara ulha i bosho be, si kemuni fe an i gaisu, erei dabala, menggun gaime ume

---

若有事遣人前往，亦去住爾處。若齎書，亦齎至爾處。若越過爾擅行投宿，乃其人哄騙。其宰售牲畜之腰子，爾仍照舊取之，勿另行罰銀。」

若有事遣人前往，亦去住尔处。若赍书，亦赍至尔处。若越过尔擅行投宿，乃其人哄骗。其宰售牲畜之腰子，尔仍照旧取之，勿另行罚银。」

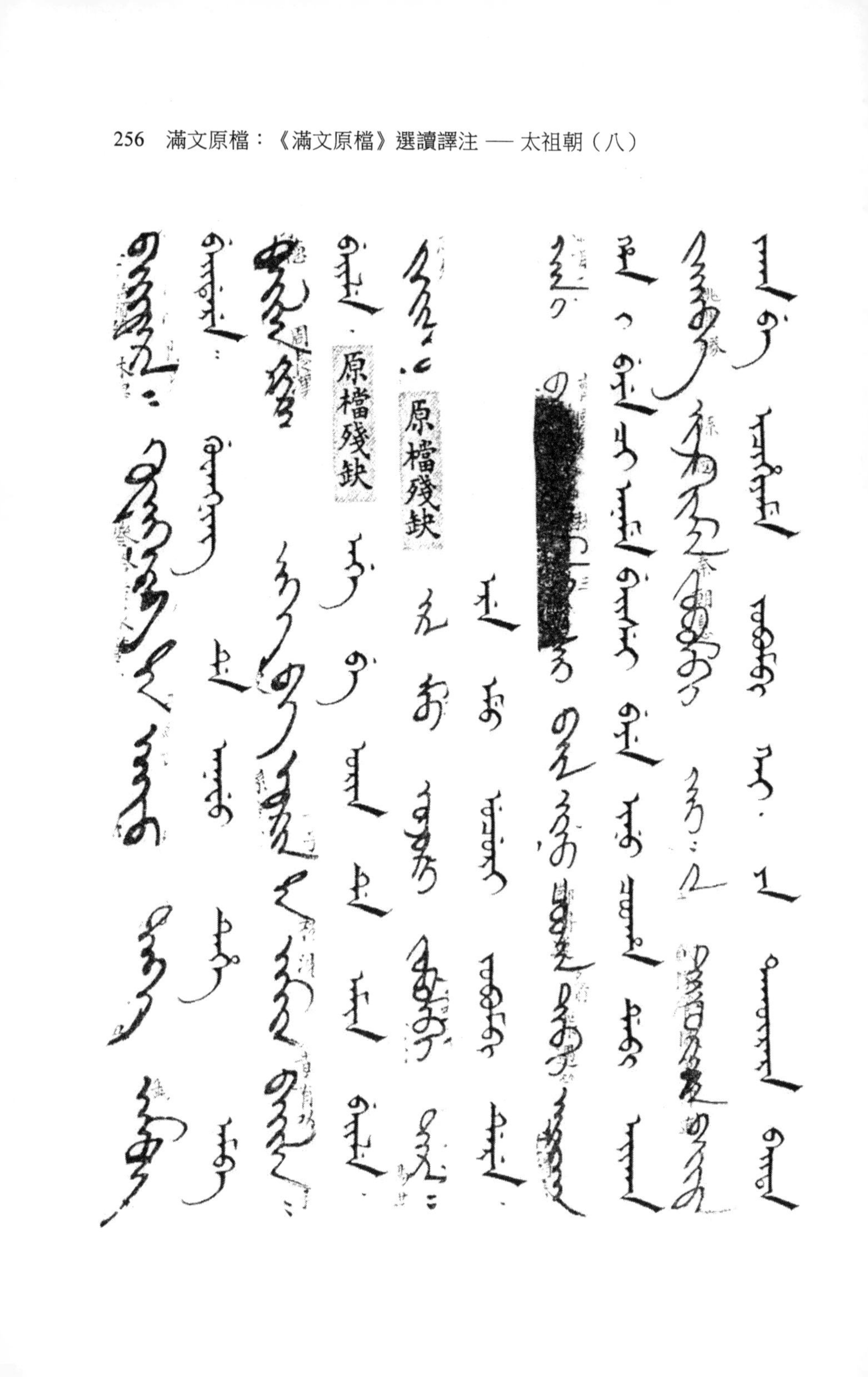

原檔殘缺
原檔殘缺

beidere. guwangning de anafu tehe amba beile, [原檔殘缺] age be orin de amin beile [原檔殘缺] ere emu ucuri jobombi dere. han i beye ci aname, beisei beye inu cooha debi, aika jaka be icihiyame jobombi kai. ya takūrara baita

---

戍守廣寧之大貝勒，[原檔殘缺]阿哥於二十日，阿敏貝勒[原檔殘缺]此際辛苦矣。自汗本人以及諸貝勒亦身居軍中，辦理諸事，亦甚辛勞也。凡有差遣之事，

戍守广宁之大贝勒，[原档残缺]阿哥于二十日，阿敏贝勒[原档残缺]此际辛苦矣。自汗本人以及诸贝勒亦身居军中，办理诸事，亦甚辛劳也。凡有差遣之事，

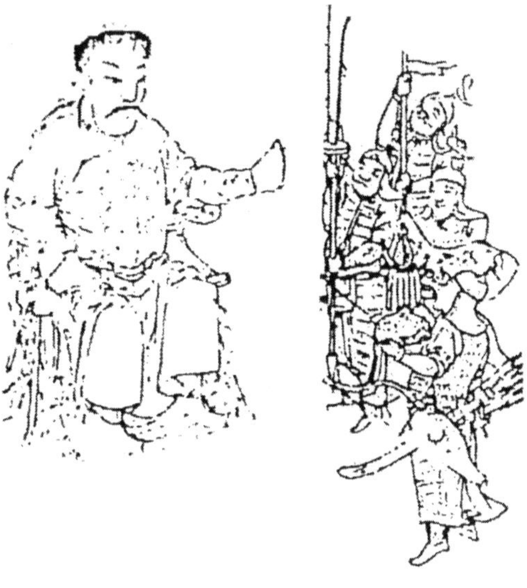

二十、勿誤農時

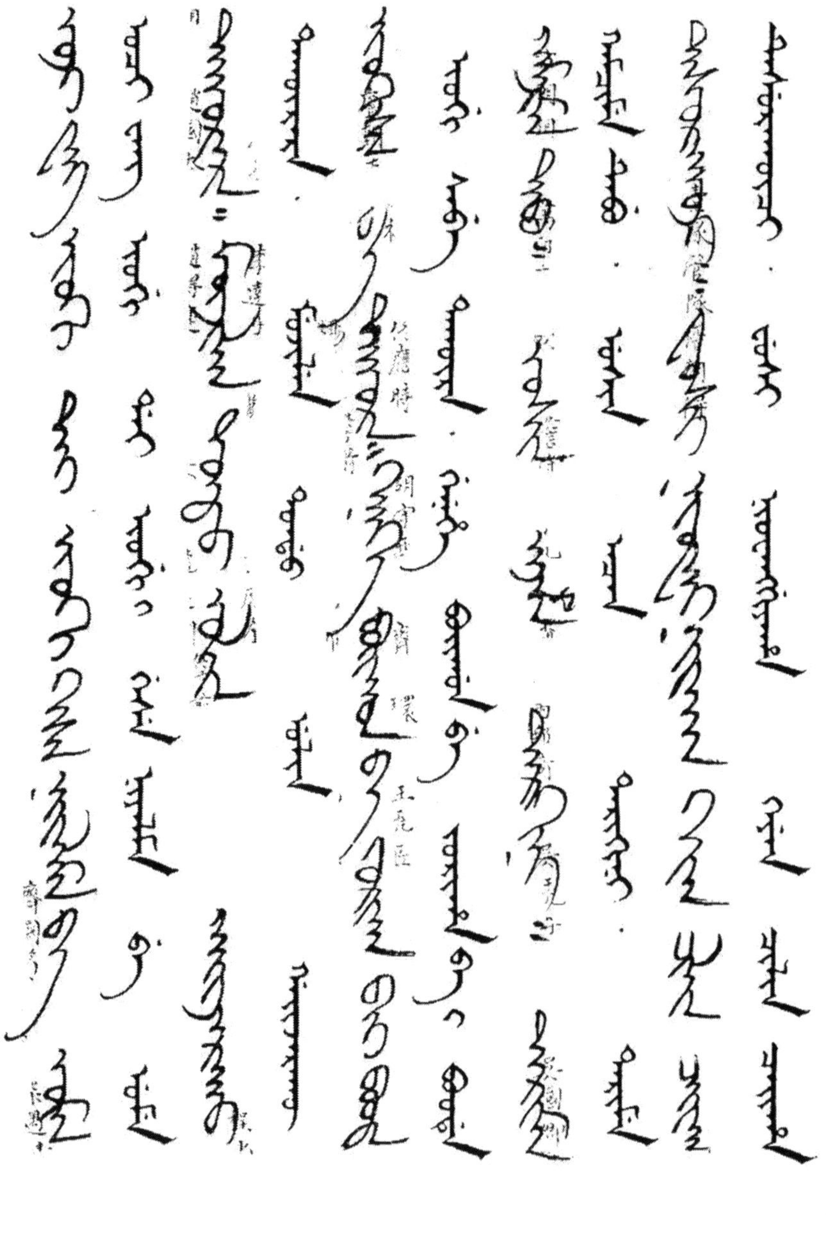

oci, wang iogi, dai iogi i gese niyalma be ume takūrara, mujilen tondo ulin gaijarakū iogi sabe takūra. genehe boigon be joriha ba i boode kamcime tebu, usin acan tarikini. tarime tesurakūci, fusi, niowanggiyaha, keyen, cilin, caiha,

---

似王遊擊、戴遊擊之人，著勿差遣，當遣忠心耿耿不貪財貨之遊擊。前往之戶口，可合居於所指定地方之房屋，共同耕種田地。若不敷耕種，可於撫順、清河、開原、鐵嶺、柴河、

似王游击、戴游击之人，着勿差遣，当遣忠心耿耿不贪财货之游击。前往之户口，可合居于所指定地方之房屋，共同耕种田地。若不敷耕种，可于抚顺、清河、开原、铁岭、柴河、

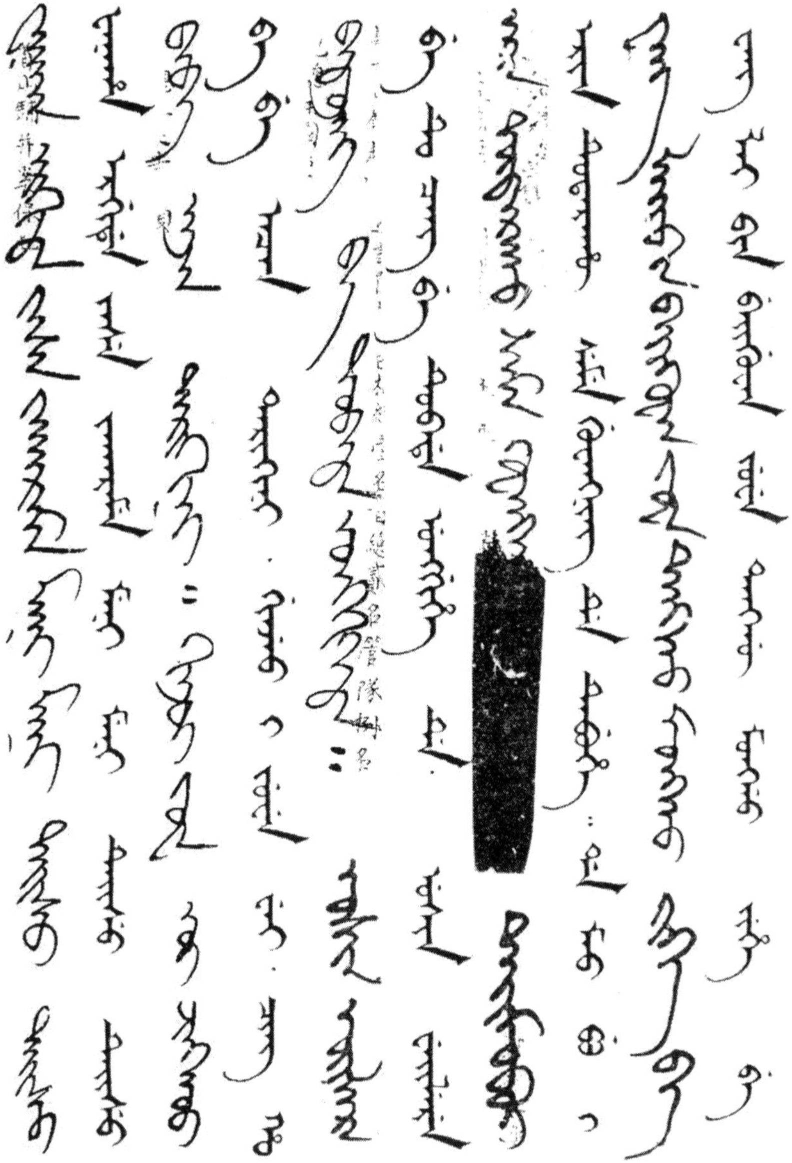

fanaha ergide jase jakarame, meni meni teisu teisu ba be acan tarikini. ginjeo i juwe wei, cing ho, be tu cang be tubade unggihe de, usin weilere erin tutarahū seme, guwangning de tebuhe. da mao pu i wang lai bin beiguwan, juwe tanggū monggo jihe be

---

法納哈等沿邊各自地方合種。若將錦州二衛、清河、白土場之人遣往彼處，恐誤[23]耕田農時，故令居於廣寧。大茂堡備禦官王來賓給與前來之蒙古二百人

法纳哈等沿边各自地方合种。若将锦州二卫、清河、白土场之人遣往彼处，恐误耕田农时，故令居于广宁。大茂堡备御官王来宾给与前来之蒙古二百人

---

23 恐誤，《滿文原檔》寫作“tütarako”、《滿文老檔》讀作“tutarahū”。按滿文“tutambi”係蒙文“tüdekü”借詞（根詞“tuta-” 與 “tüde-” 相仿），意即「耽擱、拖延」。

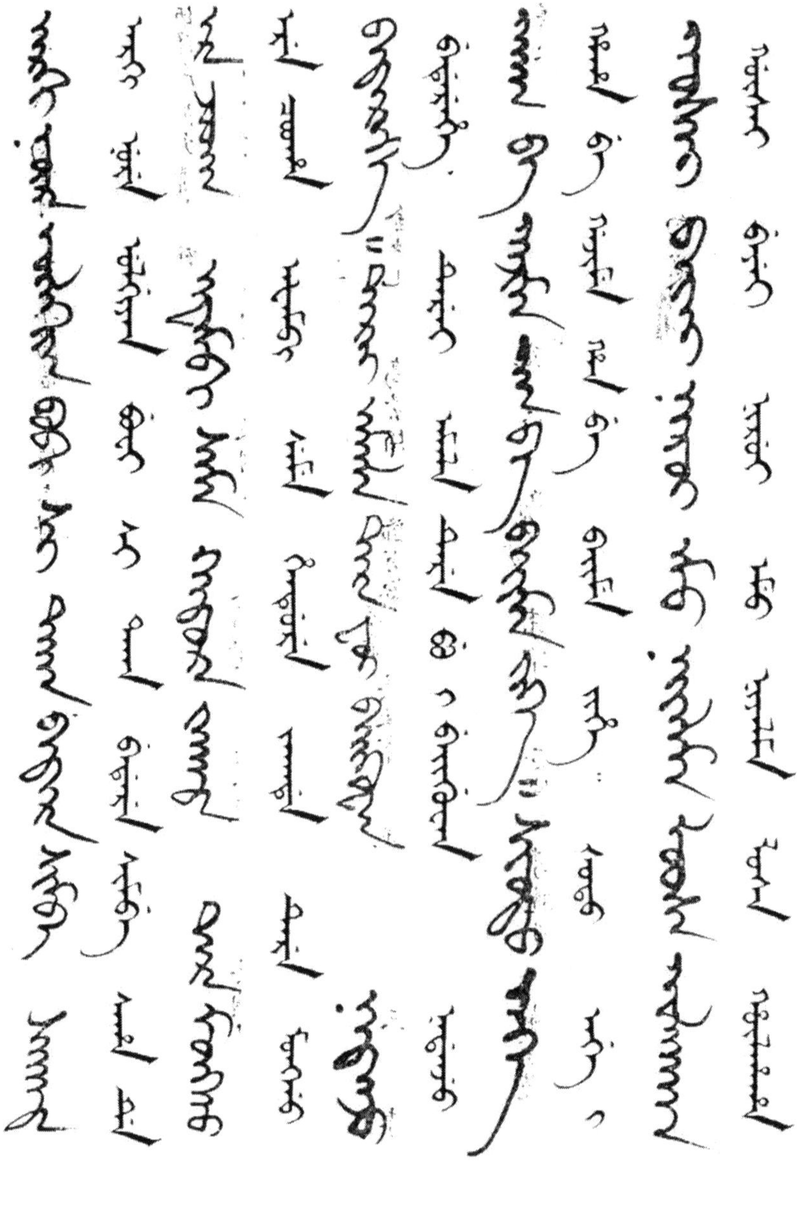

arki nure, ulgiyan bufi, si taka bedere, simbe saha de ere cooha afambi seme hendure jakade, tere monggo bederehe. terei amala, tere pu i beiguwan nandanju haha be gajime han be baime jihe. šoto age i gūsai beyei nirui emu niyalma losa hūlhaha

---

以豬、酒，並曰：「爾暫退，若知爾在此，恐此兵來攻。」該蒙古即退。其後，該堡備禦官率男丁七十人來投汗。碩托阿哥本旗下牛彔之一人，因盜騾

以猪、酒，并曰：「尔暂退，若知尔在此，恐此兵来攻。」该蒙古即退。其后，该堡备御官率男丁七十人来投汗。硕托阿哥本旗下牛彔之一人，因盗骡

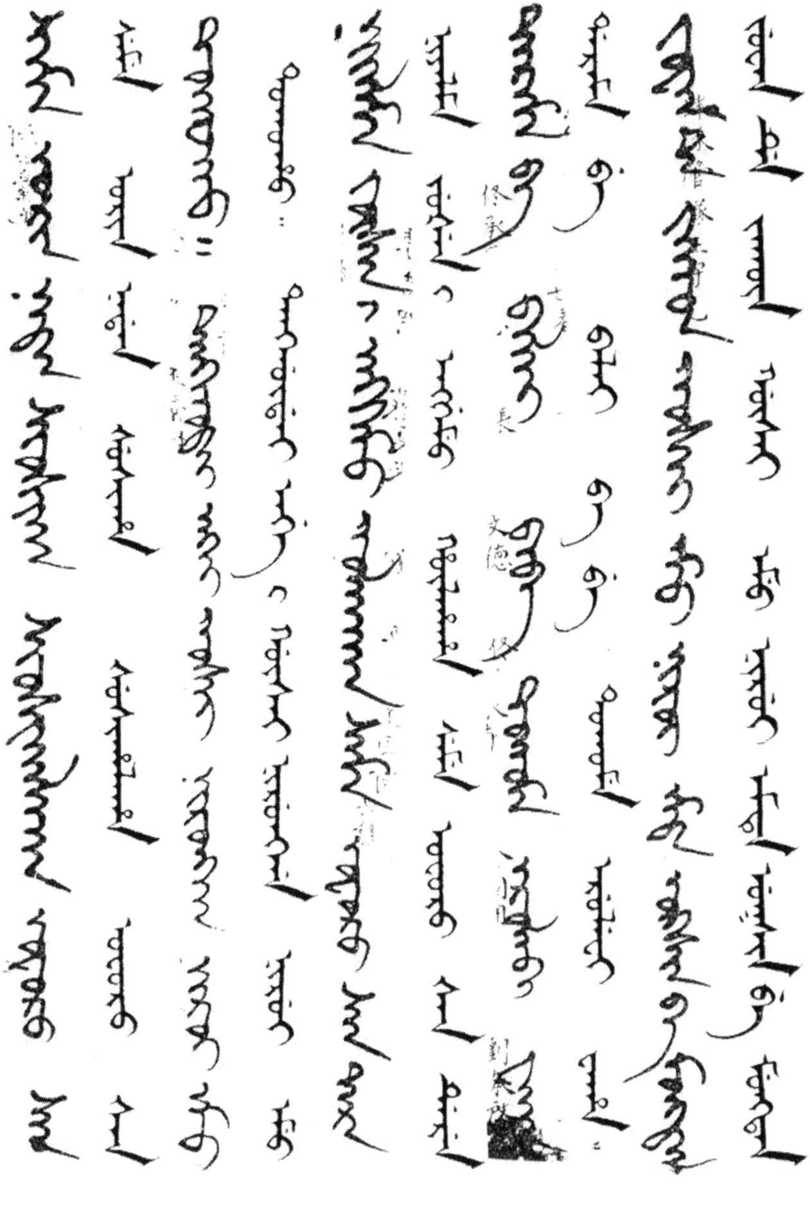

seme, orin nadan šusiha šusihalaha, oforo, šan tokoho. tanggūdai age i gūsai nirungga nirui emu niyalma, jušen i enggemu hūlhaha seme oforo, šan, dere, darama be balai ba be tokome erulefi waha. juwan de, jakūn gūsai emu nirui emte uksin be mungtan

---

鞭打二十七鞭，刺其耳、鼻。湯古岱阿哥旗下尼隆阿牛彔之一人，因盜諸申之鞍轡，亂刺耳、鼻、面、腰[24]，用刑後殺之。初十日，遣孟坦率八旗每牛彔披甲各一人

鞭打二十七鞭，刺其耳、鼻。汤古岱阿哥旗下尼隆阿牛彔之一人，因盗诸申之鞍辔，乱刺耳、鼻、面、腰，用刑后杀之。初十日，遣孟坦率八旗每牛彔披甲各一人

---

[24] 腰，《滿文原檔》寫作"tarama"，《滿文老檔》讀作"darama"。按滿文"darama"係蒙文"daram-a"借詞，意即「（動物的）脊背、腰背」。

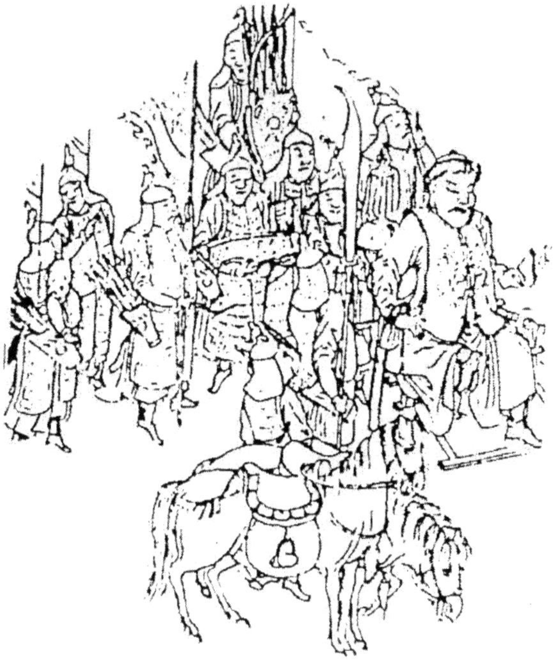

二十一、軍紀嚴明

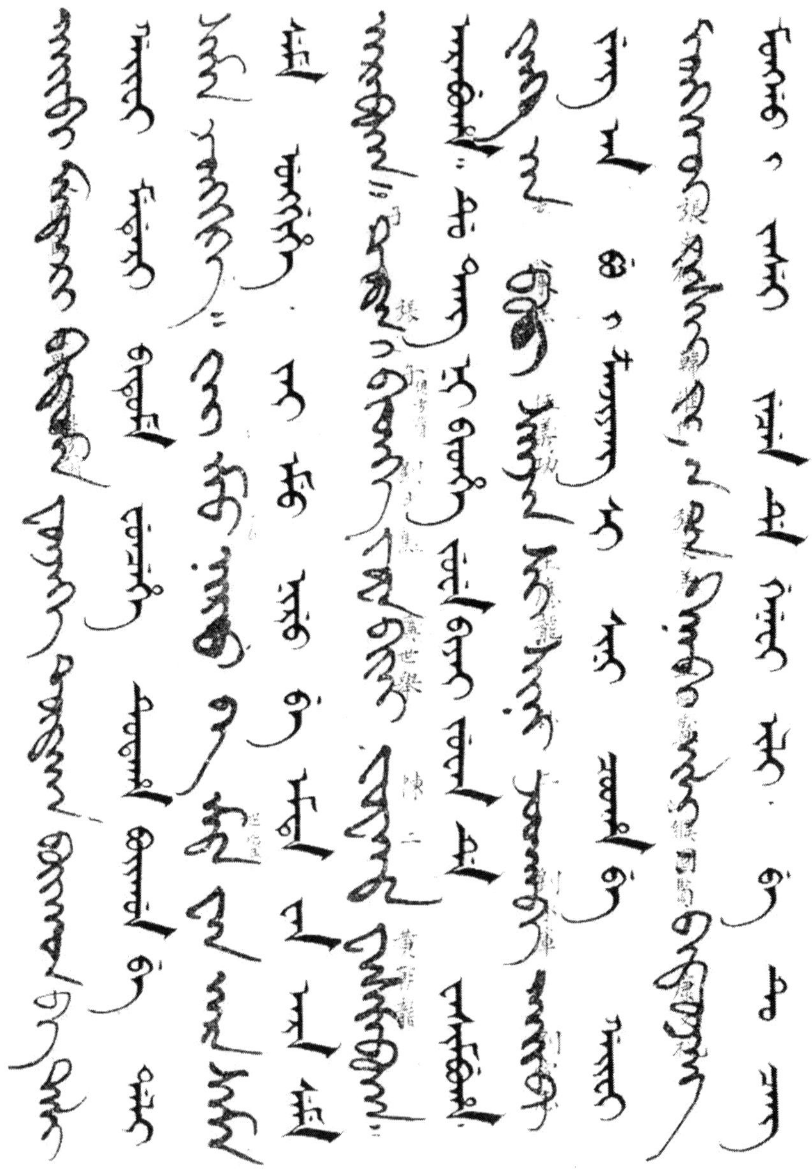

gaifi, mederi bitume funcehe tutaha boigon be dali seme unggihe. jai emu niru be emte wan ara seme arabuha. du tang ni bithe, juwe biyai juwan de wasimbuha, jeng an pu i ts'anjiyang si, sini cooha be gaifi, monggo i jasei jecen de genefi ili, be tu cang,

---

前往趕回沿海剩餘落後之戶口。又令每牛彔各造一梯。二月初十日，都堂頒書諭鎮安堡參將曰：「著爾率爾兵前往蒙古邊界駐守，有白土場、

前往赶回沿海剩余落后之户口。又令每牛彔各造一梯。二月初十日，都堂颁书谕镇安堡参将曰：「着尔率尔兵前往蒙古边界驻守，有白土场、

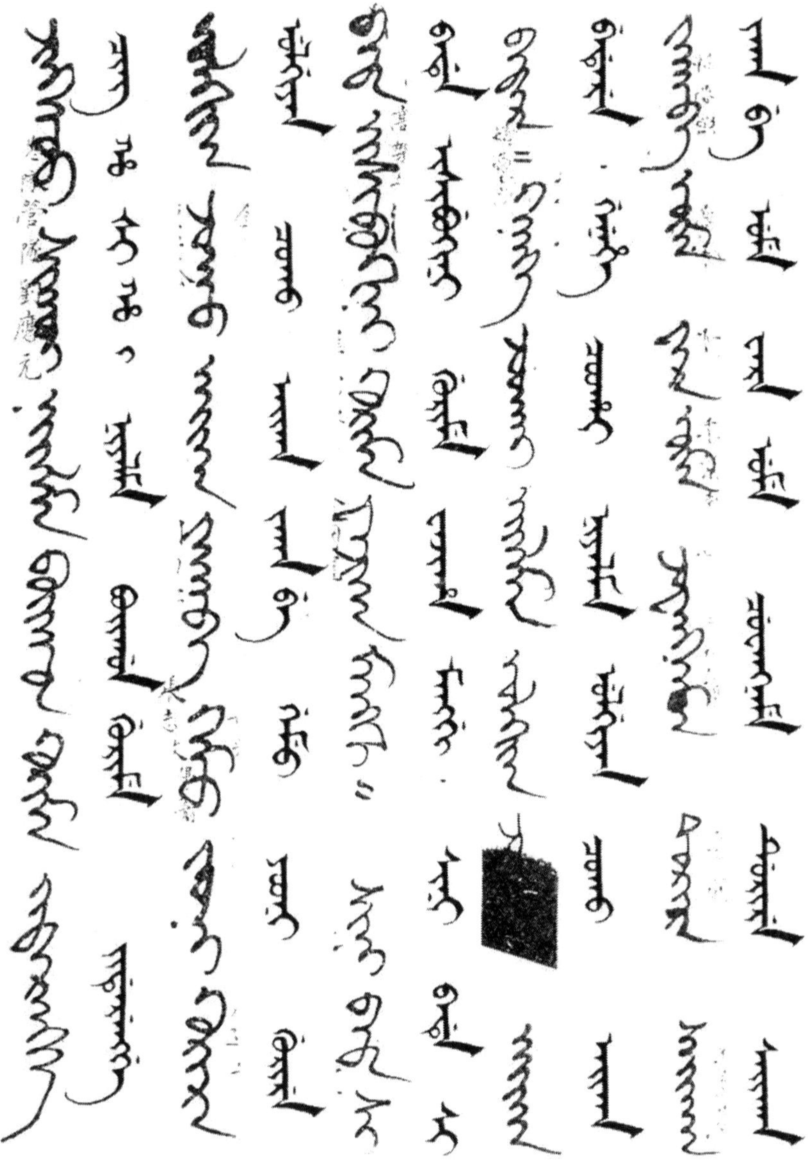

cing ho, ši ho i niyalma boigon gurime jiderengge ulgiyan coko aika jaka be gemu yooni gurire bade isibukini. gurime wajiha manggi, sini bade si bedere, genehe coohai niyalma, ulgiyan, coko aika jaka be ume wara ume cuwangname durire, saikan

---

清河、石河之人遷移戶口前來者，令帶豬、鷄諸物，俱皆遷移指定地方。俟遷移完畢，爾仍返回爾處。當善加曉諭前往之兵丁，勿得宰殺豬、鷄諸物，勿得搶掠。」

清河、石河之人迁移户口前来者，令带猪、鸡诸物，俱皆迁移指定地方。俟迁移完毕，尔仍返回尔处。当善加晓谕前往之兵丁，勿得宰杀猪、鸡诸物，勿得抢掠。」

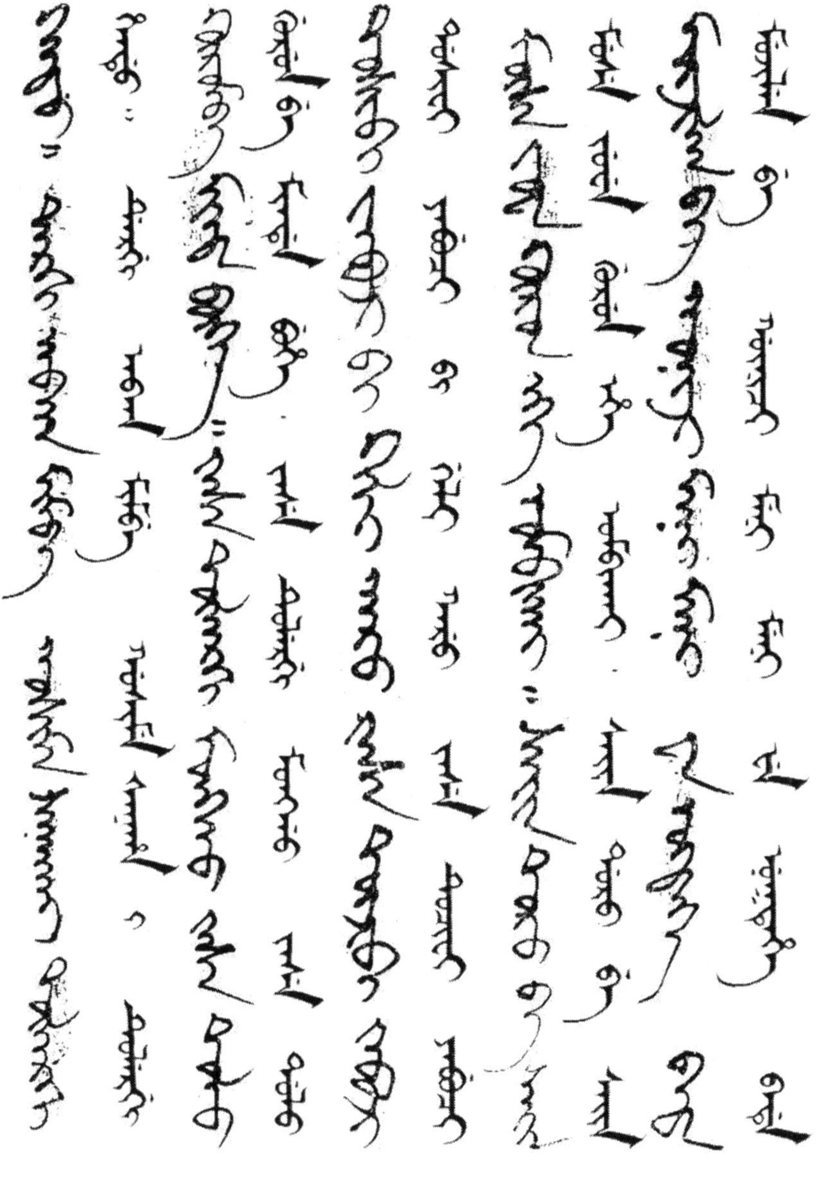

hendu. dergi abka mimbe gosime, šanaha i tulergi gurun be minde buhe. jase tulergi monggo, jase dolo dosifi yabuci, bi geli karu jase tucifi yabuci muse juwe gurun ehe ombikai. sain doro be sain mujilen be gūnici, meni meni fe nuktehe bade

---

上天眷我，將山海關外之國人畀我。邊外之蒙古若進入邊內行走，我亦出邊行走報之，則我兩國交惡也。若願懷善心行善道，各歸原游牧之地，

上天眷我，将山海关外之国人畀我。边外之蒙古若进入边内行走，我亦出边行走报之，则我两国交恶也。若愿怀善心行善道，各归原游牧之地，

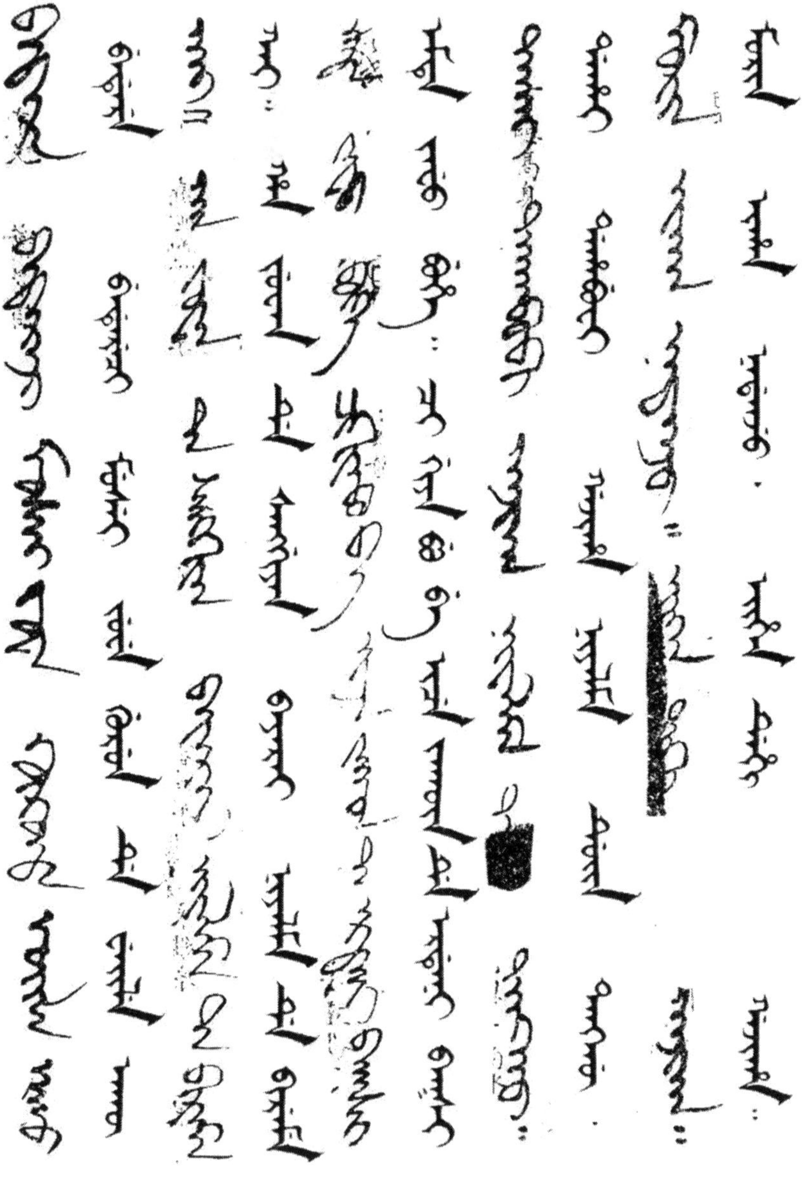

bedere, bedereci musei juwe gurun de weile akū kai. han juwan de, šanggiyan bayarai niyalma de bireme emte jafu buhe. ci giya pu be, ice jakūn de, erdeni baksi, dahai dahabufi gajiha niyalma duin tanggū, morin ihan nadanju, eihen dehi gajiha.

若歸去，則我兩國可無事也。初十日，汗遍賜白旗巴牙喇人等氊各一塊。初八日，額爾德尼巴克什、達海隨同招撫齊家堡，攜至人四百、馬牛七十、驢四十。

若归去，则我两国可无事也。初十日，汗遍赐白旗巴牙喇人等毡各一块。初八日，额尔德尼巴克什、达海随同招抚齐家堡，携至人四百、马牛七十、驴四十。

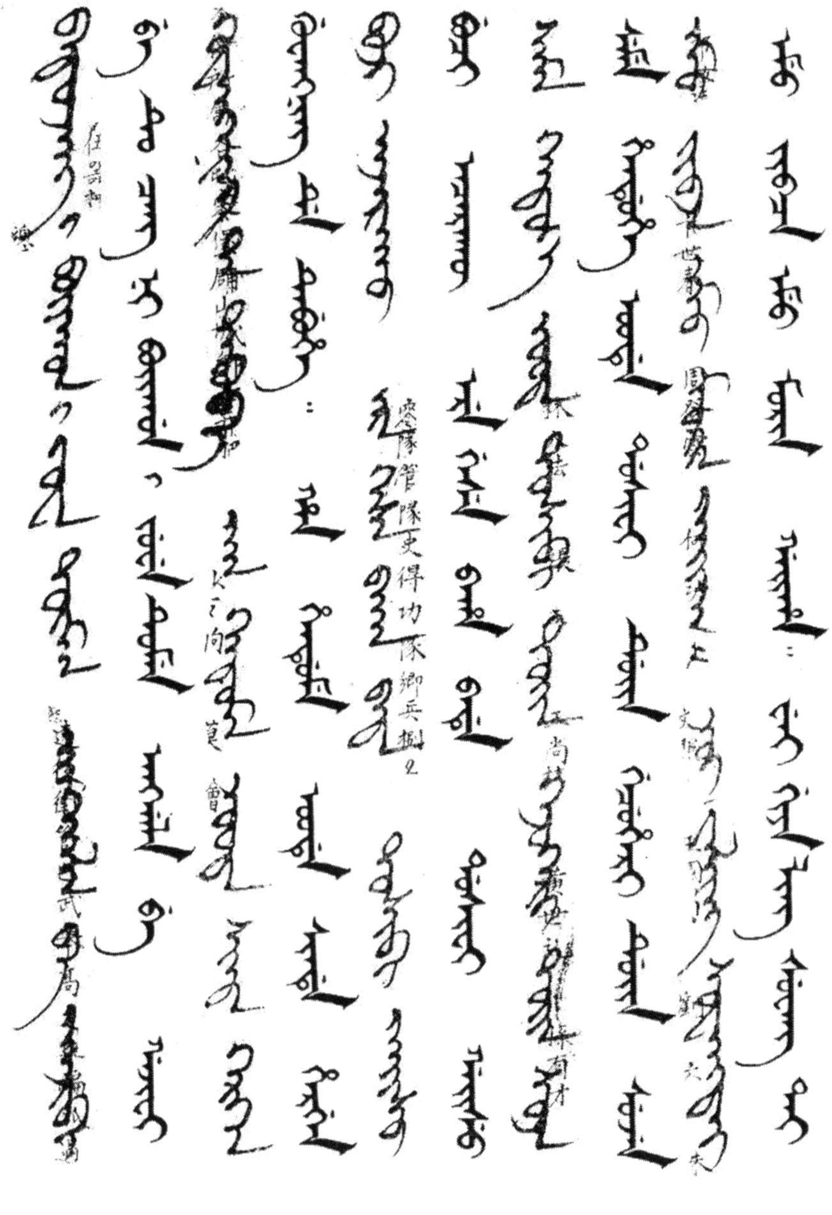

be tu cang ni boigon i juwe tumen anggala be gajifi guwangning de tebuhe. han hendume, oode sinde hergen buci acarakū, ere gese baha bade dosifi gaisu seme henduhe, oode dosifi duin gecuheri, duin suje, emu jibca, emu morin gaiha. wei giya ling, šuwang tai

---

攜白土場戶口二萬口住廣寧。汗曰：「奧德，不該賜爾職銜，似此已得之地，理當進取。」奧德遂進取蟒緞四疋、緞四疋、皮襖一件、馬一匹。攜魏家嶺、雙台

攜白土場戶口二萬口住廣寧。汗曰：「奧德，不該賜爾職銜，似此已得之地，理當進取。」奧德遂進取蟒緞四疋、緞四疋、皮襖一件、馬一匹。携魏家岭、双台

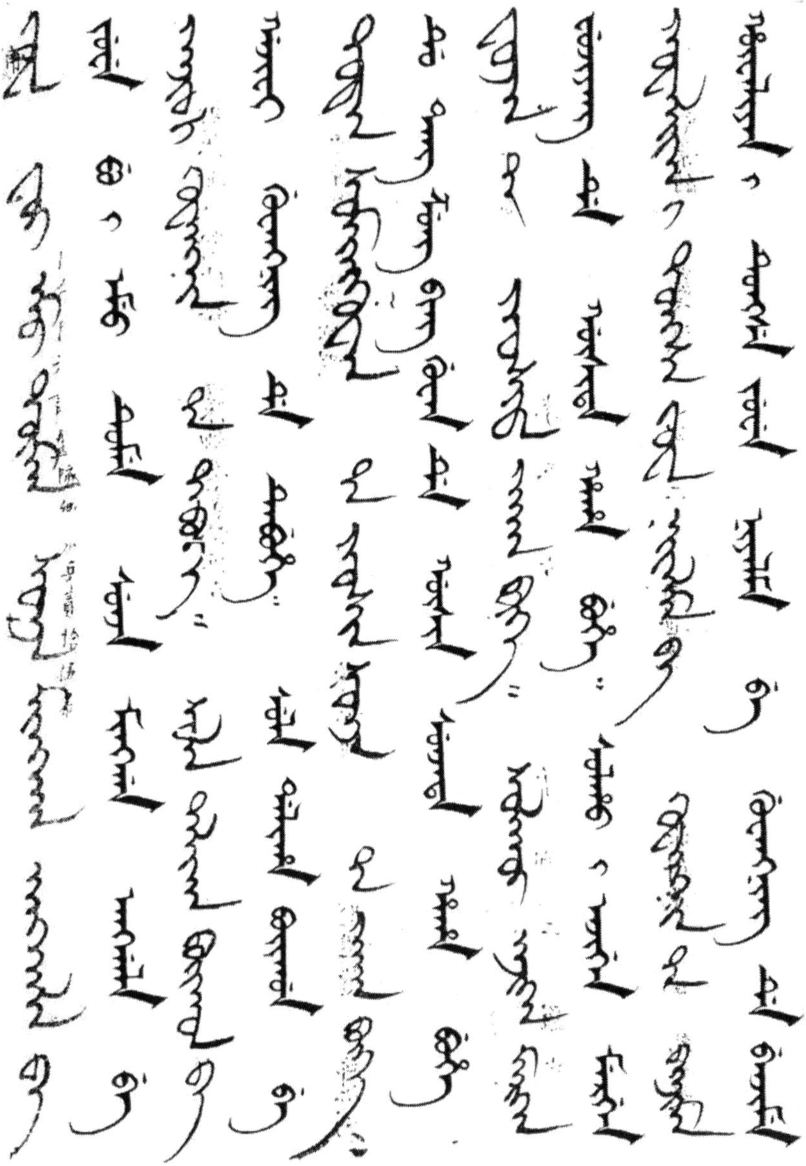

juwe pu i emu tumen sunja minggan anggala be gajifi guwangning de tebuhe. sula daliha boigon be, du tang, dzung bing guwan de gūsin sunjata haha buhe, fujiyang de gūsita haha buhe. solho i ajigen mergen, hūwaliyan i tungse, juwe niyalma be, guwangning de benjime

---

二堡之一萬五千家口住廣寧。將趕回閒散之戶口賜給都堂、總兵官男丁各三十五人，賜給副將男丁各三十人。送朝鮮阿濟根莫爾根、華連通事二人來至廣寧。

二堡之一万五千家口住广宁。将赶回闲散之户口赐给都堂、总兵官男丁各三十五人，赐给副将男丁各三十人。送朝鲜阿济根莫尔根、华连通事二人来至广宁。

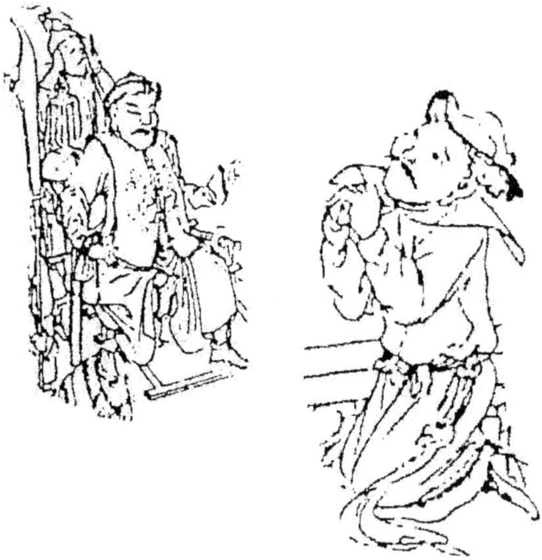

二十二、君臣父子

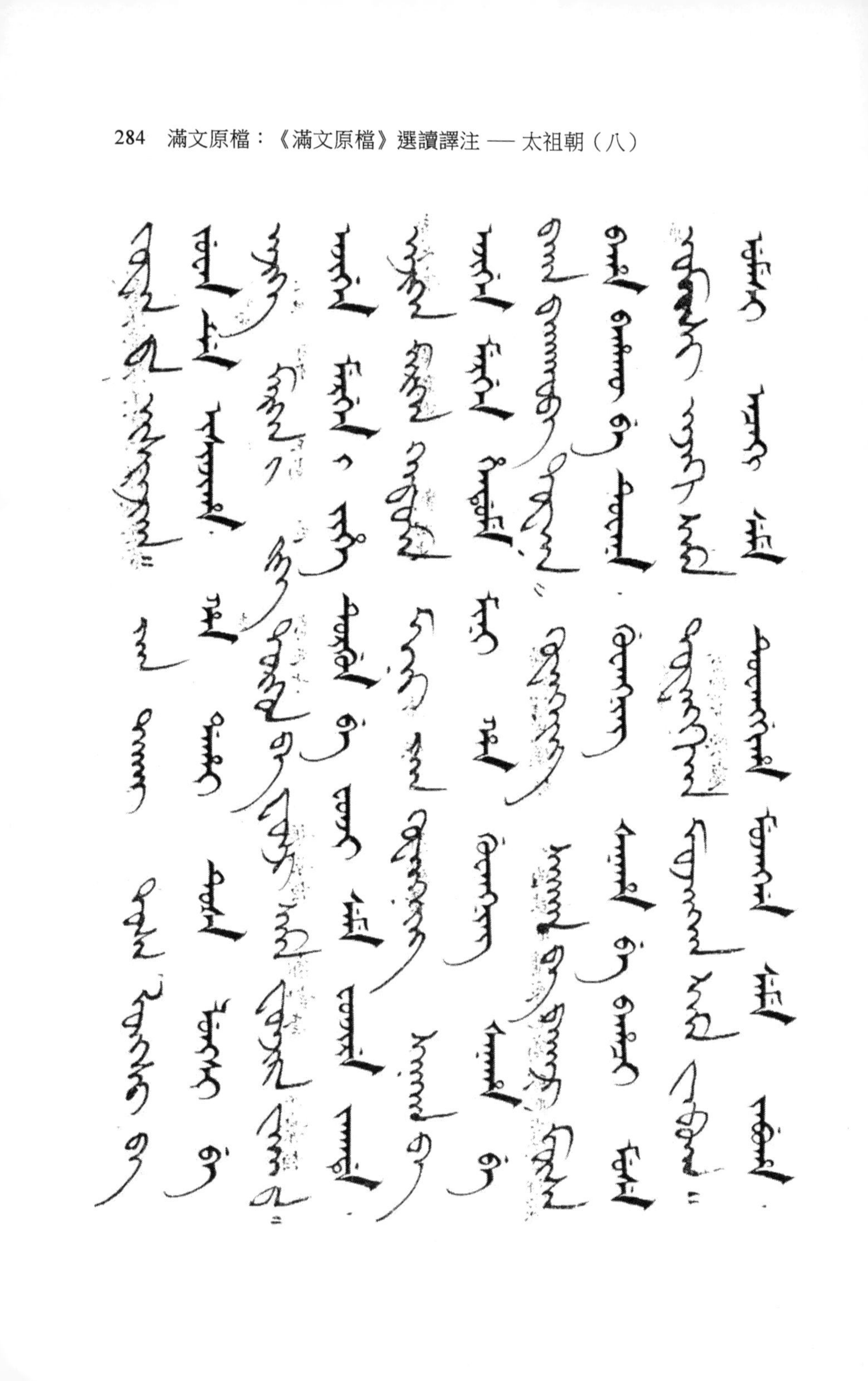

[illegible]

juwan de isinjiha. han dahai, tuša, lungsi be, ajigen mergen i jihe turgun be fonji seme fonjire jakade, ajigen mergen hendume, mini han, guwangning, šanaha be baha bahakū be tuwana, guwangning šanaha be bahaci, muse umesi acaki seme tuwanggiha mujangga seme jabuha,

---

於初十日到來。汗命達海、圖沙、龍什詢阿濟根莫爾根來意。阿濟根莫爾根答曰：「我王遣我前來探察是否實已攻取廣寧、山海關？若實已攻取廣寧、山海關，則我等極欲和好。」

于初十日到来。汗命达海、图沙、龙什询阿济根莫尔根来意。阿济根莫尔根答曰：「我王遣我前来探察是否实已攻取广宁、山海关？若实已攻取广宁、山海关，则我等极欲和好。」

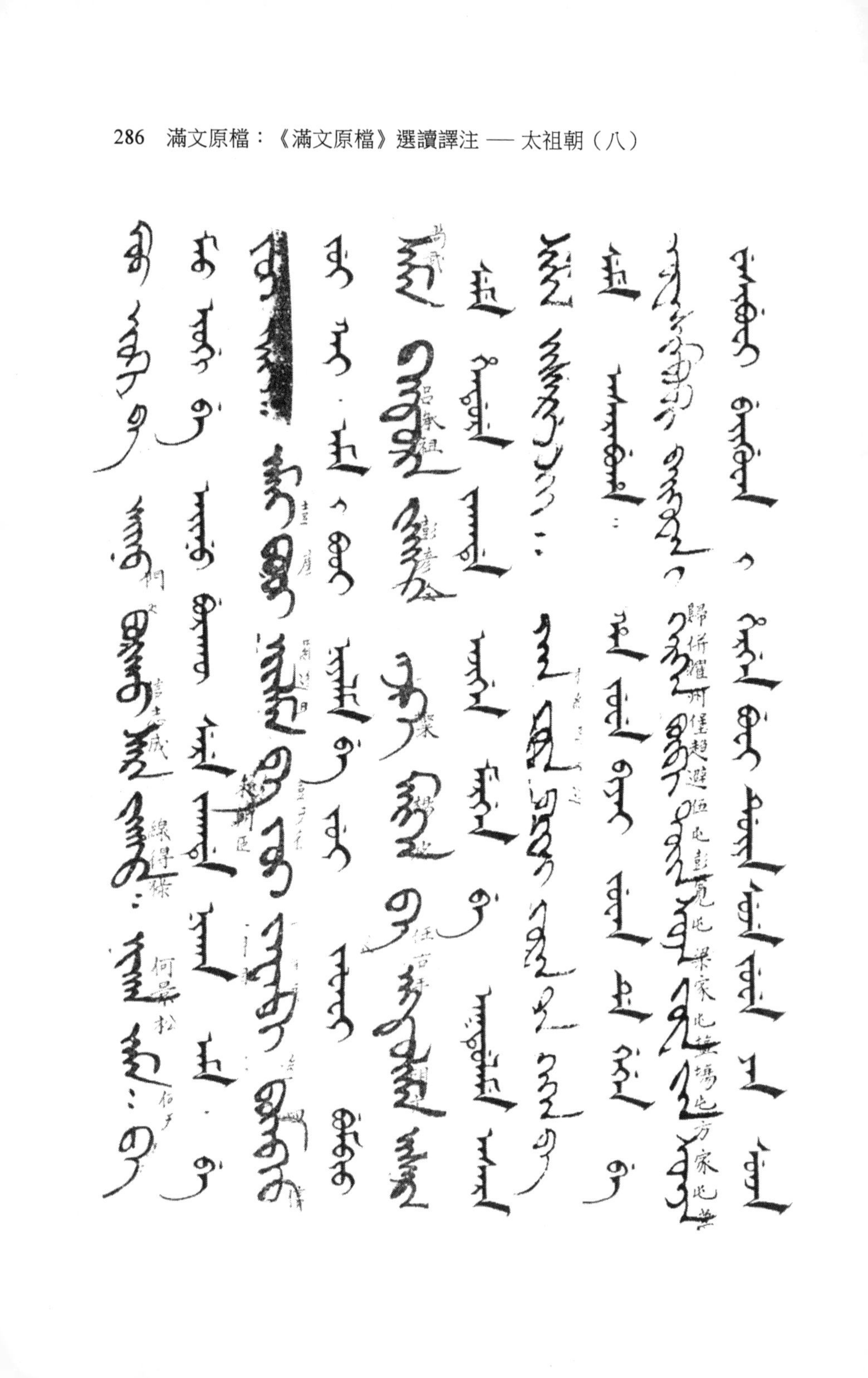

mao iogi be ainu burakū sere jakade, nikan ama, be jui kai, ama i booi niyalma be, jui jafafi bumbio seme hendure jakade, ajigen mergen be akdulame asara seme asarabuha. han, juwe biyai juwan de, gegen be wesibufi beiguwan i hergen bufi, duin suje, juwe yan sunja

---

又問之曰：「為何不執獻毛遊擊？」答曰：「明人父也，我等子也，父家之人，子豈敢執獻耶？」遂命羈留阿濟根莫爾根。二月初十日，汗擢陞格根，賜備禦官之職，賜緞四疋、銀二兩五錢。

又问之曰：「为何不执献毛游击？」答曰：「明人父也，我等子也，父家之人，子岂敢执献耶？」遂命羁留阿济根莫尔根。二月初十日，汗擢升格根，赐备御官之职，赐缎四疋、银二两五钱。

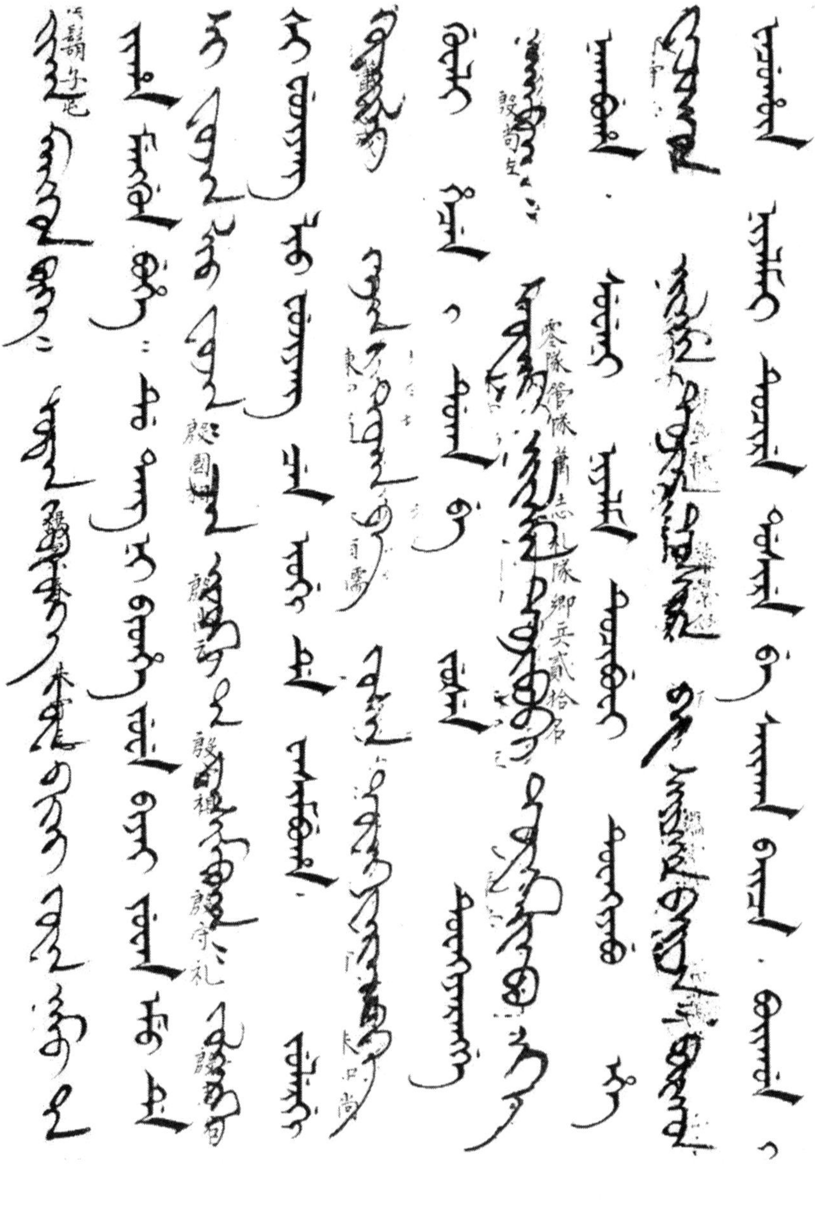

jiha menggun buhe. du tang ni bithe, juwe biyai juwan emu de ši fujiyang, lio fujiyang, cen iogi de wasimbuha, julergi guwali hecen i duka be jušen tuwakiyarangge nakabuha. suweni niyalma tucibufi tuwakiyabu. ehe facuhūn niyalmai tucire dosire be saikan baica. boigon i

---

二月十一日，都堂頒書諭石副將、劉副將、陳遊擊曰：「南關廂[25]城門，不必由諸申鎮守。著遣爾等之人鎮守，妥善嚴查奸宄悖亂之人出入。

二月十一日，都堂颁书谕石副将、刘副将、陈游击曰：「南关厢城门，不必由诸申镇守。着遣尔等之人镇守，妥善严查奸宄悖乱之人出入。

---

[25] 關廂，《滿文原檔》寫作"kuwaili"、《滿文老檔》讀作"guwali"，意即「城郊」。

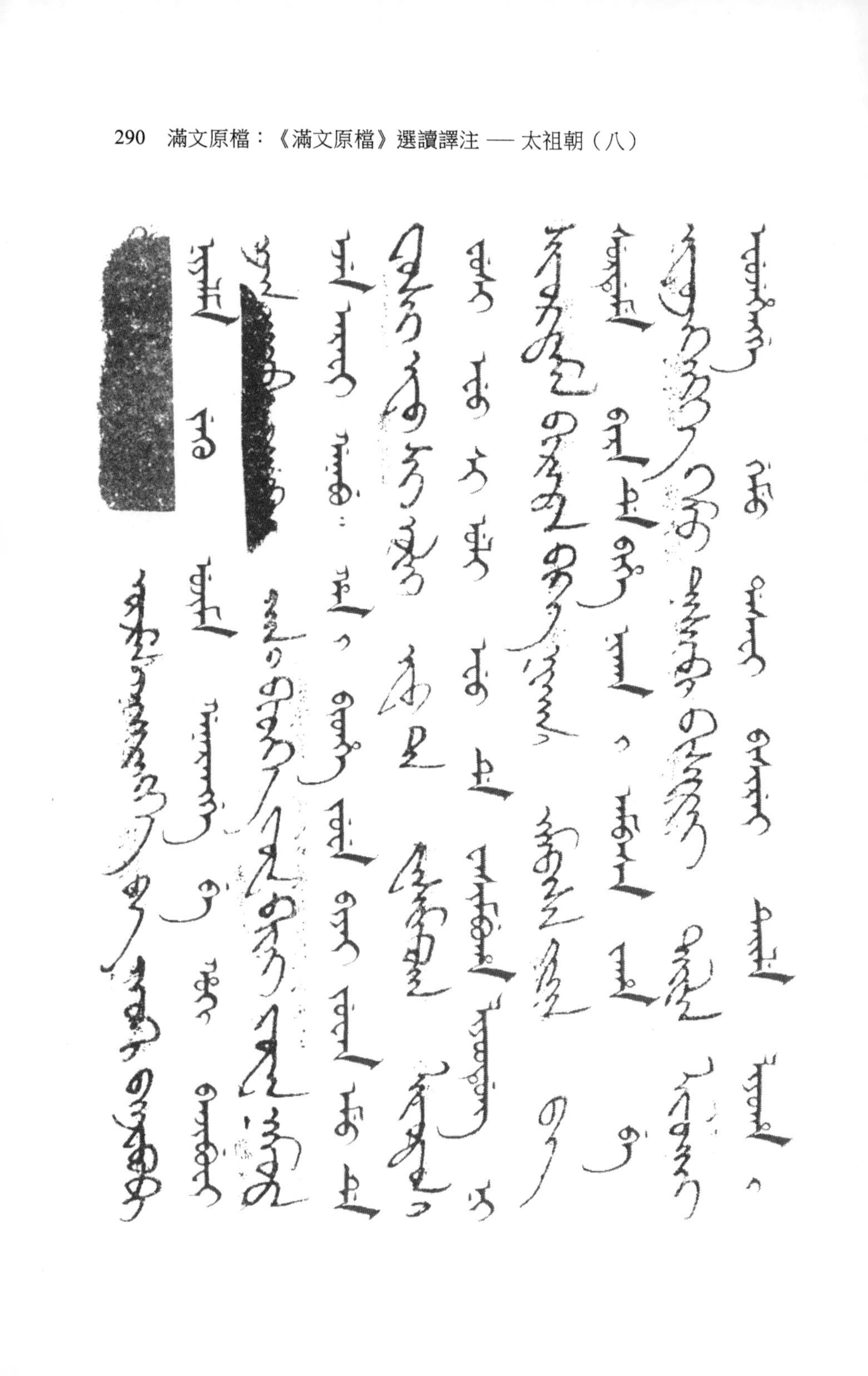

niyalma jeku ujima ganarangge be, hoki banjibufi ejen arafi ganabu. han i bithe, juwe biyai juwan emu de, fusi efu, si uli efu de wasimbuha, liyoodung ni šurdeme bira de bihe nikan i ambasa jaha be efujehengge gemu dasafi, bisirei teile lioha i

---

凡編戶之人及取糧畜者，編隊設主取之。」二月十一日，汗頒書諭撫順額駙、西烏里額駙曰：「著將遼東周圍河中所有漢人之大刀船損壞者皆加修理，

凡编户之人及取粮畜者，编队设主取之。」二月十一日，汗颁书谕抚顺额驸、西乌里额驸曰：「着将辽东周围河中所有汉人之大刀船损坏者皆加修理，

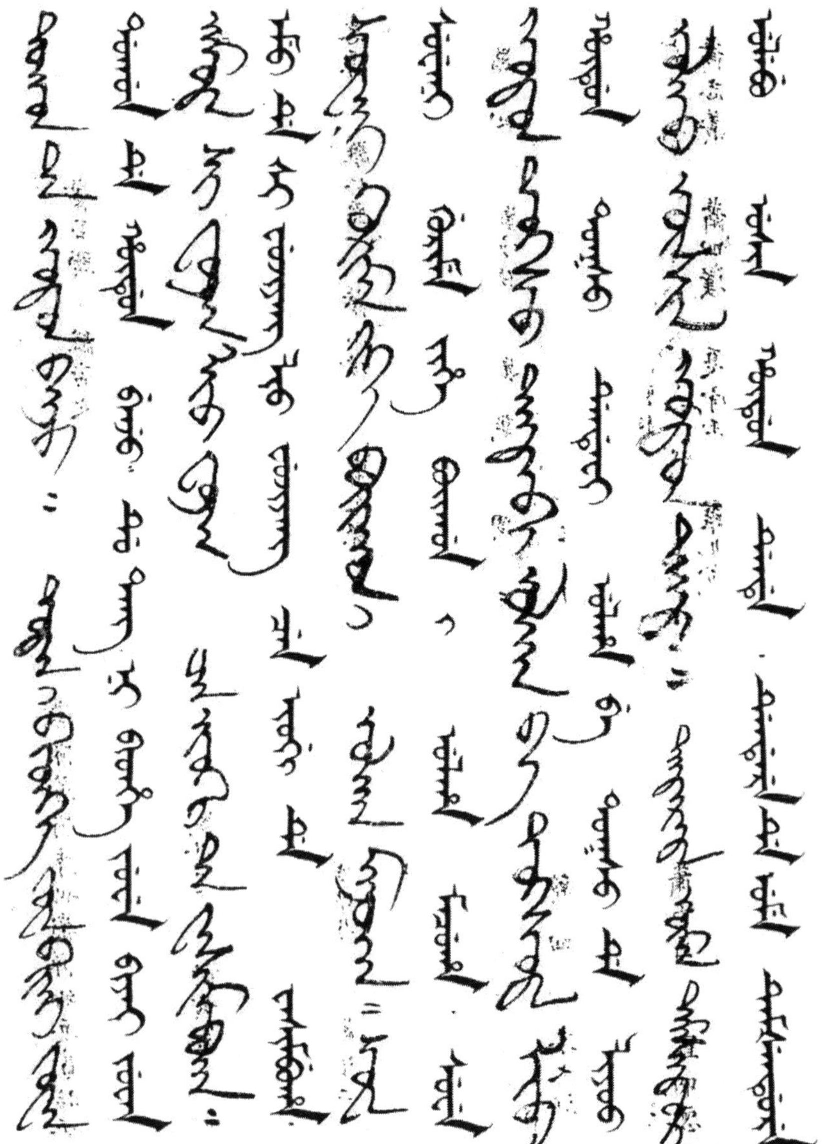

dogon de hūdun benju. du tang ni bithe, juwe biyai juwan emu de, ši fujiyang, lio fujiyang, cen iogi de wasimbuha, suweni gurime jihe boigon i ulha macuha, suwe hūdun tokso dendefi ulha be tokso de liyoo ulebu usin hūdun dende. dendere de ume temšendure,

---

作速送至遼河渡口處。」二月十一日，都堂頒書諭石副將、劉副將、陳遊擊曰：「爾等遷戶口之牲畜已羸瘦，著爾等速行分屯，於各屯餵養牲畜，並速行分田。分田時，勿得相爭，

作速送至辽河渡口处。」二月十一日，都堂颁书谕石副将、刘副将、陈游击曰：「尔等迁户口之牲畜已羸瘦，着尔等速行分屯，于各屯喂养牲畜，并速行分田。分田时，勿得相争，

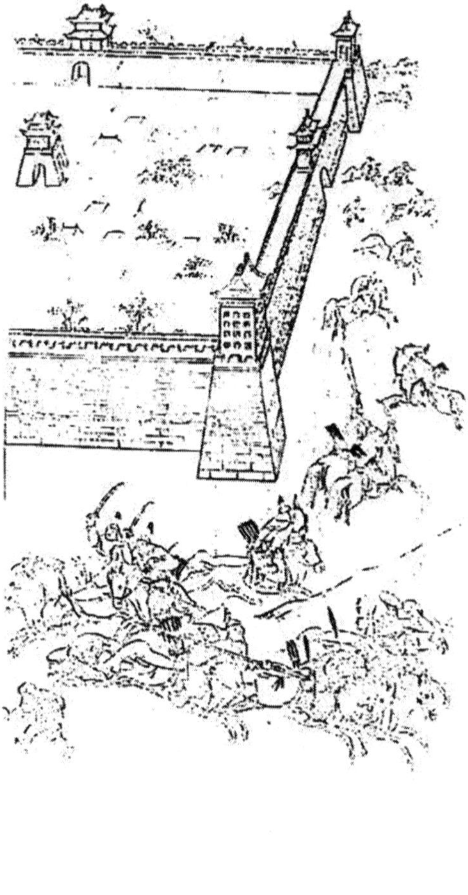

二十三、架設橋樑

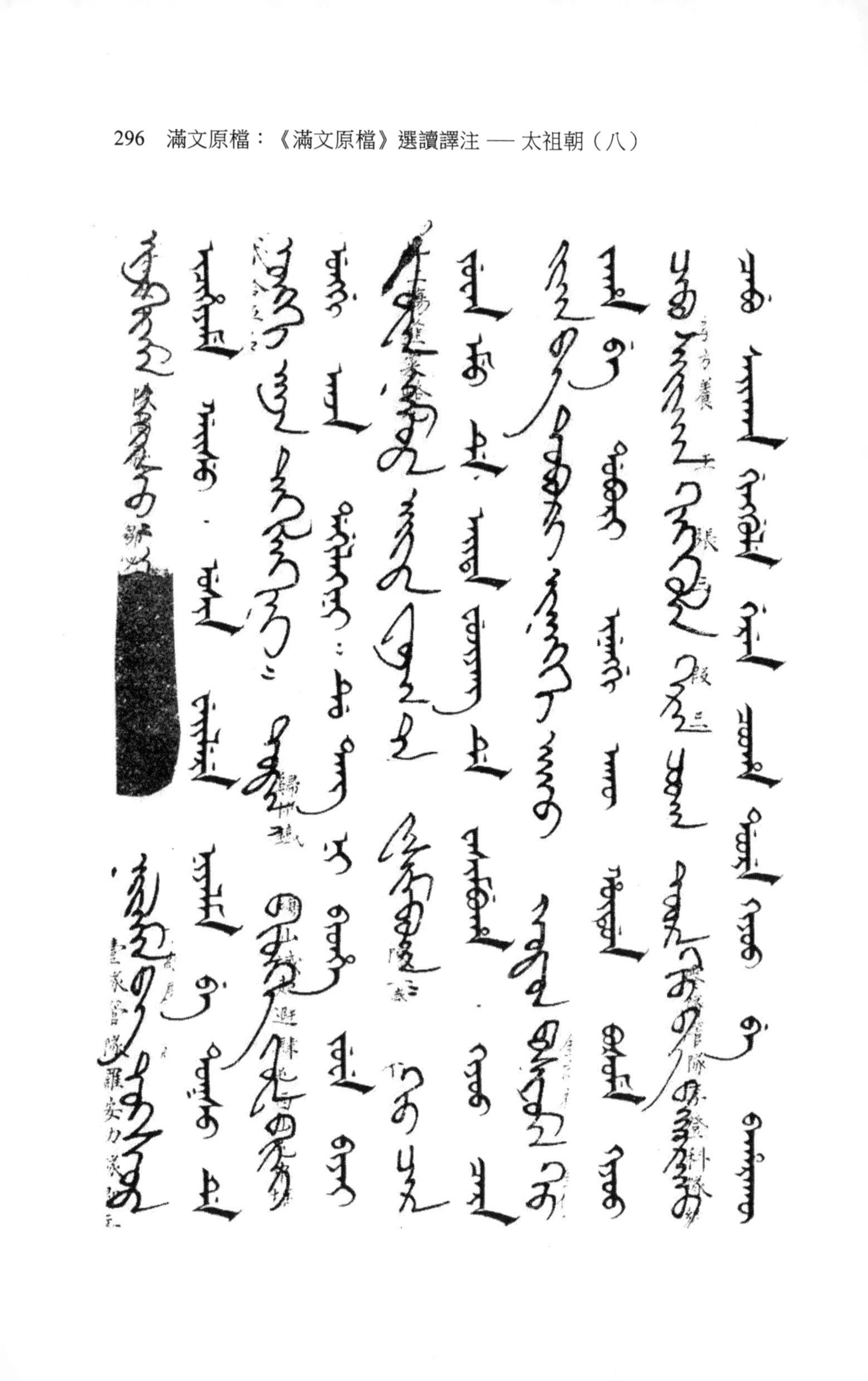

icihiyame gaisu. usin weilere niyalma be tokso de unggi, anja dagilakini. du tang ni bithe, juwe biyai juwan emu de aita fujiyang de wasimbuha, kiyoo cara jaha be, dobori inenggi akū hūdun bošome kiyoo cabu saikan ginggule, geren cooha doore kiyoo be baharakū

按分配領取之。耕田之人，遣往屯中，令其置辦犁杖。」二月十一日，都堂頒書諭愛塔副將曰：「著不分晝夜從速督促架橋之小刀船，令其作速架橋，妥善敬謹從事，恐延誤大軍渡橋，

按分配领取之。耕田之人，遣往屯中，令其置办犁杖。」二月十一日，都堂颁书谕爱塔副将曰：「着不分昼夜从速督促架桥之小刀船，令其作速架桥，妥善敬谨从事，恐延误大军渡桥，

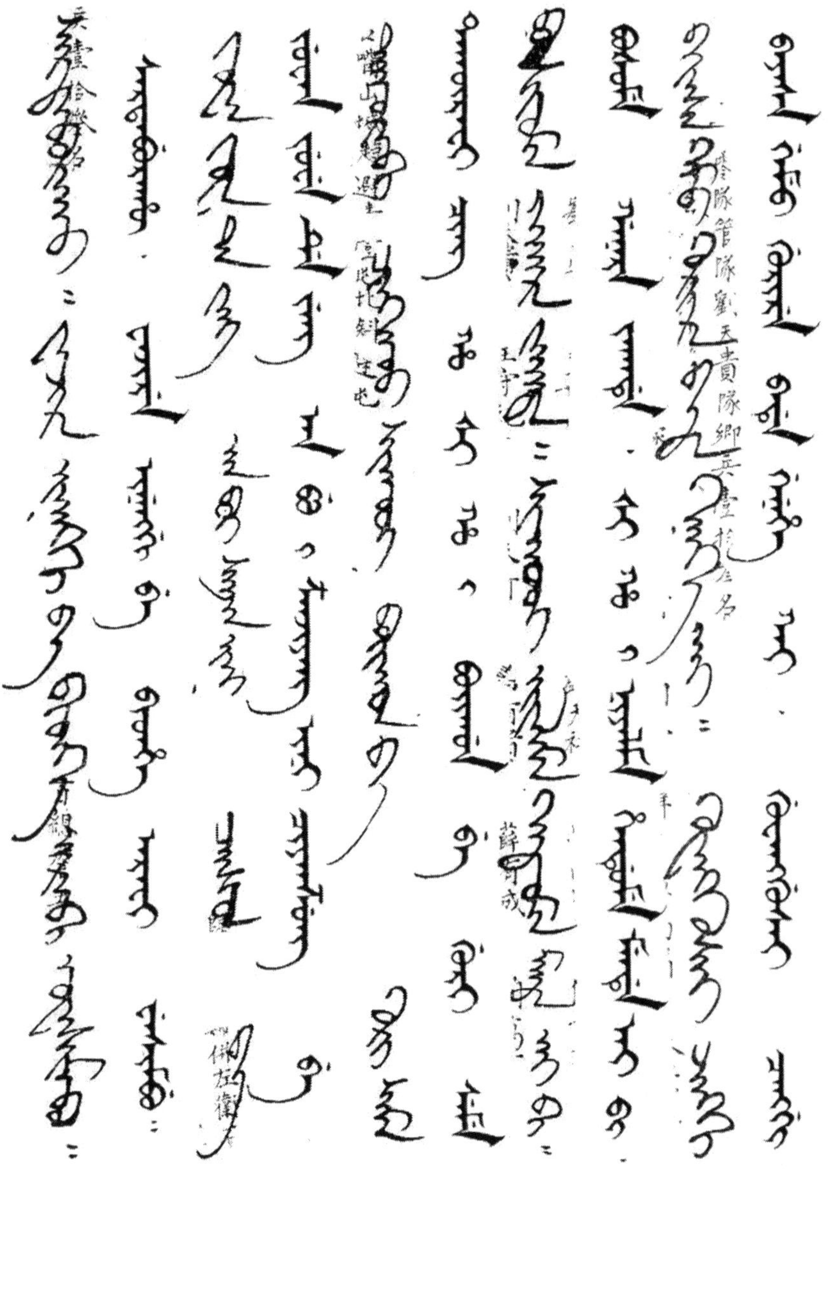

sartaburahū. wajire inenggi be bithe arafi wesimbu. juwan juwe de, jeng an pu i ts'anjiyang, ini ciyandzung be takūrafi cing ho, ši ho i boigon be guri seme bošome ganara jakade, ši ho i niyalma hendume, mende ai bi, bayasa gemu gurire bade genehe kai, guwanggusai canggi

---

竣工日期，繕書奏聞。十二日，鎮安堡參將遣其千總來告：「前往督催遷移清河、石河之戶口時，石河之人稱：『我等一無所有，富戶已前往遷移之地，惟留光棍在此也。』

竣工日期，缮书奏闻。十二日，镇安堡参将遣其千总来告：「前往督催迁移清河、石河之户口时，石河之人称：『我等一无所有，富户已前往迁移之地，惟留光棍在此也。』

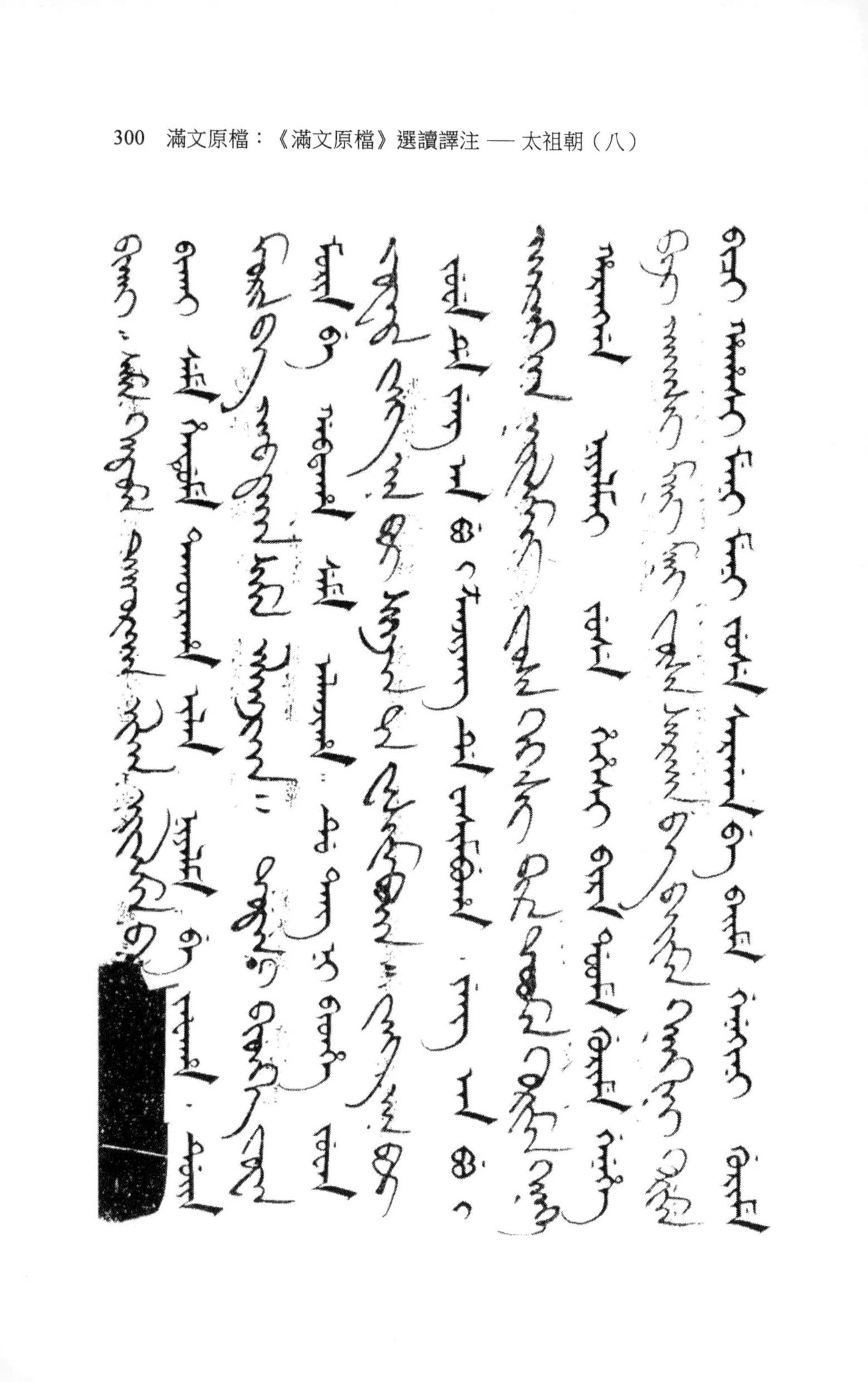

[illegible]

bikai seme hendume, takūraha ilan niyalma be jafaha, duin morin be gabtaha seme alanjiha. du tang ni bithe juwan juwe de, jeng an pu i ts'anjiyang de wasimbuha, jeng an pu i harangga niyalmai juse hehesi, bira doome gurime genehe bici, hahasi meni meni juse sargan be baime genekini. gurime

---

遂縛所遣三人，射馬四匹。」十二日，都堂頒書諭鎮安堡參將曰：「鎮安堡所屬人之婦孺，若有渡河遷移者，則准男丁往尋各自之妻孥。

遂缚所遣三人，射马四匹。」十二日，都堂颁书谕镇安堡参将曰：「镇安堡所属人之妇孺，若有渡河迁移者，则准男丁往寻各自之妻孥。

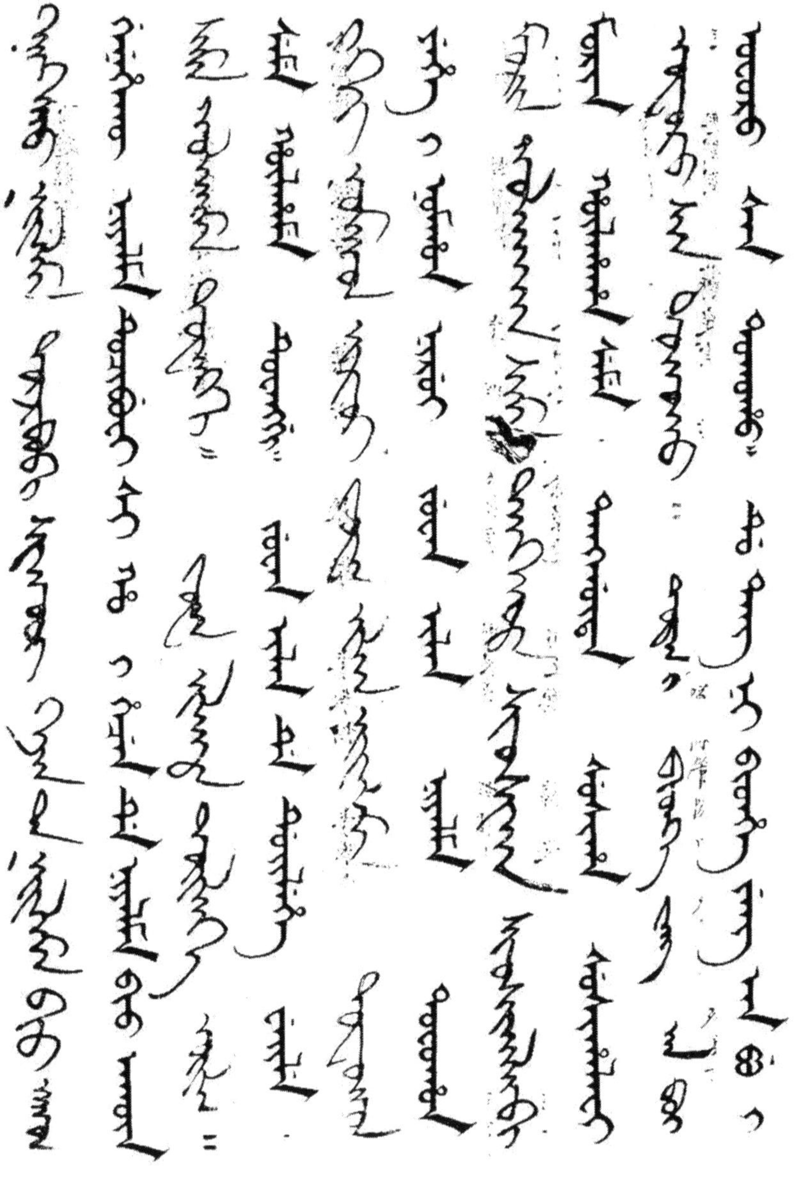

genehekū niyalma tucibufi ši ho i hecen de niyalma bio akūn seme hūlhame tuwanggi. juwan ilan de duilehe weile, yehe i nomhon nirui juwan ilan niyalma, tofohon morin hūlhaha seme, tanggūta šusiha šusihalafi oforo, šan tokoho. du tang ni bithe, jeng an pu i

---

著遣未遷往之人，暗探石河城內是否有人。」十三日所審案件：葉赫之諾木渾牛彔之十三人，因盜馬十五匹，鞭打各一百鞭，刺耳鼻。都堂頒書諭鎮安堡參將曰：

着遣未迁往之人，暗探石河城内是否有人。」十三日所审案件：叶赫之诺木浑牛录之十三人，因盗马十五匹，鞭打各一百鞭，刺耳鼻。都堂颁书谕镇安堡参将曰：

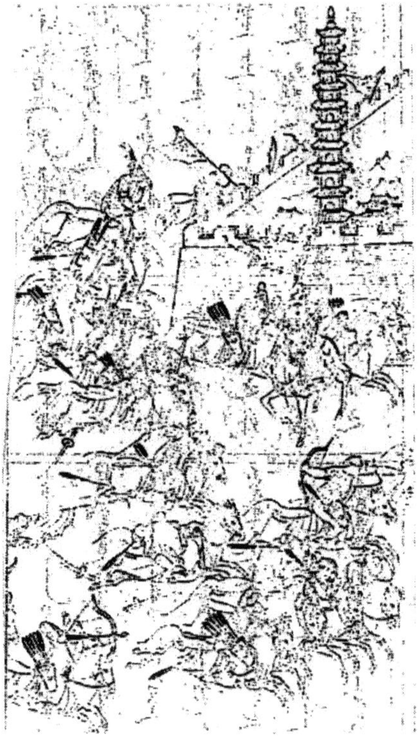

二十四、煎熬官鹽

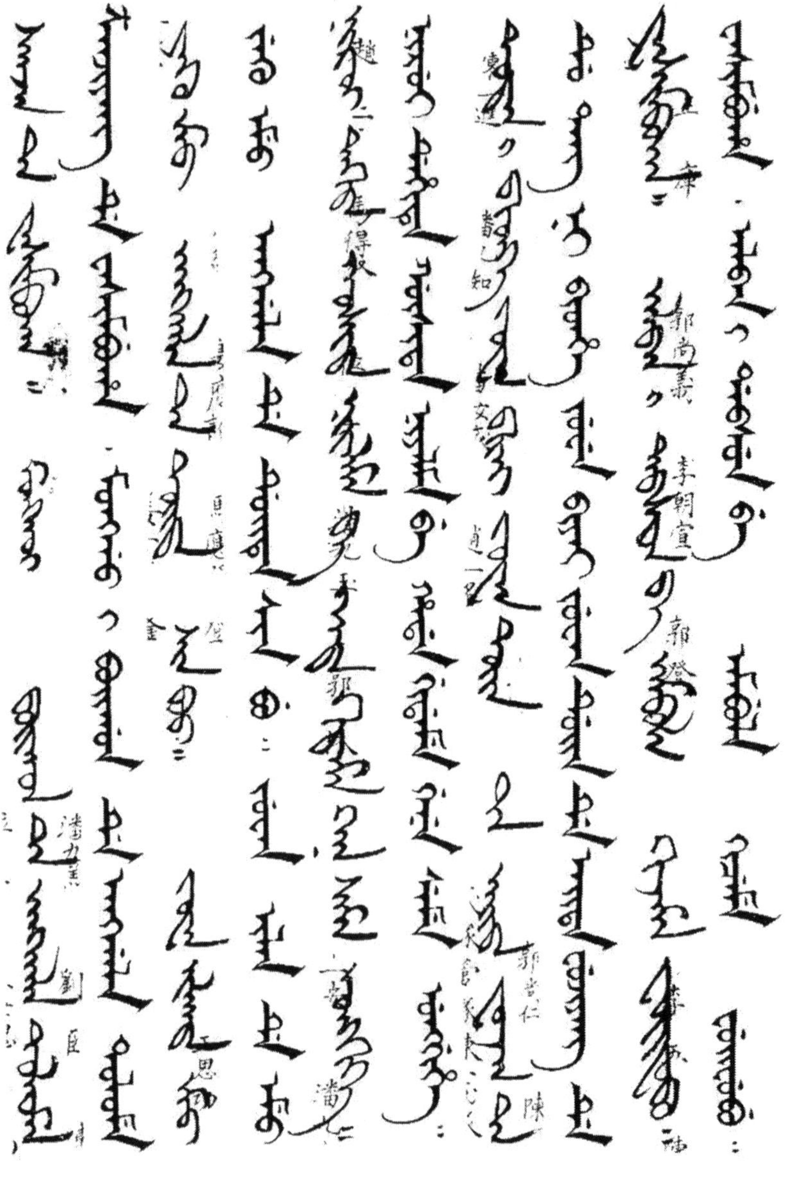

ts'anjiyang de wasimbuha, monggo i boigon de anggala tolome, jeku emu anggala de duite sin bu. juwan ilan de emu nirui dehite gūsita niyalma be, hada gidame gene seme unggihe. du tang ni bithe, juwe biyai juwan duin de, aita fujiyang de wasimbuha, alban i dabsun be ambula kiceme fuifubu.

「著清點蒙古之戶口，每口給糧各四斗。」十三日，命每牛彔遣各四十人或三十人往擊山峰。二月十四日，都堂頒書諭愛塔副將曰：「著更加勤奮煎熬官鹽。」

「着清点蒙古之户口，每口给粮各四斗。」十三日，命每牛彔遣各四十人或三十人往击山峰。二月十四日，都堂颁书谕爱塔副将曰：「着更加勤奋煎熬官盐。」

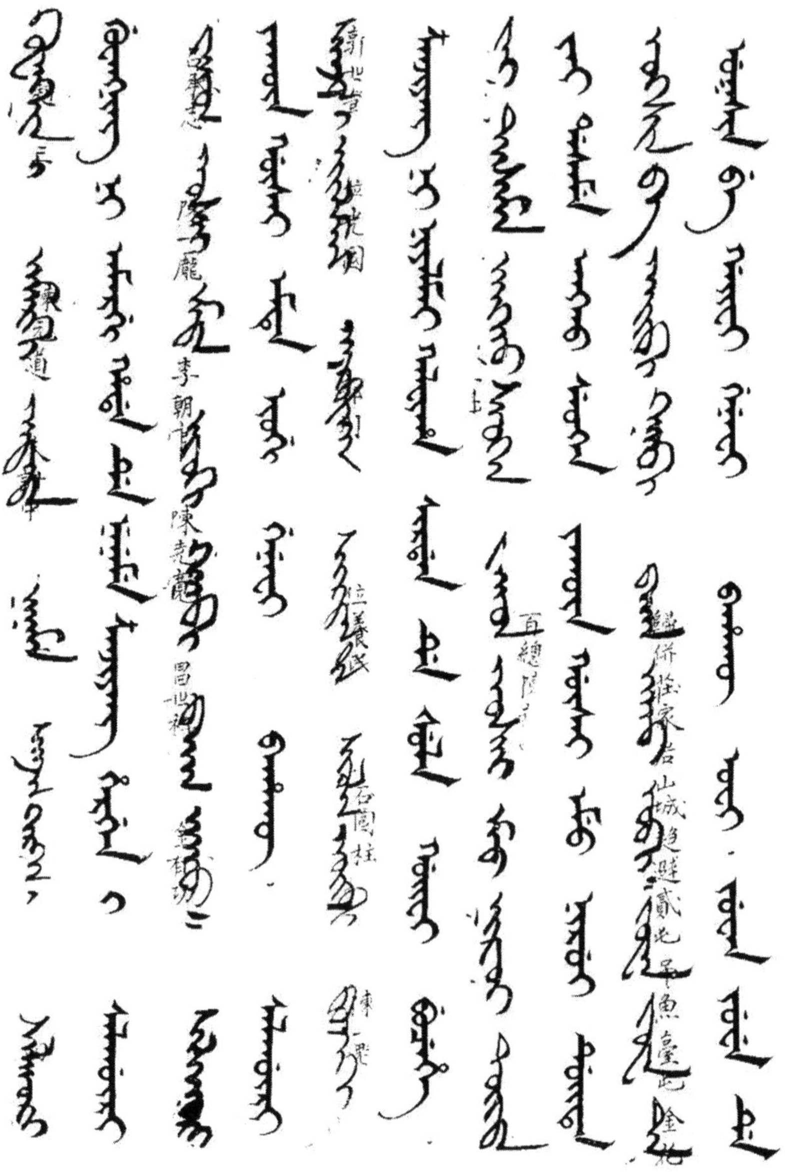

guwangning ni amargi hada de, neneme ts'anjiyang hergen i salgūri, jakūn gūsai emte iogi genefi bahakū. salgūri ts'anjiyang ni niyalmai kalfiha sirdan de šula goifi bucehe. jai dasame angko, seoken, jakūn gūsai emu nirui duite uksin be gaifi genefi bahakū ofi, juwan juwe de

---

參將薩勒古里先率八旗遊擊各一人往攻廣寧北山峰，不克。舒喇身中參將薩勒古里屬下人之流箭[26]身亡。復又命昂古、叟肯率八旗每牛彔披甲各四人往攻，因又未克，

参将萨勒古里先率八旗游击各一人往攻广宁北山峰，不克。舒喇身中参将萨勒古里属下人之流箭身亡。复又命昂古、叟肯率八旗每牛彔披甲各四人往攻，因又未克，

---

[26] 流箭，句中「流」，《滿文原檔》寫作"karbika"，《滿文老檔》讀作"kalfiha"，意即「遠射的」。

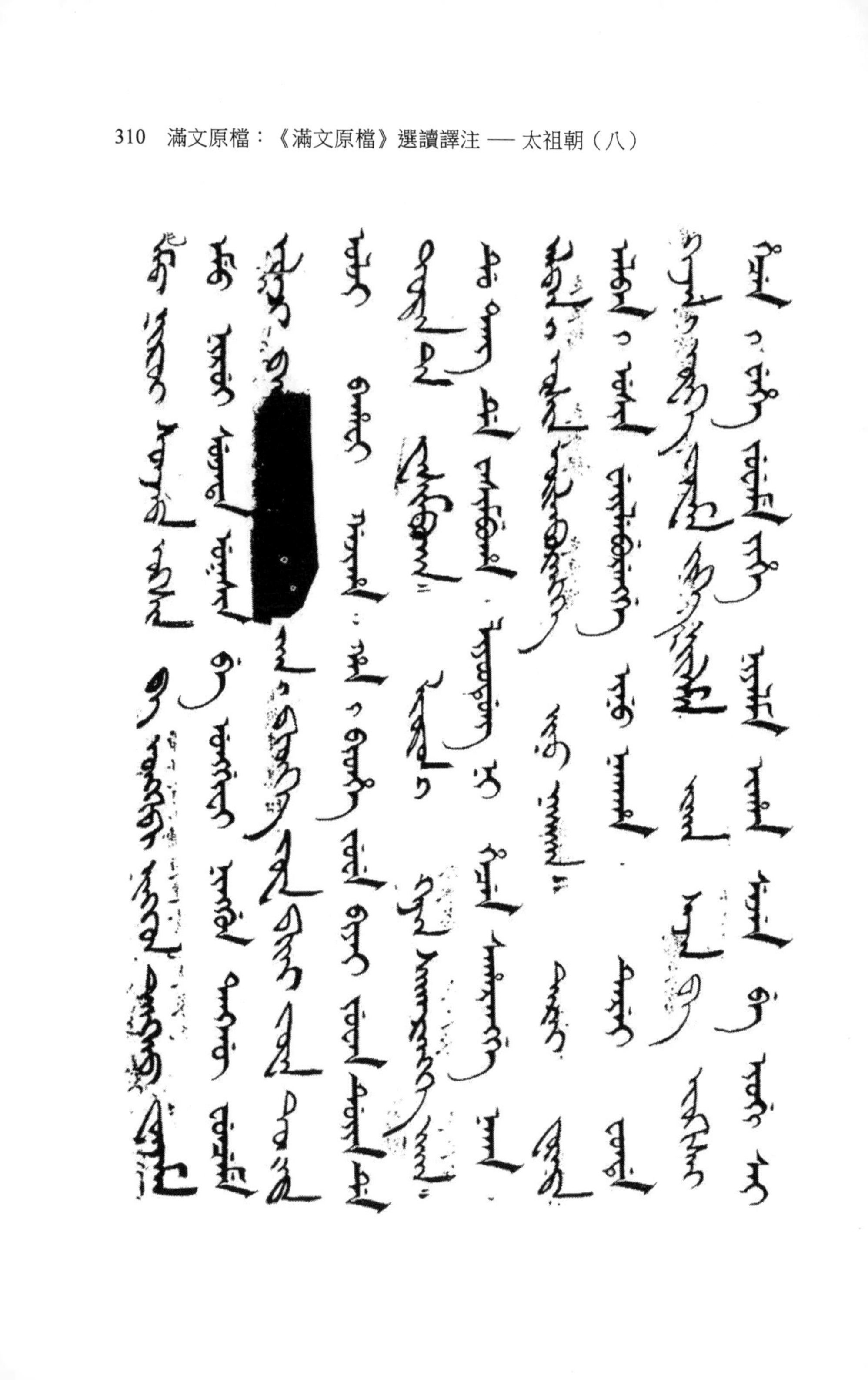

emu nirui sunjata uksin be unggifi, ninggun tanggū funceme olji bahafi gajiha. han i bithe, juwe biyai juwan duin de du tang de wasimbuha, liyoodung ni hecen saharangge naka, alban i usin weileburengge inu nakaha. terei fonde hecen i wehe juweme jihe niyalma, ihan sejen be iogi sai

---

遂於十二日遣每牛彔披甲各五人前往，乃俘獲六百餘人攜回。二月十四日，汗頒書諭都堂曰：「著停築遼東城，亦停止耕種官田。其時前來運送城石之人、牛車，

遂于十二日遣每牛彔披甲各五人前往，乃俘获六百余人携回。二月十四日，汗颁书谕都堂曰：「着停筑辽东城，亦停止耕种官田。其时前来运送城石之人、牛车，

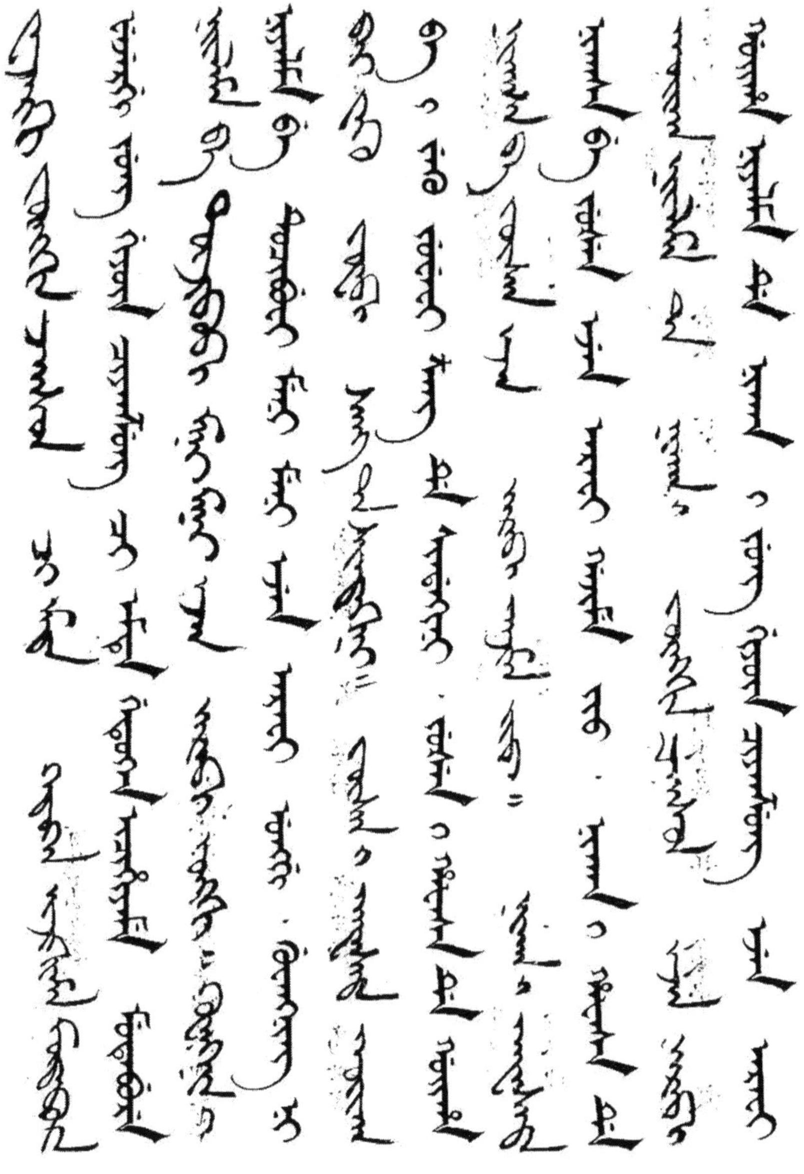

fejergi, jung giyūn, ciyandzung ci emte getuken icihiyame mutebure niyalma be tucibufi, meni meni ejen arafi unggi, guwangning ni ba i jeku juwefi ts'ang de sindakini. jušen i hafasa de goiha nikasa be, jušen ejen arafi gajime jio, nikan i hafasa de goiha niyalma de, nikan i jung giyūn, ciyandzung, ejen arafi

---

由遊擊下之中軍、千總內派幹練各一人為長，督運廣寧地方之糧存放於倉中。抽中分給諸申官員之漢人，以諸申為主攜來；抽中分給漢人官員之人，以漢中軍、千總為主攜至。

由游击下之中军、千总内派干练各一人为长，督运广宁地方之粮存放于仓中。抽中分给诸申官员之汉人，以诸申为主携来；抽中分给汉人官员之人，以汉中军、千总为主携至。

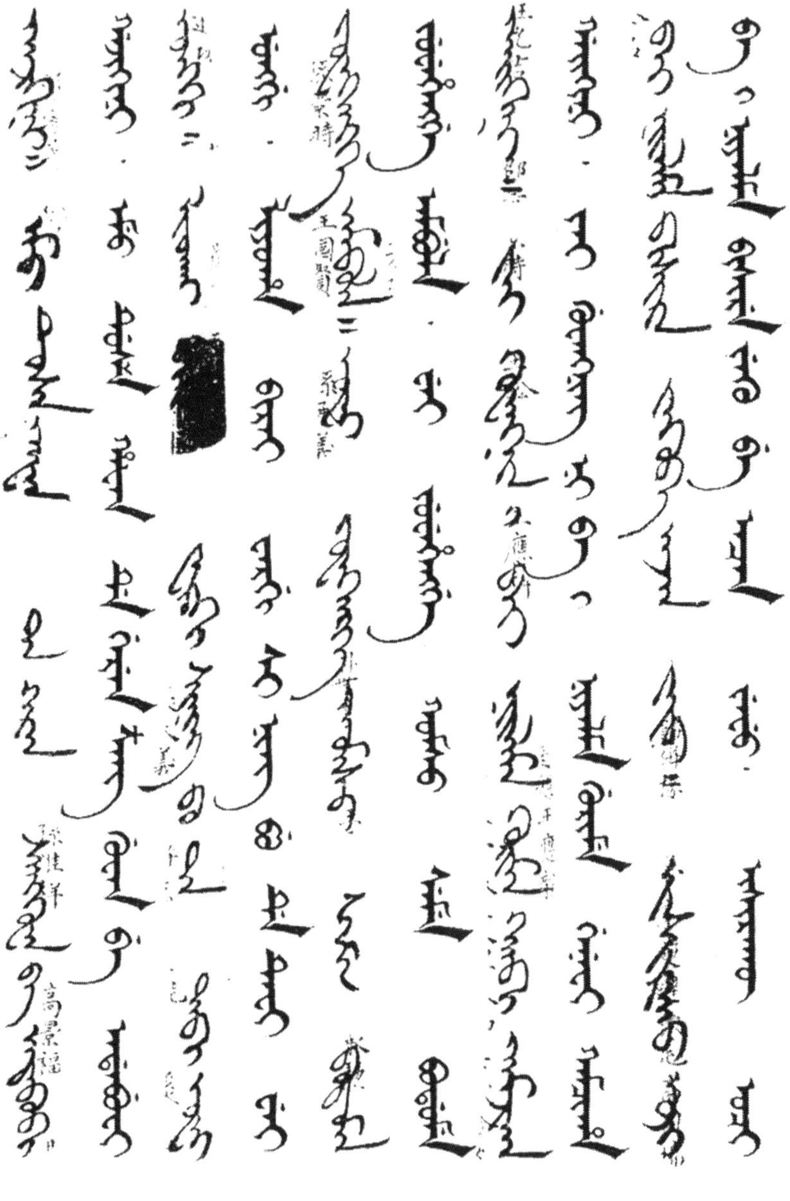

gajikini. emu dusy hafan de, geren ts'ang guwan be adabufi unggi, liyoha birai wargi si ning pu de tefi, wei juwehengge ambula, wei juwehengge komso seme bodome gaikini. jai guwangning ni ba i niyalma gurime genefi kamciha ba i niyalma bisire jeku be acan jefu. isirakū oci

---

遣都司陪同衆倉官，駐於遼河西之西寧堡，以計誰所運多，誰所運少。又廣寧地方之人遷往後，合喫雜居地方之人所有糧穀。倘若不敷

遣都司陪同众仓官，驻于辽河西之西宁堡，以计谁所运多，谁所运少。又广宁地方之人迁往后，合吃杂居地方之人所有粮谷。倘若不敷

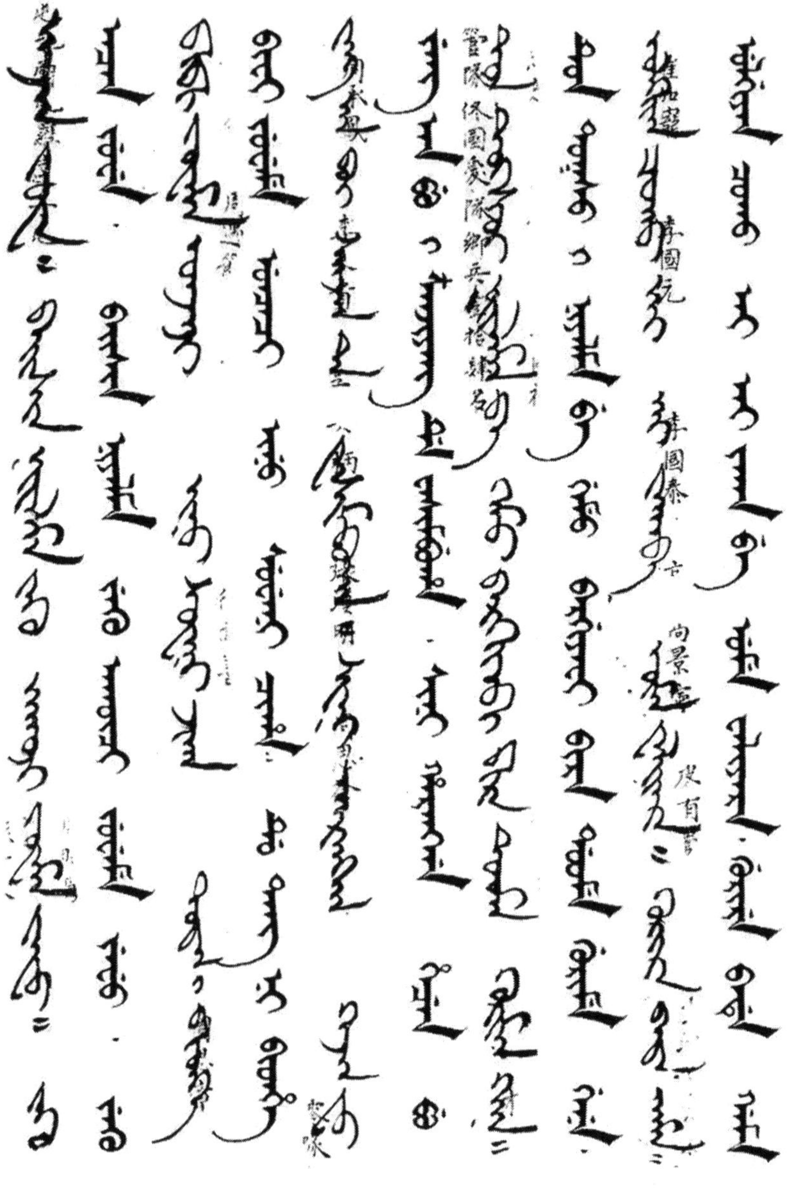

acan juwe, baisin niyalma jeku akūci juweme jefu, jeku bifi juweme uncaci, inu suweni ciha. du tang ni bithe, jeng an pu i ts'anjiyang de wasimbuha, sini harangga hecen pu, tun tokso i niyalma be, gemu bargiyafi bira doome gurime gene. ulgiyan coko ai ai jaka be ume waliyara, gurire bade gama.

則合運，百姓人等若無糧穀，則運來食之。有糧穀運售，亦聽爾便。」都堂頒書諭鎮安堡參將曰：「著爾將所屬城堡、莊屯之人，皆聚集渡河遷往，其豬、雞諸物，勿得遺棄，著攜往遷移之處。

则合运，百姓人等若无粮谷，则运来食之。有粮谷运售，亦听尔便。」都堂颁书谕镇安堡参将曰：「着尔将所属城堡、庄屯之人，皆聚集渡河迁往，其猪、鸡诸物，勿得遗弃，着携往迁移之处。

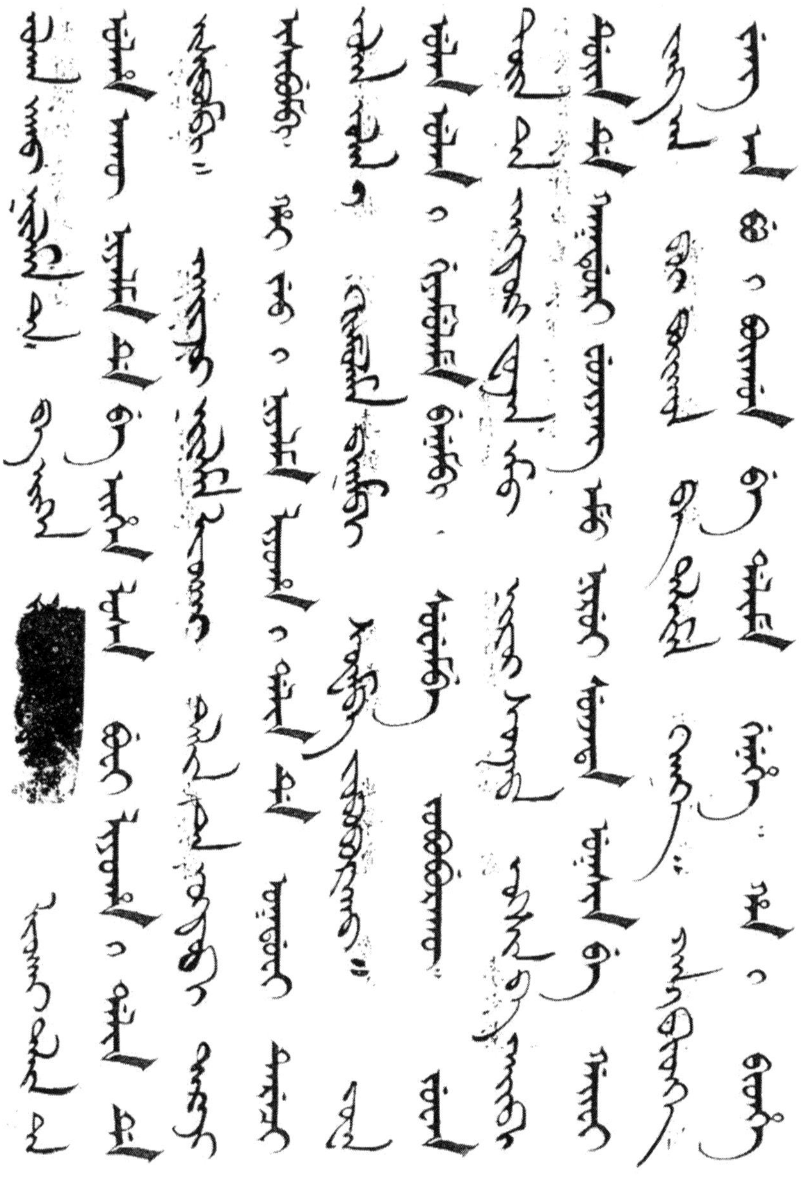

ulha akū niyalma de, be eihen losa bufi, liyoha i dalin de isibumbi, hai jeo i niyalma, liyoha i dalin de okdofi tereci ulan ulan i giyamulame benembi, suwembe joboburakū. juwan duin de, kakduri fujiyang emu nirui sunjata uksin be gaifi, jeng an pu i boigon be dalime genehe. han i bithe,

---

無牲畜之人，我等給與驢、騾，送至遼河之岸，海州之人將迎於遼河之岸，由此按驛遞送，俾爾等不致勞苦。」十四日，喀克都里副將率每牛彔披甲各五人，前往趕回鎮安堡戶口。

无牲畜之人，我等给与驴、骡，送至辽河之岸，海州之人将迎于辽河之岸，由此按驿递送，俾尔等不致劳苦。」十四日，喀克都里副将率每牛彔披甲各五人，前往赶回镇安堡户口。

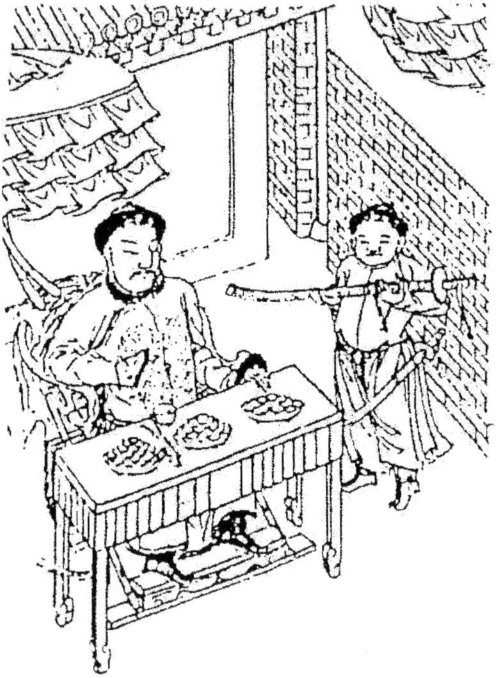

二十五、福晉格格

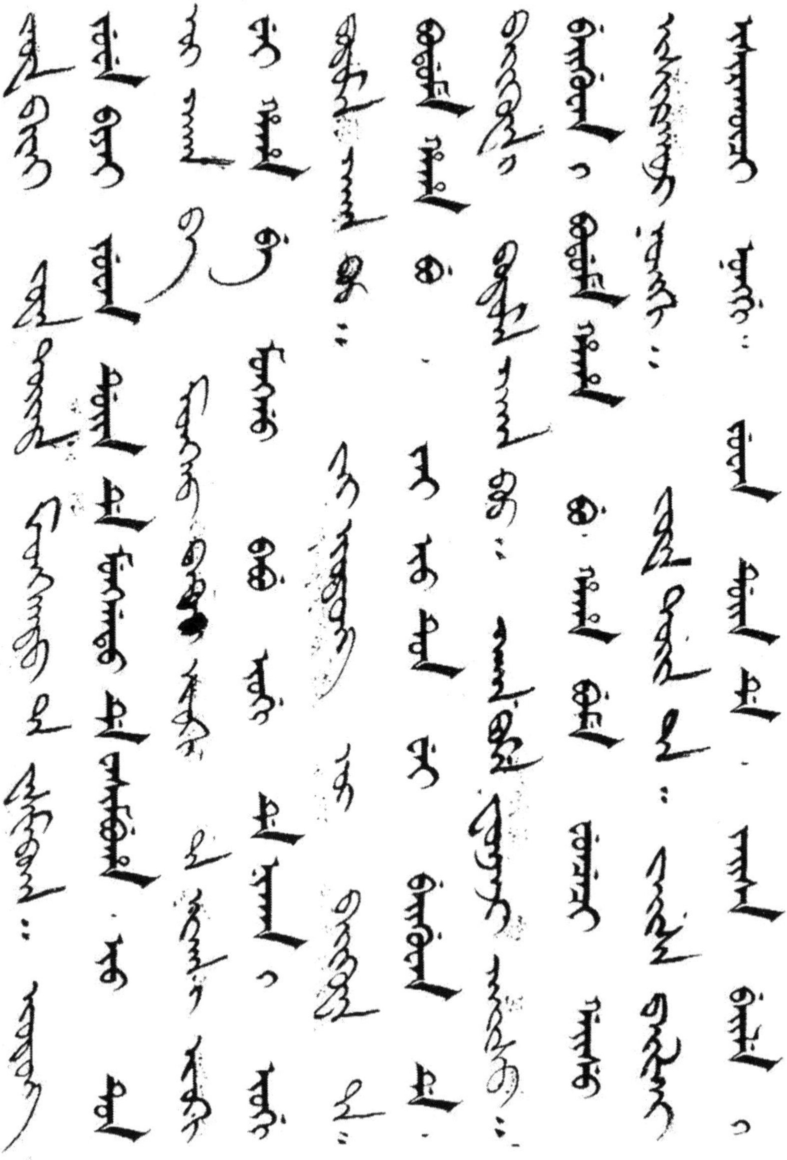

juwe biyai juwan duin de munggatu de wasimbuha, io tun wei haha be monggo babu iogi de, nikan i iogi bodome haha pu. jai io tun wei beiguwan de beiguwan i bodome haha bu. haha bume funceci gaisu, isirakūci nonggi. juwan duin de, jaisa beile i

---

二月十四日，汗頒書諭蒙噶圖曰：「著將右屯衛男丁計算漢遊擊所得男丁數，賜與蒙古巴布遊擊。再，右屯衛備禦官，則計算備禦官之數賜與男丁。賜與男丁若有餘剩，則取之，倘若不足，則增之。」十四日，

二月十四日，汗颁书谕蒙噶图曰：「着将右屯卫男丁计算汉游击所得男丁数，赐与蒙古巴布游击。再，右屯卫备御官，则计算备御官之数赐与男丁。赐与男丁若有余剩，则取之，倘若不足，则增之。」十四日，

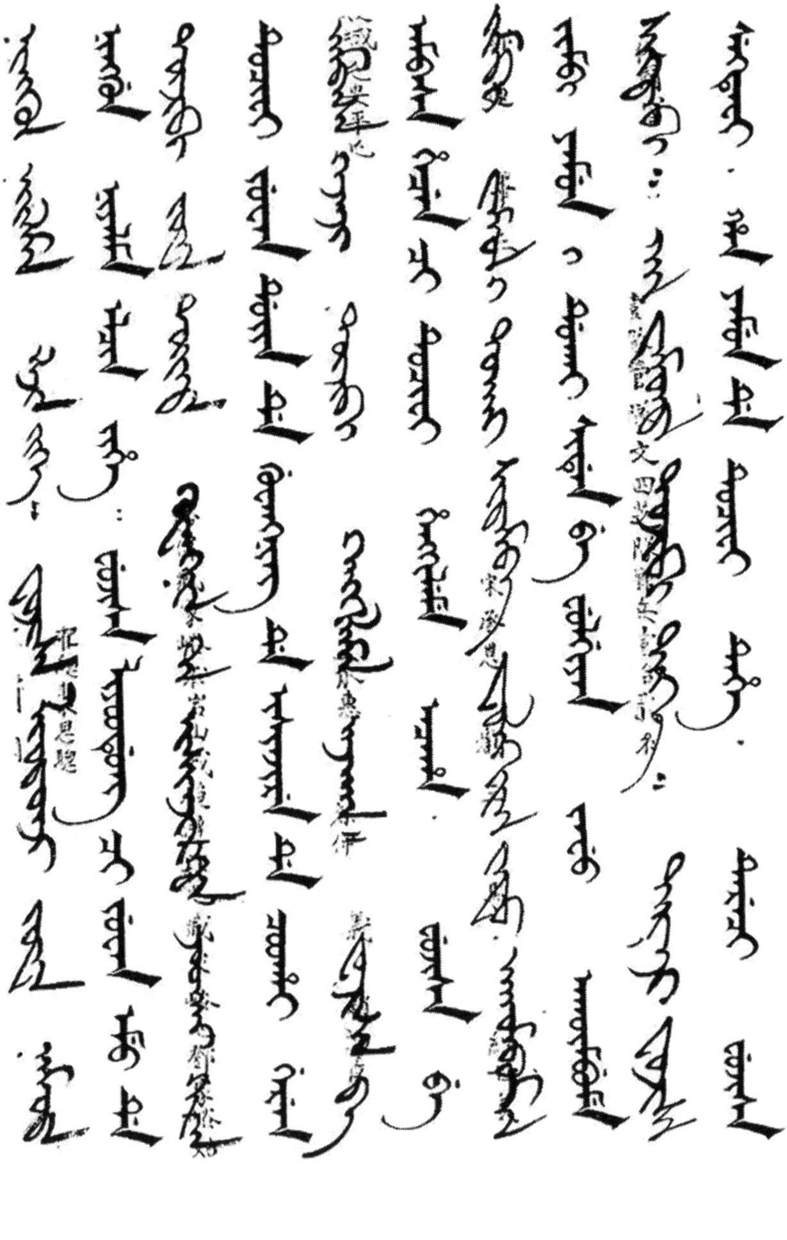

ninggun niyalma elcin jihe. fujisa, liyoodung ci juwan emu de tucifi, juwan duin de guwangning de isinjire de, coohai geren ambasa hecen ci tucifi hengkileme acaha. fujisa be jimbi, yamun i dukai siden be fulgiyan jafu akūmbume sektefi, han yamun de tucifi tehe, tereci fujisa

---

齋薩貝勒遣使者六人前來。福晉們於十一日自遼東出來，十四日，至廣寧，統兵衆大臣出城叩見。因福晉們前來，衙門之門口盡鋪紅氈。汗御衙門，福晉們

斋萨贝勒遣使者六人前来。福晋们于十一日自辽东出来，十四日，至广宁，统兵众大臣出城叩见。因福晋们前来，衙门之门口尽铺红毡。汗御衙门，福晋们

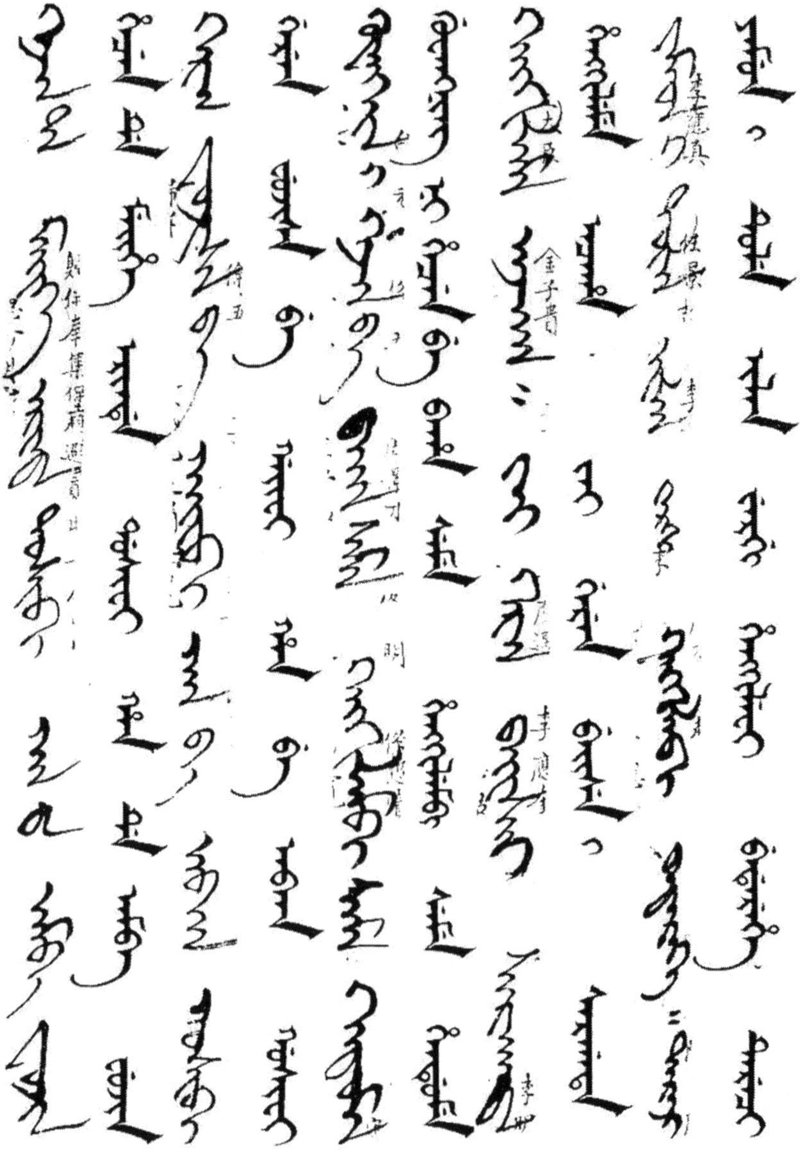

hecen de meihe erinde dosifi han de, amba fujin geren fujisa be gaifi han be, abka gosifi guwangning ni hecen be baha seme hengkilembi seme hendume, hengkileme acaha. jai geren beise i sargata, yamun i tule ilan jergi hengkilefi bederehe. tereci

---

於巳時入城，大福晉率衆福晉們叩見汗，稱：「汗蒙天眷，乃得廣寧城。」再者，衆貝勒之妻，在衙門外三叩首而退。

于巳时入城，大福晋率众福晋们叩见汗，称：「汗蒙天眷，乃得广宁城。」再者，众贝勒之妻，在衙门外三叩首而退。

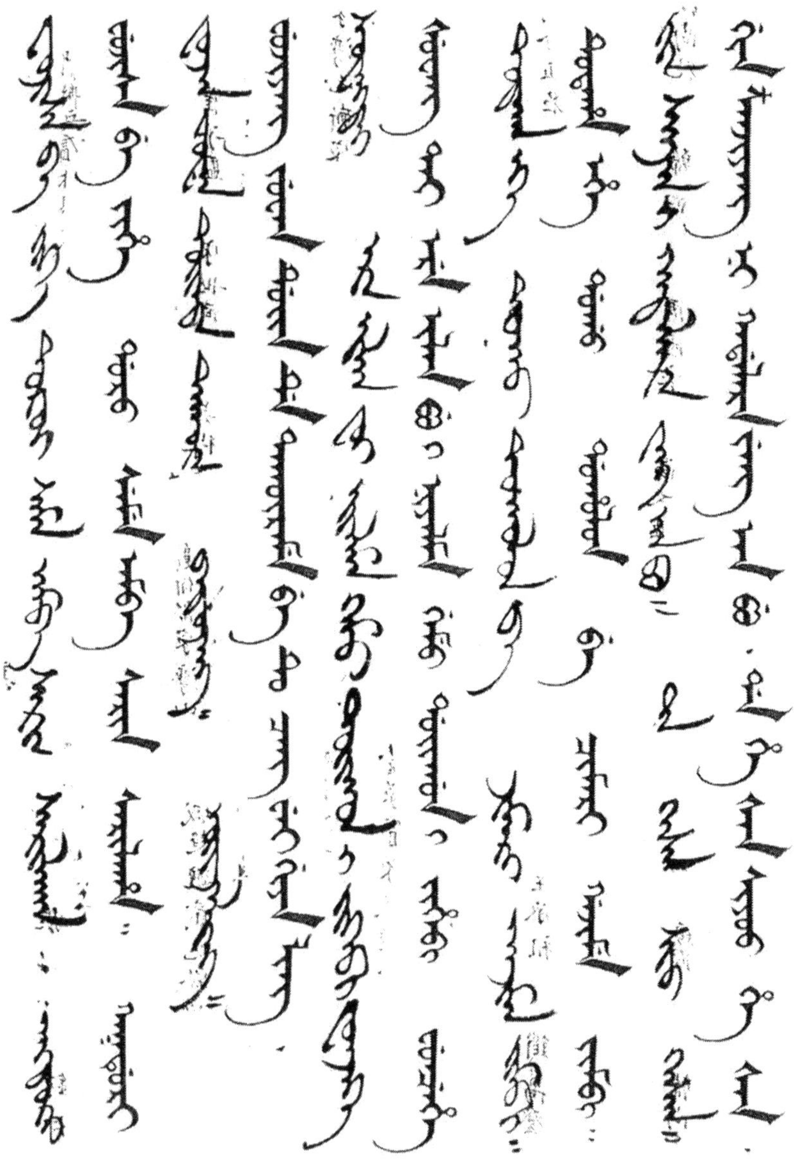

fujisa be jihe doro seme amba sarin sarilaha. kakduri fujiyang, juwan duin de takūrame, be tu cang, wei giya ling, šuwang tai, ere ilan pu i niyalma gemu doigon i jihebi, funcehe tutaha ehe dogo doholon be cimari gajime jimbi. gin ts'anjiyang ni kadalara jeng an pu, da he šan, siyoo he šan,

---

其後，以迎福晉們前來之禮，設大筵宴之。十四日，喀克都里副將遣人令白土場、魏家嶺、雙臺三堡之人皆先期前來，其餘落後之盲瘸殘疾者於次日帶來。金參將所管之鎮安堡、大黑山、小黑山、

其后，以迎福晋们前来之礼，设大筵宴之。十四日，喀克都里副将遣人令白土场、魏家岭、双台三堡之人皆先期前来，其余落后之盲瘸残疾者于次日带来。金参将所管之镇安堡、大黑山、小黑山、

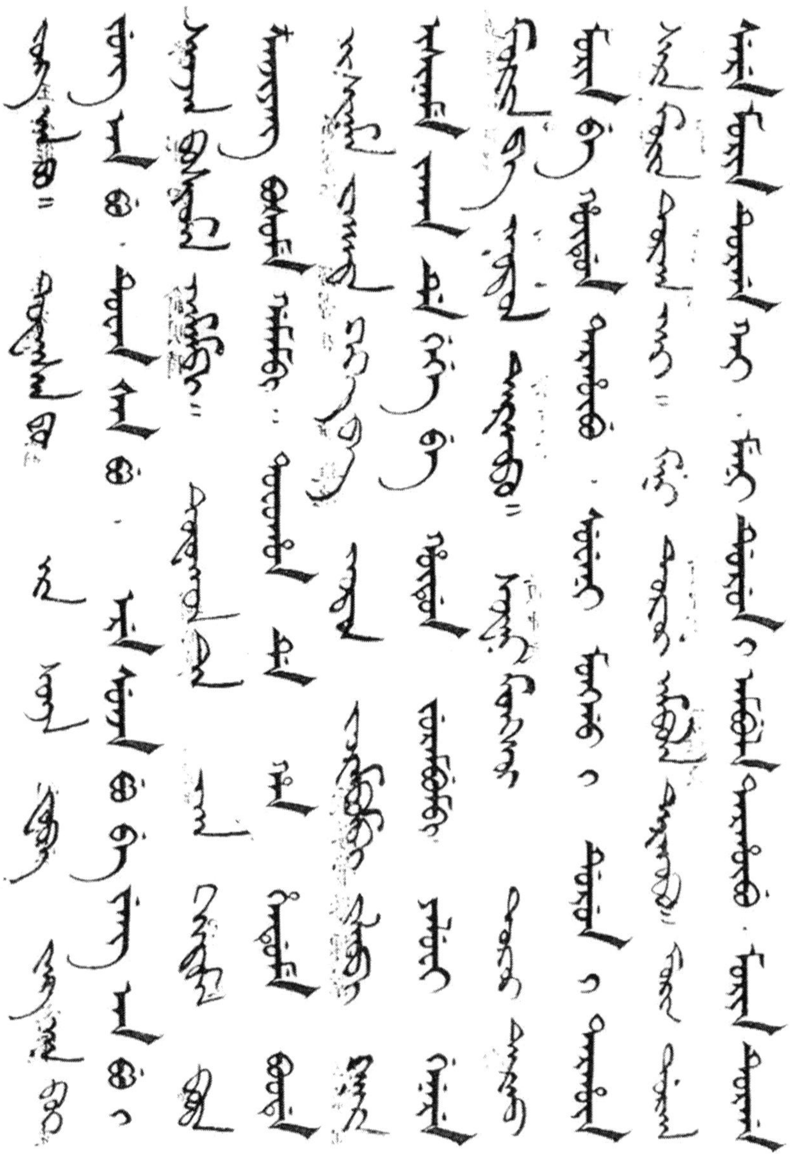

jung an pu, tuwan šan pu, ere sunja pu be, jeng an pu i ts'anjiyang bošome gamambi. tofohon de han hendume, boode isiname jakade, gege be hūdun jurambumbi, yalufi genere morin be hūdun tarhūbu. suweni monggo i durun i tarhūn sere morin turga kai. meni durun i ambula tarhūbu, morin turga

---

中安堡、團山堡等五堡，歸鎮安堡參將督理。十五日，汗曰：「因即將到家，故令格格從速啟行，其前往乘騎之馬著從速養肥。爾等蒙古所謂肥馬模樣，實則瘦馬也。務照我等肥馬模樣餵養更肥，

中安堡、团山堡等五堡，归镇安堡参将督理。十五日，汗曰：「因即将到家，故令格格从速启行，其前往乘骑之马着从速养肥。尔等蒙古所谓肥马模样，实则瘦马也。务照我等肥马模样喂养更肥，

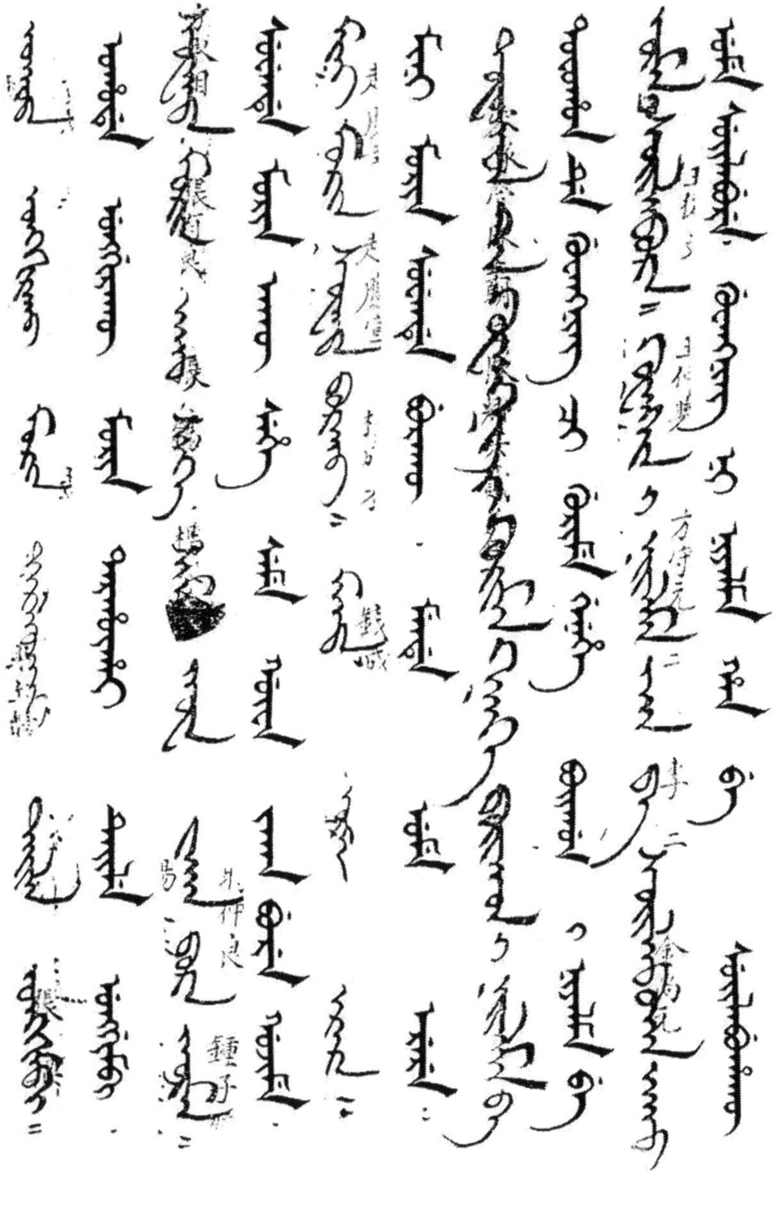

ohode unggirakū, morin tarhūhai teile unggimbi. suwende morin akū sehe seme gūwa jaka bure gojime, mini morin suwende burakū, mende ume erere. tofohon de guwangning ci gurime genehe boigon i niyalma be ume suilabure. guwangning ni niyalma han be suilabuhakū,

---

馬瘦則不遣往，僅養肥之馬始遣往。爾等無馬，寧給他物，我馬亦不給爾，勿指望於我。」十五日，自廣寧遷往戶口之人，勿令辛勞。廣寧之人未勞我汗，

马瘦则不遣往，仅养肥之马始遣往。尔等无马，宁给他物，我马亦不给尔，勿指望于我。」十五日，自广宁迁往户口之人，勿令辛劳。广宁之人未劳我汗，

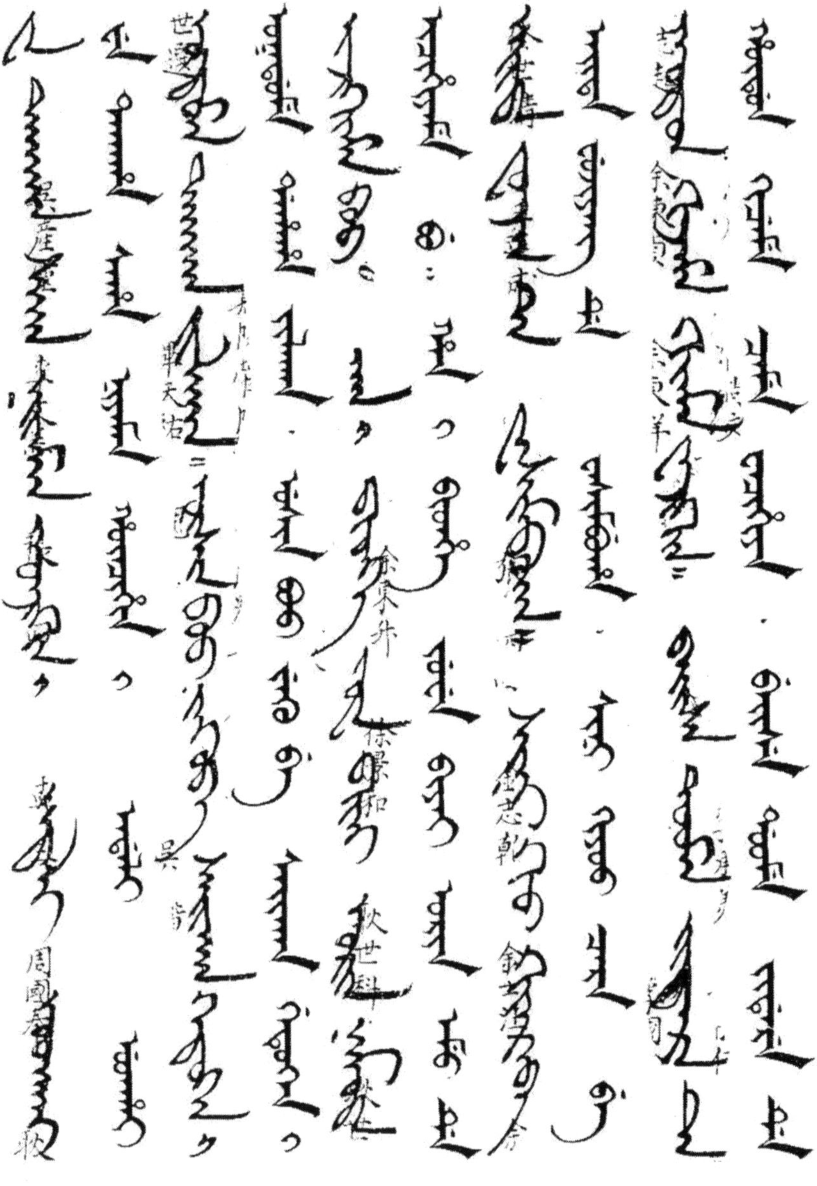

fe takaha saha niyaman hūncihin i adali, uthai okdome dahaha, jilakan. usin, boo, jeku be, saikan getuken i icihiyame bu. han i bithe, juwe biyai orin emu de aita fujiyang de wasimbuha, sini kiyoo cara be hūdun kiceme came wacihiya, beise doome jidere de

---

親如舊交，即行迎降，可憐哉！著將田地、房屋、糧食妥善明白撥給。二月二十一日，汗頒書諭愛塔副將曰：「著爾勤加辦理架橋事宜，從速完竣，

亲如旧交，即行迎降，可怜哉！着将田地、房屋、粮食妥善明白拨给。二月二十一日，汗颁书谕爱塔副将曰：「着尔勤加办理架桥事宜，从速完竣，

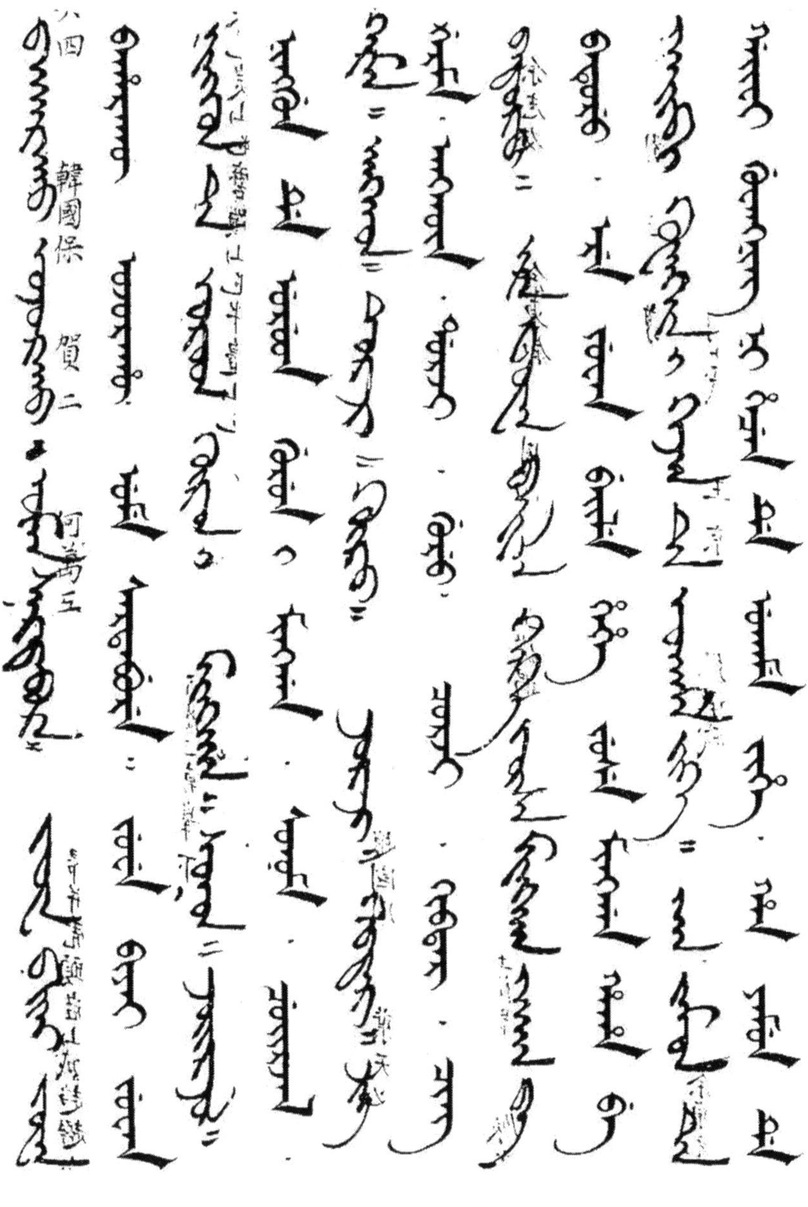

baharakū ojorahū, ume sartabure. juwe biyai juwan ninggun de, urut gurun i minggan, sonom, cuirjal, g'arma, angkūn, dorji, guru, corji, kibtar, cing baturu, ere juwan beile, hehe juse, minggan haha be gaifi guwangning ni hecen de ukame jihe. han, yamun de

---

恐延誤諸貝勒不得渡河前來，切勿遲誤。」二月十六日，兀魯特部[27]明安、索諾木、吹爾札勒、噶爾瑪、昂昆、多爾濟、顧魯、綽爾濟、奇布塔爾、青巴圖魯等十貝勒率婦孺及一千男丁逃來廣寧城。汗御衙門，

恐延误诸贝勒不得渡河前来，切勿迟误。」二月十六日，兀鲁特部明安、索诺木、吹尔札勒、噶尔玛、昂昆、多尔济、顾鲁、绰尔济、奇布塔尔、青巴图鲁等十贝勒率妇孺及一千男丁逃来广宁城。汗御衙门，

---

[27] 兀魯特部，句中「兀魯特」，《滿文原檔》寫作"orot"，《滿文老檔》讀作"urut"，係蒙文"uruɣud"之音譯。

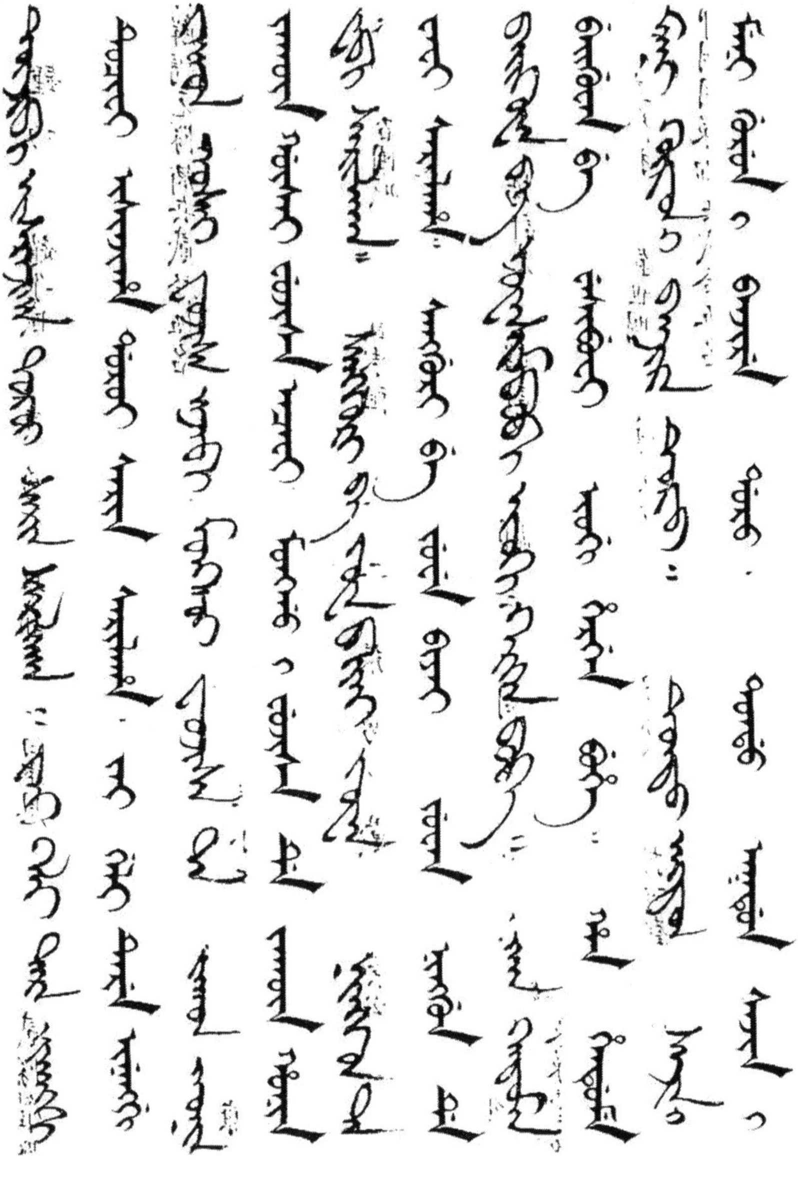

tucifi, isinjiha doroi sarin sarilaha. jai geli tere inenggi, jakūn gūsai fujisa acafi, monggo i fujisa de jakūn honin wafi sarilaha. sangguri be juwe biyai juwan ninggun de beiguwan be wesibufi iogi hergen buhe. han hendume, meni gurun i banjire doro, tondo akdun, šajin i

---

以到來相迎之禮宴之。再者，是日，八旗福晉們一同會見蒙古福晉們，宰殺羊八隻宴之。二月十六日，擢陞桑古里備禦官，賜遊擊之職。汗曰：「我國生存之道，守忠信，奉法度[28]，

以到来相迎之礼宴之。再者，是日，八旗福晋们一同会见蒙古福晋们，宰杀羊八只宴之。二月十六日，擢升桑古里备御官，赐游击之职。汗曰：「我国生存之道，守忠信，奉法度，

---

[28] 奉法度，句中「法度」，《滿文原檔》、《滿文老檔》俱讀作“sajin”，訛誤，應改正作“šajin”。按滿文“šajin”係蒙文“šaǰin”借詞，意即「宗教、法度」。

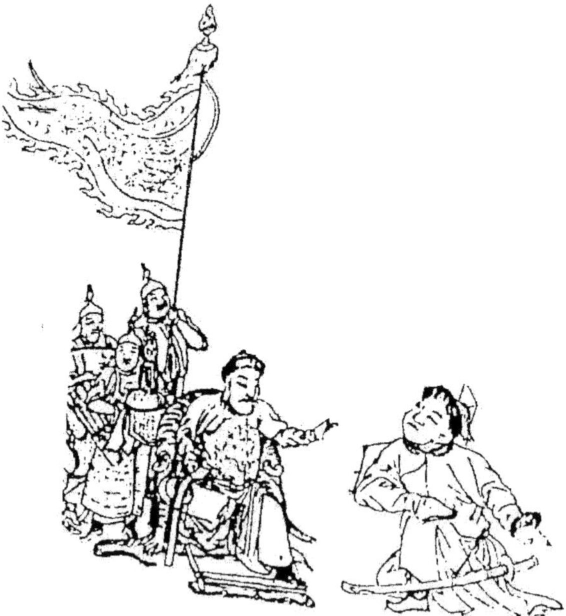

二十六、路不拾遺

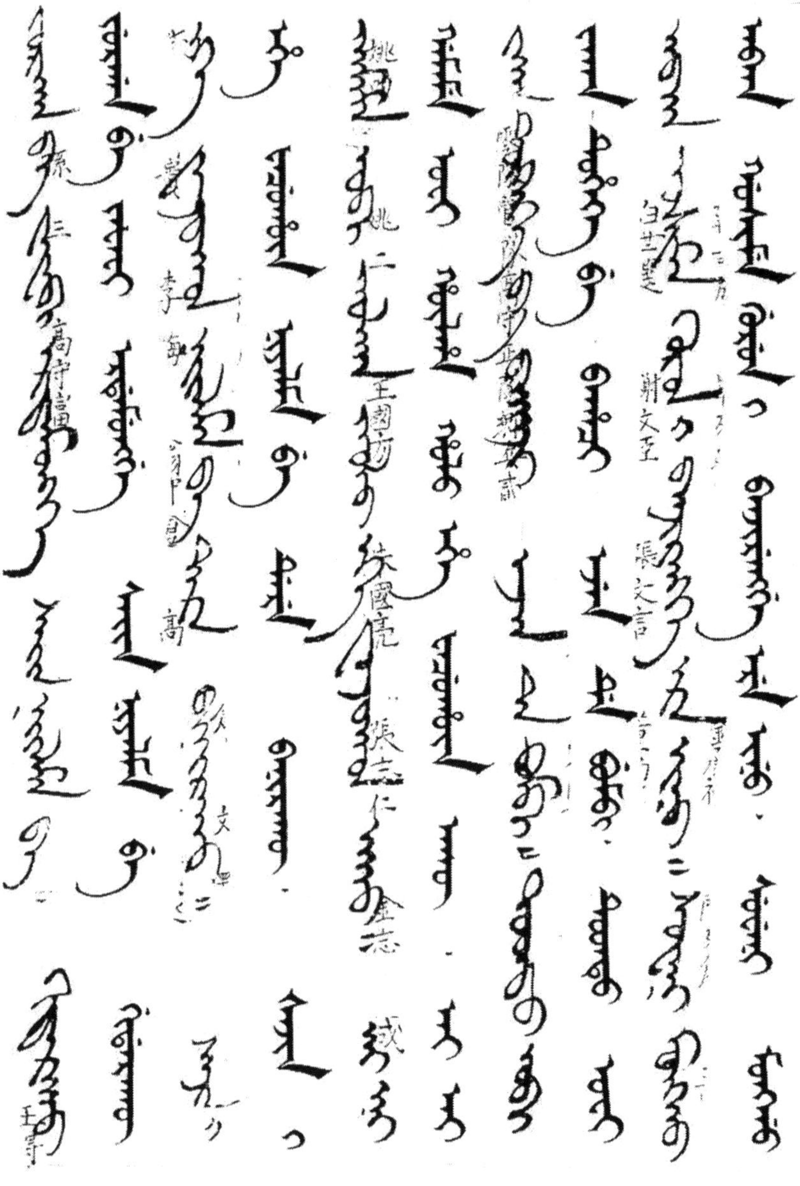

jurgan be jafafi, erdemungge sain niyalma be gidarakū, ehe facuhūn niyalma be dere banirakū. šajin i gamame ofi, hūlha holo ehe facuhūn akū, ai ai jaka tuheke be bahaci, ejen de bumbi, tuttu ofi abka gosime, gurun i banjirengge ere inu. suweni monggo

---

不欺壓有德者賢良之人，不徇庇凶惡悖亂之人。以法治理，故無竊盜悖亂，凡有拾遺，必還其主，因此蒙天眷佑，國之生存者此也。爾等蒙古之人，

不欺压有德者贤良之人，不徇庇凶恶悖乱之人。以法治理，故无窃盗悖乱，凡有拾遗，必还其主，因此蒙天眷佑，国之生存者此也。尔等蒙古之人，

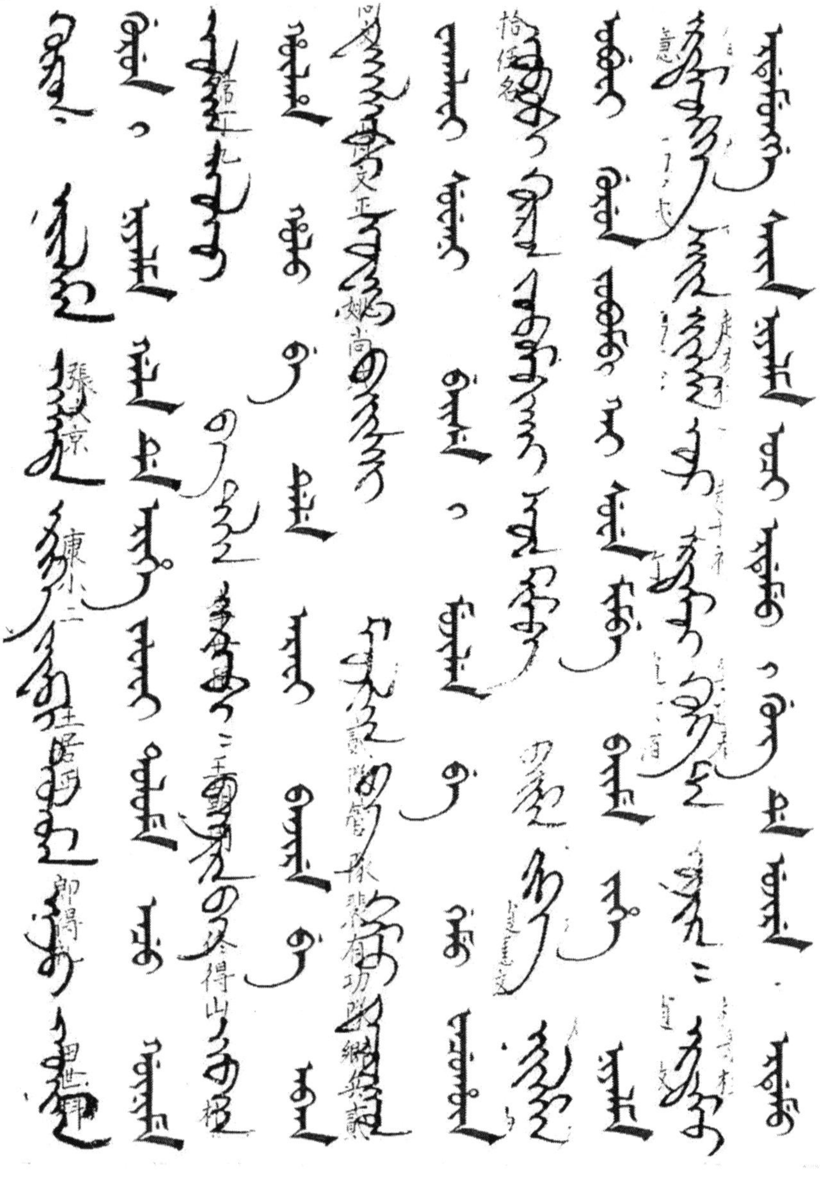

gurun i niyalma, gala de erihe jafafi tolome, encu gūnime hūlha holo be dele arafi banjire be, abka wakalafi, suweni beise i mujilen be gemu facuhūn obufi, gurun jobombi kai. suwe mimbe baime jihe niyalma, erdemungge sain niyalma oci, erdemu i gung de ujire, erdemu

---

手捻素珠[29]而心存異念，崇尚竊盜，故遭天譴，以致爾等諸貝勒心術皆不正，而殃及於國也。爾等前來歸我之人，其有才德者賢良之人，即以才德[30]之功豢養，

手捻素珠而心存异念，崇尚窃盗，故遭天谴，以致尔等诸贝勒心术皆不正，而殃及于国也。尔等前来归我之人，其有才德者贤良之人，即以才德之功豢养，

---

[29] 素珠，《滿文原檔》寫作“erike”、《滿文老檔》讀作“erihe”， 係蒙文“erike” 借詞，意即「念珠」。

[30] 才德，《滿文原檔》、《滿文老檔》俱讀作“erdemu”， 與蒙文“erdem” 係同源詞，源自回鶻文“erdem”，意即「道德、德行」。

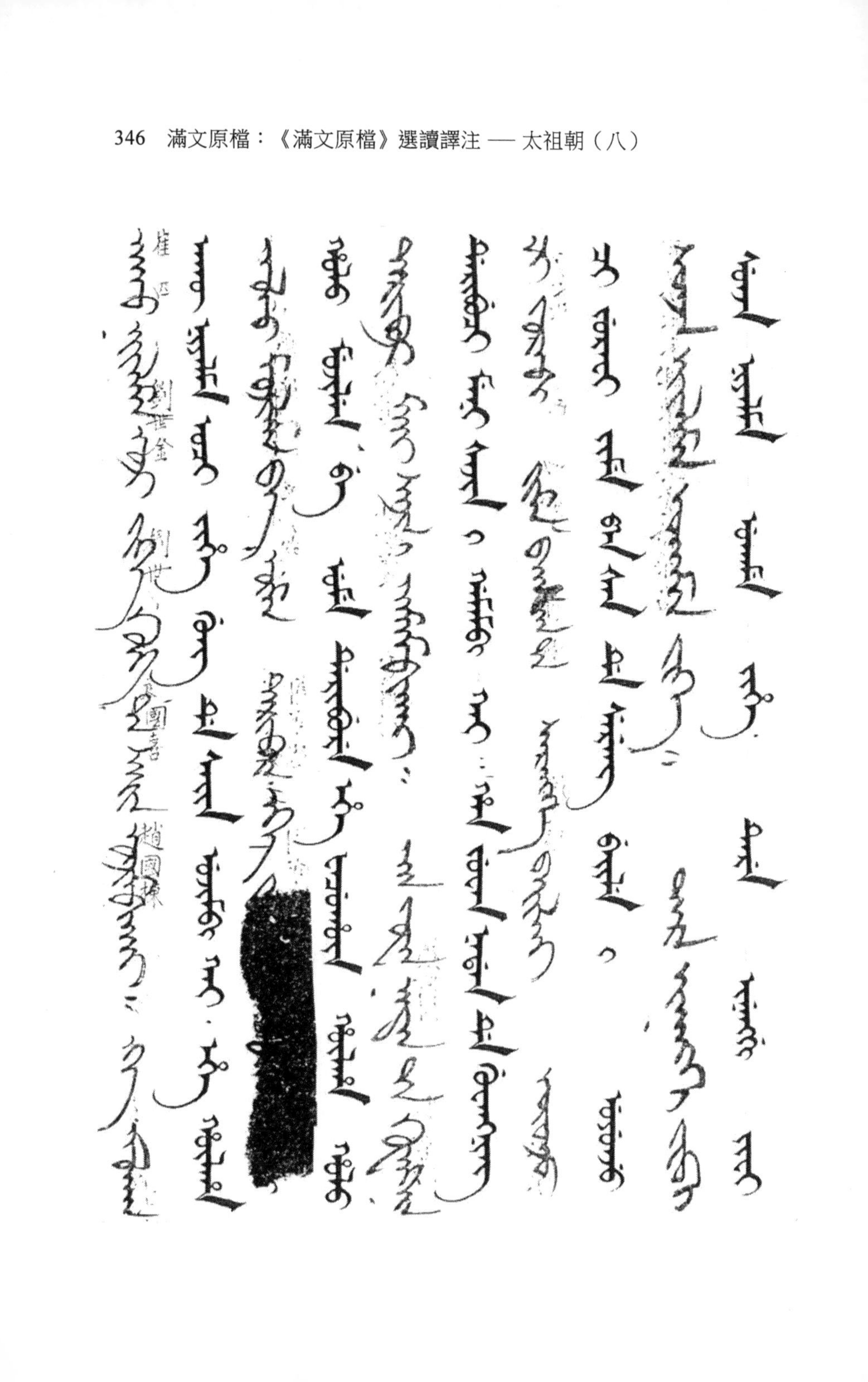

趙國棟

akū niyalma oci, jihe gung de sain ujimbi kai. ehe hūlha holo mujilen be ume deribure, ehe facuhūn hūlha holo deribuci, meni šajin i gamambi kai. han, juwan nadan de guwangning ci jurafi jime, pan šan de sereng beile i uyunju sunja niyalma ukame jihe. tere inenggi jifi,

---

若無才德之人，亦因來歸之功而善加豢養。勿萌凶惡竊盜之心，若存凶惡悖亂竊盜之念，即依我法處治也。」十七日，汗自廣寧啟程，來至盤山，色楞貝勒屬下九十五人逃來。是日，

若无才德之人，亦因来归之功而善加豢养。勿萌凶恶窃盗之心，若存凶恶悖乱窃盗之念，即依我法处治也。」十七日，汗自广宁启程，来至盘山，色楞贝勒属下九十五人逃来。是日，

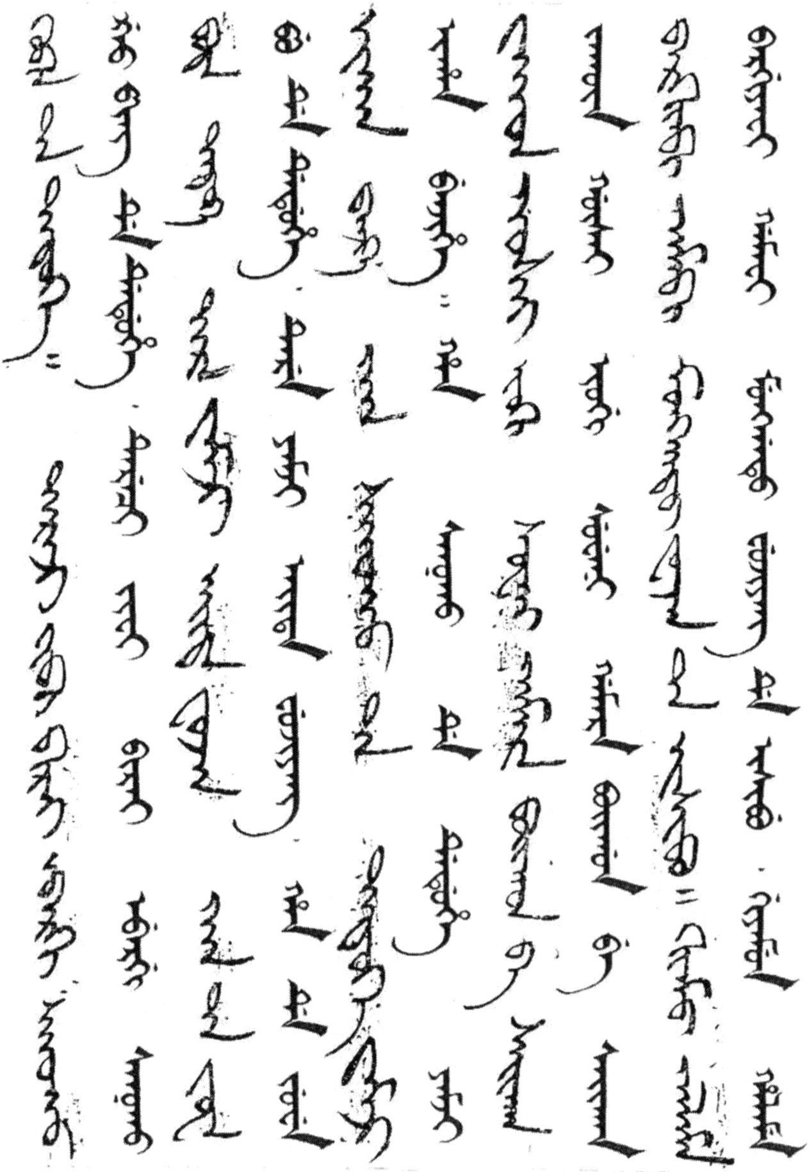

g'ao ping de deduhe. tereci jifi birai ebergi sanoko pu de deduhe. tere yamji aita fujiyang, han de juwe ihan benjihe. han sanoko de deduhe yamji, jakūn gūsai iogi, suweni gamara boigon be saikan bargiyafi gamafi, munggatu fujiyang de isibu. giyamun halame

---

來至高平駐蹕。由此處啟程來至河之北岸三河堡駐蹕。是晚，愛塔副將以牛二頭獻於汗。汗駐蹕三河堡之夜，諭八旗遊擊曰：「爾等所攜戶口，妥善護送，送至蒙噶圖副將處，

来至高平驻跸。由此处启程来至河之北岸三河堡驻跸。是晚，爱塔副将以牛二头献于汗。汗驻跸三河堡之夜，谕八旗游击曰：「尔等所携户口，妥善护送，送至蒙噶图副将处，

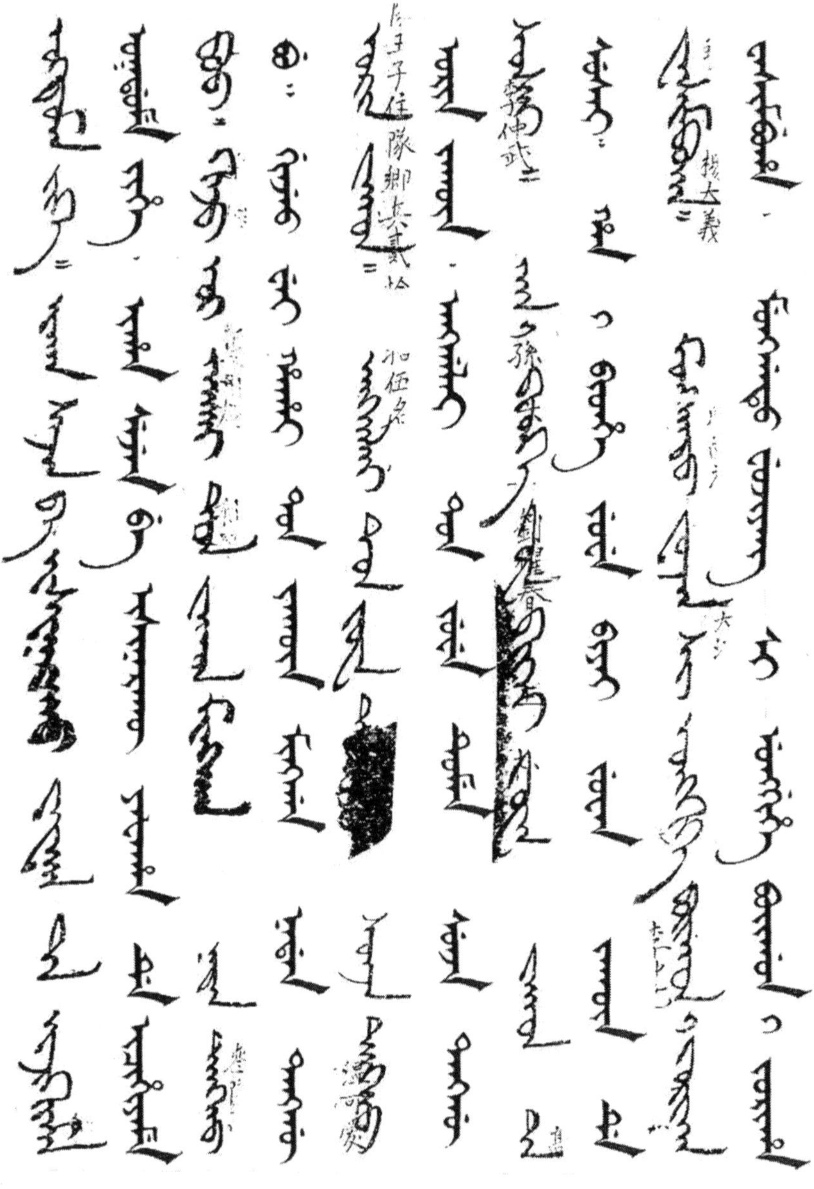

okdome jihe ihan sejen be isinarakū yafahan de icihiyame bu. ginjeo wei hahai ton, jakūn minggan nadan tanggū orin jakūn, anggalai ton, juwe tumen sunja tanggū susai. han i bithe, juwe biyai juwan jakūn de wasimbuha, munggatu fujiyang, si unggihe boigon i joriha

---

各驛來迎之牛車，可給未到達之步行者用之。」錦州衛男丁數八千七百二十八人，人口數二萬零五百五十口。二月十八日，汗頒書諭蒙噶圖副將曰：「著爾於指給遣往戶口之地，

各驿来迎之牛车，可给未到达之步行者用之。」锦州卫男丁数八千七百二十八人，人口数二万零五百五十口。二月十八日，汗颁书谕蒙噶图副将曰：「着尔于指给遣往户口之地，

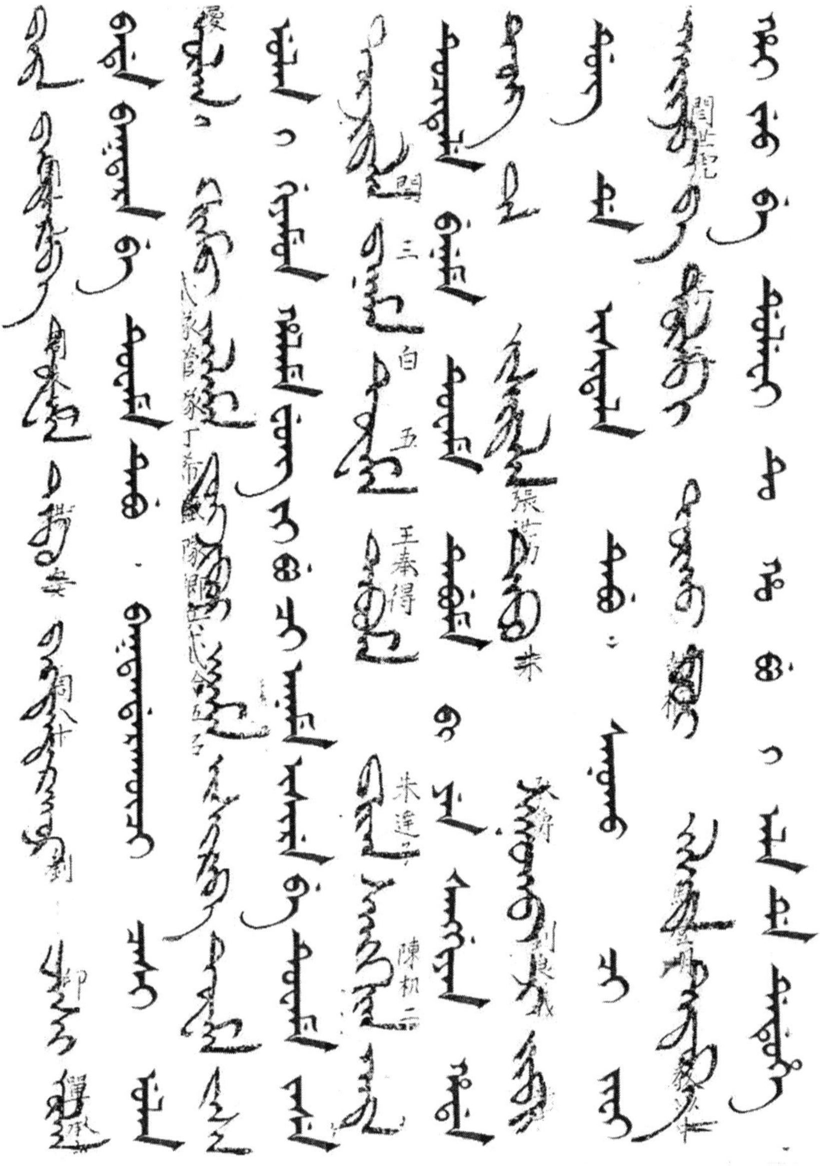
三
白
五
王奉得
朱

bade baktara be tuwame tebu, baktandarakūci, casi ulan ulan i giyamun halame fung ji pu ci aname isire be tuwame jase tucitele beneme tuwame tebume, bi yen, šanggiyan hada dung de isitala tebu. sanoko ci jifi hai jeo be dulefi, tu ho pu i ala de deduhe.

若能容納，即行安置居住，若容納不下，則換驛站輾轉送往。斟酌自奉集堡至邊外安置居住，直至避蔭、尚間崖、洞等處。」汗自三河堡回來，經過海州，駐蹕土河堡山崗。

若能容纳，即行安置居住，若容纳不下，则换驿站辗转送往。斟酌自奉集堡至边外安置居住，直至避荫、尚间崖、洞等处。」汗自三河堡回来，经过海州，驻跸土河堡山岗。

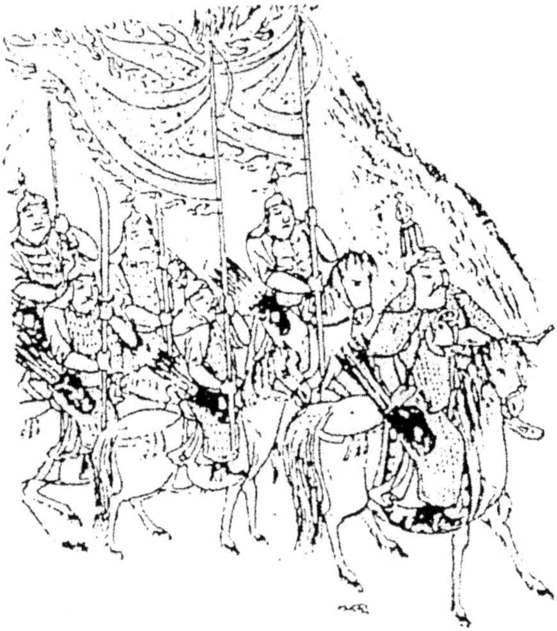

二十七、戶口日增

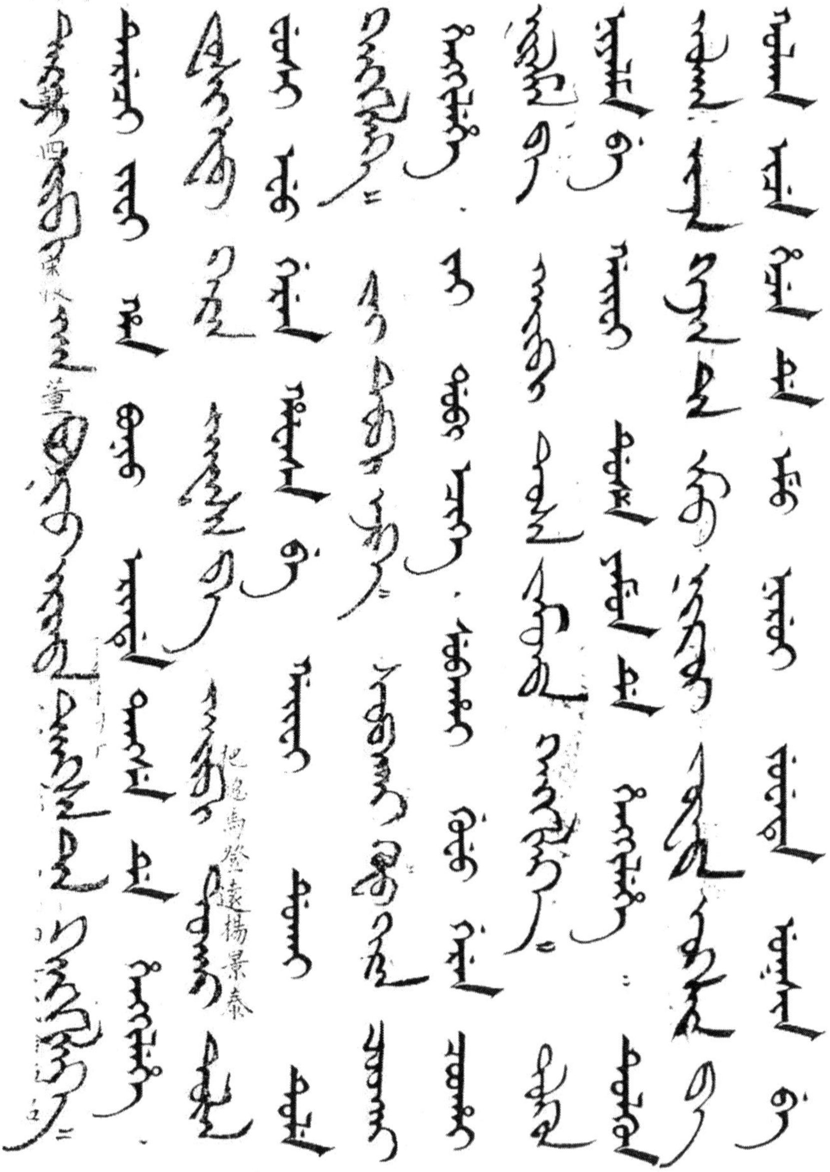

tereci jifi han bonio erinde tangse de hengkilehe. fusi efu, geren hafasa be gaifi dukai tule hengkilehe. jai dobi ecike, subahai gufu, geren coohai niyalma be gaifi dusy yamun de hengkilehe. tulkun, kolka, ice hecen de emu nirui juwete uksin be

---

汗由此還，於申時叩謁堂子。撫順額駙率衆官員於門外叩拜。再者，鐸璧叔父、蘇巴海姑父率衆兵丁於都司衙門叩拜。圖勒昆、闊勒喀率每牛彔披甲各二人前往新城，

汗由此还，于申时叩谒堂子。抚顺额驸率众官员于门外叩拜。再者，铎壁叔父、苏巴海姑父率众兵丁于都司衙门叩拜。图勒昆、阔勒喀率每牛彔披甲各二人前往新城，

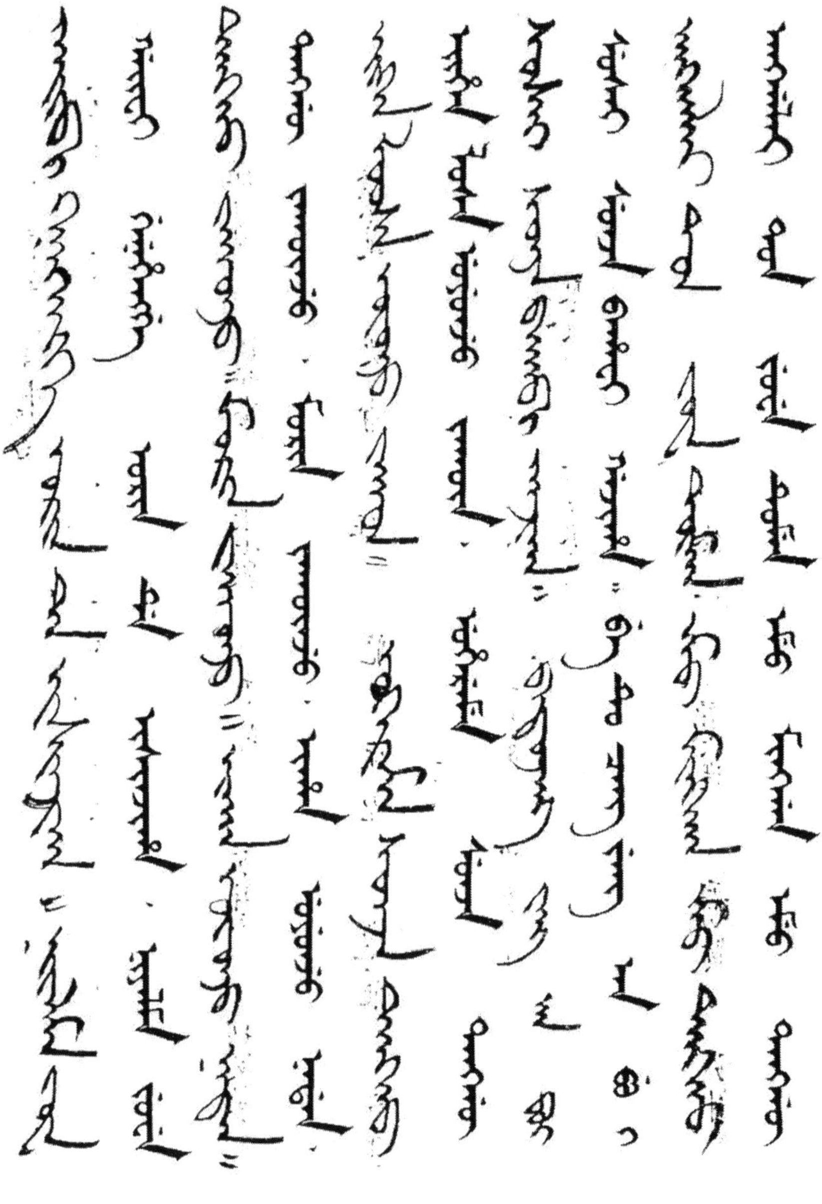

gaifi genehengge, orin de isinjiha, niyalma juwe tanggū jakūnju, morin jakūnju, ihan uyunju nadan, eihen, losa uyunju jakūn, uhereme sunja tanggū susai sunja bahafi gajiha. be tu cang, jeng an pu i anggalai ton juwe tumen emu minggan emu tanggū

於二十日抵達，獲人二百八十人、馬八十匹、牛九十七頭、驢、騾九十八隻，共獲五百五十五攜至。白土場、鎮安堡之人口數二萬一千一百五十口，

于二十日抵达，获人二百八十人、马八十匹、牛九十七头、驴、骡九十八只，共获五百五十五携至。白土场、镇安堡之人口数二万一千一百五十口，

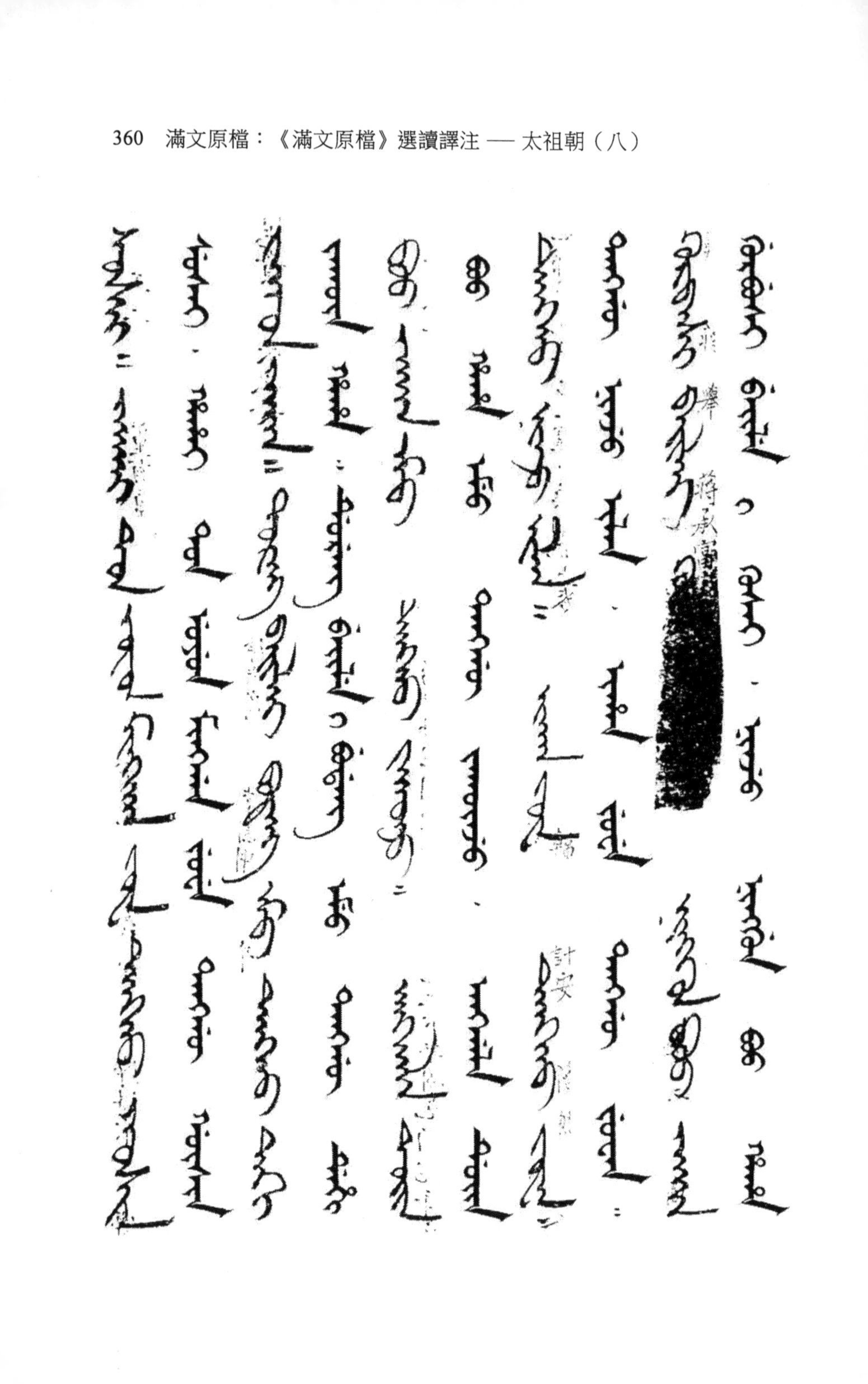

[illegible]

susai, hahai ton, uyun minggan juwe tanggū gūsin jakūn haha. dureng beile i budang, emu tanggū dehi boo, haha emu tanggū jakūnju, anggala duin tanggū ninju ilan, ihan juwe tanggū juwan. gurbusi beile i kusai, ninju ninggun boo, haha

---

男丁數九千二百三十八男丁。杜楞貝勒所屬布當，一百四十戶，男丁一百八十人，人口四百六十三口，牛二百一十頭。固爾布什貝勒所屬庫賽，六十六戶，

男丁数九千二百三十八男丁。杜楞贝勒所属布当，一百四十户，男丁一百八十人，人口四百六十三口，牛二百一十头。固尔布什贝勒所属库赛，六十六户，

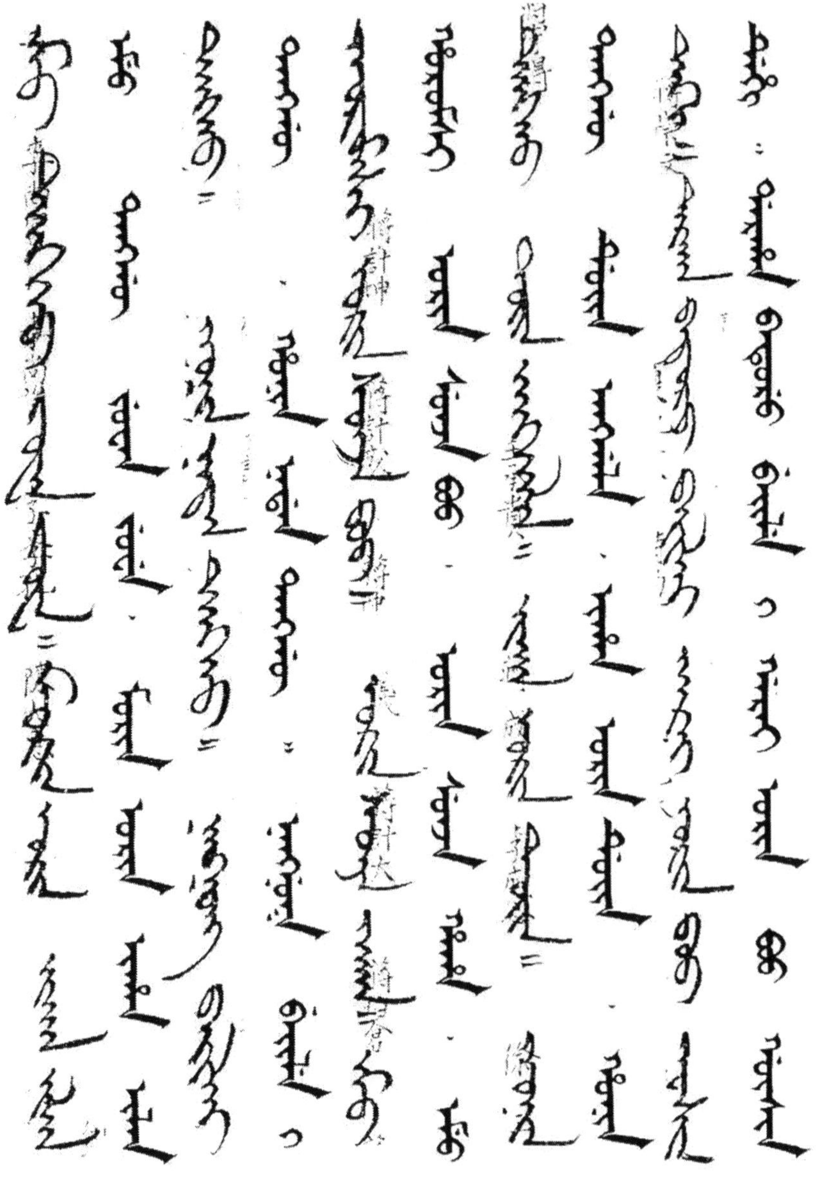

emu tanggū juwan juwe, morin orin, ihan ilan tanggū, honin nadan tanggū. nangnuk beile i horomsi, orin sunja boo, orin sunja haha, emu tanggū duin anggala, ihan orin duin, honin dehi. darhan baturu beile i garai, orin boo, gūsin

---

男丁一百一十二人，馬二十匹、牛三百頭、羊七百隻。囊努克貝勒所屬和羅木西，二十五戶，男丁二十五人，人口一百零四口，牛二十四頭、羊四十隻。達爾漢巴圖魯貝勒所屬噶賴，二十戶，

男丁一百一十二人，马二十匹、牛三百头、羊七百只。囊努克贝勒所属和罗木西，二十五户，男丁二十五人，人口一百零四口，牛二十四头、羊四十只。达尔汉巴图鲁贝勒所属噶赖，二十户，

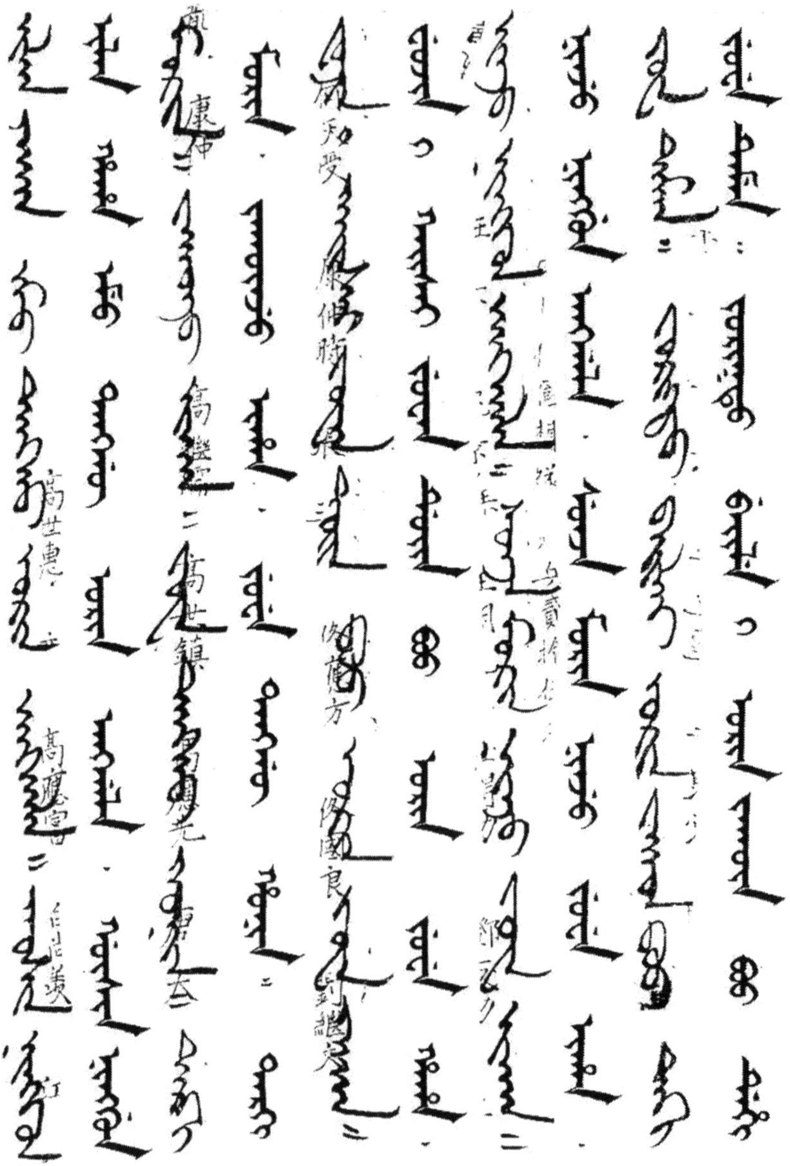

ilan haha, emu tanggū orin anggala, gūsin ninggun morin, jakūnju ihan, juwe tanggū honin. tarki fujin i kaisai, juwan duin boo, orin juwe haha, ninju ninggun anggala, sunja morin, ninju juwe ihan, juwe temen. joriktu beile i orin jakūn boo, dehi

---

男丁三十三人，一百二十口，馬三十六匹、牛八十頭、羊二百隻。塔爾奇福晉之凱賽，十四戶，男丁二十二人，六十六口，馬五匹、牛六十二頭、駝二隻。卓里克圖貝勒所屬二十八戶，

男丁三十三人，一百二十口，马三十六匹、牛八十头、羊二百只。塔尔奇福晋之凯赛，十四户，男丁二十二人，六十六口，马五匹、牛六十二头、驼二只。卓里克图贝勒所属二十八户，

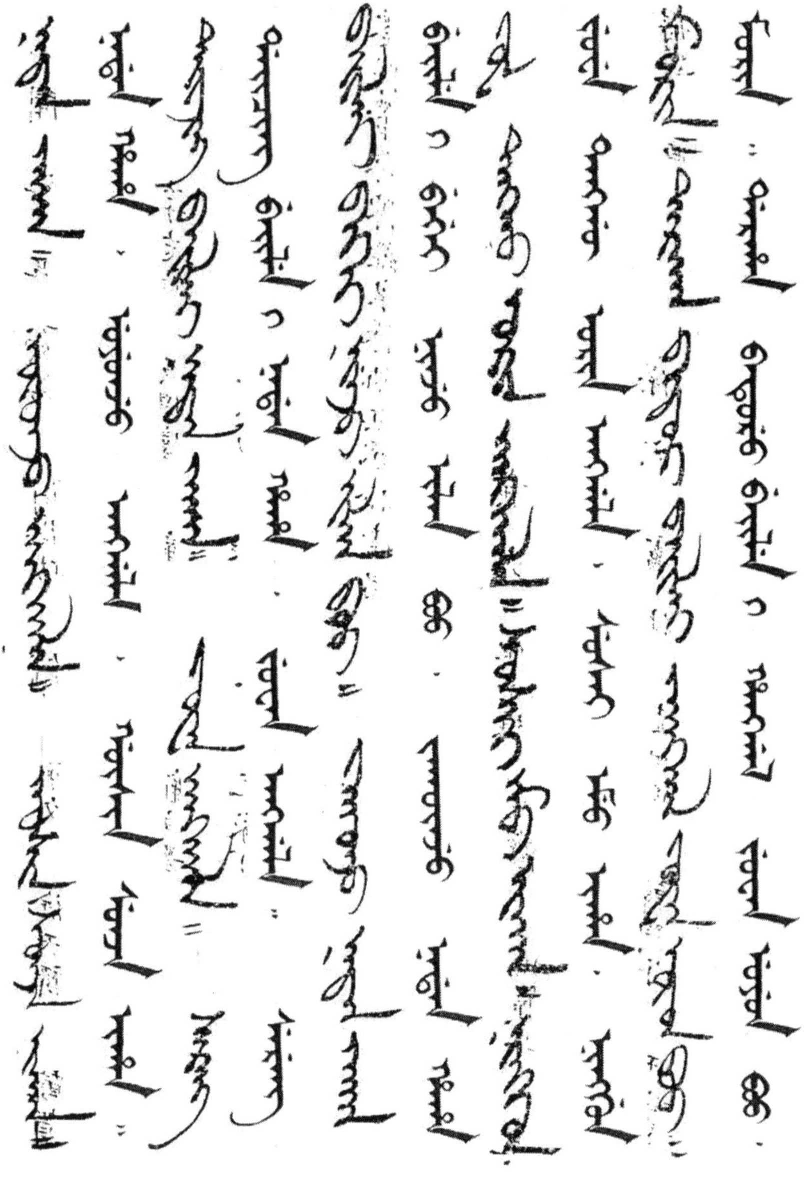

nadan haha, uyunju anggala, gūsin sunja ihan. daicing beile i nadan haha, juwan anggala. sereng beile i begei, ninju ilan boo, jakūnju nadan haha, juwe tanggū orin anggala, susai emu ihan, ninggun morin. darhan baturu beile i hanggal juwan uyun boo,

---

男丁四十七人，九十口，牛三十五頭。戴青貝勒所屬男丁七人，十口。色楞貝勒所屬伯格依，六十三戶，男丁八十七人，二百二十口，牛五十一頭、馬六匹。達爾漢巴圖魯貝勒所屬杭噶勒，十九戶，

男丁四十七人，九十口，牛三十五头。戴青贝勒所属男丁七人，十口。色楞贝勒所属伯格依，六十三户，男丁八十七人，二百二十口，牛五十一头、马六匹。达尔汉巴图鲁贝勒所属杭噶勒，十九户，

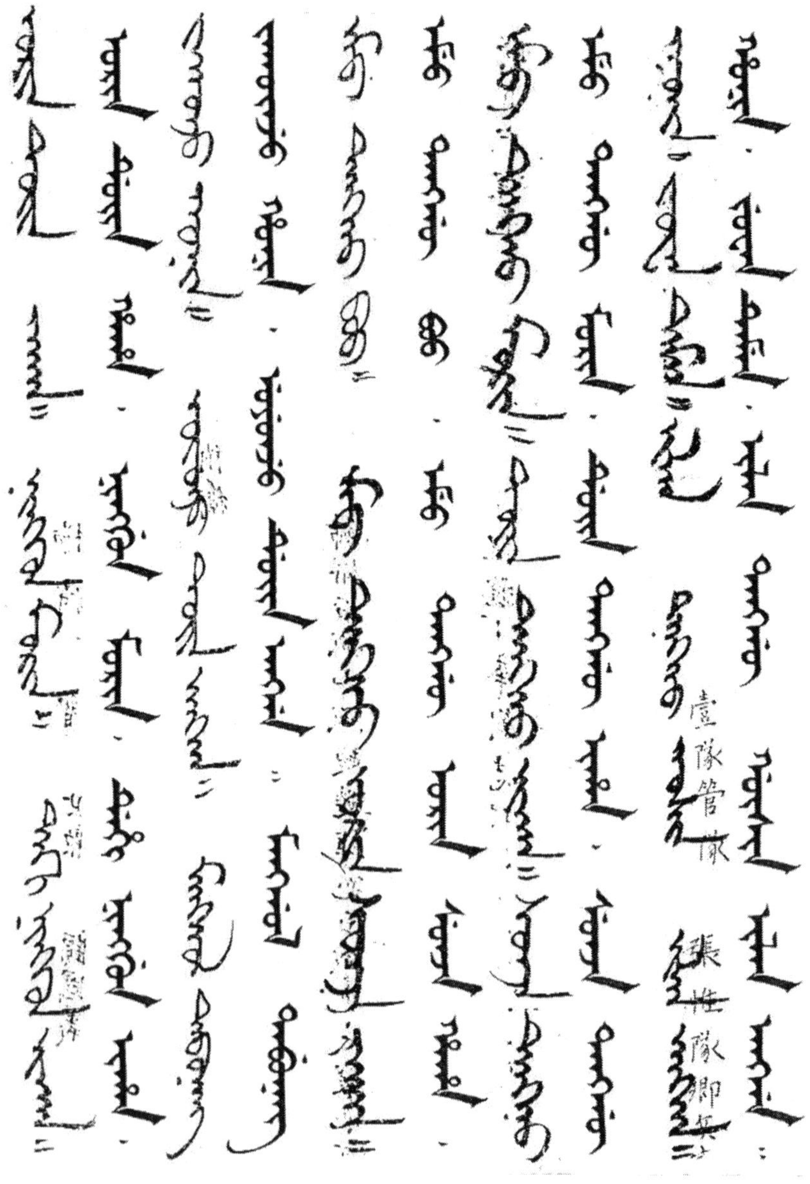
壹隊管隊
張姓隊御

orin duin haha, ninggun morin, dehi ninggun ihan, jakūnju honin, uyunju duin angga. manggol tabunang, emu tanggū boo, emu tanggū orin sunja haha, emu tanggū morin, duin tanggū ihan, sunja tanggū honin, juwan temen, ilan tanggū gūsin ilan angga.

男丁二十四人，馬六匹、牛四十六頭、羊八十隻，九十四口。莽古勒塔布囊所屬一百戶，男丁一百二十五人，馬一百匹、牛四百頭、羊五百隻、駝十隻，三百三十三口。

男丁二十四人，马六匹、牛四十六头、羊八十只，九十四口。莽古勒塔布囊所属一百户，男丁一百二十五人，马一百匹、牛四百头、羊五百只、驼十只，三百三十三口。

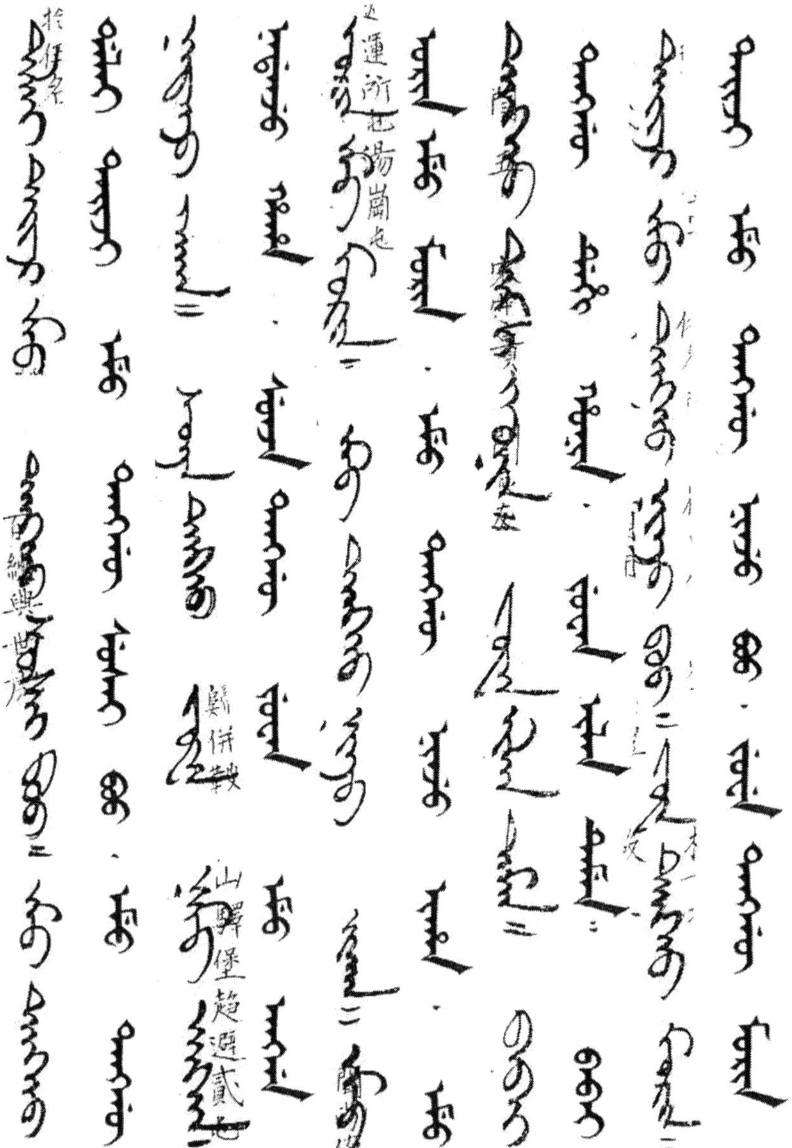

dalai taiji, emu tanggū susai boo, emu tanggū nadanju haha, sunja tanggū juwan emu angga, orin emu morin, emu tanggū ninju ihan, emu tanggū dehi honin, juwan ilan temen. babai taiji, emu tanggū ninju boo, juwe tanggū morin,

---

達賴台吉所屬一百五十戶，男丁一百七十人，五百一十一口，馬二十一匹、牛一百六十頭、羊一百四十隻、駝十三隻。巴拜台吉所屬一百六十戶，馬二百匹、

达赖台吉所属一百五十户，男丁一百七十人，五百一十一口，马二十一匹、牛一百六十头、羊一百四十只、驼十三只。巴拜台吉所属一百六十户，马二百匹、

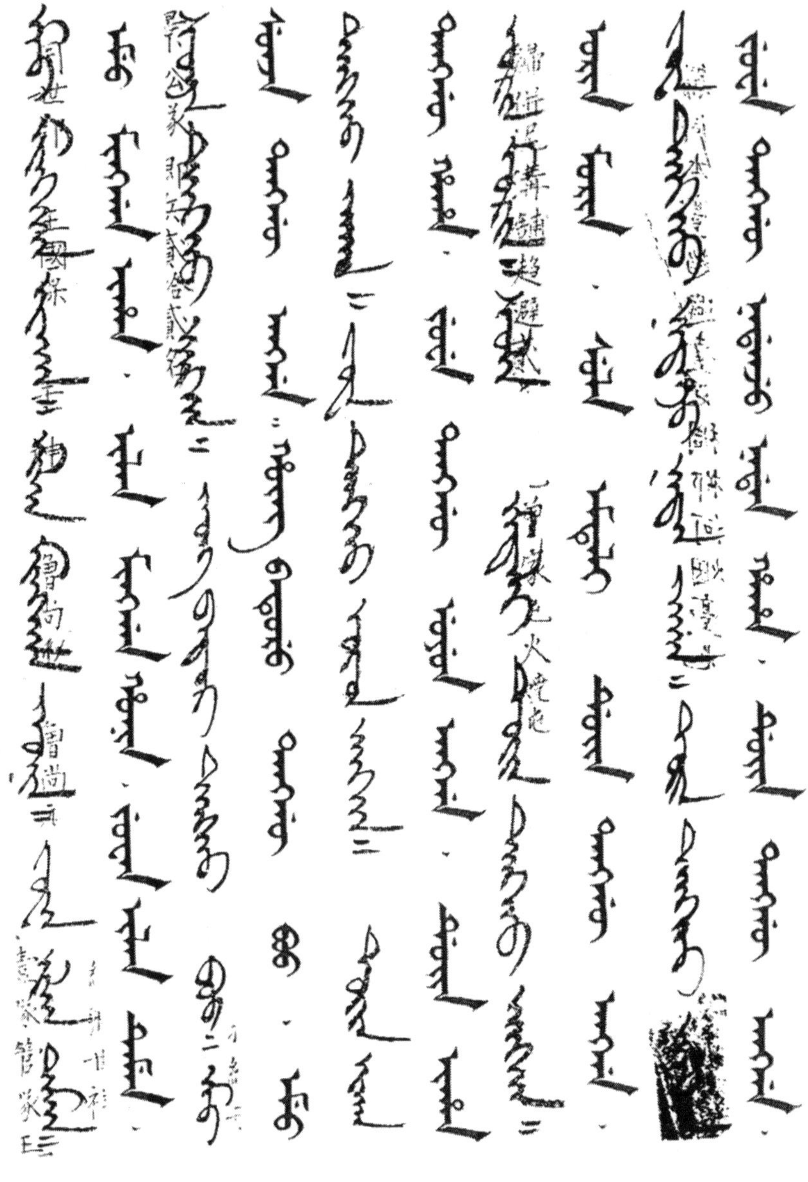

emu minggan ihan, ilan minggan honin, juwan ilan temen, sunja tanggū angga. hūng baturu, tanggū boo, emu tanggū haha, juwe tanggū uyun angga, duin ihan, orin morin, sula emteli duin tanggū angga, juwe tanggū nadanju nadan haha, duin tanggū angga,

---

牛一千頭、羊三千隻、駝十三隻，五百口。洪巴圖魯所屬一百戶，男丁一百人，二百零九口，牛四頭、馬二十匹。閒散單身四百口，男丁二百七十七人，四百口，

牛一千头、羊三千只、驼十三只，五百口。洪巴图鲁所属一百户，男丁一百人，二百零九口，牛四头、马二十匹。闲散单身四百口，男丁二百七十七人，四百口，

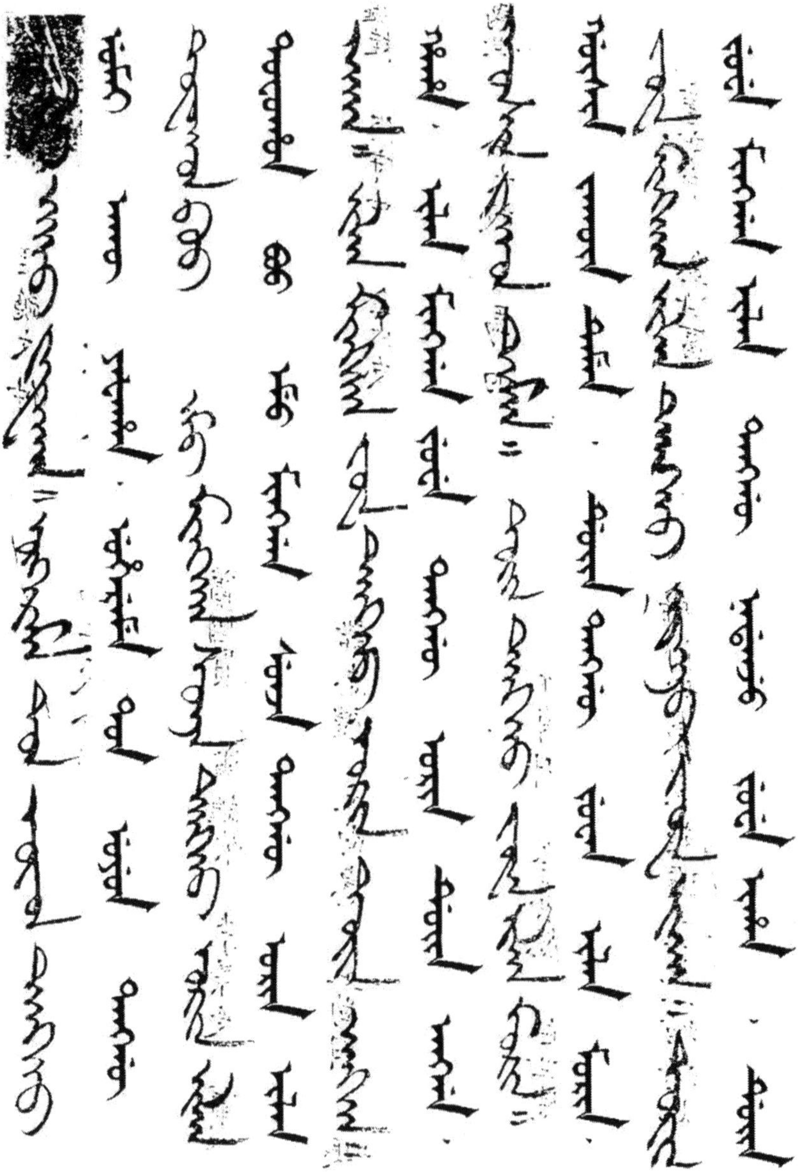

umai akū yafahan, uhereme ton uyun tanggū tofohon boo, emu minggan sunja tanggū orin ilan haha, ilan minggan juwe tanggū orin duin angga, gūsin jakūn temen, duin tanggū juwan ilan morin, juwe minggan ilan tanggū nadanju juwe ihan, duin

---

並無所有徒步而行，總數九百一十五戶，男丁一千五百二十三人，三千二百二十四口，駝三十八隻、馬四百一十三匹、牛二千三百七十二頭、

并无所有徒步而行，总数九百一十五户，男丁一千五百二十三人，三千二百二十四口，驼三十八只、马四百一十三匹、牛二千三百七十二头、

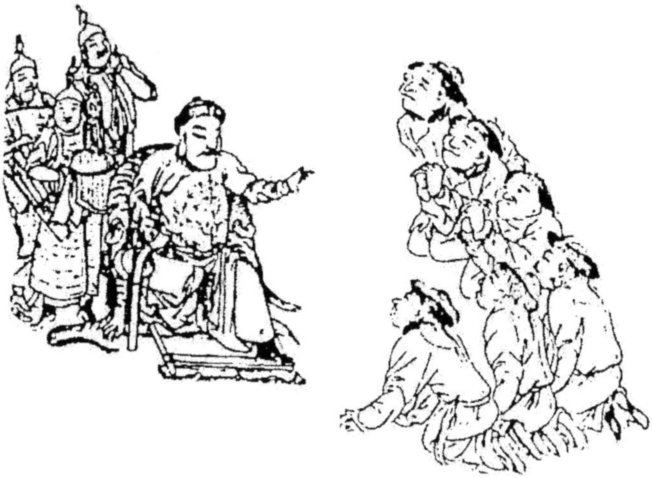

二十八、安置戶口

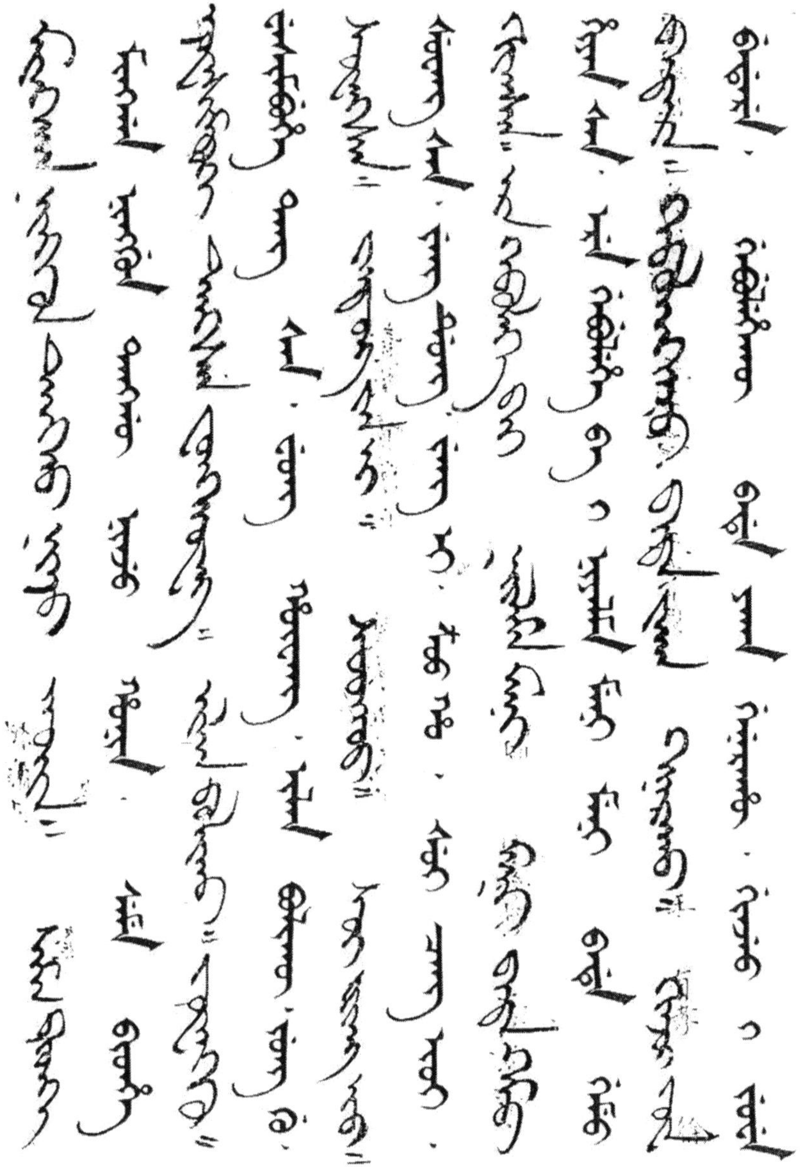

minggan ninggun tanggū ninju honin seme bithe wesimbuhe. tang šan, fung hūwang, ilan bolikū, jung gu, šuwang šan, jeng dung, jeng i, ts'oo ho, šui cang ioi, hiyan šan, ere gebulehe ba i niyalma, meni meni bade gemu bedere, gebulehekū bade yaka generahū. ginjeo i juwe

---

羊四千六百六十隻等，繕文具奏。「湯山、鳳凰、伊蘭博里庫、中固、雙山、鎮東、鎮彝、草河、水長峪、險山等有名地方之人，皆返回各自地方；其無名地方，恐有哪個前往。

羊四千六百六十只等，缮文具奏。「汤山、凤凰、伊兰博里库、中固、双山、镇东、镇彝、草河、水长峪、险山等有名地方之人，皆返回各自地方；其无名地方，恐有哪个前往。

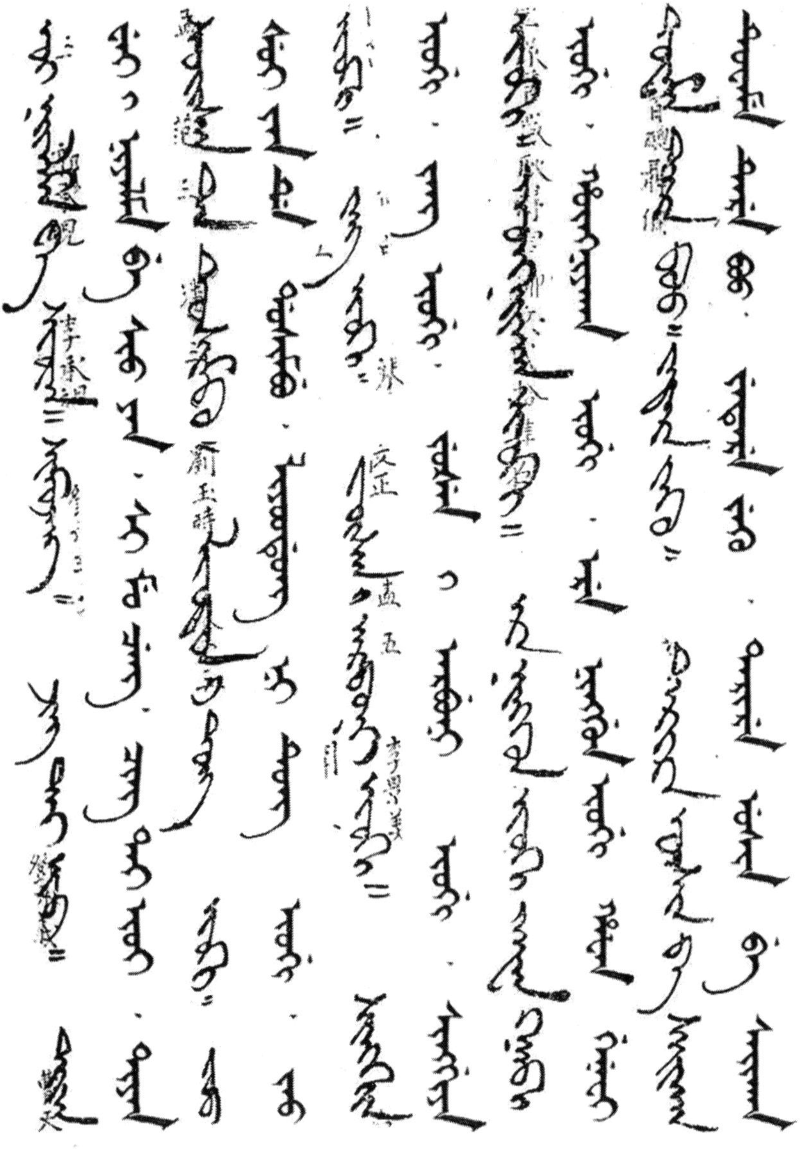

wei i niyalma be, sio yan, si mu ceng, cing tai ioi, tiyan šui jan de dosimbu. liyoodung ni tung iogi, jao iogi, jang iogi, jušen i arbuni iogi, singgiya iogi, hūngniyaka iogi, ere ninggun iogi hafan genefi tuwame, tere boo, jetere jeku, tarire usin be saikan

---

錦州二衛之人，令其進入岫岩、析木城、青苔峪、甜水站。着遼東佟遊擊、趙遊擊、張遊擊、諸申之阿爾布尼遊擊、興嘉遊擊、洪尼雅喀遊擊等六遊擊官前往監視，妥善辦理撥給房屋、食糧、耕田等事宜。

锦州二卫之人，令其进入岫岩、析木城、青苔峪、甜水站。着辽东佟游击、赵游击、张游击、诸申之阿尔布尼游击、兴嘉游击、洪尼雅喀游击等六游击官前往监视，妥善办理拨给房屋、食粮、耕田等事宜。

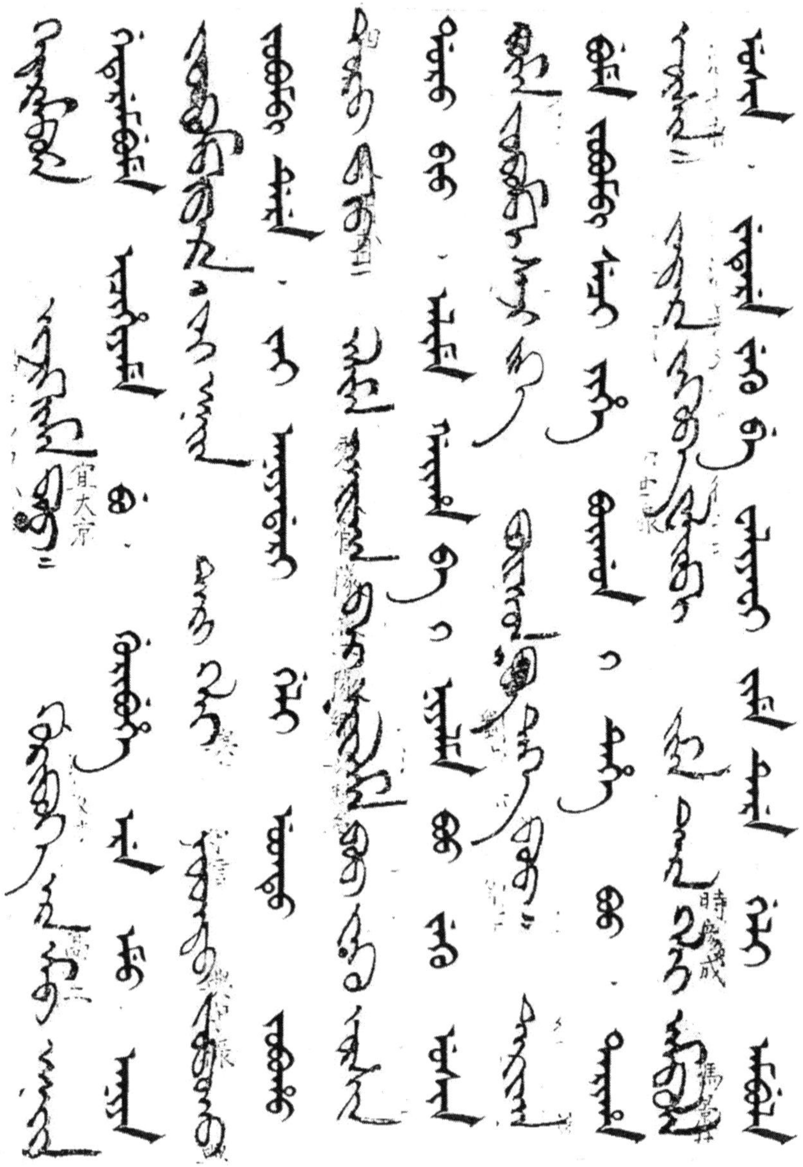

geterembume icihiyame bu. guribuhe ere emu aniya jobombi dere, jai aniyadari geli uttu joboho doro bio. alime gaiha ba i niyalma, boo, jeku, usin bume jobombi seci, jihe boigon i tehe boo, tariha usin, jetere jeku be waliyafi jime, tere geli ambula

---

此遷移一年辛勞而已，又豈有每年如此辛勞之理耶？若謂接受地方之人撥給房屋、糧穀、田地辛勞，則其遷來之戶口棄其住屋、耕田、食糧而來，其苦尤甚也。

此迁移一年辛劳而已，又岂有每年如此辛劳之理耶？若谓接受地方之人拨给房屋、粮谷、田地辛劳，则其迁来之户口弃其住屋、耕田、食粮而来，其苦尤甚也。

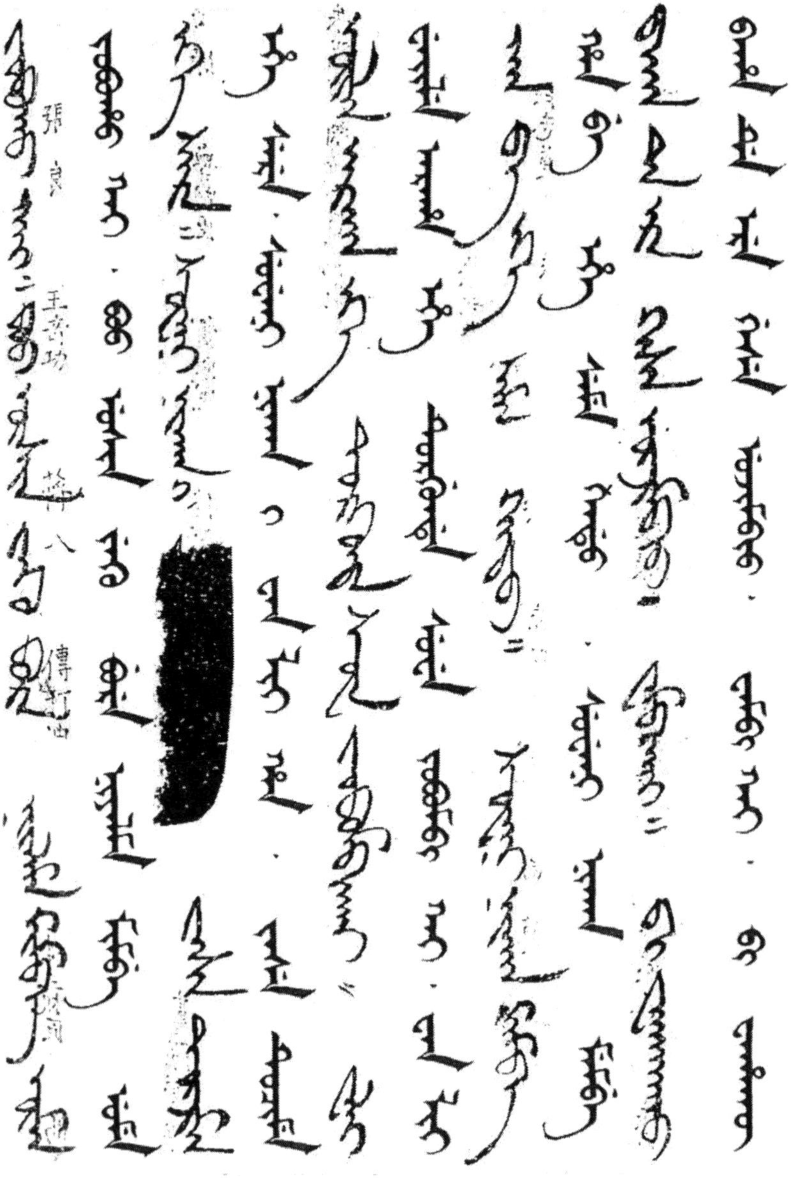
張良

joboho kai. boo, usin, jeku bure niyalma, mimbe ume ehe sere, suweni nikan i wan lii han, jase tucime weile araha ehe turgunde, suwe jobombi kai, wan lii han be ehe seme hendu. suweni nikan membe baha de, ere gese ujimbio. wambi kai. bi wahakū

撥給房屋、田地、糧穀之人，勿以我為惡，乃因爾等明萬曆帝出境犯罪為惡，以致爾等受苦也，當謂萬曆帝惡也。爾等明人獲我等時，有如此豢養耶？必殺之也。我未誅戮，

拨给房屋、田地、粮谷之人，勿以我为恶，乃因尔等明万历帝出境犯罪为恶，以致尔等受苦也，当谓万历帝恶也。尔等明人获我等时，有如此豢养耶？必杀之也。我未诛戮，

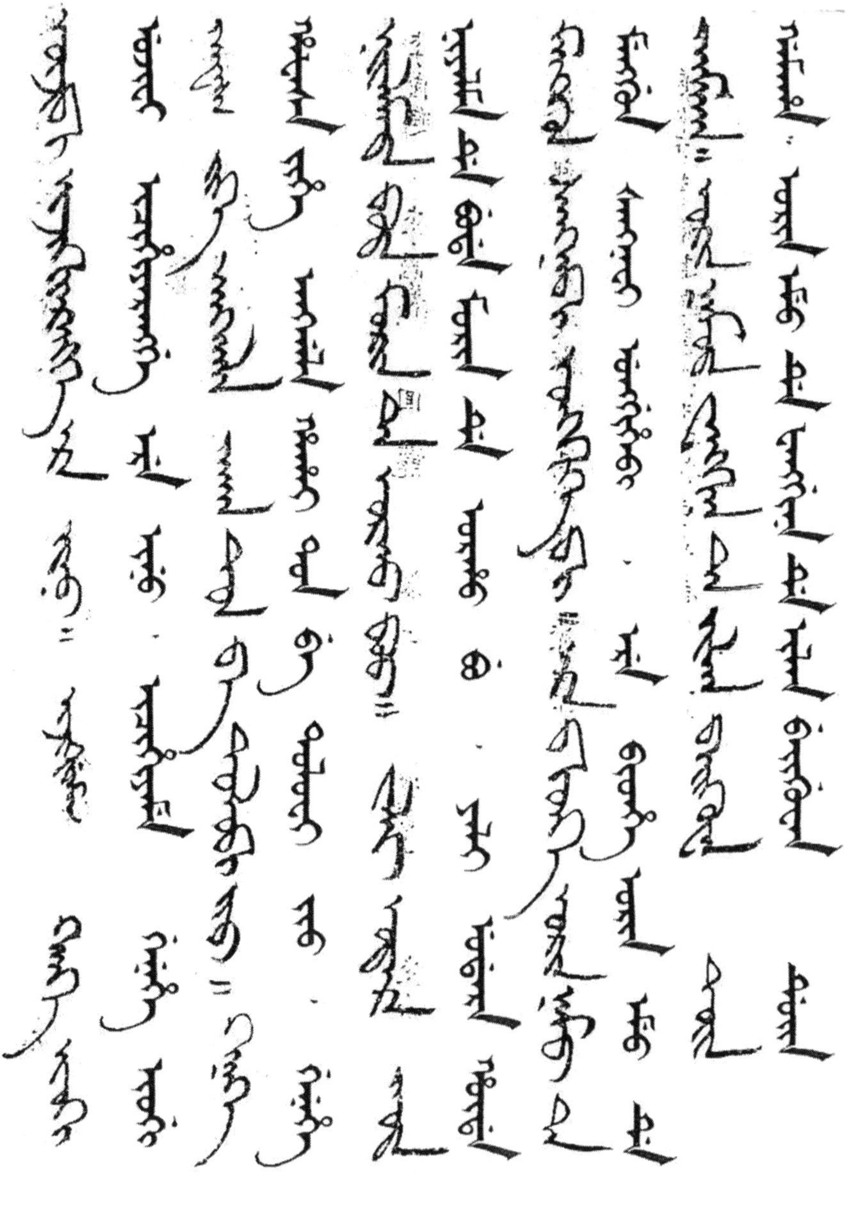

ujifi icihiyarangge, ere inu. icihiyame genehe iogi hafasa, jihe anggala hahai ton be tolofi jio. genehe niyalma de buda, morin de orho bu, yali udara hūda menggun šangnafi unggihebi. ere bithe orin emu de gamaha. orin emu de fanggina de ilan beiguwan, duin

---

而予以豢養安置者，此也。著前往辦理之遊擊官員將前來之人口、男丁數目清點報來。對前往之人供給飯食，馬匹供給草料，並賞給購肉價銀而遣之。」此書於二十一日齎往。二十一日，方吉納率備禦官三名、

而予以豢养安置者，此也。着前往办理之游击官员将前来之人口、男丁数目清点报来。对前往之人供给饭食，马匹供给草料，并赏给购肉价银而遣之。」此书于二十一日赍往。二十一日，方吉纳率备御官三名、

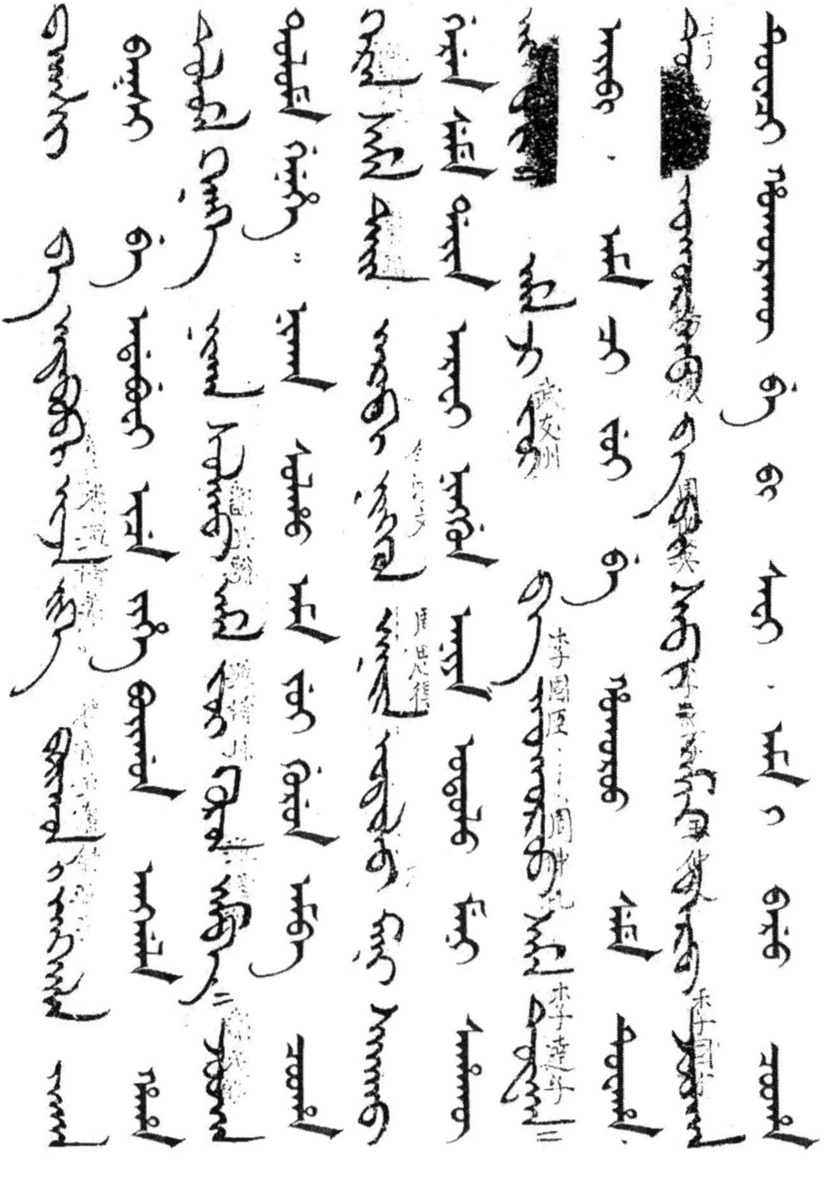

baksi be adabufi, ice jihe boigon anggala haha tolome genehe. nikan, solho, ama jui, gurun amba cooha geren seme dain arafi ninggun aniya otolo, meni sahakū aibi. ama ci jui be hokoroo seme tuwaha, tuwaci hokorakū be bi safi, ama i baru cooha

---

巴克什四人，前往清點新來之戶口、男丁。「明與朝鮮乃同父子，仗恃國大兵衆，釀搆兵端達六年之久，我豈不知乎？我曾勸子離父，觀察後我知無離意，而發兵征其父，

巴克什四人，前往清点新来之户口、男丁。「明与朝鲜乃同父子，仗恃国大兵众，酿构兵端达六年之久，我岂不知乎？我曾劝子离父，观察后我知无离意，而发兵征其父，

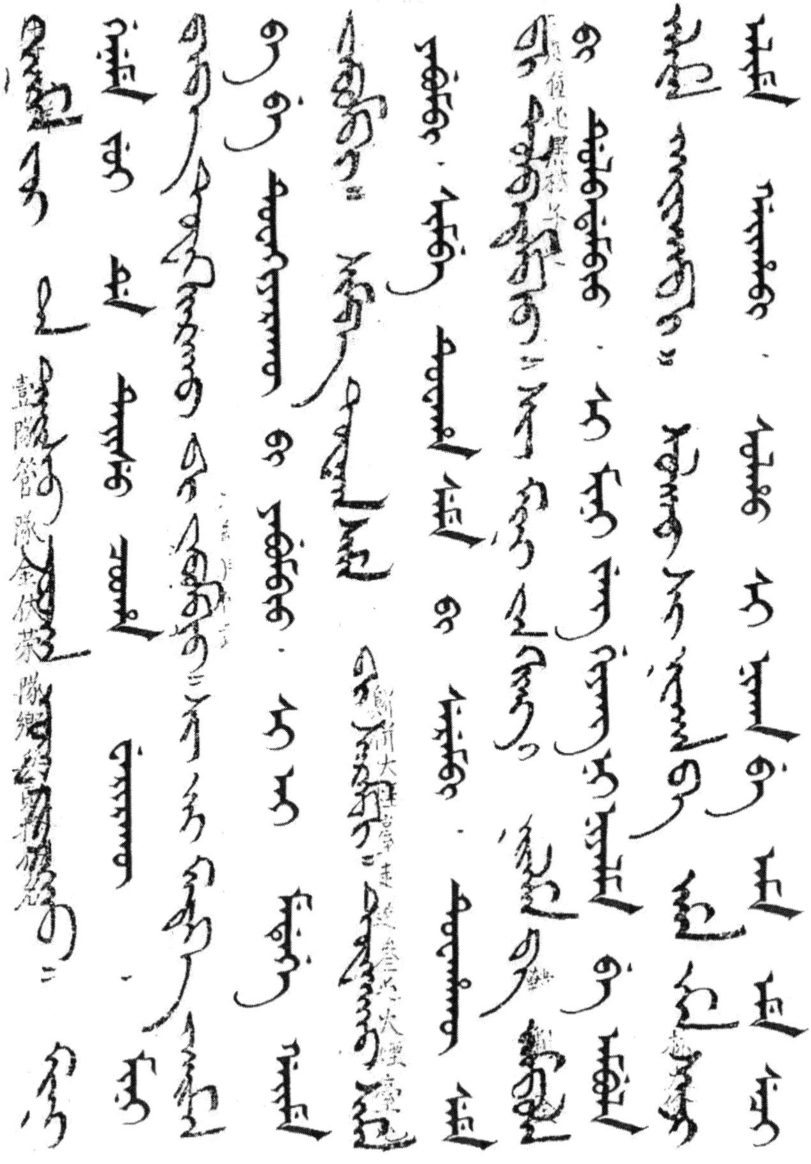

geneme, jui de teisu cooha werirakū, mini ba be tuwakiyarakū bi yabumbio. si ai medege gaime yabumbi. simbe tuwaha seme bi serembi. tuwahakū seme bi dulbadambio. si mini jeng giyang ni niyalma be ambula alime gaihabi, solho si nikan be ama eme seci

---

豈可不留意其子足以匹敵之兵？不看守我地方？爾探得何信息？觀察爾等，我便知覺。即便未觀察，我豈懵懂耶？爾收納我鎮江之人多矣，爾朝鮮稱明為父母，

岂可不留意其子足以匹敌之兵？不看守我地方？尔探得何信息？观察尔等，我便知觉。即便未观察，我岂懵懂耶？尔收纳我镇江之人多矣，尔朝鲜称明为父母，

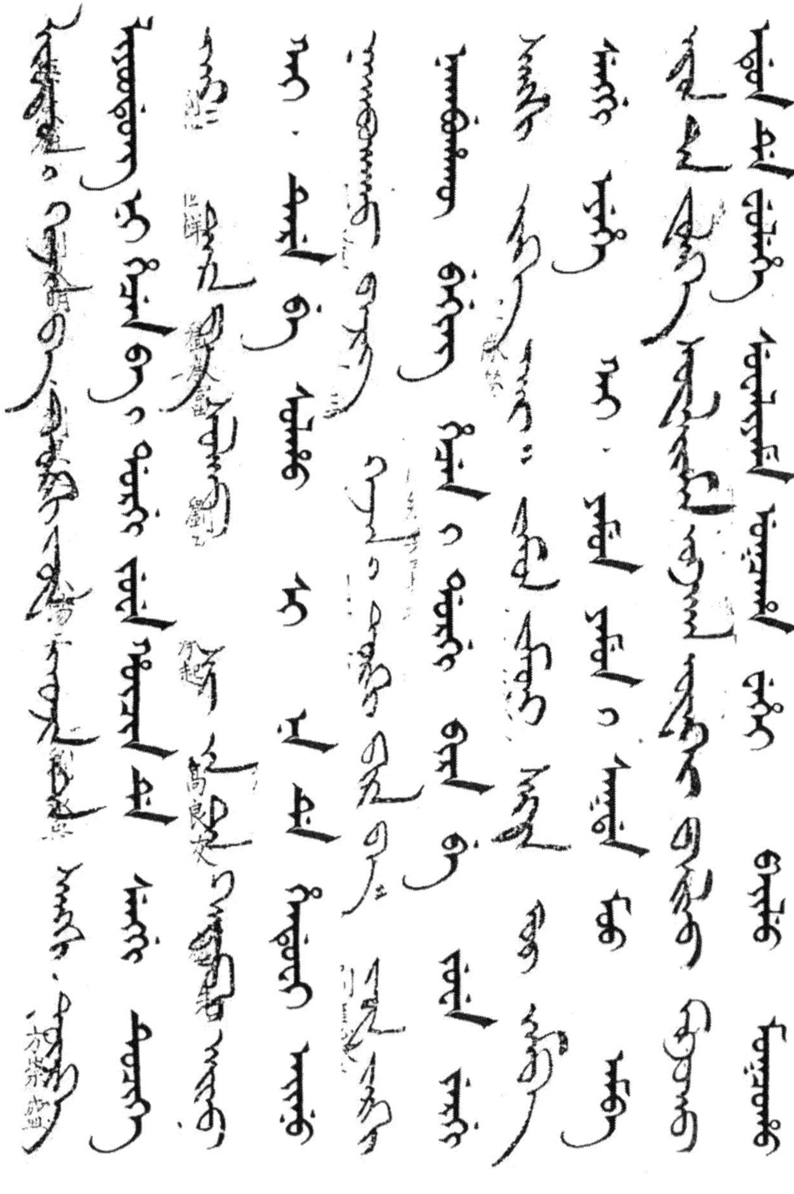

liyoodung ni hecen ba i dorgi juwe hūcin de senggi tucike kai. tere be solho si, na de hendufi ainu nakabuhakū. beging hecen i dorgi bira be juwe jergi senggi eyehe kai. yamun yamun i sakda moo, amba edun de fulehe suwaliyame ukcaha, wehei pailu mokcoho

---

遼東城地方內二井出血哉！爾朝鮮為何不祈求於地制止之？北京[31]城內河血流二次哉！各衙門之老樹被大風連根拔起，石牌樓折斷，

辽东城地方内二井出血哉！尔朝鲜为何不祈求于地制止之？北京城内河血流二次哉！各衙门之老树被大风连根拔起，石牌楼折断，

---

[31] 北京，《滿文原檔》寫作"ba(e)jing"，《滿文老檔》讀作"beging"，蒙文讀作"begeǰing"，滿蒙文俱為漢文「北京」音譯。

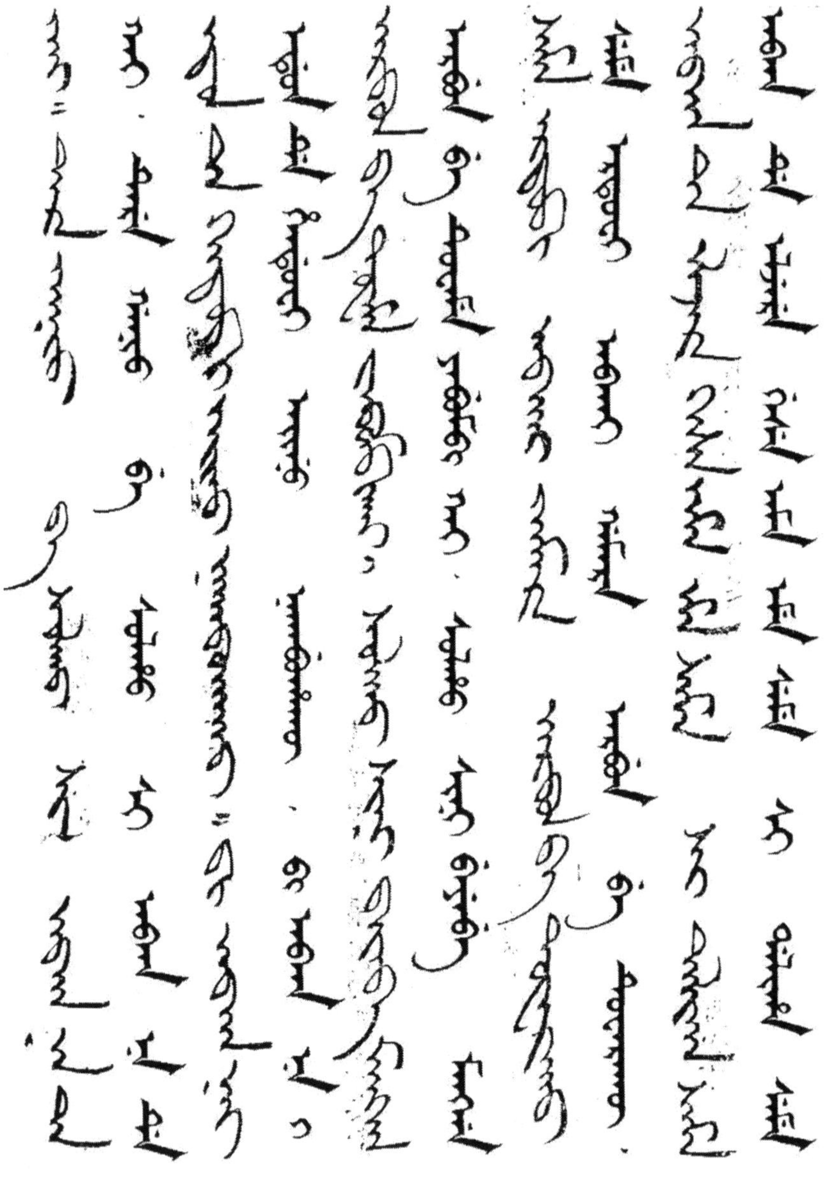

kai. tere ganio be solho si abka na de, edun de hendufi, ainu nakabuhakū. bi abka na i arbun be tuwame yabumbi kai. solho sini beyebe mangga seme ertufi abkai gamara arbun be tuwarakū, abka de eljere gese, ama eme seme si daliha seme

---

其異象爾朝鮮為何不祈求天地及風制止？我乃觀天地之象而行也。朝鮮仗恃爾自身之強，不顧天象，爾為護衛父母，猶如抗天，

其异象尔朝鲜为何不祈求天地及风制止？我乃观天地之象而行也。朝鲜仗恃尔自身之强，不顾天象，尔为护卫父母，犹如抗天，

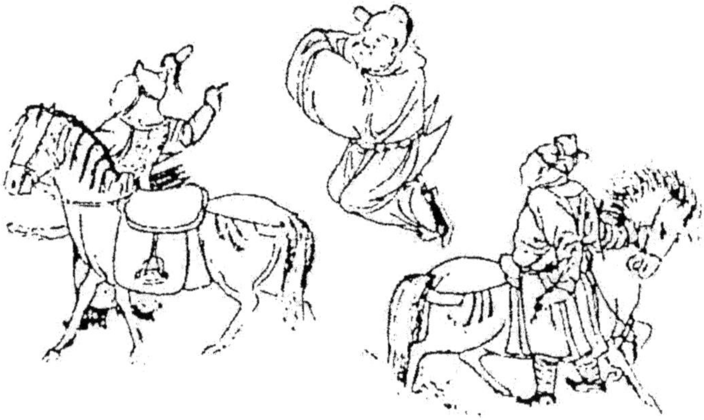

二十九、厚賞來人

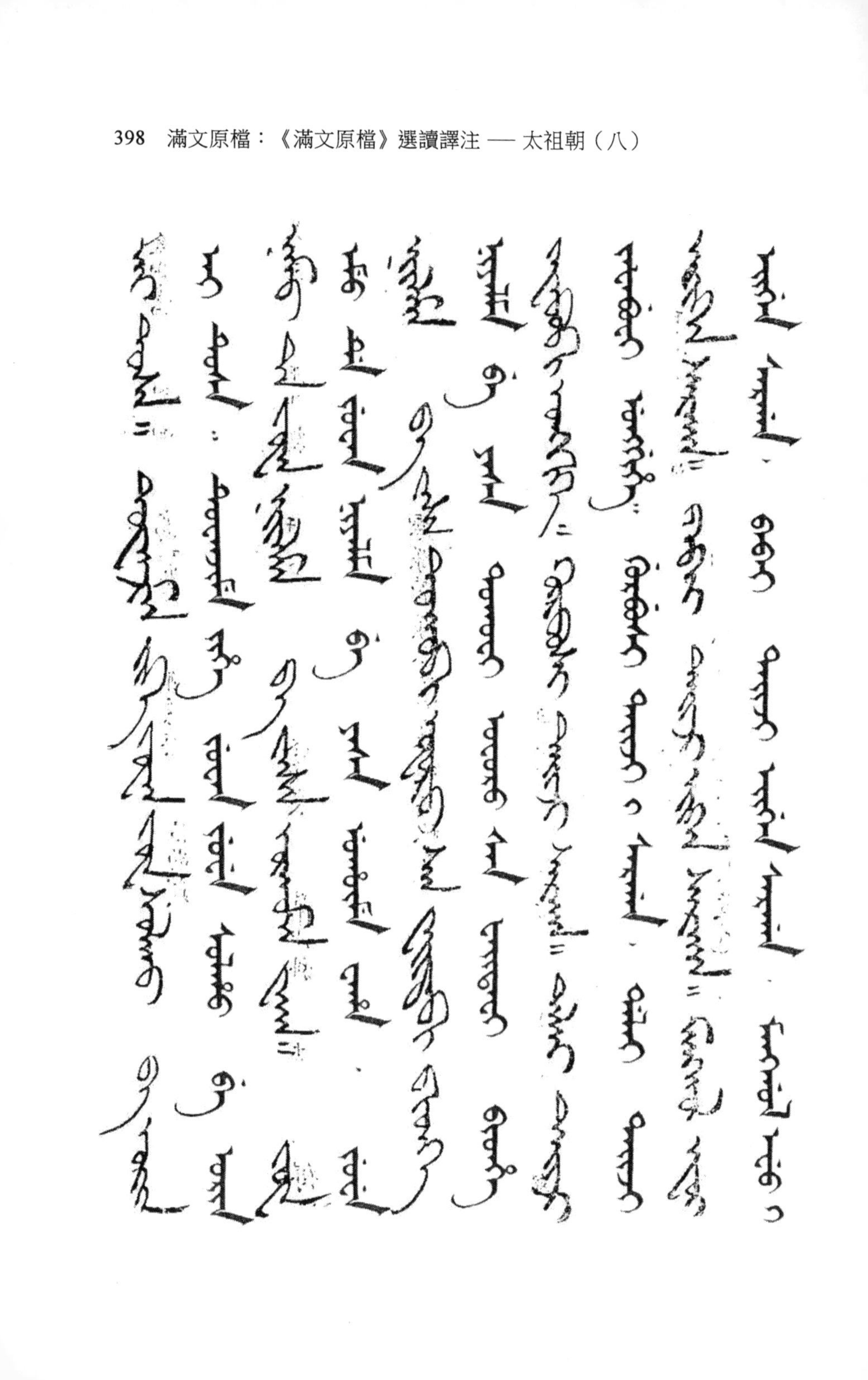

ai tusa. tuwanjime jihe juwan juwe solho be, orin emu de juwan niyalma be yasa uhūme waha. juwe niyalma be yasa tokofi oforo, šan faitafi bithe jafabufi unggihe. gurbusi taiji i sargan, dalai taiji eigen sargan, babai taiji eigen sargan, manggol efu i

---

有何益焉？」於二十一日，將前來探信之朝鮮人十二名，十人剜目殺之；二人戳眼，割耳、鼻，持書遣還。固爾布什台吉之妻、達賴台吉夫妻、巴拜台吉夫妻、莽古勒額駙之

有何益焉？」于二十一日，将前来探信之朝鲜人十二名，十人剜目杀之，二人戳眼，割耳、鼻，持书遣还。固尔布什台吉之妻、达赖台吉夫妻、巴拜台吉夫妻、莽古勒额驸之

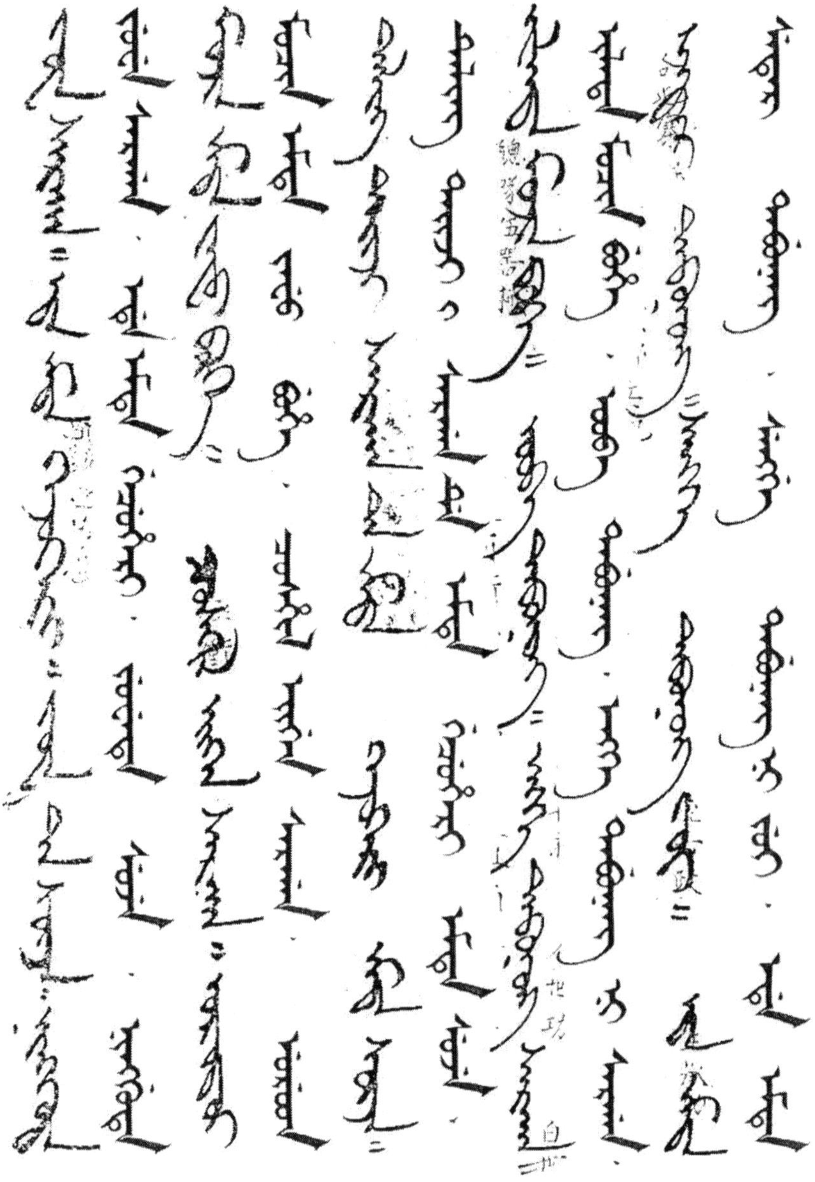

juwe sargan, ede emte gecuheri, juwete suje, ninggute mocin, emte jafu buhe. coshil eigen sargan, urut teling taiji i sargan de emte gecuheri, emte suje, ilata mocin buhe. ooba tabunang, engke tabunang ni sargan, seter tabunang, sengge tabunang ni jui, ede emte

---

二妻，賜蟒緞各一疋、緞各二疋、毛青布各六疋、氊各一塊。綽斯希勒夫妻、兀魯特特陵台吉之妻，賜蟒緞各一疋、緞各一疋、毛青布各三疋。奥巴塔布囊、韓克塔布囊之妻、色特爾塔布囊、僧格之子，

二妻，赐蟒缎各一疋、缎各二疋、毛青布各六疋、毡各一块。绰斯希勒夫妻、兀鲁特特陵台吉之妻，赐蟒缎各一疋、缎各一疋、毛青布各三疋。奥巴塔布囊、韓克塔布囊之妻、色特尔塔布囊、僧格之子，

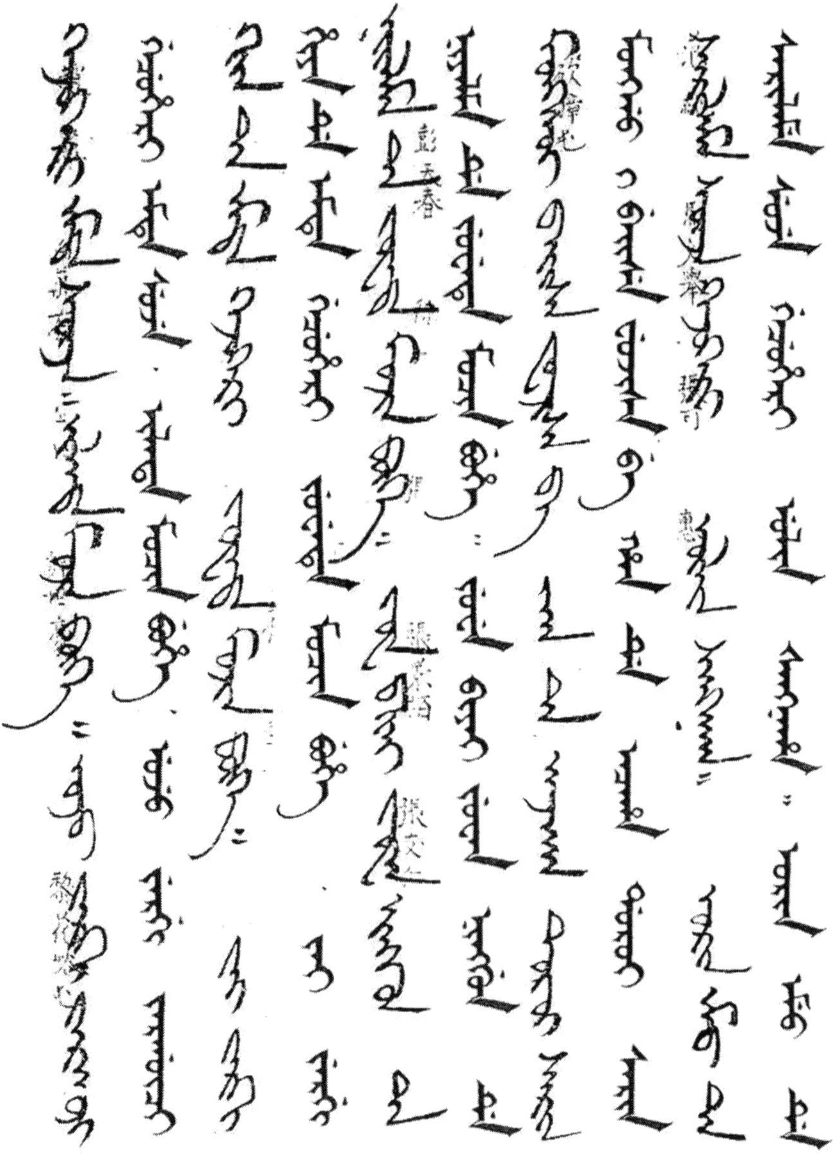

gecuheri, emte suje, ilata mocin buhe. uju jergi jargūci, hiya de emte gecuheri, juwete mocin buhe. jai jergi niyalma de juwete mocin buhe. juwe biyai juwan ninggun de, monggo i beise, fujisa be han de acaha doroi sarin sarilame, suje, gecuheri, ulin, šangnaha. orin emu de

---

賜蟒緞各一疋、緞各一疋、毛青布各三疋。頭等扎爾固齊、侍衛，賜蟒緞各一疋、毛青布各二疋。二等之人，賜毛青布各二疋。二月十六日，蒙古貝勒們、福晉們，以叩見汗之禮，設筵宴之，並賞緞、蟒緞、財貨。二十一日，

赐蟒缎各一疋、缎各一疋、毛青布各三疋。头等扎尔固齐、侍卫，赐蟒缎各一疋、毛青布各二疋。二等之人，赐毛青布各二疋。二月十六日，蒙古贝勒们、福晋们，以叩见汗之礼，设筵宴之，并赏缎、蟒缎、财货。二十一日，

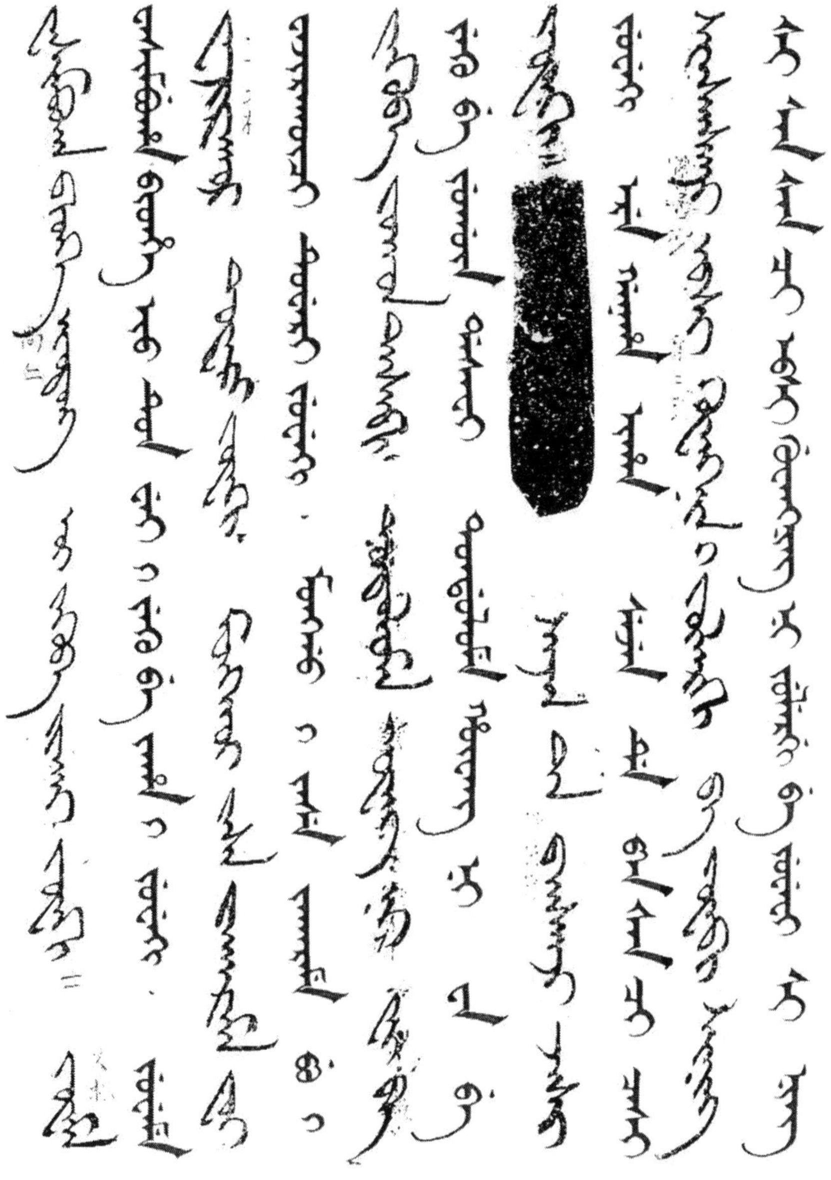

wasimbuha bithe, io tun wei i jeku be jaha i juweki. juweme wajirakūci, tuweri juweki. monggo i jase jakarame pu i jeku be jugūn dasafi, tondolome hūwang ni wa be juweki. ere ganaha ihan sejen de, pan šan ci casi ši san šan ci ebsi guwangning ni julergi be juwefi, si ning

---

頒書諭曰：「右屯衛之糧穀，以刀船運之。若運不完，冬季運之。蒙古沿邊各堡之糧穀，修路後經黃泥窪直走運之。此往取之牛車，由盤山以外至十三山以內，經廣寧南運之，

颁书谕曰：「右屯卫之粮谷，以刀船运之。若运不完，冬季运之。蒙古沿边各堡之粮谷，修路后经黄泥洼直走运之。此往取之牛车，由盘山以外至十三山以内，经广宁南运之，

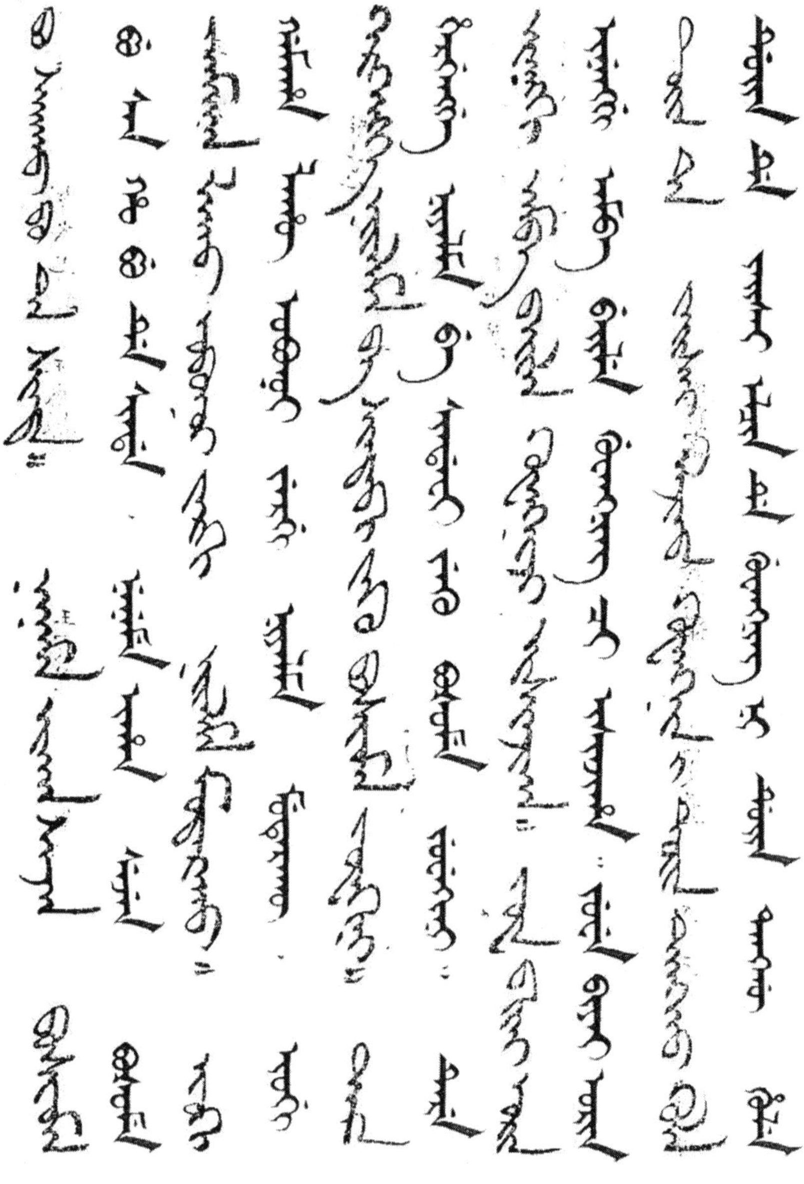

pu, san ho pu de sinda. neneme ihan sejen bošome gamaha lahū, obonoi jergi niyalma muterakū, iogi hergengge niyalma be sindafi jeku bošome juwekini. tere inenggi, amba beile guwangning ci isinjiha. juwe biyai orin duin de jaisai elcin de, guwangning ni duin tanggū hule

---

置放於西寧堡、三河堡。其先前往督催牛車之拉虎、鄂博諾依等人無能，著補放遊擊銜之人催運糧穀。」是日，大貝勒自廣寧至。二月二十四日，遣人傳諭曰：「命以廣寧糧穀四百石賜齋賽之使者。」

置放于西宁堡、三河堡。其先前往督催牛车之拉虎、鄂博诺依等人无能，着补放游击衔之人催运粮谷。」是日，大贝勒自广宁至。二月二十四日，遣人传谕曰：「命以广宁粮谷四百石赐斋赛之使者。」

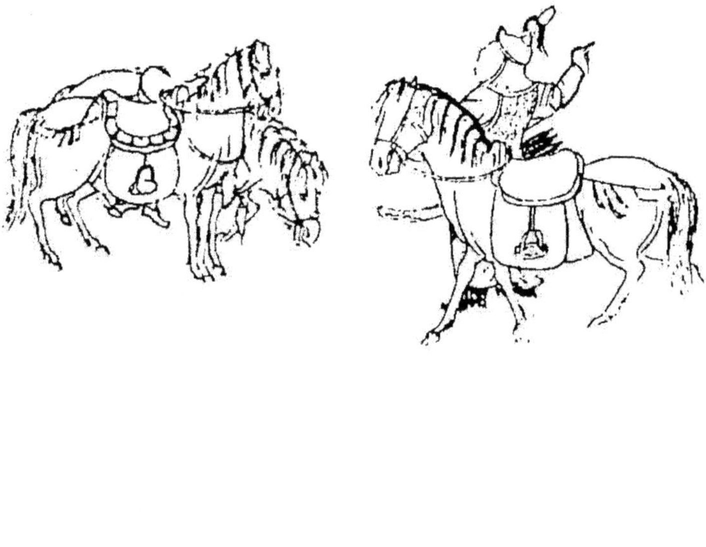

三十、官牛烙印

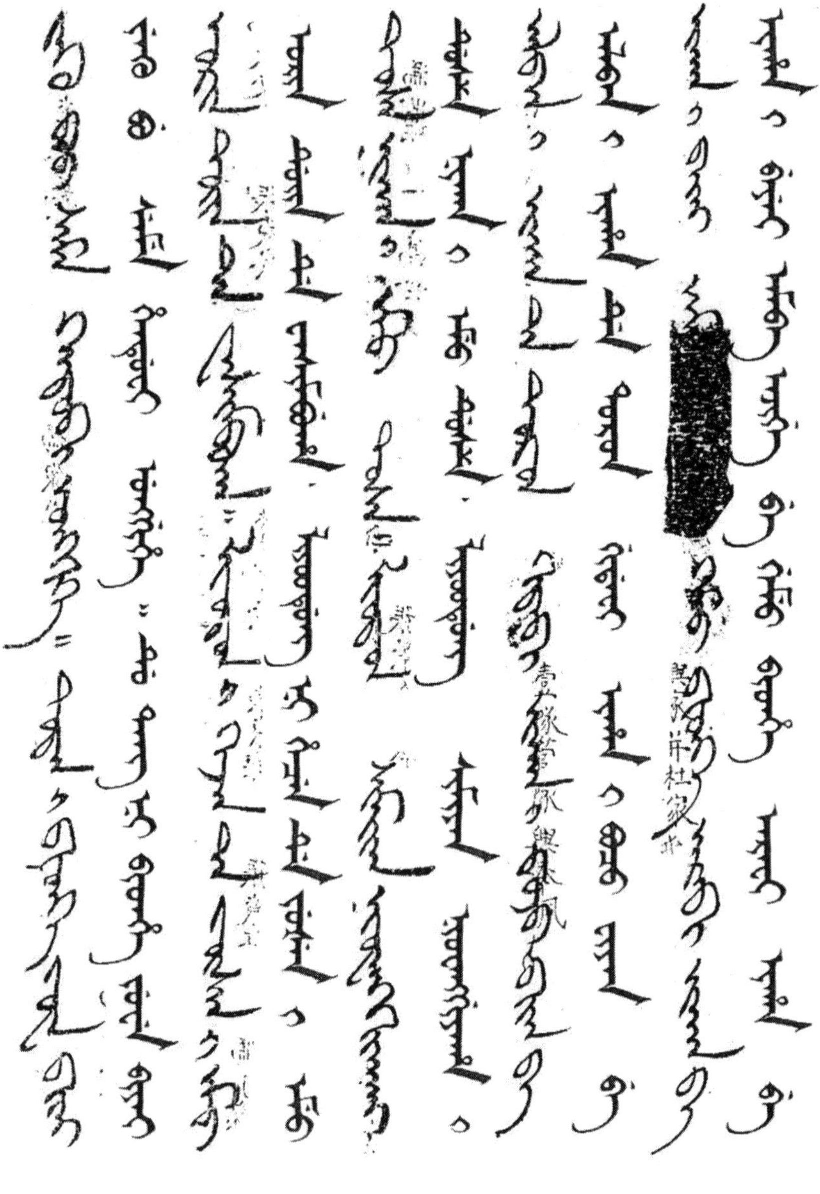

jeku bu seme hendufi unggihe. du tang ni bithe, juwe biyai orin duin de wasimbuha, liyoodung ni hecen de jušen i emu dusy, nikan i emu dusy, liyoodung, simiyan, niowanggiyaha i alban i ihan de toron gidafi, ihan i boco fiyan be ihan i beyei amban ajige be gemu bithe arafi ihan be

---

諭畢遣之。二月二十四日，都堂頒書諭曰：「遼東城設諸申都司一人、漢都司一人，將遼東、瀋陽、清河之官牛烙蓋印記，俱造册登記牛之毛色、牛身大小，

谕毕遣之。二月二十四日，都堂颁书谕曰：「辽东城设诸申都司一人、汉都司一人，将辽东、沈阳、清河之官牛烙盖印记，俱造册登记牛之毛色、牛身大小，

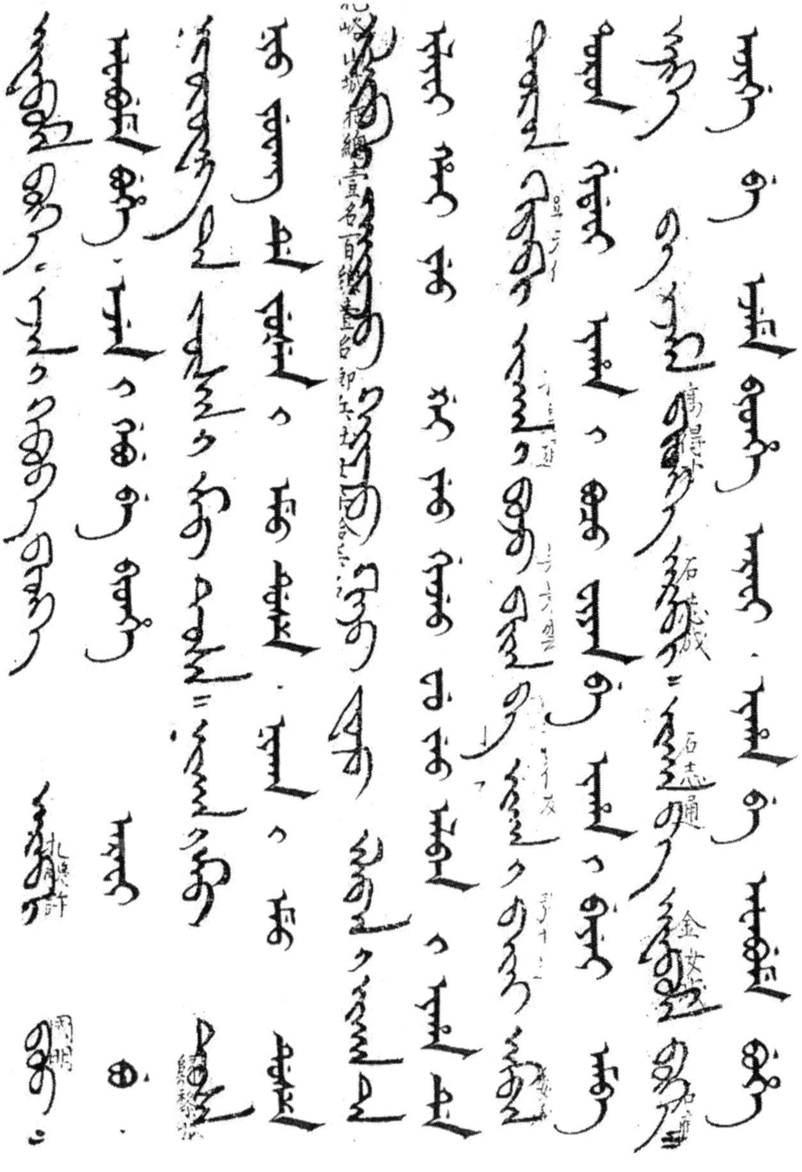

afabume buhe ejen i gebu be bithe arafi bu. nio juwang de jušen i emu dusy, nikan i emu dusy ilifi hai jeo, g'ai jeo ginjeo, fu jeo alban i ihan de toron gidafi, ihan i boco fiyan be ihan i beyei amban ajige be ejeme bithe arafi, ihan be afabume buhe

---

及交付牛之主人名字。牛莊設諸申都司一人、漢都司一人，將海州、蓋州、金州、復州之官牛烙蓋印記，並造冊登記牛之毛色、牛身大小，及交付牛之

及交付牛之主人名字。牛庄设诸申都司一人、汉都司一人，将海州、盖州、金州、复州之官牛烙盖印记，并造册登记牛之毛色、牛身大小，及交付牛之

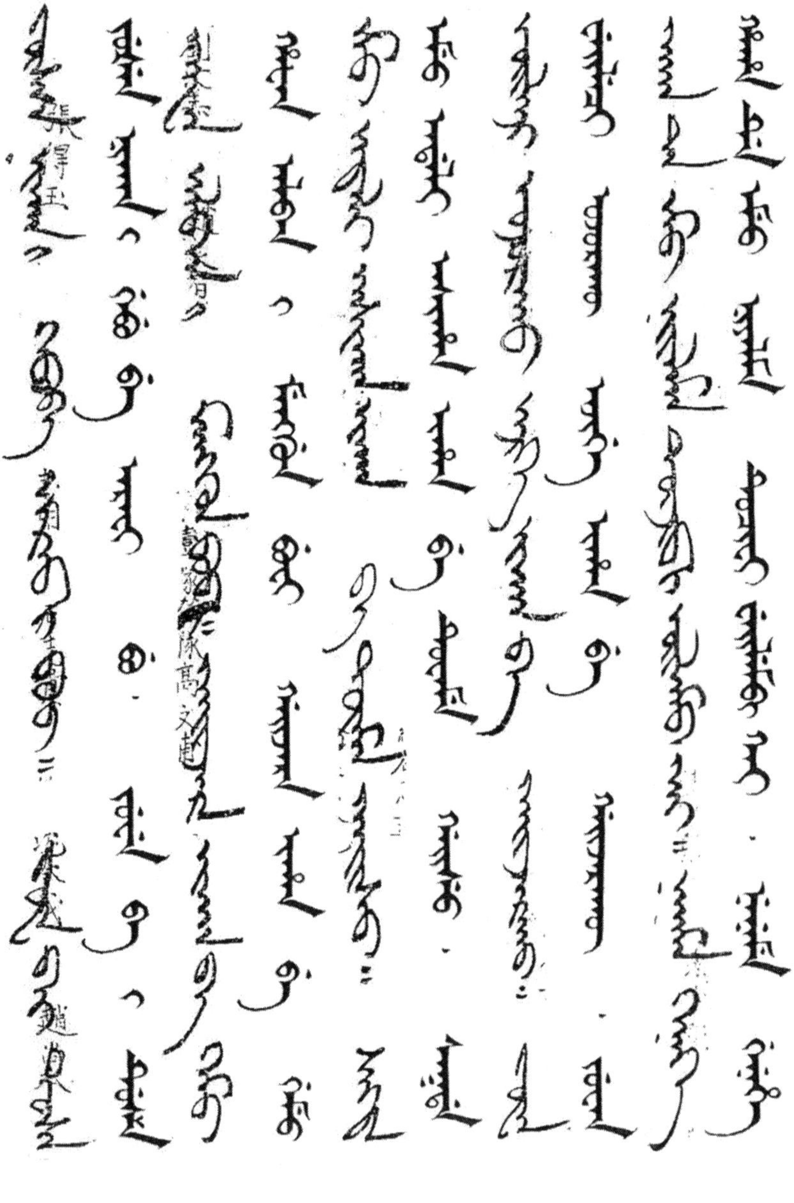

jušen, nikan i gebu be arafi bu. juwe ba i dusy hafan, alban i menggun bufi gaijara ihan be, gemu emu adali asihan ihan be tuwame gaisu, sakda, weileci ojorakū ajige ihan be gaijarakū. juwan haha de emu niyalma tucifi weilembi kai. neneme genehe

---

諸申、漢人名字。二處都司官給官銀，所收之牛俱一體取其幼壯之牛，老牛及不能役使之小牛，勿取之。十男丁中出一人服勞役也。先往之人，

诸申、汉人名字。二处都司官给官银，所收之牛俱一体取其幼壮之牛，老牛及不能役使之小牛，勿取之。十男丁中出一人服劳役也。先往之人，

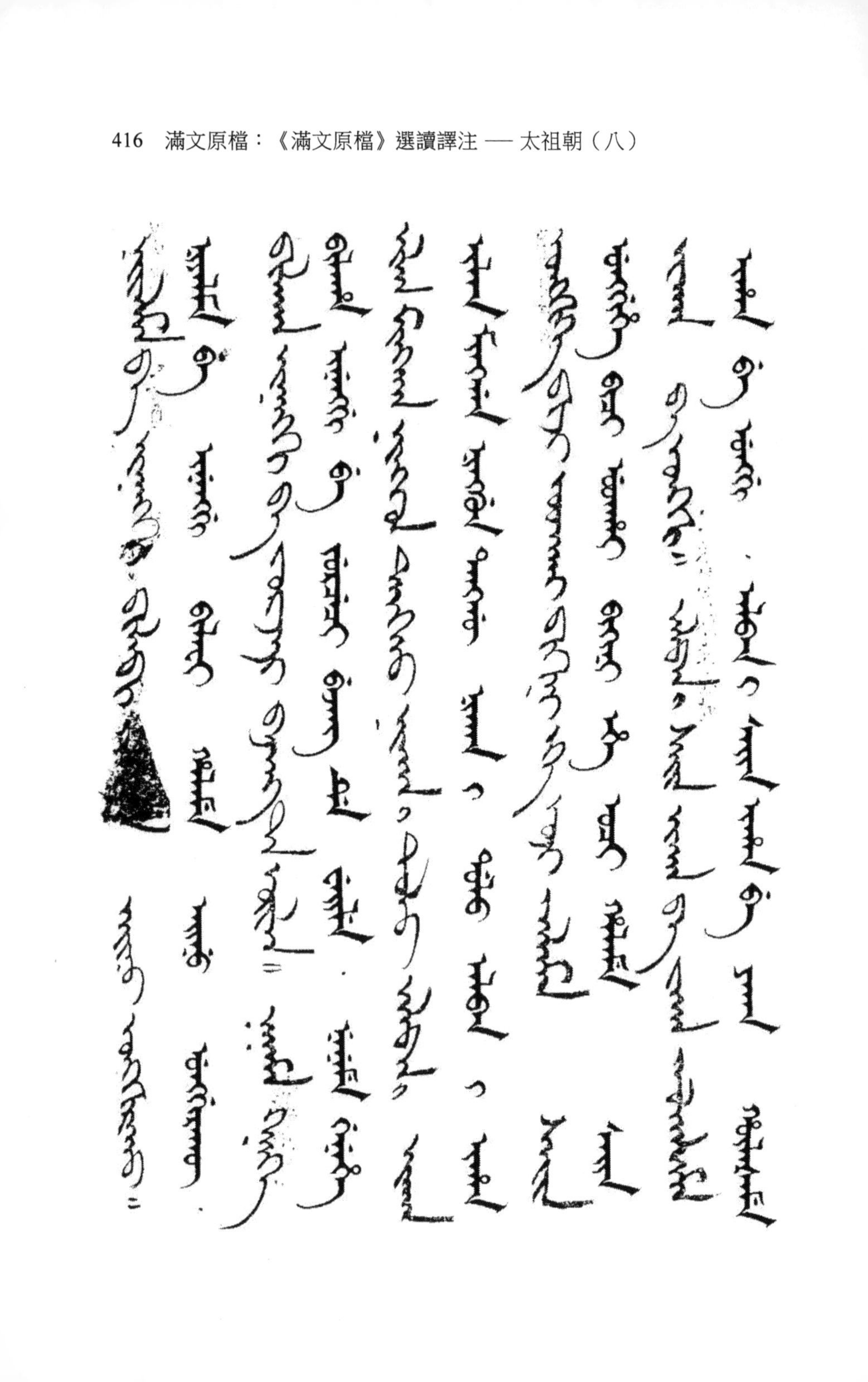

niyalma be inenggi bilafi halame ainu unggirakū. bilaha inenggi be jurceci, bejang de weile. neneme genehe ilan minggan ninggun tanggū nikan i dolo, alban i ihan unggihe bici, uthai bikini, ehe oci halame sain ihan be unggi, alban i sain ihan be yaka hūlašame

---

限期更換，為何不遣往？若違期限，罪及百長。先往之三千六百漢人內，若有派官牛者，即留之，若係劣牛，則令遣壯牛更換，恐他人換取幼壯官牛也。

限期更换，为何不遣往？若违期限，罪及百长。先往之三千六百汉人内，若有派官牛者，即留之，若系劣牛，则令遣壮牛更换，恐他人换取幼壮官牛也。

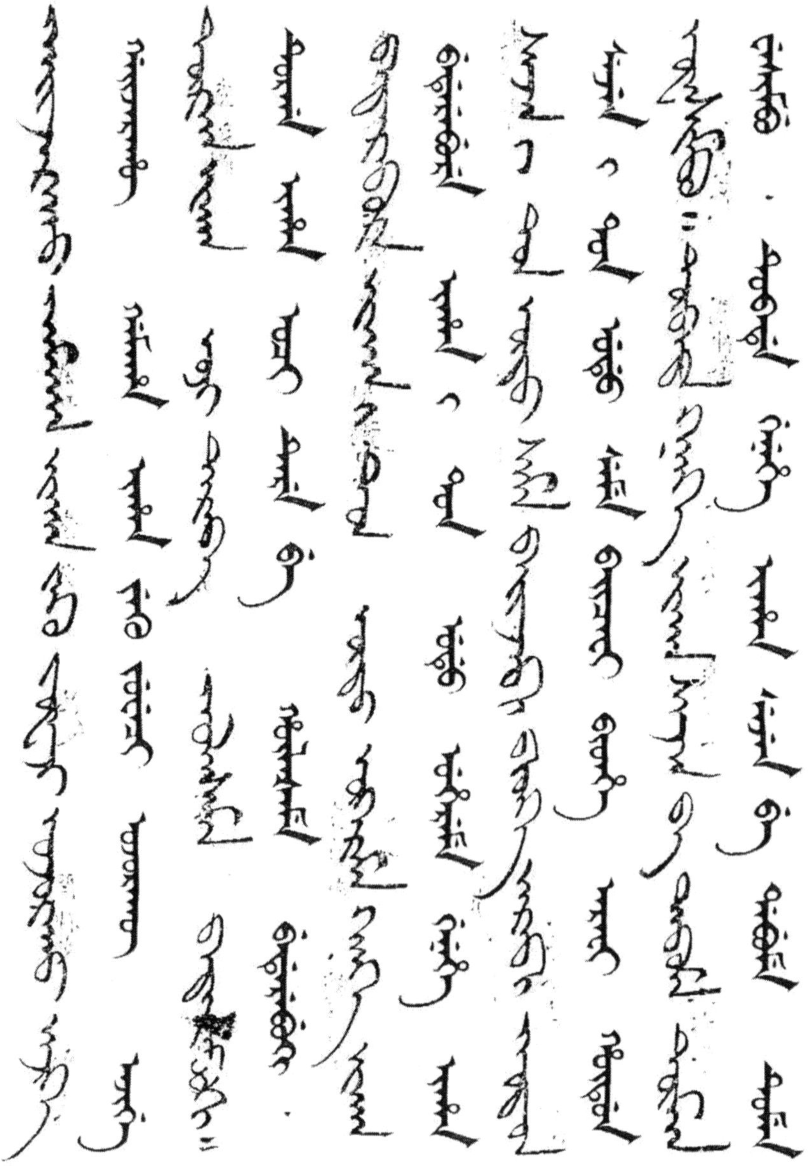

gaijarahū. gamaha ihan, jeku juweci ojorakū ajige turga ihan oci, tere be hūlašame bederebuki. bederebure ihan i ton udu uhereme genehe ihan sejen i ton udu seme baicafi, bithe arafi hūdun wesimbu. tubade genehe ihan sejen be dabume tumen

---

所徵收之牛，若有不能運糧瘦小之牛，則將其退回更換。著查明退回之牛數幾何，遣往之牛車總數幾何，速行繕文具奏。著計前往彼處之牛車，

所征收之牛，若有不能运粮瘦小之牛，则将其退回更换。着查明退回之牛数几何，遣往之牛车总数几何，速行缮文具奏。着计前往彼处之牛车，

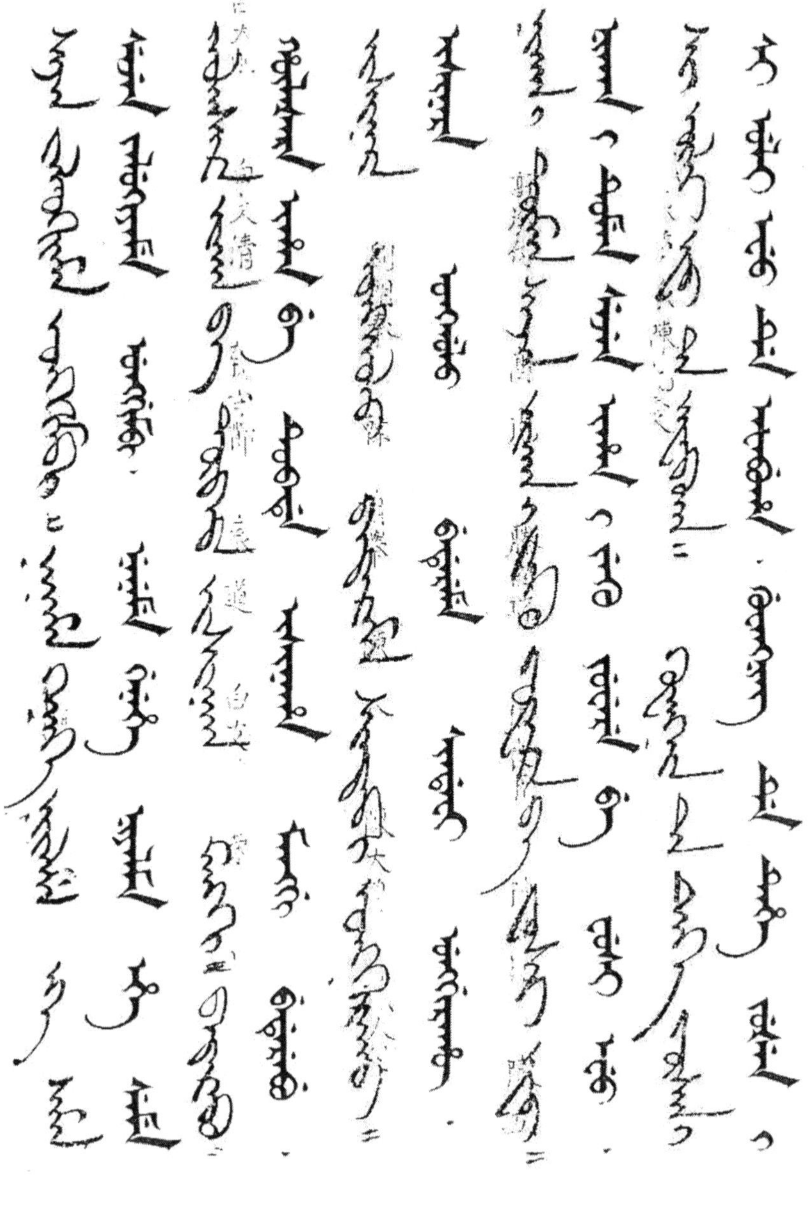

sejen jalukiyame unggimbi. neneme genehe niyalma, ehe seme hūlašara ihan be, tubade isinaha manggi bederebu. isinara onggolo bedereme sindafi unggirahū. nikan i tumen sejen ihan i jeku juwere be, fusi efu, si uli efu de afabuha. guwangning de tehe jušen i

---

車輛滿萬即遣之。先行前往之人，因劣而更換之牛，到達彼處後再令退還，以防未到之前即行放回。漢人萬輛牛車運送之事，已交付撫順額駙、西烏里額駙督辦。駐廣寧諸申之兵丁，

车辆满万即遣之。先行前往之人，因劣而更换之牛，到达彼处后再令退还，以防未到之前即行放回。汉人万辆牛车运送之事，已交付抚顺额驸、西乌里额驸督办。驻广宁诸申之兵丁，

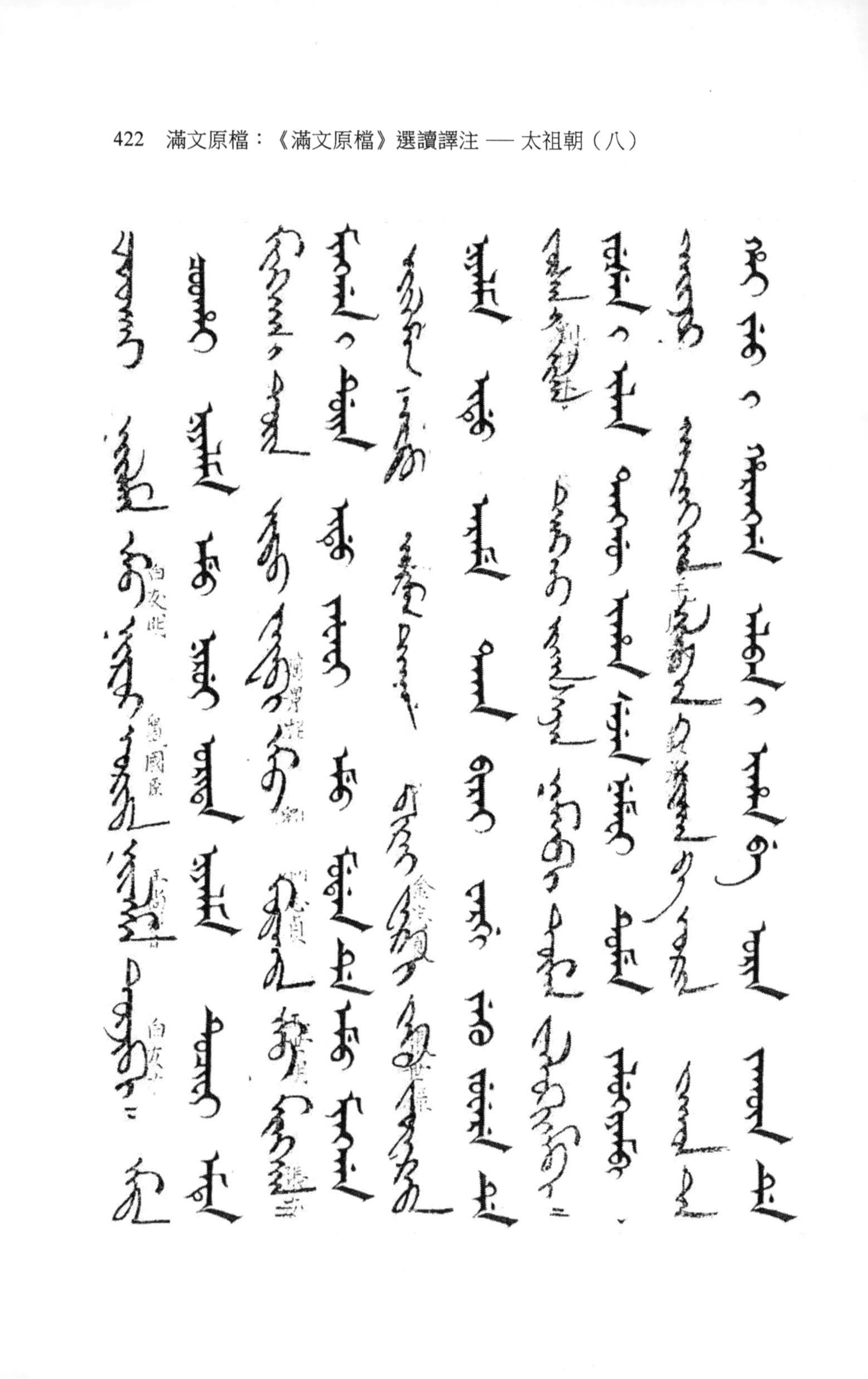

coohai niyalma, emu nirui orita niyalma tucifi emte minggan i duin idu jafafi, emu mudan de emu minggan niyalma idu arame, taka birai wargi jeku juwere de, jušen i ilan tanggū ihan sejen nemefi tumen jalukiyambi. hai jeo i harangga alban i ihan be, orin jakūn de

---

每牛彔出各二十人編為四班，每班各一千人。每次以一千人輪班，暫且運送河西糧穀。其間諸申增牛車三百輛，以補足滿萬之數。命將海州所屬官牛，於二十八日

每牛录出各二十人编为四班，每班各一千人。每次以一千人轮班，暂且运送河西粮谷。其间诸申增牛车三百辆，以补足满万之数。命将海州所属官牛，于二十八日

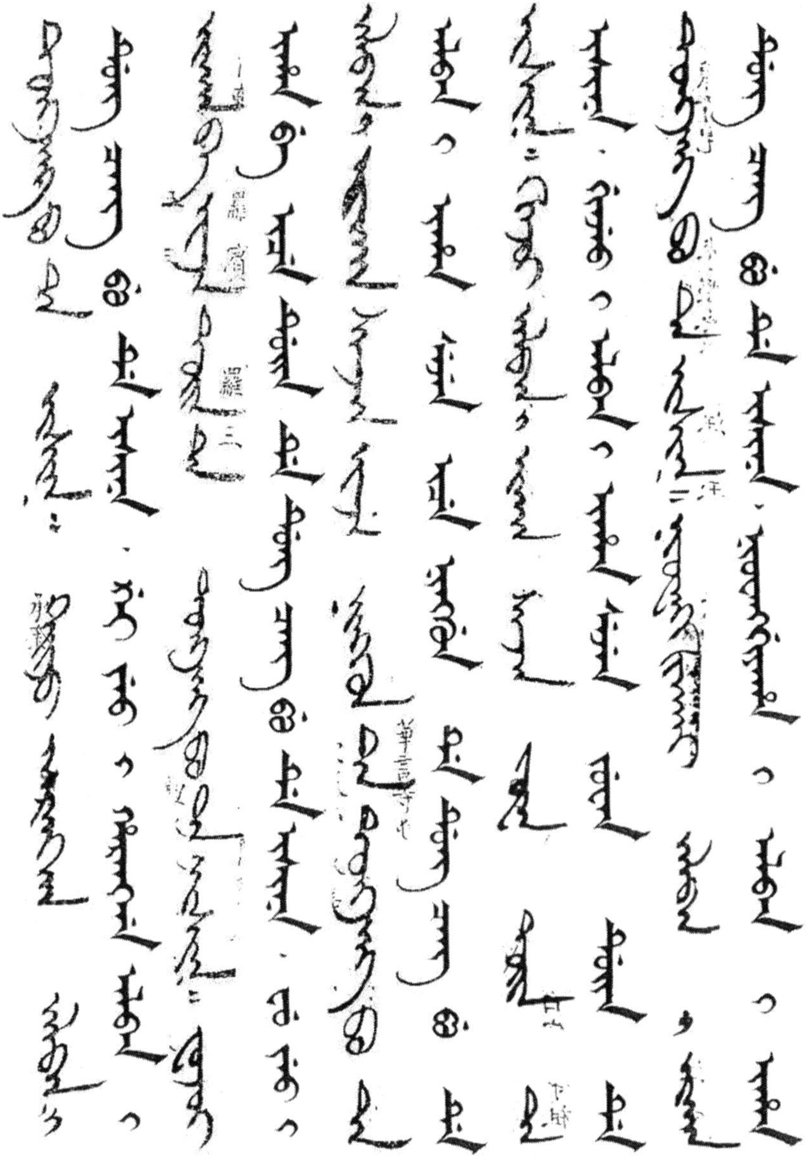

dung cang pu de isina, g'ai jeo i harangga alban i ihan be ice duin de dung cang pu de isina, fu jeo i alban i ihan sejen, ice ninggun de dung cang pu de isina, ginjeo i alban i ihan sejen, juwan duin de dung cang pu de isina, niowanggiyaha i alban i ihan

---

趕至東昌堡，蓋州所屬官牛於初四日趕至東昌堡，復州之官牛車於初六日趕至東昌堡，金州之官牛車於十四日趕至東昌堡，清河之官牛車

赶至东昌堡，盖州所属官牛于初四日赶至东昌堡，复州之官牛车于初六日赶至东昌堡，金州之官牛车于十四日赶至东昌堡，清河之官牛车

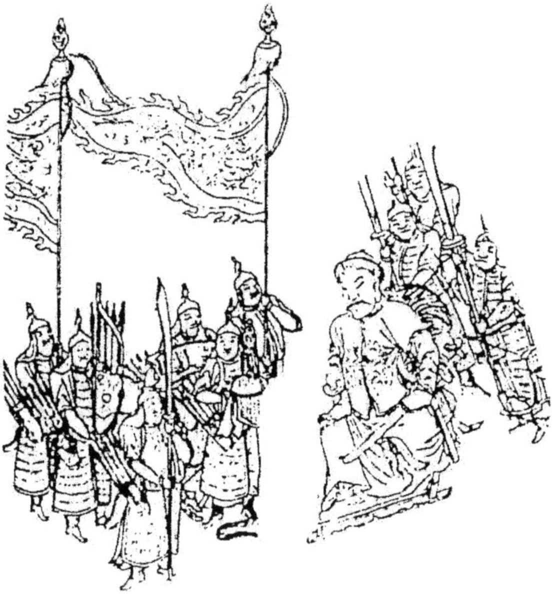

三十一、游牧蒙古

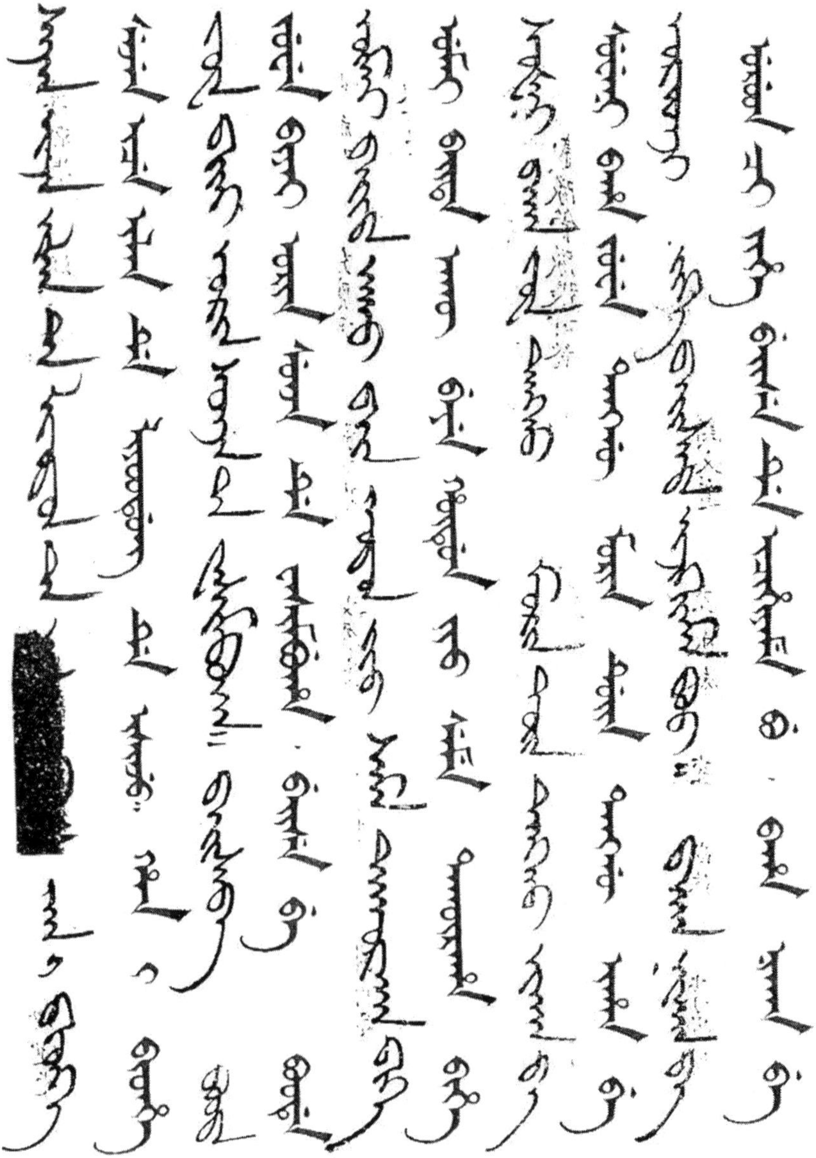

sejen, ice ilan de liyoodung de isinju. han i bithe, juwe biyai orin sunja de wasimbuha, beise be boode umai baita akū, beye hūdun jio seme takūraha bihe, suweni baha juwe tanggū morin, duin tanggū ihan be, urut ci jihe beise de icihiyame bu. baha nikan be

---

於初三日趕至遼東。」二月二十五日，汗頒書諭曰：「曾遣人傳諭諸貝勒，家中無事，著親自速來。如今命將爾等所獲之馬二百匹、牛四百頭，賜給由兀魯特前來之諸貝勒。

于初三日赶至辽东。」二月二十五日，汗颁书谕曰：「曾遣人传谕诸贝勒，家中无事，着亲自速来。如今命将尔等所获之马二百匹、牛四百头，赐给由兀鲁特前来之诸贝勒。

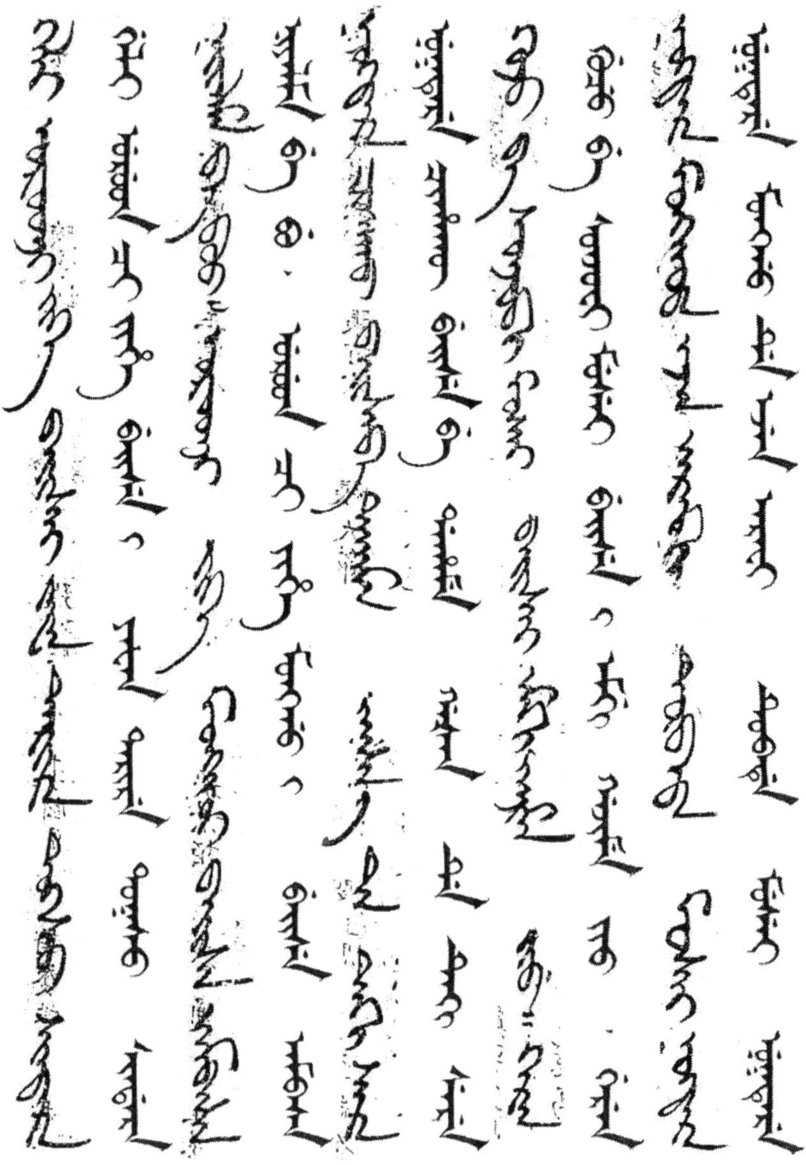

geli urut ci jihe beise i yafan, tarire tokso sindara niyalma be bu. urut ci jihe monggo i beise ambasa, nuktere cihakū beise be dahame gašan de teki sere gucu be sonjofi, musei beise i emgi gajime jio. geren nuktere monggo de ejen arafi tubade musei nuktere

---

亦賜給所獲漢人及由兀魯特前來貝勒所屬園戶、農莊之人。由兀魯特前來蒙古之諸貝勒大臣等，著選不願游牧欲隨諸貝勒在村莊居住之朋友，與我諸貝勒同來。衆游牧蒙古設主管於彼處，

亦赐给所获汉人及由兀鲁特前来贝勒所属园户、农庄之人。由兀鲁特前来蒙古之诸贝勒大臣等，着选不愿游牧欲随诸贝勒在村庄居住之朋友，与我诸贝勒同来。众游牧蒙古设主管于彼处，

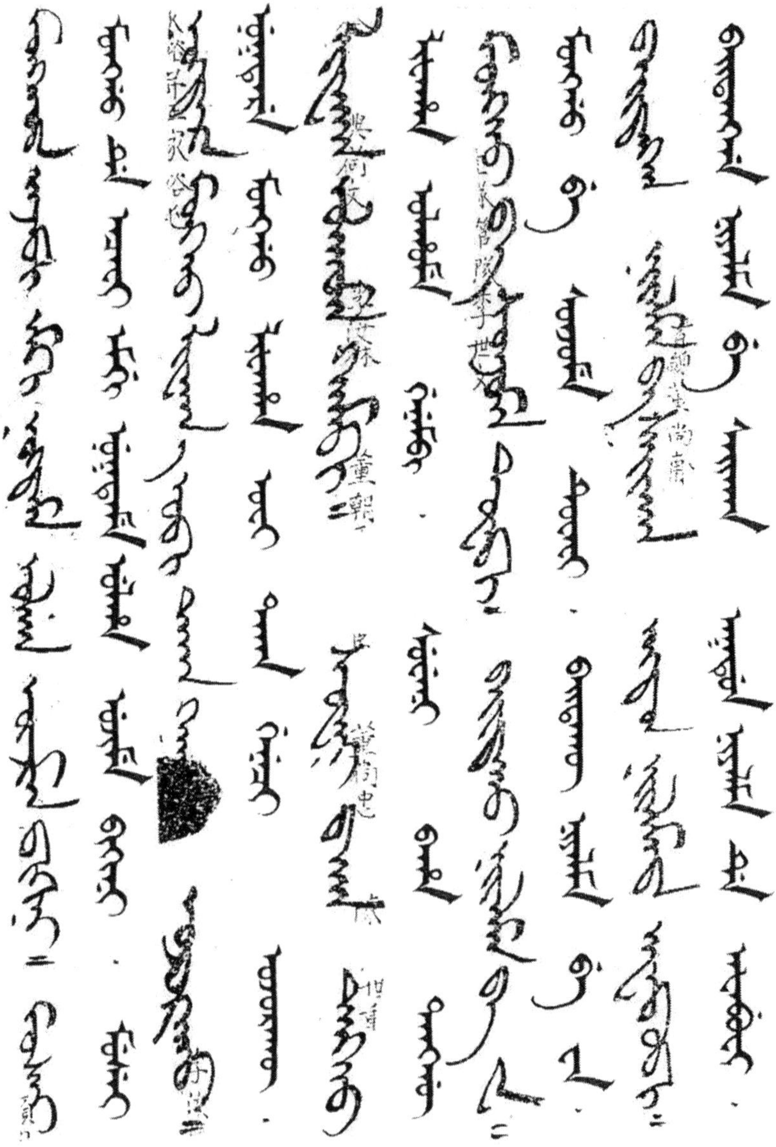

monggo de acafi emgi nukteme ulha ujime bikini. musei nuktere monggo lifahan ofi taka geneci ojorakū, lifahan olhome genembi. suweni baha tanggū monggo be sonjome tuwafi, baitakū niyalma be wa, baitangga niyalma be saikan akdun niyalma de afabufi,

---

會同我游牧蒙古牧養牲畜。我游牧蒙古因道路泥濘，暫且不能前往，待泥濘乾燥後前往。斟酌挑選爾等所獲百名蒙古，其無用之人殺之，有用之人交付妥善可信之人，

会同我游牧蒙古牧养牲畜。我游牧蒙古因道路泥泞，暂且不能前往，待泥泞干燥后前往。斟酌挑选尔等所获百名蒙古，其无用之人杀之，有用之人交付妥善可信之人，

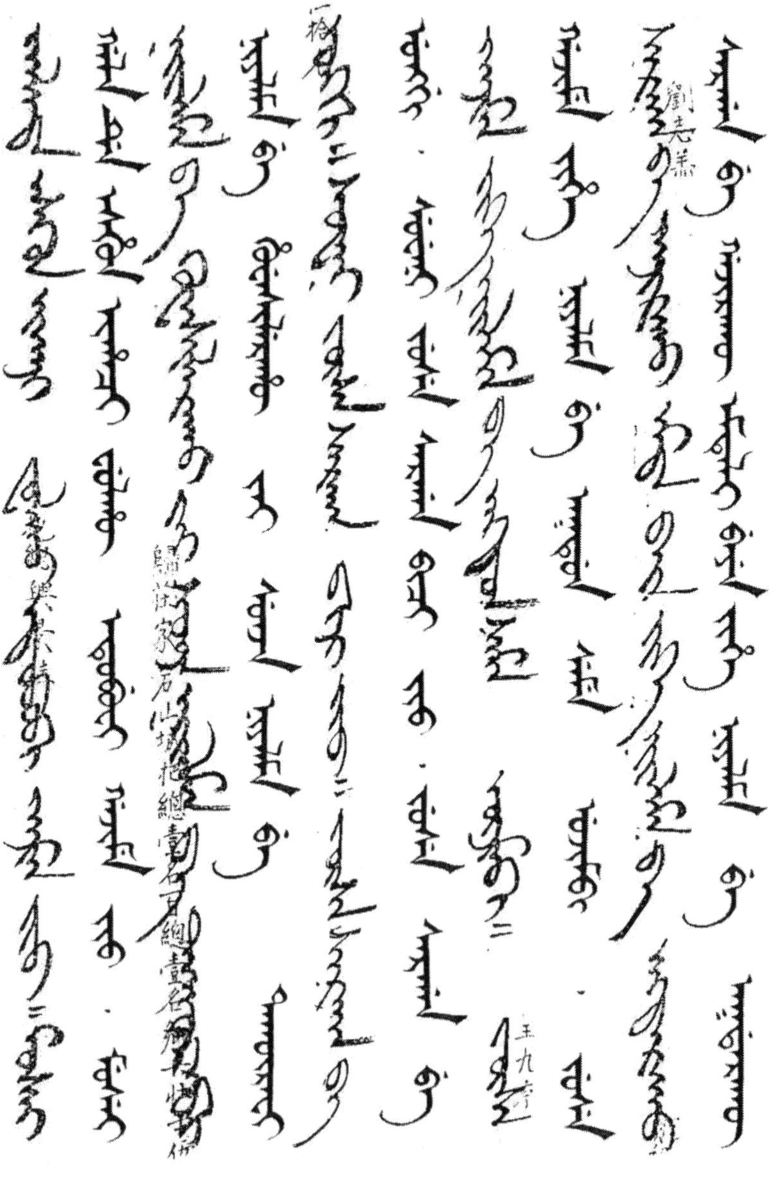

gala de eshun ihaci fulhū etubufi gajime jio, musei niyalma be huwesilerahū. jai sunja niyalma be takūrafi unggi, suweni juse sargan bici jio. juse sargan be gajime jihe niyalma be akdun seme ujimbi, juse sargan be gajirakū emteli beye jihe niyalma be akdarakū

手上套以生牛皮袋攜之前來，恐被小刀扎傷我人。再遣五人前往諭之，爾等若有妻孥，可以攜來。凡攜妻孥前來之人，因其可信而豢養之；其未攜妻孥單身前來之人，則不予置信。

手上套以生牛皮袋携之前来，恐被小刀扎伤我人。再遣五人前往谕之，尔等若有妻孥，可以携来。凡携妻孥前来之人，因其可信而豢养之；其未携妻孥单身前来之人，则不予置信。

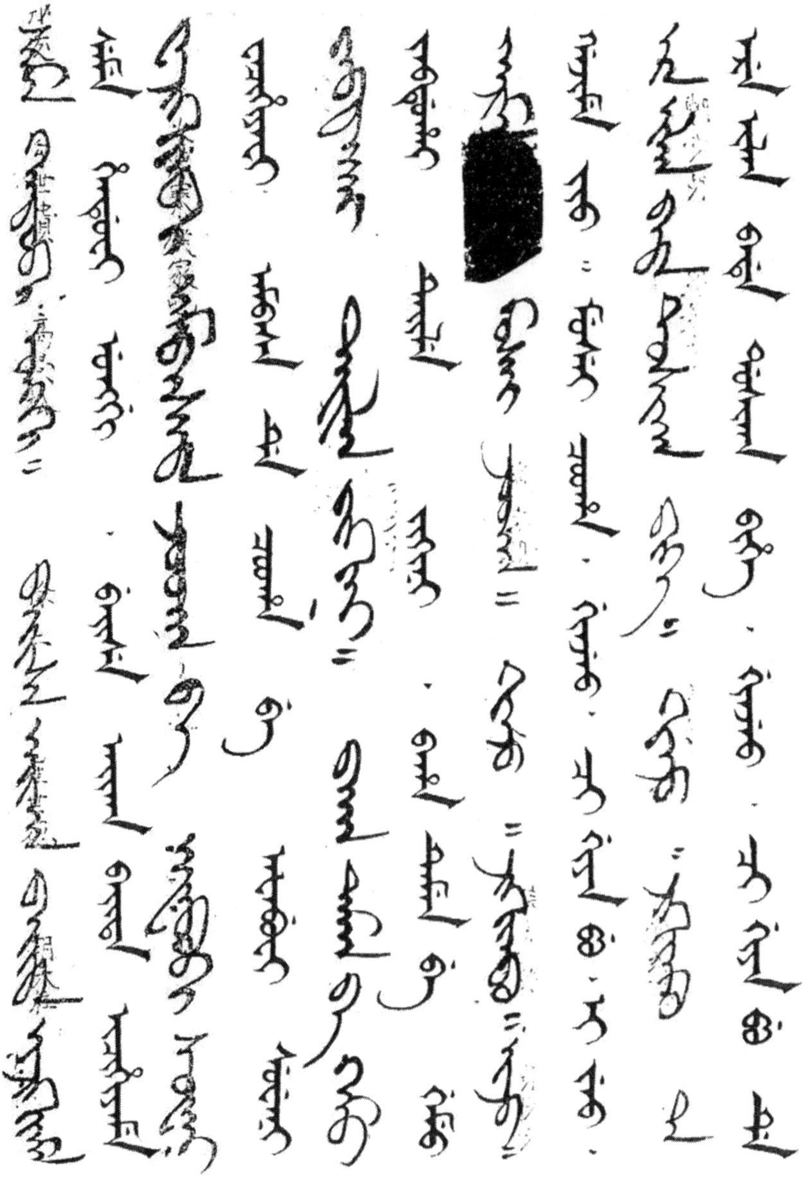

seme hendufi unggi, beise aika baita icihiyame wacihiyafi ambasa de cooha be afabufi suweni jabduhai teile jikini. baha temen be gemu gajime jio. musei cooha, ginjeo, ci giya pu, i jeo, ere ilan bade dosika bihe. ginjeo, ci giya pu de

---

諭畢遣之。貝勒等諸事若已辦妥，可將軍士交付諸大臣，爾等抽空前來，所獲之駝俱攜來。」我兵業已進入錦州、齊家堡、義州此三處。

谕毕遣之。贝勒等诸事若已办妥，可将军士交付诸大臣，尔等抽空前来，所获之驼俱携来。」我兵业已进入锦州、齐家堡、义州此三处。

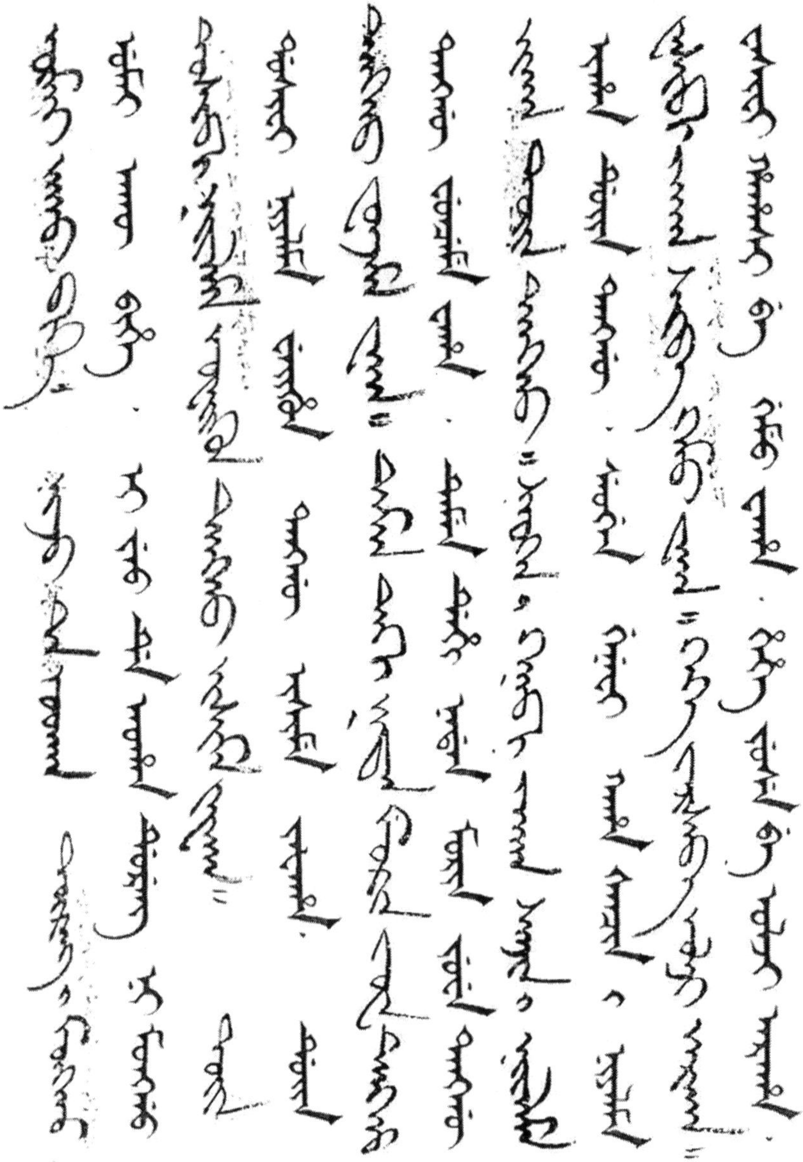

umai akū bihe, i jeo de aohan dureng ni monggo dosifi niyalma weihun tanggū isime jafaha, duin tanggū funceme waha, temen dehi nadan, morin juwe tanggū, ihan duin tanggū. seogen genefi kaha šancin i niyalma wasifi hahasi be gemu waha, hehe juse be olji araha.

錦州、齊家堡無事，惟義州有敖漢杜楞之蒙古進入，生擒近百人，殺四百餘人，獲駝四十七隻、馬二百匹、牛四百頭。索根往圍山寨，山寨之人下山，男丁俱殺之，婦孺為俘虜。

锦州、齐家堡无事，惟义州有敖汉杜楞之蒙古进入，生擒近百人，杀四百余人，获驼四十七只、马二百匹、牛四百头。索根往围山寨，山寨之人下山，男丁俱杀之，妇孺为俘虏。

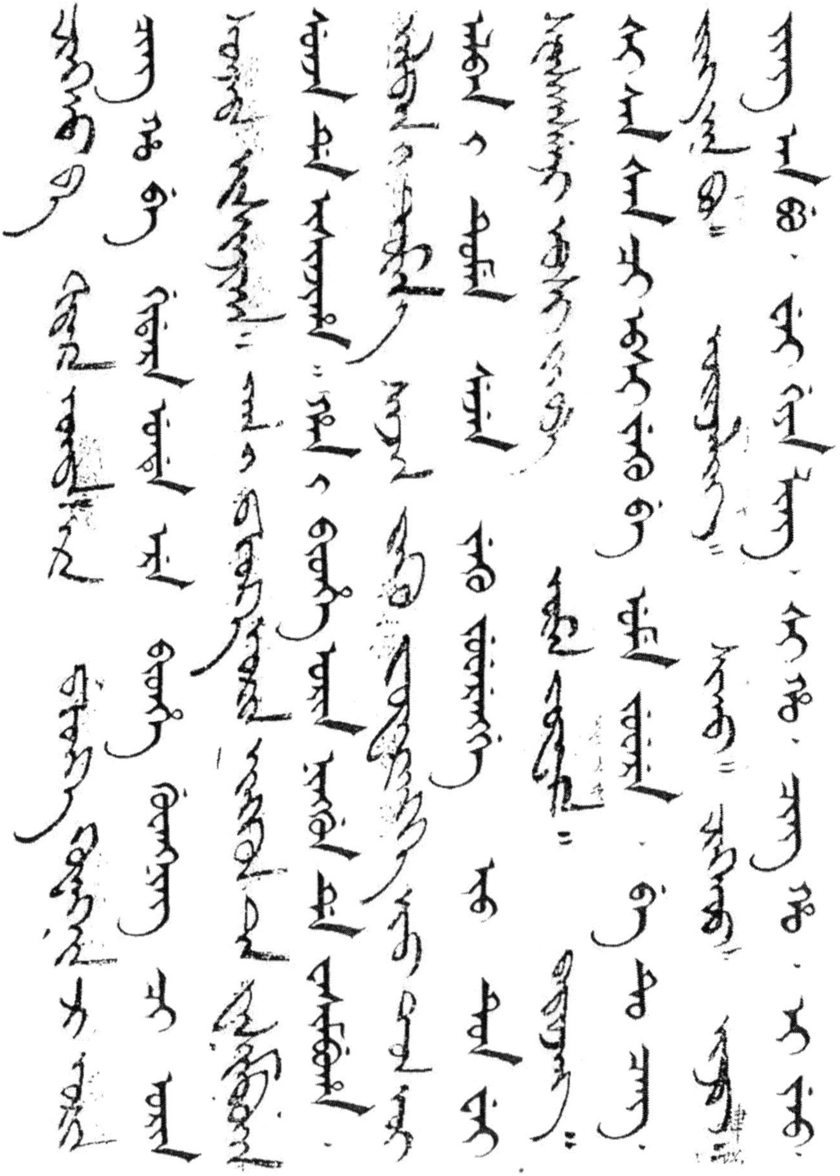

cing ho be gidara unde, ere bithe guwangning ci orin sunja de isinjiha. han i bithe, orin ninggun de wasimbuha, alban i tumen sejen jeku juwerengge, io tun wei, ši san šan ci ebsi jeku be ume juwere, be tu cang, jing an pu, wei giya ling, ši ho, cing ho, i jeo,

---

清河未受敵。此書於二十五日自廣寧齎至。二十六日，汗頒書諭曰：「以官車萬輛運送糧穀者，右屯衛、十三山以內之糧穀勿運，將白土場、靜安堡、魏家嶺、石河、清河、義州、

清河未受敌。此书于二十五日自广宁赍至。二十六日，汗颁书谕曰：「以官车万辆运送粮谷者，右屯卫、十三山以内之粮谷勿运，将白土场、静安堡、魏家岭、石河、清河、义州、

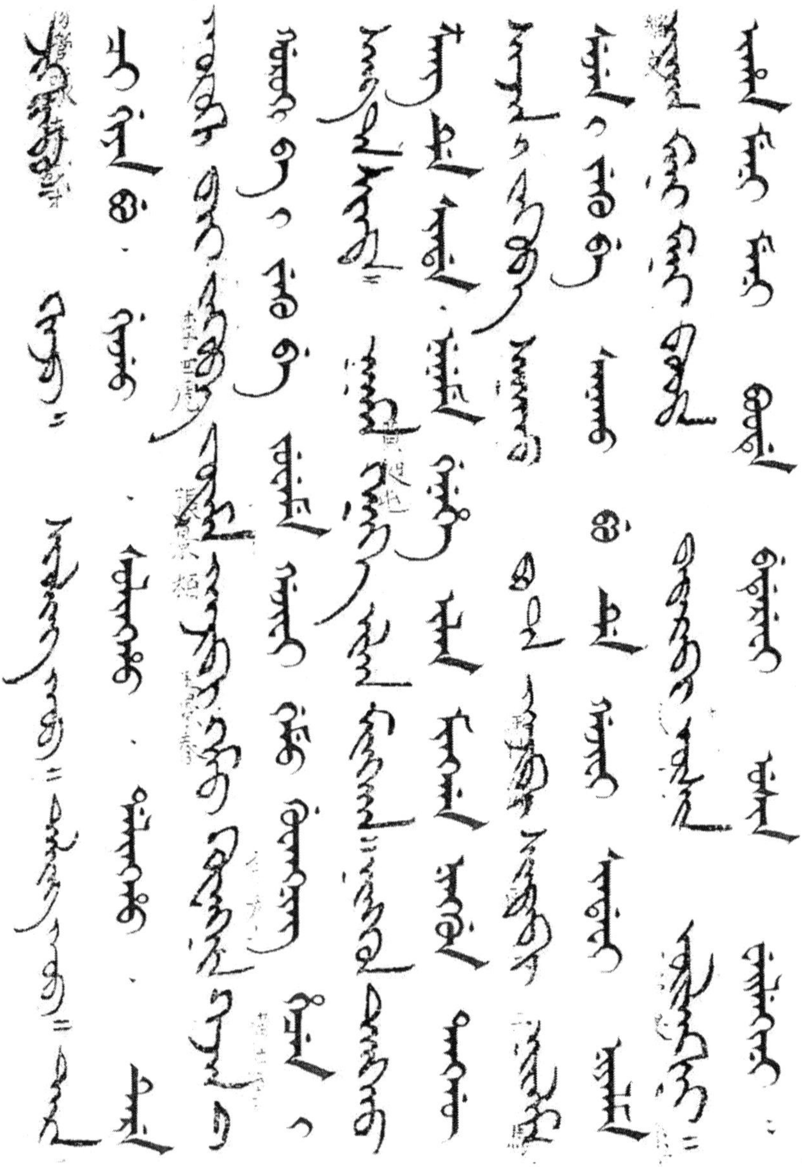

ci giya pu, ginjeo, šolingho, dalingho, tere goroki ba i jeku be juweme gajifi, gemu guwangning hecen i ts'ang de sinda. neneme genehe ilan minggan ninggun tanggū sejen i jeku be sanako pu de gajifi sindafi, niyalma, ihan, meni meni boode bederefi usin weilekini.

齊家堡、錦州、小凌河、大凌河等遠處之糧穀運來，皆置放於廣寧城倉內。將先往之三千六百輛車之糧穀運往三河堡置放後，人及牛各自返家耕田。」

齐家堡、锦州、小凌河、大凌河等远处之粮谷运来，皆置放于广宁城仓内。将先往之三千六百辆车之粮谷运往三河堡置放后，人及牛各自返家耕田。」

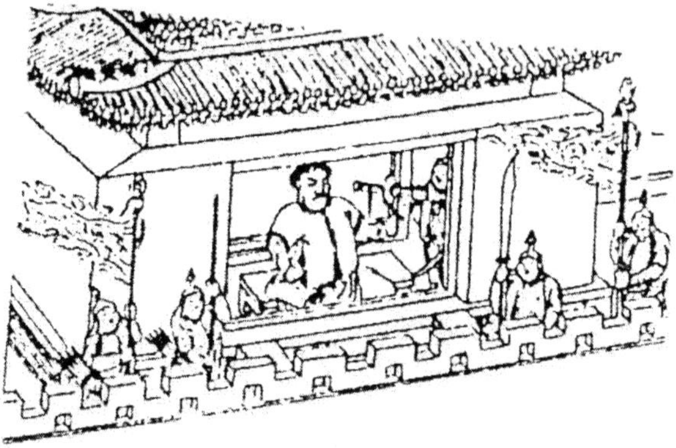

三十二、演出百戲

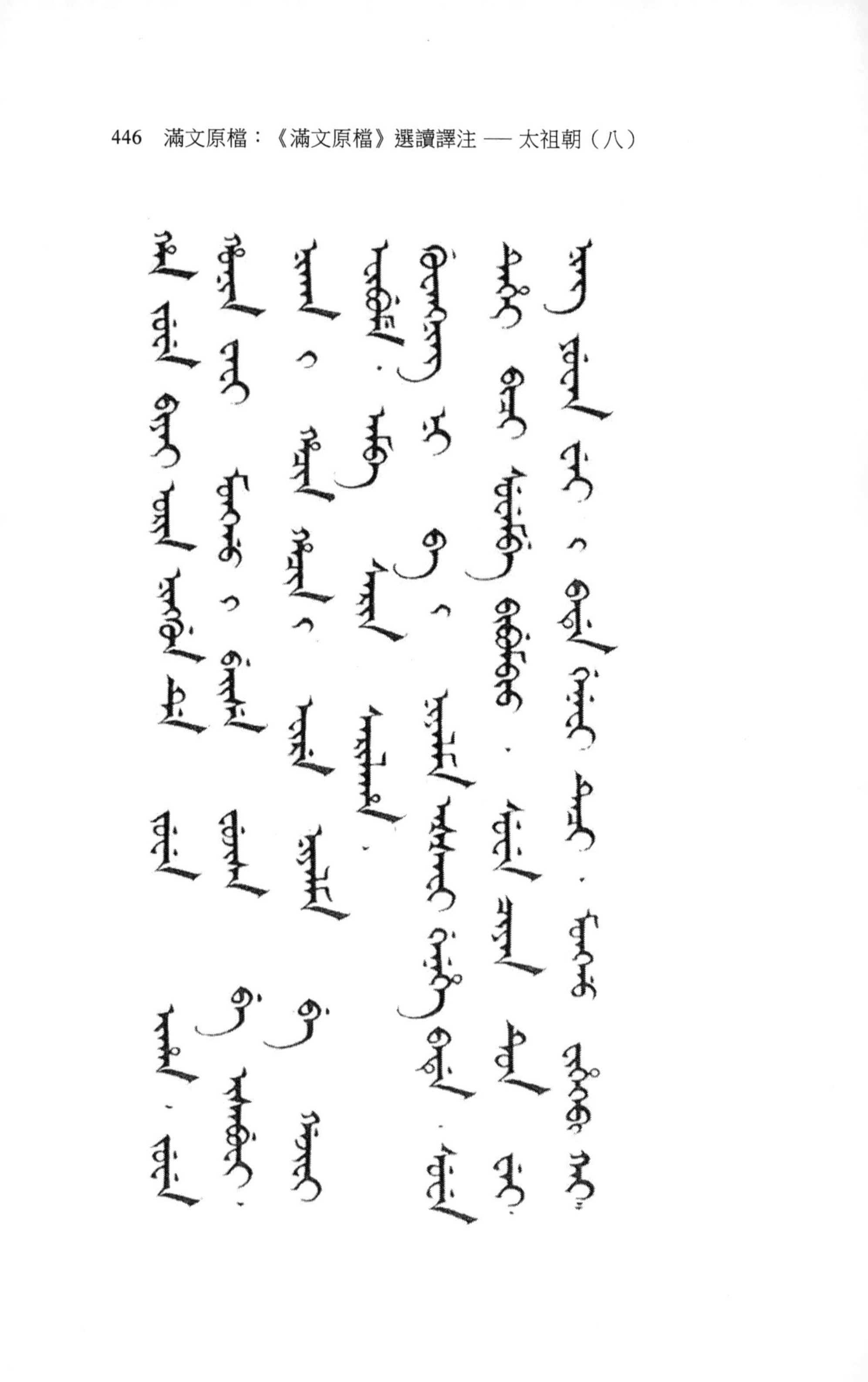

han, juwe biyai orin ninggun de, juwe ihan, juwe honin wafi, monggo i beise fujisa be isabufi, nikan i hacin hacin i efire niyalma be gajifi efibume, amba sarin sarilaha. guwangning ni ba i niyalma aššafi genehe bade, suwe tehei bici suwembe bibumbio. suwe ciyan tun wei, ning yuwan wei i bade genefi teci, monggo fihekebi kai.

二月二十六日，汗宰牛二頭、羊二隻，聚集蒙古諸貝勒福晉們，召來漢人戲子演出百戲，設大筵宴之。諭曰：「廣寧地方之人動身移往之處，豈准爾等久住耶？爾等若往前屯衛、寧遠衛地方居住，則蒙古已擁擠矣。」

二月二十六日，汗宰牛二头、羊二只，聚集蒙古诸贝勒福晋们，召来汉人戏子演出百戏，设大筵宴之。谕曰：「广宁地方之人动身移往之处，岂准尔等久住耶？尔等若往前屯卫、宁远卫地方居住，则蒙古已拥挤矣。」

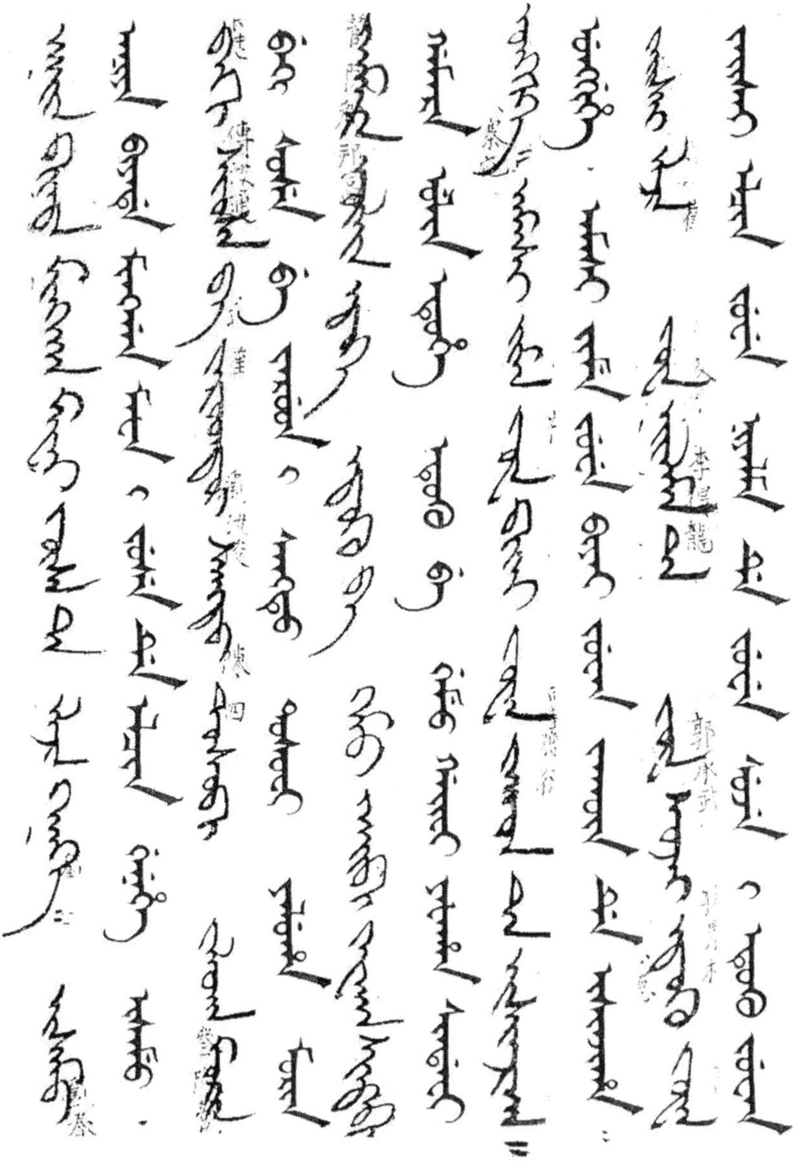

aniya biyade, minggan mafa i juse de elcin genehe isamu, beki, šose be, jarut i sangtu tosofi, yaluha morin, gamara ulin, etuhe etuku be gemu gaifi yafahan sindafi unggihe, amasi jime juwe biyai juwan jakūn de isinjiha. jaisai elcin juwe niyalma de, juwe suje i etuku, juwan

---

正月，出使明安老人之子處之伊薩穆、博齊、碩色等為扎魯特之桑圖所截，其所乘之馬、所攜之財貨、所穿之衣俱被奪，徒步放還，於二月十八日始返回到來。賜齋賽之使者二人緞衣二件、

正月，出使明安老人之子处之伊萨穆、博齐、硕色等为扎鲁特之桑图所截，其所乘之马、所携之财货、所穿之衣俱被夺，徒步放还，于二月十八日始返回到来。赐斋赛之使者二人缎衣二件、

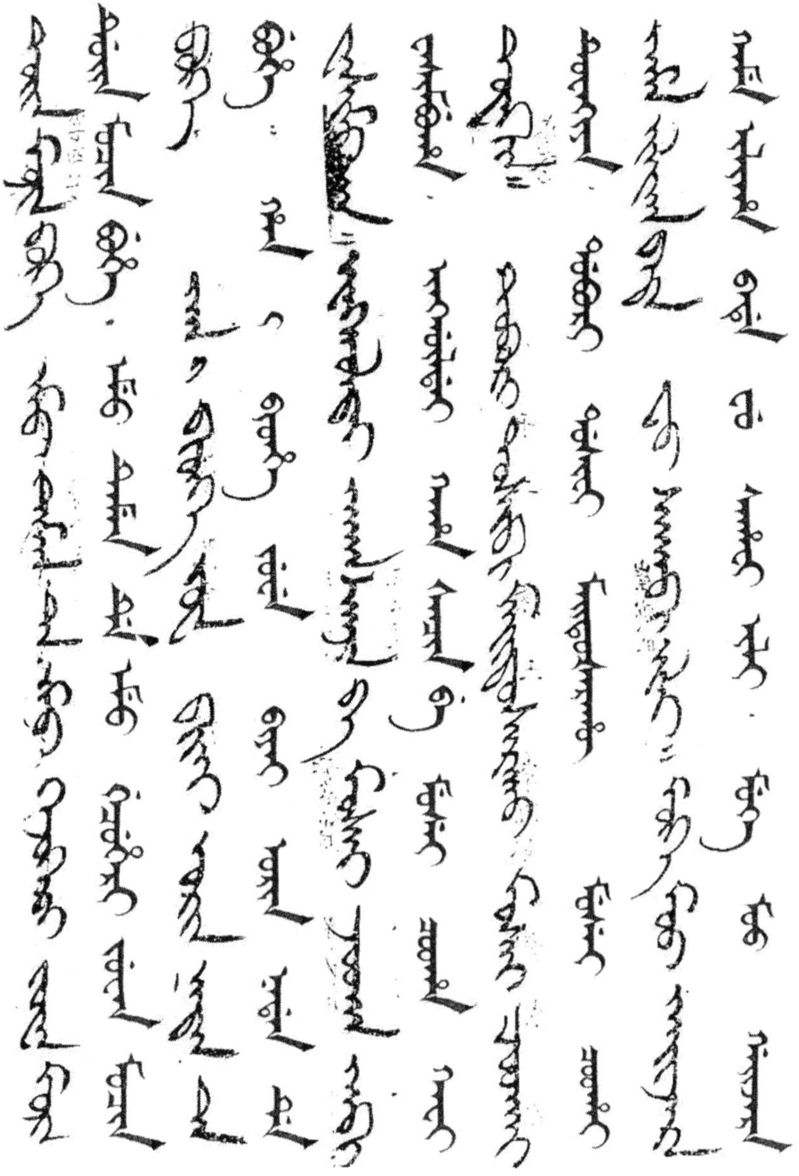

duin mocin buhe. emu temen de emu gecuheri, juwan mocin buhe. han i bithe, juwe biyai orin nadan de wasimbuha, inggūldai kaha šancin be musei cooha kafi tuwakiya, dobori dosifi maitušarahū. musei coohai kame iliha bade fu sahafi ili, muke moo gaijara

---

毛青布十四疋。又因獻駝一隻，賜蟒緞一疋、毛青布十疋。二月二十七日，汗頒書諭曰：「英古勒岱所圍之山寨，著派我軍圍守，恐入夜後被襲[32]。我軍圍守之地，著砌墻駐紮。其取水採薪之地，

毛青布十四疋。又因献驼一只，赐蟒缎一疋、毛青布十疋。二月二十七日，汗颁书谕曰：「英古勒岱所围之山寨，着派我军围守，恐入夜后被袭。我军围守之地，着砌墙驻扎。其取水采薪之地，

---

[32] 恐入夜後被襲，句中「恐被襲」，《滿文原檔》寫作“maitosarako”、《滿文老檔》讀作“maitušarahū”，意即「恐用棍棒亂打」。

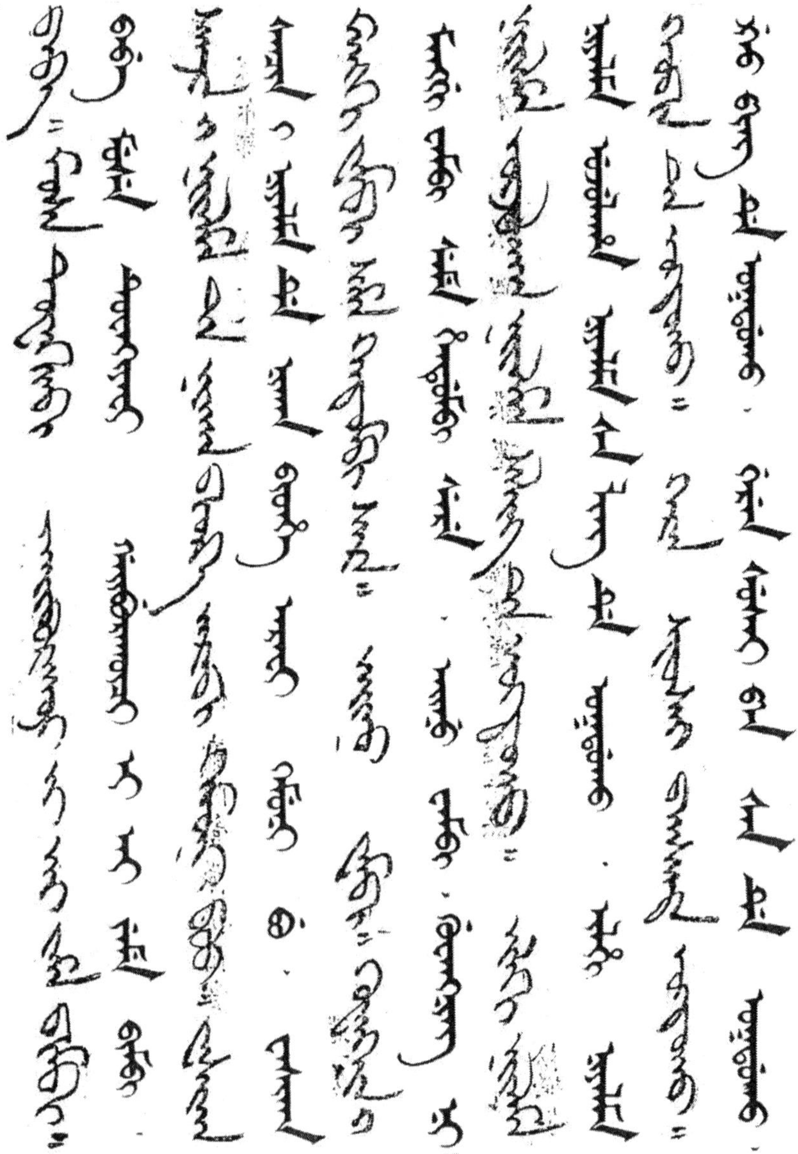

babe muse tuwakiyafi gaiburakūci, i ai jeme bimbi. šancin i niyalma de nikan bithe arafi kemuni bu. wasika manggi wambi seme hendumbi sere, ainu wambi. guwangning ni niyalma ujulaha niyalma ša ling de okdoko, ilhi niyalma g'ao ping de okdoko, geren šusai pan šan de okdoko.

我等若看守使之無從取得，伊將何以為食？著仍繕漢書曉諭該山寨之人。傳聞爾等下寨後格殺勿論，為何殺之？廣寧之人為首者迎於沙嶺，次者迎於高平，衆生員迎於盤山。

我等若看守使之无从取得，伊将何以为食？着仍缮汉书晓谕该山寨之人。传闻尔等下寨后格杀勿论，为何杀之？广宁之人为首者迎于沙岭，次者迎于高平，众生员迎于盘山。

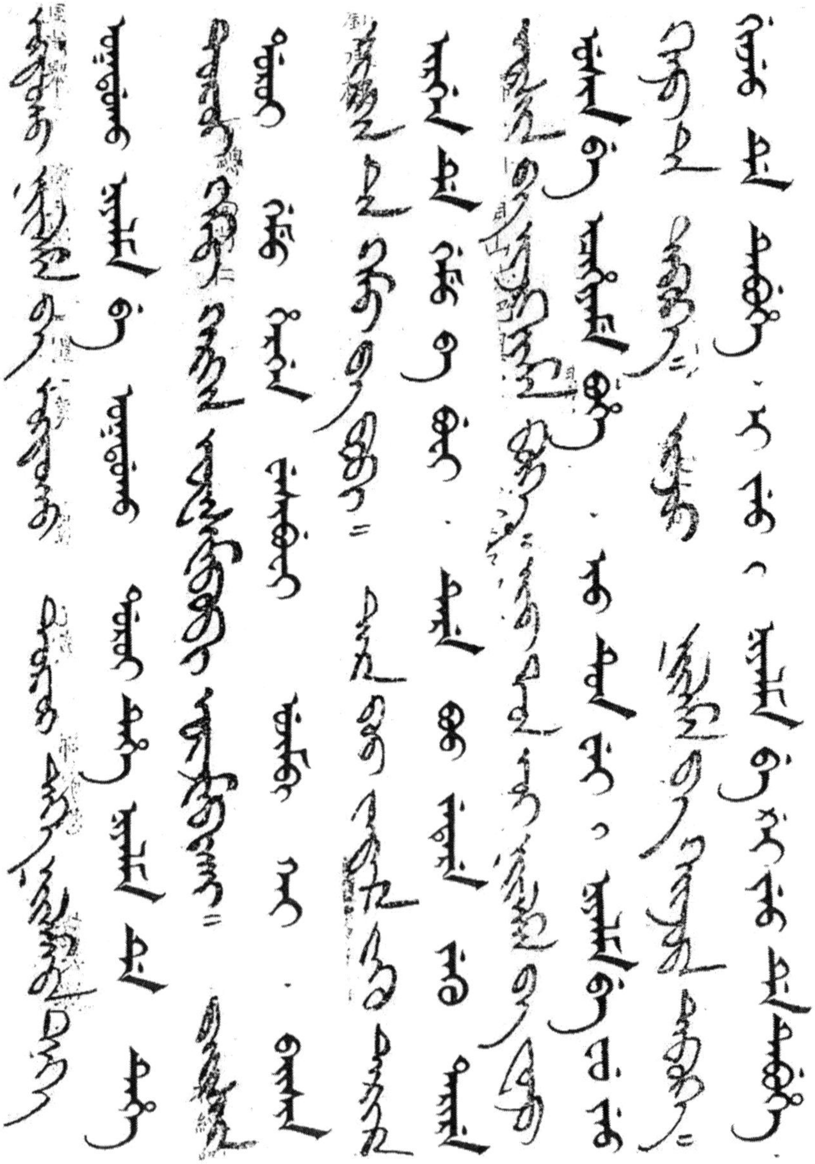

okdoko niyalma be okdoko doroi, tehe niyalma de tehe doroi gemu hergen wesibufi ujimbi kai, baisin irgen de gemu ba bufi, tere boo, jetere jeku, tarire usin be icihiyame buhe. io tun wei i niyalma be fu jeo, ginjeo de tebuhe, i jeo i niyalma be, g'ai jeo de tebuhe,

---

所迎來投之人及安居之人，皆擢陞職銜而豢養也，百姓皆賜以地，撥給住屋、食糧、耕田。令右屯衛之人居住於復州、金州，令義州之人居住於蓋州，

所迎来投之人及安居之人，皆擢升职衔而豢养也，百姓皆赐以地，拨给住屋、食粮、耕田。令右屯卫之人居住于复州、金州，令义州之人居住于盖州，

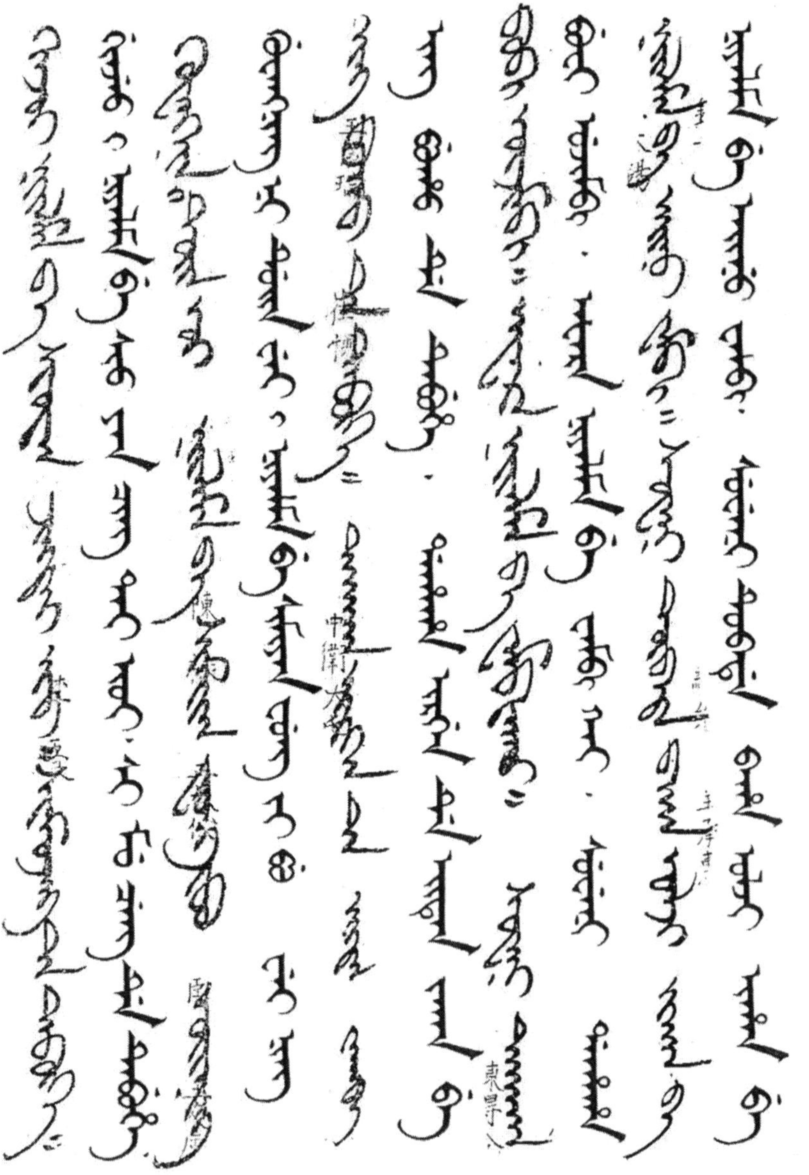

ginjeo i niyalma be, sio yan, cing tai ioi, si mu ceng de tebuhe, guwangning ni duin wei i niyalma be, simiyan, fung ji pu, wei ning ing, puho de tebuhe. dahaha irgen de eiten jaka be bufi ujimbi, afara niyalma be wambi kai. suweni dahaha niyalma be ainu wambi. suweni tubade baha olji, ihan be

---

令錦州之人居住於岫岩、青苔峪、析木城，令廣寧四衛之人居住於瀋陽、奉集堡、威寧營、蒲河。歸降之民賜以一應物件而豢養之，抗拒之人，則殺之也。爾等降服之人，為何殺之等語。著將爾等於彼處所獲俘虜、牛隻，

令锦州之人居住于岫岩、青苔峪、析木城，令广宁四卫之人居住于沈阳、奉集堡、威宁营、蒲河。归降之民赐以一应物件而豢养之，抗拒之人，则杀之也。尔等降服之人，为何杀之等语。着将尔等于彼处所获俘虏、牛只，

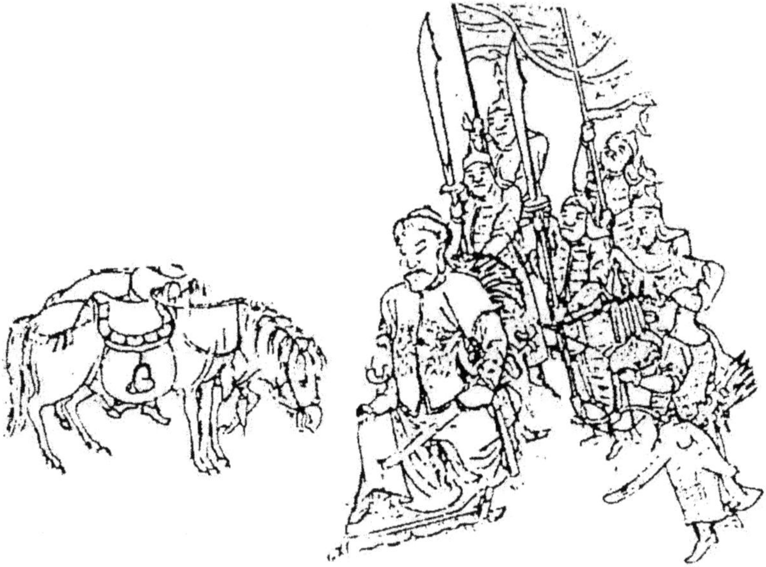

三十三、餵養駑馬

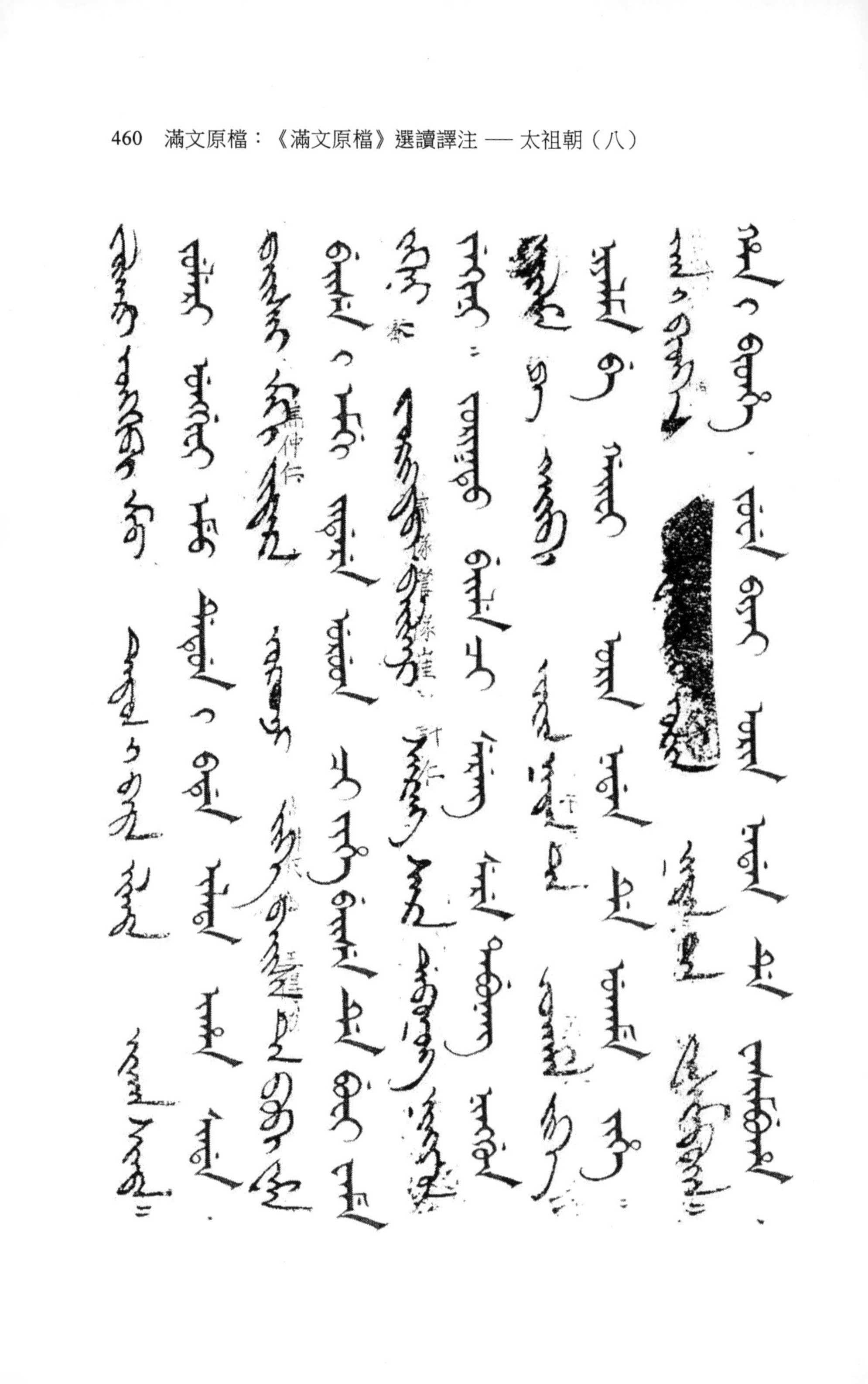

juleri unggifi, emu dedun i bade ilata ihan sinda, beise i emgi jidere urut ci jihe beise de bufi wame jekini. joriktu beile ci sereng sere tabunang, ninggun niyalma be gaifi orin nadan de ukame jihe. han i bithe, juwe biyai orin nadan de wasimbuha,

---

當前遣之。每一程宿處放牛各三頭，以供與諸貝勒同來之兀魯特諸貝勒等宰食之。」色楞塔布囊率六人於二十七日自卓里克圖處逃來。二月二十七日，汗頒書諭曰：

当前遣之。每一程宿处放牛各三头，以供与诸贝勒同来之兀鲁特诸贝勒等宰食之。」色楞塔布囊率六人于二十七日自卓里克图处逃来。二月二十七日，汗颁书谕曰：

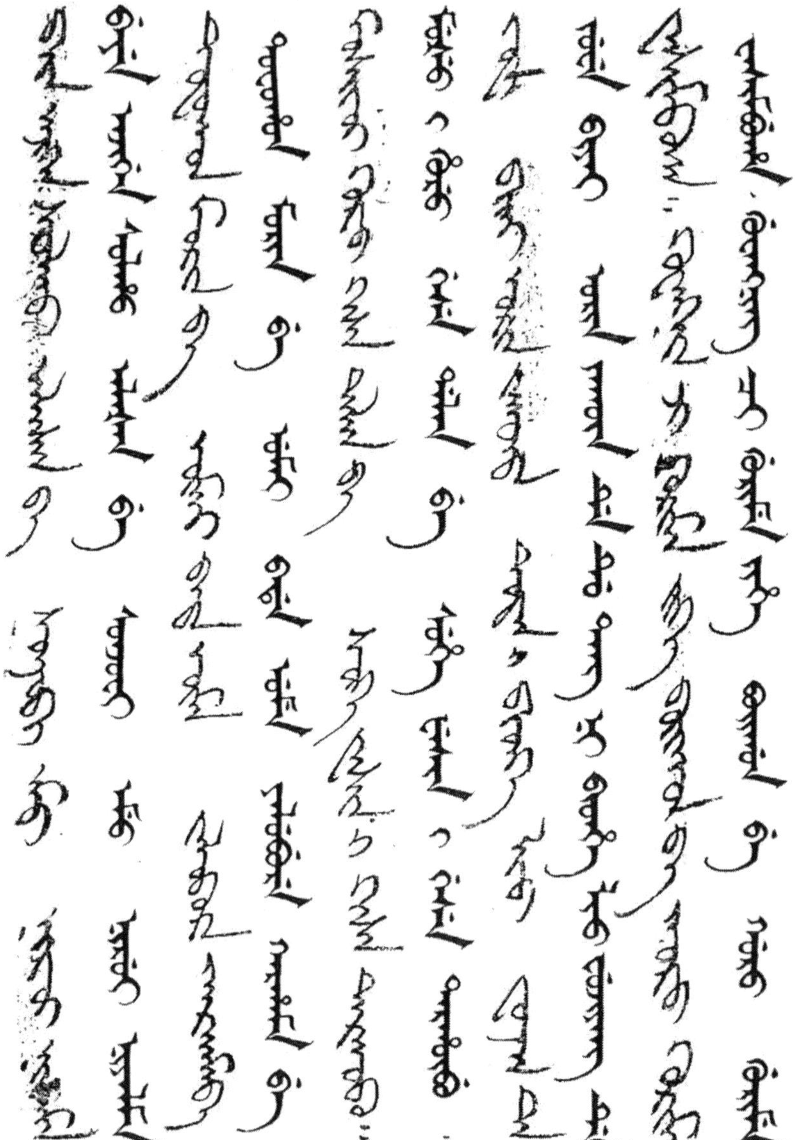

beye ajigen solho alašan be sonjofi, emu nirui niyalma tofohon morin be umai bade ume yalubure, karhama be mušu i huru gese, dalan be suhe fesin i gese tarhūbu. juwe biyai orin jakūn de, du tang ni bithe, lio fujiyang de wasimbuha, guwangning ci gurime jihe boigon be, goro gurime

---

「着選身材矮小之朝鮮駑馬，每牛彔之人餵養十五匹，非要務，勿騎馬，養肥之，使馬尻[33]如鶉背，脖頸似斧柄。」二月二十八日，都堂頒書諭劉副將曰：「自廣寧遷來之戶口，

「着选身材矮小之朝鲜驽马，每牛彔之人喂养十五匹，非要务，勿骑马，养肥之，使马尻如鹑背，脖颈似斧柄。」二月二十八日，都堂颁书谕刘副将曰：「自广宁迁来之户口，

---

[33] 馬尻，句中「尻」，《滿文原檔》、《滿文老檔》俱讀作“karhama”，係蒙文“qarɣam”借詞，意即「（馬、牛等）屁股梁」。

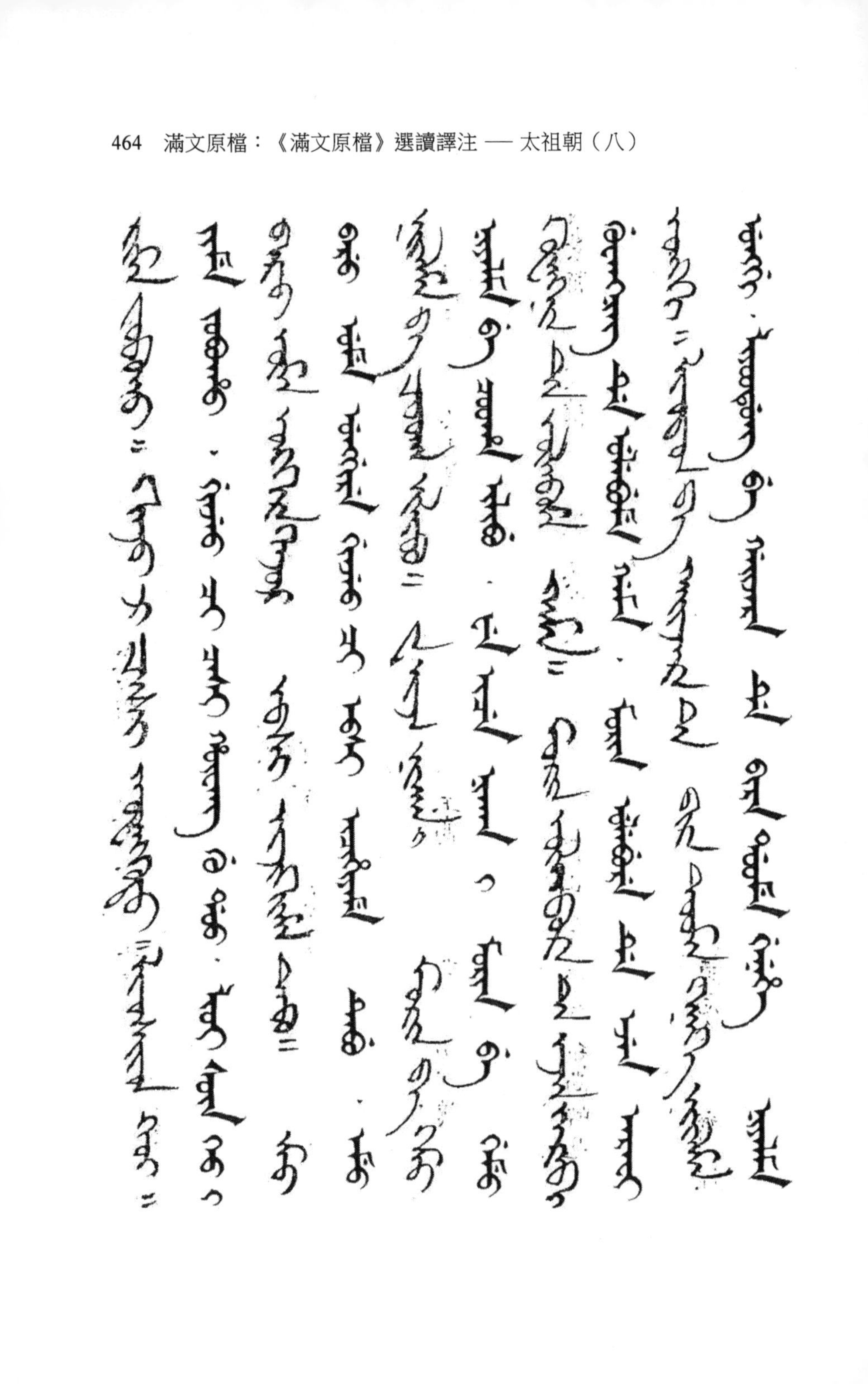

jime joboho, ginjeo ci casi hūwang gu doo, lioi šūn keo i baru ume unggire, ginjeo ci ebsi icihiyame tebu. emu niyalma be cooha ilibu. fe ice nikan i morin be gemu guwangning de ulebume gama, morin ulebure de ejen arafi unggi. liyoodung be gaijara de, bira doome genehe niyalma

---

已備受遠處遷移之苦，勿再遣往金州以南之黃姑島、旅順口，應安置居住於金州以北，並抽一人充軍。新舊漢人之馬，皆趕往廣寧餵養，並設餵馬主管而遣之。克遼東時，渡河而去之人

已备受远处迁移之苦，勿再遣往金州以南之黄姑岛、旅顺口，应安置居住于金州以北，并抽一人充军。新旧汉人之马，皆赶往广宁喂养，并设喂马主管而遣之。克辽东时，渡河而去之人

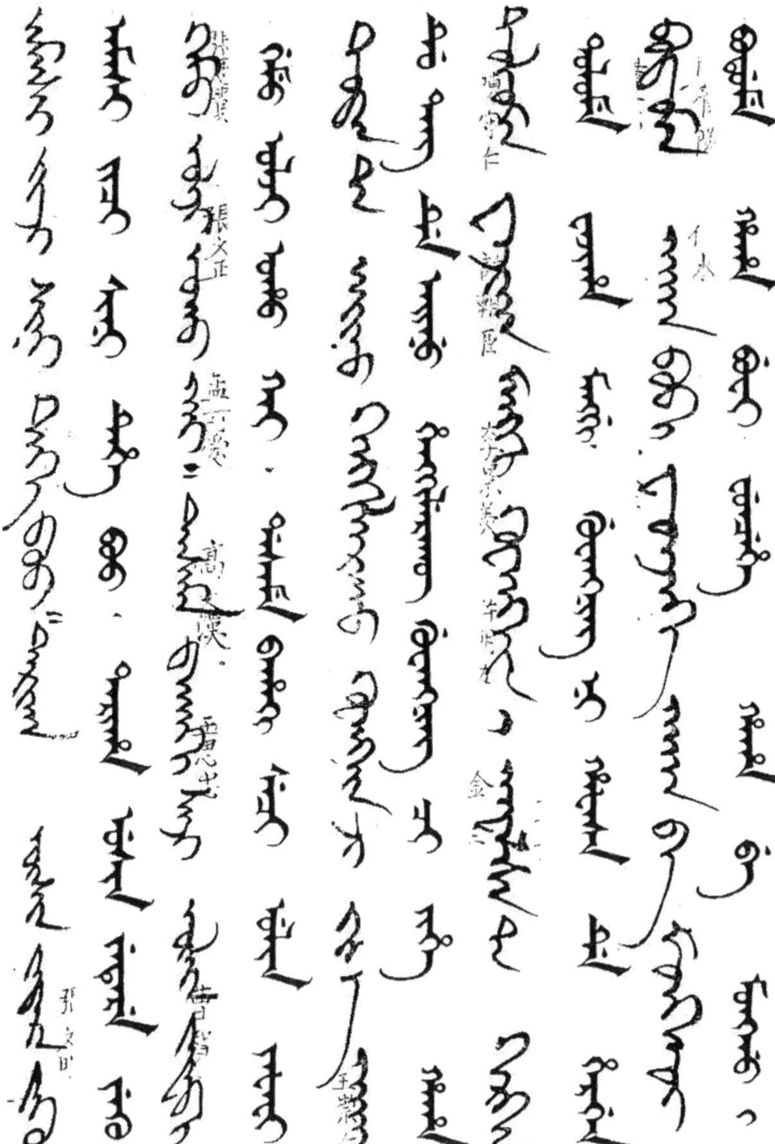

amasi jici, sini tehe boo, tariha usin, jetere jeku gemu olji oho kai. dasame bahaki seci, ulin jafafi du tang de ainu hengkilerakū. guwangning ci jihe haha tolome wajiha manggi, guwangning ni hafasa de hergen bodome haha bufi, funcehe haha be monggo i

---

若又返回，則爾所住之屋、所耕之田、所食之糧，皆為俘獲也。若欲復得，為何不攜財貨叩見都堂？自廣寧前來之男丁，清點完後，按職銜賜給廣寧衆官，剩餘男丁，則賜給蒙古前來之諸貝勒。

若又返回，则尔所住之屋、所耕之田、所食之粮，皆为俘获也。若欲复得，为何不携财货叩见都堂？自广宁前来之男丁，清点完后，按职衔赐给广宁众官，剩余男丁，则赐给蒙古前来之诸贝勒。

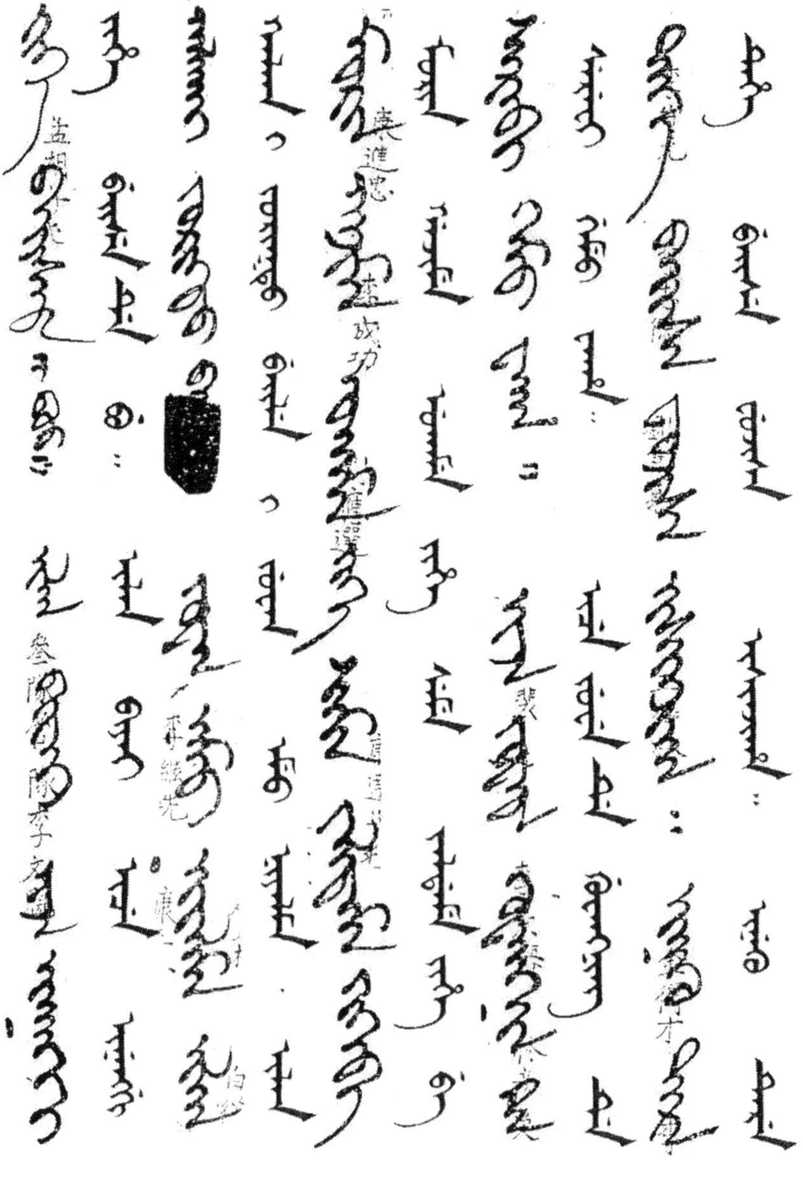

jihe beise de bu. ilan biyai ice inenggi, kalka i joriktu beile i juwan emu niyalma, ilan morin gajime ukame jihe seme, jaldame jihe be serefi gemu waha. ice juwe de guwangning de tehe beise fujisa isinjiha. ineku tere

---

三月初一日，喀爾喀卓里克圖貝勒所屬十一人攜馬三匹逃來，知其詐來，皆殺之。初二日，住在廣寧之諸貝勒福晉們到來。

三月初一日，喀尔喀卓里克图贝勒所属十一人携马三匹逃来，知其诈来，皆杀之。初二日，住在广宁之诸贝勒福晋们到来。

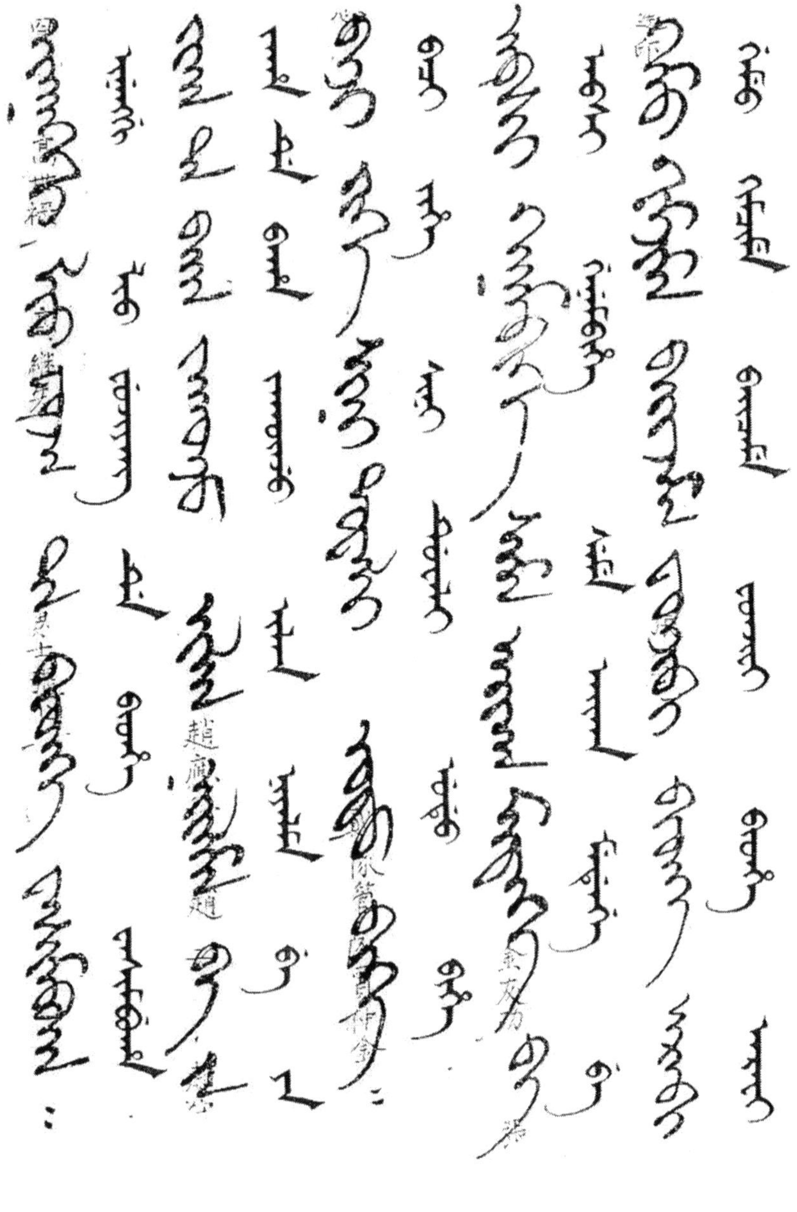

inenggi, lio fujiyang de bithe wasimbuha, jaha de baha jakūnju ilan niyalma be, ya baci jihe, sini duwali udu bihe, absi genembihe seme, aika medege be gemu kimcime baicame fonjifi bithe arafi

---

是日，頒書諭劉副將曰：「將所獲刀船上八十三人，來自何處？爾同夥有幾？欲往何處？探詢什麼信息？著皆詳加查詢，具文齎遞。

是日，颁书谕刘副将曰：「将所获刀船上八十三人，来自何处？尔同伙有几？欲往何处？探询什么信息？着皆详加查询，具文赍递。

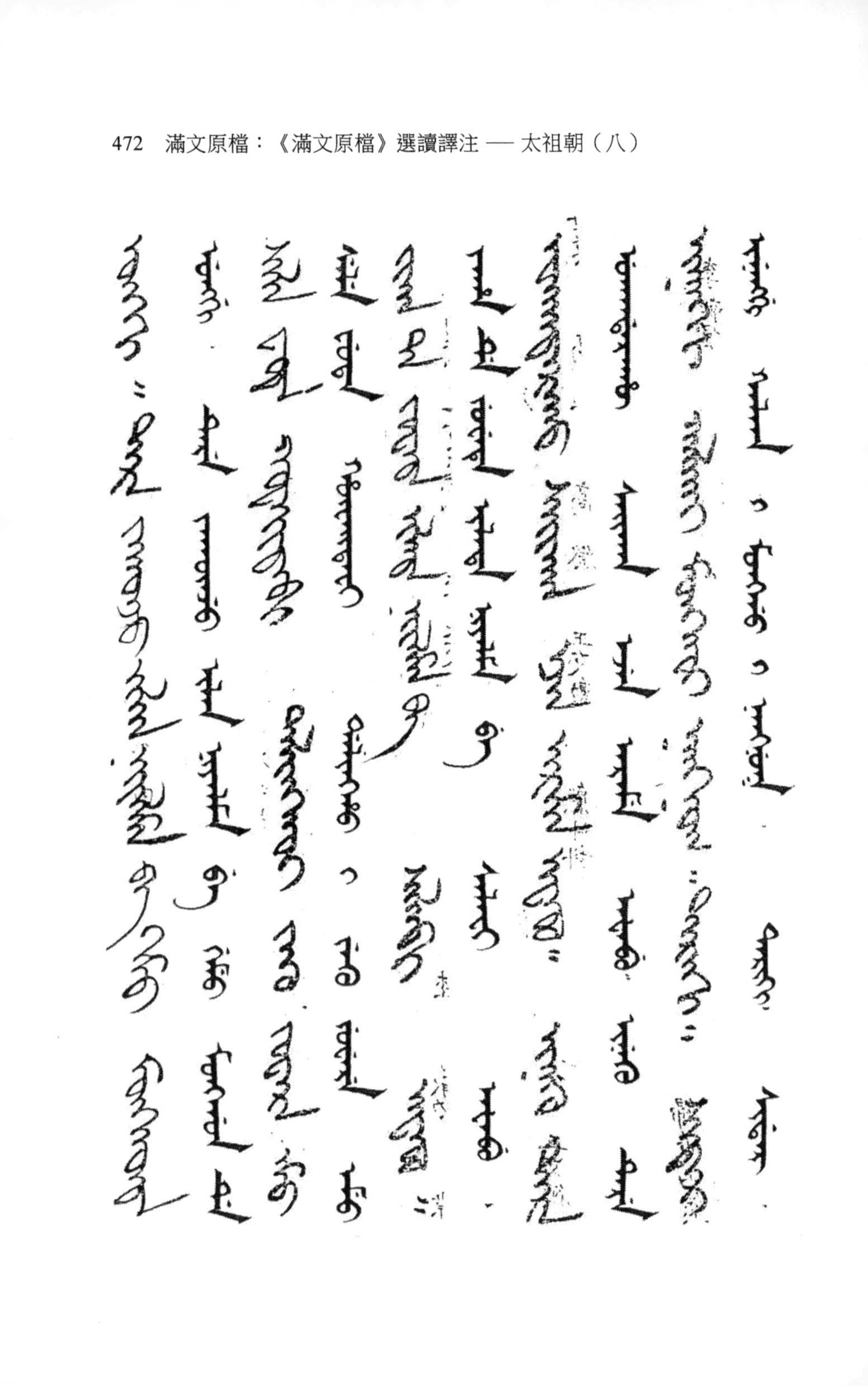

unggi. tere jakūnju ilan niyalma be, gemu monggon de sele futa hūwaitafi, dalingho i jeku juwere emu jaha de juwete, ilata niyalma be salafi afabu. ukandarahū, saikan ejen arame afabu. ineku tere inenggi, kalka i monggo i nangnuk, tariki, sidar,

---

將其八十三人頸繫鐵鍊，分乘大淩河運糧之刀船，每船各二人或各三人；恐其逃遁，委以妥善主管看管。」是日，喀爾喀蒙古囊努克、塔里奇、西達爾，

将其八十三人颈系铁链，分乘大凌河运粮之刀船，每船各二人或各三人；恐其逃遁，委以妥善主管看管。」是日，喀尔喀蒙古囊努克、塔里奇、西达尔，

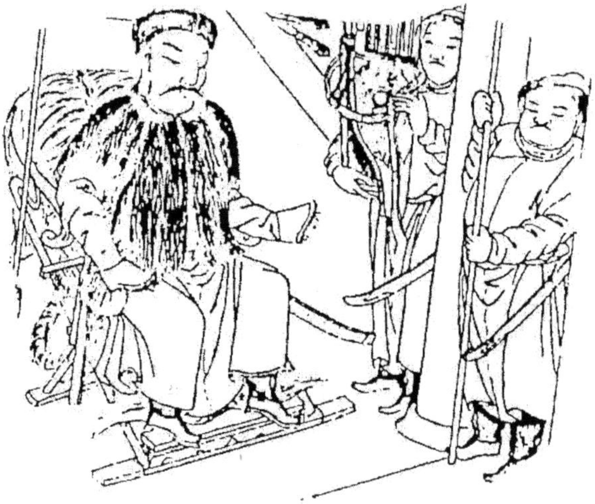

三十四、八王議政

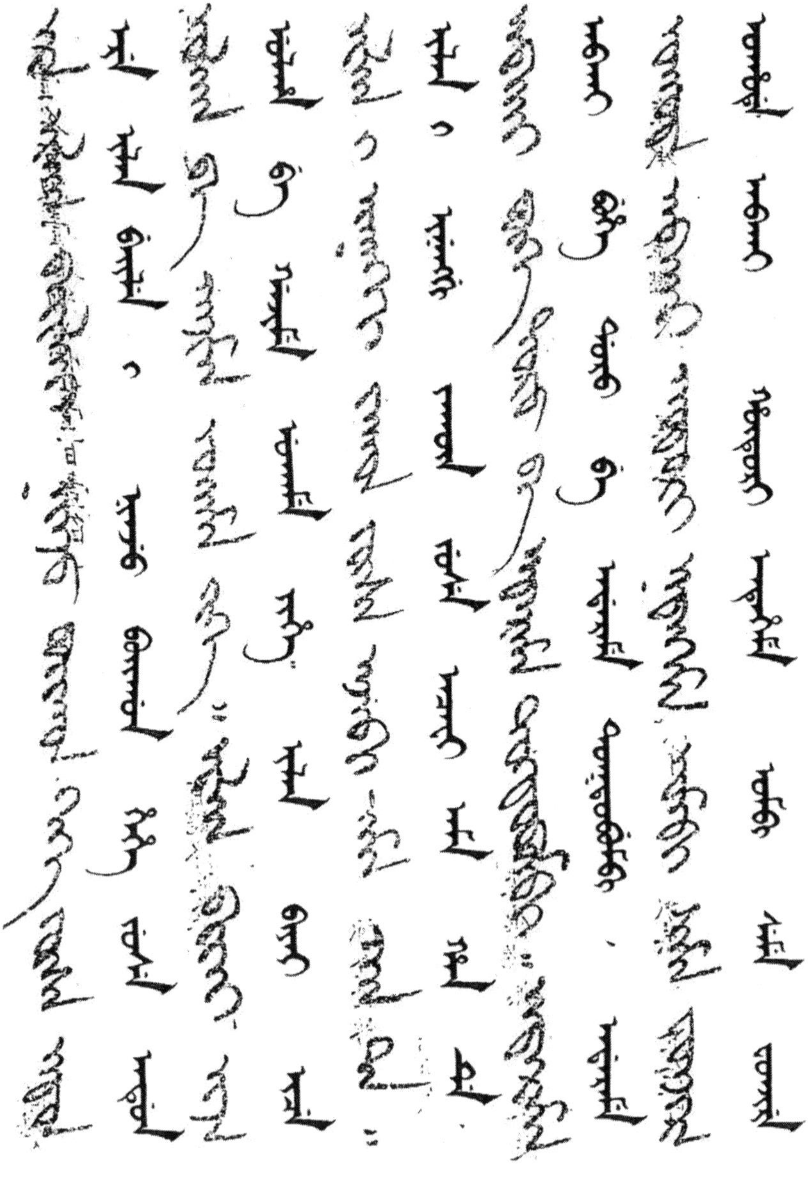

ere ilan beile i ninju boigon hehe juse, adun ulha be gajime ukame jihe. ilan biyai ice ilan i inenggi, jakūn juse acafi ama han de abkai buhe doro be adarame toktobumbi. adarame ohode abkai hūturi enteheme ombi seme fonjire

---

此三貝勒所屬六十戶婦孺攜牧群牲畜逃來。三月初三日，八子會見父汗，問曰：「天賜基業，如何奠定？何以永承天麻？」

此三贝勒所属六十户妇孺携牧群牲畜逃来。三月初三日，八子会见父汗，问曰：「天赐基业，如何奠定？何以永承天庥？」

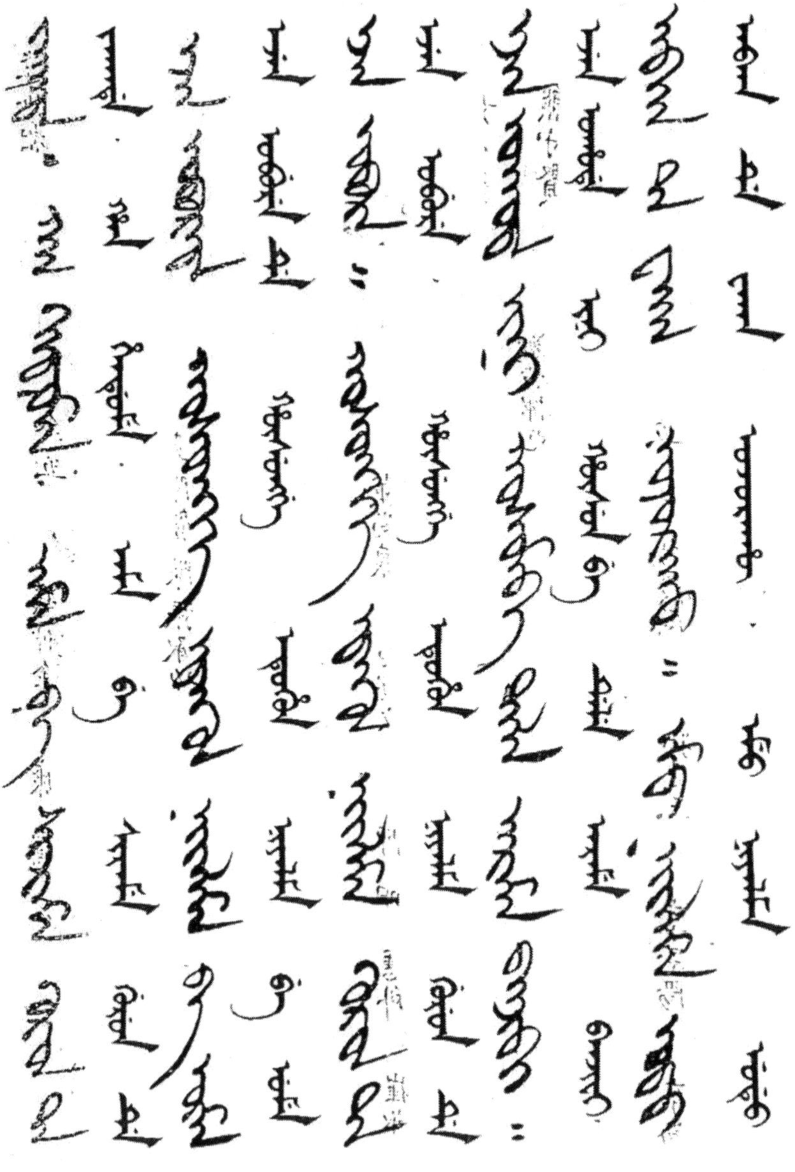

jakade, han hendume, ama be sirame gurun de ejen obure de hūsungge etuhun niyalma be ume ejen obure. hūsungge etuhun niyalma gurun de ejen ohode, ini hūsun be dele arame banjifi, abka de waka ojorahū. emu niyalma udu

---

汗曰：「繼父而為國君者，毋令力強之人為君。倘以力強之人為國君，恐尚其力自恣而獲罪於天也。

汗曰：「继父而为国君者，毋令力强之人为君。倘以力强之人为国君，恐尚其力自恣而获罪于天也。

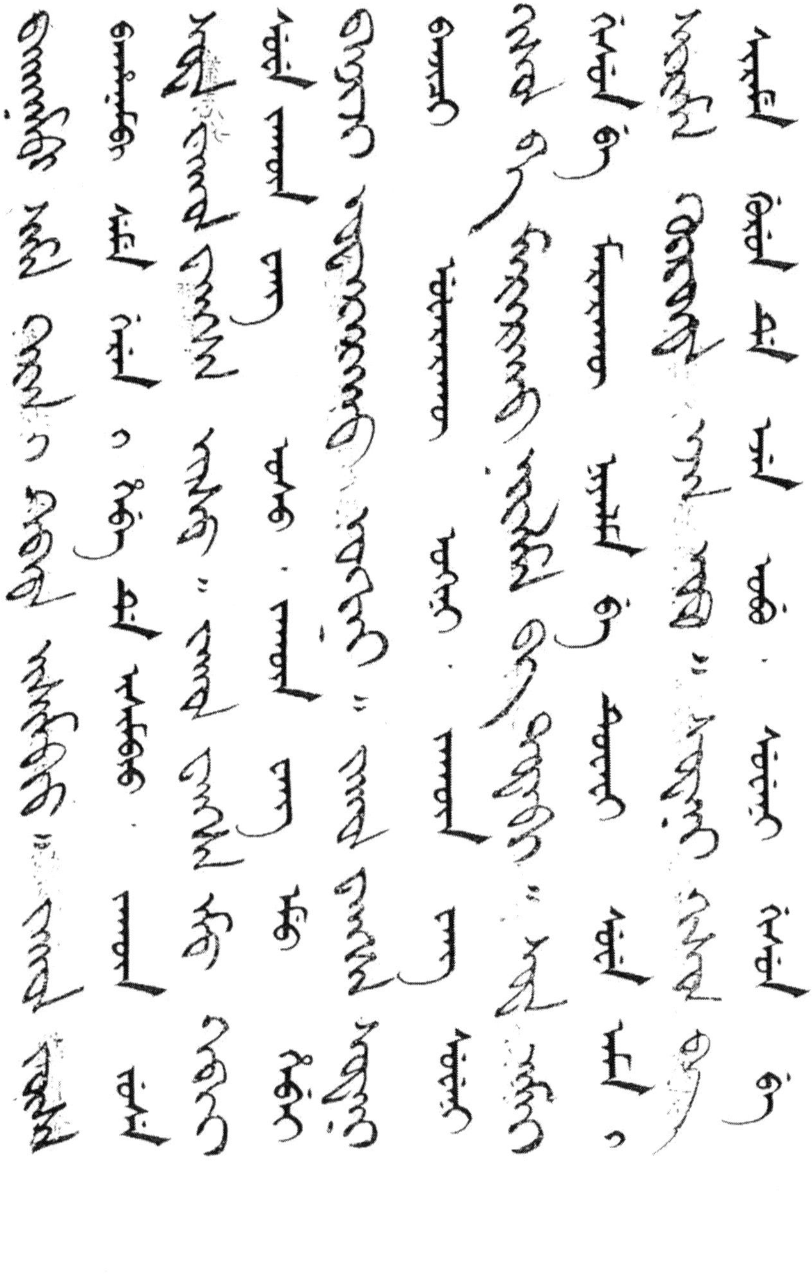

bahanambi seme, geren i hebe de isimbio. jakūn juse suwe jakūn wang oso, jakūn wang emu hebei banjici, ufararakū okini, jakūn wang suweni gisun be mararakū niyalma be tuwafi, suwe ama i sirame gurun de ejen obu. suweni gisun be

---

且一人縱有識見，能及衆人之共謀耶？今命爾八子為八王[34]，八王同心共謀，庶幾無失。八王中擇其能納爾等之言者，嗣爾等父為國君。

且一人纵有识见，能及众人之共谋耶？今命尔八子为八王，八王同心共谋，庶几无失。八王中择其能纳尔等之言者，嗣尔等父为国君。

---

[34] 八王，《滿文原檔》寫作"jakon wangsa"，《滿文老檔》讀作"jakūn wang"，按滿文本《大清太祖武皇帝實錄》卷四，作"jakūn hošoi beile"，滿蒙漢三體《滿洲實錄》卷七，滿文作"jakūn hošoi beile"，漢文作"八固山王"。又，滿文"hošoi"（和碩），係蒙文"qosiɣu"音譯，與規範滿文"gūsa"（固山）同義，意即「旗（組織）」。

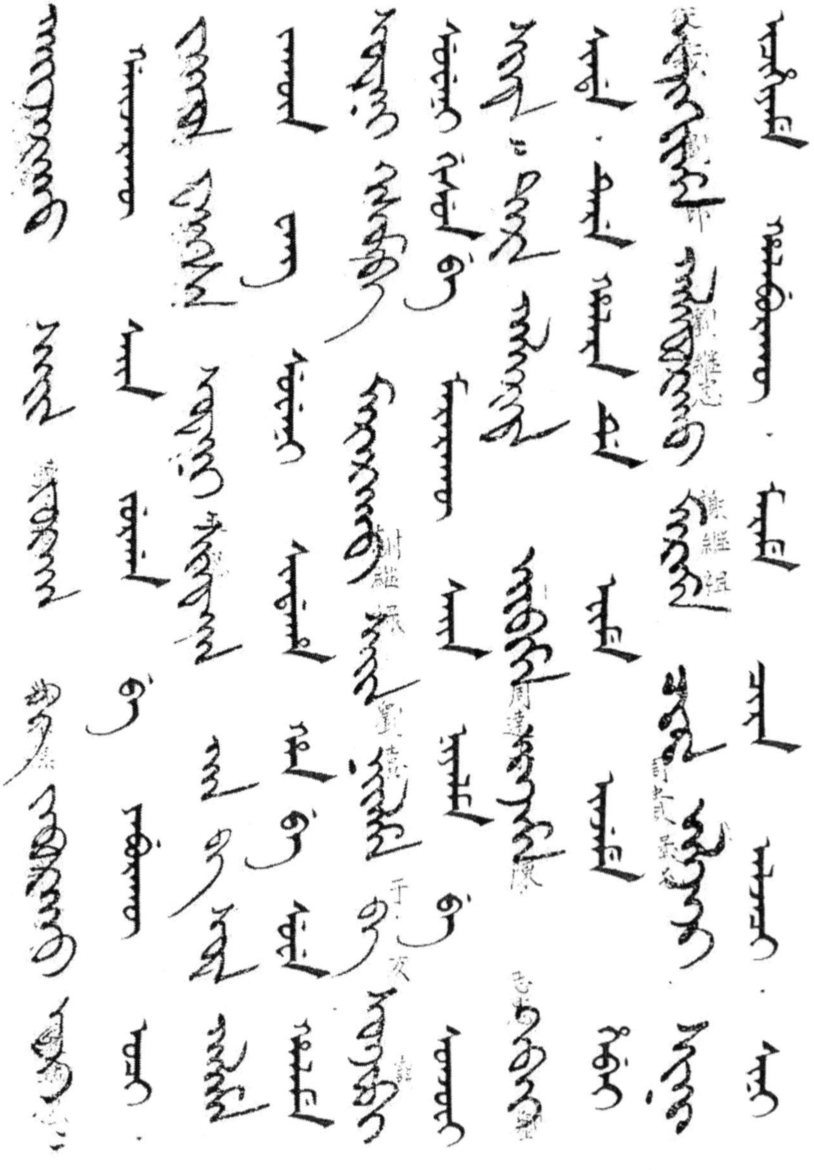

gaijarakū, sain jurgan be yaburakū oci, jakūn wang suweni sindaha han be suwe halame, suweni gisun be mararakū sain niyalma be sonjofi sinda. tere halara de efime injeme hebei icihiyame halaburakū, marame cira aljaci, sini

---

若不納諫，所行非善，則爾等可於八王中更擇善者立之。擇立之時，如不心悅誠服[35]共謀商議而有難色者，

若不纳谏，所行非善，则尔等可于八王中更择善者立之。择立之时，如不心悦诚服共谋商议而有难色者，

---

[35] 心悅誠服，《滿文原檔》寫作"eibima(e) inja(e)ma(e)"，《滿文老檔》讀作"efime injeme"，意即「詼諧談笑」，滿漢文義略有出入。

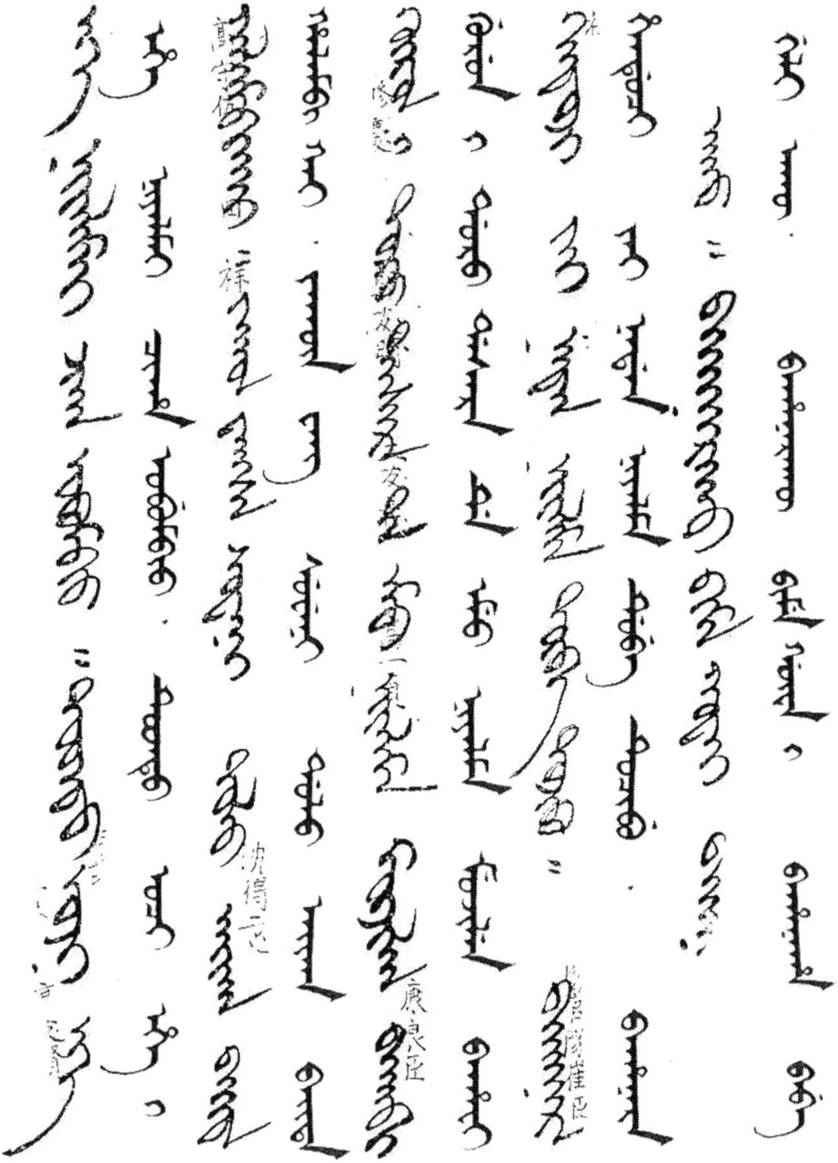

ehe niyalmai ciha obumbio. tuttu oci, ehe i halambi kai. jakūn wang suweni dolo aika baita gurun i doro dasara de, emu niyalma mujilen bahafi henduci, jai nadan niyalma dube tucibu, bahanara geli akū, bahanarakū bime, gūwa i bahanaha babe

---

豈容爾似此不善惡人任其所為耶？如此，即更換不善惡人也。爾等八王內治理國政時，或一人有得於心，則直言之，其餘七人宜共贊成之。如己既無能，無能而又不能贊成他人之能，

岂容尔似此不善恶人任其所为耶？如此，即更换不善恶人也。尔等八王内治理国政时，或一人有得于心，则直言之，其余七人宜共赞成之。如己既无能，无能而又不能赞成他人之能，

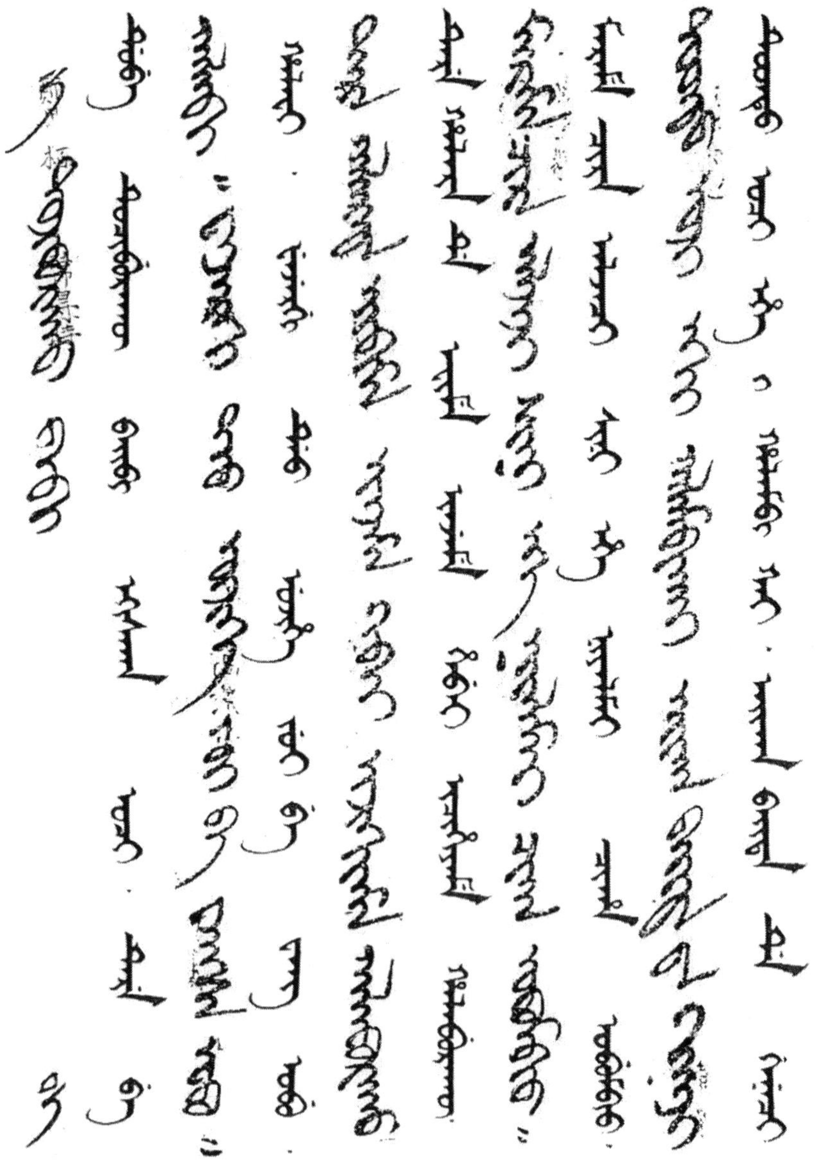

dube tuciburakū, baibi ekisaka oci, tere be halafi, fejergi deo ujihe jui be wang obu. tere halara de, efime injeme hebei icihiyame halaburakū, marame cira aljaci, sini ehe niyalmai ciha obumbio. tuttu oci, ehe i halambi kai. aika baita de geneci

---

而緘默坐視者，即當易之，更擇其下子弟為王。更易之時，若不樂從衆議，而有難色者，豈容爾不善惡人任其所為耶？如此，更換不善也。若因事他往，

而缄默坐视者，即当易之，更择其下子弟为王。更易之时，若不乐从众议，而有难色者，岂容尔不善恶人任其所为耶？如此，更换不善也。若因事他往，

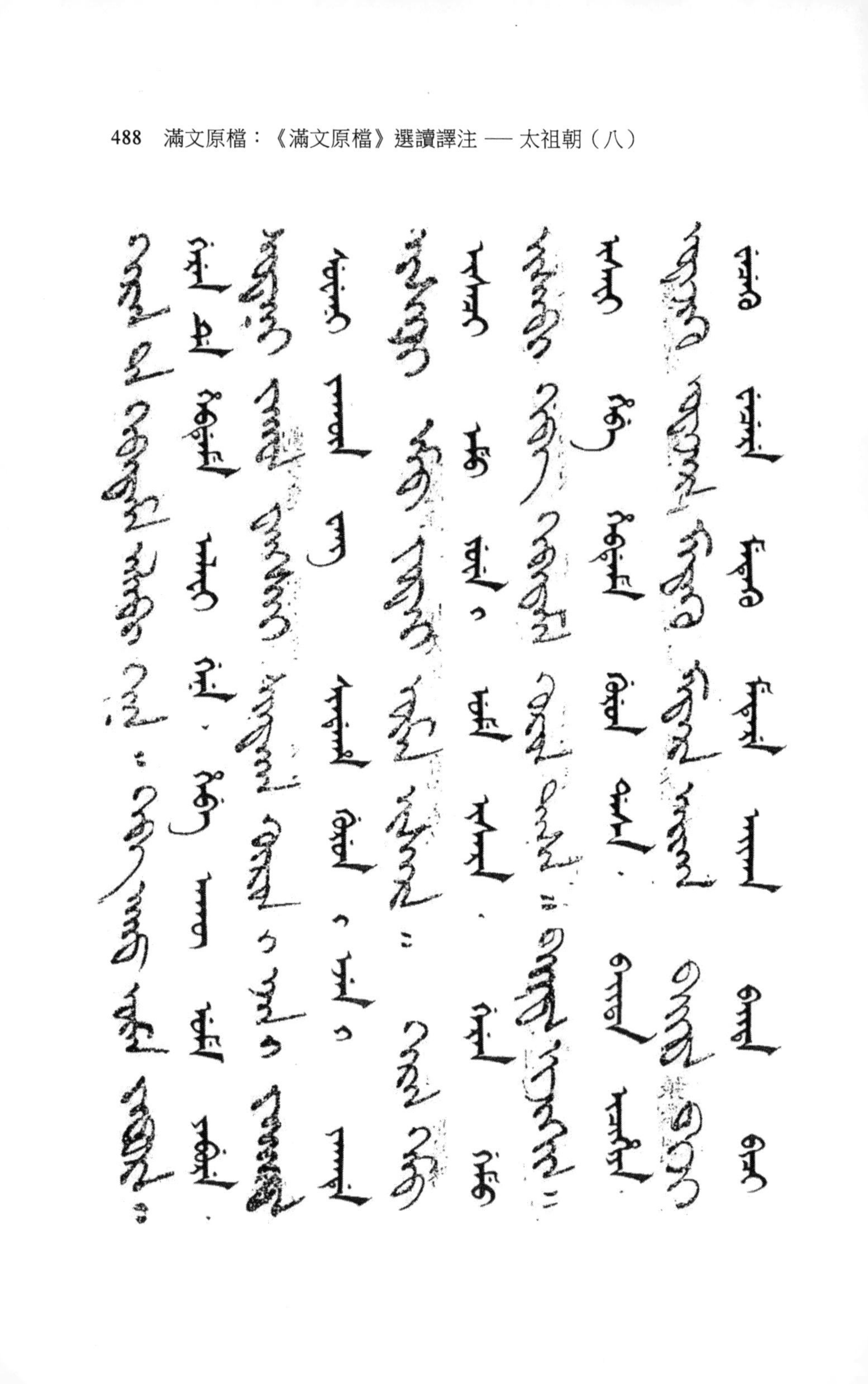

geren de hebdeme alafi gene, hebe akū ume yabure. suweni jakūn wang sindaha gurun i ejen i jakade isaci, emu juwe i ume isara, geren gemu isafi hebe hebdeme gurun dasa baita icihiya. weceku wecere, meteku metere aika baita bici,

---

宜告知衆人商議後前往，未經商議，勿私往。爾等八王聚於所設國君面前，勿一二人相聚，須衆人皆聚集後共議國政，商辦國事，若有祭祀、還願[36]一應事宜，

宜告知众人商议后前往，未经商议，勿私往。尔等八王聚于所设国君面前，勿一二人相聚，须众人皆聚集后共议国政，商办国事，若有祭祀、还愿一应事宜，

---

[36] 還願，《滿文原檔》、《滿文老檔》俱讀作"meteku metere"，與"julesi bumbi"同義，意即「宰牲跳神祭天」。

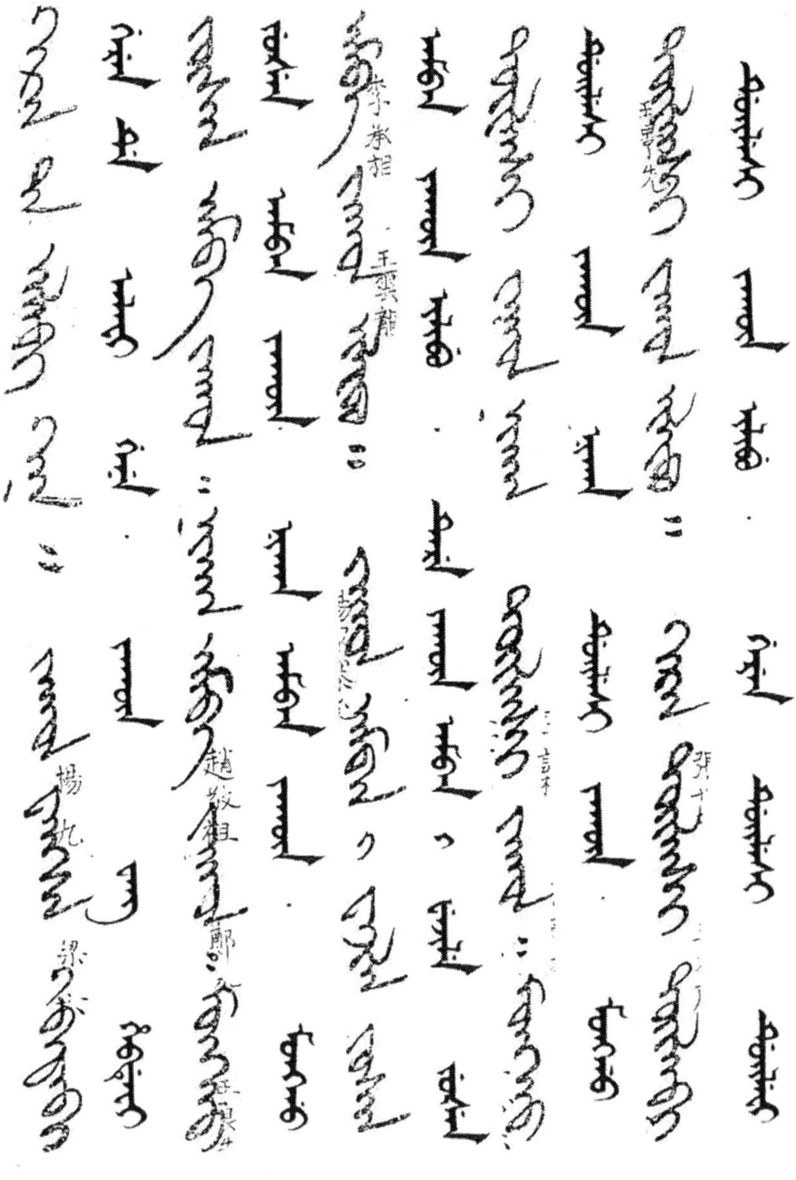

geren de alafi gene. jakūn wang hebdefi jušen amban jakūn, nikan amban jakūn, monggo amban jakūn ilibu. tere jakūn amban i fejile, jušen duilesi jakūn, nikan duilesi jakūn, monggo duilesi jakūn ilibu. geren duilesi duilefi

---

告知衆人後前往。八王共議後，設諸申大臣八人、漢大臣八人、蒙古大臣八人。八大臣之下，設諸申審事八人、漢審事八人、蒙古審事八人。衆審事審理後，

告知众人后前往。八王共议后，设诸申大臣八人、汉大臣八人、蒙古大臣八人。八大臣之下，设诸申审事八人、汉审事八人、蒙古审事八人。众审事审理后，

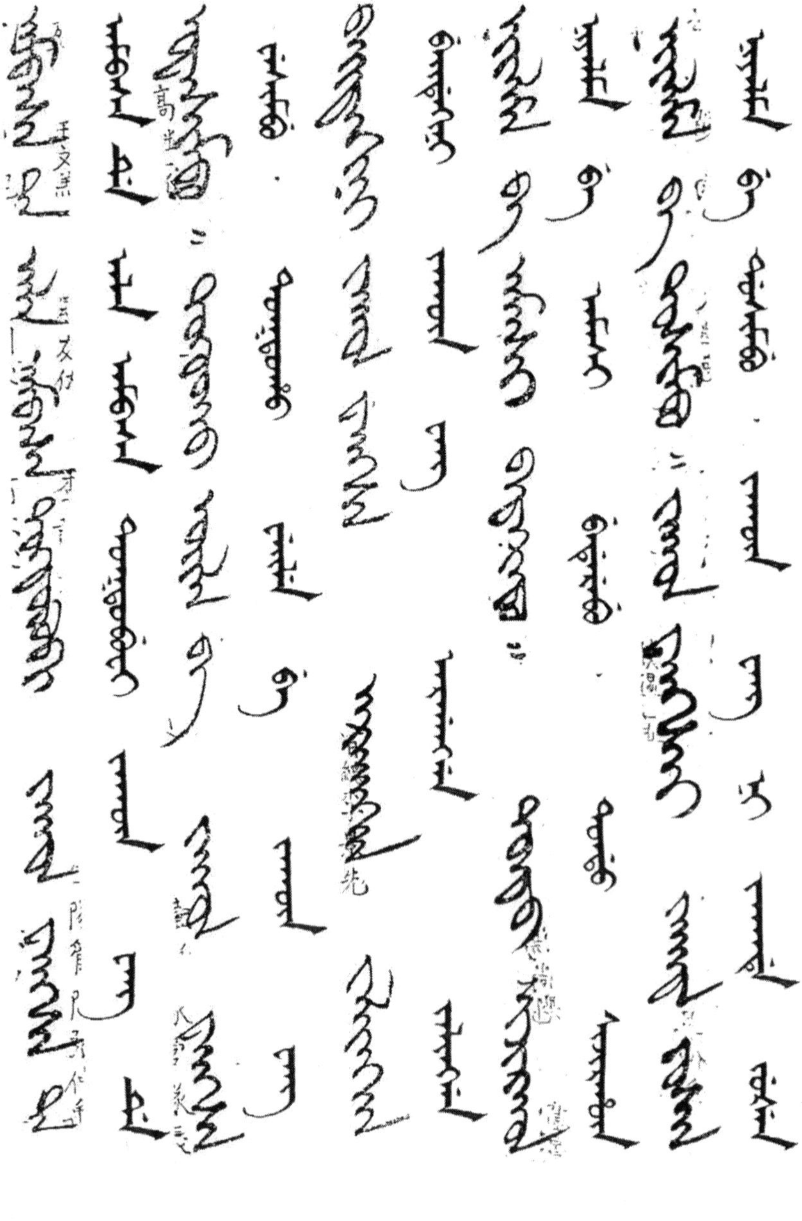

ambasa de ala, ambasa toktobufi jakūn wang de wesimbu, toktoho weile be jakūn wang beidekini. jakūn wang argangga jalingga niyalma be amasi bederebu, tondo sijirhūn niyalma be dosimbu. jakūn wang ni jakade jušen

---

告於大臣，諸大臣擬定後奏於八王，由八王審斷定罪。八王斥姦佞，而舉忠直。八王所在處，

告于大臣，诸大臣拟定后奏于八王，由八王审断定罪。八王斥奸佞，而举忠直。八王所在处，

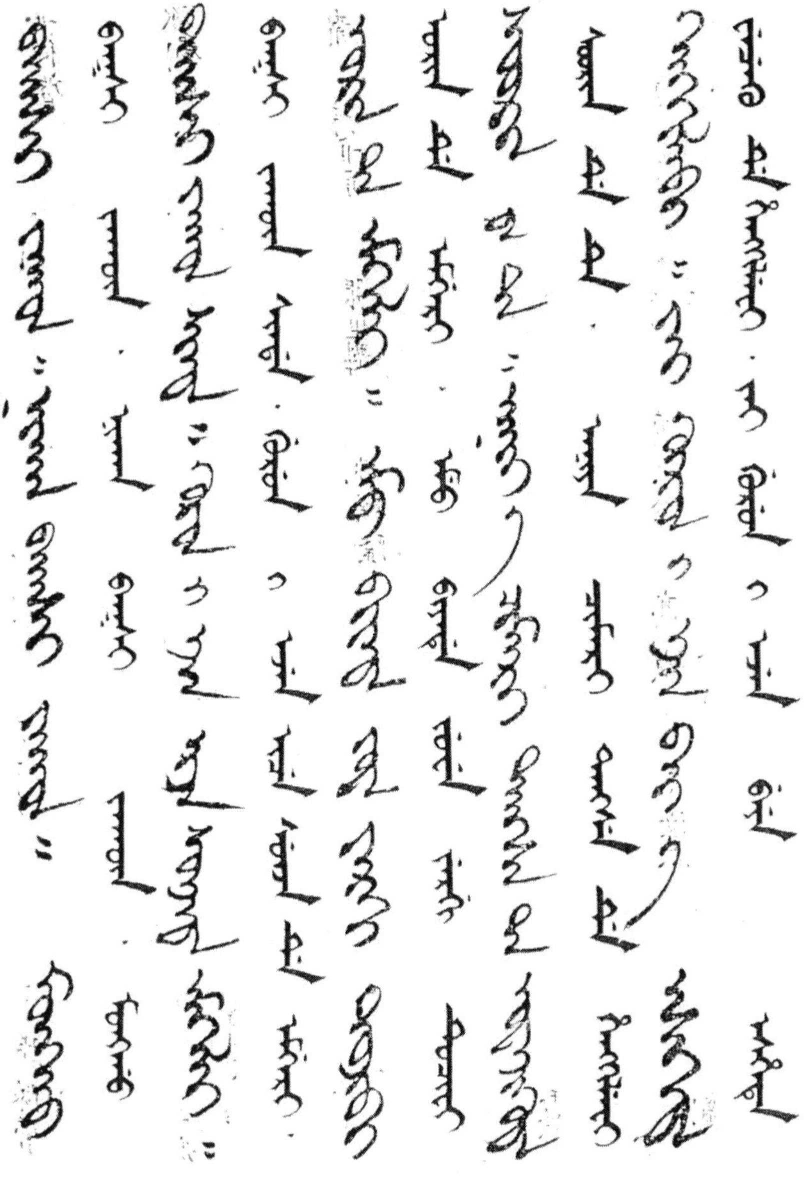

baksi jakūn, nikan baksi jakūn, monggo baksi jakūn sinda. gurun i ejen, ice sunja de emgeri, orin de emgeri, emu biyade juwe jergi tucifi soorin de te. aniya cimari tangse de hengkilefi, weceku de hengkilefi, jai gurun i ejen beye, eshete

---

設諸申巴克什八人、漢巴克什八人、蒙古巴克什八人。國君於初五日一次、二十日一次，每月御殿二次。除夕叩拜堂子、叩拜神主後，先由國君親自

设诸申巴克什八人、汉巴克什八人、蒙古巴克什八人。国君于初五日一次、二十日一次，每月御殿二次。除夕叩拜堂子、叩拜神主后，先由国君亲自

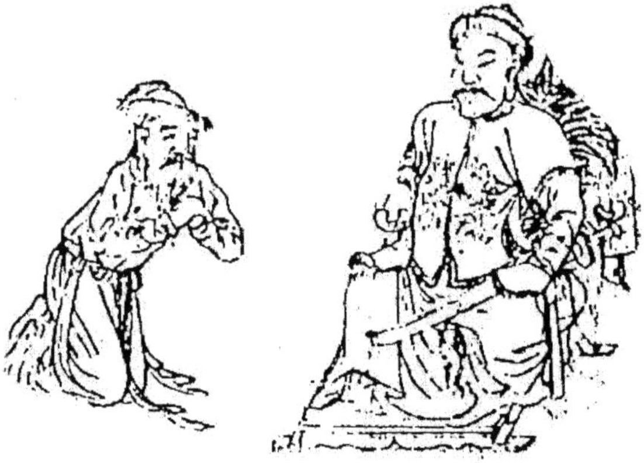

三十五、銘記訓諭

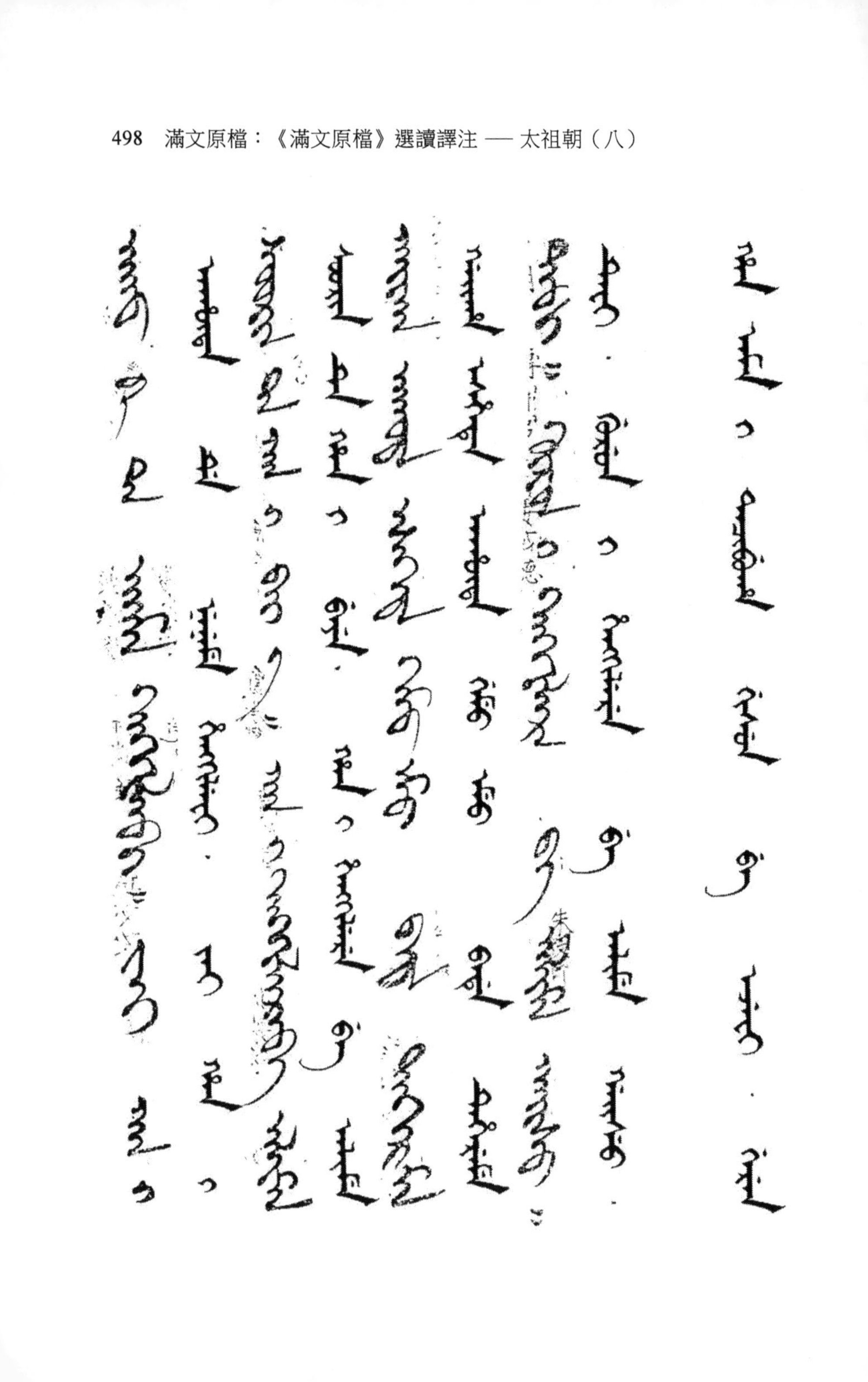

[illegible]

ahūta de neneme hengkilefi, jai han i soorin te, han i beye, han i hengkilere be alime gaiha eshete ahūta, gemu emu bade tehereme tefi, gurun i hengkilere be alime gaisu. han ama i tacibuha gisun be ejefi, geren

---

叩拜衆叔兄，再御汗位，汗本人與受汗叩拜之衆叔兄皆一處並排而坐，接受國人叩拜。銘記汗父訓諭，

叩拜众叔兄，再御汗位，汗本人与受汗叩拜之众叔兄皆一处并排而坐，接受国人叩拜。铭记汗父训谕，

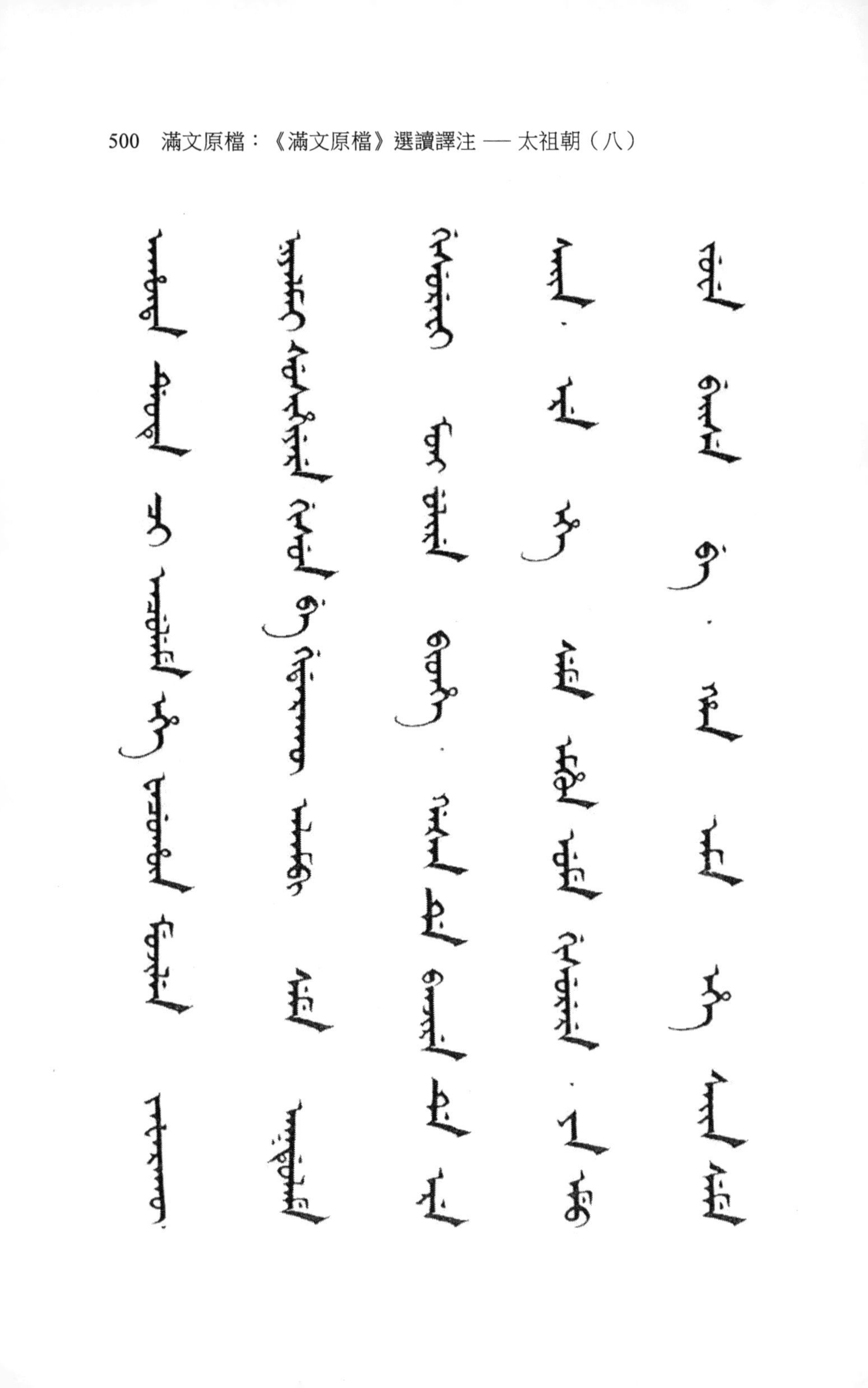

ahūta deote ci enculeme ehe facuhūn mujilen jafarakū, niyalmai šusihiyere gisun be gidarakū alambi seme akdulame gisurefi monggolire bithe. gašan de banjire de ere sain, ere ehe seme emhun ume gisurere. ya emu juwe beise be, han ama ehe sain seme

---

諸兄弟不存異心，他人挑唆讒言，不加隱瞞，即行告知等語，立書為誓，繫之於頸。即居鄉村，勿私議誰善誰惡。設有一、二貝勒議論汗父之善惡者，

诸兄弟不存异心，他人挑唆谗言，不加隐瞒，即行告知等语，立书为誓，系之于颈。即居乡村，勿私议谁善谁恶。设有一、二贝勒议论汗父之善恶者，

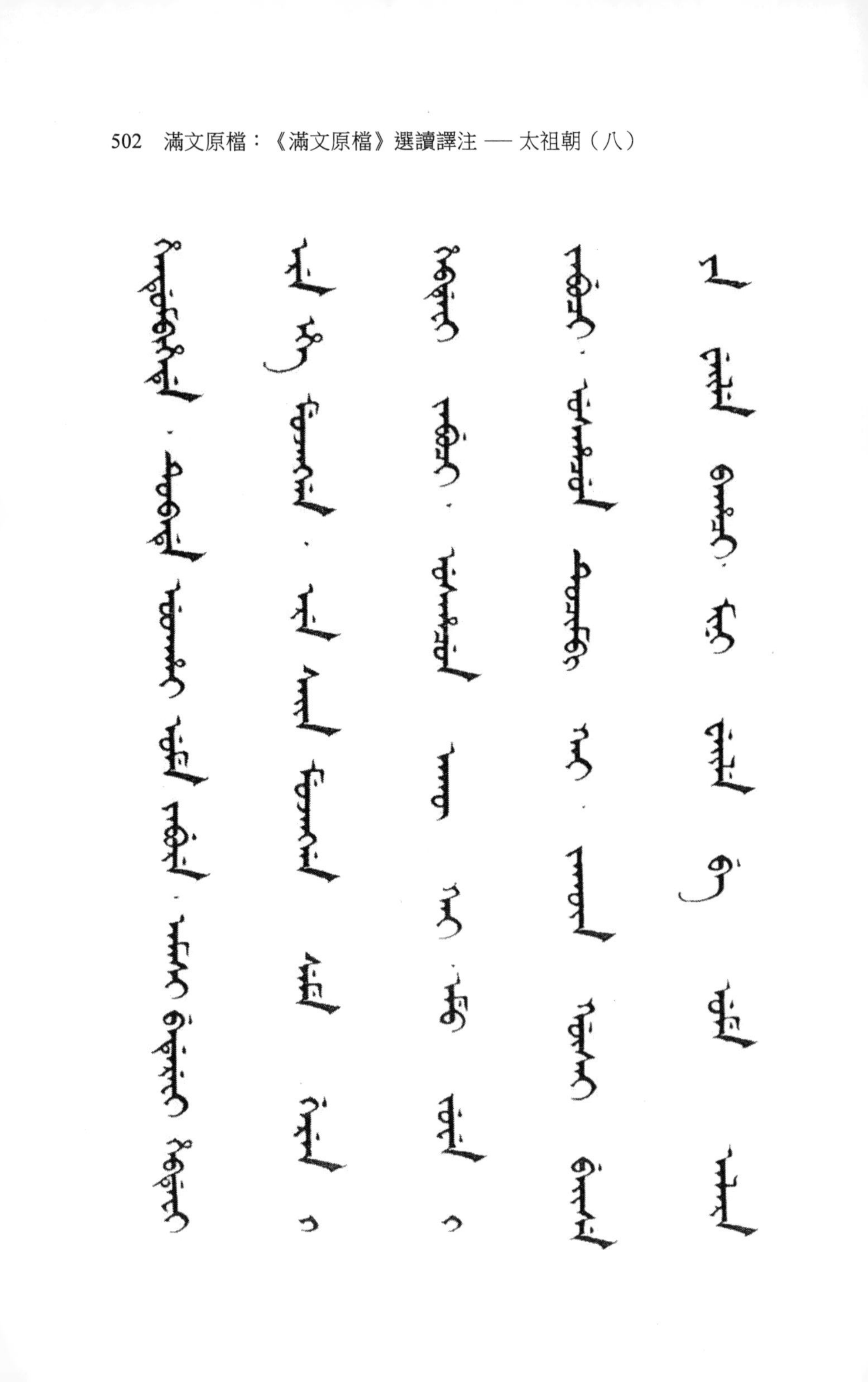

hendumbihede, tubade uthai ume jabura, amasi bederefi hebdefi ere ehe mujangga, ere sain mujangga seme geren i hebdefi jabuci, ushacun akū kai. emu juwe i jabuci, ushacun tucimbi kai. jakūn gūsai beise ya weile bahaci, mini weile be ume alara

---

勿於彼處即行回答，俟返回後共議，經衆人議斷善惡是實，乃無怨尤也。若僅憑一、二人聽斷，則生怨尤也。八旗諸貝勒，若有誰獲罪，而不准他人入告我之罪者，

勿于彼处即行回答，俟返回后共议，经众人议断善恶是实，乃无怨尤也。若仅凭一、二人听断，则生怨尤也。八旗诸贝勒，若有谁获罪，而不准他人入告我之罪者，

[illegible]

[illegible]

[illegible]

[illegible]

[illegible]

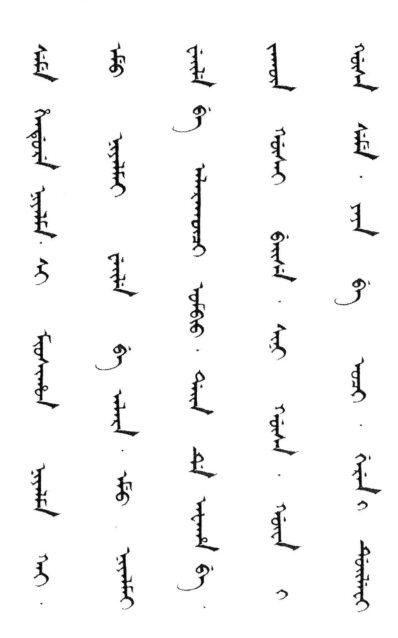

seme hendure niyalma, si miosihon niyalma kai. emu niyalmai weile be alara, emu niyalmai weile be alarakūci ombio. dain de afaha be, jakūn gūsai beise, sini gūsa, gūwa i gūsa seme, yaya be oci, geren i duilefi

---

爾乃為邪惡之人也。若告知一人之罪，而不告知另一人之罪，可乎？征戰之時，八旗諸貝勒，不論爾旗，或他旗，若有事故，非經眾人審理，

尔乃为邪恶之人也。若告知一人之罪，而不告知另一人之罪，可乎？征战之时，八旗诸贝勒，不论尔旗，或他旗，若有事故，非经众人审理，

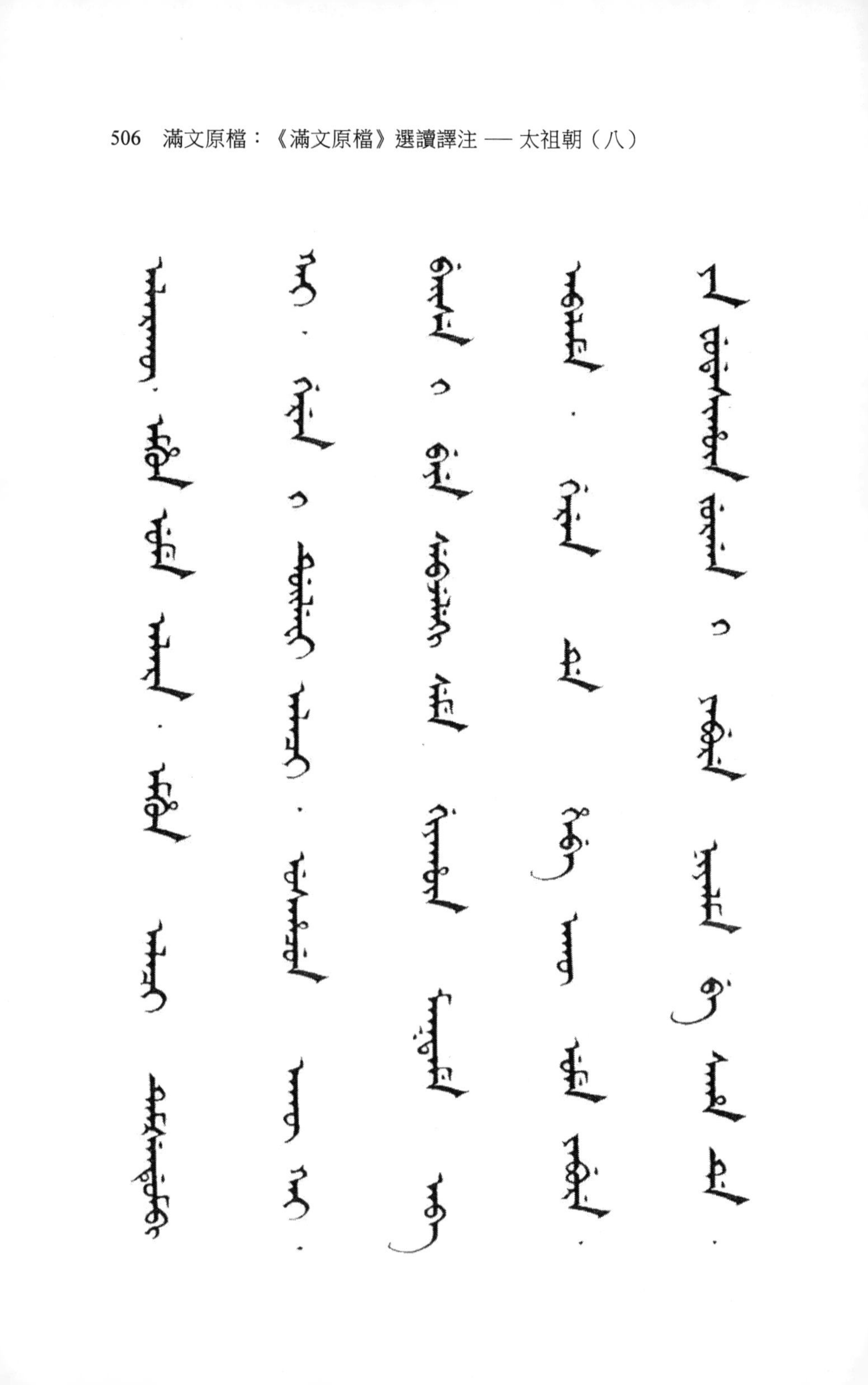

alarakū, emhun ume alara, emhun alaci, temšendumbi kai. geren i duilefi alaci, ushacun akū kai. beise i beye sebjeleki seme giyahūn maktame aba abalame, geren de hebe akū ume yabure. ya fudasihūn jurgan i yabure niyalma be saha de,

---

不得單獨告知，若單獨告知，則必相爭也。若經衆人審理不單獨告知，則無怨尤也。諸貝勒自身欲放鷹行圍作樂，不與衆人商議，則勿前往。凡知誰是行為悖逆之人時，

不得单独告知，若单独告知，则必相争也。若经众人审理不单独告知，则无怨尤也。诸贝勒自身欲放鹰行围作乐，不与众人商议，则勿前往。凡知谁是行为悖逆之人时，

ᠵᡠᡳ ᠨᡳᠶᠠᠯᠮᠠ ᠵᡠᡳ᠈ ᠠᠮᠠ ᠠᠰᡠᠮᠠ ᡶᡠᠮᠠ ᡝᠮᡠᠮᡝ

ᡨᡠᠪᡝ ᡤᡠᠸᠠᠯᡳᠶᠠᠨ᠈ ᠵᡠᡳ ᠨᡳᠶᠠᠯᠮᠠ ᡳ ᠪᠠᡳᡨᠠ ᠵᡠᡳ ᠨᡳᠶᠠᠯᠮᠠ

ᠠᠮᠠ ᠠᠮᠠᠯᠠ᠈ ᠵᡠᡳ ᡤᡠᡵᡠᠨ ᠪᡝ ᠰᠠᡳᠰᠠᡥᠠ ᠪᠣᠣ ᠠᠨᡳᠶᠠ ᠠᠩᡤᠠᠯᠠ

ᠠᠩᡤᠠᠯᠠ ᡤᡳᠰᡠᠨ ᠨᡳᠶᠠᠯᠮᠠ ᠨᡳᠶᠠᠯᠮᠠ ᠪᡝ ᡠᠯᠠ᠈ ᠨᡳᠶᠠᠯᠮᠠ ᠪᡝ

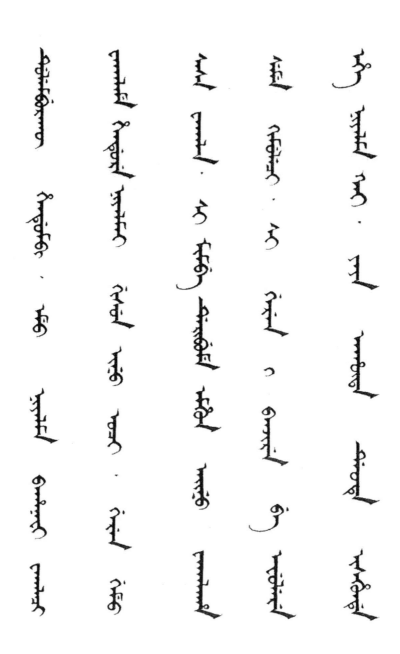

ᠪᠣᡧᠣᡴᠣᠨᠣᠮᠣ ᠠᠰᡠᠮᡝᠪᡝ᠈ ᠪᡝ ᠨᡳᠶᠠᠯᠮᠠ ᠪᠠᡳᠰᠠᠨ ᠠᠮᠠᠯᠠ

dulemburakū hendumbi. emu niyalma bahanafi wakalaci, wakalame hendure niyalmai gisun inu oci, geren gemu sasa wakala. si mimbe deribume emhun ainu wakalaha seme kimuleci, si geren i banjire be efulere ehe niyalma kai. yaya ahūta deote ishunde

---

則不放過而責之。若懂得一人譴責，譴責之言如是，則衆人共責之。爾若以為何單獨譴責我，而心懷讐怨，則爾乃破壞衆人生計之惡人也。凡諸兄弟，

则不放过而责之。若懂得一人谴责，谴责之言如是，则众人共责之。尔若以为何单独谴责我，而心怀雠怨，则尔乃破坏众人生计之恶人也。凡诸兄弟，

ᠨᡳᠶᠠᠯᠮᠠ ᠪᡝᠶᡝ ᠨᡳᠩᡤᡠ ᠪᡠᡥᡝᠩᡤᡝ ᠨᡳᠶᠠᠯᠮᠠ᠉ ᠨᡳᠶᠠᠯᠮᠠ ᠪᡝ

ᠨᡳᠩᡤᡠ ᠪᠣᡩᠣᠮᠪᡳ ᡤᡳᠰᡠᠨ ᠪᠠᡳᡨᠠ ᡤᡝᠨᡝ ᡤᡝᠯᡝ ᡤᡡᠰᡝᠨ᠉

ᠵᡠᠸᡝᠨ ᠮᡳᠨᡳ ᡤᡳᠰᡠᡵᡝᠨ ᡤᡝᠨᡝᡵᡝ ᡳᠨ ᠠᠮᠠᡵᡤᡳ ᡤᡝᠨᡝ

ᠠᠩᡤᠠ ᡤᡝᠨᡝ ᠠᡩᠠᠯᡳ᠉ ᠣᠮᡳ ᡤᡝ ᡳ ᠪᡠᡥᡝᠮᡝ

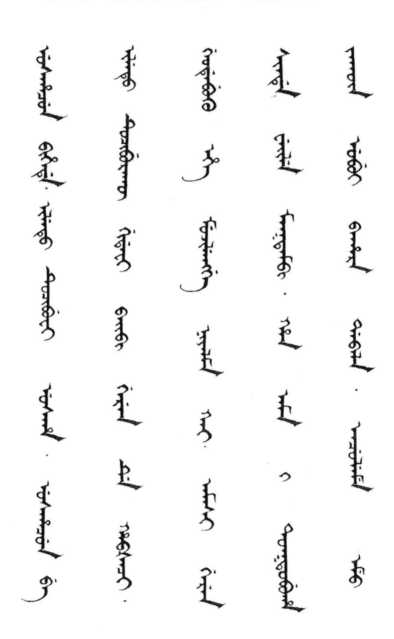

ᠠᠨᠠᠮᡝ ᠨᡳᠩᡤᡠ ᠪᠠᠨᡳᡵᡝ ᠪᡠᠰᡝᡵᡝ᠉ ᠠᡤᡝᠨᡳ ᠮᡳᠨᡳ

ushacun bihede, iletu tucibufi usha. ushacun be iletu tuciburakū gidafi baibi geren de habšaci, geodebuku ehe mujilengge niyalma kai. amasi geren sinde weile maktambi. han ama i toktobuha jakūn ubui bahara dabala, enculeme emu

---

互有怨尤時，可以明言怨尤。若不明言怨尤，平白隱匿，而訴諸衆人，乃為居心邪惡，專行誆騙之人也，日後爾必為衆人所斥。所得若逾汗父所定八份外，

互有怨尤时，可以明言怨尤。若不明言怨尤，平白隐匿，而诉诸众人，乃为居心邪恶，专行诓骗之人也，日后尔必为众人所斥。所得若逾汗父所定八份外，

ᠠᠮᠠ ᠪᡝ ᡤᡳᠩᡤᡠᠯᡝᡵᡝ ᡶᡠᠵᡠᡵᡠᠯᠠᡵᠠ ᠰᡳᡵᡤᡝᠨ ᡤᡳᠩᡤᡠᠨ ᠈ ᠰᡳᡵᡤᡝᠨ

ᠪᠠᠶᠠᠨ ᡩᠣᠷᠣ ᡩᡝ ᠨᠠᠰᠠᠪᡠᡥᠠ ᠈ ᠵᠠᠯᠠᡶᡠᠩᡤᠠ ᡤᡳᠩᡤᡠᠨ ᠈ ᠵᠠᠯᠠᡶᡠᠩᡤᠠ

ᠪᠠᠶᠠᠨ ᡩᠣᠷᠣ ᡩᡝ ᠨᠠᠰᠠᠪᡠᡥᠠ ᠵᠠᠯᠠᡶᡠᠩᡤᠠ ᡤᡳᠩᡤᡠᠨ ᠈ ᠪᠠᠶᠠᠨ

ᡩᠣᠷᠣ ᡩᡝ ᠠᠮᠠᠯᠠ ᠨᠠᠰᠠᠪᡠᡥᠠ ᠈ ᡤᡝᠯᡝ ᡨᡝᡵᡝ ᠉ ᠮᡠᠵᡳᠯᡝᠨ

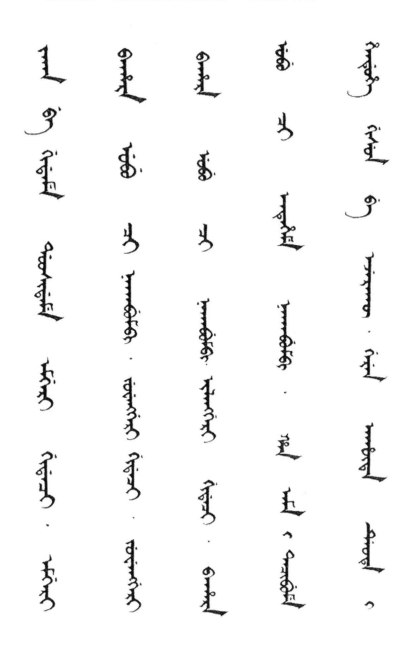

ᡤᡠᡵᡠᠨ ᡤᡳᠰᡠᠨ ᠪᡝ ᡨᡠᠸᠠᠮᡝ ᠈ ᡤᡳᠰᡠᠨ ᠠᠮᠪᠠ ᡝᠵᡝᠮᡝ ᠉

jaka be gidame doosidame emgeri gidaci, emgeri bahara ubu ci nakabumbi. juwenggeri gidaci, juwenggeri bahara ubu ci nakabumbi. ilanggeri gidaci, bahara ubu ci enteheme nakabumbi, han ama i tacibume henduhe gisun be ejerakū, geren ahūta deote i

---

若另行貪圖隱匿一物，隱匿一次，即免除一次所得之份；若隱匿兩次，即免除兩次所得之份；若隱匿三次，則永免其所得之份。若不牢記汗父訓誨之言，

若另行贪图隐匿一物，隐匿一次，即免除一次所得之份；若隐匿两次，即免除两次所得之份；若隐匿三次，则永免其所得之份。若不牢记汗父训诲之言，

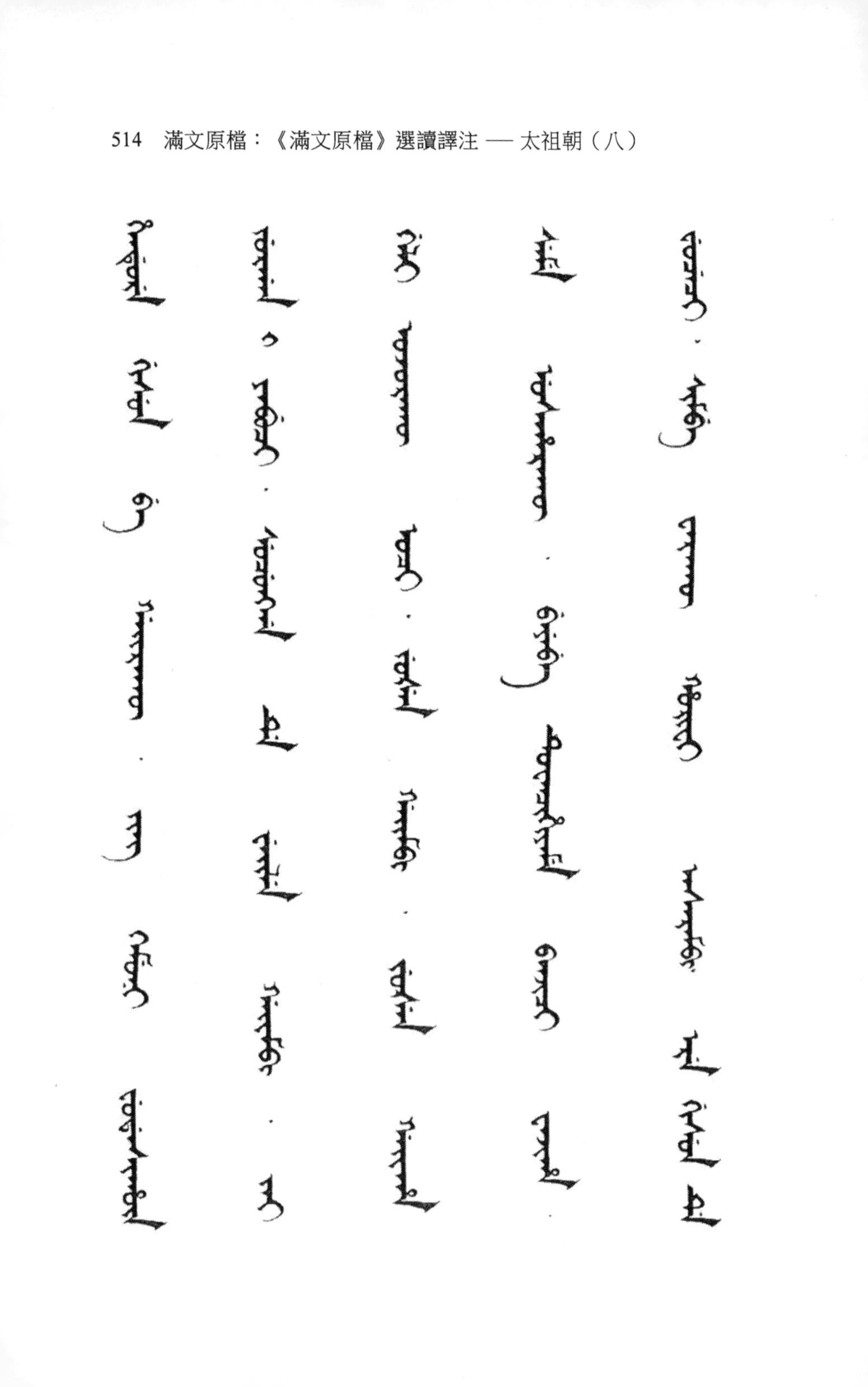

[illegible]

[illegible]

[illegible]

[illegible]

[illegible]

hendure gisun be gairakū, jing kemuni fudasihūn jurgan i yabuci, sucungga de weile gaimbi, jai geli ojorakū oci, jušen gaimbi. jušen gaiha seme usharakū, beyebe tuwancihiyame banjici wajiha, fuceci, simbe warakū horifi asarambi. ere gisun de

---

不納衆兄弟之言，仍行悖逆不義，則初犯者治罪，再犯者奪其諸申。奪其諸申而不抱怨，守身度日則已。若惱怒不服，則不殺爾，因而留之。

不纳众兄弟之言，仍行悖逆不义，则初犯者治罪，再犯者夺其诸申。夺其诸申而不抱怨，守身度日则已。若恼怒不服，则不杀尔，因而留之。

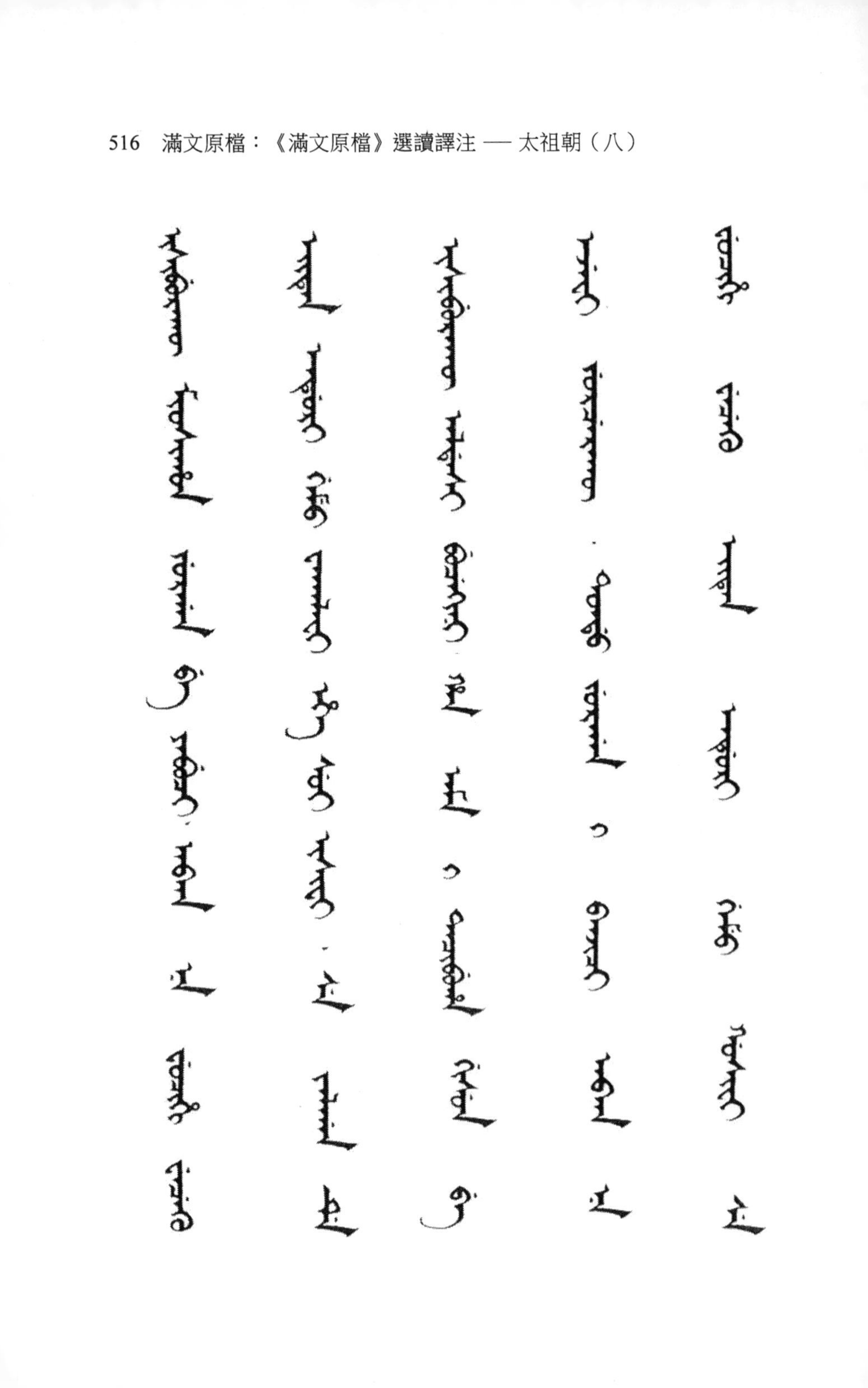

isiburakū, miosihon jurgan be yabuci, abka na fucihi weceku eiten enduri gemu wakalafi, ehe sui isifi, se jalgan de isiburakū, aldasi bucekini. han ama i tacibuha gisun be ejefi jurcerakū, tondo jurgan i banjici, abka na fucihi weceku eiten enduri gemu gosifi se

---

若負此言，仍行邪道，則天地諸佛神祇皆加譴責，身罹災殃，壽算未盡，即令短命夭殂。若牢記汗父訓誨之言而不違，心存忠義而度日，則天地諸佛神祇皆加眷佑，

若负此言，仍行邪道，则天地诸佛神祇皆加谴责，身罹灾殃，寿算未尽，即令短命夭殂。若牢记汗父训诲之言而不违，心存忠义而度日，则天地诸佛神祇皆加眷佑，

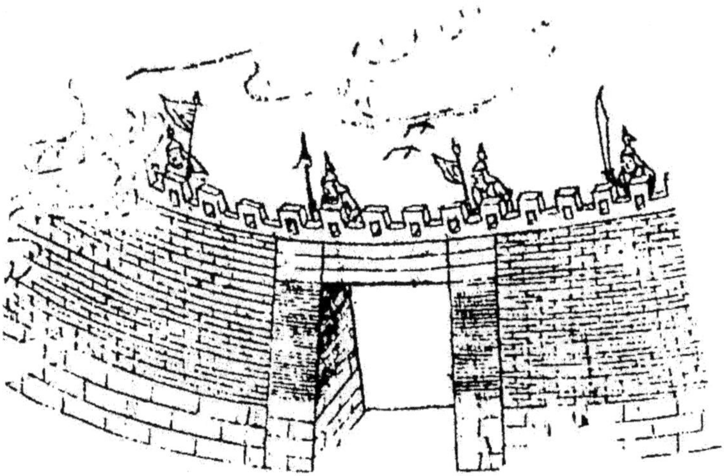

三十六、同耕同食

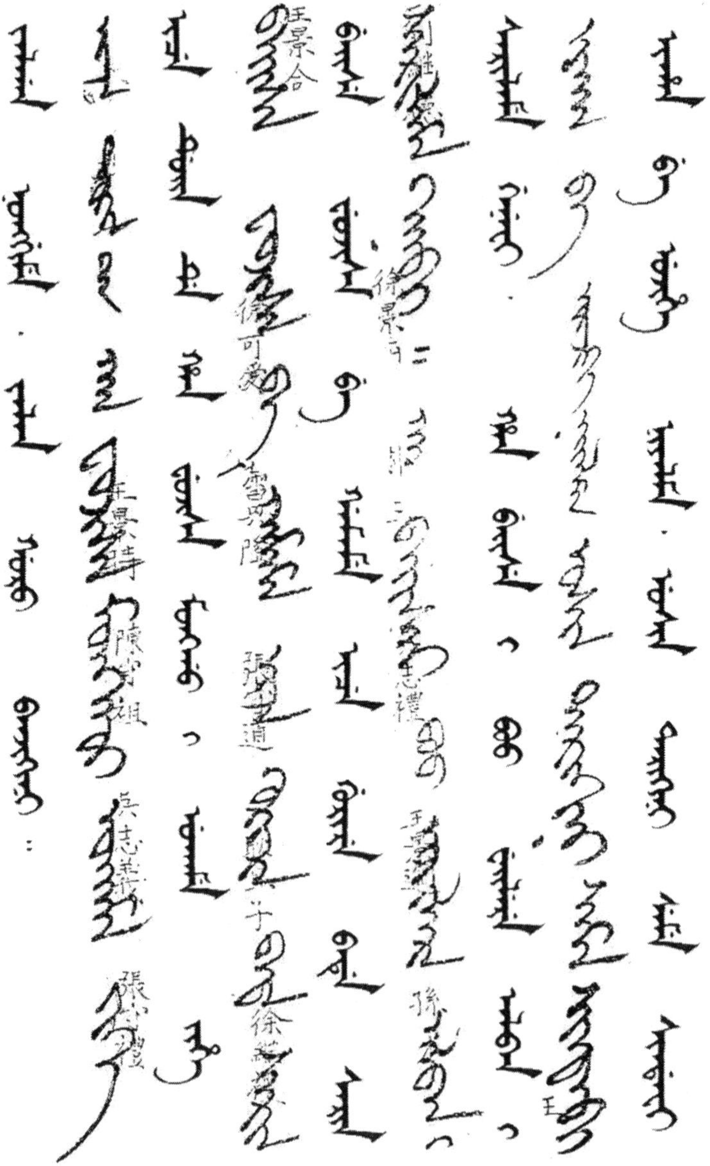

jalgan nonggime, jalan goro banjikini.
ice duin de han, fujisa, monggo i ukame jihe beise fujisa be gamame, ice gurire bade sarin sarilame genefi, han, beise i boo weilere, alban i ihan be ujihe niyalma, usin tarikini seme sindafi

---

延年益壽也。」
初四日，汗與福晉們率蒙古逃來之諸貝勒福晉們，前往新移之地設筵宴之。汗命將為諸貝勒修築房屋、飼養官牛之人放回耕田，

延年益寿也。」
初四日，汗与福晋们率蒙古逃来之诸贝勒福晋们，前往新移之地设筵宴之。汗命将为诸贝勒修筑房屋、饲养官牛之人放回耕田，

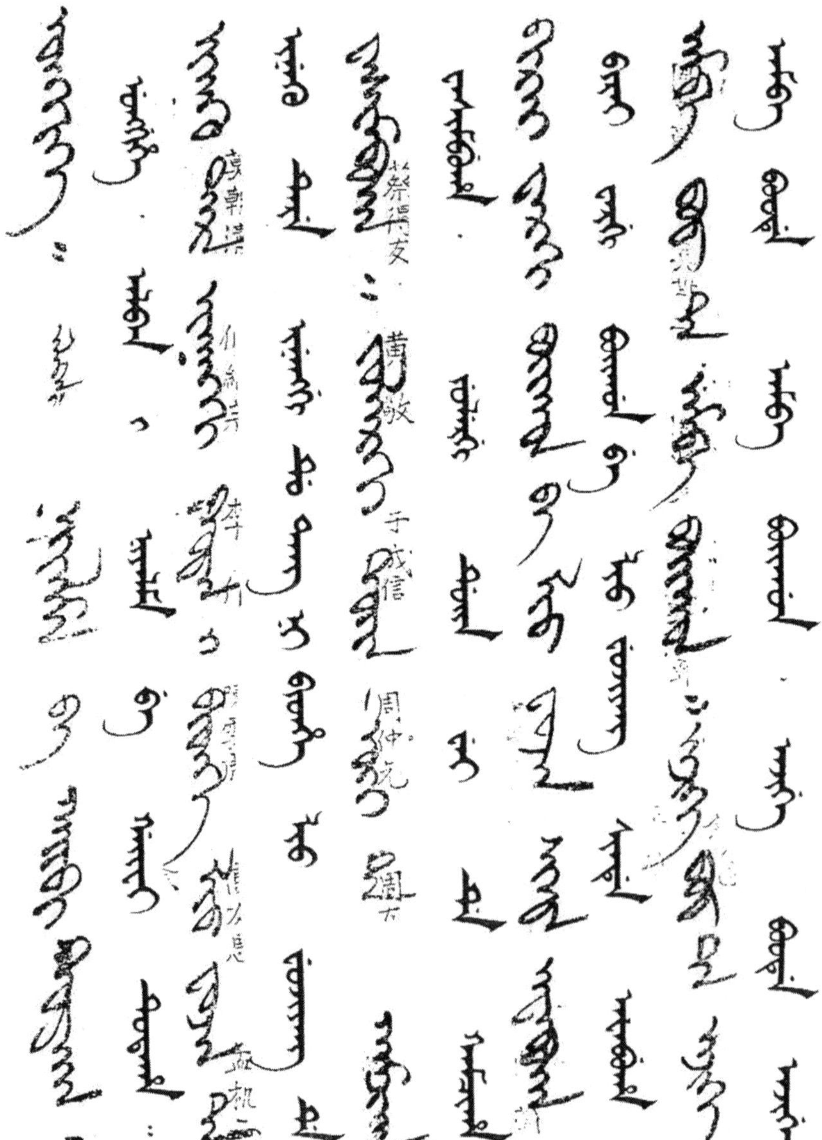
蔡得友
黃敬
于成信

unggihe. alban i niyalma be gaifi tutaha. ineku tere inenggi, du tang ni bithe, lio fujiyang de wasimbuha, julergi duin wei de kamciha birai wargi boigon be, lio fujiyang sinde afabuha. amba boode amba boigon, ajige boode ajige

---

當官差之人則留之。是日，都堂頒書諭劉副將曰：「南四衛兼管之河西戶口，已交付爾劉副將，可將大戶兼併於大宅，小戶兼併於小宅，

当官差之人则留之。是日，都堂颁书谕刘副将曰：「南四卫兼管之河西户口，已交付尔刘副将，可将大户兼并于大宅，小户兼并于小宅，

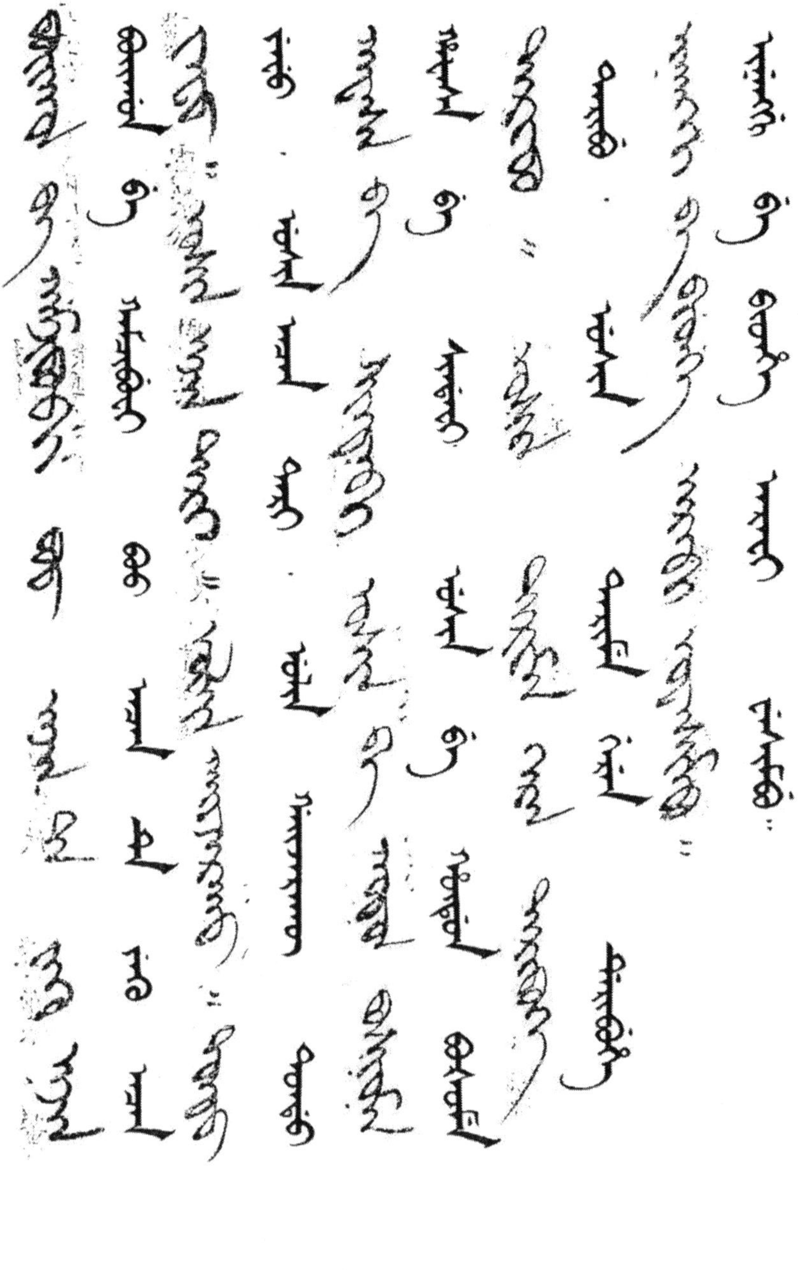

boigon be kamcibufi, boo acan te, jeku acan jefu, usin acan tari. ulin gaijarakū tondo hafasa be sindafi, usin be hūdun bošome taribu, usin tarime geren deribuhe inenggi be bithe arafi wesimbu.

屋則同居，糧則同食，田則同耕。設廉潔不貪財忠正之官，督催速行耕田，著將衆人開始耕田之日繕文具奏。」

屋则同居，粮则同食，田则同耕。设廉洁不贪财忠正之官，督催速行耕田，着将众人开始耕田之日缮文具奏。」

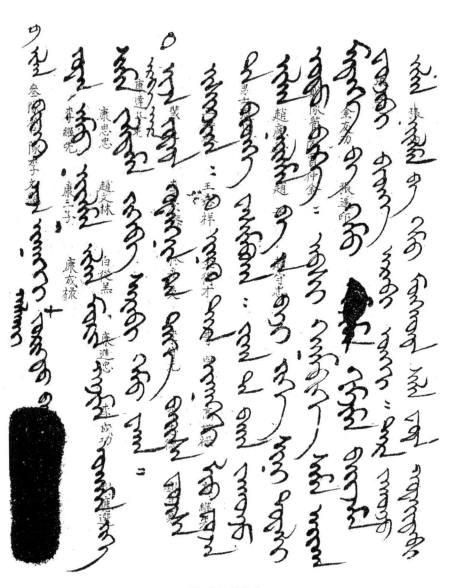

滿文原檔之一

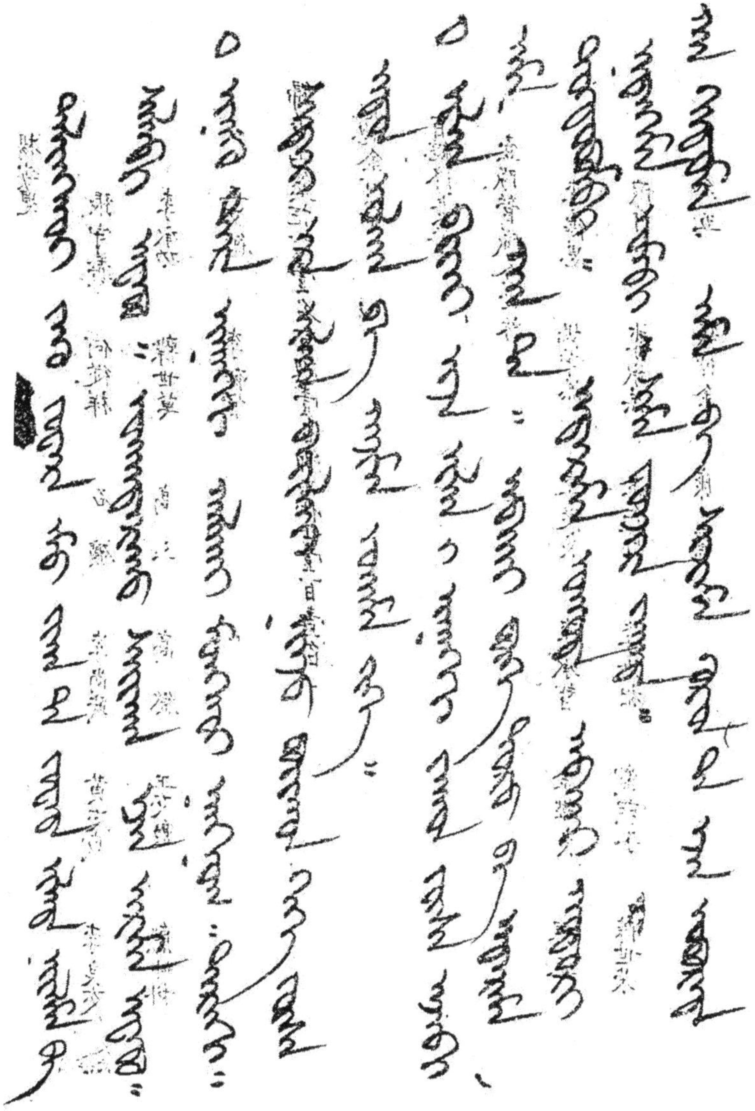

滿文原檔之二

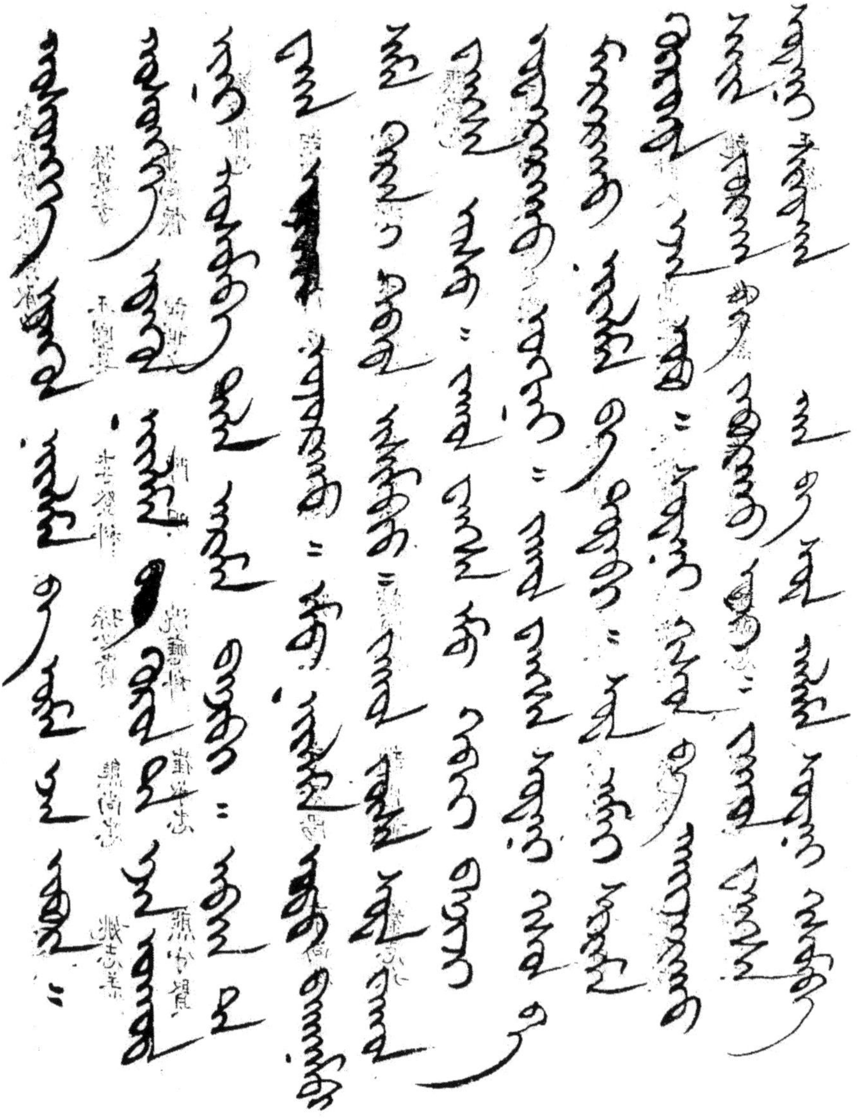

滿文原檔之三

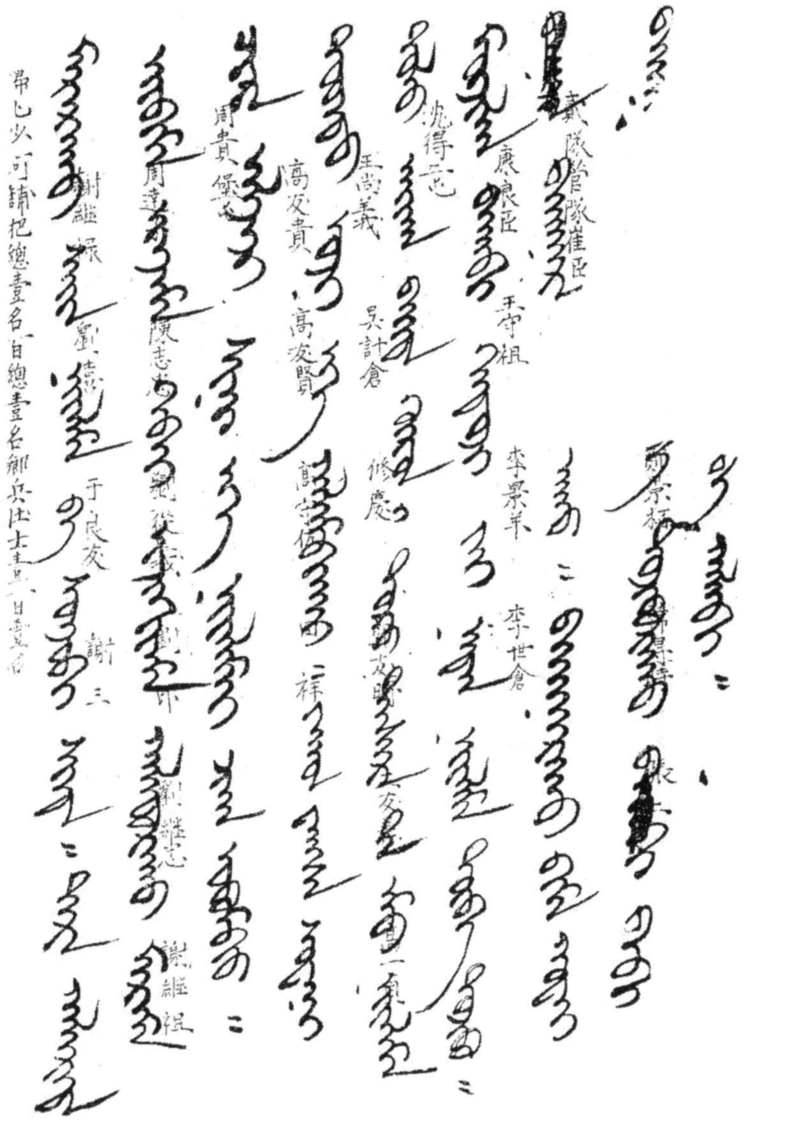

滿文原檔之四

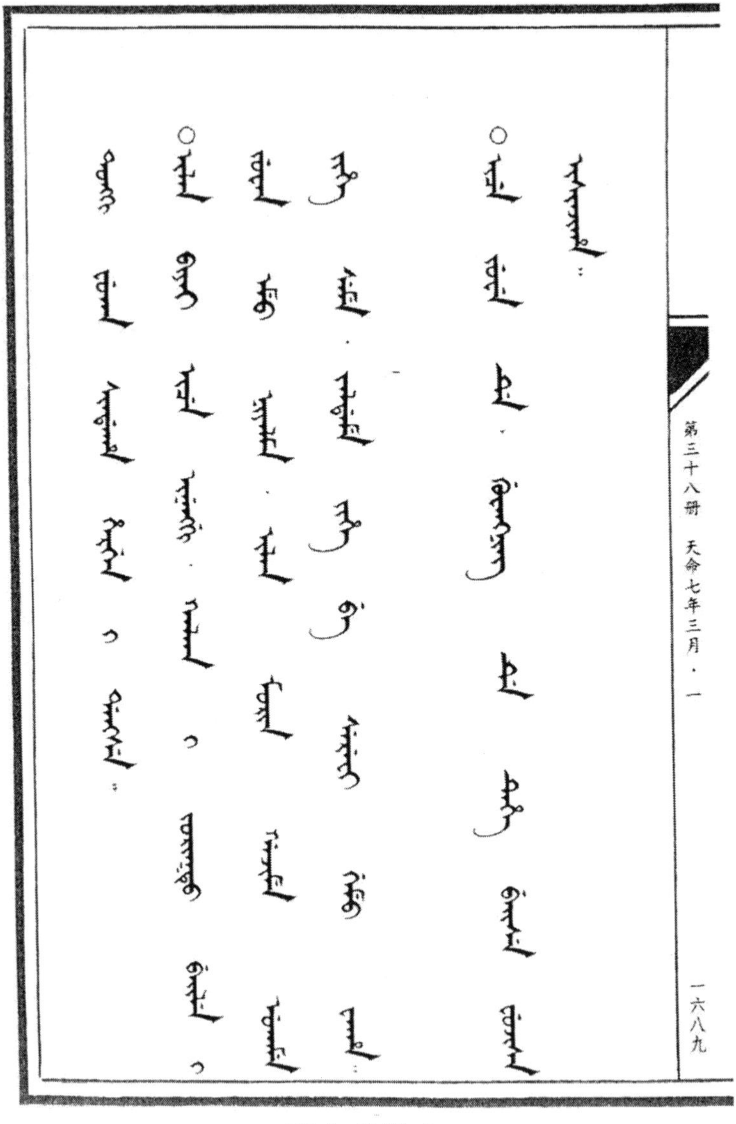

滿文老檔之一

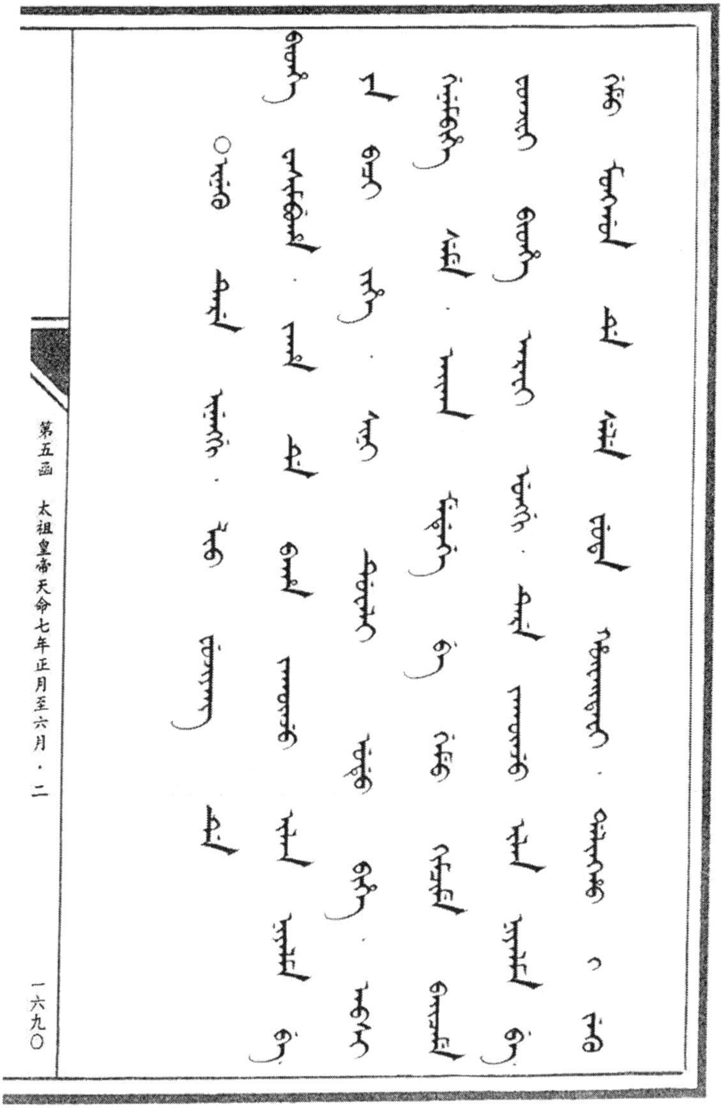

滿文老檔之二

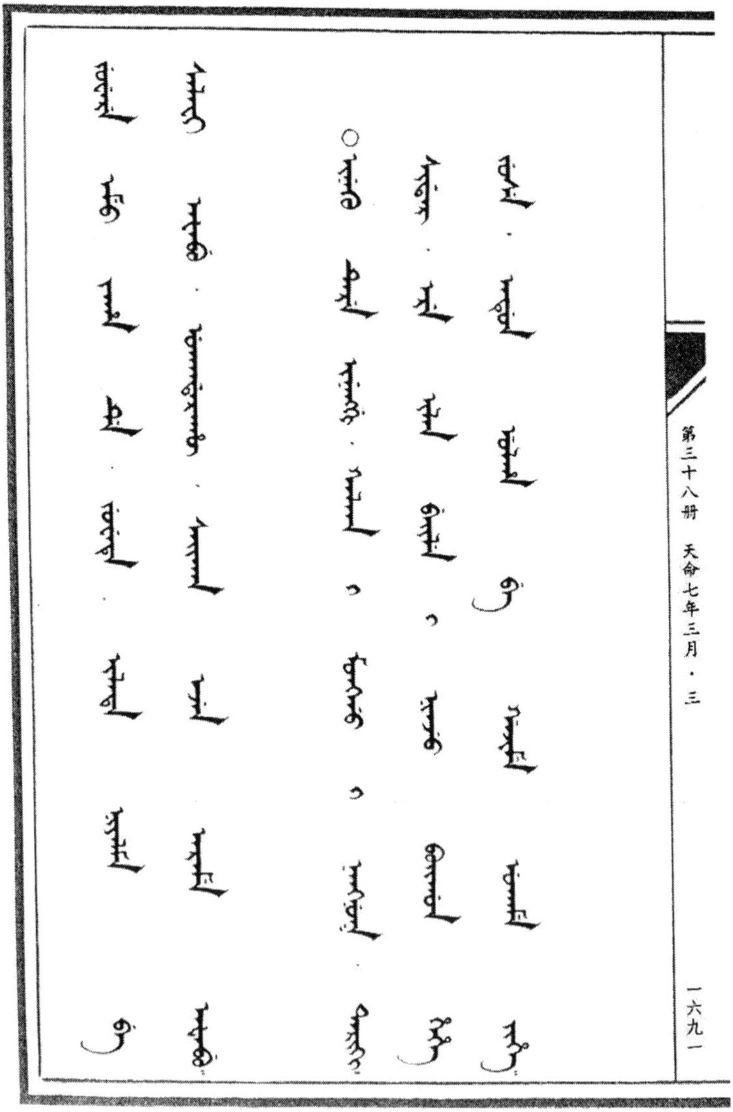

滿文老檔之三

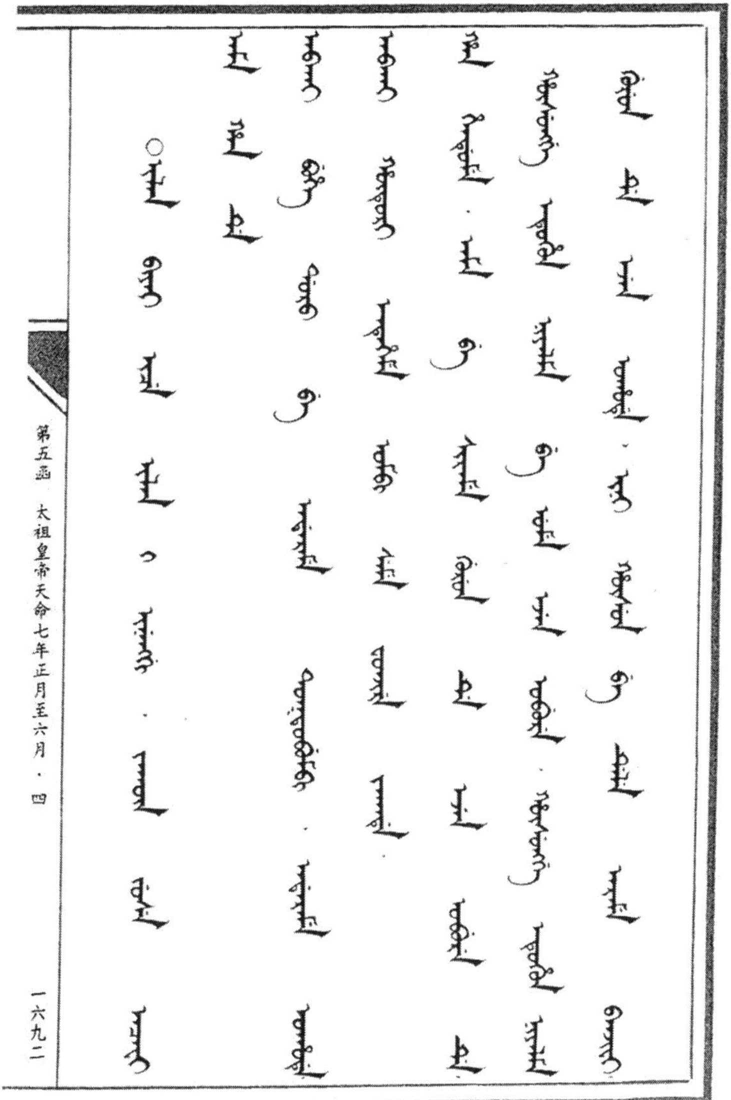

滿文老檔之四

致　謝

本書滿文羅馬拼音及漢文，由原任駐臺北韓國代表部連寬志先生精心協助注釋與校勘。謹此致謝。